Alexandre Dumas
CÄSAR

Historischer Roman

Aus dem Französischen
von Karin Meddekis

BASTEI LÜBBE TASCHENBUCH
Band 14 332

1. Auflage: April 2000
2. Auflage: Januar 2001

Vollständige Taschenbuchausgabe

Bastei Lübbe Taschenbücher ist ein Imprint der
Verlagsgruppe Lübbe

Deutsche Erstveröffentlichung
© für die deutschsprachige Ausgabe 2000 by
Verlagsgruppe Lübbe GmbH & Co. KG,
Bergisch Gladbach
Lektorat: Rainer Schumacher / Marco Schneiders
Titelillustration: AKG, Berlin
Umschlaggestaltung: Klaus Kochlowski
Satz: KCS GmbH, Buchholz / Hamburg
Druck und Verarbeitung: 54348
Société Nouvelle, Firmin-Didot,
Mesnil-sur-l'Estrée, Frankreich
Printed in France

ISBN 3-404-14332-9

Sie finden uns im Internet unter
http://www.luebbe.de

Der Preis dieses Bandes versteht sich einschließlich der gesetzlichen Mehrwertsteuer

ANMERKUNG DES VERLAGES

In Alexandre Dumas' CÄSAR werden drei Arten von Fußnoten bzw. Anmerkungen verwendet, die unterschiedlich gekennzeichnet sind:

1. Anmerkungen von Dumas selbst sind mit einem Sternchen gekennzeichnet
2. Anmerkungen der Übersetzerin sind mit zwei Sternchen gekennzeichnet
3. auf Anmerkungen des Herausgebers wird mit hochgestellten Ziffern verwiesen; diese Anmerkungen befinden sich auf Seite 580

1

Cäsar wurde am 13. Juli genau einhundert Jahre v. Chr. geboren, und wir werden später sagen, in welcher Hinsicht er unserer Meinung nach einer der Vorboten der christlichen Religion war.

Keine moderne Herkunft, so großartig sie auch sein mag, kann den Vergleich mit der seinen wagen: weder die der Familie Mérode, die behauptet, von den Merowingern abzustammen, noch die Herkunft der Familie Lévis, deren Mitglieder sich als Cousins der Jungfrau bezeichnen.[1]

Hören wir, was Cäsar selbst in der Trauerrede für seine Tante Julia, der Frau von Marius dem Älteren, sagt:

»Meine Vorfahren mütterlicherseits stammen von Ancus Martius ab, einem der ersten Könige Roms, und mein Vater gehörte zum Geschlecht der Julier, das aus der Venus hervorging. *Man findet also in meiner Familie die Heiligkeit der Könige, welche die Herrscher der Menschen sind, und die Majestät der Götter, welche die Herrscher der Könige sind.*«

Vielleicht zweifeln wir heute – so skeptisch wie wir sind – an diesem Stammbaum, aber 80 Jahre vor Christi Geburt, das heißt zu der Zeit, als Cäsar seine Rede hielt, zweifelte niemand daran.

In der Tat waren Cäsar durch die Jahrhunderte hindurch viele Qualitäten dieses vierten Königs von Rom zugesprochen worden, der – wie die Historiker sagen – die Qualitäten des Romulus, seines Vorfahren, und die Weisheit von Numa, seines Großvaters, in sich vereinigte, der das römische Reich vergrößerte und bis zum Meer erweiterte, die Kolonie Ostia gründete, die erste fest installierte Brücke über den Tiber schlug, den Marshügel und den Aventinhügel in die Stadt eingliederte, und – wenn man denn diesen Begriff auf die Antike anwenden kann – die berühmte römische Landbevölkerung, das Bauernvolk, das der Republik ihre großen Männer schenkte, *neu strukturierte.*

Venus zeigte sich ihm gegenüber großzügig. Er ist von hoher, schlanker Statur, hat weiße, feine Haut, und seine Füße und seine Hände sind nach dem Fuß und der Hand der Göttin des Glücks und der Schönheit geformt. »Er hat lebhafte, dunkle Augen«, sagt Sueton, »Augen eines Falken«, sagt Dante, und seine leicht gebogene Nase verleiht ihm mit diesem Vogel und sogar mit dem Adler eine gewisse Ähnlichkeit, welche die wahrlich großen Männer mit den wahrlich edlen Tieren haben.

Was Cäsars Eleganz betrifft, so ist diese sprichwörtlich. Er enthaart seine Haut sorgfältig. Er hat sogar schon in seiner Jugend lichtes Haar, wodurch eine vorzeitige Kahlköpfigkeit zu erwarten ist. Sein Haar kämmt er daher mit der größten Kunstfertigkeit auf den Vorderkopf. Und das ist der Grund, warum Cicero keinen Argwohn gegen diesen so gut frisierten jungen Mann hegt, der sich mit einem einzigen Finger am Kopf kratzt, um die Anordnung seines spärlichen Haars nicht zu zerstören. Aber Sulla, der ein ganz anderer Politiker ist als der Anwalt aus Tusculum und einen viel schärferen Blick besitzt als sein Freund Atticus[2], Sulla, der Cäsar lässig auf dem Saum seiner Toga spazierengehen sieht, Sulla zeigt mit dem Finger auf ihn und sagt: »Paßt auf Euren lockeren Gürtel auf.«

Über die früheste Jugend Cäsars wissen wir nicht viel.

Rom, das mit blutigen Streitereien zwischen Marius und Sulla beschäftigt ist, achtet nicht auf dieses Kind, das in seinem Schatten aufwächst.

Cäsar ist schon sechzehn Jahre alt, als der Diktator im Forum, auf dem Marsfeld und auf der Via Appia einen hübschen Jüngling bemerkt, der mit lächelndem Gesicht und erhobenen Hauptes einherschreitet, der sich selten in der Sänfte tragen läßt – in einer Sänfte wird man kaum bemerkt! – und der ganz im Gegensatz zu Scipio Nasica oder Scipio Ämilian, denn wir erinnern uns nicht mehr genau, welcher von beiden einen Bauern mit schwieligen Händen fragte: »Mein Freund, läufst du denn auf den Händen?«–, der im Gegensatz zu diesem Scipio seine weiße, unmännliche Hand auch den rauhesten Händen reicht. Dieser junge Mann kennt die Namen der Menschen bis hin zu den Sklaven. Er geht stolz, ohne den Kopf zu neigen, an den Mächtigsten vorüber, hofiert und schmeichelt aber dem Plebejer in der Tunika. Er ist fröhlich in einer Zeit, da alle Welt traurig ist, verschwenderisch in einer Zeit, da alle Menschen ihr Geld vergraben, in einer Zeit beim Volk beliebt, als dieses ein Grund ist, geächtet zu werden.

Und außerdem ist er der Neffe von Marius!

Wir sagten, daß der Diktator auf ihn aufmerksam wird. Er will wissen, wo er bei ihm dran ist und wird ihm daher seinen Willen aufzwingen: Wenn Cäsar diesem Willen nachgibt, hat sich Sulla getäuscht; wenn er sich widersetzt, hat er Cäsar richtig eingeschätzt.

Als Kind wurde Cäsar mit Cossutia verlobt, eine der reichsten Erbinnen Roms, aber ihre Eltern gehörten dem Ritterstand an, das heißt dem mittleren Adel. Eine solche Verbindung kann er nicht dulden. Das Rittertum und selbst der Adel sind seiner nicht würdig. Seine Frau muß dem reinen Patriziat entstammen.

Er verstößt Cossutia, um sich Cornelia zu nehmen.

Na schön, das paßt zu ihm. Cinna, ihr Vater, war viermal Konsul.

Aber es paßt Sulla nicht, daß der junge Cäsar sich zugleich auf den Einfluß seiner eigenen Familie und auf den Einfluß seines Schwiegervaters stützt.

Cäsar erhält also den Befehl, Cornelia zu verstoßen.

Dazu gibt es übrigens eine Vorgeschichte. Pompejus erhielt von Sulla den gleichen Befehl, und Pompejus gehorchte. Aber Pompejus hat nicht Cäsars erhabenen Charakter. Er ist ein großer Mann, der zu hoch eingeschätzt wird und der seine Mißgeschicke mißbraucht hat, um uns durch die Jahrhunderte hindurch viel größer zu erscheinen, als er in Wahrheit war. Pompejus kam dem Befehl also nach.

Cäsar weigert sich.

Zunächst entzieht Sulla ihm die Priesterwürde oder hindert

ihn vielmehr daran, diese zu erlangen. In Rom erlangt man sie nur mit Geld. Wir kommen noch darauf zurück.

Wie ein moderner Chronist erzählt, entzieht Sulla Cäsar die finanzielle Unterstützung.

Wie denn?

Kraft der Lex Cornelia.

Was ist die Lex Cornelia?

Das ist ein Gesetz, das die Güter der Geächteten konfisziert und ihre Eltern ihres Hab und Guts beraubt. Da nun der Vater von Cornelia, Cinna, und einige Verwandte Cäsars im Bürgerkrieg Geächtete waren, weil sie der Partei des Marius angehörten, wurde durch die unerbittliche Anwendung dieses Gesetzes ein Teil von Cäsars Vermögen eingezogen.

Cäsar gab nicht nach.

Sulla gab den Befehl, Cäsar zu verhaften.

In dieser Zeit war die Denunziation noch keine politische Tugend, wie es später zur Zeit Caligulas und Neros der Fall war.

Cäsar brachte sich bei sabinischen Bauern in Sicherheit, wo die Popularität seines Namens ihm selbst die Türen der armseligsten Bauernhöfe öffnete.

Dort wurde er krank.

Jeden Abend, wenn es dunkel wurde, brachte man ihn in ein anderes Haus, so daß er nicht dort zu finden war, wo er die vergangene Nacht verbracht hatte.

Während einer dieser Transporte traf er auf einen Legaten Sullas namens Cornelius, der ihn erkannte. Aber für zwei Goldtalente, das heißt zehn- oder elftausend Francs unserer heutigen Währung, ließ dieser ihn gehen.

In Rom glaubte man, er sei gefaßt worden, und es kam fast zu einer Revolution.

In einer Zeit, in der man sich kaum für sich selbst verwendete, war die Frage, wer sich für ihn verwenden würde. Der ganze Adel und sogar die Vestalinnen flehten für ihn um Gnade.

»Ihr wollt es«, sagte Sulla schulterzuckend, »aber seid auf der Hut. In diesem Kind schlummern mehrere von der Sorte eines Marius.«

Sie liefen zu den Sabinern, um Cäsar die Nachricht zu überbringen.

Er hatte sich eingeschifft.

Wohin fuhr er?

Niemand wußte es. Die Geschichte und seine Veteranen warfen ihm dieses Exil seitdem vor.

Er war in Bithynien bei Nikomedes III.

Wir wissen heute kaum noch, wo Bithynien lag und wer Nikomedes III. war. Wir werden es sagen: Wir haben, wie Sie wissen, die Absicht, unseren Lesern mehr Geschichte als Geschichten zu lehren.

Bithynien war der nordwestliche Teil von Anatolien. Im Norden grenzte es an den Pontus Euxinus, das Schwarze Meer, im Süden an Galatien und an Phrygien, im Westen an Propontis und an Paphlagonien im Osten. Seine bedeutendsten Städte waren Prusa, Nikomedia und Heraklea. Vor Alexander war es ein kleines Königreich innerhalb Persiens, das von Zypetes regiert wurde. Alexander nahm dieses Königreich im Vorübergehen in sein makedonisches Reich auf und machte es zu einer seiner Provinzen. Später baute er nach dem Vorbild des Königreiches Alexandria. Zweihunderteinundachtzig Jahre v. Chr. befreite es Nikomedes I. Hannibal suchte hier bei Prusias II. Schutz und vergiftete sich, um nicht an die Römer ausgeliefert zu werden. Jedermann kennt Corneilles Tragödie über dieses Thema.[3]

Nikomedes III., der Sohn von Nikomedes II., herrschte von 90 bis 75 v. Chr. Er wurde zweimal von Mithridates seines Amtes enthoben und zweimal von den Römern wieder eingesetzt, und als er starb, vererbte er sein Königreich der Republik.

Was die gegen Cäsar vorgebrachte Anschuldigung in bezug auf den königlichen Erblasser betrifft, so ist sie in dem

Lied zusammengefaßt, das ihm später die Soldaten singen werden:

»Cäsar hat Gallien unterworfen; Nikomedes hat Cäsar unterworfen; Cäsar siegt, weil er Gallien unterworfen hat; Nikomedes triumphiert nicht, Cäsar unterworfen zu haben.«

Cäsar ärgert sich darüber. Er bietet an, sich durch einen Schwur zu rechtfertigen, aber die Soldaten lachen ihm ins Gesicht und singen ihm die zweite Strophe vor:

»Bürger, schützt eure Frauen. Wir bringen den kahlköpfigen Lebemann, der mit dem Geld, das er sich in Rom geliehen hat, die Frauen in Gallien gekauft hat.«

Cäsar ist also bei Nikomedes III., als er von Sullas Tod erfährt.

Sulla starb in der Tat, nachdem er abgedankt hatte.

Diese unerwartete Abdankung versetzte die Nachwelt in Erstaunen. Arme Nachwelt! Sie hielt sich kaum damit auf, die Menschen zu zählen, die in Rom Interesse daran hatten, daß Sulla kein Unglück zustieß, und die ihn als einfachen Privatmann mit einer wohl größeren Sorgfalt beschützten wie als Diktator, denn als Diktator brauchte er angesichts seiner Wachen nicht beschützt zu werden.

Sulla hatte ungefähr dreihundert seiner Männer in den Senat gesetzt.

Nur in Rom betrug die Anzahl der Sklaven der Geächteten – Sklaven, die von ihm freigelassen worden waren und die den Namen Cornelier trugen –, nur in Rom, sagen wir, betrug die Anzahl der von ihm freigelassenen Sklaven an die zehntausend.

Er hatte in Italien hundertzwanzigtausend Soldaten, die unter seinem Befehl gekämpft hatten, als Landbesitzer angesiedelt, indem er ihnen Teile des *ager publicus*, des staatlichen Ackerlandes, übertragen hatte.

Hatte derjenige übrigens wirklich abgedankt, der in der Stadt Cumae am Tag vor seinem Tod erfuhr, daß der Quästor Granius, der in Erwartung auf das baldige Ereignis zögerte, die Summe zu zahlen, die er der Staatskasse schuldete, der den Quästor Granius ergreifen und ihn vor seinen Augen neben seinem Bett erwürgen ließ?

Am Tag nach dieser Hinrichtung war Sulla tot. Und er war für einen Mann, der sich Sohn der Venus und der Fortuna nannte und der sich schmeichelte – berechtigterweise übrigens – mit allen schönen Frauen Roms bestens zu stehen, eines wahrlich scheußlichen Todes gestorben: verfault, ehe er starb! Wie einige Leichen, von denen der Totengräber in *Hamlet* sagt: *Rotten before he dies*. Sulla hatte den letzten Atemzug getan, zerfressen von Läusen, die aus den Geschwüren hervorquollen, mit denen sein Körper übersät war, und die wie Kolonien von Emigranten eine Wunde nur verließen, um in eine andere einzudringen.

Das ändert nichts daran, daß sein Begräbnis vielleicht sein größter Triumph war.

Sullas Leichnam wurde von Veteranen eskortiert über die Via Appia von Neapel nach Rom getragen. Vor diesem schändlichen Leichnam schritten vierundzwanzig Liktoren. Hinter dem Wagen wurden zweitausend Goldkronen getragen, die von Städten, Legionen und sogar von einfachen Privatpersonen geschickt worden waren; überall hielten sich Priester auf, um den Sarg zu beschützen.

Sulla, durch den die römische Aristokratie wieder Fuß gefaßt hatte, war nicht beliebt, das muß man zugeben, aber neben den Priestern gab es auch noch den Senat, die Ritter und das Heer.

Man fürchtete einen Aufstand. Doch diejenigen, die nichts gegen den Lebenden unternommen hatten, ließen auch den Toten ruhig passieren.

Und der Tote zog, begleitet von den feierlichen Rufen, die der Senat in regelmäßigen Abständen ausstieß, und begleitet von schmetternden Fanfaren, die auf den Klang der Trompeten antworteten, die Straße entlang.

Als der Zug in Rom angekommen war, wurde der verseuchte Leichnam zur Rednertribüne gebracht und gerühmt.

Schließlich wurde er auf dem Marsfeld begraben, wo seit den Königen niemand mehr beigesetzt worden war.

All diese Frauen, deren Liebhaber er gewesen sein will, die Nachkommen der Lucretia und der Cornelia, brachten zweihundert Körbe Gewürze: eine so große Menge, daß, nachdem Sulla verbrannt worden war, noch genug übrigblieb, um eine Statue in Lebensgröße von Sulla zu finanzieren sowie die Statue eines Liktoren.

Nachdem Sulla in Cumae gestorben, auf der Rednertribüne verbrannt und auf dem Marsfeld beigesetzt worden war, kehrte Cäsar also, wie wir gesagt haben, nach Rom zurück.

Wie waren die Verhältnisse zu diesem Zeitpunkt in Rom?

Wir werden versuchen, darüber zu berichten.

2

In der Zeit, um die es nun geht, das heißt 80 v. Chr., war Rom noch keineswegs das Rom, das Vergil das Schönste aller Dinge nannte, das der Rhetor Aristides die *Hauptstadt der Völker*, Athene *die Welt in Kleinformat* und Polemon der Sophist *die Stadt der Städte* nannte.

Erst achtzig Jahre später, zur Zeit Christi Geburt, wird Augustus sagen: »Schaut auf dieses Rom! Als ich es übernommen habe, bestand es aus Ziegelsteinen, und ich lasse es in Marmor zurück.«

Die Arbeiten des Augustus, mit denen wir uns zu diesem Zeitpunkt nicht beschäftigen und über die wir nichtsdestoweniger doch nebenbei ein Wort sagen wollen, diese Arbeiten des Augustus kann man in der Tat mit denjenigen vergleichen, die heute bei uns durchgeführt werden und die den Anblick dieser anderen Sache verändern, *der schönsten aller Dinge*, dieser anderen *Hauptstadt der Völker* und dieser anderen *Welt in Kleinformat*, dieser anderen *Stadt der Städte*, die man Paris nennt**.

Kommen wir auf das Rom des Sulla zurück. Schauen wir uns an, wie es angefangen hatte und in welcher Verfassung die Stadt sich nun befand.

Versuchen wir, inmitten dieser wirren Anhäufung von Häusern, welche die sieben Hügel bedeckten, unter ihnen zwei Hügel, die so hoch sind wie das, was wir den Berg Sainte-Geneviève nennen, und die *Saturn* und *Palatin* heißen oder vielmehr hießen, die Stadt wiederzufinden.

Saturn ist das von Evander gegründete Dorf aus strohgedeckten Hütten; Palatin ist der Krater eines erloschenen Vulkans.

Zwischen diesen beiden Hügeln verläuft ein schmales Tal. Dies war früher ein Wald und ist heute das Forum.

Und in diesem Wald wurden die beiden historischen Zwillinge und der Nährwolf gefunden.

Das war der Beginn Roms.

Vierhundertzweiunddreißig Jahre nach der Einnahme Trojas, zweihundertfünfzig Jahre nach dem Tod Salomons, zu Beginn der siebten Olympiade, im ersten Jahr der zehnjährigen Regentschaft des Athener Archonten Cherops, als Indien bereits gebrechlich war, Ägypten seinem Verfall entgegenging, Griechenland die ersten Stufen zu seiner Größe emporstieg, Etrurien sich auf seinem Höhepunkt befand, der ganze Westen und der Norden noch in Dunkelheit gehüllt waren, in diesem Jahr gab Numitor, der König der Albaner, seinen beiden Enkelsöhnen, Romulus und Remus, den Bastarden der Rhea Silvia, seiner Tochter, den Platz, an dem sie ausgesetzt und gefunden wurden.

** Dumas spricht hier über die von dem Präfekten Haussmann (1809–1891) unter Napoleon III. durchgeführte Modernisierung von Paris.

Romulus und Remus waren die beiden Zwillinge, die im Wald gefunden worden waren, wo sie die Wölfin säugte; der Wald, in dem sie die Wölfin säugte, war der Wald, der sich in dem Tal zwischen dem Saturn- und dem Palatinhügel befand.

Noch heute finden Sie die Quelle wieder, die diesen Wald wässerte. Sie ist unter dem Namen Juturnusquelle bekannt. Das ist die Schwester des Turnus, die nach Vergils Worten ewig den Tod ihres Bruders beweint.

Betrachten wir hier die Geschichte aus dem Blickwinkel der Tradition. Wir haben keineswegs die Zeit, sie wie einen Mythos zu untersuchen.

Auf dem höchsten der beiden Berge zeichnet Romulus einen Kreis.

»Meine Stadt wird Rom heißen«, sagt er, »und hier ist ihre Stadtmauer.«

»Eine schöne Mauer«, sagt Remus und springt über die gezogene Linie.

Romulus suchte sicherlich nur nach einem Grund, sich seines Bruders zu entledigen. Er erschlug ihn, sagen die einen, mit dem Stock, den er in der Hand hielt; er tötete ihn, sagen die anderen, indem er ihm sein Schwert in den Körper stieß.

Nachdem Remus tot war, grub Romulus mit einem Pflug die Stadteinfriedung.

Die Pflugschar stieß auf einen Menschenkopf.

»Gut«, sagt er, »ich wußte schon, daß meine Stadt Rom heißen wird; die Zitadelle wird Kapitol heißen.«

Ruma, Brust; *caput*, Kopf.

In der Tat sollte das *Kapitol* der Kopf der antiken Welt werden; *Rom* wird die Quelle sein, aus dem die modernen Völker ihren Glauben schöpfen.

Der Name ist – wie wir sehen – in zweifacher Hinsicht symbolisch.

In diesem Moment fliegen zwölf Geier vorüber.

»Ich verspreche meiner Stadt«, sagt Romulus, »zwölf Jahrhunderte Königtum.«

Und von Romulus bis Augustulus verstreichen zwölf Jahrhunderte.

Nun zählt Romulus sein Heer. Er hat dreitausend Fußsoldaten und dreihundert Reiter um sich versammelt.

Das ist der Kern des römischen Volkes.

Hundertfünfundsiebzig Jahre nach diesem Tag führt Servius Tullius eine Zählung durch. Er zählt fünfundachtzigtausend waffenfähige Bürger, und er zieht eine neue Einfriedung, innerhalb derer zweihundertsechzigtausend Menschen leben können.

Diese Einfriedung ist das *Pomerium*, die heilige Grenze, eine unantastbare Einfriedung, die nur von denen erweitert werden konnte, die eine Provinz von den Barbaren erobert hatten.

Außerhalb dieser Stadtmauer erstreckte sich ein geheiligtes Gebiet, auf dem man weder etwas bauen noch anbauen durfte.

Aber schon bald wurde das, was für Rom nur ein lockerer Gürtel war, wie der, den Cäsar um seine Taille schlang, zu einer Zwangsjacke, welche der Stadt den Atem nahm, denn in dem Maße, wie Rom Italien eroberte, eroberte Italien Rom, und in dem Maße, wie Rom in die Welt einfiel, fiel die Welt in die Stadt ein.

Man muß auch sagen, daß Rom die höchsten Privilegien genoß. Der Titel eines römischen Bürgers gewährte große Ehren und vor allem viele Rechte. Der römische Bürger wurde bezahlt, weil er im Forum wählte, und er ging kostenlos in den Zirkus.

Doch all diese Ausdehnungen waren geringfügig.

»Die Stadtmauer«, sagt Dionysius aus Halikarnassos, der zu Zeiten des Augustus schrieb, »wurde nicht mehr erweitert, da die Örtlichkeiten es nicht zuließen.«

Es stimmt, daß städtische Gemeinden Rom umringten, denen das Wahlrecht verliehen worden war. Diese Städte waren Rom im Kleinformat. Es waren alte Sabinerstädte: Tusculum, Lavinium, Aricia, Pedum, Nomentum, Privernum, Cumae, Acerrae. Ihnen wurden Fundi, Formiae und Arpinum hirzugefügt.

Dann kommen noch die Gemeinden ohne Wahlrecht hinzu, siebenundvierzig Kolonien, die vor dem punischen Krieg in Mittelitalien gegründet wurden; zwanzig weitere liegen schon etwas weiter von der *Stadt* entfernt – denn nun sagt man schon nicht mehr Rom, sondern *die Stadt* -; all diese Kolonien besitzen das Bürgerrecht, aber kein Wahlrecht.

Rom ist mit einer Statue vergleichbar, die hoch oben auf einer Säule thront.

Nach Rom kommen die Gemeinden oder Städte, die Bürgerrecht und Wahlrecht genießen; nach den Gemeinden die Kolonien, die nur noch Bürgerrecht haben; schließlich nach den Kolonien die Latiner, die Italiker, denen die Regierung zugunsten der Kolonisten das beste Land weggenommen hat.

Die letzteren waren von der Abgabe des Tributs befreit, jedoch nicht davon, Soldaten zu stellen. Sie stellten das römische Heer, denn sie wurden fast wie eroberte Völker behandelt: sie, die dazu dienten, fremde Völker zu erobern.

Im Jahre 172, dem Jahr der Niederlage Persiens, befahl ein Konsul den Einwohnern von Präneste, für ihn eine Unterkunft und Pferde bereitzuhalten.

Ein anderer ließ die Magistrate einer Stadt auspeitschen, die ihm keine Lebensmittel geliefert hatten.

Ein Zensor, der einen Tempel baute, ließ das Dach des Tempels der Juno Lucina abheben, des heiligsten Tempels in Italien, um seinen eigenen fertigzustellen.

In Ferentium verjagte ein Prätor, der in den öffentlichen Bädern baden wollte, alle Menschen und ließ einen Quästor der Stadt auspeitschen, der sich dieser Laune widersetzen wollte.

Ein Ochsentreiber aus Venusia traf einen römischen Bürger, der in einer Sänfte getragen wurde – ganz richtig, es war ein einfacher Bürger!

»Was«, sagte der Ochsentreiber zu den Sklaven, »tragt ihr einen Toten?«

Dieses Wort mißfiel dem Reisenden, der ihn mit dem Stock erschlagen ließ.

Schließlich ließ ein Prätor in Teanum die Magistrate auspeitschen, weil seine Frau, die zu einer ungewöhnlichen Zeit ins Bad gehen wollte, dieses nicht leer vorfand, obwohl sie ihre Absicht eine Stunde zuvor kundgetan hatte.

In Rom hätten sich all diese Vorfälle niemals ereignet.

Tatsächlich trat Rom nur über seine Prokonsuln an die Provinzen heran.

Und wie behandelten die Prokonsuln die Provinzen?

Wir haben einige Beispiele angeführt.

Was wir gesagt haben, ist jedoch noch gar nichts. Schauen Sie sich Verres in Sizilien, Piso in Makedonien und Gabinius in Syrien an.

Lesen Sie Cicero. Jedermann kennt seine Anschuldigungen gegen Verres.

Und was Piso betrifft, so erhebt dieser in Achaja Steuern auf eigene Rechnung und zwingt die ehrenwertesten Mädchen dazu, seine Mätressen zu werden. Mehr als zwanzig von ihnen ertränken sich im Brunnen, um dem Bett des Prokonsuls zu entrinnen.

Gabinius hängt mehr am Geld als an den Frauen. Er verkündet lautstark, daß ihm alles in Syrien gehöre und er sein Prokonsulat teuer genug bezahlt habe, so daß er das Recht besitze, alles zu verkaufen.

Schlagen Sie schließlich noch einmal Cicero auf, suchen Sie die Briefe an Atticus, und Sie werden sehen, wie es in Bithynien aussah, als Cicero nun seinerseits als Prokonsul auf Atticus folgte, und wie erstaunt die Bevölkerung war, als er verkündete, daß er sich mit zwei Millionen zweihunderttausend Sesterzen begnüge, das heißt um die vierhundertvierzigtausend Francs, die der Senat ihm gab, und daß er dank dieser Summe weder Holz für sein Zelt und Getreide für seine Gefolgschaft noch Heu für seine Pferde brauche.

In der antiken Gesellschaft ist die Hauptstadt alles und die Provinz nichts.

Als Numantia erobert worden ist, fällt Spanien an die Römer.

Genauso fällt Afrika nach der Eroberung Karthagos an Rom, Sizilien nach der Eroberung von Syrakus und Griechenland nach der Eroberung Korinths.

Bilden Sie sich also Ihr Urteil, was Rom ist, dem die Auguren das Weltreich versprechen, wenn es sich genauso mit den anderen Hauptstädten verhält.

Alle kommen nach Rom:

Reiche, um ihre Freude zu haben; Arme, um zu essen; neue Bürger, um ihr Wahlrecht zu verkaufen; Rhetoren, um eine Schule zu gründen; Chaldäer, um wahrzusagen.

Rom ist die Quelle: für Brot, Ehren, Reichtum und Vergnügen. In Rom findet man alles.

Was nutzt es, wenn der Senat im Jahre 189 v. Chr. zwölftausend latinische Familien verjagt, im Jahre 173 sechzehntausend Einwohner, im Jahre 128 alle Ausländer – und, was weiß ich, was noch alles passierte? Ich vergesse die Lex Fannia, die Lex Mucia Licinia und die Lex Papia, die einen ebenso großen Aderlaß für die Bevölkerung bedeuten. Das ändert jedoch nichts daran, daß Rom, das sich nicht weiter ausdehnen kann, in die Höhe ragt, und daß Augustus – Sie sehen das bei Vitruvius – gezwungen ist, ein Gesetz zu erlassen, das verbietet, Häuser zu bauen, die höher als sechs Stockwerke sind.

Wir sehen auch, daß Sulla kurz vor der Zeit, in der wir uns jetzt befinden, den Gürtel von Rom um ein Loch lockert, das allmählich aus allen Nähten platzt.

Innerhalb welchen Zeitraums ist Rom allmählich zu dieser Größe aufgestiegen?

Wir werden es sagen.

Nach der ersten Revolution, nachdem Brutus und Collatinus zu Konsuln ernannt worden sind, beschäftigt sich Rom zunächst damit, die etruskischen Elemente aus der Stadt zu verweisen, wie das Frankreich des Hugues Capet die karolingischen Elemente des Landes verweist. Dann macht sich die Stadt an die Eroberung der umliegenden Gebiete.

Nachdem sie sich die Latiner und die Herniker einverleibt hat, unterwirft sie die Volsker, nimmt Veji ein, drängt die Gallier am Fuße des Kapitols zurück und übergibt Papirius Cursor die Führung des Samnitenkrieges, der Italien von Etrurien bis zur Spitze von Rhegium in Brand setzen wird.

Dann schaut sich Rom um, sieht, daß Italien unterworfen ist, und macht sich an die Eroberung fremder Gebiete.

Duilius unterwirft Sardinien, Korsika und Sizilien; Scipio Spanien; Paulus Ämilius Makedonien und Sextius Gallia Transalpina.

Dort gibt es eine Grenze: Rom hält inne.

Von diesem Gipfel der Alpen, die Rom durch den Schnee hindurch gesehen hat, steigt Hannibal hinab. Er schlägt dreimal zu, und bei jedem dieser Schläge verletzt er Rom beinahe tödlich.

Diese Wunden heißen Trebia, der Trasimenische See und Cannae.

Die Stadt hat Glück, denn Hannibal wird von der Partei der Händler im Stich gelassen. Sie lassen ihn ohne Geld, ohne Soldaten und ohne Verstärkung in Italien zurück.

Scipio seinerseits geht nach Afrika. Hannibal hat es nicht geschafft, Rom einzunehmen; Scipio wird Karthago einnehmen.

Hannibal stellt sich zwischen ihn und die afrikanische Stadt, verliert die Schlacht bei Zama, bringt sich bei Prusias in Sicherheit und vergiftet sich, um nicht in die Hände der Römer zu fallen.

Nachdem dieser große Feind besiegt ist, gehen die Eroberungskämpfe weiter.

Antiochus liefert Syrien, Philipp V. Griechenland und Jugurtha Numidien.

Nun muß Rom nur noch Ägypten erobern, und dann wird es die Herrscherin dieses großen Meeres sein, das man das Mittelmeer nennt, dieses herrlichen Beckens, das für die Völker aller Zeiten ausgehöhlt wurde, das die Ägypter überqueren, um Griechenland zu bevölkern, die Phönizier, als sie Karthago gründen, die Phokäer, als sie Marseille gründen. Ein riesiger Spiegel, in dem sich nach und nach Troja, Kanobos, Tyrus, Karthago, Alexandria, Athen, Taranto, Sybaris, Rhegium, Syrakus, Selinus und Numantia spiegeln und in dem sich das majestätische, mächtige, unbesiegbare Rom selbst spiegelt.

An den nördlichen Ufern dieses Meeres gelegen, streckt Rom einen Arm nach Ostia aus, den anderen nach Brundisium, und damit hat es die drei Teile der bekannten Welt in der Hand:

Europa, Asien und Afrika.

Dank dieses Meeres kann Rom in weniger als sechzig Jahren überall eindringen: über die Rhone ins Herz Galliens, über den Eridanus ins Herz Italiens, über den Tajo ins Herz Spaniens, über die Meerenge von Cadiz zum Ozean und zu den Kassiteriden-Inseln, das heißt nach England; durch die Meerenge von Sestos zum Pontus Euxinus, das heißt in die Tartarei, über das rote Meer nach Indien, in den Tibet, zum Pazifik, also in die Unendlichkeit, über den Nil schließlich nach Memphis, nach Elephantine, nach Äthiopien, in die Wüste, also ins Unbekannte.

Das ist dieses Rom, um das sich Marius und Sulla gestritten haben, um das sich Cäsar und Pompejus streiten werden und das Augustus erben wird.

3

Was vertreten diese beiden Männer, Marius und Sulla, die sich bis auf den Tod bekämpft haben?

Marius steht für Italien und Sulla für Rom.

Der Sieg Sullas über Marius war der Triumph Roms über Italien, der Sieg der Adeligen über die Reichen, der Männer, welche die Lanze tragen, über die Männer, die den Ring tragen, der Quiriten über die Ritter.

Sechzehnhundert Ritter und vierzig Senatoren der gleichen Partei wurden geächtet. Hier heißt geächtet nicht des Landes verwiesen, sondern es heißt, daß sie getötet, massakriert und erdrosselt wurden.

Ihr Hab und Gut ging an die Soldaten, die Generäle und die Senatoren.

Marius hatte auf brutale Weise und wie ein Bauer aus Arpinum getötet.

Sulla tötete wie ein Aristokrat, methodisch und pünktlich. Jeden Morgen gab er die Liste aus, und jeden Abend überprüfte er die Ergebnisse.

Es gab Köpfe, die waren zweihundert Talente wert, zwölfhunderttausend Livres.

Es gab andere, die nur ihr Gewicht in Silber aufwogen.

Wir erinnern uns an diesen Halsabschneider, der Blei in die Schädeldecke seines Kopfes pumpte, damit er mehr wog.

Reich zu sein, war ein Grund, geächtet zu werden. Der eine wurde wegen seines Palastes geächtet, der andere wegen seiner Gärten.

Ein Mann, der niemals Partei für Marius oder Sulla ergriffen hatte, las seinen Namen auf der Liste, die soeben ausgehängt worden war.

»Ich Unglücklicher«, sagte er, »meine Villa in Alba tötet mich!«

Die Ächtungen beschränkten sich keineswegs auf Rom, sondern sie erstreckten sich über ganz Italien.

Nicht nur die Verdächtigen selbst wurden getötet, verbannt und ausgeraubt, sondern auch ihre Verwandten, ihre Freunde und sogar diejenigen, die sie auf ihrer Flucht getroffen und die nur ein einziges Wort mit ihnen gewechselt hatten.

Ganze Städte wurden wie Menschen geächtet. Sie wurden geplündert, ihre Stadtmauern niedergerissen und die Straßen und Häuser entvölkert. Etrurien wurde fast vollständig dem Erdboden gleichgemacht, und dafür wurde im Arnotal unter dem priesterlichen Namen Roms, *Flora*, eine neue Stadt gegründet.

Rom besaß drei Namen: einen bürgerlichen Namen: *Roma*; einen mysteriösen Namen: *Eros* oder *Amor*; einen priesterlichen Namen: *Flora* oder *Anthusa*.

Flora heißt heute Florenz: In diesem Fall ist die Etymologie einfach nachzuweisen.

Sulla hatte die alte italische Rasse ausgerottet, weil er die Sicherheit Roms gewährleisten wollte.

Rom wurde nach Sullas Meinung von seinen Verbündeten bedroht. Diese hatten den Barbaren signalisiert, daß sie kommen könnten, und die Chaldäer, die Phrygier und die Syrer kamen.

Nach Sullas Tod war das Volk Roms nicht mehr römisch. Es war noch nicht einmal mehr ein Volk; es war eine Ansammlung Freigelassener und der Söhne Freigelassener. Ihre Großväter, Väter und sie selbst waren auf öffentlichen Plätzen verkauft worden. Wie wir schon gesagt haben, hatte Sulla selbst zehntausend freigelassen.

Schon zu Zeiten der Gracchen, das heißt hundertdreißig Jahre v. Chr., ungefähr fünfzig Jahre vor Sullas Tod, war das Forum nur noch mit diesen Halunken gefüllt.

Eines Tages, als sie großen Lärm machten und Scipio Ämilian daran hinderten zu sprechen, schrie dieser:

»Schweigt, ihr Bastarde Italiens!«

Als sie ihm daraufhin drohten, ging er geradewegs auf diejenigen zu, die ihm die Faust zeigten, und sagte zu ihnen:

»Ihr könnt mir ruhig drohen, denn jene, die ich gefesselt

nach Rom gebracht habe, machen mir keine Angst, auch wenn sie jetzt nicht mehr gefesselt sind.«

Und tatsächlich verstummten sie vor Scipio Ämilian.

In dieses Rom und in dieses Volk kehrte Cäsar, der Erbe und Neffe des Marius, nach Sullas Tod zurück.

Entweder glaubte er, daß die Stunde, seinen Platz zu fordern, noch nicht gekommen sei, oder er hatte wie Bonaparte, der nach der Belagerung von Toulon um Dienste in der Türkei bat, noch keine klare Vorstellung von seinem Glück; aber wie auch immer: Cäsar legte nur kurz in Rom an und reiste anschließend nach Asien, wo er unter dem Prätor Thermus zum erstenmal in den Krieg zog. Es ist anzunehmen, daß er wartete, bis sich die Unruhen, die ein gewisser Lepidus verursachte, gelegt hatten.

Wir dürfen diesen Lepidus übrigens nicht mit dem des Triumvirats verwechseln.

Dieser hier war ein Abenteurer, ein Gewächs des Zufalls, der aus Kummer starb, nachdem er von Catulus besiegt worden war.

Als es in Rom wieder ruhig geworden war, kehrte Cäsar zurück, um Dolabella wegen Veruntreuung von Geldern anzuklagen.

Die Anklageerhebung war nicht nur eine ausgezeichnete Möglichkeit, um bekannt zu werden, sondern auch um schnell Beliebtheit zu erlangen. Man mußte jedoch siegen oder ins Exil gehen.

Cäsar scheiterte.

Er beschloß also, sich nach Rhodos zurückzuziehen, um einerseits neuen Feinden aus dem Weg zu gehen, und andererseits, um hier die Redekunst zu erlernen, die er scheinbar noch nicht ausreichend beherrschte, da Dolabella über ihn gesiegt hatte.

In der Tat war in Rom jedermann mehr oder weniger

Anwalt. Man diskutierte selten, und man klagte immer. Die Reden waren wahre Plädoyers, die in emphatischem oder gemäßigtem Ton vorgetragen oder gesungen wurden. Hinter vielen Rednern stand ein Flötenspieler, der ihm den Grundton angab und ihn an den Ton und den Takt erinnerte, wenn er die Melodie verlor.

Jeder hatte das Recht, Klage zu erheben.

Wenn der Angeklagte ein römischer Bürger war, blieb er frei. Ein Freund bürgte für ihn, und meistens nahm ihn ein Magistrat in seinem Hause auf.

Wenn der Angeklagte Ritter, Quirite oder Patrizier war, stand Rom angesichts der Anklage Kopf. Es war die Neuigkeit des Tages. Der Senat ergriff für oder gegen den Angeklagten Partei. Solange man auf den großen Tag wartete, stiegen die Freunde des Anklägers oder des Angeklagten auf die Tribüne und erhitzten das Volk für oder gegen ihn. Jeder suchte nach Beweisen, kaufte Zeugen, stöberte überall herum, um die Wahrheit zu finden, und wenn nicht die, dann die Lüge. Dafür hatte man dreißig Tage Zeit.

»Ein reicher Mann kann nicht verurteilt werden«, schrie Cicero laut.

Und Lentulus, der mit zwei Stimmen Mehrheit freigesprochen worden war, schrie:

»Ich habe fünfzigtausend Sesterzen aus dem Fenster geworfen.«

Das war der Preis, den er für eine dieser beiden Stimmen gezahlt hatte, die überflüssig war, weil eine einzige Stimme Mehrheit genügt hätte, um ihn freizusprechen.

Aber es stimmt, daß es gefährlich war, wenn die Mehrheit nur aus einer einzigen Stimme bestand.

Der Angeklagte, der auf den Tag der Urteilsverkündung wartete, lief in Lumpen durch die Straßen Roms. Er ging von Tür zu Tür, bat um Gerechtigkeit und sogar um Barmherzigkeit seiner Mitbürger, fiel vor den Richtern auf die Knie, bat, flehte und weinte.

Und wer waren die Richter?

Mal die einen, mal die anderen.

Sie wurden ausgewechselt, damit sich die neuen nicht wie die alten kaufen ließen – und die neuen verkauften sich teurer.

C. Gracchus sprach dieses Privileg 123 v. Chr. durch die Lex Sempronia den Senatoren ab und übertrug es den Rittern.

Sulla teilte durch die Lex Cornelia diese Macht zwischen den Tribunen, den Rittern und den Repräsentanten des Staatsschatzes auf.

Cäsar hatte unter Anwendung der Lex Cornelia eine Affäre mit dem Senat.

Die Debatten dauerten ein, zwei oder manchmal drei Tage.

Wenn in der glühenden Hitze Italiens in diesem Forum die beiden Parteien wie die Wogen eines stürmischen Meeres aufeinanderprallten, donnerte das Gewitter der Leidenschaft, und die Blitze des Hasses zuckten wie züngelnde Flammen über den Köpfen der Zuhörer.

Diese Richter, die noch nicht einmal versuchten, von ihrer Stirn und aus ihren Blicken die Zeichen der Sympathie oder Antipathie zu verjagen, schritten zur Urne.

Es waren manchmal vierundzwanzig, hundert oder sogar noch mehr, und sie gaben ihre Stimme ab, die den Angeklagten freisprach oder ihm erlaubte, ins Exil zu gehen.

So wurde Verres nach der Anklage Ciceros 70 v. Chr. das Exil *erlaubt*.

Der Buchstabe A, der *absolvo* bedeutete, war mehrheitlich für Dolabella abgegeben worden, und Dolabella wurde freigesprochen.

Wie wir schon gesagt haben, verließ Cäsar also Rom. Lesen Sie es eher so: Er war gezwungen, aus Rom zu fliehen, um nach Rhodos zu gehen.

Er hoffte, auf Rhodos einen ausgezeichneten Rhetor namens Molo zu treffen, aber Cäsar hatte die Rechnung ohne die Piraten gemacht. Damals war Cäsar das Glück noch nicht hold. Er wurde von den Piraten gefangengenommen, die zu dieser Zeit das Mittelmeer unsicher machten.

Wir wollen ein Wort über die Piraten sagen, die um 80 v. Chr. im Mittelmeer vor Sizilien und Griechenland die gleiche Rolle spielten wie die Korsaren im 16. Jahrhundert vor Algier, Tripolis und Tunis.

4

Diese Piraten waren früher meist die Hilfstruppen des Mithridates gewesen. Aber Sulla, der ihn 86 v. Chr. besiegte, eroberte von ihm Ionien, Lydien und Mysien und tötete zweihunderttausend seiner Männer, zerschlug seine Marine und versetzte ihn so wieder in den Stand seines Vaters. Die Matrosen des Königs von Pontus standen auf der Straße, und da sie nicht mehr für den Vater von Pharnakes kämpfen konnten, entschlossen sie sich, auf eigene Rechnung in den Kampf zu ziehen.

Zu diesen gesellten sich all jene, die aufgrund der Plünderungen der römischen Prokonsuln, die in den Orient geschickt worden waren, in Harnisch gerieten. Das waren Kilikier, Syrer, Zyprioten und Pamphylier.

Rom, das mit den Kriegen zwischen Marius und Sulla beschäftigt war, ließ das Meer ungeschützt. Die Piraten bemächtigten sich seiner.

Doch sie beschränkten sich nicht darauf, Boote, Galeeren und sogar große Schiffe anzugreifen. »Sie verwüsteten«, sagt Plutarch, »Inseln und Seestädte.«

Bald gesellten sich zu diesen Abenteurern und namenlosen Männern die Geächteten des Sulla, Adelige und Ritter. Genauso wie das Wort *Bandit* über das Wort *bandito* zu uns kam, genauso war die Piraterie eine Reaktion des Ostens auf den Westen, eine Art Beruf, wenn auch nicht ehrenvoll, so doch reizvoll und poetisch, dem Byron und Charles Nodier unserer Zeit Typen wie Conrad und Jean Sbogar hinzufügen konnten.[4]

Die Piraten besaßen Arsenale, Häfen, Beobachtungstürme und perfekt gesicherte Zitadellen. Sie sendeten Signale vom Festland aufs Meer und vom Meer aufs Festland, die nur von ihnen allein verstanden wurden, und das über beträchtliche Entfernungen.

Ihre Flotte war reich an guten Ruderern, an ausgezeichneten Lotsen und perfekten Matrosen. Ihre Schiffe waren in Griechenland oder auf Sizilien vor ihren Augen von den besten Schiffbauern gebaut worden. Einige flößten allein durch ihren Prunk Angst ein. Das Heck der obersten Anführer war vergoldet, und die Zimmer auf den Schiffen waren mit Teppichen aus Purpur ausgelegt. Sie ruderten mit versilberten Rudern über die Meere. Schließlich trugen sie ihr Piratentum wie eine Trophäe zur Schau.

Abends hörte man aus einer Stadt, die am Ufer des Meeres lag, eine Musik, die mit dem Gesang und der Melodie der Sirenen konkurrierte. Ein schwimmendes, erleuchtetes Schloß fuhr vorüber: wie eine Stadt, die ein Fest feierte. Das waren die Piraten, die ein Konzert und einen Ball gaben.

Am nächsten Tag antwortete die Stadt oft auf die Gesänge des Vortages mit Schreien der Verzweiflung, und auf das rauschende Fest folgte das Blutbad.

Man zählte mehr als tausend dieser Schiffe, die das Binnenmeer von Cadiz bis Tyrus und von Alexandria bis zur Meerenge von Lesbos durchkreuzten.

Mehr als vierhundert Städte wurden erobert und gezwungen, sich freizukaufen. Schließlich wurden die Tempel eingenommen, die bislang als heiliger Boden galten, geschändet und ausgeplündert: die Stätten Klaros, Didyma, Samothrake, die von Ceres in Hermione, von Äskulap in Epidaurus, von Juno auf Samos, von Apoll in Aktium und auf Leukadia, von

Neptun in der Landenge von Korinth, in Tainaron und auf Kalaureia.

Dafür brachten die Banditen ihren Göttern Opfer dar, zelebrierten geheime Mysterien, unter anderem die des Mithras, den sie als erste bekannt machten.

Manchmal gingen sie an Land und wurden zu Räubern auf den großen Straßen, machten die Gegend unsicher und zerstörten die Sommersitze der Reichen, die am Meer lagen.

Einmal entführten sie zwei Prätoren, die in ihre purpurnen Roben gehüllt waren, und nahmen sie ebenso wie die Liktorenträger mit, die ihnen vorangingen.

Ein anderes Mal war es die Tochter des Antonius, eines mit Triumphen geehrten Magistrats, die entführt und deren Familie gezwungen wurde, ein hohes Lösegeld zu zahlen.

Manchmal schrie ein Gefangener, der vergessen hatte, in wessen Hände er gefallen war, um ihnen Respekt einzuflößen:

»Seid auf der Hut! Ich bin ein römischer Bürger.«

Die Piraten riefen dann sogleich:

»Römischer Bürger! Was sagt Ihr da, Herr? Schnell! Gebt dem römischen Bürger seine Kleider, seine Schuhe und seine Toga zurück, damit er nicht länger verkannt wird.«

Und als der Bürger fertig angekleidet war, drehten sie das Schiff bei, hängten eine Leiter ans Schiff, deren Ende ins Meer führte, und sagten zu dem stolzen Bürger:

»Römischer Bürger, die Straße ist frei. Kehrt nach Rom zurück.«

Und wenn er nicht freiwillig ins Meer ging, stürzte man ihn mit Gewalt hinein.

In die Hände dieser Männer also fiel Cäsar.

Zuerst verlangten sie von ihm zwanzig Talente Lösegeld.

»Also gut«, sagte Cäsar zu ihnen, der über sie spottete, »es sieht so aus, als ob ihr nicht wüßtest, wen ihr gefangengenommen habt. Zwanzig Talente Lösegeld für Cäsar! Cäsar gibt euch fünfzig. Aber nehmt euch in acht! Wenn Cäsar wieder frei ist, wird er euch alle ans Kreuz nageln lassen.«

Fünfzig Talente, das waren ungefähr zweihundertfünfzigtausend Francs.

Die Banditen willigten lachend in den Handel ein.

Cäsar schickte noch im gleichen Augenblick seine ganze Gefolgschaft los, um die Summe zu beschaffen. Er behielt nur einen Arzt und zwei Burschen bei sich.

Achtunddreißig Tage lang blieb er bei diesen Kilikiern »Männer, die sehr zum Töten neigten«, sagt Plutarch, und er behandelte sie mit einer solchen Mißachtung, daß er ihnen immer, wenn er schlafen wollte, sagen ließ, sie sollten schweigen; und wenn er wieder erwachte, spielte er mit ihnen, schrieb Gedichte, hielt Reden, nahm sie als Hörerschaft und nannte sie Rohlinge und Barbaren, wenn sie ihm nicht in der Weise applaudierten, wie es seine Poesie und seine Reden seiner Meinung nach verdient hatten.

Und dann, am Ende jedes Spiels, jeder Konferenz oder jeder Lesung:

»Es ist egal«, sagte Cäsar und verabschiedete sich von ihnen, »das ändert nichts daran, daß ich euch über kurz oder lang ans Kreuz nageln lassen werde, wie ich es euch versprochen habe.«

Und sie lachten angesichts dieses Versprechens, nannten ihn einen fröhlichen Jungen und applaudierten seiner guten Laune.

Endlich kam das Geld aus Milet.

Die Piraten hielten Wort und ließen Cäsar frei, der ihnen von dem Boot aus, das ihn zum Hafen fuhr, noch ein letztes Mal zurief:

»Ihr wißt, daß ich euch versprochen habe, euch alle ans Kreuz nageln zu lassen?«

»Ja, ja!« schrien die Piraten.

Ihr Gelächter verfolgte ihn bis ans Ufer.

Cäsar war ein Mann des Wortes. Kaum hatte er einen Fuß aufs Ufer gesetzt, rüstete er Schiffe aus, griff das Schiff an, das ihn gefangengenommen hatte, nahm es seinerseits gefangen und teilte seine Beute in zwei Teile: das Geld und die Piraten. Die Piraten warf er ins Gefängnis von Pergamon. Anschließend ging er persönlich zu Junius, dem Statthalter von Asien, denn er wollte ihm keineswegs seine Vorrechte als Prätor streitig machen, und forderte von ihm die Bestrafung der Piraten. Als dieser jedoch die ungeheure Geldsumme sah, die Cäsar bei ihnen erbeutet hatte, verkündete er, daß die Sache verdiene, in aller Ruhe untersucht zu werden.

Das bedeutete in Wahrheit, daß der Prätor den Kameraden die Zeit lassen wollte, die Summe zu verdoppeln, und daß er diesen Gefangenen, sobald die Summe verdoppelt sein würde, die Freiheit wiedergeben würde.

Das entsprach aber keineswegs Cäsars Absicht. Die Käuflichkeit des Prätors hätte dazu geführt, daß er wortbrüchig geworden wäre.

Also kehrte er nach Pergamon zurück, ließ sich die Gefangenen ausliefern und in seiner Gegenwart alle von seinen Matrosen ans Kreuz nageln.

Er war keine zwanzig Jahre alt, als er diese Hinrichtung vollzog.

Nach ungefähr einem Jahr kehrte Cäsar nach Rom zurück.

Er hatte mit Cicero auf Rhodos die Redekunst erlernt, jedoch nicht mehr bei Molo, der in der Zwischenzeit verstorben war, sondern bei Apollonius, seinem Sohn.

Doch da er bald der Meinung war, daß das Studium der Redekunst eine Sache sei, die wenig in Einklang stand mit seinem Tatendrang, der ihn zerfraß, ging er nach Asien, hob auf eigene Rechnung Truppen aus, verjagte einen Legaten des Mithridates aus der Provinz, der hier eingedrungen war, und nahm alle in die Pflicht, die wankelmütig oder unsicher waren.

Dann erschien er wieder im Forum.

Sein Abenteuer mit den Piraten hatte Aufsehen erregt; durch seine Expedition nach Asien hatte er von sich reden gemacht. Er war das, was die Engländer heutzutage einen exzentrischen Mann und die Franzosen einen Romanhelden nennen würden.

Bis zu den über ihn und Nikomedes verbreiteten Gerüchten gab es keine, über welche die Männer nicht lachten und welche die Frauen nicht neugierig machten.

Wenn die Frauen für den Ruf eines Mannes sorgen, ist dieser schnell besiegelt. Cäsar, jung, schön, adelig und ein Wunderknabe, wurde bald von allen geliebt.

Er kümmerte sich gleichzeitig um die Angelegenheiten des Herzens und die des Staates, um die Liebe und die Politik.

Zu dieser Zeit müssen wir ihm das Wort Ciceros zuschreiben: »Er, ein Ehrgeiziger! Dieser schöne Knabe, der sich den Kopf mit einem einzigen Finger kratzt, weil er Angst hat, seine Frisur zu zerstören? Nein, ich glaube nicht, daß er je die Republik in Gefahr bringen wird.«

In der Zwischenzeit ließ sich Cäsar nach einem Wettstreit mit Gajus Pompilius, über den er den Sieg davontrug, zum Tribun der Soldaten ernennen.

Als er dieses Amt innehatte, nahm er den Kampf gegen Sulla wieder auf.

Sulla hatte die Macht der Tribunen stark beschnitten. Cäsar machte die Lex Plautia[5] geltend und rief einige Männer nach Rom zurück, unter anderem Lucius Cinna, seinen Schwager, und die Anhänger dieses Lepidus, über den wir gesprochen haben, die sich nach dessen Tod um Sertorius geschart hatten.

Wir werden uns später mit diesem anderen Abenteurer beschäftigen, der entgegen aller Gewohnheit Marius treu geblieben war und der so sein Glück machte. Kommen wir vorerst auf Cäsar zurück.

Cäsar ging seinen Weg. Er war elegant, großzügig, den Frauen in Leidenschaft ergeben, liebenswürdig auf der Straße, grüßte jedermann, legte – wie wir schon gesagt haben – seine weiße Hand auch in die rauhste, und wenn man sich darüber wunderte, daß er dem Volk so zugetan war, sagte er von Zeit zu Zeit:

»Bin ich denn nicht vor allem der Neffe des Marius?«

Und wo nahm Cäsar das Geld her, das er ausgab?

Das war ein Rätsel. Aber jedes Rätsel weckt die Neugier, und wenn der geheimnisvolle Mann gleichzeitig ein sympathischer Mann ist, wird die Beliebtheit durch das Geheimnisvolle noch gesteigert.

Kurz und gut, Cäsar hatte mit einundzwanzig Jahren den am üppigsten gedeckten Tisch Roms. Die Börse, die an diesem lockeren Gürtel hing, den Sulla ihm vorwarf, war immer voller Gold. Was hatte es schon für eine Bedeutung für jene, die dieses Gold bereicherte, woher dieses Geld stammte!

Übrigens sind Soll und Haben bei ihm fast ausgeglichen.

Vor seinem Tribunat wußte man schon, daß er mit dreizehnhundert Talenten verschuldet war. Ja, ganz richtig, sieben Millionen hundertfünfzigtausend Francs unseres Geldes.

»Gut«, sagten seine Feinde, »laßt ihn laufen. Der Bankrott wird diesem Verrückten schon Gerechtigkeit widerfahren lassen.«

»Laßt mich laufen«, sagte Cäsar, »und die erste Revolution wird meine Schulden tilgen.«

Nach dem Tribunat wurde er in die Quästur berufen.

Während er dieses Amt erfüllte, verlor er seine Tante Julia und seine Frau Cornelia. Er hielt für beide eine Trauerrede.

Wir haben es schon gesagt, daß er in der Trauerrede für seine Tante ihre gemeinsame Herkunft rühmte. Er sprach diese Worte: »Wir stammen einerseits von Ancus Marcius ab, einem der ersten Könige Roms, und andererseits von der Göttin Venus. Meine Familie vereinigt also in sich die Heiligkeit der Könige, welche die Herrscher der Menschen sind, und die Majestät der Götter, welche die Herrscher der Könige sind.«

Diese Rede erzielte eine große Wirkung.

»Cäsar«, sagt Plutarch, »wäre der beste Redner seiner Zeit gewesen, wenn er es nicht vorgezogen hätte, der beste General zu sein.«

Diesbezüglich wurde Cäsar eine Möglichkeit geboten, seinen wachsenden Einfluß zu messen.

5

Es war in Rom ein alter Brauch, Reden für verstorbene alte Frauen zu halten, was bei Cäsars Tante der Fall war, denn sie war schon über sechzig Jahre alt, aber noch nie hatte man für eine verstorbene junge Frau eine Rede gehalten. Cäsars verstorbene Frau, für die er die Trauerrede hielt, war kaum zwanzig Jahre alt.

Als er die Trauerrede für Cornelia begann, erhoben sich auch einige Stimmen gegen den Redner, doch das Volk, das in Scharen herbeigeeilt war, zwang die Beschwerdeführer zur Ruhe, und Cäsar konnte inmitten der Beifallsrufe des Volkes fortfahren. Seine Rückkehr in sein Haus auf der Via Subura war ein Triumph. Inmitten dieses müßigen, gelangweilten Volkes hatte Cäsar eine neue Zerstreuung erfunden: die Trauerrede für junge Verstorbene.

Aufgrund dieses Triumphes kam man auf die Idee, Cäsar zu entfernen. Man begriff allmählich, daß ein Mann, der so geschickt mit dem Volk umging, gefährlich werden konnte.

Er erhielt den Befehl über das spätere Spanien und wurde damit beauftragt, dort die Versammlungen der römischen Unterhändler zu organisieren und zu leiten, die sich in der Provinz niedergelassen hatten, aber er hielt in Cadiz an.

Als er dort in einem Herkulestempel eine Statue von Alexander sah, ging er auf diese zu und schaute sie lange reglos und schweigend an.

Einer seine Freunde bemerkte, daß dicke Tränen aus seinen Augen flossen.

»Was hast du denn, Cäsar?« fragte ihn dieser Freund, »und warum weinst du?«

»Ich weine«, antwortete Cäsar, »weil ich daran denke, daß Alexander in meinem Alter schon einen Teil der Welt unterworfen hatte.«

Doch noch in der gleichen Nacht hatte er einen Traum.

In der Antike hatten die Menschen vor Träumen großen Respekt.

Es gab zwei Sorten von Träumen: Die einen, die durch die Elfenbeintür aus dem Palast der Nacht drangen, waren frivole Träume, denen man keinerlei Beachtung zu schenken brauchte; die anderen, die aus der Horntür drangen, waren die Träume, die etwas vorhersagten und die von den Göttern gesandt wurden.

Wie alle großen Männer, wie Alexander und wie Napoleon, so war auch Cäsar abergläubisch.

Hier ist übrigens der Traum: Er träumte, daß er seine Mutter vergewaltigte.

Er ließ Traumdeuter kommen. Das waren in der Regel die Chaldäer, und er fragte sie, was dieser Traum bedeute.

Diese antworteten ihm:

»Dieser Traum, Cäsar, bedeutet, daß das Weltreich dir eines Tages gehören wird. Denn diese Mutter, die du vergewaltigst und die du dir daher unterworfen hast, ist niemand anderes als die Erde, unsere gemeinsame Mutter, und du bist dazu auserwählt, der Herrscher dieser Erde zu werden.«

War es diese Erklärung, die Cäsar veranlaßte, nach Rom zurückzukehren?

Es ist wahrscheinlich.

Auf jeden Fall reiste er vor der vorgesehenen Zeit aus Spanien ab. Unterwegs traf er auf latinische Kolonien, die sich mitten im Aufstand befanden. Sie wollten das Bürgerrecht erlangen.

Einen Moment zögerte er und überlegte, ob er sich nicht an ihre Spitze stellen sollte, so begierig war er darauf, auf irgendeine Weise Berühmtheit zu erlangen. Doch die Legionen, die bereit waren, nach Kilikien abzumarschieren, waren vor den Stadtmauern Roms stationiert. Der Moment war ungünstig. Er kehrte ohne Aufsehen zurück.

Nur im Vorübergehen rief er den Kolonisten seinen Namen zu, und sie wußten, daß sich die Unzufriedenen zum gegebenen Zeitpunkt und zu günstiger Stunde, um Cäsar würden scharen können.

Cäsars Name hatte von nun an ein Synonym: Er stand für *Opposition*.

Am nächsten Tag erfuhr man, daß er zurückgekehrt war und sich um das Amt eines Ädils bewarb.

Unterdessen ließ er sich die Obhut über die Via Appia übertragen.

Das war für ihn eine Möglichkeit, sein Geld oder vielmehr das der anderen vor den Augen Roms auf nützliche Weise auszugeben.

Die Via Appia war eine der großen römischen Verkehrswege, welche die Stadt mit dem Meer verbanden. Ihr Weg führte sie an Neapel vorbei und zog sich durch Kalabrien bis nach Brundisium.

Außerdem diente sie noch als Friedhof und als Spazierweg.

Zu beiden Seiten des Weges ließen sich reiche Privatpersonen, deren Häuser entlang der ganzen Straße lagen, vor ihrer Tür begraben. Um ihre Gräber herum wurden Bäume gepflanzt und Bänke, Stühle und Sessel gegen die Bäume gelehnt. Und am Abend, wenn man endlich wieder durchatmen konnte und die erste Abendbrise durch die Wipfel wehte, setzte man sich hierhin, in die Kühle der Abenddämmerung, in den kühlen Schatten der Bäume, und man sah die eleganten Leute auf ihren Pferden vorbeireiten, die Kurtisanen in ihren Sänften, die Matronen in ihren Wagen, die Proletarier und die Sklaven zu Fuß.

Das war der Longchamp von Rom, nur daß dieser Longchamp jeden Tag stattfand.

Cäsar ließ die Straße neu pflastern, die gefällten oder abgestorbenen Bäume ersetzen und neue pflanzen, die schlecht gepflegten Gräber neu verputzen und die verblaßten Grabinschriften erneuern.

Die Promenade, die keine gewöhnliche Promenade war,

wurde ein wahrer *Corso*. Cäsars große Gunst stammt aus der Zeit der Instandsetzung der Via Appia.

Das war eine ideale Vorbereitung für seine Kandidatur als Ädil.

In dieser Zeit wurden zwei Verschwörungen in Rom angezettelt.

Alle Welt schrie, daß Cäsar dazugehöre und sich mit Crassus, Publius Sulla und Lucius Autronius verschworen habe.

In der einen Verschwörung ging es darum, einem Teil des Senats die Kehle durchzuschneiden, Crassus die Diktatur zu übergeben, der Cäsar zum Befehlshaber der Reiterei ernennen würde, und Sulla und Autronius wieder ins Konsulat zu berufen, das ihnen entzogen worden war.

In der anderen Verschwörung verband er sich mit dem jungen Piso, und es wurde gesagt, daß man diesem jungen Mann von vierundzwanzig Jahren darum einen außergewöhnlichen Auftrag, die Geschäfte in Spanien, übertragen habe. Piso sollte die Völker aufwiegeln, die jenseits des Po und an den Ufern des Umbro lebten, während Cäsar Rom aufwiegelte.

Nur Pisos Tod – so wurde behauptet – ließ das zweite Projekt scheitern.

Für den ersten Plan gibt es mehr Beweise.

Diese Verschwörung bestätigen Tanusius Geminus in seiner Geschichte, Bibulus in seinen Edikten und Curio der Vater in seinen Reden.

Curio spielt in einem Brief an Axius darauf an.

Nach Tanusius' Worten ist es Crassus, der zurücktritt. Crassus, der Millionär, hat Angst um sein Leben wie um sein Geld. Er tritt zurück, und Cäsar gibt nicht das vereinbarte Signal.

Nach Curios Worten war als Signal vereinbart worden, daß er sein Gewand von seiner Schulter streifen sollte.

Aber diese ganzen Anschuldigungen sind Gerüchte, die der Wind aufgrund von Cäsars Beliebtheit davonträgt.

Im Jahre 67 läßt er sich zum Ädil ernennen, das heißt zum Bürgermeister von Rom. Er veranstaltet herrliche Spiele, läßt dreihundertzwanzigmal Gladiatoren gegeneinander kämpfen und verziert das Forum und das Kapitol mit Holzgalerien.

Seine Beliebtheit entstammt der Begeisterung. Man wirft ihm nur eines vor und um diesen Vorwurf zu verstehen, muß man den Blickwinkel der Antike einnehmen.

Cäsar ist zu menschlich!

Lesen Sie Sueton, wenn Sie daran zweifeln. Er zitiert Beweise, Beweise, welche die Verwunderung Roms hervorrufen und über welche die richtigen Römer die Schultern zucken – besonders Cato.

Als er zum Beispiel mit seinem kranken Freund Gajus Oppius reist, überläßt er diesem das einzige Bett der Herberge und schläft selbst im Freien.

Sein Gastgeber serviert ihm während einer Reise schlechtes Öl. Nicht nur, daß er sich nicht beschwert, nein, er verlangt sogar noch mehr, damit der Gastgeber seinen Fehler nicht bemerkt.

An seinem Tisch hat sein Bäcker die Idee, ihm besseres Brot als den anderen Gästen zu servieren. Er bestraft seinen Bäcker.

Es geht noch weiter: Er verzeiht, und das ist seltsam! Das Verzeihen ist eine christliche Tugend, aber wir haben schon gesagt, daß Cäsar in unseren Augen ein Vorbote des Christentums war.

Memmius bringt ihn in seinen Reden in Verruf, indem er sagt, daß er Nikomedes mit den Eunuchen und Sklaven dieses Prinzen bei Tisch bedient habe. Wir wissen, welches der andere Beruf der Mundschenke ist. Es gibt darüber einen Mythos. Das ist die Geschichte von Ganymed. Cäsar stimmt für das Konsulat des Memmius.

Catullus hat Spottverse gegen ihn geschrieben, weil Cäsar ihm ganz nebenbei seine Mätresse ausgespannt hat, die Schwester des Clodius und die Frau des Mettellus Celer. Er lädt Catullus zu sich zum Essen ein.

Er rächt sich dennoch, wenn er dazu gezwungen ist, aber er rächt sich auf gütige Weise: *in ulciscendo natura lenissimus*.[6]

Ein Sklave zum Beispiel, der ihn vergiften wollte, ist einfach getötet worden, *non gravius quam simplice morte puniit.*[7]

Was hätte er ihm denn antun können? fragt man sich.

Verdammt! Er hätte ihn foltern lassen, zu Tode peitschen oder den Fischen zum Fraß vorwerfen können.

Aber er tat nichts von alledem, denn Cäsar hatte nie den Mut, Böses zu tun: *nunquam nocere sustinuit.*[8]

Es gab nur eine Sache, die das Volk, das ihn verehrt, ihm nicht verzeiht. Er läßt verletzte Gladiatoren in dem Moment, als die Zuschauer soeben ihr Todesurteil verkünden wollen, aus der Arena tragen und versorgen; *gladiatores notos sicubi infesti spectatoribus dimicarent vi rapiendos reservandosque mandabat.*[9]

Aber Sie werden sehen, daß es immer eine Möglichkeit gibt, sich alles verzeihen zu lassen.

Eines Morgens erhebt sich im Kapitol und im Forum großer Lärm.

Während der Nacht hat man die Statuen des Marius und die Trophäen seiner Siege zum Kapitol gebracht. Genau die, die man vielleicht heute noch die Trophäen des Marius nennt, waren wieder aufgestellt und mit kimbrischen Inschriften verziert worden, die der Senat einst hatte entfernen lassen.

War Cäsar nicht der Neffe des Marius! Rühmte er sich dessen nicht bei jeder Gelegenheit, und hatte Sulla nicht jenen gesagt, die für ihn um Gnade baten: »Ich gestehe sie euch zu, so verrückt wie ihr seid, aber nehmt euch in acht, denn in diesem jungen Mann schlummern mehrere von der Sorte eines Marius.«

Diese Herausforderung Cäsars war eine große Affäre. Marius, den man auf den Ruinen von Karthago sah, hatte die gigantischen Ausmaße des Napoleon auf Sankt Helena angenommen. Es war sein Schatten, der aus dem Grab auferstand und plötzlich den Römern erschien.

Stellen Sie sich vor, Napoleons Statue mit seinem kleinen Hut und seinem grauen Gehrock würde 1834 hoch oben auf einer Säule stehen.

Die alten Soldaten weinten. Die Männer mit den weißen Haaren erzählten von der Ankunft des Siegers über die Teutonen in Rom. Er war ein Bauer aus Arpinum, der dem Landadel entstammte und der niemals Griechisch lernen wollte, das Griechische, das die zweite und sogar die erste Sprache der römischen Aristokratie geworden war, wie das Französische die zweite und sogar die erste Sprache der russischen Aristokratie geworden ist. Bei der Belagerung von Numantia hatte Scipio Ämilian sein militärisches Genie entdeckt, und als man ihn fragte, wer eines Tages sein Nachfolger werden würde, sagte er:

»Er vielleicht«, und schlug Marius auf die Schulter.

6

Wir erinnern uns daran, daß Marius als einfacher Tribun zum großen Erstaunen der Aristokratie, und ohne den Senat zu befragen, ein Gesetz vorgeschlagen hatte, das versuchte, die Intrigen in den Komitien und den Tribunalen zu unterdrücken. Ein gewisser Metellus hatte das Gesetz und den Tribun angegriffen und vorgeschlagen, Marius vorzuladen, damit er über sein Verhalten Rechenschaft ablege, woraufhin Marius den Senat betrat und den Liktoren befahl, Metellus ins Gefängnis zu werfen, und die Liktoren führten den Befehl aus.

Der Krieg gegen Jugurtha zog sich in die Länge. Marius beschuldigte Metellus, dafür verantwortlich zu sein, und er verpflichtete sich, wenn er zum Konsul ernannt würde, Jugurtha zu ergreifen oder ihn mit eigenen Händen zu töten. Und er erhielt das Konsulat sowie das Kommando, und er schlug Bocchus und Jugurtha. Bocchus wollte sich nicht mit seinem Schwiegersohn ins Verderben stürzen und lieferte

Jugurtha aus. Der junge Sulla empfing ihn aus den Händen des mauretanischen Königs und übergab ihn an Marius. Aber Sulla ließ auf seinem Ring die Auslieferung des Königs von Numidien eingravieren, und mit diesem Ring – was ihm Marius keineswegs verzieh – siegelte er nicht nur seine privaten, sondern auch die öffentlichen Briefe.

Wir erinnern uns an den berühmten Gefangenen, der mit abgerissenen Ohren nach Rom geführt wurde. Die Liktoren, die ihm zuvor seine goldenen Ringe abgenommen hatten, rissen ihm die Ohren mit den Ringen ab. Man erzählte sich diesen Spaß, als er nackt in den Kerker des Mamertin geworfen wurde. *Die Schwitzbäder sind kalt in Rom!* Jugurthas Leidenszeit dauerte sechs Tage. Während dieser Zeit widersprach er nicht einen Augenblick. Am siebten Tag war er endlich tot.

Er war Hungers gestorben!

Jugurtha war der Abd el-Kader seiner Zeit.[10]

Marius wurde in Rom sehr beneidet, und sicher hätte er seine Siege wie Aristides und Themistokles auf gewohnte Art bezahlt, als plötzlich ein Schrei aus Gallien den Blick nach Osten lenkte.

Dreihunderttausend Barbaren, die über das überflutete Meer flüchteten, zogen nach Süden! Sie kamen über Helvetien, um die Alpen zu umgehen, drangen in Gallien ein und schlossen sich den Stämmen der Kimbern an, in denen sie Brüder erkannten.

Die Neuigkeit war in der Tat eine Katastrophe.

Der Konsul Gajus Servilius Scipio war von den Barbaren angegriffen worden, und von achtzigtausend Soldaten und vierzigtausend Sklaven konnten sich nur zehn Mann retten.

Der Konsul befand sich unter diesen zehn Männern.

Nur Marius konnte Rom retten, der fast so barbarisch war wie diese Barbaren.

Er marschierte los, gewöhnte seine Truppen an den Anblick dieser schrecklichen Feinde, tötete hunderttausend bei Aquae Sextiae, versperrte die Rhone mit ihren Leichen und machte für Jahrhunderte ein ganzes Tal mit diesem Menschendünger fruchtbar.

Soweit zu den Teutonen.

Dann verfolgte er die Kimbern, die sich schon in Italien befanden.

Die Abgesandten der Kimbern kamen zu ihm.

»Gebt uns«, sagten sie zu ihm, »Land für uns und unsere Brüder, die Teutonen, und wir lassen euch euer Leben.«

»Eure Brüder, die Teutonen«, antwortete Marius, »haben Land, das sie auf immer behalten werden, und wir treten auch euch Land zum gleichen Preis ab.«

Und in der Tat metzelte er sie alle nieder; Seite an Seite lagen sie auf dem Schlachtfeld von Vercellae.

So hatte sich diese schreckliche Erscheinung aus dem Norden in Luft aufgelöst, und Rom hatte von all diesen Barbaren nur ihren König Teutobochus gesehen, der mit einem einzigen Sprung über sechs Pferde, die hintereinanderstanden, hinwegsetzte, und der, als er als Gefangener nach Rom kam, die höchsten Trophäen um einen Kopf überragte.

Nun wurde Marius der dritte Gründer Roms genannt. Der erste war Romulus und der zweite Camillus.

Man veranstaltete Zechgelage im Namen Marius' wie im Namen Bacchus' und Jupiters.

Und er selbst trank, berauscht durch seine beiden Siege, nur noch aus Schalen mit zwei Henkeln, jenen Schalen, von denen die Legende sagt, daß Bacchus nach seiner Eroberung Indiens aus ihnen getrunken habe.

Man vergaß den Tod des Saturnius, der genau in Cäsars Geburtsjahr vor Marius' Augen – und andere sagten, auf dessen Befehl hin – gesteinigt worden war. Man vergaß, daß Marius den Italiern den Kampf verbot und sich die besten Gelegenheiten entgehen ließ, um zu siegen. Man vergaß, daß Marius, der vorgab, Nervenschmerzen zu haben, die Befehlsgewalt niederlegte, weil er hoffte, Rom würde so tief fallen, daß es gezwungen sein würde, sich in seine Arme zu werfen.

Man erinnerte sich nur noch an seinen Kopf, auf den ein Preis ausgesetzt war, nur an seine Flucht in die Sümpfe von Minturnae, nur noch an seine Gefangenschaft, als ein Kimber nicht gewagt hatte, ihm die Kehle durchzuschneiden.

Sein Tod wurde wie der von Romulus durch eine Wolke verschleiert, und man erkannte keineswegs, daß diese Wolke ein Nebel aus Wein und Blut war.

Marius war erst zwölf Jahre tot, und schon hatte Sulla, der ihn überlebt hatte, einen Gott aus ihm gemacht.

Cäsar hatte also diese noch lebhafte Begeisterung wieder wachgerufen, indem er Marius hatte auferstehen lassen.

Als das Volk von Rom im Kapitol und im Forum Schreie ausstieß, versammelte sich der Senat. Nur bei dem Namen von Marius zitterten die Patrizier auf ihren kurulischen Stühlen.

Catulus Lutatius erhob sich. »Er war«, sagt Plutarch, »ein von den Römern sehr geschätzter Mann.« Er erhob sich und klagte Cäsar an.

»Cäsar«, sagt er, »wird die Autorität der Regierung nicht mehr auf so hinterhältige Weise untergraben. Die Regierung wird öffentlich gegen ihn vorgehen.«

Aber Cäsar schritt lächelnd nach vorn, ergriff das Wort, schmeichelte der Eitelkeit, zerstreute die Ängste, ließ sich verzeihen, und als er den Senat verließ, traf er Anhänger, die ihm zuriefen:

»Es lebe Cäsar! Bravo, Cäsar! Bewahre deinen Stolz, beuge dich vor niemandem. Das Volk steht auf deiner Seite. Das Volk wird dich unterstützen, und mit der Hilfe des Volkes wirst du über alle Rivalen siegen.«

Das war einer der ersten, einer der größten Triumphe Cäsars.

Aber die Gelegenheit, von sich reden zu machen, bietet sich selbst für einen Cäsar nicht jeden Tag. Ein Beweis dafür ist Bonaparte, der sich mit Junot in seinem kleinen Zimmer in der Rue du Mail vergraben hatte.[11] Cäsar hatte seine Villa in Aricia soeben gekauft. Das war das schönste Landhaus in der Umgebung Roms. Er hatte Millionen in das Haus gesteckt.

»Es gefällt mir nicht«, sagt Cäsar. »Ich habe mich geirrt.«

Und er läßt es niederreißen.

Alcibiades schnitt seinem Hund die Ohren und den Schwanz ab; das war weniger kostspielig. Aber man muß sagen, daß die Griechen ganz andere Gaffer als die Römer waren. Übrigens werden wir später noch über diesen Alcibiades sprechen, der Cäsar mehr als einmal als Vorbild diente, und der – schön wie er, reich wie er, großzügig wie er, ausschweifend wie er, mutig wie er – auch wie er einem Mordanschlag zum Opfer fiel.

Diese Villa in Aricia beschäftigte Rom einen Monat lang.

Was sollte Cäsar tun? Er war mit seinem Latein am Ende, und seine Börse war leer.

Glücklicherweise starb unterdessen Metellus, der Pontifex maximus.

Cäsar mußte unbedingt die Würde des Pontifex maximus erlangen, oder wehe den Wächtern des Handels.

Nun war die Situation aber schwierig: Zwei Senatoren, Isauricus und Catulus, berühmte, einflußreiche Männer, trachteten ebenfalls nach der Priesterwürde.

Cäsar ging auf die Straße und verkündete lautstark, daß er als deren Rivale antrete.

Catulus, der diese Rivalität fürchtete, bot ihm vier Millionen an, falls er sich zurückziehe.

Cäsar zuckte die Schultern.

»Was meint er, was ich mit vier Millionen machen kann«, sagte er. »Ich bräuchte fünfzig Millionen, damit mein Vermögen gleich Null ist.«

Nach Cäsars eigenem Geständnis hatte er also im Alter von sechsunddreißig Jahren fünfzig Millionen Schulden.

Wir sind geneigt zu glauben, daß es sich um Millionen Sesterzen handelte und nicht um Millionen Francs, die Cäsar schuldete. In diesem Fall hätte er nur zwölf bis dreizehn Millionen unseres Geldes geschuldet. Das war sehr wenig für Cäsar. Man müßte vielleicht von einem Mittelwert ausgehen.

Catulus bot ihm sechs Millionen an.

»Sagt Catulus«, antwortete Cäsar, »daß ich vorhabe, zwölf auszugeben, um über ihn zu siegen.«

Er nutzte seine letzten Ressourcen, leerte die Börse all seiner Freunde und ging mit zwei oder drei Millionen zu den Komitien.

Er setzte alles auf eine Karte. Glücklicherweise blieb seine Beliebtheit bestehen.

Der große Tag kam. Seine Mutter führte ihn mit Tränen in den Augen zur Tür.

Auf der Schwelle gab sie ihm einen letzten Kuß.

»O Mutter«, sagte er zu ihr, »heute wirst du deinen Sohn entweder als großen Pontifex oder als Verbannten wiedersehen.«

Es war ein langer, harter Kampf, aus dem Cäsar als strahlender Sieger hervorging. Er hatte allein im Tribus seiner Gegner Isauricus und Catulus mehr Stimmen erhalten, als diese in allen anderen Wahlbezirken zusammengenommen. Die aristokratische Partei war geschlagen. Bis wohin konnte Cäsar gelangen, wenn ihn das Volk derartig unterstützte?

Nun rügten Piso, Catulus und ihre Anhänger Cicero, weil er Cäsar in bezug auf die Verschwörung des Catilina nicht zur Rechenschaft gezogen hatte.

In der Tat war in diesem peinlichen Moment für Cäsar die Verschwörung des Catilina ausgebrochen, eine der größten Katastrophen in der Geschichte Roms, eines der größten Ereignisse in Cäsars Leben. Sehen wir nun, in welcher Lage sich Rom befand, als Catilina zu Cicero jenen berühmten Satz sagte, der die Situation so gut zusammenfaßt:

»Ich sehe in der Republik einen Kopf ohne Körper und einen Körper ohne Kopf, und ich werde dieser Kopf sein.«

Die drei bedeutendsten Männer in dieser Epoche waren neben Cäsar: Pompejus, Crassus und Cicero.

Pompejus, der so fälschlicherweise *der Große* genannt wurde, war der Sohn des Pompejus Strabo. Er wurde im Jahre 106 v. Chr. geboren, war also sechs Jahre älter als Cäsar.

Sein militärisches Glück hatte in den Bürgerkriegen begonnen, wodurch er sich einen Namen gemacht hatte. Als Legat des Sulla schlug er die Legaten des Marius, eroberte Cisalpina zurück, unterwarf Sizilien, besiegte Domitius Ahenobarbus in Afrika und tötete Carbo auf Kossura.

Mit dreiundzwanzig Jahren hatte er drei Legionen ausgehoben, drei Generäle besiegt und war zu Sulla zurückgekehrt.

Sulla, der es nötig hatte, ihn zu seinem Freund zu machen, erhob sich, als er ihn sah, und grüßte ihn mit dem Namen *Pompejus der Große*.

Diesen Namen behielt er.

»Das Glück ist weiblich«, sagte Ludwig der XIV. zu Monsieur de Villeroy, der in Italien geschlagen worden war. »Es liebt die jungen Leute und verabscheut die Alten.«

Das Glück liebte Pompejus, solange er jung war.

Nach Sullas Tod schlug sich Rom auf Pompejus' Seite.

Drei begonnene Kriege mußten beendet werden: der Krieg gegen Lepidus, der Krieg gegen Sertorius und der Krieg gegen Spartacus.

Der Krieg gegen Lepidus war ein Kinderspiel. Lepidus war ein Mann ohne irgendwelche Qualitäten. Aber das traf nicht auf Sertorius zu, diesen alten Legaten des Marius, einen der vier berühmten Einäugigen des Altertums. Die drei anderen waren – wie wir wissen – Philipp, Antigonus und Hannibal. Als junger Mann kämpfte Sertorius unter Cepio gegen die Kimbern, und als Cepio besiegt worden war, durchschwamm Sertorius mit seiner Rüstung und seinem Schild die Rhone – *Rhodanus celer*. Als dann Marius kam, um den Befehl über das Heer wieder zu übernehmen, mischte sich Sertorius, der die keltische Uniform angezogen hatte, unter die Barbaren, blieb drei Tage bei ihnen und kehrte anschließend wieder zu Marius zurück, um ihm alles zu berichten, was er gesehen hatte. Er hatte Sullas Machtübernahme vorausgesehen und ging nach Spanien. Von den Barbaren wurde er sehr geschätzt. Siebzig Jahre v. Chr. nannten die Römer jeden *Barbar*, der kein Römer war, wie vierhundert Jahre zuvor die Griechen jeden *Barbar* nannten, der kein Grieche war. In Afrika entdeckte er das Grab des Libyer Antäus, der von Herkules erdrosselt worden war. Als er allein unter all den Männern war, maß er die Knochen des Riesen ab und sprach ihnen sechzig Ellen zu. Dann legte er sie wieder ins Grab und erklärte es für heilig. Alles an ihm war rätselhaft. Er wandte sich über eine weiße Hirschkuh an die Götter. Da er so gerissen wie mutig war, waren ihm alle Verkleidungen vertraut. Er ging, ohne erkannt zu werden, mitten durch die Legionen seines Feindes Metellus, den er zu einem Einzelkampf herausforderte, ohne daß dieser den Kampf annahm. Darüber hinaus überquerte er als gewandter, unermüdlicher Jäger bei der Verfolgung der Gemsen die steilsten Felsen der Alpen und Pyrenäen und kehrte dann auf gleichem Weg wieder zurück, um vor dem Feind zu fliehen oder ihn anzugreifen. Nach und nach machte er sich zum Herrscher über Gallia Narbonensis, und früher oder später würde Trebia vielleicht einen anderen Hannibal hinuntersteigen sehen. Pompejus kam Metellus zu Hilfe. Als sie sich beide vereinigt hatten, zwangen sie Sertorius, nach Spanien zurückzukehren, aber als er zurückwich, schlug er Metellus in Italien, Pompejus in Lauro und Sucro, wobei er übrigens alle Angebote des Mithridates ablehnte, und wurde schließlich von seinem Legaten Perperna hinterrücks ermordet.

Nach Sertorius' Tod war der spanische Krieg beendet. Pompejus verurteilte Perperna zum Tode, ließ ihn hinrichten und verbrannte alle Papiere, ohne sie zu lesen, weil er Angst hatte, daß die Papiere irgendeinen adeligen Römer kompromittieren könnten.

Blieb noch der Krieg gegen Spartacus.

# 7

Sie erinnern sich an den Mann, der mit gekreuzten Armen in den Tuilerien stand, ein blankgezogenes Schwert in der Hand hielt und an dessen Arm eine gerissene Kette hing.

Das war Spartacus.

Hier in Kürze die Geschichte dieses Helden.

Zu jener Zeit, über die wir jetzt sprechen, war es schon ein Luxus für einen reichen Mann, eigene Gladiatoren zu besitzen. Ein gewisser Lentulus Battiatus besaß eine Gladiatorenschule in Capua. Zweihundert von ihnen entschlossen sich zu fliehen. Unglücklicherweise wurde der Komplott aufgedeckt. Siebzig, die rechtzeitig gewarnt worden waren, drangen in den Laden eines Kochs ein, bewaffneten sich mit Messern, Hackbeilen und Spießen und verließen die Stadt. Auf der Straße trafen sie auf einen Wagen, der mit Zirkuswaffen beladen war. Das waren genau die, welche sie gewöhnlich benutzten. Sie nahmen sie an sich, eroberten eine Festung und wählten drei Anführer: einen General und zwei Legaten.

Der General war Spartacus.

Nun werden wir sehen, ob er diese gefährliche Aufgabe würdevoll erfüllte.

Spartacus stammte aus dem Land der Thraker, war aber von numidischer Rasse, stark wie Herkules und mutig wie Theseus. Diese besten Eigenschaften verband er mit der Vorsicht und dem Sanftmut der Griechen.

Er war nach Rom gebracht worden, um dort verkauft zu werden, und als er während eines Halts schlief, schlang sich eine Schlange um sein Gesicht, ohne ihn zu wecken oder zu beißen. Seine Frau war in die Kunst des Hellsehens eingeweiht. Sie sah in diesem Ereignis ein Vorzeichen der Fortuna. Ihrer Meinung nach versprach dieses Zeichen Spartacus eine ebenso große wie gefährliche Macht, die aber unglücklich enden würde.

Sie stiftete ihn zur Flucht an und floh mit ihm, entschlossen, sein gutes oder böses Schicksal zu teilen.

Als man vom Aufstand der Gladiatoren erfuhr, schickte man einige Truppen gegen sie in den Kampf. Die Gladiatoren bekämpften und besiegten die Soldaten, nahmen ihre Waffen an sich, das heißt militärische Waffen, ehrenwerte und nicht so schändliche wie die Waffen der Gladiatoren, die sie weit weg warfen.

Es wurde ernst. Neue Truppen wurden aus Rom geschickt. Sie wurden von Publius Clodius befehligt, der zum Zweig der Pulcher der Gens Claudia gehörte. *Pulcher* heißt – wie wir wissen – *schön*. Und Clodius machte dieser Herkunft alle Ehre. Wir werden später über seine Schönheit als Liebhaber sprechen. Hier beschäftigen wir uns nur mit ihm als General.

Als General war er keineswegs glücklich. Seine Truppe war dreitausend Mann stark. Er umzingelte die Gladiatoren in ihrer Zitadelle und bewachte den einzigen Durchgang, durch den sie diese verlassen konnten. Überall sonst gab es nur mit Weinreben bedeckte spitze Felsen. Die Gladiatoren schnitten die Weinranken ab. Das gewundene, zähe Holz des Weins besitzt – wie wir wissen – die Festigkeit eines Bandes, und daraus knüpften sie Leitern, über die sie alle hinunterstiegen. Nur ein einziger blieb oben, um ihnen die Waffen hinunterzuwerfen. Und als die Römer glaubten, daß ihre Feinde mehr denn je eingekesselt seien, griffen diese sie plötzlich mit fürchterlichem Geschrei an. Die Römer flohen. Sie hörten noch auf ihre Gefühle und waren durch einen Überraschungsangriff leicht aus der Fassung zu bringen. Sie waren schließlich Italier und daher schnell zu beeindrucken und nervös.

Das ganze Lager wurde den Gladiatoren überlassen.

Gerüchte über den Sieg verbreiteten sich. Wir sagen heute, daß nichts so gut gelingt wie der Erfolg. Alle Hirten der Umgebung liefen herbei und schlossen sich den Aufständischen an. Das war ein guter Zuwachs an sonderbaren, kräftigen, gewandten Kerlen. Sie wurden bewaffnet und den Läufern und leichten Truppen zugeordnet.

Ein zweiter General, Publius Varinus, wurde gegen sie in den Kampf geschickt, dem es jedoch nicht besser erging als dem ersten. Spartacus schlug zuerst Varinus' Legaten, dann seinen Kollegen Cossinius, und schließlich schlug er ihn selbst und nahm seine Liktoren und sein Schlachtroß in Besitz.

Nun folgte Sieg auf Sieg. Spartacus verfolgte einen sehr besonnenen Plan: Es ging darum, die Alpen zu erreichen, nach Gallien hinabzusteigen, und dann sollte jeder nach Hause zurückkehren.

Gellius und Lentulus wurden gegen ihn in die Schlacht geschickt.

Gellius schlug ein Korps von Germanen, das sich abgesondert hatte. Aber Spartacus seinerseits schlug die Legaten des Lentulus und bemächtigte sich ihres gesamten Trosses. Dann setzte er seinen Weg in Richtung Alpen fort.

Cassius traf mit zehntausend Mann auf ihn. Der Kampf war lang und hart, aber Spartacus überrollte Cassius und setzte seinen Weg in die gleiche Richtung fort. Der empörte Senat setzte die beiden Konsuln ab und schickte Crassus gegen den Unbesiegbaren in den Kampf. Crassus wollte in Picenum lagern, um dort auf Spartacus zu warten. Mummius und die beiden Legionen hingegen, die dieser befehligte, sollten einen großen Bogen schlagen, um den Gladiatoren zu folgen, wobei ihnen aber verboten war, sie zum Kampf zu stellen.

Das erste, was Mummius natürlich tat, war, Spartacus zur Schlacht herauszufordern. Wie es auch bei unserem Abd el-Kader der Fall war, glaubte jeder, ihm sei die Ehre vorbehalten, ihn zu besiegen.

Spartacus vernichtete Mummius und seine beiden Legionen. Drei- oder viertausend Mann wurden getötet. Die anderen flohen und warfen ihre Waffen weg, um schneller laufen zu können.

Crassus dezimierte die Männer, die geflüchtet waren. Er

nahm die fünfhundert, die zuerst *Rette sich, wer kann!* geschrien hatten, teilte sie in fünfzig Zehnergruppen, loste jeden zehnten einer Gruppe aus und bestrafte diesen mit dem Tod.

Spartacus hatte Lukanien durchquert und zog sich in Richtung Meer zurück. An der Meerenge von Messina traf er auf die berühmt-berüchtigten Piraten, die man überall traf und über die wir in bezug auf ihr Abenteuer mit Cäsar gesprochen haben. Spartacus glaubte, daß Piraten und Gladiatoren sich verständigen könnten. In der Tat einigte er sich mit ihnen darüber, daß sie zweitausend Männer nach Sizilien bringen würden. Es ging darum, den Sklavenkrieg wieder anzuheizen, der seit kurzer Zeit erloschen war. Doch die Piraten nahmen das Geld von Spartacus und ließen ihn am Ufer stehen. Als Spartacus das sah, schlug er sein Lager auf der Halbinsel Rhegium auf.

Crassus folgte ihm.

Dieser zog eine dreihundert Stadien breite Linie, denn so groß war die Halbinsel, hob dort einen Graben aus und baute am Rande dieses Grabens eine hohe, dicke Mauer.

Spartacus lachte zuerst über diese Arbeiten, aber schließlich versetzten sie ihn in Angst und Schrecken. Er wartete jedoch nicht, bis der Feind seine Arbeiten beendet hatte. Als es eines Nachts schneite, verstopfte er den Graben mit Reisigbündeln, Zweigen und Erde, woraufhin ein Drittel seines Heeres den Graben überquerte.

Crassus glaubte zuerst, daß Spartacus auf Rom marschiere, aber als er sah, daß sich seine Feinde trennten, war er bald beruhigt.

Diese Trennung fand zwischen Spartacus und seinen Legaten statt.

Crassus griff letztere an und hetzte sie vor sich her, als Spartacus auftauchte und ihn zwang, seine Beute loszulassen.

Crassus, der durch die Niederlage des Mummius in Angst geraten war, hatte geschrieben, man solle Lucullus aus Thrakien und Pompejus aus Spanien zurückrufen, damit sie ihm zu Hilfe eilten. Als er sich nun in dieser Lage befand, sah er seine Unbesonnenheit ein. Derjenige von beiden, der ihm zu Hilfe eilte, würde als wahrer Sieger gelten und ihm seine Belohnung für den Sieg streitig machen.

Er entschied sich also, allein zu kämpfen.

Carminus und Castus, zwei Legaten des Spartacus, hatten sich von ihrem Befehlshaber getrennt. Crassus beschloß, zuerst diese zu bekämpfen. Er schickte sechstausend Mann mit dem Befehl los, sich einer vorteilhaften Stellung zu bemächtigen. Diese hatten, um nicht entdeckt zu werden, wie es später die Soldaten des Duncan machten, ihre Helme mit Zweigen bedeckt. Unglücklicherweise sahen zwei Frauen, die für die Gladiatoren am Eingang des Lagers Opfer darbrachten, diesen Wald, der sich auf sie zubewegte, und schlugen Alarm. Carminus und Castus fielen über die Römer her, die verloren gewesen wären, wenn Crassus nicht den Rest seines Heeres in den Kampf geschickt hätte, um sie zu unterstützen.

Zwölftausenddreihundert Gladiatoren blieben auf dem Schlachtfeld zurück. Man zählte sie und untersuchte ihre Verwundungen. Nur zehn waren von hinten erschlagen worden.

Nachdem sein Heer einem solchen Gemetzel zum Opfer gefallen war, gab es für Spartacus keine Möglichkeit mehr, den Feldzug weiterzuführen. Er versuchte, die Flucht nach hinten anzutreten und die Berge von Petelia zu erreichen. Crassus schickte Scrophas, seinen Quästor, und Quintus, seinen Legaten, gegen ihn in den Kampf.

Spartacus kehrte um und rannte ihnen wie ein Wildschwein entgegen, das auf die Hunde zuläuft, und schlug sie in die Flucht.

Dieser Sieg war sein Untergang. Seine Soldaten erklärten, daß sie kämpfen wollten. Sie umringten ihre Anführer und führten sie gegen die Römer in die Schlacht.

Darauf hatte Crassus gehofft: eine Gelegenheit, den Krieg um jeden Preis zu beenden.

Er erfuhr, daß Pompejus im Anmarsch war.

Er näherte sich also von seiner Seite dem Feind, so nah er konnte.

Als er eines Tages einen Graben ausheben ließ, lieferten sich die Gladiatoren ein Scharmützel mit seinen Männern. Die Eitelkeit kam ins Spiel. Von zwei Seiten verließen sie das Lager. Der Kampf begann. In jedem Moment kamen neue Kämpfer hinzu. Spartacus sah sich gezwungen, die Schlacht zu eröffnen.

Und genau das hatte er verhindern wollen.

Da er gezwungen war, gegen seinen Willen zu handeln, ließ er sich sein Pferd bringen, zog sein Schwert und stach es in den Hals des Pferdes.

»Was tust du?« wurde er gefragt.

»Wenn ich der Sieger bin«, sagte er, »fehlt es mir nicht an guten Pferden. Wenn ich besiegt werde, brauche ich keines mehr.«

Und sofort warf er sich mitten in die Römer und suchte Crassus, ohne ihn jedoch zu finden.

Zwei Zenturionen klammerten sich an ihn. Er tötete sie alle beide.

Als seine Soldaten schließlich allesamt die Flucht ergriffen hatten, blieb er, wie er es versprochen hatte, und ließ sich töten, ohne einen Schritt zurückzuweichen.

In diesem Moment kam Pompejus. Er stieß mit den Überresten von Spartacus' Heer zusammen und vernichtete die letzten Gladiatorenkämpfer.

Wie Crassus es vorhergesehen hatte, war es nun Pompejus, dem die Ehre der Niederlage der Gladiatoren zufiel, obwohl er erst danach gekommen war.

Und was Crassus anbelangt, so konnte er dem Volk den Zehnten seiner Güter geben; er konnte zehntausend Tische auf dem Forum aufstellen; er konnte an jeden Bürger für drei Monate Weizen austeilen. Dennoch mußte Pompejus ihn noch unterstützen, damit er das gemeinsame Konsulat mit ihm erhielt, und obendrein wurde er nur als zweiter Konsul gewählt.

Denn es war Pompejus, der den Triumph erhielt, und Crassus mußte ihn feiern.

Wie wir schon gesagt haben, war Pompejus vom Glück begünstigt.

Metellus hatte seinen Sieg über Sertorius vorbereitet. Crassus hatte es noch besser gemacht: Er hatte Spartacus für ihn besiegt.

Und in den Triumphschreien des Volkes war keine Rede von Metellus oder Crassus, sondern nur von Pompejus.

Dann kam der Krieg gegen die Piraten.

Wir haben schon gesagt, welche Macht sie erlangt hatten.

Sie mußten vollkommen vernichtet werden.

Pompejus wurde mit dieser Aufgabe betraut.

Sein dreifacher Sieg über Lepidus, Sertorius und Spartacus hatte aus ihm das ›Schwert der Republik‹ gemacht.

Man hielt Crassus noch nicht einmal für würdig, Pompejus' Legat zu sein. Der arme Crassus! Er war zu reich, als daß man ihm hätte Gerechtigkeit widerfahren lassen.

Es waren die Ritter, die unter der Besetzung des Meeres durch die Piraten am meisten gelitten hatten. Der ganze italische Handel befand sich in ihrer Hand. Der Handel war unterbrochen, und die Ritter waren ruiniert. Ihre ganze Hoffnung setzten sie auf Pompejus.

Sie machten ihn trotz des Widerstandes des Senats zum Herrscher des Meeres von Kilikien bis zu den Säulen des Herkules und legten die ganze Macht an den Küsten in Entfernung von zwanzig Meilen in seine Hände. Innerhalb dieser zwanzig Meilen besaß er die Macht über Leben und Tod.

Überdies konnte er, um fünfhundert Schiffe zu bauen, von den Quästoren und Publikanern so viel Geld verlangen, wie er wollte.

Er konnte nach seinem Willen, seinen Wünschen und seinen Launen Soldaten, Matrosen und Ruderer ausheben. All diese Möglichkeiten wurden ihm jedoch nur unter der Bedingung geboten, daß er obendrein Mithridates vernichtete.

Das alles ereignete sich siebenundsechzig Jahre v. Chr. Cäsar war dreiunddreißig Jahre alt.

Innerhalb von drei Monaten vernichtete Pompejus dank der unglaublichen Hilfsmittel, die ihm zugestanden worden waren, die Piraten.

Übrigens war diese Zerstörung viel mehr das Werk seiner Hartnäckigkeit als seiner Stärke.

Es blieb noch Mithridates.

Mithridates kam ihm entgegen, da er sich auf Befehl seines Sohnes Pharnakes tötete, als Pompejus, nachdem er Judäa unterworfen hatte, mit den äußerst unbesonnenen Arabern einen Krieg begann.

Soweit zu Pompejus. Kommen wir nun zu Crassus.

8

Marcus Licinius Crassus, der den Beinamen Dives oder der Reiche hatte, so wie noch in unseren Tagen mehr als ein Reicher den Beinamen *Crassus* trägt, hat den großen Vorteil, von der römischen Antike als ein Typ modernen Geizes überliefert worden zu sein.

Er wurde einhundertfünfzehn Jahre v. Chr. geboren. Er war also fünfzehn Jahre älter als Cäsar.

Schon aufgrund seines Reichtums wurde er 85 v. Chr. der Partei des Marius zugeordnet und floh nach Spanien. Als Marius zwei Jahre später starb und Sulla triumphierte, kehrte Crassus nach Rom zurück.

Gedrängt von Cinna und dem jungen Marius, dachte Sulla daran, Crassus zu benutzen, um ihn Truppen bei den Marsern ausheben zu lassen. Die Marser waren die Schweizer der

Antike. »Wer könnte über die Marser siegen oder ohne die Marser?« pflegten die Römer zu sagen.

Sulla entsandte also Crassus, um bei den Marsern Soldaten zu rekrutieren.

»Aber«, sagte Crassus, »um die feindlichen Gebiete zu durchqueren, brauche ich eine Eskorte.«

»Ich gebe dir eine Eskorte«, antwortete Sulla, »und zwar die Schatten deines Vaters, deines Bruders, deiner Eltern und deiner von Marius ermordeten Freunde.«

Und Crassus brach auf.

Doch da er allein aufbrach, glaubte er, daß ihm die Früchte seiner Arbeit auch allein zustünden. Er stellte ein Heer auf, und mit diesem Heer marschierte er los, um eine Stadt in Umbrien einzunehmen und zu plündern.

Durch diese Expedition vergrößerte sich sein ohnehin schon beträchtliches Vermögen um sieben oder acht Millionen.

Übrigens gab Crassus selbst das Vermögen an, nach dem er trachtete, ohne jedoch genau zu sagen, wieviel er besaß.

»Niemand kann sich rühmen, reich zu sein«, sagte er, »wenn er nicht reich genug ist, um einem Heer den Sold zu zahlen.«

Das Gerücht dieser Plünderung kam auch Sulla zu Ohren, der in dieser Beziehung keineswegs ein schwieriger Mann war. Er war vor Crassus auf der Hut, dem er von nun an Pompejus vorzog.

Von diesem Moment an waren Pompejus und Crassus Feinde.

Dennoch sollte Crassus Sulla einen Dienst erweisen, der größer war als alle Dienste, die ihm Pompejus je erwies.

Die Samniten waren, angeführt von ihrem Feldherrn Telesinus, bis vor die Tore Roms marschiert. Sie hatten auf ihrem Weg durch Italien eine breite Spur von Feuer und Blut hinterlassen. Sulla war ihnen mit seinem Heer entgegenmarschiert. Aber beim Zusammenstoß mit diesen schrecklichen Hirten war sein linker Flügel vernichtet worden, und er war gezwungen, den Rückzug nach Präneste anzutreten. Als er in seinem Zelt saß, war er ungefähr in der gleichen Situation wie Eduard III. am Tag vor Crécy,[12] als dieser die Sache als verloren betrachtete und schon daran dachte, wie er sich mit heiler Haut aus der Affäre ziehen könnte, als man ihm einen Kurier von Crassus ankündigte.

Verwirrt ließ er ihn eintreten.

Aber nach den ersten Worten des Kuriers verwandelte sich seine Zerstreuung in Aufmerksamkeit.

Crassus war auf das samnitische Heer gestoßen, das ob seines Sieges ganz durcheinander war. Er hatte Telesinus getötet, Eductus und Censorinus, seine Legaten, gefangengenommen, und das nach Antemnae fliehende Heer verfolgt.

Das waren von Sulla vergessene Dienste. Crassus machte sie in der Nähe von Rom geltend.

Da er ein gewisses Redetalent entwickelt hatte – wir haben schon gesagt, wie sehr die Römer Redner schätzten –, erhielt er die Prätur und wurde mit dem Krieg gegen Spartacus beauftragt. Wir haben geschildert, wie er endete.

Dieser Ausgang söhnte ihn keineswegs mit Pompejus aus.

Pompejus hatte in dieser Sache ein Wort gesagt, das Crassus im Herzen behalten hatte.

»Crassus hat über die Aufständischen gesiegt«, hatte er gesagt, »aber ich habe über den Aufstand gesiegt.«

Dann kam die Geschichte mit Pompejus' Triumph und Crassus' Ovationen.

Man verhielt sich gegenüber diesem Plünderer, diesem Steuerpächter, diesem Millionär ungerecht, was wiederum fast gerecht war.

Übrigens rief Crassus' Geiz Empörung hervor. Jedermann erzählte gewisse Anekdoten in bezug auf einen Strohhut, und Plutarch, dieser große Anekdotensammler, hat sie uns überliefert.

Crassus besaß einen Strohhut, der an einem Nagel in seinem Vorzimmer hing, und da er die Gespräche mit dem Griechen Alexander sehr liebte, lieh er ihm diesen Hut, als er ihn mit zu sich aufs Land nahm, den er ihm bei der Rückkehr wieder wegnahm.

Mit mehr Recht als über Cäsar, sagte Cicero über Crassus in bezug auf diese Anekdote:

»Ein solcher Mann wird niemals der Herrscher der Welt sein.«

Kommen wir nun zu Cicero, der einen Moment die Welt beherrschte, da er einen Moment der Herrscher von Rom war.

Seine Geburt lag mehr als im dunkeln. Man ist sich insofern einig, daß seine Mutter, Helvia, eine adelige Frau war, aber was seinen Vater betrifft, so wußte man nie, welchen Beruf er ausübte. Die glaubwürdigste Meinung war, daß der große Redner, der in Arpinum geboren wurde, dem Vaterland des Marius, der Sohn eines Walkers oder – wie andere behaupteten – eines Gemüsebauern war. Einige hatten die Idee, und vielleicht hatte er sie selbst, zu seinen Vorfahren Tullius Atticus zu zählen, der über die Volsker herrschte, aber darauf schienen weder die Freunde von Cicero noch er selbst bestanden zu haben.

Er hieß Marcus Tullius Cicero. Marcus war sein Vorname, der Name, den die Römer ihren Kindern in der Regel sechs Tage nach ihrer Geburt gaben. Tullius war sein Familienname, und in der alten römischen Sprache bedeutete er Bach. Cicero schließlich war der Beiname eines Vorfahren, der auf der Nase eine Warze in Form einer Erbse – *cicer* – hatte, woher der Name Cicero stammt.

»Vielleicht«, sagt Middleton, »stammt dieser Name Cicero auch von irgendeinem Vorfahren ab, der Gärtner war und der aufgrund seiner Fähigkeit, Erbsen zu züchten, erwähnt wurde.«[13]

Diese Meinung macht die des Plutarch zunichte, der sagt:

»Es muß dennoch so sein, daß der erste dieses Geschlechts, der den Beinamen Cicero erhielt, ein bemerkenswerter Mann war, da seinen Nachkommen daran lag, diesen zu behalten.«

Auf jeden Fall wollte Cicero ihn nicht ändern, und seinen Freunden, die ihn aufgrund der lächerlichen Seite dazu drängten, antwortete er:

»Nein! Ich behalte meinen Namen Cicero, und ich werde ihn, hoffe ich, glorreicher als Scaurus und Catulus weitergeben.«

Und er hielt Wort.

Fragen Sie jemanden mit durchschnittlicher Bildung geradeheraus, wer Scaurus und Catulus waren, so wird er zögern, Ihnen zu antworten. Fragen Sie ihn, wer Cicero war, so wird er Ihnen, ohne zu zögern, sagen: »Der größte Redner Roms, der Cicero hieß, weil er eine Kichererbse auf der Nase hatte.«

Seine Antwort ist in bezug auf Ciceros Talent richtig. Er irrt sich jedoch, was die Kichererbse anbelangt, weil es der Vorfahr Ciceros war und nicht er, der mit dieser fleischigen Wucherung verziert war. Und schauen Sie noch einmal bei Middleton nach, der sogar die Kichererbse bestreitet und sie in eine grüne Erbse verwandelt.

Aber Cicero selbst hing sehr an seiner Kichererbse.

Als er Quästor in Sizilien war, opferte er den Göttern ein silbernes Ziergefäß, auf das er seine beiden ersten Namen, *Marcus und Tullius*, schreiben ließ, aber anstelle des dritten Namens ließ er eine Kichererbse eingravieren.

Das ist sicher das erste bekannte Bilderrätsel.

Cicero wurde am dritten Januar des Jahres 106 v. Chr. geboren. Er war im gleichen Alter wie Pompejus und wie dieser sechs Jahre älter als Cäsar.

Es wird erzählt, daß seiner Amme ein Geist erschienen sei und ihr gesagt habe, daß dieses Kind eines Tages die Stütze Roms sein werde.

Es war sicher diese Erscheinung, die ihm ein solch großes Selbstvertrauen verlieh.

Er war noch ein Kind, als er ein kurzes Gedicht schrieb: *Pontius Glaucus*. Doch wie fast alle großen Prosaisten, war er ein recht mittelmäßiger Poet, ganz im Gegensatz zu den großen Poeten, die fast immer ausgezeichnete Prosaisten sind.

Nachdem er seine Studien abgeschlossen hatte – er hatte die Redekunst bei Philon und die Gesetze bei Mucius Scaevola studiert –, wurde er ein geschickter Rechtskundiger und der beste der Senatoren. Dann ging er fort, wenngleich er kaum ein Krieger war, um unter Sulla im Krieg gegen die Marser zu kämpfen.

Dennoch begann er mit einer mutigen Tat, aber einer mutigen Tat des bürgerlichen Lebens. Wir dürfen den bürgerlichen Mut nicht mit dem militärischen Mut verwechseln.

Ein Freigelassener Sullas namens Chrysogonus hatte soeben das Hab und Gut eines vom Diktator getöteten Bürgers zum Kauf angeboten, und er selbst hatte diese Güter für zweitausend Drachmen gekauft.

Roscius, Sohn und Erbe des Toten, wies nach, daß das Erbe zweihundertfünfzig Talente wert war, das heißt mehr als eine Million.

Sulla war des Verbrechens überführt, das er Crassus vorwarf, aber Sulla ließ sich nicht so einfach aus der Fassung bringen. Seinerseits klagte er den jungen Mann des Vatermordes an und behauptete, daß der Vater auf Anstiftung des Sohnes getötet worden sei.

Alle ließen Roscius im Stich, nachdem Sulla ihn angeklagt hatte.

Da drängten Ciceros Freunde ihn zu handeln. Wenn er Roscius verteidigen und seinen Prozeß gewinnen würde, hätte er sich einen Namen gemacht und seinen guten Ruf besiegelt.

Cicero verteidigte ihn und gewann.

Wir dürfen diesen Roscius nicht mit seinem Zeitgenossen, Roscius dem Schauspieler, verwechseln, den Cicero auch gegen Fannius Cherea verteidigte. Derjenige, von dem hier die Rede ist, heißt Roscius Amerinus, und wir besitzen Ciceros Plädoyer: *Pro Roscio Amerino*.

Noch am gleichen Tage, an dem er den Prozeß gewonnen hatte, brach Cicero angeblich aus gesundheitlichen Gründen nach Griechenland auf. In der Tat war er so mager, daß er aussaß, als wäre er selbst der Geist, der seiner Amme erschienen war. Er besaß einen empfindlichen Magen und konnte nur sehr spät und wenig essen. Aber er hatte eine volle, klangvolle Stimme, wenn auch rauh und wenig flexibel. Und da seine Stimme bis zu den höchsten Tönen aufstieg, war er zumindest in seiner Jugend nach seinen Plädoyers immer schrecklich müde.

Als er in Athen ankam, studierte er bei Antiochus dem Askaloniten, dann ging er nach Rhodos, und wir haben schon gesehen, daß er dort Cäsar traf.

Nach Sullas Tod verbesserte sich Ciceros körperliche Konstitution, und auf die Bitte seiner Freunde hin kehrte er nach Rom zurück, nachdem er Asien bereist und Unterricht bei Xenokles aus Adramyttion, Dionysius aus Magnesia und Menippus dem Karier genommen hatte.

Auf Rhodos hatte er einen ebenso großen wie unerwarteten Erfolg.

Apollonius Molo, bei dem er studierte, sprach keineswegs die lateinische Sprache, während Cicero hingegen die griechische Sprache beherrschte. Molo, der auf den ersten Blick eine Vorstellung von dem haben wollte, was sein zukünftiger Schüler konnte, gab ihm einen Text und bat ihn, diesen unvorbereitet auf Griechisch vorzutragen. Cicero tat es gern. Das war eine Möglichkeit, seine Kenntnisse in einer Sprache zu verbessern, die nicht die seine war. Er begann also und bat Molo und die anderen Anwesenden, seine Fehler zu notieren, die er machen würde, damit er sich verbessern konnte.

Als er fertig war, klatschten die Zuhörer.

Nur Apollonius Molo blieb nachdenklich, der die ganze Zeit, in der Cicero gesprochen hatte, kein Zeichen der Billigung oder Mißbilligung von sich gegeben hatte.

Als der beunruhigte Cicero ihn drängte, sagte er ihm seine Meinung:

»Ich lobe und bewundere dich, junger Mann«, sagte er zu ihm, »aber ich bedauere das Schicksal Griechenlands, wenn ich sehe, daß du die einzigen Vorteile, die uns geblieben sind, mit nach Rom nehmen wirst: die Redekunst und das Wissen.«

Als Cicero wieder in Rom war, studierte er Roscius den Komödianten und Äsop den Dramatiker, die beide Meister ihres Faches waren.

Es waren diese beiden Meister, die Cicero zur Perfektion der Redekunst führten, die seine größte Macht war.

Nachdem er zum Quästor gewählt worden war, wurde er nach Sizilien entsandt. Es war während einer Hungersnot, und seitdem ganz Italien in Weideland umgewandelt worden war – wir werden später noch Gelegenheit haben, über diese Umwandlung zu sprechen –, war Sizilien die Kornkammer Roms geworden. Cicero drängte also die Sizilianer, ihr Korn nach Italien zu schicken, und aufgrund dieser dringenden Bitte, war er bei seinen Klienten nicht sehr willkommen. Aber als sie seinen Tatendrang, seine Gerechtigkeit und Menschlichkeit und vor allem seine Selbstlosigkeit sahen – eine seltene Eigenschaft zu Zeiten Verres –, kamen sie wieder zu ihm und schenkten ihm nicht nur Vertrauen, sondern gar Zuneigung.

Cicero kehrte also mit sich zufrieden aus Sizilien zurück, da er das beste getan hatte, was er hatte tun können. Denn er hatte bei drei oder vier Gelegenheiten seine Klienten brillant verteidigt und glaubte, daß das Aufsehen, das er in Sizilien erregt hatte, sich in der ganzen Welt verbreitet habe und der Senat vor den Toren Roms auf ihn warten würde. Als er Kampanien durchquerte, traf er einen Freund, der ihn erkannte, auf ihn zuging und ihm lächelnd die Hand reichte.

Nach den ersten Höflichkeiten fragte Cicero:

»Und, was sagt man in Rom über meine Redekunst, und was denkt man über mein Verhalten während meiner zweijährigen Abwesenheit?«

»Wo warst du denn?« fragte ihn der Freund. »Ich wußte gar nicht, daß du Rom verlassen hattest.«

Diese Antwort hätte Ciceros Eitelkeit sicherlich geheilt, wäre die Eitelkeit nicht unheilbar.

Übrigens sollte sich bald eine Gelegenheit bieten, die seiner Eitelkeit Tor und Tür öffnete.

Zunächst führte er einen Prozeß gegen Verres und ließ ihn zu siebenhundertfünfzigtausend Drachmen Geldstrafe und zum Exil verurteilen. Die Geldstrafe war ein Scherz, aber das Exil war ernst. Erst wird das Exempel statuiert, dann kommt die Entehrung, dann die Scham.

Es stimmt, daß Spitzbuben keine Scham kennen.

Dieser Erfolg brachte Cicero in Mode.

»Er hatte«, sagt Plutarch, »einen Hof, der aufgrund seines Talentes fast so groß war wie der, den Crassus aufgrund seiner Millionen und den Pompejus aufgrund seiner Macht hatten.«

Unterdessen beschäftigte man sich mit der Verschwörung des Catilina.

Nachdem wir gesehen haben, wer Pompejus, Crassus und Cicero waren, sehen wir nun, wer Catilina war. Dann werden wir wissen, wer Cäsar war.

9

Lucius Sergius Catilina gehörte zum ältesten Adel Roms.

Er behauptete diesbezüglich, sich diese Herkunft von niemandem streitig machen zu lassen, selbst nicht von Cäsar, und ihm stand dieser Anspruch zu, da er – wie er sagte – von Sergestus abstamme, dem Gefährten des Äneas.

Sicher ist, daß zu seinen Vorfahren ein Sergius Silus zählte, der in den punischen Kriegen dreiundzwanzigmal verwundet worden war und der sich schließlich an seinem verstümmelten Arm eine Eisenhand befestigen ließ, mit der er weiterkämpfte.

Das erinnert an Götz von Berlichingen, diesen anderen

Lehnsmann, der sich so wie Catilina an die Spitze eines Aufstandes von Bettlern stellte.[14]

»Er (Catilina)«, sagt Sallust, »war ein Anwalt der Demokratie, der wunderschöne Gärten hinterließ, die noch heute seinen Namen tragen. Er war einer dieser Männer, die mit jener seltenen Konstitution ausgestattet sind, um Hunger, Durst, Kälte und langes Wachen ertragen zu können; er besaß einen kühnen Geist, war gerissen und fand immer Mittel und Wege; er war fähig, alles zu heucheln und alles zu verschleiern, begierig auf die Güter der anderen und geizig mit den seinen; er verfügte über eine große Redekunst, wenig Urteilsvermögen und sann unaufhörlich über Pläne und trügerische Maßnahmen nach – unmöglich!«

Soweit zu seiner Moral. Wie wir sehen, verwöhnt Sallust seinen Mann nicht.

Was das Äußere betrifft, so besaß er ein blasses, besorgtes Gesicht, blutunterlaufene Augen, einen mal langsamen, mal überstürzten Gang; auf der Stirn schließlich etwas von dieser Fatalität, die Aischylos in der Antike seinem Orest und in der Moderne Byron seinem Manfred andichtet.

Sein Geburtsdatum kennen wir nicht genau, aber er muß fünf oder sechs Jahre älter als Cäsar gewesen sein.

Unter Sulla hatte er in Blut gebadet. Man erzählte sich unglaubliche Dinge über ihn, denen man nach heutiger Einschätzung nur mit Vorbehalt Glauben schenken kann. Er wurde beschuldigt, der Liebhaber seiner Tochter gewesen zu sein und der Mörder seines Bruders. Es wurde behauptet, daß er, um sich für diesen Mord zu entlasten, den Toten auf die Liste der Geächteten gesetzt habe, so als wäre sein Bruder noch am Leben.

Er hatte Gründe, Marcus Gratidianus zu hassen. Er schleppte ihn – hier spricht noch immer die Überlieferung und nicht wir –, er schleppte ihn zum Grab des Lutatius, stach ihm zuerst die Augen aus, schnitt ihm dann die Zunge, die Hände und die Füße ab, enthauptete ihn am Ende und trug anschließend den Kopf mit blutverschmierten Armen vor den Augen des Volkes vom Janikulushügel bis zur Porta Carmentalia, wo Sulla war.

Und als sollten sich alle Anschuldigungen auf seine Person konzentrieren, sagte man noch obendrein, daß er seinen Sohn getötet habe, damit seiner Hochzeit mit einer Kurtisane nichts im Wege stand, die keinen Stiefsohn haben wollte; daß er den Silberadler des Marius gefunden und ihm Menschenopfer dargebracht habe; daß er als Anführer dieser in Blut badenden Gesellschaft, die vor etwa fünfzehn Jahren in Livorno entdeckt worden war, unnötige Morde befohlen habe, um nicht das Morden zu verlernen; daß die Verschwörer nacheinander das Blut eines Mannes getrunken hätten, dem die Kehle durchgeschnitten worden sei; daß er die Senatoren massakrieren wolle und es schließlich seine Absicht sei – was das kleine Volk besonders traf –, die ganze Stadt niederzubrennen.

All das ist sehr unwahrscheinlich! Der arme Catilina macht mir ganz den Eindruck, als sei er ausgewählt worden, der Sündenbock seiner Zeit zu sein.

Das ist übrigens Napoleons Meinung. Schlagen wir den *Mémorial de Sainte-Hélène* vom 22. März 1816 auf:

»Heute las der Kaiser in der *Römischen Geschichte* über die Verschwörung des Catilina. Er konnte sie nicht so verstehen, wie sie aufgeschrieben worden war. Was für ein Schurke Catilina auch gewesen sein mag«, sagt er, »so muß er ein Ziel gehabt haben. Das kann nicht gewesen sein, über Rom zu herrschen, weil man ihm vorwarf, die ganze Stadt niederbrennen zu wollen. Der Kaiser glaubte, daß es sich eher um eine gewisse neue aufrührerische Partei nach Art des Marius und des Sullas handelte, die, nachdem sie gescheitert war, ihrem Anführer all diese banalen Anschuldigungen zuschrieb, mit denen man diese in einem solchen Fall belastet.«

Und mit seinen Adleraugen konnte der Kaiser, der durch den Rauch der Schlachtfelder sah, wohl einen klaren Blick haben in der Dunkelheit der Zeit.

Übrigens war der Moment günstig für eine Revolution.

Rom ist geteilt in Arme und Reiche, in Millionäre und Verschuldete, in Gläubiger und Schuldner; Wucher ist an der Tagesordnung; der gesetzliche Zinsfuß beträgt vier Prozent pro Monat. Alles ist käuflich, von der Wahl des Curio bis zur Liebe der Servilia. Die alte römische Plebs, die Rasse der Soldaten und der Bauern, das Mark von Rom ist zerstört. In der Stadt gibt es drei- oder viertausend Senatoren, Ritter, Wucherer, Spekulanten, Aufrührer, Freigelassene bei jedem Schritt und Tritt. Außerhalb Roms gibt es keine Landwirte mehr: Sklaven; keine bestellten Felder: Weideland. Man hat festgestellt, daß man mehr damit verdient, die Schweine zu füttern als die Menschen zu ernähren: Porcius Cato hat mit diesem Beruf ein riesiges Vermögen gemacht. Überall Thraker, Afrikaner, Spanier mit Eisen an den Füßen, die Rücken von Peitschenhieben zerfurcht, das Zeichen der Knechtschaft auf der Stirn. Rom hat seine Bevölkerung verbraucht, um die Welt zu erobern. Es hat das Gold der Nation gegen das Kupfergeld der Sklavenschaft eingetauscht.

Man hat in Neapel Villen der Meeresbrise wegen gebaut, in Tivoli wegen der vielen Wasserfälle und in Albano wegen des Schattens der Bäume. Die Bauernhöfe oder vielmehr der staatliche Bauernhof war auf Sizilien.

Cato hat dreitausend Sklaven. Und die anderen?

Die Vermögen sind absurd, weil sie so gewaltig sind.

Crassus besitzt allein an Ländereien zweihundert Millionen Sesterzen, mehr als vierzig Millionen Francs. Verres hat innerhalb von drei Jahren als Prätor zwölf Millionen auf Sizilien an sich gerafft. Caecilius Isidorus hat sich in den Bürgerkriegen ruiniert. Er besitzt nur noch einige läppische Millionen, die sich gegenseitig davonlaufen, und als er stirbt, vererbt er trotzdem noch viertausendeinhundertsechzehn Sklaven, dreitausendsechshundert Paar Ochsen, siebenundzwanzigtausendfünfhundert Stück Vieh und sechzig Millionen Sesterzen Bargeld (fast fünfzehn Millionen Francs). Ein Zenturio besitzt zehn Millionen Sesterzen. Pompejus läßt sich allein von Ariobarzane dreiunddreißig Talente pro Monat bezahlen, so in etwa einhundertachtzigtausend Francs. Die Könige sind zugunsten der Generäle, der Legaten und der Prokonsuln ruiniert worden. Dejotarus ist zum Betteln gezwungen. Die Stadt Salamis kann Brutus, ihren Gläubiger, nicht bezahlen. Brutus schließt den Senat ein und belagert ihn. Fünf Senatoren sterben Hungers und die anderen zahlen.

Die Schulden sind so hoch wie die Vermögen. Das ist ganz einfach: Die Bilanz muß stimmen.

Cäsar, der als Prätor nach Spanien geht, leiht sich fünf Millionen von Crassus, und er hat noch fünfzig Millionen Schulden. Bei seiner Verurteilung schuldet Milo vierzehn Millionen. Curio, der sich an Cäsar verkauft, hat zwölf Millionen Schulden, Antonius acht Millionen.

Die Verschwörung des Catilina ist also unserer Meinung nach zu Unrecht als Verschwörung bezeichnet worden. Das ist kein Komplott, das ist ein Faktum. Das ist der ewige, große Krieg der Reichen gegen die Armen, der Kampf derjenigen, die nichts haben, gegen diejenigen, die alles haben. Das ist die Frage, die allen politischen Fragen zugrunde liegt, die wir 1792 und 1848 berührt haben.

Babeuf und Proudhon sind die Catilinas der Theorie.[15]

Sehen Sie auch, wer für Catilina ist, sehen Sie, wer seine Gefolgschaft bildet, sehen Sie, welche Leute ihm als Garde dienen: alle Eleganten, alle, die ein zügelloses Leben führen, alle ruinierten Adeligen, alle Schönen in Purpurtuniken, alle, die spielen, die sich betrinken, die tanzen, die Frauen aushalten. Wir haben gesagt, daß Cäsar dazugehörte. Und daneben die Schergen, die Gladiatoren, die Mörder von Sulla und Marius und – wer weiß – vielleicht das Volk?

Die Ritter, die Wucherer, die Spekulanten, die Bankiers spüren das so gut, daß sie Cicero zum Konsulat tragen – *einen neuen Mann*.

Cicero ist eine Verpflichtung eingegangen. Er wird Catilina

vernichten. Denn damit jeder ruhig schlafen kann, der Villen, Paläste, Truppen, Weideland und eine Kasse besitzt, muß Catilina vernichtet werden.

Cicero beginnt den Angriff, indem er dem Senat – denken Sie daran, daß Catilina Senator ist –, indem er dem Senat ein Gesetz vorlegt, das zu der Strafe für denjenigen, der Ränke schmiedet, ein Exil von zehn Jahren hinzufügt.

Catilina riecht den Braten. Er will über das Gesetz diskutieren. Er läßt ein Wort zugunsten der Schuldner fallen, und darauf hat Cicero gewartet.

»Was hoffst du?« sagt er zu ihm. »Neue Tische? Die Aufhebung der Schulden? Ich werde Tische aufstellen, aber Verkaufstische.«

Catilina läßt sich hinreißen.

»Wer bist du denn«, sagt er, »daß du so sprichst, schlechter Bürger aus Arpinum, der Rom als seinen Gasthof ansieht?«

Nun tuschelt der ganze Senat und ergreift Partei für Cicero.

»Ach!« schreit Catilina, »ihr wollt einen Brand gegen mich entfachen. So sei es. Ich werde ihn unter den Ruinen ersticken.«

Dieses Wort richtet Catilina zugrunde.

Cicero ruft es den Krämern zu.

Die Abgesandten der Allobroger, die Catilina als Vertraute genommen hat, haben dem Anwalt der Aristokratie den Plan der Verschwörung übergeben.

Cassius soll Rom in Brand setzen und Cethegus die Senatoren töten; Catilina und seine Legaten stehen vor den Toren der Stadt und werden jeden töten, der fliehen will.

Die Scheiterhaufen werden errichtet. Vielleicht werden morgen die Aquädukte verstopft sein.

Das alles veranlaßt das Volk jedoch nicht, Partei für den Senat zu ergreifen.

Cato hält eine lange Rede. Er weiß, daß die Zeit vorüber ist, an den Patriotismus zu appellieren. Gut! Der Patriotismus! Man wird Cato ins Gesicht lachen und ihn mit dem antiken

Namen bezeichnen, der unserem modernen Ausdruck des *Chauvinisten* entspricht.

Nein, Cato ist ein Mann seiner Zeit.

»Im Namen der unsterblichen Götter«, sagt er, »beschwöre ich euch, für die eure Häuser, eure Statuen, eure Ländereien, eure Tische immer einen größeren Wert hatten als die Republik. Diese Güter, von welcher Art sie auch sein mögen, Objekte eurer zarten Zuneigung, wenn ihr sie behalten wollt, wenn ihr für eure Freuden die notwendige Muße bewahren wollt, dann erwacht aus eurer Starre, und nehmt die öffentliche Sache in die Hand.«

Catos Rede berührt die Reichen. Aber das ist nicht genug. Man weiß genau, daß die Reichen zur Partei der Reichen gehören. Es sind die Armen, es sind die Proletarier, es ist das Volk, das man begeistern muß.

Cato läßt durch den Senat für sieben Millionen Weizen ans Volk verteilen, und das Volk ist für den Senat. Wäre Catilina jedoch in Rom geblieben, hätte seine Anwesenheit vielleicht den Erfolg dieser herrlichen Verteilung zunichte gemacht.

Aber es ist selten, daß das Volk demjenigen recht gibt, der das Vaterland verläßt. Dazu gibt es ein Sprichwort:

Catilina verläßt Rom.

Das Volk gibt Catilina unrecht.

10

Catilina war am Apennin zu seinem Legaten Mallius gestoßen. Er hatte dort zwei Legionen, zehn- bis zwölftausend Mann.

Er wartete einen Monat.

Jeden Morgen hoffte er, die Nachricht zu bekommen, daß die Verschwörer in der Stadt begonnen hatten, ihren Plan in die Tat umzusetzen. Ihn erreichte schließlich die Nachricht, daß Cicero seine Freunde Lentulus und Cethegus sowie die wichtigsten Anführer des Komplotts hatte erdrosseln lassen.

»Erdrosselt!« schrie er. »Waren sie denn keine römischen Bürger, und garantierte ihnen die Lex Sempronia nicht, daß ihr Leben verschont bliebe?«

Sicher, aber hier ist das Argument, dessen Cicero sich bediente: »Die Lex Sempronia schont in der Tat das Leben der Bürger, nur ist der Feind der Partei kein Bürger.«

Das Argument ist sicher ein wenig spitzfindig, aber man ist ja nicht umsonst Anwalt.

Die Heere des Senats näherten sich. Als Catilina sah, daß ihm nichts anderes mehr übrigblieb, als zu sterben, beschloß er, wenigstens mutig zu sterben.

Er stieg von seinen Bergen hinunter und traf in der Nähe von Pistoja auf die Konservativen, wie man heute sagen würde.

Die Schlacht war schrecklich und der Kampf verbissen.

Catilina kämpfte nicht, um zu siegen, sondern um würdevoll zu sterben.

Nachdem er schlecht gelebt hatte, starb er würdevoll. Man fand seinen Leichnam vor all seinen gefallenen Soldaten inmitten der Leichen der römischen Soldaten, die er getötet hatte.

Jeder seiner Männer war an der Stelle gefallen, an der er gekämpft hatte.

Sterben Diebe, Mörder und Brandstifter so?

Ich glaube, daß Napoleon auf Sankt Helena recht hatte und daß es bei all diesen Dingen etwas gibt, das wir nicht wissen oder das uns vielmehr schlecht vermittelt worden ist und daher Platz für Spekulationen läßt.

Sehen Sie sich das Manifest der Aufständischen an, das uns Sallust überliefert hat. Vielleicht bringt es etwas Licht in diese Frage.

Es ist von dem Anführer der Aufständischen an den General des Senats gerichtet. Der General des Senats ist der Cavaignac jener Zeit.¹⁶

»Imperator!

Wir rufen die Götter und Menschen als Zeugen, daß wir keineswegs zu den Waffen gegriffen haben, um das Vaterland in Gefahr zu bringen oder unsere Mitbürger zu bedrohen. Wir wollen uns nur schützen. Elendig und ruiniert wie wir sind, haben Habsucht und Gewalt unserer Gläubiger uns fast alle des Vaterlandes beraubt und alle des Ansehens und des Vermögens. Man spricht uns sogar das Recht ab, uns auf die alten Gesetze zu berufen. Man erlaubt uns nicht, unsere Güter zu verlassen, um unsere Freiheit zu behalten: So groß ist die Härte der Wucherer und Prätoren. Oft hatte der alte Senat Erbarmen mit dem Volk und hat durch seine Erlasse das Elend des Volkes gemildert. Noch zu unseren Zeiten hat man die bis zum Äußersten belasteten Güter entlastet, und nach Meinung aller redlichen Menschen war es erlaubt, in Kupfer zu zahlen, was man in Silber schuldete.* Oft hat sich auch das Volk (*plebs*), durch ehrgeizige Wünsche getrieben oder durch die Beleidigungen der Magistrate provoziert, vom Senat distanziert, aber was uns betrifft, so bitten wir nicht um Macht oder Reichtum, diese großen Gründe des Streites zwischen den Menschen. Wir bitten nur um die Freiheit, die ein Bürger nicht einwilligt mit seinem Leben zu verlieren. Wir flehen daher dich und den Senat an, das Elend unserer Mitbürger zu berücksichtigen. Gebt uns die Garantie des Gesetzes, das der Prätor uns verweigert. Erlegt uns nicht den Zwang auf, dem Leben, das wir führen, den Tod vorzuziehen, denn unser Tod würde keineswegs ohne Rache bleiben.«

Philosophen aller Zeiten, wägt dieses Manifest ab. Es hat sein Gewicht in der Waagschale der Geschichte. Ähnelt es

---

* Die Lex Valeria sah diese Möglichkeit in extremen Situationen vor. Die Schuldenlast wurde so um fast drei Viertel reduziert, und dennoch war das keineswegs ein Bankrott.

nicht sehr der Devise der unglücklichen Lyoner Seidenarbeiter: Leben, indem wir arbeiten, oder sterben, indem wir kämpfen?[17]

Wir haben es Ihnen wohl schon gesagt, daß die Verschwörung des Catilina keineswegs eine Verschwörung war; und sehen Sie, warum die Gefahr – egal was Dion auch sagen mag – gegenwärtig, ernst und gewaltig war, so gegenwärtig, so ernst und so gewaltig, daß sie aus Cicero einen mutigen, unrechtmäßigen Helden machte.

Es muß wohl so sein, daß Cicero große Angst hatte, um so mutig zu sein *an jenem Tag!*

Flieht Cicero nicht, wenn er fliehen kann? In dem Aufruhr, der sich sieben oder acht Jahre später durch Clodius gegen ihn richtet, flieht er da nicht?

Clodius ist jedoch kein Mann, der das Format eines Catilina besitzt.

Nachdem Cicero aus Thessaloniki zurückgekehrt ist, erzählt er, daß es einen Zusammenstoß im Forum gebe. Man beleidigt sich und spuckt sich ins Gesicht. »Die Anhänger des Clodius spucken schon auf uns (*clodiani nostros consputare coeperunt*); wir verlieren die Geduld«, fügt Cicero hinzu. Kein Wunder! »Die Unseren greifen sie an und schlagen sie in die Flucht. Clodius ist von der Tribüne gestürzt. Ich mache mich davon, weil ich Angst vor einem Unfall habe (*ac nos quoque tum fugimus, ne quid in turba*).« Ich lege ihm diese Worte nicht in den Mund; er schreibt es selbst seinem Bruder Quintus in einem Brief vom 15. Februar.

Sollten Sie übrigens daran zweifeln, lesen Sie Catos Rede. Dieser ist kein Feigling, und dennoch hat er Angst, große Angst sogar. Er hat Angst, und er sagt es, und die anderen werden auch Angst haben, weil Cäsar ruhig ist!

Cäsar ist ruhig, denn sollte Catilina Sieger bleiben, so hat Cäsar der Demokratie genug Pfänder gegeben, um sein Stück vom Kuchen abzubekommen. Cäsar ist ruhig, denn sollte Catilina besiegt werden, so gibt es nicht genug Beweise gegen ihn, um ihn anzuklagen. Wer würde es übrigens wagen, ihn anzuklagen? Cato hat große Lust dazu und weicht doch zurück.

Es war während dieser so stürmischen Sitzung, in der Cato und Cäsar sprachen – Cato für die Strenge und Cäsar für die Milde –, als man Cäsar ein Billet brachte.

Cato, der glaubte, daß es eine politische Mitteilung sei, riß sie dem Boten aus der Hand und las sie.

Es war ein Liebesbrief seiner Schwester Servilia an Cäsar.

Er warf ihm diesen ins Gesicht.

»Nimm, du Säufer«, sagte er.

Cäsar hob den Zettel auf, las ihn und sagte nichts. In der Tat war die Situation ernst, und es war nicht nötig, sie durch einen privaten Streit noch zu verschlimmern.

Aber wenn man auch nicht wagte, Cäsar öffentlich anzuklagen, so wäre man doch nicht verärgert gewesen, wenn ein Unfall die ehrenwerten Leute von ihm befreit hätte.

In dem Moment, als er hinausging, wurde er auf den Stufen des Senats von einer Menge aus Rittern, Bankierssöhnen, Spekulanten, Wucherern und Steuerpächtern überfallen, die ihn unbedingt töten wollten.

Einer von ihnen, Clodius Pulcher – derjenige, der sich von den Gladiatoren hatte besiegen lassen –, setzte ihm sein Schwert an die Kehle und wartete nur noch auf ein Zeichen Ciceros, um ihn zu töten. Cicero gab ihm jedoch ein Zeichen, Cäsar zu verschonen, und Clodius steckte sein Schwert wieder in die Scheide.

Wie bitte? Dieser Clodius, der später der böse Geist Cäsars und der Liebhaber der Pompeja sein wird und den Cicero töten will, dieser Clodius ist der Freund Ciceros und will Cäsar töten?

O mein Gott, ja, so geschieht's im Leben!

Das erscheint Ihnen unverständlich? Wir werden es Ihnen erklären, seien Sie beruhigt, liebe Leser. Es wird vielleicht nicht sehr moralisch, aber es wird klar sein.

Der glückliche Mann, der stolze Mann, der so ungeheuer bedeutende Mann in dieser ganzen Catilina-Affäre ist Cicero.

Cicero hat eine Menge von Monsieur Dupin, wenn auch Monsieur Dupin nicht viel von Cicero hat.

Haben Sie Monsieur Dupin am Tag nach der Thronbesteigung von König Ludwig Philipp gesehen?[18] Wenn er lateinische Verse geschrieben hätte, hätte er Ciceros geschrieben. Wenn er französische Verse geschrieben hätte, hätte er sie übersetzt.

Sie kennen Ciceros Verse, nicht wahr?

O fortunalam nalam, me consule, Romam!
O glückliches Rom, das während meines Konsulats geboren wurde!

Nun gut, acht Tage später verteidigte Cicero Murena, welcher sich der Verschwörung schuldig gemacht hatte, Cicero, der für die Schuldigen der Verschwörung eine zusätzliche Bestrafung von zehn Jahren Exil gefordert hatte. Dann verteidigte er Sulla, welcher der Komplize Catilinas gewesen war, und Cicero verteidigt ihn, der die anderen Komplizen hatte umbringen lassen.

Einen Moment war Cicero – wie wir gesagt haben – der König von Rom.

Pompejus war abwesend; Cäsar hielt sich im Hintergrund, und Crassus blieb stumm.

»Das ist der dritte fremde König, den wir haben«, sagten die Römer.

Die beiden anderen waren Tatius und Numa. Tatius und Numa stammten aus Cures. Cicero stammte aus Arpinum.

Alle drei waren also in der Tat Fremde in Rom!

11

Als die Verschwörung des Sulla[19] aufgedeckt, Cethegus und Lentulus ermordet und Catilinas Leiche auf dem Schlachtfeld von Pistoja gefunden worden waren, glaubte man, Rom sei gerettet.

So war es auch 1793 nach jeder aufgedeckten Verschwörung. Auch Frankreich wurde elfmal im selben Monat gerettet.

»Noch ein Sieg wie dieser«, sagte Pyrrhus nach der Schlacht von Heraclea, bei der er die Hälfte seiner Soldaten, die Hälfte seiner Pferde und die Hälfte seiner Elefanten verloren hatte, »und ich bin verloren!«

Vor allem Cicero war in dem Glauben, er habe Rom gerettet. Sein Sieg machte ihn blind. Er glaubte an diese Allianz des Senats mit den Rittern, der Geburtsaristokratie mit der Geldaristokratie, die sein Traum gewesen war. Aber es dauerte nicht lange, bis er selbst an der Beständigkeit dieses *schwabbeligen* Friedens zweifelte ... Wie können wir sein Wort der *concordia conglutinata* wiedergeben? Der *zusammengeschusterte Frieden* gibt es vielleicht ungefähr wieder.[20]

Was Cäsar betrifft, so haben wir schon gesagt, daß er überglücklich war, in dieser Situation in den Hintergrund zu treten.

Als er den Senat verließ und Cicero das Forum durchquerte, rief dieser: »Sie haben gelebt!«, womit er die Komplizen des Catilina meinte, und in diesem Moment stürzten mehrere Ritter, welche die Garde des Cicero bildeten, mit blankgezogenem Schwert auf Cäsar zu, aber Cicero bedeckte ihn – wie wir schon sagten – mit seiner Toga.

Cicero antwortete auf den fragenden Blick, den ihm die jungen Männer zuwarfen – wie es manchmal das Volk zugunsten des Gladiators tat, der gut gekämpft hatte –, mit einem rettenden Zeichen, und obwohl Cäsar zu dieser Zeit nur ein übles, über und über verschuldetes Subjekt war, tötete man einen Cäsar in der Tat nicht, wie man einen Lentulus oder einen Cethegus tötete, und der Beweis ist, daß man ihn hätte töten können, entweder an der Tür des Senats oder im Forum, oder als er das Marsfeld überquerte, und noch ein Beweis ist, daß man Catilina hätte töten können, und man nicht wagte, es zu tun.

Obwohl uns diese Tatsache von Plutarch überliefert wurde, sind wir oft auf die Idee gekommen, den Bericht des Historikers aus Chäroneia[21] in Zweifel zu ziehen.

Sueton begnügt sich damit zu sagen, daß die Ritter, die Wache hielten, ihr Schwert zogen und die Spitze auf Cäsar richteten.

Cicero, dieser große Redner, spricht in der Geschichte seines Konsulats nicht darüber, die verlorengegangen ist, die Plutarch aber kannte, und Plutarch wundert sich darüber.

Wie kommt es, daß Cicero, der sich manchmal gewisser Dinge rühmt, die er nicht getan hat, eine so bedeutende, für ihn ehrenvolle Sache getan und sich dessen nicht gerühmt haben soll?

Später tadelt der Adel übrigens Cicero, diese Gelegenheit nicht ergriffen zu haben, um sich Cäsars zu entledigen, und damit der Zuneigung, die das Volk ihm entgegenbrachte, so sehr entsprochen zu haben.

In der Tat war diese Zuneigung groß, sehr groß sogar. Was sich einige Tage später zutrug, beweist das.

Cäsar war der versteckten Anschuldigungen überdrüssig, die ihn verfolgten, und begab sich in den Senat, um sich zu rechtfertigen, und als er ihn betrat, erklärte er, warum er gekommen war.

Nun erhob sich ein gewaltiger Streit unter den Senatoren über Cäsars Schuld oder Nicht-Schuld, und als sich die Sitzung in die Länge zog, umzingelte das Volk, das fürchtete, ihm sei ein Unglück widerfahren, laut schreiend den Saal und bat, man möge ihm Cäsar zurückgeben.

Das hatte sogar mit der Sache zu tun, daß Cato, der einen Aufstand seitens der Armen befürchtete, und sagen wir ruhig, derjenigen, die Hunger hatten und die, sagt Plutarch, in Cäsar all ihre Hoffnungen setzten – die Sache ist eindeutig –, vom Senat diese herrliche Verteilung von monatlichem Weizen erreichten, die jedesmal so etwa zehn bis zwölf Millionen gekostet haben dürfte.

Cäsar wußte genau, daß er ein neues Standbein brauchte. Er bewarb sich um das Amt des Prätors.

Wir haben schon gesagt, wie man in Rom seinen Weg machte.

Jeder junge Mann aus guter Familie studierte das Recht bei einem Juristen und die Redekunst bei einem Rhetor. Das römische Leben war ein öffentliches Leben. Es gehörte dem Vaterland. Man verteidigte oder griff die Regierung mit Worten oder dem Schwert an. Man signierte wie in Amerika: *Anwalt und General*.

Um bekannt zu werden, denunzierte man einen Prokonsul. Darin lag eine gewisse Größe. Man ergriff die Partei des Volkes gegen einen Mann.

Und genau das tat Cäsar.

Er führte zuerst einen Prozeß gegen Dolabella, dann gegen Publius Antonius. Gegen ersteren scheiterte er und war gezwungen, Rom zu verlassen. Aber in Griechenland führte er den zweiten Prozeß vor Marcus Lucullus, Prätor von Makedonien, und er hatte einen solch großen Erfolg, daß Publius Antonius, der fürchtete, verurteilt zu werden, die Volkstribune anrief und vorgab, daß ihm gegen die Griechen in Griechenland selbst keine Gerechtigkeit widerfahren könne.

»In Rom«, sagt Plutarch, »brachte ihm seine Redekunst, die er als exzellenter Anwalt bewiesen hatte, große Gunst ein.«

Wenn man einmal bekannt war, bewarb man sich um das Amt eines Ädils.

Einen Ädilen kann man im weitesten Sinne mit unserem heutigen Bürgermeister vergleichen.

Sehen Sie sich die englischen Wahlen an mit ihren *hustings*, mit ihren *meetings*, ihren *boxings* und ihren *Bestechungsklagen*. Das war im kleinen Stil das, was in Rom im großen Stil praktiziert wurde.

Es gab übrigens etwas in Rom, was man in Frankreich und England noch nie gewagt hat: ein HANDBUCH DES KANDIDATEN. Es stammt aus dem Jahre 688 seit der Stadtgründung und ist signiert: *Q. Cicero*. Nicht mit Marcus Tullius zu verwechseln; Quintus war nur der Bruder eines großen Mannes.

Als der Moment gekommen war, zog der Kandidat eine weiße Robe an, das Symbol der Reinheit seiner Seele – *candidatus*, was ebenso *reingewaschen* wie *weiß* bedeutet. Dann stattete er zuerst den Senatoren und den Magistraten einen Besuch ab, anschließend den reichen Leuten, den Rittern, den Adeligen und schließlich dem Volk.

Das Volk war auf dem Marsfeld. Die dreihundert- oder vierhunderttausend Wähler waren da und warteten auf die Kandidaten.

Die Kandidaten stellten sich mit ihrer Gefolgschaft von Freunden vor.

Während der Kandidat seinerseits auf sich aufmerksam machte, machten seine Freunde ihrerseits auf ihn aufmerksam.

Der Kandidat hatte seinen Namenanzeiger, der ihm leise die Namen und Berufe derjenigen sagte, an die er das Wort richtete.

Erinnern Sie sich an die große Zärtlichkeit des Don Juan gegenüber Monsieur Dimanche, als er Geld von ihm haben wollte? Stellen Sie sich diesen Auftritt an einem Tag hundertmal wiederholt vor: unterschiedliche Szenerie, gleicher Inhalt.

Schon zwei Jahre zuvor fängt der Kandidat damit an, das Volk zu bearbeiten. Er veranstaltet Spiele, reserviert durch seine Freunde in den Zirkussen und Amphitheatern Plätze und verteilt diese kostenlos ans Volk. Er schickt ganze Wahlbezirke dorthin und vor allem seinen eigenen. Schließlich veranstaltet er öffentliche Festessen, und das nicht nur vor seiner Tür, nicht nur in seiner Tribus, nicht nur in verschiedenen Vierteln, sondern oft sogar in allen Tribus.

Cicero führt es als eine außergewöhnliche Sache an, daß Lucius Philippus die Würden erlangt hat, ohne sich dieser Mittel bedient zu haben.

Dahingegen ist Tubero, der Enkel von Paulus Ämilius und Neffe von Scipio Africanus, in seiner Bewerbung als Prätor gescheitert, weil er, als er dem Volk ein öffentliches Essen gab, Betten aufstellen ließ, die ganz gewöhnlich und mit Ziegenleder anstatt mit wertvollen Bezügen ausgestattet waren.

Sie sehen, wie genießerisch das römische Volk war, das nicht nur gut essen, sondern beim Essen auch gut und fürstlich gebettet sein wollte.

Viele unternahmen Reisen in die Provinz, um in den Gemeinden mit Wahlrecht auf Stimmenfang zu gehen.

Paterculus erwähnt einen Bürger, der, als er Ädil werden wollte, immer, wenn es in Rom oder in der Umgebung einen Brand gab, Sklaven hinschickte, um ihn zu löschen. Dieses Mittel war so neu, daß derjenige, der es erfunden hatte, nicht nur zum Ädil, sondern sogar zum Prätor gewählt wurde. Unglücklicherweise vergißt Paterculus, den Namen dieses Menschenfreundes zu nennen.

In der Regel war die Wahl teuer. Man wurde kaum für weniger als eine Million zum Ädil gewählt, Quästor für mindestens anderthalb Millionen oder zwei, aber, um Prätor zu werden, opferte man alles.

In der Tat war die Prätur so etwas wie ein Vizekönigtum in der Provinz.

Denken Sie daran, daß eine Provinz zu damaliger Zeit so etwas wie ein heutiges Königreich war.

In diesem Königreich, das man für vier oder fünf Jahre regierte, das man mittels des Geldes, das man zur Verfügung hatte, mit einem Heer besetzte und über dessen Einwohner man absolute Macht genoß, traf man sich mit seinen Gläubigern. Dort zahlte man die unangenehmsten Schulden zurück und richtete sich Bibliotheken, Gemäldesammlungen und Galerien von Statuen ein. Dorthin schließlich rief man seine Gerichtsdiener und seine Handlungsaufseher, und fast immer einigte man sich zur Zufriedenheit beider Parteien.

Wenn die Provinz ruiniert war, wenn man die Nachfolge eines Dolabella oder eines Verres antrat oder man in bezug auf die Moralität seines Schuldners nicht sicher war, widersetzten sich die Gläubiger manchmal auch der Abreise.

Cäsar, der zum Prätor von Spanien ernannt worden war, fand im Moment der Abreise ein solches Aufgebot an Gläubigern vor seiner Tür versammelt, daß er gezwungen war, nach Crassus zu schicken.

Crassus, der sah, daß Catilina tot war, der verstanden hatte, daß Cicero sich nicht würde halten können und der Pompejus die Sache mit den Gladiatoren nicht verzeihen konnte, begriff, daß die Zukunft Cäsar und Pompejus gehörte, und er dachte, daß eine Geldanlage bei Cäsar ihm große Zinsen einbringen würde. Mit fast fünf Millionen bürgte er für Cäsar, und Cäsar konnte nach Spanien abreisen.

Wir wollen nebenbei erwähnen – und diese Sache könnte wohl für drei Viertel dieser seitens eines solchen Geizhalses so erstaunlichen Anleihe verantwortlich sein –, daß Cäsar der Liebhaber von Crassus' Frau Tertulia war. Aus moderner Sicht gesehen setzt das vielleicht Cäsar etwas herab, aber Cäsar sah das nicht so eng.

Als er nach Spanien ging und ein kleines Dorf in Gallia Cisalpina durchquerte, sagte Cäsar die folgenden netten Worte:

»Es wäre mir lieber, der Erste hier zu sein als der Zweite in Rom.«

In der Tat gab es in Rom neben diesen realen Mächten, die sich mittels des Schwertes und der Redekunst etabliert hatten, neben Pompejus und Cäsar gab es das, was man die sieben Tyrannen nannte: Das waren die Steuerpächter, die Wucherer, die kurzsichtigen Prätoren, das waren die Männer namens

Lucullus, Metellus, Hortensius, Philippus, Catullus und schließlich Crassus.

Der letztere hatte es eilig, etwas anderes als einer der sieben Tyrannen zu sein. Er hatte es eilig, einer der drei zu sein.

Er sah in der Zukunft ein Triumvirat: Pompejus – der Sieger, Cäsar – das Glück, und er – das Geld.

Wir werden sehen, daß Crassus nicht allzu schlecht in der Zukunft gelesen hat.

Nach einem Jahr kehrte Cäsar aus Spanien zurück.

Was hatte er dort gemacht? Wir wissen nichts darüber.

Niemand wagte, ihn zu beschuldigen, aber bei seiner Rückkehr bezahlte er seine Schulden, und diesmal mußte ihm niemand Geld borgen.

Sueton sagt aber:

»Es ist aufgrund der von ihm selbst hinterlassenen Denkmäler erwiesen, daß er in Spanien vom Prokonsul und den Alliierten das Geld erhielt, um das er als Unterstützung inständig gebeten hatte, um seine Schulden zu bezahlen.«

Das bedeutete jedoch, daß er sich das Geld nicht lieh, sondern daß er es sich nahm, denn er gab es nie zurück.

Sueton fügt hinzu:

»Er plünderte verschiedene Städte in Lusitanien, obwohl sie keinerlei Widerstand geleistet und ihm ihre Tore geöffnet hatten.«

Als Cäsar nach Rom zurückgekehrt war, traf er Pompejus wieder.

Diese beiden Rivalen standen sich also gegenüber.

Schauen wir nun, wie es mit Pompejus weiterging, nachdem wir ihn nach seinem Sieg über die Gladiatoren verlassen haben.

12

Der Sieger über Mithridates war neununddreißig Jahre alt, wenn seine Freunde ihm auch nur – lesen Sie bei seinen Schmeichlern nach – vierunddreißig Jahre gaben – das Alter Alexanders. Er war auf dem Höhepunkt seines Glücks angelangt. Er sollte nur noch hinabsteigen, während Cäsar nur noch aufstieg. Wenn Pompejus neunundddreißig Jahre alt war – und Plutarch nennt sein tatsächliches Alter –, dann war Cäsar dreiunddreißig.

»Das römische Volk«, sagt Plutarch, »scheint Pompejus gegenüber von Anfang an die gleiche Haltung einzunehmen wie Prometheus von Aischylos gegenüber Herkules, als er zu diesem sagte, der ihn losgebunden hatte: ›So sehr ich den Sohn liebe, so sehr hasse ich den Vater.‹«

Warum haßte das römische Volk Strabo, den Vater des Pompejus?

Plutarch sagt es uns in einem Satz:

»Weil es ihm seinen Geiz nicht verzeihen konnte.«

Was heißen soll, daß Pompejus' Vater keine Spiele für die Römer veranstaltete, ihnen keine öffentlichen Essen bot und ihnen keine Eintrittskarten für Veranstaltungen schenkte, was ein unverzeihliches Verbrechen war in den Augen all dieser Könige der Welt, die ihre Zeit in den Säulenhallen liegend verbrachten, im Bade über Politik diskutierten oder Wein aus eingedampftem Most tranken.

Der Haß war in der Tat groß, denn das Volk riß den Leichnam von Strabo, der vom Blitz getroffen worden war, vom Scheiterhaufen, auf dem er ehrenvoll eingeäschert werden sollte, und fügte ihm tausend Schmähungen zu.

Aber wir wiederholen, daß der Sohn hingegen sehr beliebt war.

Sehen Sie, was Plutarch noch in seiner schönen griechischen Sprache dazu sagt:

»Keinem anderen wurde größeres Wohlwollen entgegengebracht, das schneller begann, das in den Zeiten des Glücks schöner blühte und das im Unglück treuer blieb.«

Vielleicht war es auch Pompejus' Schönheit, welche die Römer – ein äußerst sensibles Volk – betörte.

Pompejus besaß zarte Züge, die in schönster Harmonie mit seiner melodischen Stimme standen, eine Miene, die sehr ernst wirkte, was aber durch einen sehr gütigen Gesichtsausdruck gemildert wurde, und edle Manieren; er verhielt sich im Alltag sehr gemäßigt, zeigte höchste Geschicklichkeit in allen Sportarten, eine fast unwiderstehliche Redegewandtheit, ungeheure Freigebigkeit, und dabei eine fast göttliche Gnade, welche durch die Kunst gekennzeichnet war, die Eigenliebe desjenigen zu schonen, der sie empfing. Seine Haare, die er über den Kopf nach oben strich und der Charme seines Blickes verliehen ihm eine gewisse Ähnlichkeit mit Alexander oder vielmehr mit den Statuen, die von dem Eroberer Indiens geblieben waren, was dem jungen Mann sehr schmeichelte – eine Einschätzung, die in der Öffentlichkeit so bekannt war, daß der Konsul Philipp, der ihn verteidigte, eines Tages lächelnd sagte:

»Man möge sich über meine Parteilichkeit gegenüber meinem Klienten nicht wundern; es ist ganz einfach so, daß ich als Philipp Alexander liebe.«

Wir haben über Pompejus' Enthaltsamkeit gesprochen. Hier ein Beispiel:

Nach einer ziemlich schweren Krankheit war ihm eine Diät verordnet worden, und als er wieder anfing zu essen, erlaubte der Arzt ihm nur, eine Drossel zu verspeisen.

Unglücklicherweise sind Drosseln Zugvögel, und es war nicht mehr die Jahreszeit, in der Drosseln durch das Land zogen. Die Diener des Pompejus liefen über alle Märkte Roms, ohne eine einzige zu finden.

»Da bist du in ziemlicher Verlegenheit«, sagte ein Freund zu ihm. »Du könntest welche bei Lucullus finden, der sie das ganze Jahr über füttert.«

»Nein, nein«, antwortete Pompejus, »ich will diesen Mann um nichts bitten.«

»Aber«, beharrte der Freund, »wenn der Arzt dringend dazu rät, daß du eine Drossel ißt und nichts anderes?«

»Soll ich denn glauben«, antwortete Pompejus, »in den Urteilen des Schicksals stehe geschrieben, Pompejus hätte nicht überlebt, wenn Lucullus nicht so ein Feinschmecker wäre, der Drosseln in Käfigen hält?«

Und Pompejus *jagte den Arzt davon*. Ich glaube, so müßte ungefähr die Übersetzung aus dem Griechischen lauten.

Wir haben auch über Pompejus' Redekunst gesprochen.

Beweisen wir es.

Nach Strabos Tod mußte er eine Anschuldigung wegen Veruntreuung öffentlicher Gelder zurückweisen, die gegen seinen Vater erhoben worden war und in die man versuchte, ihn hineinzuziehen, aber er verteidigte sich mit solcher Geschicklichkeit und Sicherheit, daß der Prätor Antistius, der dem Gericht vorsaß, nun beschloß, ihm seine Tochter zur Frau zu geben, und er ließ sie ihm von gemeinsamen Freunden anbieten.

Pompejus nahm an.

Das zukünftige Brautpaar war dem Volk bereits so gut bekannt, und es fand das Paar dermaßen nach seinem Geschmack, daß die Menge in dem Moment, als Pompejus freigesprochen wurde, schrie, als hätte es nur darauf gewartet:

»Talassio! Talassio!«

Was bedeutete dieses Wort, welches die Römer für gewöhnlich riefen, wenn sie jemandem eine glückliche Ehe wünschten?

Wir werden es erklären.

Das war eine alte römische Tradition, die noch aus der Zeit des Raubes der Sabinerinnen stammte.

Als dieses große Ereignis stattfand, welches das im Entstehen begriffene Reich des Romulus fast an den Rand des Ruins brachte, entführten die Hirten und Ochsentreiber eine junge

Sabinerin von so vollendeter Schönheit, daß sie befürchteten, bei jedem Schritt kämpfen zu müssen, um sie zu behalten. Da kam ihnen die Idee, sie unter den Schutz eines der höchstgeschätzten Namen im jungen Rom zu stellen, so daß sie beim Laufen riefen:

»Talassio! Talassio!«

Als entführten sie die junge Sabinerin im Auftrag von Talassius.

Dank dieses Namens gelang es ihnen, die Sabinerin sicher ans Ziel zu führen, und in der Tat heiratete die junge Sabinerin Talassius, und da die Ehe sehr glücklich war, hielt sich dieser Brauch in Rom, bei Hochzeiten von gewisser Bedeutung dem Paar auf diese Weise Glück zu wünschen:

»Talassio! Talassio!«

Pompejus heiratete in der Tat Antistia.

Aber er hatte in der Ehe nicht so viel Glück wie Talassius, denn er wurde von Sulla gezwungen, Antistia zurückzuweisen und Emilia zu heiraten, die Tochter von Metella und Scaurus und Sullas Schwiegertochter.

Der Befehl war um so tyrannischer, da Emilia verheiratet und schwanger war. Für Pompejus war es überdies um so beschämender, diesem Befehl nachzugeben, da sein Schwiegervater Antistius soeben im Senat ermordet worden war, und dies mit der Begründung, daß auch Antistius der Partei des Sulla angehören müsse, da Pompejus, sein Schwiegersohn, dieser angehöre.

Überdies konnte Antistius' Frau, die sah, daß ihre Tochter verstoßen worden war, die Beleidigung, die Pompejus ihr zugefügt hatte, nicht ertragen: Sie tötete sich.

Schließlich folgte auf diesen Tod der von Emilia, die im Kindbett starb.

Es stimmt, daß diese schreckliche Familientragödie, die in einer anderen Zeit großes Aufsehen erregt hätte, inmitten der öffentlichen Tragödie unterging, die sich zu dieser Stunde abspielte und in der Marius und Sulla die Hauptrollen spielten.

Wir haben gesagt, daß es Cäsar in einer ähnlichen Situation lieber war, Sullas Wut zu trotzen als ihm zu gehorchen. Das Genie der beiden Männer liegt genau in diesem Unterschied. Es ist so, daß in der gleichen Situation der eine nachgibt und der andere Widerstand leistet.

Man möge uns verzeihen, daß wir auf diese Weise wieder auf Pompejus zurückkommen, über den wir schon gewisse Einzelheiten berichtet haben, aber der Mann, der Cäsar die Welt streitig macht, ist wohl der Mühe wert, sich etwas länger mit ihm zu beschäftigen.

Wir geben auch zu, daß wir stolz darauf sind, für das Altertum das zu tun, was wir für die moderne Zeit, die griechische Geschichte und die Römer sowie für die Geschichte Englands, Italiens und Frankreichs gemacht haben, das heißt, sie für jeden verständlich darzustellen. Was braucht es dazu? Sie unterhaltsam gestalten.

Wenn man uns die Griechen und die Römer zeigt, zeigt man uns zu viele Statuen und nicht genug Menschen.

Da auch wir Menschen sind, interessieren wir uns vor allem für die Wesen, die ganz offensichtlich zur Menschheit gehören.

Nun, wenn wir Alcibiades' Tunika und Cäsars Toga entfernen, was sehen wir dann? Männer.

Aber man muß die Tunika und die Toga entfernen. Man muß schließlich das tun, was wir versuchen: Diese Helden und diese Halbgötter der Schüler im Schlafrock zeigen.

Erinnern Sie sich an die Zeit, da man Ihnen sagte, die Geschichte sei so schwer zu erlernen, weil sie langweilig sei? Langweilig ohne Zweifel, bei dem guten Daniel, bei Mézerai, bei Anquetil, aber unterhaltsam in den Berichten, in den Memoiren und den Legenden.

Woher kam der große Erfolg von Monsieur Barante mit seinen *Herzogen von Burgund*? Weil er einer der ersten war, der die Geschichte oder das, was man Geschichte nannte, in Form eines Berichtes niederschrieb.

Haben wir unseren Lesern mit den *Drei Musketieren, Zwanzig Jahre später* und dem *Vicomte von Bragelonne* nicht mehr über die Zeit Ludwigs XIII. und Ludwigs XIV. beigebracht als Levassor mit seinen zwanzig oder fünfundzwanzig Bänden?

Wer kennt Levassor? Guillemot und Techener, weil sie seine fünfundzwanzig Bände zu fünfundzwanzig Francs verkaufen, aber nicht ans Volk, sondern an diejenigen, die wie ich gezwungen sind, sie zu kaufen.

13

Kommen wir nun auf Pompejus zurück, der mit vierundzwanzig Jahren schon zweimal Witwer geworden war und den Sulla aufgrund des Dienstes, den ihm der junge Mann erwies, als er ihm ein Heer brachte, mit dem Namen *Imperator* begrüßte.

Überdies erhob sich Sulla und entblößte vor Pompejus seinen Kopf, was er vor den anderen Generälen selten tat.

Er erhob sich, das ist einfach zu verstehen, aber er *entblößte seinen Kopf*, das scheint Ihnen – geben Sie es zu, liebe Leser – schwer verständlich zu sein, da Sie die Römer immer ohne Kopfbedeckung gesehen haben.

Die Römer bedeckten ihren Kopf statt mit einem Hut – mitunter trugen sie natürlich einen, was dieser berühmte Hut, den Crassus dem Griechen Alexander lieh, beweist – mit einem Zipfel ihrer Toga, und dieses Kleidungsstück, das in der Regel weiß ist, wirft auf hervorragende Weise die Strahlen der italienischen Sonne zurück. So wie wir unseren Hut als Zeichen der Achtung vor jemandem ziehen, heben die Römer den Zipfel ihrer Toga und entblößen auf diese Weise ihr Haupt.

Trotz Pompejus' großer Unterwürfigkeit warf man ihm zwei oder drei Morde vor, die Cäsar, der in jeder Beziehung und vor allem in bezug auf die Menschlichkeit sein großer Rivale war, nie hätte ausführen können. Dazu war er nicht fähig.

Carbo war, wie wir wissen, einer von Sullas Widersachern. Pompejus besiegte ihn und warf ihn ins Gefängnis.

Wenn er ihn in dem Moment getötet hätte, als er ergriffen wurde, hätte niemand etwas gesagt, und man hätte die Sache wahrscheinlich ganz normal gefunden. Aber er ließ ihn sich in Ketten vorführen, einen Mann, der dreimal mit dem Konsulat geehrt worden war! Pompejus saß auf seinem Thron und richtete inmitten des Getuschels und des Beifalls der Menge über ihn, verurteilte ihn und ließ ihn hinrichten, ohne ihm einen weiteren Aufschub zu gewähren; nur ein dringendes Bedürfnis durfte er noch befriedigen.

Er tat das gleiche mit Quintus Valerius, einem vornehmen Weisen, den er ergriff, mit dem er sprach und den er eiskalt in den Tod schickte, nachdem er alles von ihm erfahren hatte, was er wissen wollte.

Was den Titel *der Große* anbelangt, so war es auch Sulla, der ihm diesen nach seiner Rückkehr aus Afrika verlieh, als er ihn wie vier oder fünf Jahre zuvor begrüßte, da er ihm den Titel *Imperator* verliehen hatte.

Pompejus hatte zunächst Angst – man muß ihm diese Gerechtigkeit widerfahren lassen –, seinem Namen diesen Zusatz beizufügen.

Sagen wir schnell, daß es keineswegs aus Bescheidenheit geschah, daß er so handelte, sondern aus Angst, die Empfindlichkeit des Volkes zu verletzen.

Als er nach dem Tod des Sertorius und nach dem Feldzug in Spanien später glaubte, daß ihm dieser Name lange genug von den anderen verliehen worden sei und er das Recht habe, sich diesen selbst zu geben, nahm er ihn in der Tat an und nannte sich selbst in seinen Briefen und seinen Erlassen POMPEJUS DER GROSSE.

Es stimmt, daß es neben Pompejus, den Sulla *Magnus*, den

Großen genannt hatte, zwei Männer gab, denen das Volk den Zusatz SEHR GROSSE, *Maximus* verliehen hatte. Der eine war Valerius, der das Volk und den Senat aussöhnte, und der andere war Fabius Rullus, der aus eben diesem Senat einige Söhne Freigelassener verjagt hatte, die sich aufgrund ihres Reichtums zu Senatoren hatten wählen lassen.

Übrigens versetzten diese Größe, zu der es Pompejus gebracht, und das Vermögen, das er angehäuft hatte, Sulla bald in Angst und Schrecken.

Nachdem er aus dem großen Afrikakrieg nach Rom zurückgekehrt war, verlangte Pompejus einen Triumphzug, aber Sulla widersetzte sich. Der Triumph stand nur den Konsuln und Prätoren zu.

Selbst der erste Scipio hatte nach seinen Siegen in Spanien und Karthago keineswegs gewagt, darum zu bitten, weil er weder Prätor noch Konsul gewesen war.

Sulla gab vor zu befürchten, die Mißbilligung von ganz Rom auf sich zu ziehen, wenn er einen jungen, noch bartlosen Mann triumphieren ließe, und daß man sagen würde, er achte keine Gesetze, wenn es darum ging, die Launen seiner Lieblinge zu befriedigen.

Aber Pompejus erkannte den wahren Grund hinter dieser fadenscheinigen, in schöne Worte gefaßten Ablehnung.

Der Gedanke, daß Sulla sich seinem Triumph nur widersetzte, weil er ihn allmählich fürchtete, verstärkte seine Dickköpfigkeit in dieser Angelegenheit, und er antwortete Sulla, der ihm mitteilte, daß er sich dem Triumph widersetzen würde, wenn er darauf bestehe zu triumphieren:

»Sei auf der Hut, Sulla! Die aufgehende Sonne wird von mehr Menschen geliebt als die untergehende.«

Sulla war wie Cäsar etwas schwerhörig, und er verstand Pompejus' Antwort nicht.

»Was sagt er?« fragte der Diktator diejenigen, die ihn umringten.

Diese wiederholten Pompejus' Antwort für Sulla.

»Oh! Wenn ihm so daran liegt«, antwortete Sulla, »dann soll er doch triumphieren.«

Aber Sulla war keineswegs der einzige, der sich dieser Befriedigung des Stolzes des Siegers über Carbo, Domitian und Sertorius widersetzte.

In Senat und Adel herrschte große Aufregung.

Pompejus hörte es.

»Ah, so ist es«, sagte er. »Schön, ich werde nicht wie meine Vorgänger auf einem von Pferden gezogenen Wagen triumphieren, sondern auf einem von Elefanten gezogenen Wagen.«

Und in der Tat hatte Pompejus während seines Afrikafeldzuges gesagt:

»Da wir schon einmal hier sind, werden wir nicht nur die Menschen bekämpfen, sondern auch die wilden Tiere.«

Daher hatte er gejagt und eine große Zahl von Löwen und Elefanten gefangen. Überdies bekam er von den unterworfenen Königen mehr als vierzig Elefanten geschenkt. Nichts war leichter für ihn, als vier dieser letztgenannten Tiere vor seinen Wagen zu spannen.

Sie wurden also vor den Wagen gespannt, aber als er in Rom einziehen wollte, stellte sich heraus, daß das Tor zu schmal war.

Pompejus, der gezwungen war, die Elefanten zurückzulassen, kam auf die Pferde zurück.

Trotz seines Alters – er war fast vierzig Jahre alt – wäre Pompejus sicher in den Senat aufgenommen worden, wenn er den Ehrgeiz gehabt hätte.

Die Römer hatten, wenn sich das Gesetz einem ihrer Wünsche widersetzte und wenn sie mächtig genug waren, diesen Wunsch trotz des Gesetzes zu erfüllen, ein sehr findiges Mittel, trotz eines solchen Gesetzes zu handeln: Sie setzten es für ein Jahr aus.

Man nannte das *den Schlaf des Gesetzes*.

Während das Gesetz schlief, blieben die Ehrgeizigen wach und machten, was sie wollten.

Pompejus fand also eine viel größere Befriedigung seines Stolzes darin, als einfacher General zu triumphieren, als wenn er Senator gewesen wäre.

Pompejus triumphierte, verblieb dabei jedoch im Stand der Ritter.

Aber Sulla vergaß keineswegs, daß Pompejus gegen seinen Willen triumphiert hatte, und Pompejus, der für einen anderen getan hatte, was er nicht für ihn hatte tun wollen, nämlich Lepidus ins Konsulat wählen zu lassen, traf Sulla, als er den Platz überquerte, und da herrschte Sulla ihn an:

»Junger Mann«, sagte er zu ihm, »ich sehe dich ob deines Sieges ganz ruhmbedeckt. Ist es nicht in der Tat sehr ehrenwert und schmeichelhaft, daß es dir durch deine Intrigen beim Volk gelungen ist, daß Catulus, das heißt der ehrenwerteste Bürger Roms, erst nach Lepidus, welcher der böseste aller Menschen ist, ins Konsulat gewählt wurde? Übrigens«, fügte er mit einer drohenden Geste hinzu, »warne ich dich, nicht einzuschlafen, sondern aufmerksam über deine Geschäfte zu wachen, denn du hast dir einen Gegner gemacht, der stärker ist als du!«

Von diesem Tag an hatte Sulla Pompejus in der Tat vollkommen aus seinem Gedächtnis gestrichen. Und als Sulla starb und sein Testament eröffnet wurde, fand man nichts für Pompejus, und überdies war der Mann, dem der Erblasser den Titel *Imperator* und den Beinamen *Magnus* verliehen hatte, noch nicht einmal erwähnt worden.

Aber als wahrer Staatsmann, der er war, zeigte Pompejus keinen Kummer über diese Unterlassung, und als Lepidus und einige andere nicht nur verhindern wollten, daß Sulla auf dem Marsfeld begraben wurde, sondern sogar, daß man für ihn ein öffentliches Begräbnis ausrichtete, war er es, Pompejus, der die Leitung der Totenfeier übernahm und Sulla die letzte Ehre erwies.

Es ging noch weiter. Die Vorhersage des Sulla hatte sich sogleich nach seinem Tod bestätigt, und Lepidus bediente sich seiner Position, die ihm Pompejus verschafft hatte, um in Rom

Unruhe zu stiften, und Pompejus stellte sich an die Seite des Catulus, der die redlichen Senatoren und das Volk vertrat, der sich aber in der Verwaltung des öffentlichen Lebens geschickter zeigte als in der Befehlsgewalt über ein Heer. Pompejus bot ihm die Unterstützung seines Schwertes an.

Diese Hilfe hatte ihre Bedeutung.

Lepidus hatte sich, von Brutus unterstützt, dem Vater desjenigen, der mit Cassius Cäsar ermorden würde, des größten Teils Italiens und eines Teils von Gallia Cisalpina bemächtigt.

Pompejus marschierte gegen ihn in den Kampf, nahm ihm die meisten Städte wieder ab, ließ Brutus verhaften und ihn, wie er es mit Carbo und Quintus Valerius gemacht hatte, von Geminius töten, ohne sich auch nur die Mühe zu machen, ein Urteil gegen ihn zu sprechen.

Auf diesen Sieg folgten die Siege gegen Sertorius, gegen Spartacus und gegen die Piraten.

In diesem letzten Krieg hatte Pompejus eine Macht angehäuft, die niemand vor ihm besessen hatte, und war wahrlich zum König der Meere geworden.

Hier haben wir ihn verlassen, und hier müssen wir uns ihm also wieder zuwenden, um ihm zu folgen, bis Cäsar aus Spanien zurückkehrt.

14

Inmitten all dieser Ereignisse war *Pompejus'* Bart gesprossen, und diesmal hatte er ohne Widerstand den Siegeszug und das Konsulat erhalten.

Seine Macht in Rom war zu diesem Zeitpunkt so groß, daß Crassus, der ihm seit der Affäre mit den Gladiatoren aus dem Weg ging, gezwungen war, Pompejus gewissermaßen um die Erlaubnis zu bitten, Konsul werden zu dürfen.

Pompejus wußte, welche Größe ihm diese Unterwürfigkeit eines Mannes verlieh, der aufgrund seines Reichtums und seiner Redekunst alle anderen Männer verachtete. Er vergaß, daß er gegenüber Crassus Unrecht getan hatte – was viel schöner war, als das Unrecht von Crassus zu vergessen, falls Crassus ihm gegenüber Unrecht getan hätte –, er vergaß also das Unrecht, das er gegenüber Crassus begangen hatte und ließ ihn gleichzeitig mit sich zum Konsul ernennen.

Cäsar war abwesend, und so teilten sich Pompejus und Crassus die Macht. Crassus war beim Senat einflußreicher, und Pompejus genoß mehr Ansehen beim Volk.

Außerdem war Pompejus das, was man heute einen *Scharlatan* nennen würde. Er kannte sein römisches Volk und wußte, wie man mit ihm umgehen mußte.

Es war üblich, daß die Ritter, nachdem sie die vom Gesetz vorgeschriebene Zeit gedient hatten, ihr Pferd aufs Forum führten und dort vor den beiden Zensoren Rechenschaft über ihre Feldzüge ablegten, die Generäle und Feldherren nannten, unter denen sie gedient hatten, und in Anwesenheit des Volkes das Lob oder den Tadel entgegennahmen, die ihr Verhalten verdienten.

Die Zensoren Gellius und Lentulus saßen auf ihren Sitzen, und von weitem sah man Pompejus, der das Amt des Konsuls bekleidete und den die Liktoren begleiteten oder dem die Liktoren vielmehr vorausgingen. Pompejus schritt zum Forum hinunter, führte wie ein einfacher Ritter sein Pferd am Zügel, befahl dann seinen Liktoren, ihn durchzulassen, und trat mit seinem Pferd vor das Tribunal.

Als das Volk dies sah, verspürte es so großen Respekt, daß kein Bravo über die Lippen der Bürger drang, obwohl es ganz offensichtlich war, daß Pompejus' Auftritt jedermann mit Bewunderung erfüllte.

Die Quästoren hingegen, die dieser Beweis der Ehrerbietung beschämte, antworteten durch ein Handzeichen auf Pompejus' Gruß, und der ältere der beiden erhob sich:

»Pompejus der Große«, sagte er zu ihm, »ich frage Euch, ob Ihr alle vom Gesetz vorgeschriebenen Feldzüge durchgeführt habt?«

»Ja«, antwortete Pompejus mit lauter Stimme, »ich habe sie durchgeführt, und ich hatte nie andere Feldherren oder Generäle als mich selbst.«

Bei diesen Worten schrie das Volk laut auf, und die Zensoren erhoben sich und führten Pompejus mit der ganzen Menge heim, um ihm die gleiche Ehre zu erweisen, die er ihnen erwiesen hatte.

Aber seinen größten Triumph feierte Pompejus' an dem Tag, als er mit der Macht betraut wurde, um die Piraten zu bekämpfen, worüber wir schon sprachen.

Das Gesetz, das ihm diese Macht übertrug, wurde nicht ohne Gegenstimmen verabschiedet. Würde Pompejus erst einmal diese Macht sein eigen nennen, hätte er zweihundert Schiffe unter seinem Befehl sowie fünfzehn Legaten, die aus dem Senat stammten und gezwungen waren, ihm zu gehorchen. Er hätte entscheidenden Einfluß auf alle Quästoren und Empfänger öffentlicher Gelder, die monarchische Herrschaft und unumschränkte Macht an allen Küsten in einer Entfernung von vierhundert Stadien vom Meer, das heißt über das ganze römische Reich; dann könnte keine menschliche Macht Pompejus mehr daran hindern, König zu werden, wenn er das Königtum denn anstrebte.

So wurde das Projekt des Gesetzes, das vom Volk mit begeisterten Rufen angenommen und von Cäsar unterstützt wurde, der sich beim Volk beliebt machen wollte, bei der Lesung von einer gewissen Anzahl an Senatoren zurückgewiesen.

Einer der Konsuln hatte sogar gerufen:

»Sei auf der Hut, Pompejus. Wenn du auf Romulus' Spuren wandeln willst, könnte es gut sein, daß du wie er in einem Sturm untergehst.«

Catulus, für den Pompejus gekämpft hatte, stand diesem

Gesetz auch nicht wohlwollend gegenüber. Als er sich jedoch dagegen äußerte, hielt er Pompejus die größte Lobrede.

»Aber«, sagte er, »setzt doch nicht ohne Unterlaß den ersten Bürger und den größten Mann Roms auf diese Weise den Zufällen des Krieges aus. Wer wird ihn denn letztendlich ersetzen, solltet ihr ihn verlieren?«

»Du, du, du«, schrien sie von allen Seiten.

Da schritt Roscius nach vorn, gab ein Zeichen, daß er sprechen wolle, und da er inmitten der Rufe des Volkes nicht das Wort ergreifen konnte, bedeutete er durch das Heben von zwei Fingern, daß man Pompejus einen Mann zur Seite stellen müsse.

Aber auf diesen ärgerlichen Vorschlag antwortete das ungeduldige Volk mit so lauten Schreien, daß ein Rabe, der in diesem Moment über das Forum hinwegflog, betäubt mitten in die Menge fiel.

»Was beweist«, sagt Plutarch in ernstem Ton, »daß nicht das Zerreißen und die Trennung der Luftmassen, in denen sich ein Vakuum bildet, für den Fall der Vögel verantwortlich sind. Die Vögel werden vielmehr von den Schreien getroffen, die mit einer solchen Kraft ausgestoßen werden, daß in der Luft eine gewaltige Erschütterung und ein schneller Luftwirbel entstehen.«

Wir haben an anderer Stelle schon gesagt, wie Pompejus durch diesen Krieg am Ende die größte Ehre erlangte. Aber was wir nicht erwähnt haben, das ist die Parteilichkeit, die Pompejus, der Carbo, Quintus Valerius und Brutus auf so grausame Weise hatte töten lassen, gegenüber den Piraten zeigte.

Pompejus empfing sie nicht nur versöhnlich, schenkte ihnen ihr Leben, ließ ihnen einen Teil ihres Hab und Guts, sondern er wurde überdies noch von den Piraten, die genau wußten, mit welcher Sanftmut Pompejus ihre Kameraden behandelt hatte, um Hilfe gegen Metellus gebeten. Dieser Metellus – ein Verwandter des Metellus, mit dem Pompejus in Spanien gekämpft hatte – war, bevor Pompejus den Oberbefehl des Krieges übernahm, nach Kreta gesandt worden, um die Piraten auf dieser Insel zu verfolgen, die nach Kilikien ihr am besten befestigter Schlupfwinkel war, hatte sie auf Leben und Tod gejagt, und sobald er sie ergriffen hatte, ans Kreuz schlagen lassen.

Das war eine seltsame Bitte. Aber noch seltsamer war, daß sie ihnen erfüllt wurde.

Pompejus schrieb an Metellus, um ihm zu verbieten, den Krieg fortzusetzen. Er befahl den Städten, Metellus' Befehle nicht mehr zu befolgen und ließ seinen Legaten Lucius Octavius in eine belagerte Stadt einmarschieren, wo er für die Piraten gegen die Soldaten des Metellus kämpfte.

Das wäre unverständlich, wenn man Pompejus' Art zu handeln nicht kennen würde, der in dieser Situation seinen Teil der Ehre bei der Niederschlagung der Piraten genausowenig an Metellus abtreten wollte, wie er seinen Teil der Ehre bei der Niederschlagung der Gladiatoren nicht an Crassus hatte abtreten wollen. Als man in Rom erfuhr, daß er diese schrecklichen Piraten in weniger als drei Monaten vernichtet und unterworfen hatte, war die Begeisterung so groß, daß der Volkstribun Manlius ein Gesetz vorschlug, das Pompejus den Oberbefehl über alle Provinzen und alle Truppen übergab, die unter dem Kommando des Lucullus standen, und dazu noch Bithynien, das Glabrio besetzt hatte.

Dieses Gesetz ermächtigte Pompejus, die gleichen Seemächte zu behalten, mit der gleichen Macht wie in dem vorangegangenen Krieg zu befehlen, und lieferte ihm schließlich auf Gnade und Ungnade den Rest des römischen Reiches aus, da es ihm neben Phrygien, Lykaonien, Galatien, Kappadokien, Kilikien, dem nördlichen Teil von Kolchis und Armenien auch die Heere unterstellte, die Lucullus eingesetzt hatte, um Mithridates und Tigranes zu besiegen.

Zunächst hatten sich alle Senatoren und namhaften Männer Roms versammelt, um dieses Gesetz zurückzuweisen, hatten sich gegenseitig die allerheiligsten Versprechen gegeben und sich geschworen, nicht die Sache der Freiheit zu verraten, indem sie einem einzigen Mann und noch dazu aus freien Stücken eine Macht übertrugen, die der glich, die Sulla durch Gewalt erhalten hatte. Aber als der Tag kam, passierte das, was manchmal in parlamentarischen Staatsformen passiert: Von allen Rednern, die auf der Liste standen, um das Wort zu ergreifen, wagte es nur einer zu sprechen.

Das war Catulus.

Aber er sprach auch als rechtschaffener Mann und mit der von ihm gewohnten Offenheit, appellierte an den Senat und rief:

»Senatoren, gibt es keinen Berg oder Felsen mehr, auf den wir uns zurückziehen und als freie Menschen sterben können?«

Aber Rom war zu dieser Zeit an einem Punkt angekommen, wo es um jeden Preis irgendeinen Herrscher brauchte.

Niemand antwortete Catulus.

Das Gesetz wurde verabschiedet.

»Na schön«, sagte Pompejus, als er den Erlaß erhielt, »meine Arbeiten werden demnach kein Ende nehmen. Dann werde ich wieder unaufhörlich von einem Befehl zum nächsten schreiten, und ich kann niemals mit meiner Frau und meinen Kindern ein schönes Leben auf dem Lande führen.«

Und er hob den Blick gen Himmel, schlug sich mit der Hand auf den Schenkel, und seine ganze Gestik spiegelte seine Verzweiflung wider.

Der arme Pompejus! Er hätte wohl ein anderes Verhalten an den Tag gelegt, wenn das Gesetz nicht verabschiedet worden wäre, nur hätte er dies nicht öffentlich gezeigt, aber dann hätte er sich wirklich wie ein verzweifelter Mann gebärdet.

Das war bei Cäsar nicht der Fall. Denn als er den Oberbefehl über Gallien erhielt, rief er in unverhohlener Freude:

»Ich bin endlich auf dem Gipfel meiner Wünsche angekommen, und ab heute werde ich auf den Köpfen meiner Mitbürger herumspazieren.«

Wir hoffen, daß der Leser, der uns in dieser Studie folgt, lernt, den Charakter dieser beiden Männer einzuschätzen, so daß ihre Handlungen, wenn sie sich einst als Rivalen gegenüberstehen, für sich sprechen und keiner Kommentare mehr bedürfen.

Wenn Pompejus auch zögerte, den Oberbefehl anzunehmen, so war sein Zögern jedoch nicht von langer Dauer. Er versammelte seine Schiffe, rief seine Truppen zusammen, ließ die Könige und die Fürsten aus seinem ausgedehnten Reich zu sich kommen, marschierte in Asien ein und machte zunächst alles rückgängig, was sein Vorgänger getan hatte, und man möge nicht vergessen, daß dieser Vorgänger Lucullus war, das heißt, einer der angesehensten Männer der Republik.

Lucullus kam bald zu Ohren, daß Pompejus nichts bestehen ließ, was er gemacht hatte, daß er die Strafen wieder einführte, die Belohnungen abschaffte, daß er sagte und schließlich bewies, daß Lucullus niemand und er alles war.

Lucullus war nicht der Mann, der so einfach jenen bitteren Kelch leerte, den man Verachtung nennt.

Von gemeinsamen Freunden ließ er Pompejus seine Klagen vortragen, und daraufhin wurde ein Treffen der beiden Generäle in Galatien vereinbart.

Sie schritten also aufeinander zu. Die Liktoren trugen die Reisigbündel, und da sie in beiden Fällen Siegern vorangingen, waren die Liktorenbündel mit Lorbeerzweigen geschmückt.

Dann passierte folgendes: Da Lucullus aus einem fruchtbaren Land kam, Pompejus hingegen aus einem trockenen Land, in dem keine Bäume wuchsen, waren die Lorbeerzweige von Lucullus' Liktoren frisch und grün, während die von Pompejus' Liktoren gelb und vertrocknet waren. Als die Liktoren des

Lucullus das sahen, gaben sie Pompejus' Liktoren die Hälfte ihrer frisch gepflückten Lorbeerzweige.

Als sie diese Höflichkeit bemerkten, lächelten einige.

»Ach«, sagten sie, »Pompejus bekränzt sich wieder einmal mit Lorbeeren, die er nicht geerntet hat.«

Die Unterredung, die zunächst höflich und voller Schicklichkeit geführt wurde, artete bald in eine Diskussion aus und die Diskussion in einen Streit.

Pompejus warf Lucullus seinen Geiz vor. Lucullus warf Pompejus seinen Ehrgeiz vor.

Ersterer, der die Komplimente rasch vergaß, die er seinem Rivalen einst gemacht hatte, verunglimpfte bald dessen Siege.

»Schöne Siege«, sagte Pompejus, »die du über die Truppen zweier Könige errungen hast, die schließlich zum Schwert und Schild griffen, als sie sahen, daß das Gold nichts nutzte. Lucullus hat das Gold besiegt und überläßt es mir, das Eisen zu bekämpfen.«

»Auch diesmal wieder«, erwiderte Lucullus, »handelt der geschickte, besonnene Pompejus wie üblich. Er kommt, wenn es nur noch einen Geist zu besiegen gilt. Er macht im Krieg gegen Mithridates genau das, was er in dem gegen Lepidus, gegen Sertorius und gegen Spartacus getan hat, deren Niederlagen er sich zuschreibt, obwohl diese das Werk des Metellus, des Catulus und des Crassus waren. Sollte Pompejus am Ende nur ein feiger Vogel sein, eine Art Geier, der es gewohnt ist, sich auf die Kadaver zu stürzen, die er nicht getötet hat, so wie eine Hyäne oder ein Wolf, die kräftig zubeißen, wenn der Kampf schon entschieden ist?«

Jeden Befehls enthoben, hatte er nicht mehr als achtzehnhundert Mann, die einwilligten, ihm zu folgen, und so kehrte Lucullus nach Rom zurück.

Und Pompejus machte sich an die Verfolgung des Mithridates.

Wir müssen bei Plutarch diesen langen, erbitterten Feldzug verfolgen, in dem Mithridates, der in den Mauern eingeschlossen war, die Pompejus rund um dessen Lager hatte bauen lassen, die Kranken und alle unnützen Männer tötete und verschwand, ohne daß man weiß, welche Vögel seinen Soldaten ihre Flügel verliehen hatten, damit sie über die Mauern fliegen konnten. Pompejus verfolgte ihn. Er holte ihn genau in dem Moment in der Nähe des Euphrats ein, als Mithridates träumte, daß er bei günstigem Wind über das Schwarze Meer segelte und schon den Bosporus sah, als sein Schiff plötzlich unter seinen Füßen zerschellte und ihm nur Planken blieben, mit deren Hilfe er sich auf den Fluten halten konnte.

Er hatte gerade dieses Bild in seinem Traum vor Augen, als die Generäle ganz aufgelöst in sein Zelt stürmten und schrien:
»Die Römer!«

Also mußte er sich entschließen zu kämpfen.

Sie liefen zu den Waffen und stellten sich zur Schlacht auf, aber alles war gegen den unglücklichen König von Pontos.

Die Soldaten des Pompejus haben den Mond im Rücken, wodurch sich ihre Schatten übermäßig vergrößern.

Die Soldaten des Mithridates halten diese Schatten, die auf sie zukommen, für die ersten Reihen der Römer. Sie werfen ihre Pfeile und Wurfspieße, die ins Leere schlagen.

Pompejus bemerkt den Irrtum der Barbaren und gibt laut schreiend den Befehl zum Angriff. Die Barbaren sind starr vor Schreck. Er tötet oder ertränkt zehntausend Mann und nimmt ihr Lager ein.

Wo ist Mithridates?

Als die Schlacht begann, war Mithridates mit achthundert Sklaven im Galopp davongeritten und hatte das römische Heer durchbrochen. Es stimmt, daß von diesen achthundert Reitern nur noch drei übriggeblieben waren, als er auf der anderen Seite ankam.

Zwei von diesen drei Überlebenden sind Mithridates selbst und Hypsicratia, eine seiner Mätressen, die so unerschrocken, so kämpferisch und so mutig ist, daß der König sie nicht mehr Hypsicratia sondern Hypsicratus nennt.

An diesem Tag trägt sie eine persische Uniform, reitet ein persisches Pferd, kämpft mit persischen Waffen und weicht nicht eine Sekunde von der Seite des Königs, den sie verteidigt, während dieser sie verteidigt.

Nachdem sie drei Tage durch das Land geritten waren, drei Tage, in denen die kämpferische Amazone dem König diente, über seinen Schlaf wachte und sein Pferd striegelte kamen sie, während Mithridates schlief, in der Festung Inova an, wo sich seine Schätze und seine wertvollsten Dinge befanden.

Sie waren gerettet – im Moment wenigstens.

Aber Mithridates wußte, daß dieses der letzte Halt war, ehe er im Grab landete. Er zeigte sich äußerst freigebig, verteilte unter denen, die ihm treu geblieben waren, zuerst das Geld, dann die Kleidung und zuletzt das Gift.

Jeder verließ ihn, reich wie ein Satrap, des Lebens sicher, falls man leben wollte – und überleben konnte –, und des Todes sicher, wenn man sterben wollte.

Dann brach der berühmte Besiegte nach Armenien auf. Dort rechnete er auf die Hilfe seines Verbündeten Tigranes.

Tigranes verwehrte ihm jedoch nicht nur den Zugang zu seinem Reich, sondern setzte hundert Talente auf seinen Kopf aus.

Mithridates fuhr den Euphrat bis zur Quelle hinauf und drang in Kolchis ein.

In dieser Zeit, das heißt während Tigranes sein Reich vor Mithridates verschloß, öffnete sein Sohn es den Römern. Pompejus und er empfingen die Städte, die sich unterwarfen, während der alte Tigranes, den Lucullus besiegt hatte, von dem Unfrieden erfuhr, der zwischen den beiden Generälen herrschte, und nun seine ganze Hoffnung auf Pompejus' umgänglichen Charakter setzte, von dem er gehört hatte, und eines Morgens erschien er mit seinen Verwandten und seinen Freunden in Sichtweite des römischen Lagers.

Aber am Eingang des Lagers traf er zwei Liktoren des Pompejus, die ihm befahlen, vom Pferd zu steigen und seinen Weg zu Fuß fortzusetzen, denn kein feindlicher König war je auf dem Pferd in ein römisches Lager geritten.

Tigranes ging noch weiter. Als Zeichen der Unterwerfung legte er sein Schwert ab und gab es den Liktoren, und als er vor Pompejus stand, nahm er seine Krone ab, die er ihm zu Füßen legte.

Aber Pompejus kam ihm zuvor: Er nahm Tigranes' Hand, führte ihn in sein Zelt und bat ihn zu seiner Rechten Platz zu nehmen, während sich sein Sohn an seine linke Seite setzte.

»Tigranes«, sagte er nun zu ihm, »Ihr habt Lucullus die Verluste zu verdanken, die Ihr bis jetzt erlitten habt. Er war es, der Syrien, Phönizien, Galatien und Sophene erobert hat. Ich lasse Euch alles, was Ihr hattet, als ich in Eure Länder eingedrungen bin, doch nur unter der Bedingung, daß Ihr den Römern sechstausend Talente zahlt, um das Unrecht zu begleichen, das Ihr Ihnen angetan habt. Euer Sohn wird über das Königreich Sophene herrschen.«

Tigranes war hocherfreut und versprach jedem Soldaten eine halbe Mine, jedem Zenturio zehn Minen und jedem Tribun ein Talent.

Aber sein Sohn, der glaubte, das Erbe seines Vaters übernehmen zu können, den er verraten hatte, war über die Teilung weniger erfreut, und er antwortete den Gesandten, die von Pompejus kamen, um ihn zum Essen zu bitten:

»Vielen Dank an Euren General für die Ehren, die er mir erweist, aber ich kenne jemanden, der mich besser behandeln wird als er.«

Zehn Minuten später war der junge Tigranes ergriffen und in Ketten gelegt worden. Er würde im Triumphzug als Trophäe dienen und dann sein Leben lassen.

16

Cäsar und Pompejus waren also nach Rom zurückgekehrt; der eine aus dem Osten und der andere aus dem Westen.

Crassus, der so getan hatte, als habe er große Angst vor Pompejus' Heer, erwartete sie hier.

Cäsar hatte ihn durch einen Brief über seine Ankunft unterrichtet und ihm mitgeteilt, daß er es übernehme, ihn mit Pompejus zu versöhnen, falls Crassus dafür ein wenig das Seine tun wolle.

Was Cicero betraf, so machte man sich keine Sorgen. Pompejus ist eifersüchtig auf seine Erfolge im Senat. Pompejus ist auf alles eifersüchtig. Man wird keine Mühe haben, die beiden Freunde zu entzweien.

Cicero beklagt sich bei Atticus.

»Euer Freund«, schreibt er in seinem Brief an Atticus vom 25. Januar des Jahres 693 nach der Gründung Roms (61 v. Chr.), »Euer Freund – Ihr wißt über wen ich sprechen will –, dieser Freund, über den Ihr mir geschrieben habt, daß er mich lobe und nicht wage, mich zu tadeln, dieser Freund ist, wenn man seine Bekundungen sieht, voller Anhänglichkeit, Ehrerbietung und Zärtlichkeit für mich. In der Öffentlichkeit rühmt er mich, aber insgeheim schadet er mir jedoch in solcher Weise, daß es für niemanden ein Geheimnis ist. Niemals Aufrichtigkeit, niemals Arglosigkeit, kein ehrenwertes Motiv in seiner Politik. Nichts Erhabenes, nichts Starkes, nichts Edelmütiges. An einem anderen Tag werde ich Euch genaueres darüber schreiben.«

Genaueres! ... Sie sehen, daß ihm dennoch nicht viel zu sagen blieb und daß der berühmte Redner, der Sieger über Catilina, in wenigen Zeilen zumindest aus seinem Blickwinkel ein recht treffendes Bild vom Sieger über Mithridates zeichnet.

Aber während dieser Zeit war ein Mann herangewachsen, auf den keiner der drei geachtet hatte, der aber dennoch verdiente, daß man sich mit ihm beschäftigte, und dieser Mann war Cato der Jüngere.

Sagen wir ein Wort über den, der in Rom den Ruf genoß, derartig starre Ansichten zu haben, daß die Römer im Theater warteten, bis er gegangen war, um den Tänzern zuzurufen, den Cancan jener Zeit zu tanzen.

Cato wurde 95 v. Chr. geboren, war also fünf Jahre jünger als Cäsar, elf Jahre jünger als Pompejus und jetzt dreiunddreißig Jahre alt. Er war der Urenkel von jenem Cato dem Zensor, den Proserpina – so steht es in einem Spottvers – noch nicht einmal tot in der Hölle empfangen wollte.

»Dieser Rothaarige, der jedem zusetzte, dieser Mann mit den durchdringenden Augen, dieser Porcius, den Proserpina noch nicht einmal tot in der Hölle empfangen wollte.«

Soweit der Spottvers. Er weist – wie wir sehen – darauf hin, daß Cato der Ältere rothaarig war, die Augen der Minerva besaß und während seines Lebens ein derartiger Streithahn war, daß man ihn noch nicht einmal als Toten zum Nachbarn haben wollte.

Er war überdies sehr gerissen. Sein Name *Cato* beweist das. Er hieß Priscus, und man gab ihm den Beinamen Cato, von *catus*, weise, geschickt, scharfsinnig.

Mit siebzehn Jahren hatte er im Kampf gegen Hannibal gedient, in der Schlacht eine flinke Hand und Standfestigkeit bewiesen und den Feind in barschem Ton bedroht, wenn er ihm sein Schwert auf die Brust oder das Gesicht setzte. Es gibt noch in unseren Tagen Waffenmeister in den Regimentern, die so vorgehen. Er trank ausschließlich Wasser, und nur auf großen Märkten oder bei großer Hitze fügte er etwas Essig hinzu. Nur wenn er einmal besonders zügellos war, trank er Tresterwein.

Er wurde in jenen heldenhaften Tagen geboren, 230 Jahre v. Chr., als es noch Ackerland in Italien gab und Männer, die es bestellten. Wie diese Männer, die Fabius, Fabricius und Cincinnatus hießen, legte er die Pflugschar aus der Hand, um das Schwert zu ergreifen, und legte das Schwert zur Seite, um die Pflugschar zu nehmen, kämpfte wie ein einfacher Soldat und bestellte das Feld wie ein einfacher Bauer; nur im Winter bestellte er das Feld in der Tunika, im Sommer nackt.

Er war mit jenem Manius Curius ins Feld gezogen, der dreimal den Triumphzug erhalten hatte, der die mit den Sabinern vereinigten Samniten besiegte und Pyrrhus aus Italien verjagte. Und nach seinen drei Triumphzügen wohnte er noch immer in diesem armseligen Haus, in dem die samnitischen Botschafter ihn beim Rübenkochen antrafen.

Die Abgesandten kamen, um ihm eine Summe Gold anzubieten.

»Seht, was ich esse«, sagte er zu ihnen.

»Wir sehen es.«

»Man braucht kein Gold, wenn man sich mit einem solchen Essen begnügen kann.«

Ein solcher Mann mußte Cato gefallen, wie Cato auch ihm gefallen mußte. Der junge Mann wurde also der Freund des alten.

Cato der Jüngere stammte von diesem urwüchsigen Zensoren ab, der sich mit Scipio zerstritt, weil er der Meinung war, er sei zu verschwenderisch und umgebe sich mit zuviel Prunk. Er hatte viel von seinem Vorfahren geerbt, obwohl fünf Generationen zwischen ihnen lagen, und einer der Repräsentanten dieser Generationen, Gajus Porcius Cato, der Enkel von Cato dem Älteren, welcher der Geldveruntreuung angeklagt und überführt wurde, ging nach Tarragona, um dort zu sterben.

Unser Cato, Cato der Jüngere oder Cato aus Utica – wie man will – war mit einem Bruder und drei Schwestern Vollwaise geworden.

Dieser Bruder hieß Cepio.

Eine dieser Schwestern, eine Stiefschwester mütterlicherseits, hieß Servilia. Wir erwähnten ihren Namen schon in Zusammenhang mit dem Billet, das sie Cäsar am Tag der Verschwörung des Catilina schrieb.

Sie leistete lange Widerstand, aber Cäsar, der erfuhr, daß sie sich eine wunderschöne Perle wünschte, kaufte diese und schenkte sie Servilia.

Servilia gab Cäsar dafür das, was er sich wünschte.

Die Perle hatte etwas mehr als hunderzehntausend Francs gekostet.

Cato war ein Mann mit strengem, mürrischem Gesicht, das sich dem Lachen widersetzte. Er geriet nur schwer in Wut, aber wenn er einmal verärgert war, beruhigte er sich nur mit großer Mühe. Er lernte langsam, erinnerte sich aber immer daran, was er gelernt hatte. Sein Prokonsul war glücklicherweise ein intelligenter Mann, der ihm stets gut zuredete und ihm nie drohte. Dieser Mann hieß Sarpedon wie der Sohn des Jupiters und der Europa.

Schon in seiner Kindheit zeigte Cato Zeichen dieser Dickköpfigkeit, die später seinen Ruf besiegelte. 90 Jahre v. Chr., als er vier oder fünf Jahre alt war, bemühten sich die Verbündeten Roms um das Bürgerrecht.

Wir haben schon über die Vorteile gesprochen, die das Bürgerrecht mit sich brachte.

Einer ihrer Abgeordneten wohnte bei Drusus, seinem Freund.

Drusus, ein Onkel Catos mütterlicherseits, erzog die Kinder seiner Schwester und hatte eine große Schwäche für sie.

Dieser Abgeordnete, der Popidius Lilo hieß, brachte den Kindern alle Arten von Freundlichkeiten entgegen, damit sie sich bei ihrem Onkel für ihn einsetzten.

Cepio, der zwei oder drei Jahre älter war als Cato, hatte sich betören lassen und es versprochen.

Bei Cato war das jedoch nicht der Fall.

Obwohl für ihn im Alter von vier oder fünf Jahren eine so komplizierte Frage wie die des Bürgerrechts wohl ziemlich schwer zu verstehen gewesen sein durfte, begnügte er sich damit, die Abgeordneten auf ihre inständigen Bitten hin nur mit undurchdringlichem Blick anzustarren, ohne etwas zu antworten.

»Nun, mein Kind«, fragte Popidius, »machst du es nicht wie dein Bruder?«

Das Kind antwortete nicht.

»Wirst du nicht zu unseren Gunsten mit deinem Onkel sprechen? Wir werden ja sehen!«

Cato schwieg weiter.

»Das ist ein böser Junge«, sagte Popidius.

Und dann sagte er ganz leise zu den Anwesenden:

»Mal sehen, wie weit er geht.«

Und er packte Cato am Gürtel und hängte ihn aus dem Fenster, dreißig Fuß über der Erde, fast so, als wolle er ihn hinauswerfen.

Aber das Kind machte den Mund nicht auf.

»Du versprichst es mir«, sagte Popidius, »oder ich lasse dich fallen.«

Das Kind schwieg weiterhin, ohne ein einziges Zeichen des Erstaunens oder der Furcht zu zeigen.

Popidius, dessen Arm ermüdete, stellte ihn wieder auf den Boden.

»Bei Jupiter!« sagte er. »Glücklicherweise ist dieses drollige Kerlchen nur ein Kind und kein Mann, denn wenn es ein Mann wäre, würden wir am Ende vielleicht vom ganzen Volk keine einzige Stimme bekommen.«

Sulla war der besondere Freund von Catos Vater gewesen, des Lucius Porcius, der in der Nähe des Fucinsees getötet worden war, als er die aufständischen Toskaner angegriffen hatte. Vielleicht war der junge Marius nicht ganz unschuldig an diesem Tod. Orosius zumindest schreibt ihm diesen Tod zu, und Sie wissen ja, daß man jenen immer gerne etwas zuschreibt, über die schon viel geschrieben wurde.

Sulla, als Freund des Vaters, ließ die beiden Kinder von Zeit zu Zeit zu sich kommen und vergnügte sich damit, mit ihnen zu reden.

»Das Haus des Sulla«, sagt Plutarch, »war in Anbetracht der großen Anzahl der Geächteten, die jeden Tag hierhergebracht und gefoltert wurden, ein wahres Abbild der Hölle.«

Es war im Jahre 80 v. Chr., und Cato war fünfzehn Jahre alt.

Von Zeit zu Zeit sah er, wie Leichen herausgetragen wurden, deren Knochen unter der Folter zerbrochen waren, und noch öfter sah er abgehackte Köpfe. Er sah, wie die ehrenwerten Leute ganz leise wimmerten. Da mußte er sehr an diesen Sulla denken, der ihm in Freundschaft verbunden war.

Eines Tages, als er sich nicht mehr zurückhalten konnte, fragte er seinen Erzieher:

»Woran liegt es, daß es niemanden gibt, der diesen Mann tötet?«

»Weil man ihn noch mehr fürchtet als haßt«, antwortete der Erzieher.

»So gebt mir ein Schwert«, sagte Cato, »und indem ich ihn töte, werde ich mein Vaterland von der Sklaverei befreien.«

Der Erzieher, der uns diese Worte überliefert hat, hütete sich aber sehr wohl, seinem Schüler das Schwert zu geben, das er verlangte.

Im Alter von zwanzig Jahren war Cato noch nie einen Tag ohne seinen älteren Bruder gewesen, den er abgöttisch liebte.

»Wen liebst du am stärksten?« wurde er gefragt, als er noch ein Kind war.

»Meinen Bruder«, antwortete er.

»Und wer kommt dann?«

»Mein Bruder.«

»Und wer kommt dann?«

»Mein Bruder.«

Und so oft man ihm auch die gleiche Frage stellte, so oft gab er die gleiche Antwort.

17

Cato war reich. Als er zum Priester des Apoll[22] ernannt wurde, zog er in ein eigenes Haus und nahm seinen Anteil vom väterlichen Vermögen mit, der sich auf hundertzwanzig Talente belief (ungefähr sechshundertsechzig Francs unseres Geldes). Später erbte er von seinem Cousin noch hundert Talente, wodurch sein Vermögen auf mehr als Eine Million zweihunderttausend Francs anstieg.

Cato war sehr geizig. »Kaum«, sagt Plutarch, »hatte er dieses ganze Vermögen geerbt, da *schränkte er seine Lebensart ein.*«

Er sollte jedoch von seinem Bruder noch eine halbe Million erben, als dieser in Ainos starb. Wir werden später auf diesen Tod zu sprechen kommen und sehen, was Cäsar über Catos Geiz sagte.

Cato war noch ziemlich unbekannt, als sich ihm eine Gelegenheit bot, öffentlich zu sprechen. Es ging nicht darum, einen reichen Mann, der Gelder veruntreut hatte, anzuklagen oder zu verteidigen, einen Dolabella oder einen Verres, um derentwillen er das Wort ergriff. Nein. Cato der Ältere, dieser Urgroßvater, den sein Urenkel so stark verehrte, Cato der Ältere, der Cato, der unaufhörlich betonte, daß Karthago zerstört werden müsse, hatte die Basilika Porcia geweiht, während er das Zensoramt bekleidete. Haben wir schon gesagt, daß dieser Beiname Porcius von der großen Anzahl an Schweinen herrührte, die er züchtete, wie der Name Cato von seiner Geschicklichkeit in Geschäften stammte? Wenn wir es nicht gesagt haben, sagen wir es jetzt.

Die Basilika Porcia war also von Cato geweiht worden. Aber es stellte sich heraus, daß eine der Säulen der Basilika den Sitzen der Tribunen im Weg stand, die dort ihre Sitzungen abhielten. Sie wollten sie entfernen oder wenigstens versetzen, aber Cato kam und verteidigte die Unantastbarkeit der Säule.

Die Säule blieb.

Man hatte gesehen, daß Cato eine knappe, sehr sinnvolle und ernste Redeweise besaß, der dennoch ein gewisser Reiz nicht fehlte und deren hauptsächliches Verdienst die Prägnanz war.

Von diesem Moment an wurde er als Redner aufgestellt.

Aber wir sagten schon, daß es in Rom nicht ausreichte, Soldat zu sein, sondern daß man außerdem Redner sein mußte, aber genauso reichte es auch nicht aus, Redner zu sein, sondern man mußte auch Soldat sein.

Cato hatte sich auf diesen harten Beruf vorbereitet.

In Rom konnte Cato nicht dem Beispiel seines Vorfahren folgen, der splitternackt das Feld bestellte, aber er gewöhnte sich zumindest daran, die größte Kälte barhäuptig zu ertragen, und auf den Reisen, die er unternahm und die mitunter sehr lang waren, immer zu Fuß zu gehen. Das wirkte übrigens keineswegs ansteckend auf seine Freunde. Diese waren beritten oder reisten in einer Sänfte, aber da sie sich langsam fortbewegten, war Cato ebenso schnell wie sie, ging zu dem, mit dem er sprechen wollte, und stützte als einzige Erleichterung seine Hand auf dem Widerrist des Pferdes auf.

Er war zunächst sehr maßvoll, blieb nur einige Minuten bei Tisch sitzen, trank nur einmal, nachdem er gegessen hatte, und stand sofort auf, wenn er getrunken hatte.

Später änderte sich das. Der strenge Stoiker fing an zu trinken und blieb manchmal die ganze Nacht am Tisch sitzen.

»Cato betrinkt sich immer«, sagte Memmius.

»Ja«, antwortete Cicero, »aber du sagst nicht, daß er von morgens bis abends würfelt.«

Vielleicht war Cato betrunken, als er Cäsar, der fast immer nur Wasser trank, mitten im Senat einen Säufer nannte.

»Bezüglich des Weins«, sagt Sueton, als er über Cäsar spricht, »sind sich selbst seine Feinde einig, daß er sehr maßvoll trank: *Vini parcissimum ne inimici quidem negaverunt.*«

Und Cato selbst kommt auf das Wort Säufer zurück, als er sagt:

»Von allen, welche die Republik je ins Wanken brachten, war Cäsar der einzige, der sich nicht dem Trunk hingab: *Unum ex omnibus ad evertendam Republicam sobrium accessisse.*«

Bis zu seiner Hochzeit blieb Cato unberührt. Er wollte zunächst Lepida heiraten, die mit Scipio Metellus verlobt war. Man glaubte, die Sache zwischen den beiden jungen Leuten sei zerbrochen, aber die Absichten Catos fachten die Liebe des Metellus wieder an, und in dem Moment, als Cato die Hand nach ihr ausstreckte, nahm er Lepida zurück.

Diesmal blieb der Stoiker nicht mehr Herr über sich. Er wollte gegen Scipio Metellus gerichtliche Schritte einleiten. Seine Freunde gaben ihm jedoch zu verstehen, daß alle Welt über ihn lachen würde und er die Kosten des Prozesses würde tragen müssen. Er zog seine Klage zurück – wie man heute sagen würde –, nahm aber die Feder und griff Scipio in Spottgedichten an. Unglücklicherweise sind diese Spottgedichte verlorengegangen.

Dann heiratete er Attilia, die er aufgrund ihres lockeren Lebenswandels bald davonjagte.

Schließlich heiratete er in zweiter Ehe Marcia, Philipps Tochter.

Wir wollen gleich sagen, wie unser Stoiker, der in Lepida verliebt war, der Scipio in Spottgedichten angriff, der mit Attilia verheiratet war und diese aufgrund ihres lockeren Lebenswandels fortjagte, es mit der Eifersucht hielt.

Diese zweite Frau Catos war sehr schön und galt als weise, was nicht verhinderte, daß sie eine große Anzahl an Bewunderern hatte. Zu diesen Bewunderern gehörte auch Quintus Hortensius, einer der angesehensten und ehrenwertesten Männer Roms, nur hatte Quintus Hortensius eine besondere Manie: Er schätzte nur die Frau, die er nicht hatte. Die Scheidung war in Rom erlaubt, und er hätte nach der Scheidung gerne die Tochter des Cato, die mit Bibulus verheiratet war, oder gar Catos Frau geheiratet.

Hortensius erklärte sich zuerst der Frau des Bibulus. Diese

liebte ihren Mann und hatte zwei Kinder mit ihm. Hortensius' Vorschlag fand sie sicher sehr ehrenwert, aber ganz und gar unangebracht.

Damit ihm die Sache glaubhafter erschien, nahm Hortensius Porcias Weigerung aus dem Munde des Bibulus entgegen.

Aber Hortensius gab sich keineswegs geschlagen und beharrte bei Bibulus auf seiner Forderung.

Bibulus fragte seinen Schwiegervater um Rat.

Cato schaltete sich ein.

Hortensius erklärte sich also Cato gegenüber, mit dem er seit langen Jahren verbunden war, noch nachdrücklicher, als er es gegenüber Bibulus getan hatte.

Hortensius suchte keineswegs einen Skandal, und er hing nicht unbedingt an den Gütern der anderen. Was er wollte, war eine ehrenwerte Frau.

Unglücklicherweise hatte er trotz seines Suchens in Rom nur zwei gefunden, und die waren vergeben.

Wie schon gesagt wurde, war die eine Porcia, die Frau des Bibulus, und die andere Marcia, Catos Frau.

Nun fragte er, ob Bibulus oder Cato – und ihm war es ganz gleich welcher von beiden – die Opferbereitschaft soweit treiben würden, sich von ihrer Frau zu trennen und sie ihm zu geben. Seiner Meinung nach war das eine Sache, die Phintias und Damon sich gegenseitig nicht verweigert hätten, und er gab vor, Cato mindestens genauso zu lieben wie Phintias den Damon.

Überdies machte Hortensius einen Vorschlag, der seine Aufrichtigkeit bewies. Er verpflichtete sich, Porcia an Bibulus oder Marcia an Cato zurückzugeben, sobald sie ihm zwei Kinder geschenkt hatte.

Er stützte sich auf die Lex Numa, die zwar ungebräuchlich geworden, aber nicht außer Kraft gesetzt worden war. Dieses Gesetz, das der Leser bei Plutarch finden kann – *Vergleich zwischen Lykurg und Numa* –, besagte, daß der Ehemann, *der glaubte, genug Kinder zu haben*, seine Frau einem anderen entweder für eine gewisse Zeit oder für immer überlassen könne.

Cato machte Hortensius darauf aufmerksam, daß die Überlassung für ihn persönlich um so unmöglicher sei, da Marcia ein Kind bekomme.

Hortensius antwortete, daß sein Wunsch ehrenwert und vernünftig sei, und daß er warten werde, bis Marcia entbunden habe. Diese Hartnäckigkeit rührte Cato, der Hortensius aber auf jeden Fall um die Erlaubnis bat, Philipp, Marcias Vater, um Rat zu fragen.

Philipp war ein guter Mann.

»Wenn Ihr«, sagte er zu seinem Schwiegersohn, »keine Nachteile in dieser Überlassung seht, dann sehe ich auch keine. Ich verlange jedoch, daß Ihr einen Ehevertrag zwischen Hortensius und Marcia unterzeichnet.«

Cato stimmte zu.

Sie warteten, bis Marcia entbunden und ihren Gang zum Tempel gemacht hatte. Danach wurde sie in Gegenwart ihres Vaters und ihres Ehemannes, der seine Signatur und sein Siegel auf den Vertrag setzte, mit Hortensius verheiratet.

Wir werden später erklären, warum dieses Arrangement im Jahre 59 v. Chr. weniger außergewöhnlich war als im Jahre 1850 n. Chr.

Erzählen wir die Geschichte von Marcia und Hortensius zu Ende.

Die beiden Ehegatten lebten sehr glücklich miteinander. Marcia erfüllte Hortensius' Wünsche, indem sie ihm zwei Kinder gebar, und da Cato sie nicht zurückverlangte, behielt Hortensius sie bis zu dem Moment, da er starb, und als er starb, hinterließ er ihr seine Güter: vielleicht zwanzig oder fünfundzwanzig Millionen.

Nun heiratete Cato erneut Marcia, wie wir es bei Appius lesen können, *Über den Bürgerkrieg*, und bei Lukan, *Pharsalia*, Buch II, Vers 328. Da diese Sache sich jedoch in dem Moment ereignete, als er mit Pompejus in den Kampf zog, war es keine Ehefrau mehr, die Cato zurücknahm, sondern eine Mutter, die er seinen Töchtern zurückgab.

Dieser Vorfall sorgte in Rom für einige Aufregung. Es wurde darüber geredet, aber man wunderte sich nicht übermäßig. Das stand mit den Scheidungsgesetzen in Einklang.

Sagen wir einige Worte zu diesen Gesetzen, damit nur eine einzige Sache in den Augen unserer Leserinnen ein Problem bleibt: *Marcias Passivität, die von einem Ehemann zum anderen wechselt*, und auch diese Passivität werden wir vielleicht erklären können.

Wie man sieht, haben wir die Absicht, alles zu erklären.

18

Sagen wir zunächst, wie man heiratete, und anschließend kommen wir zu den Voraussetzungen für eine Scheidung.

Es gab in Rom zwei Arten von Eheschließungen: die Patrizierehe und die Plebejerehe; die Ehe durch *Konfarreation* und die Ehe durch *Koemption*.

Seien Sie ganz unbesorgt, liebe Leser, denn das alles werden wir ganz genau erklären.

Es wurde zunächst wie bei uns ein Ehevertrag geschlossen.

Um das Sakrament der Ehe zu vollziehen, sprach der Jurist, der den Platz des Notars innehatte, nachdem er die Urkunde gelesen hatte und bevor er sie *zum Siegeln*, das heißt dem Besitzer zur Unterschrift vorlegte, folgende Worte:

»Die Verlobung sowie die Ehe werden nur mit der freien Zustimmung der Parteien geschlossen, und ein Mädchen kann sich dem väterlichen Willen widersetzen, wenn bei dem Bürger, den man ihr als Verlobten vorstellt, Ehrlosigkeit oder ein verwerfliches Benehmen festgestellt wurden.«

Wenn nichts dergleichen der Fall war und die beiden Parteien zustimmten, schenkte der Ehemann seiner Frau als Garantie der Verpflichtung, die er eingegangen war, einen einfachen Eisenring ohne Verzierungen. Die Frau steckte ihn auf den vorletzten Finger der linken Hand, weil ein römischer Aberglaube besagte, daß ein Nerv dieses Fingers mit dem Herzen in Verbindung stehe.

Und stecken Sie ihn nicht heute noch immer an diesen Finger, meine lieben Leserinnen, ohne oftmals diese Verbindung zu ahnen?

Dann wurde der Tag der Hochzeit festgelegt. Da die jungen Mädchen schon im Alter von dreizehn oder vierzehn und sogar mit zwölf Jahren verlobt wurden, betrug diese Frist in der Regel ein Jahr.

Die Festlegung dieses Tages war eine große Angelegenheit.

Man durfte nicht im Monat Mai heiraten, einem aufgrund der *Lemuren* unheilvollen Monat (Ovid, *Fasti*, V, Vers 487).

Man durfte nicht an den Tagen heiraten, die den Iden des Juni vorausgingen, das heißt vom 1. bis zum 16. dieses Monats, weil diese zwei Wochen wie die einunddreißig vorangegangenen Tage für die Ehe Unheil bedeuteten (s. wieder Ovid, *Fasti*, VI, Vers 219).[23]

Man durfte auch auf keinen Fall an den Kalenden des *Quintilis* heiraten, das heißt am 1. Juli, weil der 1. Juli ein Feiertag war, und niemand hatte das Recht, seiner Frau an diesem Tag Gewalt anzutun, und von einem frischgebackenen Ehemann nahm man an, daß er seiner Frau Gewalt antat, zumindest wenn seine Frau keine Witwe war (s. Macrobius, *Saturnalia*, I, 15).

Man durfte auch nicht am Tag vor den Kalenden, den Iden und den Nonen heiraten, die ebenfalls unheilvolle Tage waren, *religiöse Tage*, während derer es nur erlaubt war, *absolut unerläßliche Dinge* zu tun. (Hierzu haben sich viele Autoren geäußert, denn in Rom war es niemals unerläßlich zu heiraten.)

In den Anfangszeiten der Republik verbrachte das junge Mädchen mit seiner Mutter und einigen nahen Verwandten die Nacht vor der Hochzeit in einem Tempel, um zu hören, ob sich irgendein Orakel vernehmen ließ, aber später genügte es, daß ein Priester kam und sagte, daß es keine ungünstigen Vorzeichen gebe, und alles war bestens.

Die religiöse Hochzeit wurde in der Hauskapelle gefeiert.

Das junge Mädchen wartete in einer einfarbigen weißen Tunika. Seine Taille wurde mit einem Gürtel aus Schafwolle zusammengeschnürt; das Haar war zu sechs Zöpfen geflochten, die oben auf dem Kopf zu einem Turm frisiert wurden, auf dem eine Krone aus blühendem Majoran saß. Die Braut trug einen durchsichtigen, feuerfarbenen Schleier, und von diesem Schleier – *nubere*, verschleiern – stammt das Wort *nuptiae*, Hochzeit ab.

Die Schnürstiefel waren wie der Schleier feuerfarben.

Der Schleier war vom Gewand der Priesterin des Jupiters übernommen worden, der die Scheidung verboten war, und die Frisur stammte von den Vestalinnen. Dieser Kopfschmuck war also das Symbol der Reinheit der jungen Braut.

Bei uns ersetzt der Zweig aus Orangenblüten den aus Majoranblüten, aber der Orangenblütenzweig sowie der Ring am Finger des Herzens sind nichtsdestoweniger Traditionen des Altertums.

Der Schleier wurde nur bei den Patrizierhochzeiten getragen.

Damit die Hochzeit Gültigkeit hatte, waren zehn Zeugen nötig.

Die beiden Brautleute setzten sich auf zwei nebeneinanderstehende, mit Schafleder bezogene Stühle. Das Schaf wurde als Opfer dargebracht und die Wolle sorgfältig aufbewahrt.

Der Priester des Jupiters legte die rechte Hand des jungen Mädchens in die rechte Hand des jungen Mannes, sprach die sakramentalen Worte und sagte, daß die Frau sich am Wohle des Mannes sowie an allen heiligen Dingen beteiligen müsse. Er bot anschließend Juno, welche der Hochzeit vorsaß, das

Trankopfer dar, das aus Honigwein und Milch bestand, und bei diesem Trankopfer spielte ein Weizenkuchen eine Rolle, der *far* hieß. Die Braut brachte ihn mit, und er wurde von ihr gereicht: Und von diesem Kuchen stammt das Wort *Konfarreation* ab.

Während der ehelichen Opferung warf man die Galle des Opfertieres hinter den Altar. Diese symbolische Handlung sollte alle Bitterkeit aus der Ehe verbannen.

Die zweite Hochzeit war die *Plebejerhochzeit* oder die Hochzeit durch *Koemption* nach dem Verb *emere*, kaufen. In dieser zweiten Art der Hochzeitsschließung kaufte der Ehemann seine Frau, und die Frau wurde die Sklavin des Mannes. Sie wurde ihm von ihrem Vater oder ihrem Vormund in Gegenwart des Magistrats und fünf römischer Bürger verkauft, die das Alter der Pubertät erreicht hatten.

Der Wiegemeister, der bei den Versteigerungen anwesend war, mußte auch notwendigerweise bei der Hochzeit anwesend sein.

Übrigens war der Kauf nur symbolisch. Den Preis dieses Kaufes stellte ein *As* aus Kupfer dar, das heißt die schwerste, aber kleinste Münze des römischen Geldes. Ein *As* konnte den Wert von 6,75 Centimes haben. Das As wurde in *semisse* geteilt, das halbe As; in *triens*, ein drittel As; in *quadrans*, ein viertel As; in *sextans*, ein sechstel As, und in *stips*, ein zwölftel As.

Eine Besonderheit dieser Hochzeit war, daß die Frau das As mitbrachte, mit dem sie gekauft wurde, so daß es in Wahrheit nicht der Mann war, der die Frau kaufte, sondern die Frau, die den Mann kaufte.

In diesem Fall stellten der Mann und die Frau die Fragen auf dem Tribunal des Prätors anstatt des Juristen.

»Frau«, sagte der Mann, »willst du die Mutter meiner Familie sein?«

»Ich will es«, antwortete die Frau.

»Mann«, sagte sie, »willst du der Vater meiner Familie sein?«

»Ich will es«, antwortete der Mann seinerseits.

Man hätte diese Frage keineswegs einem adeligen Mädchen gestellt. Das adelige Mädchen war eine *Matrone*, und das Mädchen aus dem Volk war die *Mutter der Familie*.

Das Wort *Familie* erinnerte an Sklaverei; der Sklave gehörte zur Familie.

Als Symbol für die Abhängigkeit, in die sich das Mädchen begab, teilte einer der Anwesenden die Haare des jungen Mädchens mit einem Wurfspieß, dessen Spitze er sechsmal über den Kopf der Braut führte.

Dann nahmen die jungen Leute die Braut, hoben sie in ihre Arme, brachten sie vom Tribunal des Prätors zum Haus des Brautpaars und riefen:

»Talassio! Talassio!«

Wir haben schon weiter oben die Erklärung für diesen Ruf geliefert.

Aber ehe sie vor dem Haus ankamen, hielten sie mit der Braut vor einem dieser kleinen Altäre der Larengötter an, die an jeder Kreuzung standen.

Die junge Frau holte aus ihrer Tasche ein zweites As und schenkte es den Göttern.

Nachdem sie das Haus betreten hatte, ging sie sofort zum Altar der Penaten, der Hausgötter, holte ein drittes As aus ihrem Schuh – ihren Schnürstiefeln oder ihren Sandalen – und schenkte es ihnen.

Es gab also bei den Römern zwei Arten zu heiraten, die beide fast gleichermaßen geachtet wurden: die religiöse Hochzeit oder Hochzeit durch *Konfarreation* und die Hochzeit durch Kauf oder durch *Koemption*.

Die Hochzeit wurde jedoch bei den Römern als eine Verbindung angesehen, die nur solange dauern sollte, wie die Verbundenen in guter Eintracht miteinander lebten. Wenn diese Eintracht gestört war, konnte die Ehe aufgelöst werden.

Romulus hatte ein Gesetz erlassen, das dem Ehemann erlaubte, seine Frau zu verstoßen, wenn sie seine Kinder vergiftet, seine Schlüssel gefälscht, einen Ehebruch begangen oder gegorenen Wein getrunken hatte.

Daher stammte der römische Brauch, seine Frau auf den Mund zu küssen.

Dieses Recht – denn es war mehr als ein Brauch, es war ein Recht – erstreckte sich vom Ehemann bis zu den Cousins, um sich zu vergewissern, daß die Frauen keinen Wein getrunken hatten.

Im Jahre 234 v. Chr. nutzte Spurius Carvilius Ruga die Gesetze des Romulus und des Numa und verstieß seine Frau, weil sie steril war. Das ist das einzige Beispiel einer Verstoßung in fünf Jahrhunderten.

War es bewiesen, daß der Mann seine Frau ohne rechtmäßigen Grund verstieß, so ging tatsächlich die Hälfte seiner Güter an die Frau über, die andere wurde dem Cerestempel geopfert und der Ehemann den höllischen Göttern ausgeliefert. Das ist hart, aber Sie können es bei Plutarch nachlesen: *Das Leben des Romulus*.

Soweit zum Verstoßen der Ehefrau.

Dann gab es noch die Scheidung.

Spurius Carvilius Ruga hatte seine Frau verstoßen; Cato hatte sich von seiner scheiden lassen.

Man nannte die Scheidung die *Diffarreation*, also das Gegenteil der *Konfarreation*.

So wie es zwei Zeremonien gab, um sich zu binden, so mußte es auch zwei geben, um sich zu trennen.

Die erste fand vor dem Prätor in Gegenwart von sieben römischen Bürgern statt, die das Alter der Pubertät erreicht hatten. Ein Freigelassener brachte die Tafeln mit der Heiratsurkunde und zerschlug sie öffentlich.

Dann kehrte man in die eheliche Wohnung zurück. Der Ehemann verlangte von der Frau die Schlüssel des Hauses und sagte zu ihr:

»Frau, nimm deine Sachen! Leb wohl, geh fort von hier.«

Die Frau nahm also, wenn die Hochzeit durch *Konfarreation*

geschlossen worden war und es das Unrecht des Mannes war, das die Trennung herbeigeführt hatte, ihre Mitgift und ging fort. War es aber das Unrecht der Frau, dann hatte der Mann das Recht, einen Teil der Mitgift zu behalten: zum Beispiel ein Sechstel für jedes Kind, und zwar bis zur Hälfte der Mitgift. Die Kinder blieben immer Eigentum ihres Vaters.

War die Frau des Ehebruchs überführt worden, verlor sie ihre ganze Mitgift.

In diesem Fall nahm der Ehemann ihr, ehe er sie verabschiedete, die *stole* weg und zog ihr die Toga der Kurtisanen an.

Die Hochzeit durch *Koemption*, die durch einen Kauf geschlossen worden war, wurde auch durch einen Kauf gelöst. Aber wie der Kauf nur symbolisch war, so war auch der Rückkauf nur symbolisch.

Es gab also drei Arten, sich in Rom zu trennen: das Verstoßen, das für die Frau eine Entehrung war; die Scheidung, die eine gütliche Trennung war und nichts Entehrendes an sich hatte, wenn kein Verbrechen von dem einen oder dem anderen verübt worden war, und schließlich die Rückgabe der Frau an ihre Eltern, die nichts anderes war als das Zurückschicken einer Sklavin an ihre ersten Herren, da man sie nicht mehr wollte.

In den letzten Zeiten der Republik waren die Rückgabe, die Scheidung und die Verstoßung sehr alltägliche Dinge geworden. Sie werden noch sehen, daß Cäsar seine Frau verstieß, nur weil er fürchtete, daß sie verdächtigt werden könnte.

Oft gab der Ehemann noch nicht einmal Gründe an.

»Warum hast du deine Frau verstoßen?« fragte ein römischer Bürger seinen Freund.

»Ich hatte meine Gründe«, antwortete dieser.

»Welche? War sie nicht aufrichtig, war sie nicht redlich, war sie nicht jung, war sie nicht hübsch, schenkte sie dir keine gesunden Kinder?«

Als einzige Antwort streckte der Geschiedene sein Bein aus und zeigte dem Fragenden seinen Schuh.

»Ist dieser Schuh nicht schön«, fragte er ihn, »und ist er nicht neu?«

»Sicher«, antwortete der Freund.

»Gut«, fuhr der Geschiedene fort und zog seinen Schuh aus, »man muß ihn zum Schuster bringen, denn er drückt, und nur ich weiß genau, wo der Schuh drückt.«

In dieser Geschichte erfahren wir nicht, ob die Schuhe, die der Schuster diesem Mann anstelle der alten Schuhe zurückschickte, besser am Fuß des Mannes saßen.

Kommen wir nun auf Cato zurück, von dem wir aufgrund der Ausführungen über die Ehe abgewichen sind, und suchen wir ihn dort wieder, wo wir ihn verlassen haben, das heißt im Alter von zwanzig Jahren.

19

Cato war das, was man heute ein *Original* nennt.

Man trug in Rom gewöhnlich Schuhe und eine Tunika; er ging ohne Schuhe und ohne Tunika aus dem Haus.

Es war Purpur in Mode, der von besonders leuchtender, kräftiger Farbe war. Er trug dunklen Purpur, der fast die Farbe von Rost besaß.

Jedermann verlieh für zwölf Prozent pro Jahr sein Geld. Das war der gesetzliche Zinssatz. Wenn wir jedermann sagen, dann meinen wir die ehrenwerten Leute. Die anderen verliehen wie bei uns für hundert Prozent und für zweihundert Prozent. Er verlieh für nichts, und manchmal, wenn er kein Geld hatte, dann gab er, um einem Freund oder sogar einem Fremden, den er für einen ehrenwerten Mann hielt, einen Dienst zu erweisen, ein Stück Land oder ein Haus, damit die Staatskasse dieses mit einer Hypothek belastete.

Der Sklavenkrieg brach aus: Sein Bruder Cepio befehligte

ein Korps von tausend Mann unter Gellius. Cato brach als einfacher Soldat auf, um zu seinem Bruder zu stoßen.

Gellius verlieh ihm eine Medaille für Tapferkeit und forderte für ihn beachtliche Ehren. Cato lehnte ab und sagte, daß er nichts getan habe, was irgendeine Auszeichnung verdiene.

Es wurde ein Gesetz erlassen, das den Kandidaten verbot, einen Namenanzeiger, also einen Sklaven, der ihm die Namen der Anwesenden sagte, bei sich zu haben. Cato bewarb sich um das Amt des Soldatentribunen. Er befolgte das Gesetz, und so sagt Plutarch: *Er war der einzige.*

Plutarch fügt mit der ihm gewohnten Naivität hinzu:

»Indem er sein Gedächtnis anstrengte, gelang es ihm, alle Bürger mit ihrem Namen zu begrüßen. *Und er mißfiel dadurch denen, die ihn bewunderten. Je mehr sie gezwungen waren, das Verdienst seines Verhaltens anzuerkennen, desto mehr verärgerte es sie, es ihm nicht gleichtun zu können.*«

Wir haben gesagt, daß er immer zu Fuß ging.

Hier einige Worte zu seiner Art zu reisen:

Schon am Morgen schickte er seinen Koch und seinen Bäcker zum nächtlichen Halteplatz. Wenn Cato in der Stadt oder in dem Dorf einen Freund oder einen Bekannten hatte, gingen sie zu ihm und andernfalls in eine Herberge, wo sie ihm etwas zu essen zubereiteten. Wenn es keine Herberge gab, wandte er sich an die Magistrate, die Cato dann mittels eines Quartierscheins unterbrachten. Oft wollten die Magistrate nicht glauben, was die Gesandten des Cato sagten, und sie behandelten diese mit Verachtung, weil sie höflich sprachen und weder schrien noch drohten.

Cato kam also an und fand nichts fertig vor. Als er das sah, setzte er sich ohne zu klagen auf sein Gepäck, und sagte:

»Man möge mir die Magistrate holen!«

Daher hielt man ihn weiterhin für einen schüchternen Mann oder einen von niederem Stand.

Dennoch kamen die Magistrate, und er richtete in der Regel diesen Verweis an sie:

»Ihr Unglücklichen! Laßt doch ab von diesem harten Betragen gegenüber Fremden, denn es wird nicht immer Cato sein, den Ihr bei euch empfangt, und bemüht euch, durch eure Zuvorkommenheit die Macht der Männer zu schwächen, die nur nach einem Vorwand suchen, um sich mit Gewalt zu nehmen, was Ihr ihnen nicht bereitwillig geben werdet.«

Stellen Sie sich diese Magistrate vor, die sich wundern, daß ein *Koch* und ein *Bäcker* mit ihnen sprechen, ohne zu schreien und zu drohen, und die beschämt die Vorhaltungen des Herrn, *der auf seinem Gepäck sitzt*, über sich ergehen lassen.

Diese Magistrate waren Provinzbewohner, das heißt Fremde, und dieser Mann, der auf seinem Gepäck saß, war ein römischer Bürger.

Sehen Sie, was man für einen einfachen Freigelassenen tat. Die Anekdote ist seltsam und erinnert an das Abenteuer des Cicero, der aus Sizilien zurückkehrt und glaubt, daß Rom sich nur mit ihm beschäftigt habe.

Als Cato, der wie gewöhnlich inmitten seiner Freunde und sogar seiner berittenen Diener zu Fuß reiste, nach Syrien gekommen war und sich Antiochia näherte, sah er eine große Menschenmenge, die zu beiden Seiten des Weges stand; auf der einen Seite standen die jungen Leute in langen Roben, auf der anderen Seite die herrlich geschmückten Kinder. Die Männer standen an der Spitze in weißen Gewändern und mit Kronen auf dem Kopf.

Als Cato das sah, zweifelte er keinen Augenblick daran, daß dieser ganze Aufmarsch ihm galt und daß die Stadt Antiochia, die wußte, daß sich Cato anschickte, in ihren Mauern zu rasten, ihm diesen Empfang bereitet habe.

Er blieb stehen, ließ seine Freunde und Diener absitzen, schimpfte auf seinen Bäcker und seinen Koch, die sein Inkognito verraten hatten, und bereitete sich darauf vor, die Ehren entgegenzunehmen, die man ihm erweisen würde, denn er sagte sich im stillen, daß er nichts getan habe, um die Ehrerbietungen herauszufordern, und ging auf die Menschenansammlung zu.

Nun löste sich ein Mann aus der Gruppe, der einen Stock in der Hand hielt und eine Krone trug, und ging Cato entgegen, der sich anschickte, ihn zu empfangen und auf seine Rede zu antworten.

»Guter Mann«, sagte dieser zu ihm, »hast du nicht den Herrn Demetrius getroffen, und kannst du uns nicht sagen, ob er noch weit entfernt ist?«

»Wer ist denn der Herr Demetrius?« fragte Cato etwas enttäuscht.

»Was!« erwiderte der Mann mit dem Stock in der Hand, »du weißt nicht, wer der Herr Demetrius ist?«

»Nein, bei Jupiter!« sagte Cato.

»Ja, aber das ist doch der Freigelassene von Pompejus dem Großen!«

Cato neigte den Kopf und ging unter den verächtlichen Blicken der Abgesandten von Antiochia weiter.

Er kannte Demetrius nicht!

Doch bald erwartete ihn ein weit größerer Schmerz, und die Seele des Stoikers wurde auf eine harte Probe gestellt.

Cato hielt sich in Thessaloniki auf, als er erfuhr, daß sein Bruder Cepio in Ainos erkrankt war, der Stadt in Thrakien, die an der Mündung des Hebros lag.

Cato lief zum Hafen. Wir erinnern uns daran, daß dieser Bruder das einzige war, was er auf der Welt liebte.

Es herrschte stürmische See, und es gab im Hafen nicht ein einziges Schiff, das fähig war, bei einem solchen Unwetter aufs Meer hinauszufahren.

Cato, dem zwei seiner Freunde und drei Sklaven folgten, sprang auf ein kleines Handelsschiff, und mit einem unglaublichen Glück kam er in Ainos an, nachdem sie fast zwanzigmal von den Fluten überschwemmt worden wären, doch erst kurz nachdem sein Bruder verstorben war.

Man muß Cato Gerechtigkeit widerfahren lassen, denn als

er dies erfuhr und den Leichnam seines Bruders sah, da trat der Philosoph in den Hintergrund, um dem Bruder Platz zu machen, dem verzweifelten Bruder.

Er warf sich auf den Leichnam und preßte ihn voll tief empfundenen Schmerz an sich.

»*Das ist nicht alles*«, sagt Plutarch, als läge der wahre Schmerz Catos in dem, was folgte, »*er gab ungeheuer viel Geld für das Begräbnis seines Bruders aus, verschwendete Parfum, verbrannte auf dem Scheiterhaufen kostbare Stoffe und stellte für ihn auf dem öffentlichen Platz in Ainos ein Grab aus Marmor aus Thasos auf, das ihn acht Talente kostete* (ungefähr vierundvierzigtausend Francs unseres Geldes).«

Es stimmt, daß Cäsar behauptete, Cato habe die Asche seines Bruders durchsieben lassen, um das Gold der wertvollen Stoffe zu suchen, das im Feuer geschmolzen war, aber wir wissen, daß Cäsar Cato nicht mochte und daß Cäsar eine böse Zunge hatte. Überdies entschädigte Pompejus Cato in großem Maße für die kleine Unannehmlichkeit, die ihm bei seiner Ankunft in Antiochia widerfahren war, an dem Tag, als man ihn nach Neuigkeiten von Demetrius gefragt hatte.

Pompejus war in Ephesos, als man ihm Cato ankündigte. Sobald er ihn sah, stand er auf und ging ihm entgegen, wie er es für eine der bedeutendsten Persönlichkeiten Roms getan hätte. Dann nahm er seine Hand, umarmte ihn und erging sich in großen Lobreden, die er noch weiterführte, als er sich schon zurückgezogen hatte.

Doch als Cato Pompejus seine Abreise ankündigte, sagte dieser, der die Angewohnheit hatte, seine Besucher mit allen Mitteln beharrlich zurückzuhalten, kein Wort, um den Reisenden umzustimmen.

Und Plutarch fügt sogar hinzu, »*daß er seine Abreise mit Freude sah.*«

Der arme Cato!

Als er wieder in Rom war, bewarb er sich um das Amt des Quästors und erhielt es.

Zum Amt des Quästors gehörte als wichtigste Aufgabe festzustellen, wie die Staatsfinanzen ausgegeben wurden, und denjenigen, die sie manipuliert hatten, auf die Hände und in die Taschen zu sehen.

Und das geschah nun:

Die neuen Quästoren hatten natürlich nicht die geringste Vorstellung von dem, was sie zu tun hatten. Sie wandten sich, um sich zu erkundigen, an die niederen Angestellten, die ständig diese Arbeit taten und die durch die lange Praxis im Amt besser unterrichtet waren als sie. Diese hatten jedoch Interesse daran, nichts zu verändern, so daß der Mißstand bestehen bleiben konnte.

Bei Cato war das jedoch nicht der Fall. Er hatte sich erst beworben, nachdem er die entsprechenden Gesetze eingehend studiert hatte.

Gleich bei seinem Amtsantritt sah man, daß man es mit einem richtigen Quästor zu tun haben würde.

Er zwang seine Schreiber, gegen die Jesus achtzig Jahre später so fürchterlich wettern würde, nur das zu sein, was sie in der Tat waren, das heißt untergeordnete Bedienstete.

Daher verbündeten sich all diese Leute gegen Cato. Aber Cato jagte den ersten davon, der bei der Teilung einer Erbschaft des Betrugs überführt wurde. Ein anderer, der ein Testament gefälscht haben sollte, wurde von Cato vor Gericht gestellt. Dieser Mann war ein Freund von Catulus, von genau diesem Catulus, der – wie Sie wissen – von allen als so ehrenwerter Mann angesehen wurde. Catulus flehte Cato an, Gnade walten zu lassen.

Cato war unerbittlich.

Als Catulus beharrte, sagte Cato zu ihm:

»Geh fort, oder ich lasse dich von meinen Liktoren verjagen.«

Catulus ging.

Obwohl die Korruption schon weit verbreitet, ja zur Gewohnheit geworden war, verteidigte Catulus den Schuldigen, und als er sah, daß sein Klient mangels einer Stimme verurteilt werden würde, ließ er Marcus Lollius in einer Sänfte holen, einen Kollegen Catos, der nicht hatte kommen können, da er krank war.

Die Stimme des Marcus Lollius rettete den Angeklagten.

Aber Cato wollte sich dieses Mannes nicht mehr als Schreiber bedienen, und er weigerte sich hartnäckig, ihm sein Gehalt zu zahlen.

Diese Beweise für Catos Strenge zerbrachen den Stolz all dieser Beamten, die in ihre eigene Tasche wirtschafteten. Sie spürten das Gewicht dieser Hand, die sich auf sie legte. So rebellisch sie einst gewesen waren, so gefügig waren sie nun, und sie stellten Cato alle Aufzeichnungen zur Verfügung.

20

Von diesem Moment an waren die öffentlichen Schulden kein Geheimnis mehr. Cato trieb das ganze Geld ein, das der Republik geschuldet wurde, zahlte aber auch alles zurück, was die Republik schuldete.

In der ganzen römischen Bevölkerung herrschte große Aufregung und Erstaunen, als die Bürger, die an die Machenschaften der Finanzbeamten gewöhnt waren, sahen, daß die Spekulanten, die fest geglaubt hatten, daß sie das Geld, das sie der Staatskasse schuldeten, niemals zurückzahlen müßten, gezwungen wurden, das zu Unrecht Erworbene zurückzugeben. Und den Bürgern, die Schuldforderungen an die Staatskasse hatten und glaubten, ihre Werte seien verloren, da sie diese nicht zum halben Preis hatten verkaufen können, wurden ihre Forderungen vollständig bezahlt.

Es war gerecht, daß all diese positiven Veränderungen Cato zugeschrieben wurden, und das Volk, das ihn als den einzigen rechtschaffenen Mann Roms ansah, begegnete ihm mit großem Respekt.

Das war noch nicht alles.

Da gab es noch die Mörder des Sulla.

Nach fünfzehn oder zwanzig Jahren Straffreiheit glaubten diese Mörder, nun nicht mehr in Gefahr zu sein, und sie erfreuten sich in Ruhe eines blutigen, auf einfache Weise erworbenen Vermögens, denn für eine gute Anzahl an Köpfen waren bis zu zwölftausend Drachmen gezahlt worden, das heißt bis zu zehntausend Francs unseres Geldes. Alle Welt zeigte mit dem Finger auf sie, aber niemand wagte es, sie anzurühren.

Cato zitierte sie einen nach dem anderen als Besitzer öffentlicher Gelder vor das Tribunal, und diese Missetäter mußten gleichzeitig das Gold und das Blut zurückzahlen.

Dann kam die Verschwörung des Catilina.

Wir haben gesagt, welche Rolle jeder hierbei spielte. Wir sprachen auch darüber, wie Cäsar, nachdem Silanus für die Höchststrafe gestimmt hatte, eine so geschickte Rede über die Notwendigkeit der Milde hielt, daß Silanus, der sich selbst widersprach, erklärte, daß er unter der *höchsten Strafe* ganz einfach das Exil verstanden habe, weil ein römischer Bürger nicht mit dem Tode bestraft werden könne.

Diese Schwäche empörte Cato. Er erhob sich und widerlegte Cäsar.

Seine Rede steht bei Sallust. Sie wurde von Ciceros Stenographen niedergeschrieben und ist der Nachwelt erhalten geblieben. Wir wollen nebenbei erwähnen, daß es Cicero war, der die Stenographie erfunden hat und daß sein Sekretär Tullius Tito das ganze System in Regeln faßte.

Aufgrund von Catos Rede hatte Cicero den Mut, die Komplizen des Catilina erdrosseln zu lassen, und Cäsar, der fürchtete, daß man ihn aufgrund seiner Milde der Komplizenschaft mit dem Kopf der Verschwörung anklagen könnte, stürzte auf die Straße, um sich in den Schutz des Volkes zu begeben.

Als er den Senat verließ, wurde er fast von Rittern getötet, die mit Cicero befreundet waren.

Wir haben gesagt, wie Cato versuchte, ein Gegengewicht zu Cäsars Beliebtheit zu schaffen, indem er Weizen im Wert von sieben Millionen unseres Geldes verteilen ließ.

Alle Vorsichtsmaßnahmen Cäsars konnten nicht verhindern, daß er angeklagt wurde.

Drei Stimmen erhoben sich gegen ihn: die des Quästors Novius Niger, die des Tribuns Vettius und die des Senators Curius.

Curius war derjenige, der als erster auf die Verschwörung hingewiesen und unter den Namen der Verschwörer auch Cäsars Namen genannt hatte.

Vettius ging noch weiter: Er betonte, daß Cäsar nicht nur durch das gesprochene, sondern auch durch das geschriebene Wort in die Verschwörung verwickelt sei.

Cäsar hetzte das Volk auf seine Ankläger.

Novius wurde ins Gefängnis geworfen, weil er sich zum Richter über einen Magistraten erhoben hatte, der in der Hierarchie über ihm stand. In Vettius' Haus drang man ein und plünderte es. Man warf seine Möbel aus dem Fenster, und es hätte nicht viel gefehlt, und er wäre niedergemetzelt worden.

Diese ganzen Konflikte sorgten in Rom für große Unruhen.

Metellus, der zum Tribun ernannt worden war, schlug vor, Pompejus nach Rom zu rufen, um ihn mit der Leitung der Staatsgeschäfte zu betrauen. Das bedeutete, nach einem neuen Diktator zu schreien.

Cäsar, der Pompejus' Unfähigkeit als Politiker kannte, schloß sich Metellus an. Vielleicht ärgerte es ihn auch nicht gerade, einen Präzedenzfall zu schaffen.

Nur Cato konnte einem solchen Bündnis widerstehen.

Er ging zu Metellus, aber anstatt die Frage mit der ihm gewohnten Härte anzuschneiden, sprach er sie vorsichtig an, bat eher, als daß er forderte, mischte in seine Bitten Lob über

Metellus' Haus und erinnerte ihn daran, daß er immer zu den Stützen der Aristokratie gehört habe.

Metellus glaubte, daß Cato Angst habe und blieb hartnäckig.

Cato hielt sich noch einen Moment zurück. Aber Geduld war nie seine Stärke gewesen. Plötzlich brach es aus ihm hervor, und er überschüttete Metellus mit Drohungen.

Metellus sah deutlich, daß er Gewalt anwenden mußte. Er ließ seine Sklaven nach Rom kommen und sagte Cäsar, daß er sich mit seinen Gladiatoren treffen solle.

Cäsar, der während seiner Amtszeit als Ädil sechshundertvierzig Gladiatoren hatte kämpfen lassen, besaß aus dieser Zeit noch ein Gladiatorenlager in Capua. Jeder große römische Herr hatte zu jener Zeit seine Gladiatoren wie im Mittelalter jeder Graf, Herzog oder Fürst seine Schergen hatte. Wir haben die Gladiatoren gesehen, die ganz allein jene Revolution anzettelten, bei der bis zu zwanzigtausend Mann unter Spartacus' Befehl standen. Der Senat hatte aber ein Gesetz erlassen, welches verbot, daß jemand in Rom mehr als einhundertzwanzig Gladiatoren besaß.

Der Widerstand gegen Cato wurde öffentlich.

An dem Tag, bevor das Gesetz vorgeschlagen wurde, aß Cato wie gewöhnlich zu Abend, obwohl er genau wußte, welcher Gefahr er am nächsten Tag ausgesetzt sein würde, und nach dem Essen schlief er tief und fest.

Minucius Thermus, einer seiner Kollegen im Tribunat, weckte ihn.

Alle beide gingen ins Forum, und nur zwölf Personen begleiteten sie.

Auf der Straße trafen sie fünf oder sechs Freunde, die ihnen entgegenkamen, um sie zu benachrichtigen, was vor sich ging, und um sie zu warnen.

Als sie auf dem Platz ankamen, war die Gefahr erkennbar: Das Forum war mit Sklaven gefüllt, die mit Stöcken bewaffnet waren, und mit Gladiatoren, die ihre Kampfsäbel bei sich trugen. Oben auf den Stufen des Tempels des Castor und des Pollux saßen Metellus und Cäsar. Auf den Stufen standen überall Sklaven und Gladiatoren.

Cato wandte sich nun an Cäsar und Metellus:

»Ihr zeigt euch mutig und feige zugleich«, schrie er ihnen zu, »gegen einen ungeschützten, unbewaffneten Mann so viele bewaffnete, geharnischte Männer aufzubieten.«

Dann zuckte er angesichts der Gefahr, durch die man ihn einzuschüchtern glaubte, verächtlich mit den Schultern, schritt nach vorn, forderte, daß man ihm und denen, die ihm folgten, Platz mache, und stieg die Stufen hinauf.

Man machte ihm in der Tat Platz, aber nur ihm.

Er stieg dennoch hinauf und zog Thermus an der Hand hinter sich her, aber ehe er in der Vorhalle ankam, war er gezwungen, ihn loszulassen.

Schließlich stand er vor Metellus und Cäsar. Er setzte sich in ihre Mitte.

Jetzt oder nie war der Moment für sie gekommen, sich ihrer Schergen zu bedienen.

Vielleicht hätten sie es getan, doch da schrien all jene, denen Catos Mut Bewunderung einflößte:

»Bleib standhaft, Cato! Bleib standhaft, Cato! Wir sind da. Wir unterstützen dich.«

Cäsar und Metellus gaben dem Gerichtsdiener ein Zeichen, das Gesetz zu verlesen.

Der Gerichtsdiener erhob sich und befahl Ruhe. Aber in dem Moment, als er mit der Verlesung beginnen wollte, riß ihm Cato das Gesetz aus den Händen.

Metellus entriß es seinerseits Cato.

Cato riß es erneut aus Metellus' Händen und zerschlug es.

Metellus kannte das Gesetz auswendig. Er schickte sich an, es zu rezitieren, anstatt zu verlesen, aber Thermus, der nun Cato erreicht hatte, und der sich, ohne gesehen worden zu sein, hinter Metellus gestellt hatte, legte ihm die Hand auf den Mund und hinderte ihn daran zu sprechen.

Cäsar und Metellus riefen nun ihre Gladiatoren und ihre Sklaven. Die Sklaven hoben ihre Stöcke, und die Gladiatoren zogen ihre Schwerter.

Die Bürger schrien auf und zerstreuten sich.

Cäsar und Metellus rückten von Cato ab, der nun allein dastand und zur Zielscheibe wurde. Man warf gleichzeitig unten von der Treppe und vom Dach des Tempels Steine auf ihn.

Murena stürzte auf ihn zu, bedeckte ihn mit seiner Toga, nahm ihn in seine Arme und zog ihn trotz dessen Anstrengungen, in der Vorhalle zu bleiben, in den Tempel.

Nun zweifelte Metellus nicht mehr am Sieg. Er gab den Gladiatoren ein Zeichen, ihre Schwerter wieder in die Scheide zu stecken, und den Sklaven, ihre Stöcke zu senken. Dann nutzte er die günstige Situation, denn es hielten sich nur noch seine Anhänger im Forum auf, und er versuchte, das Gesetz durchzubringen.

Doch als er die ersten Worte spricht, wird er von Schreien unterbrochen:

»Nieder mit Metellus! Nieder mit dem Tribun!«

Catos Freunde sind wieder zur Stelle; auch Cato kehrt aus dem Tempel zurück; der Senat, der sich seines Schweigens schämt, hat sich schließlich versammelt und beschlossen, Cato zu Hilfe zu eilen.

Die Reaktion bleibt nicht aus.

Cäsar ist vorsichtshalber verschwunden.

Metellus flieht, verläßt Rom, reist nach Asien und will Pompejus Rechenschaft ablegen, über das, was im Forum passiert ist.

Pompejus denkt an diesen jungen Mann, der ihn in Ephesos besucht hat und flüstert:

»Ich habe mich nicht geirrt. Er ist wirklich so, wie ich ihn eingeschätzt habe.«

Der Senat ist hocherfreut über den Sieg, den Cato über Metellus errungen hat, und will Metellus Schmähungen zufügen. Cato widersetzt sich dem. Er erreicht, daß man einen so bedeutenden Bürger nicht mit Schimpf und Schande belegt.

Cäsar, der sieht, daß es für ihn in Rom nichts mehr zu tun gibt, läßt sich zum Prätor ernennen und geht nach Spanien.

Wir werden sehen, daß er sich nach seiner Rückkehr um das Konsulat bewirbt.

21

Diese wahrlich großen Rivalen standen sich also wieder gegenüber, und der große Kampf zwischen den Widersachern begann: Pompejus, der die Aristokratie vertrat; Cäsar, der die Demokratie vertrat; Crassus, der das Besitztum vertrat; Cato, der das Gesetz vertrat, und Cicero, der das Wort vertrat.

Wie wir sehen, hatte jeder seine Macht.

Zunächst mußte man wissen, ob Cäsar Konsul wurde oder nicht.

Drei Männer bewarben sich um das Konsulat, die alle ernsthafte Chancen hatten: Luceius, Bibulus, Cäsar.

Cäsar hatte zwar seine Schulden bezahlt, kam aber fast mit leeren Händen zurück. Es war nicht wahrscheinlich, mit weniger als zwei oder drei Millionen ernannt zu werden.

Crassus hatte ihm fünf Millionen geliehen, als er abgereist war. Er war der Meinung, daß es nicht nötig war, sich gegenseitig im Weg zu stehen. Cäsar hatte das Geld nicht zurückgezahlt. Also konnte er sich nicht an Crassus wenden.

Oh, wenn er erst einmal Konsul wäre, würden sie sowieso alle zu ihm kommen.

Aber Crassus verhielt sich vorsichtshalber abwartend.

Die beiden einflußreichsten Männer, Pompejus und Crassus, waren jedoch nicht seine Gegner.

Cäsar nutzte seine Macht über sie, um einen Meisterschlag auszuführen.

Seit der Sache mit den Gladiatoren waren sie zerstritten. Cäsar führte eine Versöhnung zwischen ihnen herbei, wenn auch nicht ernsthaft, so doch solide: aufgrund gemeinsamer Interessen.

Dann ging er zu Luceius.

»Ihr habt Geld«, sagte er zu ihm, »und ich habe Einfluß. Gebt mir zwei Millionen, und ich lasse Euch wählen.«

»Seid Ihr sicher?«

»Ich verbürge mich dafür.«

»Schickt Eure Leute, um die zwei Millionen bei mir abzuholen.«

Cäsar hatte große Lust, sie sofort zu schicken, um das Geld zu holen. Er fürchtete, daß Luceius sein Wort zurücknehmen könnte. Vorsichtshalber wartete er bis zum Einbruch der Nacht. Als es dunkel war, ließ er das Geld in Körben holen.

Als Cäsar das Geld hatte, ließ er die Mittelsmänner kommen. Die Mittelsmänner waren die Bestechungsbeamten, die damit beauftragt wurden, die Anführer der Menge zu bestechen.

»Beginnt mit dem Feldzug«, sagte er zu ihnen, während er mit dem Fuß gegen die Körbe stieß, die einen metallenen Ton von sich gaben. »Ich bin reich und will großzügig sein.«

Die ›Wahlhelfer‹ gingen fort.

Cato behielt Cäsar jedoch im Auge. Er hatte erfahren, wie dieser sich sein Geld beschafft hatte und wie und unter welchen Bedingungen der Pakt zustande gekommen war. Er ging zu Bibulus und traf dort alle Gegner der Demagogie, die Cäsar vertrat.

Nennen wir hier die wichtigsten Konservativen der Zeit. Es waren Hortensius, Cicero, Piso, Pontius Aquila, Epidius, Marcellus, Caestius Flavus, der alte Considius, Varro, Sulpicius, der ein erstes Mal verhindert hatte, daß Cäsar Konsul wurde, und schließlich Lucullus.

Es war die Rede davon, welchen Erfolg Cäsar im Forum und in der Basilika Fulvia hatte.

Er war mit weißer Toga und ohne Tunika aufgetreten.

»Warum geht Ihr ohne Tunika?« hatte ihn ein Freund gefragt, den er in der Via Regia getroffen hatte.

»Muß ich dem Volk denn nicht meine Wunden zeigen?« hatte Cäsar geantwortet.

Vierzehn Jahre später war es Antonius, der dem Volk Cäsars Wunden zeigte.

Die Nachricht, die Cato brachte, war schon bekannt. Die Worte: »Cäsar hat Geld«, schlugen wie ein Blitz in die Versammlung ein.

Pontius Aquila hatte das verbreitet. Er wußte es von dem Verteiler seiner Tribus.

Varro seinerseits hatte die Versöhnung zwischen Crassus und Pompejus verkündet.

Diese beiden Neuigkeiten hatten Bestürzung in der Versammlung hervorgerufen.

Von dem Moment an, da Cäsar Geld hatte, gab es keine Möglichkeit, sich seiner Wahl zu widersetzen, aber man konnte sich der des Luceius widersetzen.

Luceius und Cäsar würden als Konsuln gemeinsame Sache machen.

Bibulus hingegen, Catos Schwiegersohn, würde als Konsul ein Gegengewicht zum Einfluß des Demagogen darstellen.

Als sie Cato erblickten, umringten sie ihn.

»Und?« wurde er von allen Seiten gefragt.

»Und«, sagte Cato, »die Vorhersage des Sulla ist auf dem Wege, sich zu bestätigen; und in diesem jungen Mann mit dem lockeren Gürtel stecken in der Tat mehrere Burschen vom Schlage eines Marius.«

»Was sollen wir tun?«

»Die Situation ist ernst«, sagte Cato. »Wenn wir diesen ehemaligen Komplizen des Catilina an die Macht kommen lassen, ist die Republik verloren.«

Und als sei der Untergang der Republik für einige der Anwesenden kein ausreichender Grund, fügte er hinzu:

»Und nicht nur die Republik ist verloren, sondern all eure Interessen werden gefährdet sein. Es sind eure Villen, eure Statuen, eure Gemälde, eure Schwimmbäder, eure alten Barben, die ihr mit soviel Mühe gefüttert habt, euer Geld, euer Reichtum, euer Luxus, dem ihr Lebewohl sagen müßt. All das ist dem Volk als Belohnung versprochen worden, wenn es ihn wählt.«

Nun schlug ein gewisser Favonius, ein Freund Catos, eine Anklage wegen Wahlbestechung vor. Dafür gab es drei Gesetze: Die Lex Aufidia, die denjenigen, der sich der Wahlbestechung schuldig machte, verurteilte, jedes Jahr dreitausend Sesterzen an alle Tribus zu zahlen. Das Gesetz des Cicero sah vor, zu diesen dreitausend Sesterzen Geldstrafe, deren Zahlungshäufigkeit sich nach der Anzahl der Tribus in Rom richtete, noch zehn Jahre Exil hinzuzufügen, und schließlich gab es noch die Lex Calpurnia, die jene, die sich hatten bestechen lassen, in die Bestrafung mit einbezog.

Aber Cato widersetzte sich der Anklage.

»Seinen Gegner anzuklagen«, sagt er, »das heißt, sich seine Niederlage einzugestehen.«

Das gleiche, *aber was sollen wir machen?*, erhob sich erneut.

»Bei Jupiter«, sagte Cicero, »machen, was er macht. Wenn das Mittel für ihn gut ist, benutzen wir es gegen ihn.«

»Was sagt Cato dazu?« fragten drei oder vier Stimmen gleichzeitig.

Cato überlegte.

»Wir tun, was Cicero vorschlägt«, antwortete er schließlich. »Philipp von Makedonien kannte keine uneinnehmbaren Orte, solange er nur einen kleinen, mit Gold beladenen Esel hineinführen konnte. Cäsar und Luceius kaufen die Tribus. Überbieten wir sie, dann haben wir sie.«

»Aber«, rief Bibulus, »ich bin nicht reich genug, um fünfzehn oder zwanzig Millionen Sesterzen bei einer Wahl auszugeben. Das ist gut für Cäsar, der keine einzige Drachme besitzt, dem aber die Börsen aller Wucherer Roms gehören.«

»Ja«, erwiderte Cato, »aber wir alle zusammen schaffen es, reicher zu sein als er. Da uns eine besondere Unterstützung fehlt, werden wir die Staatskasse plündern. Jeder wird besteuert.«

Jeder wurde besteuert. Weder Plinius noch Velleius sprechen über die Summe, die diese Sammlung einbrachte, aber es scheint so, daß sie ziemlich beträchtlich gewesen sein muß, weil Luceius scheiterte und Bibulus mit Cäsar zusammen zum Konsul gewählt wurde.

Kaum war Cäsar an der Macht, schnitt er die Frage des Ackergesetzes an. Dieses Problem wurde von jedem, der an die Macht kam, angeschnitten, um seine Popularität zu stärken, und er fand dadurch den politischen Tod.

Sagen wir noch schnell, was das Ackergesetz bei den Römern bedeutete. Wir werden sehen, daß es in keinster Weise mit unseren Vorstellungen übereinstimmt.

22

Das Kriegsrecht des Altertums ließ den Besiegten besonders in den Anfangszeiten Roms kein Eigentum. Das eroberte Gebiet wurde in drei Teile geteilt. Es gab den Teil der Götter, den Teil der Republik und den Teil der Eroberer.

Dieser letzte Teil war der, der unter den Veteranen aufgeteilt wurde und in dem man die Kolonien ansiedelte.

Der Teil der Götter wurde den Tempeln zugesprochen und von den Priestern verwaltet.

Blieb noch der Teil der Republik, *ager publicus*.

Man kann sich gut vorstellen, wie groß dieser Teil der Republik sein mußte, dieser *ager publicus*, nachdem ganz Italien und nach Italien, Griechenland, Sizilien, Spanien, Afrika und Asien erobert worden waren.

Überall gab es riesige Apanagen, die unbestellt blieben. Ein unveränderlicher Besitz, welchen die Republik nicht verkaufen, sondern nur verpachten konnte.

Was war der Sinn dieses Gesetzes, das vorsah, diese Ländereien zu verpachten?

Es sollten kleine Pachthöfe für Bauernfamilien errichtet werden, die im Schweiße ihres Angesichts diesem fruchtbaren italienischen Boden zwei oder drei Ernten pro Jahr abgewannen, um letztendlich das zu erreichen, was in Frankreich seit der Aufteilung des Eigentums gemacht wird: Drei oder vier Morgen Land sollten eine Familie ernähren.

Das geschah nicht. Das bedeutete für die Beamten der Republik – wie man sich gut vorstellen kann – zuviel Mühe. Und was war mit der Möglichkeit, Bestechungsgelder für die Verpachtung von zwei oder drei Morgen zu fordern? Es wurde also für fünf und zehn Jahre verpachtet.

Die Bauern stellten ihrerseits fest, daß es eine Sache gab, die weniger Ausgaben verursachte und die mehr einbrachte als der Ackerbau: die Viehzucht. Man verwandelte das Ackerland in Wiesen und ließ dort Schafe und Rinder weiden. Es gab sogar welche, die sich noch nicht einmal die Mühe machten, das Land in Wiesen zu verwandeln, und einfach Schweine hielten.

Es gab noch einen anderen Vorteil: Um ein Feld von vierhundert Morgen zu pflügen, einzusäen und zu ernten, hätte man zehn Pferde und zwanzig Knechte gebraucht; um drei, vier, fünf oder sechs Herden zu hüten, brauchte man nur drei, vier, fünf oder sechs Sklaven.

Der Pachtzins wurde übrigens in Naturalien an die Staatskasse bezahlt, wie es auch heute noch in Italien der Fall ist. Dieser Pachtzins betrug für Ländereien, die bestellt werden konnten, ein Zehnt; für Waldgebiete ein Fünftel; für Weideland, auf dem eine gewisse Anzahl an Vieh weidete, berechnete sich die Höhe des Zinses nach dem Vieh, das das Land ernähren mußte.

Der Pachtzins wurde wohl so bezahlt, wie er festgelegt war, wenn es jedoch offensichtlich war, daß man mit der Viehzucht mehr als mit dem Ackerbau verdiente, kaufte man den Weizen, den Hafer und das Holz und zahlte mit dem Weizen, dem Hafer und dem Holz, das man gekauft hatte, und erntete das Vieh statt des Korns.

Nach und nach verwandelte sich die Pacht von fünf Jahren in eine Pacht von zehn Jahren, die Pacht von zehn Jahren in eine Pacht von zwanzig Jahren, und wurde die zehnjährige Pacht wieder um zehn Jahre verlängert, gelangte man zur Erbpacht.

Die Volkstribune, die gesehen hatten, zu welchem Mißbrauch ein solcher Zustand führte, hatten ehemals ein Gesetz durchgebracht, das verbot, mehr als fünfhundert Morgen Land zu pachten und mehr als hundert Stück Großvieh sowie fünfhundert Stück Kleinvieh zu besitzen.

Dasselbe Gesetz befahl den Bauern auch, eine gewisse Anzahl freier Männer in ihren Dienst zu nehmen, die den Besitz inspizierten und überwachten.

Aber nichts dergleichen wurde befolgt.

Die Quästoren erhielten Schmiergeld und schlossen ihre Augen.

Anstatt fünfhundert Morgen besaß man durch betrügerische Transaktionen, und indem man den überschüssigen Besitz an Freunde verteilte, tausend, zweitausend und zehntausend Morgen Land, und anstatt hundert Stück Großvieh und fünfhundert Stück Kleinvieh hatte man fünfhundert, tausend, tausendfünfhundert Stück Vieh.

Die unabhängigen Inspektoren wurden mit Einführung der Wehrpflicht entfernt. Welcher Quästor war ein so schlechter Bürger, daß er eine solche ›Fahnenflucht‹ zugunsten des Vaterlandes nicht guthieß?

Man schloß die Augen, wenn die Inspektoren fehlten, und bei allen anderen Dingen schloß man auch die Augen.

Die Sklaven, die nicht zu den Waffen gerufen wurden, vermehrten sich in aller Seelenruhe, wohingegen die freie Bevölkerung, die unaufhörlich dezimiert wurde, schon ihrer Vernichtung entgegenging. Die reichsten und ehrenwertesten Bürger, die seit hundertfünfzig Jahren durch alle Generationen hindurch Bauern waren, betrachteten sich schließlich als Besitzer ihrer Pacht, die in Wirklichkeit der Republik gehörte, wie es der Name auch besagte.

Nun stellen Sie sich vor, welche Schreie die vermeintlichen Besitzer ausstießen, als es darum ging, als Maßnahme für das Gemeinwohl, das heißt aus vordringlichen Gründen, die Pacht aufzulösen, die ihr ganzes Vermögen barg, und was für ein Vermögen!

Die beiden Gracchusbrüder ließen bei dem Versuch ihr Leben.

Nachdem Pompejus aus Asien zurückgekehrt war, hatte er Rom schon mit einem Ackergesetz gedroht. Er hatte keine Angst vor dem Volk. Pompejus, der Repräsentant der Aristokratie, sorgte sich ziemlich wenig um den Pöbel. Er dachte vor allem an das Heer und wollte seine Soldaten versorgen.

Aber er hatte natürlich in Cicero einen würdigen Gegner gefunden.

Cicero, der Mann, der immer gerne den goldenen Mittelweg ging und sich nicht gerne festlegte, der Odilon Barrot[24] seiner Zeit, hatte vorgeschlagen, Land zu kaufen, anstatt es aufzuteilen. Er wollte für diesen Kauf fünf zusätzliche Jahreseinnahmen der Republik verwenden.

Sagen wir nebenbei, daß Pompejus die Einnahmen des Staates mehr als verdoppelt hatte. Er hatte sie von fünfzig auf hundertfünfunddreißig Millionen Drachmen erhöht, das heißt von etwa vierzig Millionen auf hundertacht Millionen.

Der Unterschied innerhalb von fünf Jahren lag ungefähr zwischen dreihundertvierzig und dreihundertfünfzig Millionen.

Der Senat hatte sich gegen Pompejus' Vorschlag erhoben

und war – wie man zu Zeiten der konstitutionellen Regierung sagte – zur Tagesordnung übergegangen.

Cäsar kam nun seinerseits und nahm die Frage wieder da auf, wo man sie niedergelegt hatte, nur verband er die Interessen des Volkes mit denen des Heeres.

Dieser neue Vorschlag erregte großes Aufsehen.

Man fürchtete ganz sicher das Ackergesetz. Es waren so viele Interessen mit diesem Mißbrauch der Erbpacht verbunden, von dem wir Ihnen eine Vorstellung vermittelt haben. Aber was man besonders befürchtete und was Cato ganz laut sagte, das war die ungeheuere Beliebtheit, derer sich derjenige erfreuen würde, dem es gelang, es durchzusetzen, und man muß sagen, daß die Möglichkeit bestand, daß dieser Mann Cäsar war.

Cäsars Gesetz war scheinbar das beste, das je gemacht worden war.

Wir haben die *Geschichte von Cäsars Konsulat* von Dio Cassius vor Augen, und dort lesen wir folgendes:

»Cäsar schlug ein Ackergesetz vor, das über jeden Vorwurf erhaben war. Es gab damals eine müßige, hungrige Menge, und es war äußerst wichtig, diese mit Arbeiten auf dem Lande zu beschäftigen. Andererseits ging es darum, Italien, dessen Bevölkerung immer mehr schrumpfte, neu zu bevölkern.

Cäsar schaffte das mit dem Gesetz, ohne der Republik den geringsten Schaden zuzufügen. Er teilte den *ager publicus* und vor allem Kampanien denen zu, die drei oder mehr Kinder besaßen. Capua wurde eine römische Kolonie.

Aber da der *ager publicus* nicht ausreichte, wurde Land von Privatpersonen zum Preis des Pachtzinses mit dem Geld gekauft, das Pompejus aus dem Krieg gegen Mithridates mitgebracht hatte, zwanzigtausend Talente (hundertvierzig Millionen); dieses Geld sollte dazu benutzt werden, Kolonien zu gründen, in denen die Soldaten leben konnten, die Asien erobert hatten.«

Und wie man sieht, ist gegen dieses Gesetz in der Tat nicht viel einzuwenden, das fast jedermann zufriedenstellte, außer den Senat, der Cäsars Beliebtheit fürchtete.

Es stellte das Volk zufrieden, für das in einer der schönsten Gegenden auf einem der reichsten Böden Italiens eine herrliche Kolonie geschaffen wurde.

Es stellte Pompejus zufrieden, der hierin die Erfüllung seines Wunsches sah, das heißt die Entlohnung seines Heeres.

Es stellte auch Cicero fast zufrieden, dessen Idee umgesetzt wurde.

Wir erinnern uns aber daran, daß Cäsars Kollege Bibulus gleichzeitig mit Cäsar gewählt worden war, damit dieser im Senat den systematischen Widerstand verkörperte. Bibulus widersetzte sich also systematisch dem Gesetz.

Cäsar wollte zunächst keineswegs Gewalt anwenden.

Er veranlaßte das Volk, Bibulus inständig um seine Zustimmung zu bitten.

Bibulus widersetzte sich.

Cäsar beschloß, den Stier bei den Hörnern zu packen, wie man heutzutage sagt, und wie es sicher auch früher irgendeine Redewendung gab. Er las das Gesetz im voll besetzten Senat vor, und nach der Verlesung rief er alle Senatoren nacheinander auf.

Alle stimmten dem Gesetz nickend zu und lehnten es bei der Wahl ab.

Cäsar verließ also den Senat und sprach Pompejus an:

»Pompejus«, fragte er ihn, »du kennst mein Gesetz; du stimmst ihm zu, aber wirst du es auch unterstützen?«

»Ja«, antwortete Pompejus laut.

»Aber wie?« fragte Cäsar.

»Oh, sei ganz unbesorgt«, antwortete Pompejus, »denn wenn es jemand mit dem Schwert angreift, werde ich es mit Schwert und Schild unterstützen.«

Cäsar reichte Pompejus die Hand. Pompejus reichte ihm seine.

Das Volk applaudierte, als es sah, wie sich diese beiden Sieger in einer Frage verbündeten, die das Volk interessierte.

In diesem Moment verließ Crassus den Senat.

Er ging zu Pompejus. Wir sagten schon, daß Cäsar die Versöhnung zwischen den beiden herbeigeführt hatte.

»Wenn es ein Bündnis gibt«, sagte er, »gehöre ich dazu.«

»Gut«, sagte Cäsar, »dann legt Eure Hand in die unsere.«

Der Senat war verloren. Er hatte gegen sich die Beliebtheit, das war Pompejus; das Genie, das war Cäsar; das Geld, das war Crassus.

Das war die Geburtsstunde des ersten Triumvirats.

Die Stimme dieser verbündeten Männer war eine Million Stimmen wert.

23

Nachdem Pompejus, Cäsar und Crassus ihr Bündnis mit einem Schwur besiegelt hatten, mußten sie nun versuchen, dem Gesetz zum Durchbruch zu verhelfen.

Der gesamte Senat stand ihnen feindselig gegenüber. Diese Feindseligkeit verkörperten Cato, Bibulus und Cicero, der sich endgültig gegen Pompejus ausgesprochen hatte und der, nachdem er ihm blind ergeben gewesen war, nun behauptete, für diese Ergebenheit schlecht belohnt worden zu sein, und der nun sein Feind geworden war.

Zunächst hatten sie sich damit beschäftigt, die Partei durch Bündnisse zu festigen.

Wir erinnern uns daran, daß Pompejus seine Frau verstoßen hatte, die verdächtigt und sogar überführt worden war, Cäsars Mätresse zu sein.

Pompejus heiratete Cäsars Tochter.

Cäsar hatte seine Frau, Pompejus' Tochter, mit der Begründung verstoßen, daß Cäsars Frau noch nicht einmal verdächtigt werden dürfe.

Cäsar heiratete Pisos Tochter.

Piso würde im nächsten Jahr Konsul werden.

Cepio, der mit Cäsars Tochter verlobt war, die Pompejus heiratete, heiratet eine Tochter von Pompejus und begnügt sich damit, nicht Cäsars Schwiegersohn, sondern sein Schwager zu werden.

»O Republik!« ruft Cato, »da ist aus dir eine Ehekupplerin geworden, und die Provinzen und Konsulate werden nur noch Hochzeitsgeschenke sein.«

Warum war Cäsars Frau verdächtigt worden? Wir wollen das erklären.

Der Mann, der sie kompromittierte, wird eine recht merkwürdige Rolle in den Ereignissen der Jahre 61, 60 und 59 v. Chr. spielen, und aus diesem Grunde beschäftigen wir uns ein wenig mit ihm.

Es gab ein Fest, das sich in Rom großer Beliebtheit erfreute, und das war das Fest der guten Göttin. Die Bühne des Festes war immer das Haus eines obersten Beamten, entweder eines Prätors oder eines Konsuls. Im Monat Januar des Jahres 61 v. Chr. fand das Fest bei Cäsar statt. Der Zutritt zu diesen Festen war den Männern so streng verboten, daß sogar männliche Tiere und selbst Statuen, die Attribute der Männlichkeit zeigten, geächtet waren.

Wer also war die gute Göttin?

Die Antwort auf diese Frage ist äußerst schwierig und basiert nur auf Vermutungen.

Die gute Göttin war aller Wahrscheinlichkeit nach die passive Erzeugerin, die Wiege der Menschheit, wenn man es so ausdrücken kann. Für die einen war es Fauna, die Gemahlin des Faun, und das war die volkstümliche Meinung; für die anderen war es Ops, die Gemahlin des Saturn, oder Maia, die Gemahlin des Vulkan: für die Spezialisten war es die Erde, die Erde, die den Weizen trägt.

Woher stammte diese gute Göttin? Wahrscheinlich aus Indien, und hierzu werden wir später noch ein paar Worte sagen. Die symbolische Darstellung befand sich jedoch in Pessinus, einer Stadt in Galatien.[25]

Ein Stein, der einer unförmigen Statue ähnelte, war vom Himmel gefallen und war ein wichtiges Kultobjekt bei den Galatern.

Eine der Absichten der Römer war, alle Götter in ihrem Pantheon zu vereinen. Auf diese Weise zentralisierten sie in Rom nicht nur Italien, sondern das ganze Universum.

Sie schickten eine Abordnung zu Attalus, um diese Statue zu bekommen. Attalus gab den Botschaftern den heiligen Stein. Nach der Meinung der einen war es ein Meteorit, nach der Meinung der anderen ein Magnetstein.

Wollen Sie wissen, welchen Weg das Schiff zurücklegte, um von den Ufern Phrygiens nach Rom zugelangen? Lesen Sie Ovid. Sie können dort den Weg verfolgen, der über das Ägäische Meer, durch die Meerenge von Messina, über das Tyrrhenische Meer bis zur heiligen Insel im Tiber führte, die Äskulap[26] geweiht war. Dort blieb das Schiff stehen, ohne daß es mit Hilfe der Segel oder Ruder möglich gewesen wäre, es auch nur einen Meter zu bewegen.

Es gab in Rom damals eine Vestalin namens Claudia Quinta.

Sie wurde verdächtigt, ihrem Gelübde untreu geworden zu sein. Das bedeutete für sie den Tod.

Sie bot an, ihre Unschuld zu beweisen, indem sie das Schiff wieder in Bewegung setzte.

Dieser Vorschlag wurde angenommen.

Claudia Quinta begab sich zum Tiber, an dessen Ufern Rom lag. Sie band ihren Gürtel an den Mast des Schiffes und zog daran. Das Schiff folgte ihr mit der gleichen Folgsamkeit wie die Miniaturschiffe, welche die Kinder in den Brunnenbecken der Tuilerien an einer Schnur hinter sich her ziehen.

Es versteht sich von selbst, daß die Anklage fallengelassen wurde und sich in ganz Italien verbreitete, daß Claudia Quintas Keuschheit bewiesen sei.

Die Vestalin baute der guten Göttin einen Tempel auf dem Aventinhügel.[27]

Dieser Vorfall ereignete sich zum richtigen Zeitpunkt, um den Römern Mut zu machen. Es geschah genau in dem Moment, als Hannibal vor den Toren Roms lagerte.

Noch am gleichen Abend bot man das Feld, auf dem er lagerte, zum Kauf an, und wir wissen, daß die Käufer in Scharen kamen.

Und wo liegt nun aller Wahrscheinlichkeit nach die Wiege des Kultes? In Indien, mysteriöser Vorfahr des menschlichen Geschlechts, das als Symbol die Nährkuh hat.

Indien hatte das Universum als ein Produkt zweier Prinzipien betrachtet: einem männlichen und einem weiblichen.

Hatte man sich diesen ersten Punkt einmal zu eigen gemacht, folgte diese Frage:

Welches ist das dem anderen unterworfene Prinzip im Zeugungsakt, durch den das Universum entstand? Welche ist die in der Rangfolge niedere Fähigkeit? Ist es das männliche Prinzip, das dem weiblichen vorausgegangen ist? Ist es das weibliche Prinzip, das dem männlichen Prinzip vorausgegangen ist, und welches, das männliche oder das weibliche Prinzip, ist das einflußreichere in dem Akt gewesen, der Zeugung der Welt? Ist es *Iswara*, der Name des männlichen Prinzips? Ist es *Prakri*, der Name des weiblichen Prinzips? Wen soll man als ersten Namen in den öffentlichen Opfern, in den religiösen Hymnen oder den einfachen Gebeten nennen? Muß man den Kult, mit dem man sie verehrt, trennen oder verbinden? Muß das männliche Prinzip einen Altar haben, auf dem die Männer es verehren? Muß das weibliche Prinzip einen anderen Altar haben, auf dem die Frauen es verehren? Müssen sie schließlich einen einzigen Altar haben, wo es beide, die Männer und die Frauen, verehren?

Man möge nicht vergessen, daß sich zu jener Zeit das indische Reich über einen großen Teil der Erde erstreckte.

Das Priestertum wurde um seine Meinung gebeten und war nun gezwungen, sich für die eine oder die andere dieser beiden Fragen auszusprechen.

Das Priestertum äußerte sich zugunsten des männlichen Prinzips, begründete das zeitliche Vorangehen des männlichen vor dem weiblichen Prinzip und erklärte seine Dominanz über das weibliche Geschlecht.

Es gab Millionen von Menschen, die das entgegengesetzte Prinzip unterstützten.

Nachdem das Urteil trotz des Widerstandes der Verfechter des anderen Prinzips gefällt worden war, mußte das Priestertum es unterstützen.

Man mußte Gewalt anwenden: Das Gesetz verlieh ihm seine Erhabenheit. Die Anhänger des weiblichen Prinzips wurden unterdrückt, aber sie schrien, daß dies Tyrannei sei.

In dieser Situation sollte sich eine Gelegenheit bieten, die eine Revolte auslöste.

Suchen Sie in *Skanda-Pusana* und in den *Brahmanas*, und Sie werden erfahren, daß zwei Fürsten der herrschenden Dynastie, beide Söhne des Königs Ugra, sich wie später Eteokles und Polyneikes nicht einigen konnten, zusammen zu regieren, und sich das indische Reich teilten. Der ältere hieß *Tarak'hya*, und der jüngere *Irshou*.

Der ältere, der glaubte, daß er die Religion zu Hilfe rufen müsse, verkündete, daß er sich unveränderlich für seinen Gott *Iswara* oder das männliche Prinzip entscheide; der jüngere sprach sich laut für *Prakriti* oder das weibliche Prinzip aus. Der ältere hatte die Priesterschaft auf seiner Seite, deren Erklärung er bestätigte, sowie die großen Männer des Staates, die reichen Besitzer und alle, die von ihnen abhängig waren. Der jüngere hatte die unteren Klassen auf seiner Seite, die Arbeiter, die Proletarier und alle, die in irgendeiner Weise zu ihnen gehörten.

Aus diesem Grunde nannte man die Anhänger *Irshous* in Sanskrit *pallis*, was Hirten heißt.

Diese *pallis*, diese Hirten, diese Anhänger *Irshous*, nahmen als Symbole, als Fahnen und Standarten das weibliche Prinzip, welches das Symbol ihres Kultes war; diese weibliche Fähigkeit heißt auf Sanskrit *yony*.

Daher stammen die beiden Namen, die ihnen verliehen wurden:

Der erste, der von ihren sozialen Verhältnissen abstammte, *pallis*, Pastoren, ein Name, der sie in der Geschichte bezeichnete und unter dem sie in Ägypten, Persien und Judäa eindrangen, wobei das letztgenannte Gebiet den Namen *Pallisthan* erhielt, aus dem wir Palästina gemacht haben; der zweite Name, der von ihrem Glauben stammt, *Yonyas, Ionioï, Ionien*, ein Name, unter dem sie die Ufer von Kleinasien und einen Teil Griechenlands kolonisierten.

Darum ist ihre Standarte durch einen mysteriösen Zusammenfall mit ihrem Symbol *yony* rot. Darum war der Purpur, den man in Tyrus kaufte, ein Symbol der Herrschaft. Darum hieß die Taube, der Vogel der Venus, *yoneh*. Darum sind alle weichen, feinen, weiblichen Erfindungen von *Ionie* entliehen, ein reizendes, feines und wahrlich weibliches Wort. Weil schließlich in Unterägypten, bei den Babyloniern und den Phrygiern die weibliche Fähigkeit die männliche Fähigkeit übertrifft, nennt man die Göttin bei den Thebanern *Isis*, bei den Babyloniern *Milydha* und in Phrygien *Cybele* und in Rom *Ma*, die *gute Mutter*, die *gute Göttin*.

Man möge uns diese kleine Abschweifung verzeihen, die uns einige Arbeit gekostet hat und die wir aus diesem Grunde vertrauensvoll der Diskussion der Mythologen übergeben.

Und was machte man nun während dieser Feste, die der guten Göttin geweiht waren?[28]

24

Was man während der Feste der guten Göttin machte, ist schwer zu erfahren. Es war den Männern ausdrücklich verboten, hier einzudringen, und die Frauen hatten aller Wahrscheinlichkeit nach Interesse daran, das Geheimnis zu hüten.

Die einen behaupteten, daß sie sich vulgären Tänzen hingaben, die anderen sagten Phallagogien, die aus Theben und Memphis übernommen worden waren.[29]

Juvenal erklärt sich deutlicher. Wir verweisen unsere Leser auf ihn und warnen sie jedoch, da Juvenal wie auch Boileau Frauen haßte.[30]

Man feierte also bei Cäsar oder vielmehr bei Pompeja, Cäsars Frau, die Mysterien dieser guten Göttin, als sich plötzlich das Gerücht verbreitete, ein als Frau verkleideter Mann sei inmitten der Matronen entdeckt worden.

Das war ein riesiger Skandal.

Wollen Sie wissen, in welcher Weise Cicero seinen Freund Atticus in seinem Brief vom 25. Januar 60 v. Chr. über diese Sache unterrichtete?

»Es gibt hier übrigens eine böse Affäre, und ich befürchte, daß die Sache noch größere Kreise ziehen wird, als man zunächst vermutet hatte. Ich glaube, du weißt, daß sich ein als Frau verkleideter Mann in Cäsars Haus geschlichen hat, und das genau in dem Moment, als ein Opfer für das Volk dargebracht wurde, so daß die Vestalinnen mit der Opfergabe noch einmal neu beginnen mußten und Cornificius diese Schandtat vor den Senat brachte. Cornificius, verstehst du! Glaube ja nicht, daß einer der unseren die Initiative ergriffen hätte. Vom Senat zum Pontifex verwiesen, Erklärung des Pontifex, daß es eine Freveltat sei und daher Grund bestehe, diese zu verfolgen. Daraufhin veröffentlicht das Gericht kraft des Senatsbeschlusses eine Anklageschrift und ... und Cäsar verstößt seine Frau.«

Hier also die Neuigkeit, die Rom Anfang Januar 60 v. Chr. beschäftigte. Sie erregte verständlicherweise großes Aufsehen, und einige Tage lang war der Skandal Thema jeden Gesprächs, aller Tuschelei und aller Klatschgeschichten, wie wir heute sagen würden.

Es ist also nicht erstaunlich, daß Cicero, das größte Klatschmaul jener Zeit, Atticus diese Neuigkeit berichtet.

Aber geben Sie zu, daß es dennoch merkwürdig ist, dieses ungeheuere Geschwätz, welches das Forum, das Marsfeld und die Via Regia erregte, in einem persönlichen Brief wiederzufinden, der vor bald zweitausend Jahren geschrieben wurde.

Dieser bei Cäsar überraschte Mann war Clodius.

Wir haben bereits einige Worte über diesen berühmten Mann gesagt, dessen Zügellosigkeit überall bekannt war und der zu einer Zeit, als Cäsar und Catilina lebten, den Titel des Königs der Wüstlinge verdiente. Wir haben schon gesagt, daß er zum Zweig der Pulcher gehörte, der adeligen Familie der Claudier. Wir haben auch gesagt, daß *pulcher* schön heißt.

Wir erinnern uns, daß er zunächst gegen die Gladiatoren in den Kampf geschickt worden war. Florus sagt, daß es Clodius Claber war, aber Titus Livius sagt Clodius Pulcher, und wir schließen uns der Meinung des Titus Livius an.

Seine Expedition war nicht glücklich. Als er dann unter Lucullus, seinem Schwager, diente, wiegelte er Lucullus' Legionen auf, um sie für Pompejus zu gewinnen.

Was konnte Clodius dazu bringen, sich in Opposition zu seinem Schwager für Pompejus zu erklären?

Der Ehrgeiz? Schön! Das wäre zu einfach.

Das sagte man über ihn – wir wollten sagen *ganz leise*, aber wir verbessern uns, denn das sagte man *ganz laut* über Clodius in Rom:

Man sagte, daß er der Geliebte seiner drei Schwestern

gewesen sei: von Terentia, die Marcius Rex geheiratet hatte –
vergessen Sie diesen Namen *Rex* nicht, Cicero wird später
noch darauf anspielen –, von Claudia, die mit Metellus Celer
verheiratet war, und die *Quadranaria*[31] genannt wurde, weil
einer ihrer Geliebten, der ihr versprochen hatte, ihr als Gegenleistung für ihre Gunst eine Börse voller Gold zu schicken, ihr
eine Börse voller *quadrans*, den kleinsten Kupfermünzen,
geschickt hatte; schließlich von der jüngsten, die Lucullus
geheiratet hatte. Da man nun trotz Ehe und Inzest behauptete,
daß diese Verbindung ewig dauern würde, hatte sich Lucullus
mit Clodius ausgesprochen, und in Folge dieser Aussprache
hatte Clodius Lucullus verraten.

Es ist nicht immer anständig, wenn man die Dinge genau
betrachtet, aber es ist wenigstens meistens klar.

Sagen wir noch nebenbei, daß es eine vierte Schwester gab,
die nicht verheiratet war, in die Cicero verliebt und auf die
Terentia, Ciceros Frau, eifersüchtig war.

Wie wurde Clodius nun gefaßt?

Das wurde darüber erzählt:

Er war in Pompeja verliebt und war bei ihr in der Verkleidung eines Musikers eingedrungen. Er war noch sehr jung,
hatte kaum einen Bart und hoffte daher, nicht erkannt zu werden. Da er sich aber in den riesigen Fluren des Hauses verlaufen hatte, traf er auf eine Dienerin von Aurelia, Cäsars Mutter.
Dann wollte er fliehen. Aber seine allzu männlichen Bewegungen hatten sein Geschlecht verraten. Aura, das war der Name
der Dienerin, hatte ihn zur Rede gestellt. Er mußte also antworten. Seine Stimme hatte den Verdacht bestätigt, der schon
durch seine brüsken Bewegungen hervorgerufen worden war.
Die Dienerin schrie, und die römischen Damen eilten herbei.
Als sie wußten, um was es ging, schlossen sie die Türen und
fingen an zu suchen wie typische neugierige Frauen. Schließlich fanden sie Clodius im Zimmer einer jungen Sklavin, die
seine Mätresse war.

Das sind die Einzelheiten, die Cicero Atticus nicht mitteilen konnte, da sie erst nach und nach bekannt wurden, je weiter die strafrechtliche Voruntersuchung eingeleitet wurde.

Was diesen Prozeß anbelangt, so müssen wir ihn uns von Cicero erzählen lassen. Cicero sagte in ihm aus.

Cicero war ehemals sehr mit Clodius verbunden gewesen. Dieser hatte ihm während der Verschwörung des Catilina ungeheure Dienste erwiesen. Er hatte sich unter seine Wachen gemischt und war in die erste Reihe der Ritter geeilt, die Cäsar töten wollten.

Aber sehen Sie, was genau zum Zeitpunkt des Prozesses geschah.

Cicero war in die Schwester des Clodius verliebt, die noch nicht verheiratet war. Sie wohnte nur einige Schritte vom Haus des berühmten Redners entfernt.

Gerüchte einer Verbindung zwischen Claudia und ihrem Mann kamen Terentia zu Ohren, einer strengen, eifersüchtigen Frau, die unumschränkte Macht über ihren Ehemann besaß. Es wurde gesagt, daß Cicero dieser Macht müde sei, daß er Terentia verstoßen und die Schwester des Clodius zur Frau nehmen wolle.

Und was sagte Clodius zu seiner Rechtfertigung?

Er sagte, daß er genau in dem Moment, als er angeblich in Cäsars Haus gewesen sein soll, hundert Meilen von Rom entfernt gewesen sei.

Er wollte sich, wie man heute sagt, ein *Alibi* verschaffen.

Terentia, die diese Schwester haßte, haßte natürlich auch den Bruder. Sie hatte an dem Tag, vor jenem, da Clodius bei Pompeja überrascht worden war, gesehen, daß Clodius ihren Mann besucht hatte. Wenn Clodius jedoch am Tag vor dem Fest bei ihrem Mann gewesen war, konnte er an dem Tag, als das Fest stattfand, nicht hundert Meilen von Rom entfernt gewesen sein.

Sie erklärte Cicero, daß sie, wenn er nicht aussagte, dieses tun werde.

Cicero hatte aufgrund der Schwester schon eine Menge Unannehmlichkeiten mit seiner Frau. Er beschloß um des lieben Ehefriedens willen, den Bruder zu opfern, und trat als Zeuge vor Gericht.

Wenn Cicero auch noch so ein großes Klatschmaul war, so schrieb er all das – wie man gut versteht – nicht in seinen Briefen an Atticus. Aber Plutarch, der über hundert Jahre nach den Ereignissen geboren wurde, über die wir hier sprechen, Plutarch, der fast so ein großes Klatschmaul war wie Cicero, Plutarch spricht darüber.

Cicero trat also als Zeuge gegen Clodius vor Gericht auf – vielleicht zu seinem großen Bedauern –, aber er trat auf.

Wenn der Skandal des Ereignisses schon groß war, so war der Skandal des Prozesses noch eine viel skandalösere Angelegenheit. Mehrere der bedeutendsten Bürger Roms beschuldigten Clodius, die einen des Meineides, die anderen der Spitzbüberei.

Lucullus schaffte Dienerinnen herbei, die aussagten, daß Clodius mit seiner Schwester Umgang pflege, das heißt mit seiner Frau, mit Lucullus' Frau.

Clodius leugnete noch immer den Hauptanklagepunkt, sagte, daß er am Tag des Festes der guten Göttin hundert Meilen von Rom entfernt gewesen sei, als sich Cicero erhob, diese Aussage widerlegte und erklärte, daß er am Tag vor dem Ereignis bei ihm gewesen sei, um über irgendeine geschäftliche Angelegenheit zu sprechen.

Diese Aussage war sehr belastend. Clodius hatte nicht damit gerechnet: Seitens eines Freundes, seitens eines Mannes, der seiner Schwester den Hof machte, war dieses Vorgehen in der Tat ein wenig hart.

Wir müssen übrigens hören, was Cicero über den Prozeß sagt. Er legt den ganzen Haß eines Mannes, der kein reines Gewissen hat, in seine Worte.

Sehen Sie, wie er über die Richter spricht, und denken Sie daran, daß die Richter Senatoren sind:

»Niemals hat sich in einer Spielhölle eine solche Gesellschaft versammelt: besudelte Senatoren, Ritter in Lumpen, Tribune, Verwalter der Staatsgelder, deren Angelegenheiten in Unordnung geraten sind und die bis zum Hals in Schulden stecken, und inmitten all derer einige ehrenwerte Herren, welche die Ablehnung der anderen nicht erschüttern konnte und die hier mit traurigem Blick, mit schwerem Herzen und beschämter Stirn sitzen.«[32]

Und dennoch konnte dieses Bild der erhabenen Versammlung nicht ungünstiger für den Angeklagten sein. Jeder glaubte, daß Clodius schon im voraus verurteilt worden sei.

Als Cicero seine Aussage beendet hatte, brachen die Freunde des Clodius, die über das, was sie einen Verrat nannten, empört waren, in Schreie und Drohungen aus.

Doch nun erhoben sich die Senatoren, umringten Cicero und zeigten mit dem Finger auf ihre Kehlen, um zu zeigen, daß sie ihn unter Einsatz ihres Lebens verteidigen würden.

Aber Crassus schaute diese Männer an, die mit dem Finger auf die Kehlen zeigten, und zeigte seinerseits auf seine Börse.

»O Muse«, rief Cicero, »sagt nun, wie das große Feuer ausbrach. Ihr kennt den *Kahlköpfigen*, mein lieber Atticus (der *Kahlköpfige* ist Crassus), Ihr kennt den Kahlköpfigen, den Erben des Nannius, meinen Panegyrikus, der ehemals zu meinen Ehren eine Rede hielt, von der ich Euch erzählt habe? Das ist also der Mann, der innerhalb von zwei Tagen mit Hilfe eines einzigen Sklaven, eines ruchlosen Sklaven, der aus einer Gruppe Gladiatoren stammte, alles in die Wege leitete. Er hat versprochen, gebürgt und noch mehr gegeben – Schande! –, er hat die Unterstützung seines Geldes in Form von schönen Mädchen und jungen Burschen geliefert ...«[33]

Sie sehen, daß ich mich beeile. Sie sollen aber wissen, daß die Richter, die sich nur mit Geld bestechen ließen, als ehrenwerte Richter galten.

Und als sie eine Wache verlangten, um nach Hause zurückzukehren, rief ihnen Catulus zu:

»Oh, fürchtet Ihr, daß man Euch das Geld stiehlt, das Ihr erhalten habt?«

Cäsar, der aufgefordert worden war, gegen Clodius auszusagen, antwortete, daß er nichts auszusagen habe.

»Aber«, rief ihm Cicero zu, »du hast doch deine Frau verstoßen.«

»Ich habe meine Frau nicht verstoßen«, antwortete Cäsar, »weil ich sie für schuldig halte, sondern weil Cäsars Frau noch nicht einmal verdächtigt werden darf.«

Es versteht sich von selbst, daß Clodius freigesprochen wurde.

Wir sehen nun, welche Folgen dieser Freispruch hatte.

25

Zunächst herrschte große Aufregung auf dem Forum.

Clodius, der nach einer Anklage freigesprochen war, die ein Exil nach sich gezogen hätte, wenn er verurteilt worden wäre, ging nun, da er ungestraft blieb, gestärkt aus der Sache hervor. Sein Freispruch war ein Triumph.

Fünfundzwanzig Richter waren standhaft geblieben und hatten ihn verurteilt, auch wenn das möglicherweise Konsequenzen nach sich hätte ziehen können.

»Aber einunddreißig«, sagt Cicero, »fürchteten mehr den Hunger als die Scham und sprachen ihn frei.«[34]

So wurde der konservativen Bewegung, die durch Ciceros Konsulat geprägt, durch die Verschwörung des Catilina aufgedeckt und durch Clodius' Freispruch erstickt worden war, vollkommen Einhalt geboten, und die demagogische Partei, die Pompejus vertrat, welcher der Aristokratie untreu war, Cäsar, der dem Volk treu war, und Crassus, der Cäsar treu war, hatte nun vollkommen die Oberhand. So war dieses Rom, das glücklich war, während Ciceros Konsulat geboren zu sein – *o glückliches Rom, tröste mich!* –, dieses Rom war genau an dem

Punkt angelangt, an den Catilina es in dem Moment geführt hatte, als er Cicero traf und gezwungen war, das Vaterland zu verlassen.

Die Erinnerung an diesen ersten Triumph begeisterte Cicero und verlieh ihm den Mut, den er nicht immer hatte.

Der Senat hatte sich am Tag der Iden des Mai versammelt, und Cicero war an der Reihe zu sprechen

»Versammelte Väter«, sagte er, »um einer zugefügten Verletzung willen dürft Ihr nicht lockerlassen und Euren Platz nicht aufgeben. Wir dürfen die Schläge weder abstreiten, noch dürfen wir in bezug auf die uns zugefügten Wunden übertreiben. Es wäre eine Dummheit einzuschlafen, aber es wäre Feigheit, sich zu fürchten. Wir haben gesehen, daß Catulus und Catilina schon zweimal freigesprochen wurden. Doch das ist nur noch einer dieser Freisprüche, welche diese Richter gesprochen haben, die auf Kosten der Republik gekauft wurden.«

Dann wandte er sich an Clodius, der als Senator der Sitzung beiwohnte und der über diesen Ausbruch Ciceros verächtlich lachte:

»Du irrst dich, Clodius«, rief er, »wenn du geglaubt hast, daß dich deine Richter in die Freiheit geschickt haben. Irrtum! Sie haben dir Rom als Gefängnis zugedacht. Sie wollten dich nicht als Bürger schützen, sondern dir die Freiheit des Exils entziehen. Mut, einberufene Väter, verteidigt eure Würde. Die ehrenwerten Männer werden immer in der Liebe zur Republik versammelt sein.«[35]

»Nun, du ehrenwerter Mann, der du bist«, rief Clodius ihm zu, »mach uns doch die Freude, und sag uns, was du in Bajae gemacht hast.«

Wir erinnern uns daran, daß Bajae das Freudenhaus Italiens war. Ein Mann, der nach Bajae ging, konnte verdächtigt werden, und eine Frau, die nach Bajae ging, war verloren.

Es wurde gemunkelt, daß Cicero nach Bajae gegangen war, um dort die Schwester des Clodius zu treffen.

»Bajae?« antwortete Cicero. »Erstens war ich keineswegs in Bajae, und was ist, wenn ich dort gewesen wäre? Ist Bajae denn ein verbotener Ort für Männer, und kann ich nicht in Bajae eine Badekur machen?«

»Gut«, antwortete Clodius, »haben die Bauern aus Arpinum irgend etwas mit diesen Badekuren gemein?«

»So frage doch deinen großen Patron«, erwiderte Cicero, »ob er nicht sehr glücklich war, eine Trinkkur in Arpinum zu machen.«[36]

Der große Patron ist Cäsar, aber wozu war das Wasser in Arpinum gut? Das wissen wir nicht.

Diese Passage ist unklar, und wir wüßten nicht, daß irgendein Kommentator sie je erklärt hätte. Es ist aber verletzend, wie es scheint, da Clodius aufbraust.

»Versammelte Väter«, rief er, »bis wann müssen wir diesen König noch unter uns ertragen?«

Worauf Cicero mit einem Wortspiel antwortet, das wir versuchen werden zu erklären.

König heißt *rex* auf Lateinisch. Die Schwester des Clodius hat Marcius *Rex* geheiratet. Marcius Rex ist ungeheuer reich. Clodius ist der Geliebte seiner Schwester. Durch den Einfluß seiner Schwester hofft er, im Testament seines Schwagers berücksichtigt zu werden, und in diesem Punkt wurde seine Hoffnung enttäuscht.

»König, König«, antwortet Cicero, »du bist dem *Rex* böse, weil er dich in seinem Testament vergessen hat, und dabei hast du schon die Hälfte der Erbschaft durchgebracht.«

»Hast du vom Erbe deines Vaters das Haus bezahlt«, entgegnet Clodius, »das du von Crassus gekauft hast?«

In der Tat hatte Cicero soeben für drei Millionen fünfhunderttausend Sesterzen von Crassus ein Haus gekauft.

Sehen Sie seinen Brief an Sextius, Proquästor.

»Als Ihr mir vor einiger Zeit gratuliert habt, das Haus von Crassus gekauft zu haben, habt Ihr mich dazu veranlaßt, denn erst nachdem Ihr mir dieses Kompliment gemacht habt, habe ich es für drei Millionen fünfhunderttausend Sesterzen gekauft. Daher sehe ich mich jetzt mit Schulden überhäuft, und zwar in dem Maße, daß ich versuche, irgendeiner Verschwörung beizutreten, wenn man die Güte hat, mich aufzunehmen!«[37]

»Gekauft?« erwidert Cicero, als Clodius vom Kauf spricht. »Es ist die Rede von Richtern, scheint mir, und nicht von Häusern.«

»Ich verstehe, daß du den Richtern böse bist: Du hast ihnen versichert, daß ich an dem Tag der Mysterien der guten Göttin in Rom war, und sie wollten deinem Wort nicht glauben.«

»Du irrst dich, Clodius; mir haben ganz im Gegenteil fünfundzwanzig geglaubt. Und deinem Wort wollten einunddreißig nicht glauben, weil sie sich haben im voraus bezahlen lassen.«

Bei dieser Antwort erhoben sich Protestrufe, so daß Clodius schweigen mußte.

Das alles war nicht ganz parlamentarisch – wie man heute sagen würde –, aber wir haben schon ganz andere Dinge gesehen und gehört.

Es ist verständlich, daß von diesem Moment an zwischen Cicero und Clodius Krieg herrschte. Wir werden sehen, wie dieser Krieg Cicero ins Exil treibt und Clodius in den Tod.

Und was war inzwischen Clodius' größte Sorge? Sich für all diese Beleidigungen an Cicero zu rächen, dessen Worte ihn brandmarken, die vom Senat bis zum Marsfeld wiederholt wurden.

Cicero hatte die Krankheit der geistreichen Menschen: Er konnte seinen Geist nicht zum Schweigen bringen. Dieser teuflische Geist wollte zutage treten, und das sogar auf Kosten seiner Freunde, seiner Eltern und seiner Verbündeten.

»Wer hat meinen Schwiegersohn an dieses Schwert

gehängt?« fragte er, als er den Gatten seiner Tochter sah, der an seiner Seite ein Schwert trug, das fast so lang war wie er selbst.

Sullas Sohn hatte schlechte Geschäfte gemacht. Er verkaufte sein ganzes Hab und Gut und ließ eine Liste davon aushängen.[38]

»Mir sind die Gehänge des Sohnes lieber als die des Vaters«, sagte Cicero.

Sein Kollege Vatidius hatte Skrofeln. Eines Tages, als er einen Klienten verteidigte und Cicero sein Plädoyer gehört hatte, wurde er gefragt:

»Was haltet Ihr von Vatidius?«

»Ich finde ihn zu geschwollen«, antwortete Cicero.

Cäsar schlug die Teilung Kampaniens vor, was zu großer Aufregung unter den Senatoren führte.

»Ich werde diese Teilung niemals dulden, solange ich am Leben bin«, sagte Lucius Gellius, der achtzig Jahre alt war.

»Cäsar wird warten«, sagte Cicero. »Gellius bittet um keinen langen Aufschub.«

»Du hast durch deine Zeugenaussage mehr Bürger verloren, als du durch deine Redekunst gerettet hast«, sagte Metellus Nepos zu ihm.

»Das ist möglich«, antwortete Cicero, »was beweist, daß meine Aufrichtigkeit größer ist als mein Talent.«

»Ich werde dich mit Beleidigungen überhäufen«, sagte ein junger Mann zu ihm, der angeklagt war, seinen Vater mit Backwaren vergiftet zu haben.

»Sei's drum«, antwortete Cicero, »mir ist es lieber, von dir beleidigt zu werden, als von dir Backwaren geschenkt zu bekommen.«

Er hatte Publius Costa in einem Prozeß als Zeugen vor Gericht geladen, der sich einbildete, ein Rechtskundiger zu sein, ohne ein Wort des Rechts zu kennen.

Als Publius befragt wurde, antwortete er, daß er nichts wisse.

»Gut!« sagte Cicero. »Du glaubst vielleicht, man würde dich über das Recht befragen!«

Besonders Metellus Nepos war die Zielscheibe für seine Spötteleien.

»Wer ist dein Vater?« fragte ihn dieser eines Tages, der glaubte, ihn aufgrund seiner einfachen Herkunft in Verlegenheit zu bringen.

»Deine Mutter, mein armer Metellus«, antwortete Cicero, »deine Mutter hat dir die Antwort schwieriger gemacht als mir.«

Genau dieser Metellus, der bezichtigt wurde, habgierig zu sein, hatte seinem Erzieher Philagres eine herrliche Bestattung ausgerichtet und auf sein Grab einen steinernen Raben setzen lassen.

Cicero traf ihn.

»Das hast du sehr weise gemacht«, sagte der Redner zu ihm, »einen Raben auf das Grab deines Erziehers zu setzen.«

»Warum?«

»Weil er dir viel früher das Fliegen als das Sprechen beigebracht hat.«

»Mein Freund, den ich verteidige«, sagte Marcus Appius, »hat mich gebeten, bei der Verteidigung Sorgfalt, Verstand und guten Glauben walten zu lassen.«

»Und du hattest die Stirn«, unterbrach ihn Cicero, »nichts davon für einen Freund zu tun.«

Lucius Cotta bekleidete das Amt des Zensors, als Cicero sich um das Konsulat bewarb. Lucius Cotta war ein ausgemachter Trunkenbold.

Mitten in seiner Rede an das Volk bat Cicero um etwas zu trinken. Seine Freunde nutzten den Augenblick, um sich um ihn zu drängeln und ihm zu gratulieren.

»Das ist gut, meine Freunde«, sagte er, »drängt euch um mich, damit unser Zensor nicht sieht, daß ich Wasser trinke. Er würde es mir nie verzeihen.«

Marcus Gellius, dem nachgesagt wurde, daß seine Eltern

Sklaven gewesen seien, war in den Senat gekommen und verlas hier mit lauter, dröhnender Stimme Briefe.

»Eine schöne Stimme«, sagte einer der Zuhörer.

»Ich glaube wohl«, sagte Cicero, »er gehört zu jenen, die öffentliche Ausrufer waren.«

Zweitausend Jahre später kommen Ihnen all diese Spötteleien nicht sehr komisch vor, aber ganz sicher fanden sie diejenigen, an die sie gerichtet waren, noch weniger komisch.

Er nannte Antonius *die Trojanerin*, Pompejus *den Epicrates* (den Übermächtigen), Cato *den Polydamas***, Crassus *den Kahlköpfigen*, Cäsar *die Königin* und die Schwester von Clodius *die Göttin mit den Rindsaugen*, weil sie wie Juno die Frau ihres Bruders war.

All das verschaffte Cicero einen Haufen Feinde, und es waren schreckliche Feinde, denn die Verletzungen, die er ihnen zufügte, zielten genau auf ihre Eitelkeit.

Wenn Antonius ihm den Kopf und die Hände hätte abhacken und diese auf die Rednertribüne nageln lassen und Fulvia seine Zunge mit einer Nadel durchlöchert hätte, so hätte Ciceros Zunge doch die philippischen Reden geschrieben.

Sehen wir nun, wie sich Clodius an Cicero rächen konnte.

26

Es gibt eine Sache, derer sich Cicero rühmte und welche die strengen Römer ihm immer vorwarfen, und zwar, daß er während der Verschwörung des Catilina Bürger hatte töten lassen, vor allem Lentulus und Cethegus, obwohl das Gesetz nur erlaubte, einen römischen Bürger zum Exil zu verurteilen.

** Ein Trojaner, Freund des Hektor.

Man mußte Cicero anklagen, aber Cicero, der Senator war, konnte nur von einem Volkstribun angeklagt werden. Und man konnte nur Volkstribun werden, wenn man aus dem Volk stammte. Clodius war aber nicht nur adelig, sondern überdies Patrizier.

Man fand Mittel und Wege, um dieses Problem zu lösen.

Wir haben über Ciceros ungezügelte Zunge gesprochen.

Eines Tages hatte er die Idee, gegen Pompejus und Cäsar die Verteidigung des Antonius zu übernehmen, seines ehemaligen Kollegen, und er griff an diesem Tag Pompejus und Cäsar an, so wie es seine Art war.

Drei Stunden nach diesen Vorwürfen ließen Cäsar und Pompejus den Erlaß herausgeben, der die Adoption des Clodius durch Fonteius, einen unbekannten Plebejer, erlaubte.

Von diesem Moment an gab es keine Zweifel mehr. Clodius würde zum Volkstribun gewählt werden.

Sechs Monate zuvor hatte Cicero an Atticus geschrieben:

»Cornelius hat mir einen Besuch abgestattet. Cornelius Balbus, wohl verstanden, *ein Mann des Vertrauens*. Er hat mir versichert, daß Cäsar in allen Dingen meinen Rat einholen werde. Und das sind meine Ziele: eine enge Verbindung mit Pompejus, und wenn nötig mit Cäsar; keine Feinde mehr um mich; in aller Ruhe alt werden.«

Der arme Cicero!

Aber er erfährt, daß Clodius das Tribunat anstrebt und Cäsar etwas zu tun hat mit seiner Adoption durch Fonteius.

Sehen Sie, was er über diese große Neuigkeit in dem Brief vom April des Jahres 59 v. Chr. an Atticus schreibt, als er im Gasthof *Zu den Drei Tavernen* sitzt:

»Seht, welch ein Treffen! Ich kam aus Antium, ging in aller Ruhe über die Via Appia und kam im Gasthof *Zu den Drei*

Tavernen an. Es war genau am Tag des Festes der Ceres. Vor mir sah ich meinen treuen Curio, der aus Rom kam.
›Kennt Ihr schon die Neuigkeiten?‹ fragte mich Curio.
›Nein‹, antwortete ich ihm.
›Clodius strebt das Tribunat an.‹
›Was sagt Ihr da?‹
›Er ist ein großer Feind Cäsars, und man sagt, daß er alles, was Cäsar macht, durchkreuzen wird ...‹«

Cäsar ist schon seit einem Jahr nicht mehr Konsul.

»›Und was sagt Cäsar dazu?‹
›Cäsar sagt, daß er nichts mit der Adoption des Clodius zu tun habe.‹«

Cicero spricht nun über etwas anderes.
Aber im Juli hat sich das Blatt schon gewendet. Seinen Brief hat er in Rom geschrieben.
Er schreibt wieder an Atticus:

»Indessen bedroht mich der gute Clodius immer wieder und behauptet öffentlich, mein Feind zu sein. Das Unheil schwebt über meinem Kopf. Beim ersten Schlag lauft herbei.«
Dennoch kann Cicero nicht an die Gefahr glauben.
Pompejus gibt ihm sein Wort, daß Clodius nichts gegen ihn unternehmen wird.
Cäsar, der sich für fünf Jahre die Statthalterschaft von Gallien hat übertragen lassen, bietet ihm den Posten eines Legaten in seinem Heer an.
»Cäsar bittet mich noch immer als Legat in sein Heer«, sagt Cicero, »das wäre ein ehrenwerterer Schutz, aber ich will nicht. Was will ich also? Den Kampf versuchen? ... Ja, eher das.«

Und in der Tat versucht er den Kampf.

Aber im August spitzt sich die Lage zu, und die Gefahr zeichnet sich ab.

»Und nun, mein lieber Atticus, droht der Bruder unserer Königin mit den Rindsaugen mir ganz offen. Er leugnet seine Pläne gegenüber Sampciseramus (das ist einer der Spitznamen, den Cicero Pompejus verliehen hat), aber er prahlt jedem gegenüber damit. Ihr seid mir von Herzen zugetan, nicht wahr? Ja. Wenn Ihr also schlaft, springt schnell aus dem Bett. Wenn Ihr schon aufgestanden seid, so brecht auf. Wenn Ihr schon unterwegs seid, dann geht schneller. Wenn Ihr schon lauft, dann fliegt jetzt. Ihr müßt zu den Komitien in Rom sein, oder wenn es möglich ist, spätestens in dem Moment, wenn die Wahl verkündet wird.«

Acht Monate später steht Cicero vor vollendeten Tatsachen, und er schreibt wieder an den gleichen Atticus:

Rom, Vibo, Land der Bruttier, 3. April.

»Setzt alle Hebel in Bewegung, mein lieber Atticus, damit ich Euch eines Tages danken kann, daß Ihr mich gezwungen habt zu leben. Aber bis jetzt muß ich schrecklich bereuen, auf Euch gehört zu haben. Ich beschwöre Euch, schnell nach Vibo zu kommen, wohin mich eine unerläßliche Richtungsänderung geführt hat, und mich dort zu treffen. Kommt! Wir werden zusammen meine Reiseroute und meinen Rücktritt regeln. Wenn Ihr nicht kommt, wäre ich überrascht. Aber Ihr kommt. Ich bin sicher.«

Was ist also passiert? Wir werden es sagen.

Clodius wurde am Ende des Jahres 59 v. Chr. zum Tribun gewählt. Piso und Gabinius waren Konsuln. Er band die beiden an sich, indem er Piso Makedonien und Gabinius Syrien gab.

Die einzige Unterstützung, die Cicero jetzt noch finden konnte, war bei Crassus, Pompejus und Cäsar.

Crassus' Unterstützung war völlig ausgeschlossen: Er haßte Cicero, der bei jeder Äußerung über ihn spottete, ihn *Kahlkopf* oder den *Millionär*, *Glatzkopf* oder *Weinflasche* nannte. Pompejus war mit fünfzig Jahren verliebt und ganz dem Reiz seiner jungen Frau Julia erlegen. Wir haben gesehen, daß er sich in bezug auf Ciceros Ängste mit der Antwort begnügte: »Fürchtet Euch nicht, ich verbürge mich für alles.« Und obwohl seit der Catilina-Affäre keine rege Freundschaft zwischen Cäsar und Cicero bestand, so schätzte Cäsar zu sehr das Talent des Redners, um ihm seinen Schutz zu verweigern. Wenn Cäsar Cicero beschützte, so beglich er übrigens nur seine Schuld gegenüber diesem, der Cäsar einst beschützt hatte.

Wie wir wissen, hatte Cäsar Cicero einen Posten als Legat in seinem Heer angeboten. Cicero wollte schon fast einwilligen.

Clodius, der spürte, daß ihm sein Feind entwischen könnte, lief zu Pompejus:

»Warum will Cicero Rom verlassen?« fragte er ihn. »Glaubt er, daß ich ihm noch böse bin? Nicht im geringsten. Höchstens seiner Frau Terentia, aber nicht ihm, großer Gott. Ich spüre keinen Haß und keine Wut.«

Pompejus wiederholte diese Worte Cicero gegenüber und fügte seine persönliche Garantie hinzu.

Cicero glaubte, gerettet zu sein und dankte Cäsar für sein Angebot.

Cäsar zuckte die Schultern.

Und eines schönen Morgens klagte Clodius Cicero in der Tat an.

Cicero hatte Lentulus und Cethegus ohne Urteilsspruch töten lassen.

Cicero, der nun von Clodius angeklagt wurde, wagte nicht, Cäsar um Hilfe zu bitten, der ihn gewarnt hatte. Er lief zu

Pompejus, der ihm immer gesagt hatte, daß er nichts zu befürchten habe.

Pompejus genoß seine Flitterwochen in seiner Villa in den Albaner Bergen.

Ciceros Besuch wurde ihm angekündigt.

Pompejus wäre diese Begegnung sehr peinlich gewesen. Er floh durch eine Geheimtür. Man zeigte Cicero das ganze Haus, um ihm zu beweisen, daß Pompejus nicht da war.

Cicero begriff, daß er verloren war. Er kehrte nach Rom zurück, zog sein Trauergewand an, ließ seinen Bart und seine Haare wachsen, lief durch die Stadt und flehte das Volk an.

Clodius begab sich seinerseits jeden Tag, von seinen Anhängern umringt, zur Zusammenkunft mit Cicero, spottete über sein verändertes Gewand, während seine Freunde den Drohungen des Clodius noch Steine und Schmutz hinzufügten.

Die Ritter jedoch blieben ihrem ehemaligen Befehlshaber treu. Der ganze Stand hatte mit ihm zusammen Trauer angelegt, und mehr als fünfzehntausend junge Leute folgten ihm mit ungekämmtem Haar und flehten das Volk an.

Der Senat ging noch weiter. Er verordnete öffentliche Trauer und befahl jedem römischen Bürger, das schwarze Gewand zu tragen.

Aber Clodius umzingelte den Senat mit seinen Männern.

Die Senatoren stürzten in die Vorhalle, zerrissen ihre Togen und schrien laut. Unglücklicherweise erschütterten weder die Schreie noch die zerrissenen Roben das Volk.

Von nun an mußte Cicero einen Kampf kämpfen, einen Kampf, der mit dem Eisen entschieden wurde.

»Bleib«, sagte Lucullus zu ihm, »ich verbürge mich für den Erfolg.«

»Geh«, sagte Cato, »und das Volk wird bald der Wut und der Gewalt des Clodius überdrüssig sein und Bedauern zeigen.«

Cicero zog Catos Rat dem des Lucullus vor. Er hatte Mut im bürgerlichen Leben, aber nicht im Kampf.

Inmitten eines schrecklichen Tumultes nahm er die Statue der Minerva, die er zur ganz besonderen Verehrung bei sich zu Hause aufgestellt hatte, und trug sie zum Kapitol, wo er sie mit dieser Inschrift opferte:

FÜR MINERVA, DIE ERHALTERIN ROMS.

Daraufhin verließ Cicero mitten in der Nacht die Stadt mit einer Gefolgschaft von Freunden und durchquerte zu Fuß Lukanien.

Man kann seine Route anhand seiner Briefe verfolgen: am 3. April schrieb er Atticus aus dem Land der Bruttier; am 8. April schrieb er von der Küste Lukaniens an ihn; am 12. wieder an Atticus auf dem Weg nach Brundisium; am 18. des gleichen Monats wieder an Atticus aus Taranto; am 30. an seine Frau, seinen Sohn und seine Tochter aus Brundisium; schließlich am 29. Mai an Atticus aus Thessaloniki.

Kaum war seine Flucht bekannt geworden, da setzte Clodius einen Erlaß durch, kraft dessen Cicero ins Exil verbannt wurde, und er veröffentlichte ein Edikt, das jedem Bürger verbot, ihm Wasser und Feuer zu geben oder ihn in seinem Hause aufzunehmen, und das in einem Umkreis von fünfhundert Meilen von den Grenzen Italiens entfernt.

Es waren noch keine zwölf Jahre vergangen, seitdem er stolz gerufen hatte: *Die Waffen weichen der Toga und der Lorbeer der Schlachten den Trophäen des Wortes!*

Sieger des Catilina, verfluche dennoch nicht die Götter wegen des Exils: Dein schlimmstes Unglück wird nicht das Exil sein, dein schlimmster Feind wird nicht Clodius sein!

27

Während dieses ganzen Kampfes hatte sich Cäsar ruhig verhalten. Er hatte offenkundig weder für Clodius noch für Cicero Partei ergriffen. Er ließ alles geschehen.

Und das sah er, als er den Blick nach Rom wandte: Eine Stadt, die der schlimmsten Anarchie ausgeliefert war; ein Volk, das nicht wußte, wem es sich anschließen sollte.

Pompejus war eine ruhmreiche Persönlichkeit, die jedoch der Aristokratie und nicht dem Volk nahestand.

Cato genoß großes Ansehen, wurde aber mehr bewundert als geliebt. Crassus, der ein großes Vermögen besaß, wurde eher beneidet als verehrt. Clodius, der großen Mut hatte, war eher eine glänzende als eine solide Erscheinung. Cicero war verbraucht; Bibulus war verbraucht; Lucullus war verbraucht. Catulus war tot.

Und was den Staatsapparat anbetraf, so sah es noch schlimmer aus. Seit der Freisprechung des Clodius war der Senat entwürdigt. Seit Ciceros Flucht waren die Ritter entehrt.

Cäsar begriff, daß es für ihn an der Zeit war, Rom zu verlassen.

Welche Rivalen ließ er hier zurück? Crassus, Pompejus und Clodius.

Cato war ein Name, ein Gerücht, ein Gerede, aber kein Rivale.

Crassus strebte die Kriegführung gegen die Parther an. Er sollte sie erhalten. Er würde mit sechzig Jahren zu einem langen Feldzug gegen wilde, grausame, unerbittliche Völker aufbrechen. Es bestanden gute Aussichten, daß er davon nicht zurückkehren würde.

Pompejus war achtundvierzig Jahre alt. Er hatte eine junge Frau und einen empfindlichen Magen. Er verstand sich inzwischen sehr schlecht mit Clodius, der ihn öffentlich beschimpfte.

Clodius hatte sich dieses schönen Hauses des Cicero bemächtigt, das er ihm inmitten des Senats vorgeworfen hatte und das Cicero drei Millionen fünfhunderttausend Sesterzen gekostet hatte. Er hatte es für nichts erhalten. Er mußte es sich nur nehmen.

»Ich werde eine schöne Säulenhalle in Carinae bauen«, hatte Clodius gesagt, »um ein Gegenstück zu meiner Säulenhalle auf dem Palatinhügel zu haben.«

Seine Säulenhalle auf dem Palatinhügel war Ciceros Haus; seine Säulenhalle in Carinae würde Pompejus' Haus sein.

Clodius war dreißig Jahre alt. Er hatte einen abscheulichen Ruf, nur sein Genie war dem des Catilina unterlegen. Er würde von Pompejus vernichtet werden oder durch Glück über ihn siegen. Würde er von Pompejus vernichtet werden, würde Pompejus sicher durch diesen Sieg den Rest seiner Beliebtheit einbüßen. Würde er jedoch über Pompejus siegen, wäre Clodius kein Feind, der Cäsar ernsthaft beunruhigt hätte.

Dennoch wußte Cäsar, daß es an der Zeit war, etwas Großes zu tun, daß er sozusagen neue Kräfte sammeln mußte. Es ließ sich nicht verhehlen, daß er es bis jetzt – und er war schon über vierzig – nur zu einem ziemlich gewöhnlichen Demagogen gebracht hatte, dessen Mut dem des Catilina unterlegen war. Und was seinen in Kriegen erlangten Ruhm anbetraf, so war er diesbezüglich Pompejus und sogar Lucullus unterlegen.

Seine große Leistung war gewesen, mit dreißig Jahren gewußt zu haben, wie man fünfzig Millionen Schulden macht. Aber als die Schulden bezahlt waren, war seine Überlegenheit dahin.

Es stimmt, daß Cäsar das lasterhafteste Leben aller Männer Roms führte und gleich hinter Clodius kam. Hatte Cäsar denn nicht gesagt, daß es ihm lieber sei, der Größte in einem kleinen Marktflecken als der Zweite in der Hauptstadt der Welt zu sein?

Seine letzten politischen Machenschaften waren nicht

glücklich verlaufen, und damit war er hinter Clodius zurückgeblieben.

An dem Tag, als Pompejus ihm im Rausch seiner ersten Hochzeitsnacht mit vier Legionen die Statthalterschaft von Gallia Transalpina und von Illyricum übertrug, rührte sich sogar im Volk ungeheurer Widerstand gegen diesen Erlaß.

Cato hatte sich an die Spitze dieser Opposition gestellt.

Cäsar versuchte, den Widerstand zu brechen, indem er den Anführer Cato verhaften und zum Gefängnis führen ließ. Aber dieses brutale Vorgehen hatte so wenig Erfolg, daß Cäsar selbst gezwungen war, einem seiner Tribune den Befehl zu geben, Cato aus den Händen seiner Liktoren zu reißen.

An einem anderen Tag, als der Tribun Curio, der Sohn des alten Curio, schon besorgniserregenden Widerstand leistete, wurde ein Denunziant, Vettius, aus dem Ärmel gezaubert. Dieser beschuldigte Curio, Pasellus, Cepio, Brutus und Lentulus, den Sohn des Flamen, daß sie Pompejus hatten töten wollen. Bibulus selbst hatte Vettius einen Dolch gebracht. Als ob es in Rom so schwierig gewesen wäre, sich einen Dolch zu beschaffen, daß Bibulus gezwungen war, sich darum zu kümmern.

Vettius war laut verhöhnt und ins Gefängnis geworfen worden. Als man ihn am nächsten Tag fand, war seine Kehle durchgeschnitten, was Cäsar sehr gelegen kam, und wäre nicht einer der Vorwürfe, die man Cäsar machte, seine große Menschenliebe gewesen, hätte man in der Tat geglaubt, daß er bei diesem Selbstmord, der ihm so gelegen kam, seine Hand im Spiel gehabt hatte.

Es war also gut, sich von all diesen Dingen zu entfernen und sich in dieses herrliche Prokonsulat zurückzuziehen, dessen Grenzen nur fünfzig Meilen von Rom entfernt lagen.

Übrigens war keine Zeit zu verlieren. In dem Moment, als Cäsar sich anschickte aufzubrechen, schickte sich ein Ankläger an, ihn zu denunzieren.

»Oh«, sagt Michelet, »ich hätte gerne in diesem Moment

das blasse, weiße, aufgrund seines lasterhaften Lebens in Rom vor den Jahren verblühte Gesicht gesehen, diesen schwachen Epileptiker, der im Regen Galliens an der Spitze seiner Legionen marschiert, der unsere Flüsse schwimmend oder zu Pferde zwischen den Sänften durchquert, in denen seine Sekretäre getragen werden, und der vier oder sechs Briefe auf einmal diktiert, Rom vom fernen Belgien aus erschüttert, auf seinem Weg zwei Millionen Menschen vernichtet und in zehn Jahren Gallien, den Rhein und das nördliche Meer unterwirft.«

Ja, das wäre merkwürdig gewesen, da Cäsar von all dem nichts versprach.

Wollen Sie wissen, wie Catullus, der Liebhaber von Clodius' Schwester, der Frau des Metellus Celer, der ihn in Erinnerung an die Ausschweifungen der Lesbierin Sapho seine Lesbia nannte, wollen Sie wissen, wie Catullus ihn vor der Abreise behandelte? Es stimmt, daß er ihn bei der Rückkehr kaum besser behandelte. Wollen Sie wissen, frage ich, wie er ihn behandelte?

IN CAESAREM.

»Ich sorge mich wenig darum, dir zu gefallen, Cäsar, und es ist mir egal, ob du Weiß oder Schwarz trägst ...«

IN CAESARIS CINAEDOS.

Cinaedos, das sind seine Liebchen.

»Alle Fehler gefallen dir so wie deinem alten Praktikus Suffetius. Bestens! Ihr solltet dennoch genug haben von dem spindelförmigen Kopf des Otho, den verräterischen Ausdünstungen des Libo und den schmutzigen Beinen des Vettius. Unnachahmlicher Imperator, ärgere dich erneut über meine Spottverse, denen deine Wut ganz gleichgültig ist.«

IN MAMURRAM ET CAESAREM.

»Welch ein schönes Paar von Liebchen ihr seid, der lasterhafte Mamurra und der unkeusche Cäsar! Alle beide entwürdigt, der eine in Rom und der andere in Formiae, beide verblüht, beide krank ob eurer Ausschweifungen, Zwillinge des Lasters, beide Weise der Lüsternheit, denen eine einzige Sänfte genügt, lüsterne Ehebrecher, Rivalen der Freunde und Frauen. Oh, ihr seid wirklich ein schönes Paar.«

Mit diesen und ähnlichen Versen wurde die Abreise des Eroberers Galliens begrüßt.

Man muß zugeben, daß Cäsar all diese Beleidigungen wohl verdient hatte, doch er dachte noch nicht einmal daran, sich zu ärgern.

Bibulus hatte Cäsar während seines ganzen Konsulats in seinen Erlassen nur mit dem Titel *Königin von Bithynien* bezeichnet. Er sagte, nachdem er einen König geliebt habe, liebe er das Königtum.

Ein Verrückter namens Octavius, dem sein Ruf als Narr erlaubte, alles zu sagen, begrüßte Pompejus öffentlich mit dem Titel des Königs und Cäsar mit dem Titel der Königin.

Gajus Memmius hatte Cäsar vorgeworfen, Nikomedes bei Tisch bedient und ihm den Becher gereicht zu haben, als er mitten in den Reihen der Sklaven und Eunuchen dieses Prinzen saß.

Als Cäsar eines Tages Nisa verteidigte, die Tochter des Nikomedes, und an die Verpflichtungen erinnerte, die er diesem Prinzen gegenüber habe, sagte Cicero mitten im Senat zu ihm:

»Laß deine Verpflichtungen. Es ist bekannt, was du Nikomedes gegeben und was du dafür erhalten hast.«

Die Liste seiner Mätressen war endlos. Als er nach Gallien aufbrach, sprach man ihm Postumia zu, die Frau des Servius Sulpius; Lollia, die Frau des Aulus Gabinius; Tertulia, die Frau des Crassus, und Servilia, Catos Schwester.

Wie Sie schon wissen, hatte er der letztgenannten eine Perle im Wert von elf- oder zwölftausend Francs geschenkt, und als Cicero diese Sache zugetragen wurde, sagte dieser:

»Na schön, das ist aber nicht so teuer, wie ihr glaubt; Servilia leiht ihm ihre Tochter Tertia, wodurch die Kosten gesenkt werden.«

Später werden wir sehen, daß er der Geliebte der Eunoe ist, der schönen maurischen Königin, und von Kleopatra, der reizenden griechischen Nymphe, die ins ägyptische Land verpflanzt wurde.

Curio der Vater faßte schließlich alle bösen Bemerkungen, die über Cäsar geäußert wurden, in diesen wenigen Worten zusammen:

»Cäsar«, sagte er, »ist der Ehemann aller Frauen und die Frau aller Ehemänner.«

Eine öffentliche Aussage sollte bald den ersten Teil dieser üblen Nachrede bestätigen.

»Helvius Cinna, der Volkstribun«, sagt Sueton, »gab mehrmals zu, daß er ein fertiges Gesetz in Händen halte, das er auf Cäsars Befehl in seiner Abwesenheit veröffentlichen solle und das Cäsar erlaubte, so viele Frauen zu haben, wie er wollte, um Erben zu bekommen.«

Das ist der Grund, warum der werte Champagny in seiner schönen Arbeit über die römische Welt die Aussage wagt, daß Julius Cäsar eine viel vollständigere Persönlichkeit gewesen sei als Jesus Christus, der nur alle Tugenden besaß, wohingegen Julius Cäsar nicht nur alle Tugenden, sondern auch alle Laster hatte.[39]

Nun lassen wir Cäsar nach Gallien abmarschieren. Lassen wir ihn seine Zelte packen, die so groß wie Paläste sind, und seine Sänften bestücken, die richtige Zimmer sind. Wir sehen, daß er seine Purpurteppiche und seine Fußböden aus Marketerie mitnimmt. Seien Sie unbesorgt, wenn es sein muß, marschiert er zu Fuß an der Spitze seiner Legionen, barhäuptig in der heißen Sonne und im peitschenden Regen. Er legt *dreißig* Meilen am Tag zurück. Entweder reitet er oder fährt in einem

Wagen. Wenn ein Fluß seinen Weg kreuzt, schwimmt er ans andere Ufer, oder er überquert ihn auf Schläuchen; wenn der Alpenschnee ihn behindert, treibt er ihn mit seinem Schild vor sich her, während die Soldaten ihn mit ihren Piken, ihren Hacken oder sogar mit ihren Schwertern bekämpfen.

Niemals führt er sein Heer auf einen Weg, den er nicht selbst erforscht hat. Wenn er seine Legionen nach Britannien übersetzen läßt, weil er gehört hat, daß an den Küsten des Landes Perlen aus dem Meer gefischt werden, die schöner sind als die im Indischen Ozean, so wird er die Überfahrt selbst erkundet haben, und er wird persönlich die Häfen besichtigen, die seiner Flotte sicheren Schutz bieten können.

Eines Tages wird er erfahren, daß sein Heer, von dem er sich getrennt hat, um einem großen Glück zu folgen, in seinem Lager bedrängt wird. Er verkleidet sich als Gallier und marschiert durch die Reihen der Feinde hindurch. Ein anderes Mal springt er, als die Hilfe nicht kommt, auf die er wartet, auf ein Boot und holt sie selbst. Kein Omen hält ihn auf; kein Vorzeichen wird seine Absichten ändern. Das Opfer entflieht den Händen des Opferpriesters, und dennoch marschiert er gegen Scipio und Juba. Als er aus dem Boot steigt, fällt er, und als er den Fuß auf den afrikanischen Boden setzt, ruft er: »Ich habe dich, Afrika!«

Niemals hat er eine vorgefaßte Meinung. Eine günstige Gelegenheit veranlaßt ihn immer zu handeln. Sein Genie führt den Plan, dem er folgen muß, unvorbereitet aus. Er kämpft, ohne einen Plan zu haben. Er greift nach einem Marsch an. Er sorgt sich nicht darum, ob der Zeitpunkt gut oder schlecht ist. Er achtet nur darauf, daß dem Feind der Regen oder der Schnee ins Gesicht fällt.

Niemals schlägt er den Feind in die Flucht, wenn er nicht sein Lager in Besitz nimmt. Wenn der Feind ihm einmal den Rücken zugekehrt hat, läßt er ihm nie die Zeit, sich von seinem Schreck zu erholen. In kritischen Augenblicken jagt er alle Pferde und selbst seines davon, um seine Soldaten zum Kampf zu zwingen, indem er ihnen die Möglichkeit zur Flucht entzieht. Wenn seine Truppen den Rückzug antreten, wird er sie persönlich wieder sammeln; er hält die Fliehenden mit seinen eigenen Händen auf und zwingt sie, auch wenn sie noch so erschrocken sind, das Gesicht dem Feind zuzuwenden. Ein Standartenträger, den er auf diese Weise aufhält, zeigt ihm die Spitze seines Wurfspießes, und er stößt die Spitze des Spießes mit seiner Brust zurück. Ein anderer überläßt ihm seine Standarte, und mit dieser Standarte geht er auf den Feind zu.

Als er nach der Schlacht von Pharsalos seinen Truppen voranmarschiert und den Hellespont in einem kleinen Transportboot überquert, trifft er auf Lucius Cassius, der zehn Galeeren mit sich führt, und er nimmt Lucius Cassius und die zehn Galeeren gefangen. Schließlich wird er beim Angriff auf eine Brücke in Alexandria gezwungen sein, ins Meer zu springen und zweihundert Schritt zu schwimmen, das heißt bis zum nächsten Schiff, und er streckt seine linke Hand in die Höhe, damit die Papiere nicht naß werden, die er in der Hand hält, und er klemmt seinen Mantelrock zwischen die Zähne, um dem Feind keine Trophäen zu überlassen.

Er ist also aufgebrochen, aufgebrochen, um sich in diesem barbarischen, kriegerischen Chaos zu verirren, das man Gallien nennt und das so gut zu seinem Genie paßt.

Wir werden nun sehen, was während seiner Abwesenheit aus Cicero wird, der im Exil lebt, aus Pompejus, der die Gunst des Volkes verloren hat, und aus Clodius, der einen Augenblick lang der König des Pöbels ist.

28

Wir sagten schon, unter welchen Umständen Cicero ins Exil ging.

Viele Vorhersagen – Sie wissen um den Einfluß, den die Vorhersagen auf die Römer hatten, und daß sie in allen Dingen eine Vorhersage sahen –, viele Vorhersagen deuteten darauf hin, daß sein Exil nicht von langer Dauer sein würde.

Als er sich in Brundisium einschiffte, um nach Dyrrachium zu segeln, drehte sich der zunächst günstige Wind und trieb ihn am nächsten Tag wieder an den Ort, von dem er aufgebrochen war. Erstes Vorzeichen.

Er segelt wieder los. Diesmal führt ihn der Wind ans Ziel, aber in dem Moment, als er den Fuß aufs Ufer setzt, bebt die Erde und das Meer zieht sich vor ihm zurück. Zweites Vorzeichen.

Indessen fällt er einer gewaltigen Niedergeschlagenheit zum Opfer. Cicero, der unaufhörlich, wenn man ihn Redner nannte, sagte: »Nennt mich Philosoph«, wurde melancholisch wie ein Poet, melancholisch wie Ovid, der bei den Thrakern im Exil lebte.

»Er war die meiste Zeit sehr betrübt«, sagt Plutarch, »fast verzweifelt und schaute wie ein unglücklicher Liebender auf die italienische Küste.«

Die Melancholie, diese neuzeitliche Muse, die Virgil bei ihm vermutet, ist so selten in der Antike, daß wir dem Wunsch nicht widerstehen können, einen Brief von Cicero an seinen Bruder zu übersetzen. Er zeigt den großen Redner von einer uns vollkommen unbekannten Seite.

Dieser Brief, den Cicero signiert hat, könnte genausogut von André Chénier oder Lamartine unterschrieben worden sein. Er wurde am 13. Juni 58 v. Chr. in Thessaloniki geschrieben.

»Mein Bruder! Mein Bruder! Mein Bruder! Was? Weil ich Euch Sklaven ohne Brief schicke, glaubt Ihr, ich sei verärgert über Euch. Ihr sagt, daß ich Euch nicht mehr sehen will. Ich soll verärgert über Euch sein, mein Bruder? Ist das denn möglich, sagt? Wer weiß? Vielleicht seid Ihr es in der Tat, der mich betrübt hat! Vielleicht sind es Eure Feinde, die mich vernichtet haben! Vielleicht ist Euer Neid der Grund für mein Exil. Vielleicht bin nicht ich der Grund für Euren Ruin. Mein so gerühmtes Konsulat, und das hier ist der Dank! Es hat mir meine Kinder, mein Vaterland und mein Vermögen genommen, und wäre ich nur Euch genommen worden, würde ich mich nicht beklagen. Alles Edle und Gute, das ich erfahren habe, erfuhr ich durch Euch. Sagt, was habe ich Euch dafür gegeben? Die Trauer meines Schmerzes, Eure Ängste, Kummer, Traurigkeit, Einsamkeit, und ich will Euch nicht mehr sehen! Oh, ich bin es, der nicht mehr wollte, daß Ihr mich seht, denn wenn Ihr mich wiedersehen würdet, o weh, wäre es nicht mehr der, den Ihr gekannt habt, der weinte, als er sich von Euch, der weinte, verabschiedet hat. Ich sage es Euch, Quintus, daß von diesem Bruder nichts mehr geblieben ist, nicht mehr als sein Schatten, das Bild eines atmenden Toten. Bin ich denn nicht im Grunde tot? Habt Ihr mich nicht mit eigenen Augen tot gesehen? Habe ich Euch nicht nur als Überlebenden meines Lebens, sondern auch meiner Ehre zurückgelassen? Oh, ich schwöre es allen Göttern, daß ich schon auf dem Weg ins Grab war, als mich eine Stimme rief. Es wurde gesagt, und ich hörte das von allen Seiten, daß ein Teil Eures Lebens in meinem ruhe. Ich habe gelebt!

Und das ist meine Sünde! Das ist mein Verbrechen! Wenn ich mich getötet hätte, wie es meine Absicht war, hinterließe ich Euch ein Andenken, das leicht zu verteidigen wäre. Jetzt habe ich diesen Fehler begangen, daß ich Euch fehle, weil ich lebe, daß Ihr Euch an andere wenden müßt, obwohl ich lebe. Meine Stimme, die so oft Fremde unterstützt hat, fehlt Euch in Eurer eigenen Gefahr. O mein Bruder, wenn meine Sklaven ohne einen Brief zu Euch gekommen sind, dann sagt nicht: Sein Zorn ist schuld. Nein, sagt, es sei diese Niedergeschlagenheit, eine dieser größten Schwächen, die man auf dem Grund der Tränen und des Schmerzes findet. Mit wieviel Tränen benetze ich sogar diesen Brief, während ich ihn schreibe, und den Ihr sicher mit genausoviel Tränen benetzen werdet, während Ihr ihn lest. Kann ich denn an Euch denken, ohne in Tränen ausbrechen, wenn ich an Euch denke? Und wenn ich meinen Bruder vermisse, ist es dann mein Bruder, mein einziger Bruder, den ich vermisse? Nein, das ist die sanfte Zärtlichkeit eines Freundes; nein, das ist die Achtung eines Sohnes; nein, das ist die Weisheit eines Vaters. Welches Glück haben wir je empfunden, ich ohne Euch und Ihr ohne mich? O weh! Und wenn ich Euch beweine, beweine ich da nicht auch gleichzeitig meine Tochter Tullia? Welche Bescheidenheit! Welch ein Geist! Welche Ehrfurcht! Meine Tochter, mein Ebenbild, meine Stimme, meine Seele! Und mein Sohn, mein Sohn, so schön und so zart in meinem Herzen! Mein Sohn, daß ich den Mut hatte, die Grausamkeit, dich aus meiner Umarmung zu reißen. Armes Kind, das scharfsinniger ist, als mir lieb war, und das unglücklicherweise schon verstand, um was es ging.

Und Euer Sohn, Euer Sohn, Euer Abbild, den mein Cicero liebt wie einen Bruder und wie einen älteren Bruder achtet. Habe ich nicht die unglücklichste aller Frauen verlassen, die treueste aller Gattinnen, der ich nicht erlauben konnte, mir zu folgen, damit jemand über den Rest meines Vermögens wacht und meine armen Kinder behütet? Und doch habe ich geschrieben, wenn ich es konnte. Ich habe Philogonus, Eurem Freigelassenen, Briefe für Euch gegeben, und zu dieser Stunde habt Ihr sie vermutlich erhalten. In diesen Briefen ermahnte ich Euch und bat, das zu tun, um was ich Euch schon durch meine Sklaven bitten ließ, das heißt, so schnell wie möglich nach Rom zu gehen. Ich möchte Euch dort zunächst als Schutz wissen, falls wir dort noch Feinde haben, deren Grausamkeit durch unser Unglück nicht genügend befriedigt wurde. Wenn Ihr nun den Mut habt, den ich nicht habe, den Ihr immer für so stark gehalten habt, so stärkt Euch für den Kampf, den es zu kämpfen gilt. Ich hoffe, wenn ich indessen noch zu hoffen wagen darf, ich hoffe also, daß Eure Integrität, die Liebe, die Eure Mitbürger Euch entgegenbringen, und letztendlich vielleicht auch das Erbarmen über mein Unglück Euch beschützen werden. Wenn ich Eure Gefahr überschätze, dann handelt für mich so, wie Ihr glaubt, handeln zu müssen. Viele schreiben mir in dieser Sache, und viele sagen mir, daß ich hoffen solle, aber was hoffe ich, wenn ich sehe, daß meine Feinde so mächtig sind und mich von meinen Freunden die einen im Stich gelassen und die anderen verraten haben? Fürchten nicht alle meine Rückkehr wie einen Vorwurf ihrer schändlichen Undankbarkeit? Mein Bruder, versucht ihre Gesinnung genau zu erkunden und schreibt mir offen. Was mich betrifft, so werde ich solange leben, wie Ihr mich lebend braucht, solange Ihr mich für fähig haltet, einer Gefahr zu trotzen, die Euch bedroht. Aber darüber hinaus könnte ich nicht leben. Es gibt in Wahrheit keine Kraft, keine Vorsicht, keine Philosophie, die derartige Schmerzen ertragen könnte.

Ich weiß, daß es eine bessere und nützlichere Zeit gab, um zu sterben, aber ich machte wie viele andere den Fehler, sie verstreichen zu lassen. Sprechen wir also nicht mehr über die Vergangenheit, denn das hieße, Eure Schmerzen anzufachen und meine Dummheit wieder ans Licht zu bringen. Ich schwöre Euch, daß ich nicht mehr in den Fehler verfallen werde, das Elend und die Scham dieses Lebens über die Zeit hinaus zu ertragen, die für Euer Glück und Eure Interessen unbedingt erforderlich ist. So ist demjenigen, mein Bruder, der sich noch vor einiger Zeit dank Euch, dank seiner Kinder, dank seiner Frau und dank seines Reichtums der glücklichste Mann der Welt nennen konnte, demjenigen, der noch vor einiger Zeit glaubte, jedem, der durch Ehre, Ansehen, Achtung und Gunst zu seiner Größe gelangt ist, ebenbürtig zu sein, ist ein solches Unglück widerfahren; er ist in einen so tiefen Abgrund gestürzt, daß er den letzten Entschluß treffen muß und sich und die Seinen nicht mehr länger beschämt beweinen sollte. Und bitte, warum sprecht Ihr nun von einem Tausch? Lebe ich denn nicht auf Eure Kosten? O ja! Selbst darin sehe und erkenne ich mich wohl schuldig. Konnte ich mir so etwas Schreckliches vorstellen, Euch gezwungen zu sehen, denjenigen, denen Ihr Geld schuldet, Eure Seele und die Eures Sohnes zu verkaufen? Und ich habe das Geld, das die Staatskasse der

Republik mir für Euch gegeben hat, erhalten und nutzlos ausgegeben, aber Marcus Antonius und Cepio haben dennoch den Betrag bekommen, den ich ihnen geben sollte. Und was mich betrifft, so bin ich den Plänen, die ich schmiede, gewachsen. Entweder gewinnen wir wieder die Oberhand, oder wir müßten die Hoffnung aufgeben; mehr brauche ich nicht. Falls uns irgendwelche ernsten Ungelegenheiten begegnen, so solltet Ihr Euch meiner Meinung nach entweder an Crassus oder an Calidius wenden. Da ist zwar auch noch Hortensius, aber ich weiß nicht, ob Ihr ihm vertrauen könnt. Indem er für mich die größte Zuneigung heuchelte und mich mit äußerster Beharrlichkeit umgab, versuchte er mit Arrius unaufhörlich, mir die abscheulichsten und niederträchtigsten Dinge zuzufügen. Aufgrund ihrer Ratschläge, und weil man auf ihre Versprechungen zählte, bin ich in den Abgrund gestürzt.

Behaltet dies jedoch für Euch, denn ich habe Angst, daß sie Euch Hindernisse in den Weg legen könnten. Übrigens werde ich meinen Einfluß bei Pomponius geltend machen und auf diese Weise dafür sorgen, daß er Euch wohlgesinnt ist. Wir müssen verhindern, daß irgendwelche falsche Zeugenaussagen Euch diesen Satz zuschreiben, den man bezüglich der Lex Aurelia gegen Euch in Umlauf gebracht hat, als Ihr Euch um das Amt des Ädils beworben habt. Ich fürchte in dieser Stunde nichts so sehr, als zu sehen, daß die Männer begreifen, welches Mitleid Ihr anderen für mich einflößen könnt, wenn man Euch verschont, da sich dann der ganze Haß, den ich auf mich konzentriert habe, gegen Euch entfesselt. Ich glaube, daß Messala ernsthaft Euer Freund ist. Ich vermute, daß Pompejus als ein solcher erscheinen will, wenn er es auch keineswegs ist. Aber die Götter wollen, daß Ihr nicht dem Zwang unterliegt, ihre Hilfe zu suchen. Darum bitte ich sie, wenn sie noch meine Gebete erhören. Alles, was ich wage, ist, sie anzuflehen, sich mit dem Unglück, das uns erdrückt, zufriedenzugeben. In diesem Unglück ist keine Hilfe schändlich. Es gibt noch mehr, und es ist für mich ein tiefer Schmerz, weil er mich zum Zweifel führt, denn es sind meine großzügigsten Taten, die der Grund für die Verfolgungen sind, die ich erlitten habe. Ich lege Euch weder meine Tochter ans Herz, welche die Eure ist, noch unseren Cicero. Gibt es auf der Welt eine Sache, die mich leiden ließ, ohne auch Euch Leid zuzufügen? Solange Ihr lebt, mein Bruder, bin ich beruhigt: Meine Kinder werden niemals Waisen sein. Und was das andere anbelangt, das heißt die Wahrscheinlichkeit meiner Gnade, die Hoffnung zurückzukehren, um in meinem Vaterland zu sterben, so könnte ich Euch nichts darüber schreiben, weil meine Tränen alles, was ich schreibe, verwischen. Ich bitte Euch, Terentia zu beschützen. Haltet mich über alles auf dem Laufenden. Und schließlich, mein Bruder, seid so stark, wie es die Natur den Menschen in einer solchen Situation erlaubt, stark zu sein.«

Aber diese Nachrichten, die Cicero von seinem Bruder erbat, waren nicht geeignet, ihn zu beruhigen. Nach seiner Abreise hat Clodius nicht nur – wie wir gesagt haben – Ciceros Verbannung verkündet, sondern er brannte auch dessen Landhäuser nieder, und nachdem er eine Weile in seinem Haus auf dem Palatinhügel wohnte, ließ er dieses herrliche Haus, das einen Wert von drei Millionen fünfhunderttausend Sesterzen hatte, niederreißen und an dieser Stelle den Tempel der Freiheit bauen.

Außerdem bot er das Hab und Gut des Verbannten zum Kauf an und eröffnete jeden Tag die Versteigerung.

Aber so niedrig diese Versteigerung auch angesetzt wurde, so muß man den Römern diese Gerechtigkeit widerfahren lassen, daß der Taxwert nicht ein einziges Mal unterboten wurde.

Soweit zu Cicero.

Nun wollen wir sehen, was die anderen treiben.

29

Inmitten all dieser politischen Machenschaften ereignete sich in Rom etwas Merkwürdiges, das ein Schauspiel zu sein schien, das dem Volk geboten wurde, um an die schönen Zeiten der Republik zu erinnern.

Dieses Schauspiel wurde von Cato dargeboten.

Cato war eine Art ernster Spaßmacher, den man alles sagen und tun ließ. Er amüsierte das Volk eher, als daß er geliebt wurde. Das Volk rannte herbei, um Cato zu sehen, wenn er ohne Tunika und mit nackten Füßen vorüberging. Cato trat als Prophet auf, aber bei seinen Vorhersagen war es wie bei denen der Kassandra, der niemand glaubte.

Nachdem Pompejus dazu beigetragen hatte, daß Cäsar das Prokonsulat von Gallien erhielt, hatte Cato Pompejus mitten auf der Straße angeherrscht.

»Ah«, sagte er zu ihm, »du hast deine Größe also satt, Pompejus, daß du dich unter Cäsars Joch stellst. Du bemerkst diese Bürde zu dieser Stunde nicht, das weiß ich wohl, und wenn du sie allmählich spüren und sehen wirst, daß du sie nicht ertragen kannst, wirst du sie auf Rom abwälzen. Dann wirst du dich an die Warnungen des Cato erinnern und überzeugt sein, daß sie zugleich ehrlich, richtig und in deinem Interesse waren.«

Pompejus zuckte die Schultern und ging darüber hinweg. Wie konnte er vom Blitz getroffen werden, wo er doch über ihn erhaben war?

Clodius, der zum Tribun ernannt worden war, hatte eingesehen, daß er niemals Herrscher von Rom sein würde, solange Cato hier lebte. Er hatte Cato holen lassen.

Cato gehorchte, er, der sich geweigert hatte, zu kommen, wenn ein König nach ihm verlangte. Cato, das war das Gesetz: Der Tribun verlangte nach ihm. Ob dieser Tribun Clodius oder ein anderer war, interessierte ihn nicht. Cato folgte dem Befehl des Tribuns.

»Cato«, sagte Clodius zu ihm, »ich halte dich für den anständigsten und redlichsten Mann Roms.«

»Ach!« sagte Cato.

»Ja«, fuhr Clodius fort, »und ich werde es dir beweisen. Viele Menschen bitten inständig, man möge ihnen das Prokonsulat von Zypern übergeben. Ich jedoch halte dich allein dieses Amtes für würdig und biete es dir an.«

»Du bietest mir das Prokonsulat von Zypern an?«

»Ja.«

»Mir? Cato?«

»Dir, Cato.«

»Ich lehne ab.«

»Warum lehnst du ab?«

»Weil es eine Falle ist. Du willst mich aus Rom entfernen.«

»Und weiter?«

»Ich will in Rom bleiben.«

»So sei es«, sagte Clodius, »aber ich weise dich auf eines hin: Wenn du nicht freiwillig nach Zypern gehen willst, wirst du gezwungen.«

Und er begab sich sofort zur Volksversammlung und ließ ein Gesetz verabschieden, das Cato zum Prokonsul von Zypern ernannte.

Es gab keine Möglichkeit abzulehnen. Cato nahm an.

Das geschah in dem Moment, als die Unruhen um Ciceros Person ausgebrochen waren. Cato ging zu ihm, als er noch in Rom war, und ersuchte ihn, keineswegs einen Aufruhr anzustiften; dann brach er auf. Aber Clodius gab ihm keine Schiffe, keine Truppen und keine Verwaltungsoffiziere mit, sondern nur zwei Schreiber, von denen einer erwiesenermaßen ein Dieb und einer eine Kreatur von Clodius war.

Cato hatte den Befehl, den König Ptolemäus von Zypern zu vertreiben. Dieser darf nicht mit seinem Namensvetter Ptolemäus Auletes verwechselt werden, dem Flötenspieler, dem König von Ägypten. Und überdies sollte er diejenigen, die aus Byzanz verbannt worden waren, dorthin zurückbringen.

Diese verschiedenen Aufträge hatten das Ziel, Cato solange von Rom fernzuhalten, wie Clodius' Tribunat währte.

Mit so schwachen Mitteln versehen hielt Cato es für richtig, vorsichtig vorzugehen.

Er nahm zunächst Kurs auf Rhodos und schickte einen seiner Freunde namens Canidius voraus, um Ptolemäus aufzufordern, sich ohne Kampf zurückzuziehen.

Dann widerfuhr Cato seitens des Königs von Zypern das gleiche Glück, das Pompejus seitens Mithridates widerfahren war. Canidius' brachte die Nachricht, daß Ptolemäus sich soeben vergiftet habe und einen beträchtlichen Schatz zurücklasse.

Wie wir schon gesagt haben, sollte Cato nach Byzanz gehen. Was wäre in allen anderen Händen außer den seinen aus den von Ptolemäus zurückgelassenen Schätzen geworden?

Cato schaute sich um. Sein Blick fiel auf seinen Neffen Marcus Brutus.

Es ist das erste Mal, daß wir diesen jungen Mann erwähnen. Er war der Sohn der Servilia und galt als Neffe Cäsars. Die große Rolle, die er spielen wird, zwingt uns, genau in dem Moment bei ihm zu verweilen, da die Geschichte seinen Namen zum ersten Mal erwähnt.

Brutus war zu jener Zeit ungefähr zweiundzwanzig Jahre alt. Er behauptete, von jenem berühmten Junius Brutus abzustammen, dem die Römer im Kapitol eine Bronzestatue mit einem blankgezogenen Schwert in der Hand errichtet hatten, um zu zeigen, daß er endgültig die Macht des letzten römischen Königs Tarquinius zerstört hatte. Diese Herkunft wurde aber von den Hoziers jener Zeit stark bestritten.[40]

Wie konnte er denn auch von Junius Brutus abstammen, wenn Junius Brutus seine beiden Söhne hatte enthaupten lassen?

Es stimmt, daß der Philosoph Posidonius sagt, Brutus habe außer diesen beiden Söhnen noch einen dritten gehabt, der zu jung gewesen war, um an der Verschwörung beteiligt gewesen zu sein, und daß es dieser gewesen war, der seinen Vater und seine beiden Brüder überlebt habe und der Vorfahr des modernen Brutus sei.

Diejenigen, die diese Abstammung bestritten, sagten, daß Brutus ganz im Gegenteil aus einem plebejischen Geschlecht stamme, Sohn eines Brutus, eines einfachen Hausverwalters, dessen Familie erst seit kurzer Zeit zu den Ehren der Republik gelangt sei.

Was Servilia, Brutus' Mutter, betrifft, so bezieht sich ihre Herkunft auf diesen Servilius Ahala, der sich, als er sah, daß Spurius Melius nach der Tyrannei strebte und Unruhe unter seinen Mitbürgern stiftete, mit einem Dolch unter dem Arm zum Forum begab. Nachdem er sich dort überzeugt hatte, daß man ihm die Wahrheit gesagt hatte, ging er mit dem Vorwand auf Spurius zu, ihm etwas Wichtiges mitteilen zu wollen, und als sich dieser hinunterbeugte, um ihm zuzuhören, erschlug er ihn mit einem kräftigen Hieb, so daß Spurius auf der Stelle tot umfiel.

Das hatte sich vor dreihundertachtzig Jahren, ungefähr 438 v. Chr. ereignet.

Dieser Teil von Brutus' Abstammung wurde allgemein anerkannt.

Der junge Mann besaß ein zartes, ernstes Gemüt. Er hatte in Griechenland Philosophie studiert, alle Philosophen gelesen und verglichen und Platon zum Schluß als Vorbild genommen. Er schätzte Antiochus den Askaloniten sehr, den Leiter der alten Akademie, und hatte Ariston, seinen Bruder, als Freund und Tischgenossen ausgewählt.

Brutus sprach, wie alle vornehmen jungen Leute jener Zeit, sowohl Latein als auch Griechisch. Er verfügte über ein gewisses Redetalent und hatte erfolgreich verteidigt.

Als Cato auf die Idee kam, sich seiner zu bedienen, um den Schatz des Ptolemäus vor Plünderern zu schützen, hielt er sich in Pamphylien auf, wo er sich von einer schweren Krankheit erholte.

Der Auftrag widerstrebte Brutus zunächst. Es war seiner Meinung nach eine Beleidigung, die sein Onkel Canidius dem Cato zufügen wollte, indem er ihm einen jungen Mann von zweiundzwanzig Jahren als Inspektor zur Seite stellte. Da er Cato jedoch sehr verehrte, kam er dem Befehl nach.

Brutus selbst nahm die Bestände auf, und Cato kam, als man zum Verkauf schreiten mußte.

Der Taxwert des ganzen Gold- und Silbergeschirrs, all der wertvollen Bilder, der Steine und Purpurstoffe wurde von Cato festgelegt, und da er wollte, daß die Gegenstände ihren wahren Wert erzielten, überbot er sogar seine eigenen Gebote, bis der geschätzte Wert erreicht war.

Der Verkaufserlös und die aus dem Schatz stammende Geldsumme beliefen sich auf fast siebentausend Talente, vierzig Millionen unseres Geldes.

Cato hatte alle möglichen Vorsichtsmaßnahmen ergriffen, damit die Summe ohne Zwischenfall in Rom ankam. Da er einen Schiffbruch befürchtete, ließ er Kisten anfertigen, die je zwei Talente und fünfhundert Drachmen enthielten, ungefähr zwölftausend Francs. Dann ließ er an jede Kiste eine lange Schnur binden, an deren Ende er ein Stück Kork befestigte; sollten die Kisten im Falle einer Katastrophe ins Wasser fallen, so würde der Kork oben schwimmen und den Ort anzeigen, wo sich die Kisten befanden. Er hatte überdies auf zwei Listen alles verzeichnet, was er während seiner Statthalterschaft erhalten und ausgegeben hatte. Eine dieser Listen hatte er Philargyrus, einem seiner Freigelassenen, übergeben und die andere für sich behalten.

Aber trotz dieser Vorsichtsmaßnahmen wollte es der Zufall, daß beide Register verschwanden: Philargyrus, der sich in Kenchreai eingeschifft hatte, erlitt Schiffbruch und verlor seine Liste mit allen Bündeln, die ihm anvertraut worden waren. Die Liste, die Cato behalten hatte, blieb bis Kerkyra (Korfu) unversehrt. Dort ließ er aber seine Zelte auf dem Marktplatz aufstellen, und die Matrosen entfachten große Feuer. Die

Flammen breiteten sich bis zu den Zelten aus, und die Liste wurde bei dem Brand verzehrt.

Und als ein Freund seine Betrübnis über dieses Unglück bekundete, sagte Cato:

»Ich habe diese Register nicht angefertigt, um meine Zuverlässigkeit zu beweisen, sondern um den anderen ein Beispiel für äußerst strenge Genauigkeit zu geben.«

Als man in Rom von seiner Rückkehr erfuhr, lief die ganze Bevölkerung ihm am Flußufer entgegen.

Da Cato mit einem einzigen Schiff aufgebrochen war, nun jedoch mit einer Flotte zurückkehrte, hätte man diese Flotte, die den Tiber hinauffuhr, an dessen Ufern sich das Volk versammelte, für einen Siegeszug halten können.

Vielleicht hätte es Catos Bescheidenheit gezeigt, genau dort anzuhalten, wo sich die Konsuln und Prätoren aufhielten, aber er glaubte nicht, es so machen zu müssen, und so fuhr er auf der königlichen Galeere des Ptolemäus weiter, einer Galeere mit sechs Ruderreihen, und hielt erst an, nachdem er seine Flotte in den Schutz des Arsenals gebracht hatte.

Wenn wir auch Anhänger Catos sind, so können wir unseren Lesern nicht verheimlichen, daß dieser unerwartete Beweis seines Stolzes, den der berühmte Stoiker hier lieferte, zunächst in Rom eine recht ungünstige Reaktion hervorrief.

Aber als man im Forum die riesigen Gold- und Silbersummen sah, die er entgegen aller Gewohnheit der Prokonsuln mitgebracht hatte, verdrängte die Bewunderung seiner Selbstlosigkeit die Vorurteile, die sein stolzes Benehmen hervorgerufen hatte.

Übrigens wurden Cato die Ehren nicht erspart.

Der Senat versammelte sich und verlieh ihm die außerordentliche Prätur mit dem Privileg, den Spielen in einem purpurgesäumten Gewand beizuwohnen.

Aber Cato, der sicher in sich gegangen war, lehnte diese Ehren ab und bat den Senat nur um die Freiheit des Intendanten des verstorbenen Königs Ptolemäus, eines gewissen

Nicias, für dessen Bemühungen und Treue er sich verbürgte. Es versteht sich von selbst, daß ihm seine Bitte gewährt wurde.

Das also machte Cato, während Cäsar seinen Feldzug in Gallien begann und Cicero sein Exil in Thessaloniki beweinte.

Wir sehen nun, was Crassus und Pompejus taten oder vielmehr was Clodius tat.

30

Crassus verhielt sich so ruhig wie möglich, wohl wissend, daß er einerseits von Cäsar und andererseits von Pompejus beschützt wurde. Übrigens wünschte er sich nur eines, nämlich das Prokonsulat von Syrien. Es war sein Traum, den Krieg gegen die Parther zu führen, bei denen er grenzenlose Möglichkeiten für Plünderungen vermutete.

Pompejus, ein alternder Verliebter, verbrachte seine ganze Zeit in trauter Zweisamkeit mit seiner jungen Frau, ohne sich darum zu sorgen, was im Forum passierte.

Clodius schaute sich um und sah, daß er der einzige Herrscher Roms war; Cicero war in Thessaloniki und Cato auf Zypern.

Solange Pompejus jedoch in Rom weilte, hatte er nicht die ganze Macht. Er beschloß, klare Verhältnisse zu schaffen.

Wir haben gesehen, daß Pompejus mit Tigranes dem Vater verhandelt und den jungen Tigranes für seinen Triumphzug** mitgebracht hatte. Der junge Tigranes saß im Gefängnis.

Clodius holte ihn mit Gewalt aus dem Gefängnis, in dem er war, und brachte ihn zu sich nach Hause.

Pompejus sagte nichts.

** Die Gefangenen gingen dem Triumphator voraus und mußten anschließend ihr Leben lassen.

Clodius machte Pompejus' Freunden den Prozeß und ließ sie verurteilen.

Pompejus schwieg.

Eines Tages schließlich, als Pompejus seine Villa in den Albaner Bergen verließ, den magischen Kreis durchbrach, den die Liebe um ihn gezogen hatte, und an der Voruntersuchung eines Prozesses teilnahm, stieg Clodius, den eine Gruppe von Freunden umringte – wir kennen ja die Freunde des Clodius! –, auf eine Bühne, von wo aus er von der ganzen Versammlung gesehen und gehört werden konnte, und er rief:

»Wer ist der maßlose Imperator?«

»Pompejus!« riefen seine Freunde im Chor.

»Wer kratzt sich, seitdem er verheiratet ist, den Kopf mit einem einzigen Finger, um seine Frisur nicht in Unordnung zu bringen?«

»Pompejus!«

»Wer will nach Alexandria gehen und auf den ägyptischen Thron wieder einen König setzen, eine Mission, die gut bezahlt werden wird?«

»Pompejus!«

Und auch auf jede weitere Frage antworteten seine Freunde im Chor: »Pompejus!«

Wir wollen zwei Worte zu dieser Anschuldigung sagen: »Wer will nach Alexandria gehen und auf den ägyptischen Thron wieder einen König setzen, eine Mission, die gut bezahlt werden wird?« Wir versuchen, soweit es möglich ist, nichts im unklaren zu lassen.

Ptolemäus Auletes, der leibliche Sohn des Ptolemäus Soter II., der aufgrund seiner Liebe zu Flöten *Auletes* genannt wurde, hatte Streit mit seinen Untertanen gehabt.

Zu jener Zeit war Rom das Tribunal der Welt. Könige und Völker kamen hierher, um Gerechtigkeit zu verlangen. Ptolemäus hatte Alexandria verlassen, um das römische Volk um Gerechtigkeit anzurufen.

»Das römische Volk um Gerechtigkeit anzurufen«, das hieß,

den zu jener Zeit mächtigsten Mann in Rom um Gerechtigkeit anzurufen.

Ptolemäus war also aufgebrochen und in Zypern an Land gegangen, als Cato sich hier kurz aufhielt.

Er wußte, daß Cato dort war und ließ ihm von einem seiner Offiziere mitteilen, daß er ihn zu sehen wünsche. Denken Sie daran, daß Cato nach Zypern ging, um dort den Bruder des Ptolemäus Auletes auszurauben.

Der Stoiker war in seinem Ankleidezimmer genau in der gleichen Situation, in der Monsieur de Vendôme war, als man ihm Alberoni ankündigte.[41]

»Laßt ihn eintreten«, sagte Cato.

Und er ließ sich von dem ägyptischen Offizier den Wunsch seines Herrn erklären.

»Wenn der König Ptolemäus mich zu sehen wünscht«, antwortete Cato, »so ist das ganz einfach. Mein Haus steht den Königen wie auch den anderen Bürgern offen.«

Das war eine barsche Antwort. Ptolemäus tat so, als bemerke er es nicht, und ging zu Cato.

Das Gespräch begann etwas kühl; nach und nach erkannte Ptolemäus jedoch einen tieferen Sinn in dem, was Cato ihm antwortete, und er fragte ihn, ob er seinen Weg nach Rom fortsetzen oder nach Ägypten zurückkehren solle.

»Nach Ägypten zurückkehren«, sagte Cato, ohne zu zögern.

»Warum?«

»Sobald Ihr ein Stück von Ägypten unter diese Walze gelegt habt, die man Rom nennt, wird Ägypten ganz und gar unter die Walze geraten.«

»Was soll ich also tun?«

»Ich habe es Euch schon gesagt: nach Ägypten zurückkehren und Euch mit Euren Untertanen versöhnen. Und um Euch einen Beweis zu liefern, daß ich Euch wohlgesinnt bin, werde ich Euch begleiten und mich um die Versöhnung kümmern.«

Der König Ptolemäus hatte zuerst zugestimmt, aber da er

anderen Ratschlägen folgte, war er eines schönen Morgens, ohne Cato etwas zu sagen, nach Rom aufgebrochen und hatte sich unter Pompejus' Schutz gestellt.

Und in der Tat setzte Gabinius, ein Legat und eine Kreatur des Pompejus', Ptolemäus zwei Jahre später wieder in seine Rechte ein, aber nur ihn allein, und Pompejus wußte sicher, was dieser Schutz gekostet hatte.

Wir kommen nun auf die letzte Posse des Clodius zurück. Pompejus begriff jetzt, daß es Zeit war zu handeln. Wenn einer so unentschlossen war wie Pompejus, dann war es eine sehr traurige Angelegenheit, aufgrund eines so komischen Kauzes wie Clodius gezwungen zu sein, eine Entscheidung zu treffen. Da er Clodius jedoch Einhalt gebieten mußte, befragte Pompejus seine Freunde.

Einer von ihnen, Culleo, gab ihm den Rat, mit Cäsar zu brechen, indem er seine Tochter verstieß, und sich durch diese Verstoßung mit dem Senat zu versöhnen.

Der Senat lehnte Pompejus ab, seitdem dieser Cicero so feige und vor allem so undankbar ins Exil hatte verbannen lassen.

Das war natürlich eine Möglichkeit, sich mit dem Senat zu versöhnen, aber Pompejus dachte noch nicht einmal darüber nach. Wir haben gesagt, daß er wahnsinnig verliebt war in seine Frau.

Andere rieten ihm, Cicero zurückzurufen.

Diesem Vorschlag lieh er sein Ohr.

Er ließ dem Senat mitteilen, daß er bereit sei, die Rückkehr Ciceros mit den Waffen in der Hand zu unterstützen, daß der Senat jedoch die Initiative würde ergreifen müssen.

Der Senat erließ aufgrund seines Versprechens einen Erlaß. Dieser Erlaß besagte, daß der Senat zu keiner Sache seine Billigung geben und keine Fragen behandeln werde, ehe man Cicero nicht zurückgerufen habe.

Das war eine regelrechte Kriegserklärung.

Da am gleichen Tag zwei neue Konsuln ihr Amt antraten,

die Piso und Gabinius ersetzten, welche dem Exilerlaß des Cicero vorgesessen hatten, verlangte einer der neuen Konsuln, Lentulus Spinther, nachdrücklich den Rückruf des Geächteten. Der andere Konsul war Metellus Nepos, genau der, den Cicero in seinen Versen verspottet hatte.

Clodius bedrohte den Senat mit seinen Strauchdieben. Das Gute daran war nur – und wir sollten uns dieses merken –, daß er kein Tribun mehr war.

Pompejus glaubte, daß es nicht seiner Würde entspreche, sich mit Clodius einzulassen.

»Gegen einen Korsaren eineinhalb Korsaren«, sagt das Sprichwort. Er würde gegen Clodius einen Mann aufbieten, gegen dessen Gewitztheit Clodius ein Stiefkind war. Dieser würde Milo heißen, und er wurde soeben anstelle des Clodius zum Tribun ernannt. Annius Milo war ein Mann vom Schlage des Clodius. Er hatte Sullas Tochter geheiratet und genoß in Rom ein gewisses Ansehen.

Clodius und Milo konnten nicht in Frieden in derselben Stadt leben.

Milo hatte die Partei Ciceros ergriffen, aber keineswegs weil das die Partei des Rechts war, sondern weil er Clodius' Feind wurde, indem er sich zum Freund des Cicero machte.

Als Pompejus sich ihm anvertraute, wie er sich dem Anführer einer Verschwörung anvertraut hätte, antwortete Milo nichts, außer daß er Pompejus zur Verfügung stehe. Man müsse nur auf die rechte Gelegenheit warten.

Clodius hatte immer an die hundert Gladiatoren um sich. Milo nahm zweihundert Tierkämpfer in seine Dienste. Die beiden Gruppen trafen aufeinander. Zuerst beschimpften sie sich, dann wurden sie handgreiflich. Der Kampf war lang und erbittert. Clodius' Freunde kamen von allen Seiten herbeigelaufen. Man hatte noch nie so viele Strolche auf dem Pflaster des Forums gesehen.

Clodius war der Sieger.

Er hinterließ ein Bild des Schreckens. Die Rinnsteine waren

voller Blut und die Abwässerkanäle quollen von Toten über. Als sie in die Stadt liefen, zündeten er und seine Anhänger überdies den Nymphentempel an.

Ein Tribun lag zwischen den Leichen. Man hatte ihn für tot gehalten, aber er war nur schwer verletzt.

Dieser Tribun gehörte zur Partei Ciceros: Das war schlimm.

Clodius fand eine Lösung: Er ließ einen Tribun seiner Partei ermorden und warf den Toten mitten in die Reihen der Senatoren.

Pompejus war der Meinung, daß es an der Zeit war, sich in die Sache einzumischen.

31

Eines schönes Morgens begleitete Pompejus Quintus mit einer starken Eskorte zum Forum.

Clodius griff Pompejus voller Stolz über seinen ersten Sieg an. Aber diesmal hatte er es mit den Veteranen aus Spanien und Asien zu tun, und er wurde geschlagen.

Inmitten des Handgemenges wurde Quintus jedoch schwer verwundet.

Diese Verwundung kam für Cicero zur rechten Stunde. Als das Volk sah, daß Quintus verletzt war, begriff es, daß es Zeit war, Clodius Einhalt zu gebieten.

Rom wurde nur noch von Chaos und Aufruhr erschüttert. Es gab keinen Senat mehr im Kapitol, kein Tribunal in der Basilika und keine Versammlung im Forum.

Der Senat traf eine große Entscheidung. Ciceros Rückkehr war eine grundlegende Frage. Die Senatoren riefen ganz Italien auf das Marsfeld. Ganz Italien sollte wählen und so zwischen Clodius und Cicero entscheiden.

Alle, die das Wahlrecht hatten, strömten nach Rom, und

eine Million einhunderttausend Stimmen befahlen die Rückkehr des Geächteten. Das war ein großer Tag, ein Festtag für ganz Italien, als diese Entscheidung bekannt wurde.

Cicero hatte den Erlaß des Senats erhalten, der das Volk zum Marsfeld rief. Er schrieb an Atticus:

»Man bringt mir die Briefe des Quintus mit dem Senatsbeschluß, in dem es um mich geht. Ich habe die Absicht zu warten, bis er durch ein Gesetz bestätigt wird, und wenn das Gesetz gegen mich ist, werde ich mich der Autorität des Senats bedienen. Es ist mir lieber, das Leben als das Vaterland zu verlieren. Komme so schnell wie möglich zu uns.«

Doch der Tribun Serranus hatte sich dem Erlaß des Rückrufs widersetzt.

Cicero hatte es erfahren und verlor seine ganze Energie.

Einige Tage nach dem ersten Brief an Atticus schrieb er den folgenden zweiten Brief:

»Aufgrund deiner Briefe und des Verlaufs der Sache selbst sehe ich, daß alles verloren ist. Ich bitte dich, den Meinen im Unglück nicht zu fehlen. Wie du mir geschrieben hast, werde ich dich also bald sehen.«

Schließlich entschied er sich, Dyrrachium am Tag vor den Nonen des August zu verlassen, genau an dem Tag, als der Erlaß seines Rückrufs bekanntgegeben wurde.

Am Tag der Nonen erreichte er Brundisium. Hier traf er seine Tochter Tullia.

Es war zufällig der Tag ihres Geburtstags und der Festtag der Kolonie. Es war also ein Fest für alle.

In Brundisium erfuhr er, daß das Gesetz mit einer gewaltigen Mehrheit fast einstimmig angenommen worden war.

Cicero verließ Brundisium mit einer Eskorte, die ihm nicht nur von den Magistraten bewilligt worden war, sondern die sich selbst angeboten hatte. Bei jedem Schritt auf der Straße wurde er von der Bevölkerung angehalten, die gesandt worden war, um ihm zu gratulieren. Während des ganzen Weges kam in all den Städten, die der Zurückgerufene durchquerte, jeder Mann von Rang und Namen zu ihm, wenn er nicht gar zu sehr in die Gegenpartei verwickelt war.

Von der Porta Capena, durch die er die Stadt betrat, sah er die mit Menschen übersäten Stufen des Tempels, und sobald die Massen ihn erkannten, brachen sie in Freudengeschrei aus.

Diese Freudenschreie begleiteten ihn bis zum Forum.

Im Forum war der Menschenauflauf so gewaltig, daß man die Liktoren einsetzen mußte, um ihm einen Durchgang zum Kapitol zu verschaffen, und zwei- oder dreimal wurde er fast erdrückt.

Am nächsten Tag, am Tag der Nonen des September, begab er sich in den Senat und bedankte sich.

Seit zwei Tagen waren die Lebensmittelpreise beträchtlich gestiegen. Schon wurden einige Stimmen der von Clodius' aufgehetzten Männer laut, die schrien, daß man den Einfluß von Ciceros Rückkehr spüre, doch diese Stimmen wurden schnell zum Schweigen gebracht.

Der Senat hatte sich permanent erklärt.

Viele Leute wünschten, daß Pompejus mit der Versorgung der Stadt beauftragt wurde.

Durch Ciceros Rückkehr war Pompejus' Ansehen wieder gestiegen.

Die Menge schrie Cicero zu:

»Pompejus! Pompejus! Schlag Pompejus vor.«

Cicero gab ein Zeichen, daß er sprechen wolle. Alle schwiegen.

Man hatte diese Stimme schon so lange nicht mehr gehört, daß sie fast etwas Neues war.

Cicero sprach, und er sprach gut. Es stimmt, daß er es war, der es sagte und daß er nicht die Gewohnheit hatte, sich herabzuwürdigen.

»Feci et accusate sententiam. Dixi.«[42]

In Übereinstimmung mit seinem Vorschlag wurde ein Senatsbeschluß erlassen, um Pompejus zu verpflichten, die Leitung der Lebensmittelversorgung zu übernehmen.

Bei der Verlesung des Senatsbeschlusses und der Erwähnung von Ciceros Namen, der ihn durchgesetzt hatte, applaudierte das Volk.

Am nächsten Tag willigte Pompejus ein, stellte aber seine Bedingungen. Er übernahm für fünf Jahre die Versorgung Roms, bestand aber darauf, daß ihm fünfzehn Legaten zur Seite gestellt wurden, und er nannte Cicero als ersten.

Infolgedessen stellten die Konsuln einen Plan auf, der Pompejus für fünf Jahre die Oberaufsicht der Lebensmittelversorgung im ganzen Reich übergab.

Die vernünftigen Leute waren schon der Meinung, daß dies sehr gut so sei, als Mellius mittels eines Änderungsantrags – wie man heute sagen würde – vorschlug, Pompejus die Macht zu übertragen über alle Geldquellen des Weltreiches sowie über die Flotten und die Heere, die er brauchte, zu verfügen, und die Statthalter der Provinzen seiner Macht zu unterstellen.

Cicero schwieg; das ging ihn nichts an. Letztendlich war Cicero, der Pompejus besser kannte als jeder andere, *den Mann mit den beiden Türen*, aber der Meinung, daß die Begeisterung ein wenig zu weit getrieben wurde.

Am nächsten Tag gab es eine große Debatte über Ciceros Häuser, und zwar ebenso über die, welche Clodius ganz einfach hatte niederreißen lassen, wie über das, an dessen Stelle ein Tempel der Freiheit gebaut worden war.

Es ging darum, nicht der Entweihung anheimzufallen, indem ein Gott oder eine Göttin enteignet wurden.

Die Frage wurde dem Pontifex übergeben, der wie folgt entschied:

»Wenn derjenige, der behauptet, den Ort geweiht zu haben, weder kraft einer allgemeinen Anordnung noch kraft eines namentlichen Mandates gehandelt hat, das vom Gesetz erlassen oder in einem Plebiszit niedergeschrieben wurde, *so kann die Rückgabe durchgeführt werden, ohne die Religion anzutasten.*«

O heiliger Jesuitenorden! Es stimmt also, daß du nicht nur von Ignatius von Loyala abstammst und daß deine Gründung sich in der Dunkelheit der Zeit verliert.

Es gab eine große Debatte darüber.

Clodius spricht drei Stunden, um zu beweisen, daß er das Recht gehabt habe, das zu tun, was er getan hatte, aber das römische Volk ist schließlich ein durch und durch künstlerisches Volk. Es ist der Meinung, daß Clodius besser mit dem Schwert umgeht als mit dem Wort und daß Cicero bezüglich des Wortes der Meister über Clodius ist. Es pfeift Clodius aus, und der Erlaß wird verabschiedet.

Es wird festgelegt, daß Cicero sein Haus zurückbekommt und daß die Säulenhalle des Catulus auf Kosten des Staates wieder errichtet wird. Dann bewilligt man Cicero als Schadenersatz zwei Millionen Sesterzen für sein Haus in Rom, fünfhunderttausend Sesterzen für das in Tusculum, zweihundertfünfzigtausend für das in Formiae – ungefähr zwischen sechs- und siebentausend Livres unseres Geldes.

Und Cicero und alle ehrenwerten Leute sind der Meinung, daß das recht wenig sei.

»*Quae aestimatio non modo vehementer ab optimo quoque, sed etiam a plebe reprehenditur.*«[43]

Clodius wird im Senat ebenso besiegt wie auf dem Forum, aber Clodius ist nicht der Mann, der so schnell aufgibt. Am 4. der Nonen des November sammelt er die Reste seines ehemaligen Heeres aus der Zeit zusammen, da er Tribun gewesen war, fällt mit den Soldaten über die Maurer und Steinhauer her, die mit dem Wiederaufbau des Hauses seines Feindes beschäftigt sind, verjagt sie, versperrt mit Bruchsteinen Quintus' Haus und legt dort schließlich Feuer.

All das passiert wohl bemerkt am hellichten Tag, und es gibt den Senat, die Konsuln, die Prätoren und die Tribune.

Es stimmt, daß Pompejus auf Reisen ist, um Weizen zu kaufen.

An den Iden des November kommt es zu einem erneuten Angriff.

Cicero, der von seinen Klienten und seinen Rittern begleitet wird, geht die Via Sacra hinunter. Clodius taucht überraschend auf, stürzt sich auf Cicero und stößt wilde Schreie aus. Seine Männer sind mit Steinen, Stöcken und Schwertern bewaffnet. Cicero flieht natürlich. Er sieht, daß die Tür zur Vorhalle von Tettius' Haus geöffnet ist, und bringt sich dort mit einem Teil seiner Gefolgschaft in Sicherheit.

Dort verbarrikadieren sie sich und halten die Schergen des Clodius in Schach.

Cicero bekommt Verstärkung. Clodius ist unterlegen.

»Ich hätte ihn töten können«, sagt Cicero, »aber ich behandele ihn allmählich mit Zurückhaltung: Die Chirurgie ermüdet mich.« (*Ipse occidi potuit; sed ego dieta curare incipio, chirurgiae taedet.*)

Sehen Sie sich diesen Prahler an!

Es war ein Fehler von Cicero, Clodius zu verschonen. Denn am Tag vor den Iden des November setzte sich Clodius in den Kopf, das Haus von Milo auf dem Germalus niederzubrennen, und das am hellichten Tag zur fünften Tagesstunde.

Er hat seine Männer erneut aus den Reihen der Sklaven rekrutiert. Die Bettler, von denen Zafari in *Ruy Blas*[44] spricht, sind die Könige von Indien, verglichen mit denen, die hinter Clodius herschreiten. Diese haben Schwerter, Schilde und Fackeln; das Hauptquartier des Anführers befindet sich im Haus des Faustus Sulla.

Aber glücklicherweise ist Milo gewarnt worden. Er besitzt zwei Häuser im selben Viertel. Eines hat er von seinem eigenen Geld bezahlt, und das andere stammt aus dem Nachlaß des Annius. In diesem hat sich Flaccus mit einer Garnison verschanzt.

Diese Garnison mit Flaccus an der Spitze macht einen Ausfall. Sie schlagen die Horde des Clodius in die Flucht.

Clodius flieht und versteckt sich seinerseits im Haus von Publius Sulla. Das ganze Haus wird vom Keller bis zum Speicher nach ihm abgesucht – aber vergebens.

Flaccus und Milo wollen Clodius keineswegs wie Cicero mit Zurückhaltung behandeln, sondern mit dem Schwert.

Am nächsten Tag versammelt sich der Senat.

Clodius rührt sich nicht. Milo klagt Clodius an.

Doch die Komitien stehen vor der Tür. Clodius wird sich zum Ädil ernennen lassen, also zum Bürgermeister eines Stadtviertels von Rom – und warum nicht zum Magistrat? Und wenn er erst einmal Ädil ist, kann er nicht mehr verurteilt werden, und außerdem läßt er schon im voraus verlauten, daß er Rom mit Feuer und Schwert verwüsten wird. Das ist sein Glaubensbekenntnis.

Der Tag der Komitien beginnt. Milo verkündet ungünstige Vorzeichen. Es wird also erst am nächsten Tag gewählt.

Am nächsten Tag ist Milo noch vor Tagesanbruch auf dem Marsfeld.

Wir erinnern uns daran, daß das Marsfeld der grüne Teppich ist, auf dem das Spiel der Wahl gespielt wird. Heute wird es das Schlachtfeld sein, auf dem die Frage zwischen Milo und Clodius entschieden wird.

Wenn Clodius erscheint, ist er tot!

Clodius erscheint nicht.

An nächsten Tag begibt sich Milo vor Tagesanbruch zu den Komitien. Plötzlich sieht er Metellus vorbeirennen.

Wer ist dieser Metellus? Cicero sagt nichts dazu. Ist es nicht Metellus Celer, der ehemalige Konsul, Metellus der Schnelle, der Schwager von Clodius, der Rivale von Catullus, von Cäsar und allen Liebhabern seiner Frau? Nein, 59 v. Chr.

hat sich dieser gegen seinen Schwager ausgesprochen und ist plötzlich verstorben. Wenn Sie ganz laut fragen, wie er gestorben ist, so wird man Ihnen antworten: »Seine Frau hat ihn vergiftet.«

Wie auch immer, versucht irgendein Metellus das Marsfeld über Umwege zu erreichen. Milo rennt los, erreicht ihn und erklärt ihm seinen Protest in seiner Eigenschaft als Tribun. Dieser Mettelus zieht sich unter Schmährufen zurück.

Einen Tag später ist Markt, daher also keine Versammlung. Am 8. November wird die Versammlung stattfinden.

Am 8. November ist Milo schon in der neunten Stunde der Nacht auf seinem Posten.

Übrigens ist Clodius ein verlorener Mann. Seine Vorhalle ist fast leer. Eine alte Laterne beleuchtet einige Schurken in Lumpen.

Es wird keine Komitien geben, oder zumindest finden die Komitien nur statt, wenn Clodius von Milo angeklagt wird.

Wenn Milo Clodius auf der Straße trifft, ist Clodius ein toter Mann. Cicero informiert Atticus darüber.

»Si se inter viam obtulerit, occisum iri ab ipso Milone video.«

Das alles wird zumindest diesmal durch eine schwere Kolik Ciceros beendet, die zehn Tage andauert und die er auf die Pilze und den Kohl aus Brüssel schiebt, die er bei dem Augurenfestessen des Lentulus gegessen hat.

32

Wir haben von Pompejus' Abwesenheit gesprochen, der Lebensmittel für Rom beschafft. Er ist persönlich nach Sizilien, Sardinien und Afrika gereist und hat dort beträchtliche Mengen an Lebensmitteln beschafft.

In dem Moment, als er an Bord gehen wollte, um sie nach

Rom zu bringen, erhob sich ein heftiger Sturm. Alle widersetzten sich Pompejus' Abreise, doch er ging auf dem ersten Schiff an Bord, gab den Befehl, die Segel zu setzen, und sagte:

»Es ist notwendig, daß ich aufbreche, aber es ist nicht notwendig, daß ich lebe.«

Pompejus schwebt noch immer im siebten Himmel. Die Geschichtsschreibung erinnert sich auch noch an die Worte, die er sagt, doch dann kommt Pharsalos, und sie wird diese vergessen, um die Cäsars festzuhalten.

Pompejus war auch einige Zeit zuvor abwesend.

Nachdem er während des Frühlings, des Sommers und des Herbstes gekämpft hatte, als der Regen die Wege aufweichte, der Schnee die Durchfahrten versperrte, die Flüsse Eis führten und nicht mehr befahrbar waren, hatte Cäsar in Lukka hofgehalten.

Hofhalten, so sagte man.

Man hörte in Rom nur von ihm, weil wieder ein neuer Siegesname genannt wurde. Während sich seine Rivalen im Aufruhr gegenseitig schwächten, wurde er ähnlich einem anderen Adamastor[45] immer größer am Horizont.

Alles, was es an Berühmtheiten in Rom und der Provinz gab, kam nach Lukka. Das waren Appius, der Statthalter von Sardinien, Nepos, der Statthalter von Spanien, usw. Im Winter des Jahres 58 v. Chr. waren in Lukka einhundert Liktoren und mehr als zweihundert Senatoren versammelt.

Crassus und Pompejus waren ebenfalls hierhergekommen.

Die Bande des Triumvirats hatten sich etwas gelockert, und bei dieser Zusammenkunft wurden sie wieder gefestigt. Hier wurde entschieden, daß Cäsar für fünf weitere Jahre das Prokonsulat von Gallien übernahm, daß Pompejus und Crassus sich zum Konsul wählen und sich anschließend Prokonsulate in der Provinz übertragen ließen, damit sie alle Truppen der Republik in Händen hielten.

Um die Wahl des Crassus und des Pompejus durchzusetzen, schrieb Cäsar an all seine Freunde in Rom. Er mußte eine große Anzahl an Soldaten beurlauben, damit sie frei waren, um ihre Stimmen bei den Komitien abzugeben.

Diese Pläne waren für das Jahr 55 v. Chr. festgelegt worden.

Die Ereignisse, die wir in diesem letzten Kapitel geschildert haben, führen uns nun ins Jahr 56 v. Chr.

Dieses Jahr verläuft ohne große Ereignisse.

Clodius ist vollkommen bezwungen. Er schlägt hier und da wohl noch einige Türen ein, brennt einige Häuser nieder, bricht links und rechts ein paar Rippen, aber er ähnelt der Bulldogge meines Freundes Jadin mit dem Maulkorb, die gezwungen ist, die Windhündin und den King-Charles-Spaniel aus ihrem Napf fressen zu lassen.[46]

Cicero ißt so gut aus dem Napf des Clodius, daß er die Abwesenheit von Clodius nutzt, sich zum Kapitol begibt und die Tribunatstafeln zerschlägt, auf denen geschrieben steht, was Clodius während seines Tribunats geleistet hat.

Clodius läuft herbei und schreit: »Gesetzwidrigkeit!« Man hat schon Diebe gesehen, die in dem Moment, als sie verhaftet wurden, nach Schutz riefen.

Cicero antwortete mit einem der von ihm gewohnten logischen Schlüsse.

»Weil Clodius Patrizier war, konnte er kein Volkstribun sein; da er kein Volkstribun sein konnte, ist das, war er während seines Tribunats vollbracht hat, null und nichtig, und es ist jedem erlaubt, die Tafeln zu zerschlagen.«

Doch durch diese Vernichtung der Tafeln lieferte sich Cicero mit Cato einen Streit, mit dem er nicht gerechnet hatte.

Auf den Tafeln stand, was Cato in Griechenland und auf Zypern geleistet hatte. Nun lag Cato sehr daran, daß diese Spuren seines vorübergehenden Amtes innerhalb der öffentlichen Angelegenheiten nicht in Vergessenheit gerieten.

Wie endete diese Debatte? Unglücklicherweise spricht Cicero in seinen Briefen nicht darüber, und Plutarch sagt nur diese wenigen Worte:

»Aufgrund dieser Sache versetzte Cicero Cato einen Schlag, der keinerlei Auswirkungen hatte, aber dennoch große Kälte in ihre Freundschaft brachte.«

Man weiß zwar nicht genau, wie dieses ganze Jahr verlief, aber doch mit kleinen Schikanen.

Pompejus beauftragte Gabinius, Ptolemäus wieder in seine Rechte einzusetzen, und als Gabinius zurückkehrte, brach er unter den Millionen fast zusammen. Dadurch verstärkte sich Crassus' Wunsch, nach Syrien zu gehen. Wir sagten schon, daß Crassus und Pompejus erst Konsuln sein mußten, damit sich der Wunsch erfüllen konnte.

Das Jahr 55 v. Chr. begann.

Überall wurde gemunkelt, daß die Welt auf einer Konferenz mit Cäsar zwischen diesen drei Männern geteilt worden sei. Als man erfuhr, daß Pompejus und Crassus sich gemeinsam für das Konsulat bewarben, zweifelte niemand mehr daran.

»Strebst du das Konsulat an?« fragten Marcellicus und Domitius Pompejus.

»Vielleicht ja, vielleicht nein«, antwortete dieser.

»Aber gib uns doch auf eine richtige Frage eine richtige Antwort.«

»Gut«, sagte Pompejus, »ich strebe es im Interesse der Guten und gegen die Bösen an.«

Ein solches Bündnis war für all diejenigen nicht beruhigend, die noch ein wenig, wenn schon nicht an der Republik, so doch am Namen der Republik hingen. Man wandte sich an Crassus; seine Antwort fiel etwas bescheidener aus.

»Ich werde diese Magistratur nur anstreben«, sagte er, »wenn ich glaube, dem Staat nützlich sein zu können, sonst unterlasse ich es.«

Die stolze Antwort des Pompejus und die zweideutige des Crassus führten dazu, daß einige Mitbewerber es wagten, sich auch aufstellen zu lassen, aber als man immer deutlicher sah, daß sich Crassus und Pompejus offiziell vorstellten, zogen sich alle Kandidaten mit Ausnahme des Domitius zurück.

Es war wieder Cato, der ihn unterstützte, genauso wie er Bibulus gegen Cäsar unterstützt hatte.

Wie wir wissen, kannte Cato keine Hemmungen. Er ging über die öffentlichen Plätze und sagte, daß Pompejus und Crassus in Wirklichkeit nicht das Konsulat anstrebten, sondern die Tyrannei, und daß ihr Ziel nicht eine Magistratur in Rom sei, sondern der Besitz bedeutender Provinzen und militärisch starker Prokonsulate. Und indem er diese Worte verbreitete und seine Behauptungen betonte, bedrängte er Domitius und sagte zu ihm, daß er seine Hoffnungen nicht aufgeben solle, und er überzeugte ihn, für die allgemeine Freiheit zu kämpfen.

Und überall sagten die Leute:

»Cato hat in der Tat recht. Warum streben denn diese Männer, die schon zusammen Konsuln waren, zusammen ein zweites Konsulat an? Warum zusammen und nicht nur einer von ihnen? Mangelt es Rom denn an Bürgern, die würdig sind, die Kollegen von Crassus oder Pompejus zu sein?«

Pompejus bekam Angst. Bei derartigen Kämpfen bekam Pompejus schnell Angst. Also griff er als richtiger Soldat zur Gewalt.

Domitius wurde ein Hinterhalt gelegt, und als dieser sich noch vor Tagesanbruch mit einigen seiner Freunde, unter denen sich auch Cato befand, zum Forum begab, stürzten sich Pompejus' Männer, die keineswegs besser waren als die des Clodius, auf die kleine Gruppe, töteten die Diener, welche die Fackeln trugen, und verletzten Cato.

Glücklicherweise befanden sie sich noch ganz in der Nähe von Domitius' Haus. Dieser und die wenigen Freunde, die ihm geblieben waren, brachten sich hierher in Sicherheit.

Pompejus' Männer errichteten eine Blockade rund um das Haus, und in Abwesenheit ihres Rivalen ließen sich Pompejus und Crassus in aller Ruhe zu Konsuln ernennen.

Doch eine Gefahr bedrohte sie.

Cato strebte die Prätur an, Cato, den sie sich nun zum Todfeind gemacht hatten. Er hatte sich von seiner Verletzung kaum erholt, die er sich zugezogen hatte, als er Domitius zum Forum begleitete.

Aber man beschloß nicht, Cato durch Gewalt aus dem Weg zu räumen.

Cato besaß schließlich eine unglaublich laute Stimme, und wenn er schrie, wurde seine Stimme zwar nicht erhört, war aber dennoch in ganz Rom zu hören.

Crassus und Pompejus waren reich. Es wurden einige Millionen in den Tribus verteilt. Cato scheiterte.

Antias und Vatinius wurden zu Prätoren gewählt. Das waren Kreaturen von Pompejus und Crassus. Nun, da sie sicher waren, keine Opposition mehr gegen sich zu haben, drängten sie den Volkstribun Tribonius nach vorn, der die in Lukka verfaßten Erlasse verkündete.

Cäsar hatte für fünf weitere Jahre das Prokonsulat in Gallien inne.

Crassus und Pompejus losten um Syrien und die beiden spanischen Staaten. Syrien fiel an Crassus und die beiden spanischen Staaten an Pompejus.

Alle hatten bekommen, was sie sich wünschten:

Crassus, der Syrien wollte, um den Krieg gegen die Parther führen zu können, hatte Syrien. Pompejus, der Spanien kannte und hoffte, dort, das heißt vor den Toren Italiens, die Soldaten, die er eines Tages für seine Pläne brauchen könnte, zu sammeln, bekam Spanien und war nicht gezwungen, seine Frau zu verlassen, die er von Tag zu Tag inniger liebte. Und das Volk schließlich, das glaubte, daß in Rom nichts ohne Pompejus geschehen könne, behielt Pompejus in Rom.

Aber der fröhlichste von allen war Crassus! Die Millionen des Gabinius raubten Crassus den Schlaf.

Zwischen Miltiades und Themistokles ging es um Lorbeeren; zwischen Gabinius und Crassus ging es um Millionen.

33

Die Dinge liefen also immer schlechter in den Augen des Pessimisten, den man Cato nannte.

Und was Cicero betraf, so war er aus Schaden klug geworden. Er spottete wohl ganz leise ein wenig, denn Cicero konnte sich nicht des Spotts enthalten, aber er grüßte Pompejus lächelnd und schrieb an Cäsar, daß er ihn als sein zweites Ich ansehe.

Es stimmt, daß Cäsar ihm seinerseits alle Nettigkeiten zukommen ließ – brieflich natürlich.

»Ihr empfehlt mir Orflus«, schrieb er ihm, »ich werde den König der Gallier aus ihm machen, wenn Ihr es nicht vorzieht, daß ich ihn zum Legaten des Lepta mache.«

»Wollt Ihr noch einen anderen zu mir schicken, damit ich ihn zu einem reichen Mann mache? Schickt ihn!«

So ging man in Rom vor. Und Cato schickte Tribatius. »Er übergab ihn«, sagte er, »aus seinen Händen in die treuen, siegreichen Hände Cäsars.« Und so endete er:

»Achtet auf Eure Gesundheit und liebt mich, wie Ihr liebt (*Et me ut amas, ama*).«

Es ist überflüssig zu sagen, daß Cicero nicht mehr über Crassus spottete – jedenfalls nicht laut. Nur in seinen vertraulichen Briefen nannte er ihn weiterhin den Kahlköpfigen und den Millionär. Er begrüßte Crassus' Pläne, wenn er ihn traf, gratulierte ihm zu seinen zukünftigen Siegen über die Parther, und dieser vertraute ihm seine Hoffnungen an.

Seine Siege über die Parther! Er wird sich nicht mit den Parthern begnügen. Er wird zeigen, daß die Heldentaten des Lucullus gegen Tigranes und die des Pompejus gegen Mithridates nur ein Kinderspiel waren. Er wird noch einmal den Triumphzug des Alexander wiederholen und über Baktrien in Indien eindringen, um erst an der Grenze des Meeres anzuhalten.

In dem Erlaß, in dem Crassus zum Prokonsul von Syrien ernannt wurde, stand jedoch kein Wort über den Krieg gegen die Parther, doch alle Welt wußte, daß es Crassus' feste Absicht war, ihn zu führen. Sogar Cäsar wußte es, der ihm aus Gallien schrieb, um seinen Plan zu loben und um ihn aufzufordern, ihn auszuführen.

Und was Pompejus betrifft, so spricht Plutarch zu jener Zeit nur über seine Liebe. Seine Frau durch ganz Italien zu führen, ist die wichtigste Handlung seines Konsulats. Er stellt sie der Bevölkerung vor. Er will, daß die Frau, die er liebt, bewundert wird. Und über Julia wird nur gesagt, wie sehr sie an Pompejus hängt.

In einer Zeit, in der so leichtfertig mit der Ehe umgegangen wird, ist eine derartige Liebe einer 20jährigen Frau zu ihrem 50jährigen Ehemann ein Skandal.

So sieht sich auch Plutarch gezwungen, gute Gründe für diese Liebe anzugeben:

»Diese Zärtlichkeit erklärt sich«, sagt er, »durch die Weisheit ihres Mannes und den ernsten Charakter des Pompejus, dem aber nichts Strenges anhaftet und der seiner Frau eine angenehme, charmante Gesellschaft bietet.«

Kann man diese Details über die Intimität denn glauben? Wer hat sie geliefert? Eine Frau, die sich auskennen müßte, die Kurtisane Flora.

Doch unglücklicherweise konnte Pompejus nicht immer in der Nähe seiner Frau sein.

Es sollten die neuen Ädilen gewählt werden. Als Konsul mußte Pompejus den Wahlen vorsitzen.

Er begab sich zum Marsfeld. Bei den turbulenten Wahlen kam es zu einem Handgemenge. Mehrere Personen, die sich in der Nähe von Pompejus aufhielten, wurden getötet oder verletzt. Das Blut spritzte bis auf seine Toga, die er daher wechseln mußte. Pompejus ließ in seinem Hause eine andere Toga holen und das blutüberströmte Gewand nach Hause bringen.

Als Julia das Blut sah, glaubte sie, ihr Mann sei ermordet worden, und sie fiel in Ohnmacht.

Sie war schwanger.

Die Ohnmacht dauerte lange und hatte das werdende Leben angegriffen. Das Kind wurde im Schoß der Mutter getroffen. Julia erlitt eine Totgeburt.

Dieses kleine häusliche Drama lenkte das Interesse Roms auf Pompejus, und die Menschen glaubten nun an die wahre Liebe der Frau zu ihrem Mann.

Drei Monate später erhielt Rom einen erneuten Beweis für diese Liebe. Den Klienten der Villa in den Albaner Bergen wurde offiziell verkündet, daß Julia schwanger war.

Kündigte Pompejus die Spiele an, um sich beliebt zu machen oder um diese gute Nachricht zu feiern? Das war Rom egal. Es würde sich amüsieren.

Pompejus sagte, daß er die Spiele gebe, um die Weihe der siegreichen Venus zu feiern.

Diese Spiele, die Pompejus in Rom veranstaltete, waren Tierhetzen. Die Tierhetzen waren ein Schauspiel, auf das die Römer besonders lüstern waren und das es schon seit zwei Jahrhunderten gab. Die ersten Tierhetzen, die stattgefunden hatten, waren herrlich und schrecklich zugleich gewesen.

Um das Jahr 251 v. Chr. hatte man im Zirkus einhundertzweiundvierzig Elefanten mit Pfeilen und Wurfspießen getötet. Das war kein Luxus, sondern eine Notwendigkeit. Diese Elefanten waren bei einer Schlacht gegen die Karthager gefangen worden, und die Republik, die zu arm war, um sie zu füttern, und die zu besonnen war, um sie Verbündeten zu schenken, hatte ihren Tod angeordnet.

171 v. Chr. hatten in den von Scipio Nascia und P. Lentulus

veranstalteten Spielen dreiundsechzig Panther und vierzig andere Tiere, ebenso Bären wie Elefanten, gekämpft.

499 v. Chr. ließ Clodius Pulcher, sicher der Vater unseres Clodius, während seiner Amtszeit als Ädil Elefanten kämpfen.

Ein einfacher Bürger namens P. Servilius hatte eine gewisse Berühmtheit erlangt, weil er eine Tierhetze veranstaltet hatte, bei der dreihundert Bären und genauso viele Panther und Leoparden getötet wurden.

Sulla hatte als Prätor eine Jagd mit hundert Löwen mit Mähnen gegeben, das heißt Löwen aus dem Atlas, denn die Löwen aus Numidien, Abessinien und Jemen besitzen diesen Schmuck nicht.

Schließlich gab Pompejus diesmal – womit er alle überbot – eine Tierhetze mit sechshundert Löwen, davon dreihundertfünfzehn mit Mähnen, und mit zwanzig Elefanten.

Tierkämpfer und Verbrecher kämpften gegen die Löwen, die Gätuler, die mit Pfeilen und Wurfspießen bewaffnet waren, gegen die Elefanten.

Ein alter Senatsbeschluß verbot, Panther nach Italien zu bringen. Sicher wurde befürchtet, daß ein Paar dieser Tiere fliehen, sich vermehren und Verwüstungen anrichten könnte. Aber im Jahre 84 v. Chr. das heißt dreißig Jahre vor der Zeit, über die wir nun berichten, brachte der Tribun C. Autidius die Frage vor das Volk. Das Volk, dem es egal war, ob einige Provinzler aufgefressen wurden, zerschlug den Senatsbeschluß.

Scaurus ergriff die Gelegenheit beim Schopfe, nutzte die Aufhebung des Gesetzes und ließ in den Spielen während seiner Amtszeit als Ädil einhundertfünfzig Panthern die Kehle durchschneiden. Pompejus hatte während seines ersten Konsulats bis zu vierhundertzehn töten lassen.

Die Frage, die man sich ganz automatisch stellt, wenn man eine derartige Verschwendung sieht, ist, wo und auf welche Weise man sich dreihundert Löwen mit Mähnen beschaffte, um ihnen vor den Augen des römischen Volkes die Kehle durchschneiden zu lassen.

Das war ganz einfach. Einigen Völkern wurde der Tribut in Form von Geld und anderen in Form von wilden Tieren auferlegt. Afrika beispielsweise mußte die zweite Art von Zahlung leisten.

Und welch eine ungeheuere Anzahl an wilden Tieren nährte also Afrika zu jener Zeit, daß man davon, ohne den Bestand zu gefährden, derartige Tributzahlungen abziehen konnte? Urteilen Sie nun selbst, was das für eine Treibjagd war, bei der man dem Jäger befahl, die wilden Tiere lebend zu fangen, ohne sie zu erschlagen oder zu verletzen? Und was für wilde Tiere! Nilpferde, Krokodile, Panther, Löwen, Rhinozerosse und Elefanten.

Bis die Spiele begannen, wurden die Tiere in Käfige gesperrt; dem Volk war es erlaubt, sie zu besichtigen, und so konnte es sich zweimal an ihnen erfreuen, indem es sie zuerst im Geiste und dann in Wirklichkeit kämpfen sah.

Pompejus war auf dem Höhepunkt seines Glücks und seines Reichtums angelangt. Ein privates Unglück war die erste Warnung des Schicksals.

Julia hatte sich von der heftigen Erregung ihres Gemüts nie ganz erholt, die der Anblick von Pompejus' blutbeflecktem Gewand ausgelöst hatte. Während ihrer zweiten Schwangerschaft kränkelte sie und starb während der Wehen. Das Kind wurde lebend aus ihrem Schoß geborgen, aber nach einer Woche starb es auch.

Pompejus war verzweifelt. Er wollte seine Frau in seiner Villa in den Albaner Bergen bestatten, um ihren Sarg immer vor Augen zu haben, aber das Volk drang in seinen Palast ein, bemächtigte sich mit Gewalt des Leichnams und brachte ihn zum Marsfeld.

Dort wurde er prunkvoll mit Duftstoffen und Gewürzen verbrannt.

Merkwürdig an der Sache war nur, daß das Volk der Tochter des abwesenden Cäsar und nicht der Frau des anwesenden Pompejus Ehre erwies. Und Cäsars Name, der übrigens bei jeder

Gelegenheit genannt wurde, war aufgrund dieser Bestattungsfeier in der ganzen Stadt in aller Munde. Noch nie hatte man sich so sehr mit ihm beschäftigt wie jetzt, da er abwesend war.

Crassus traf die Vorbereitungen für seine Abreise nach Syrien.

Aber ehe Crassus aufbrach, sollte Rom erneut die Bühne für politische Kämpfe sein.

34

Das Konsulat von Pompejus und Crassus ging zu Ende. Annius Milo, Plautius Hypsaeus und Metellus Scipio stellten sich vor, um sich für das Konsulat zu bewerben.

Clodius stellte sich vor, um sich für die Prätur zu bewerben. Wir haben schon gesagt, daß die Prätur die Magistratur war, die man anstrebte, wenn man ruiniert war. Ein Mann, der die Prätur anstrebte, war ein Mann, der zu seinen Gläubigern sagte: »Ich werde das wahrlich in Ordnung bringen. Gebt mir Eure Stimme, und ich werde Euch Zinsen und Kapital auf Kosten meiner Bürger zurückzahlen.«

Wir wissen um die Feindschaft, die zwischen Milo und Clodius herrschte.

Clodius begriff eines: Sollte Milo Konsul werden, wäre es mit seiner Prätur aus und vorbei.

Daher intrigierte er gegen die Kandidatur des Milo und unterstützte die des Scipio und des Hypsaeus.

Erneut wurde die Stadt zum Schauplatz für Mord und Brandstiftung. Durch diese Vorfälle wurden die Komitien unablässig unterbrochen, so daß noch Ende Januar weder der Konsul noch der Prätor gewählt worden waren.

Die *ehrenwerten Leute* waren für Milo. Das *Volk* – denken Sie daran, daß das Volk im Altertum immer von den ehrenwerten

Leuten unterschieden wurde –, das Volk war für Hypsaeus und Scipio.

Der Senat, der sah, daß die Angelegenheit zu keinem Ende kam, ernannte einen Interrex, einen Zwischenkönig.

Dieser Interrex war Emilius Lepidus.

Was war ein Interrex?

Wir werden es erklären.

Wenn die Komitien aufgrund der Opposition der Tribune oder ungünstiger Vorhersagen so lange hinausgeschoben wurden, daß die Konsuln zu Beginn des Jahres nicht gewählt waren, gab es angesichts der Tatsache, daß die Konsuln ihre Ämter verließen, ohne Nachfolger zu haben, eine sogenannte Zwischenherrschaft.

Der Senat trug für die Wahrung der Staatsgeschäfte Sorge, indem er einen Zwischenkönig einsetzte. Der Zwischenkönig war ein Magistrat, dessen Macht der der Konsuln gleichgestellt war, die er aber nur fünf Tage lang innehaben durfte. Er berief die Komitien ein, saß ihnen vor und übergab den Konsuln die Macht, sobald sie gewählt worden waren. Waren die Konsuln nach fünf Tagen noch immer nicht gewählt, wurde ein anderer Zwischenkönig ernannt.

Sehen Sie bei Titus Livius nach, und Sie erfahren, daß es einmal vorkam, daß elf aufeinanderfolgende Zwischenkönige die Macht der Konsuln fünfundfünfzig Tage lang in Händen hielten.

Einen Tag, nachdem Emilius Lepidus zum Interrex ernannt worden war, am 20. Januar des modernen Kalenders, begab sich Milo nach Lanuvium, der Gemeinde, deren Diktator er war, um dort einen Flamen zu wählen, und traf zur neunten Tagesstunde, das heißt um drei Uhr nachmittags, Clodius, der aus Aricia zurückkehrte und der am Tempel der guten Göttin Halt gemacht hatte, um mit dem Dekurio der Aricier zu sprechen.

Clodius war beritten; dreißig Sklaven, die mit Schwertern bewaffnet waren, folgten ihm. An ihrer Seite waren ein römischer Ritter, Cassidus Schola, und zwei Plebejer, zwei neue Männer, zwei Flegel, P. Pomponius und C. Clodius, sein Neffe.

Milo reiste im Wagen. Er hatte über eine Abkürzung die Via Appia ungefähr an der Stelle erreicht, wo heute das Dorf Genzano liegt. Da er der Via Appia folgte, befand er sich etwas unterhalb von Albano und traf dort auf Clodius. Dieser hatte seine Frau Fausta bei sich und M. Tufius, seinen Freund. Seine Gefolgschaft an Sklaven war mindestens zweimal so groß wie die des Clodius. Er hatte überdies etwa zwanzig Gladiatoren bei sich und unter ihnen zwei durch ihre Stärke und Geschicklichkeit renommierte Männer, Eudamus und Birria.

Eudamus und Birria schritten am Schluß der Gruppe und bildeten die Nachhut. Sie begannen einen Streit mit den Sklaven des Clodius. Clodius, der den Krach hörte, lief herbei. Wir kennen ja Clodius! Er ging drohend auf die beiden Gladiatoren zu. Einer von ihnen traf ihn mit einem Lanzenhieb und durchbohrte seine Schulter.

Clodius war schwer verwundet und fiel vom Pferd.

Die beiden Gladiatoren, die nicht wußten, ob sie ihre Sache gut oder schlecht gemacht hatten, beeilten sich, um Milos Eskorte einzuholen.

Während dieser Zeit wurde Clodius von seinen Sklaven in eine Taverne gebracht.

Die beiden Gladiatoren, die sich umdrehten, um sich zu vergewissern, daß sie nicht verfolgt wurden, hatten gesehen, in welche Taverne Clodius gebracht worden war.

Milo bemerkte eine gewisse Unruhe in seiner Eskorte.

Man tuschelte und drehte sich um. Einige lachten, und andere schienen sich zu fürchten.

Er fragte, was passiert sei.

Der Anführer der Sklaven näherte sich also dem Wagen, der angehalten hatte, und erzählte seinem Herrn, daß Clodius soeben von einem Gladiator schwer verwundet worden sei und man ihn in eine Taverne gebracht habe, auf die er mit dem Finger zeigte.

Milo überlegte einen Moment.

»Wenn er verletzt ist«, sagte er, »ist es besser, wenn er stirbt. Es wird mir keineswegs Schlimmeres passieren – ganz im Gegenteil.«

Und er wandte sich an den Anführer der Sklaven:

»Fustenus«, sagte er, »nimm fünfzig Männer, stürme die Taverne und richte es so ein, daß Clodius im Handgemenge stirbt.«

Fustenus nahm die fünfzig Sklaven, ging los und machte sich auf die Suche nach Clodius. Dieser hatte sich versteckt, aber Fustenus suchte so gründlich, daß er ihn schließlich entdeckte.

Zehn Minuten später lag eine Leiche mit dem Gesicht zur Erde auf der Via Appia.

Milo war natürlich nicht dort stehengeblieben, um die Hinrichtung zu verfolgen. Er hatte seinen Weg fortgesetzt und sich vollkommen auf Fustenus verlassen.

Wir sehen, daß dieser sein Vertrauen tatsächlich nicht enttäuscht hatte.

Ein Senator, Sextus Taedius, kehrte vom Land nach Rom zurück. Er sah eine Leiche auf der Hauptstraße, stieg aus seiner Sänfte, untersuchte den Leichnam und erkannte Clodius.

Er ließ den Leichnam in seine Sänfte legen, ging zu Fuß weiter und brachte den Leichnam nach Rom.

Clodius, der Ciceros Häuser zurückgeben mußte, hatte von Scaurus eine Art Palast auf dem Palatinhügel gekauft. Und dorthin brachte Sextus Taedius den Leichnam.

Fulvia lief sofort herbei, als sie von diesem Ereignis erfuhr. Wie alle bösen Wesen wurde Clodius von den Frauen geliebt, und besonders von der seinen. Fulvia stieß laute Schreie aus, stellte sich auf die Schwelle des Hauses, raufte sich die Haare, schlug sich ins Gesicht und zeigte den blutüberströmten Mantel.

In kürzester Zeit war das ganze Haus bis zum Bersten mit Plebejern gefüllt. Clodius' Tod hatte seine Beliebtheit neu belebt.

Das alles geschah noch am Abend des Mordes. Der Leichnam war gegen die erste Nachtstunde auf dem Palatinhügel eingetroffen, das heißt um sechs Uhr abends.

Die Nacht verging mit Fulvias Klagen und den Racheplänen seitens der Klienten des Clodius.

Am nächsten Tag im Morgengrauen vergrößerte sich die Menge; sechs- oder achttausend Menschen aus dem Volk drängten sich um das Haus, und zwar so ungestüm, daß drei oder vier Personen erdrückt wurden.

In der Menge befanden sich zwei Volkstribune, Minutius Plancus und Pomponius Rufus. Auf ihre Ermahnungen hin holte der Plebs den nackten Leichnam mit den Schuhen an den Füßen, der also noch in dem Zustand war, in dem man ihn aufs Bett gelegt hatte, um sich seine Wunden anzusehen, und trug ihn hinaus. Plancus und Rufus, Anhänger des Clodius, begannen bereits, mit ihren emphatischen Reden das Volk gegen den Mörder aufzuwiegeln.

Die Handwerker und Sklaven, denen Clodius so viele Male die Freiheit versprochen hatte, nahmen den Leichnam und trugen ihn zur Kurie Hostilia hinunter, wo sie ihn verbrannten, nachdem sie mit den Bänken und Tischen der Tribunale und des Senats schnell einen Scheiterhaufen errichtet hatten. Mit den Heften der Dichter und Buchhändler wurde der Scheiterhaufen angezündet.

Da es windig war, schlugen die Flammen des Scheiterhaufens auf die Kurie über; von der Kurie breitete sich das Feuer bis zu jener berühmten Basilika Porcia aus, die Cato – wie wir uns erinnern – unter Lebensgefahr verteidigt hatte und die vollständig niederbrannte.

Von dort liefen die fanatischen Anhänger zu den Häusern des Milo und des Interrex und belagerten sie.

Milo war abwesend. Bei ihm ging es nur um einen reinen Racheakt, bei Lepidus hingeben um Politik. Man wollte ihn zwingen, die Komitien einzuberufen, um die Erregung zu nutzen, die sich gegen Milo entzündet hatte, und so im Sturm die Ernennung des Scipio und des Hypsaeus durchzusetzen.

Aber Lepidus ließ sich nicht einschüchtern. Er schloß seine Türen, sammelte seine Sklaven, seine Diener, die Wache, die ihm als Interrex zugebilligt wurde, stellte sich an ihre Spitze und vertrieb die Belagerer mit Pfeilschüssen.

Ein Dutzend ließen auf dem Schlachtfeld ihr Leben.

Als man das sah, kamen die anderen zum Forum, nahmen die Liktorenbündel vom Lager der Libitina und trugen sie zum Haus des Scipio und des Hypsaeus, die nicht wagten, sie an sich zu nehmen.

Nun trug das Volk sie zu Pompejus, der sich wie immer in seine Gärten zurückgezogen hatte. Die Menschen begrüßten ihn laut schreiend mit dem Titel des Konsuls und des Diktators. Das Volk, das wußte, daß acht oder zehn der ihren von Lepidus und seinen Helfershelfern getötet oder verletzt worden waren, kehrte in Scharen zum Haus des Interrex zurück, um es zu belagern, und am fünften Tag seiner Zwischenherrschaft wurde er schließlich ergriffen.

Die Wahnsinnigen rannten die Türen ein, strömten durch das ganze Haus, stießen die Bilder der Vorfahren der Familie Emilia um, die in der Vorhalle ausgestellt waren, zerschlugen das Bett und die Möbel der Cornelia, der Frau des Lepidus, und belagerten ihn selbst im verstecktesten Winkel seines Hauses, wo sie ihn erwürgt hätten, wenn Milo ihm nicht zur Hilfe geeilt wäre, der aus Rom geflüchtet war, jetzt aber mit einer Truppe seiner Anhänger hier eindrang, um die Komitien zu fordern, und ihn befreit hätte.

Rom lag buchstäblich in Schutt und Asche. Das Blut floß in Strömen auf den Straßen, und das Feuer in der Kurie und der Basilika brannte immer noch.

35

Diese Gewalttaten schufen ein Gegengewicht zum Mord an Clodius, so daß Milo, der – wie wir sehen – vom Stimmungsumschwung zu seinen Gunsten erfuhr, nicht zögerte, nach Rom zurückzukehren.

Als er sich wieder in Rom befand, kümmerte er sich um seine Kandidatur und ließ öffentlich an alle Bürger, die das Geschenk annehmen wollten, pro Kopf tausend As verteilen, fünfunddreißig Francs siebzehn Centimes unseres Geldes.

Aber seine Großzügigkeit zeitigte keine Wirkung. Der Mord an Clodius saß zu tief im Herzen des Volkes. Ein wahnsinniger Haß gegen Milo war aus der Wunde hervorgeströmt. Die Tribune M. Caelius, Q. Hortensius, T. Cicero, Marcellus, Cato und Faustus Sulla übernahmen vergebens seine Verteidigung, doch nichts konnte die um seine Person entfesselte Erregung beschwichtigen. Jeden Tag wurden die Komitien durch irgendeinen neuen Aufruhr gestört. Schließlich nahmen diese Unruhen ein solches Ausmaß an, daß ein Senatsbeschluß dem Interrex, den Volkstribunen sowie Pompejus befahl, dem das Volk – wie wir uns erinnern – die Liktorenbündel gebracht hatte, Sorge zu tragen, daß die Republik keinen Schaden erleide.

In welchem Maße war Pompejus für diese Unruhen verantwortlich? Diese Frage ist schwer zu beantworten. Tatsache ist, daß nur er einen Nutzen daraus zog.

Am 23. Februar wurde Pompejus vom Interrex Servius Sulpicius zum alleinigen Konsul erklärt, und er trat sein Amt sofort an.

Nachdem Pompejus einmal an der Macht war, begriff er, daß er noch in dieser Sekunde die Ruhe wieder herstellen mußte, um seinen Einfluß zu bewahren. Durch wen wurde die Ruhe gestört? Durch jene, die forderten, Milo zu verurteilen.

War Milo denn im Grunde schuldig oder wenigstens angeklagt, Clodius ermordet haben zu lassen? Gewiß. War Clodius ein römischer Bürger? Auch das war sicher. Konnte Milo gerichtlich verfolgt werden, um bestraft zu werden, wenn er sich als schuldig erweisen sollte, und freigesprochen werden, wenn seine Unschuld bewiesen wurde? Auch das entsprach den Tatsachen.

Pompejus beschloß also, Milo unter Anklage zu stellen, wenn Milo auch sein Mann war und Milo tatsächlich drei Jahre zuvor von ihm gefördert worden war.

Daher forderte er drei Tage nach seiner Einsetzung ins Amt einen Senatsbeschluß, der ihn ermächtigte, zwei außerordentliche Tribunale einzusetzen, sozusagen zwei Gerichtshöfe, die sorgfältiger und strenger als die normalen Tribunale richten konnten.

Das bedeutete, die Diktatur zu erproben. Niemand ließ sich davon täuschen.

Der Tribun Caelius widersetzte sich mit seiner ganzen Macht der Errichtung dieser außerordentlichen Tribunale. Aber Pompejus, der spürte, daß alle auf seiner Seite standen, denen es ziemlich gleichgültig war, daß er die Diktatur einsetzte, vorausgesetzt, daß er in Rom die Ruhe wieder herstellte, Pompejus verkündete, daß ihm der Widerstand der Tribune egal sei und er, wenn es nötig sei, die Republik mit Waffengewalt verteidigen würde.

Arme Republik! Sie hatte es in der Tat nötig, verteidigt zu werden.

Der Widerstand des Tribuns wurde durch den Druck der reichen und aristokratischen Klassen erstickt. Das von Pompejus geforderte Gesetz wurde verabschiedet. Zwei außerordentliche Tribunale wurden eingesetzt und drei Anklagen gegen die *Unruhestifter* erhoben: eine Klage wegen Gewalttätigkeiten, und diese beinhaltete den Mord an Clodius und die Brandstiftung in der Kurie Hostilia und der Basilika; die andere wegen des Schmiedens von Intrigen; die dritte wegen Stimmenerschleichung.

Das Volk wählte L. Domitius Ahenobarbus zum *Quaesitor*[47]

des Tribunals, das für die Gewalttätigkeiten und die Intrigen zuständig war, und A. Torquatus für das Tribunal der Stimmenerschleichung. Der *Quaesitor* war, wie sein Name sagt, gleichermaßen das, was bei uns der Untersuchungsrichter und der kaiserliche Staatsanwalt sind.

Es war der älteste Sohn des Clodius, Appius Clodius, der die Anklage der Gewaltanwendung und der Intrigen vertrat.

Hier die von Appius Clodius vorgebrachte Anklage:

»Im dritten Konsulat von Gnaeus Pompejus dem Großen, dem alleinigen Konsul, erklärt Appius Clodius am 6. April vor den Untersuchungsrichtern Domitius und Torquatus kraft der Lex Pompeja über die Gewalt, daß er T. Annius Milo anklagt, weil dieser genannte Milo am 20. Januar Clodius in der Taverne des Coponius auf der Via Appia hat ermorden lassen. Er verlangt daher, daß T. Annius Milo kraft der Lex Pompeja das Recht auf Wasser und Feuer entzogen wird.«

Das bedeutete Exil. Wir erinnern uns daran, daß ein römischer Bürger nicht zum Tode verurteilt werden konnte.

Domitius nahm den Namen des Appius Clodius als Ankläger und den des Annius Milo als Angeklagten auf und legte den Gerichtstermin für den 8. April fest. Milo wurden also zehn Tage zugebilligt, um seine Verteidigung vorzubereiten.

Die Sitzung fand wie gewöhnlich im Forum statt, auf dem Tribunal des Prätors zwischen der Via Sacra und dem Kanal. Sie begann in der ersten Tagesstunde, das heißt um sechs Uhr morgens.

Man könnte meinen, in der Nacht vom 7. auf den 8. April habe in Rom niemand geschlafen, denn der Platz war schon mit Menschen übersät, als die ersten Sonnenstrahlen hinter den Sabiner Bergen hervorkrochen.

Diese wogenden Massen waren in der Nacht vom Pflaster

des Platzes bis zu den Stufen des Tempels hinaufgestiegen, als seien dies eigens für die Zuschauer errichtete Sitzreihen. Und von den Stufen des Tempels bis zum First gab es kein Dach, auf dem sich nicht die neugierige Menge drängte, die sich wie Korn in den Lüften wiegte. Sie standen auf dem öffentlichen Gefängnis, auf den Tempeln der Fortuna und der Concordia, auf dem Tabularium, auf den Mauern des Kapitols, auf der Paulus-Basilika, auf der Argentaria-Basilika, auf dem Janusbogen und dem des Fabius, auf der Graecostase** bis hin zum Palatin.

Es versteht sich von selbst, daß drei Viertel dieser Zuschauer nichts verstehen konnten – und das ist wörtlich gemeint –, aber für die alten Römer wie für die modernen Italiener war Sehen gleichbedeutend mit Hören.

Morgens um halb sieben stieg ein Herold auf die Tribüne und kündigte den Ankläger und den Angeklagten an.

Und in der Tat erschienen der eine wie der andere fast im gleichen Augenblick.

Milo wurde mit einem Raunen empfangen, und das weniger, weil er der Mörder des Clodius war, sondern weil Milo sich nicht nach den herrschenden Regeln richtete und sich weder den Bart noch die Haare hatte wachsen lassen, wobei dieses Wachstum – besonders in bezug auf die Haare – nach zehn Tagen kaum sichtbar gewesen wäre. Überdies trug er statt einer schmutzigen, zerrissenen Toga, wie es in ähnlichen Fällen der Brauch war, eine ausgesprochen elegante.

Er heuchelte auch keineswegs jene demütige, unterwürfige Haltung, die der Angeklagte in Rom gewöhnlich vor seinen Richtern einnahm.

Seine Freunde sowie seine Eltern begleiteten ihn und bildeten durch ihre bedrückten Mienen und ihre zerfetzten Kleider einen auffallenden Gegensatz zu ihm.

** Halle in der Nähe der Kurie in Rom für fremde, besonders griechische Gesandte.

Milo hatte sechs Verteidiger, an deren Spitze Cicero stand.

Der Ankläger, der Angeklagte und die Verteidiger nahmen ihre Plätze ein.

Dann ließ sich Domitius die kleinen Kugeln bringen, auf denen die Namen aller Bürger geschrieben standen, die Pompejus auf einer Liste erfaßt hatte. Er warf diese Kügelchen in einen Korb und zog einundachtzig, was einundachtzig Namen ergab, das heißt die Gesamtheit der durch die Lex Pompeja festgelegten Richter.

Jeder Richter, der mit den anderen auf der Liste erfaßten an einem bestimmten Platz wartete, ging, sobald sein Name aufgerufen wurde, und nahm im Halbrund Platz, wenn er nicht eine Entschuldigung vorbrachte, um sich vom Richteramt entbinden zu lassen.

War das Tribunal gebildet, forderte der Untersuchungsrichter die Richter auf, den Eid abzulegen. Nur er legte ihn nicht ab, da er kein Richter war, der ein Urteil verkündete, sondern der Leiter des Verfahrens und der Debatte und derjenige, der den Bericht über die Wahl erstattete und über die richtige Anwendung der Gesetze wachte.

In der Regel wurde der Prozeß durch das Plädoyer des Anklägers eröffnet. Darauf folgte die Anhörung der von ihm gestellten Zeugen, aber da in diesem Verfahren die Lex Pompeja Anwendung fand, wurde, wie in dem Gesetz vorgeschrieben, mit der Anhörung der Zeugen begonnen.

Die Zeugen wurden also zuerst gehört.

Die Anhörung dauerte von sieben Uhr morgens bis vier Uhr nachmittags.

Gegen die zweite Stunde verkündete der Herold, daß die Zeugen *gesprochen haben*.

Es dauerte den ganzen Tag, diese erste Formalität zu erfüllen.

Die Menge zog sich schon zurück, als Minutius aufs Podium stürzte und schrie:

»Volk, morgen wird über das Schicksal des niederträchtigen Milo entschieden. Schließt eure Tavernen und kommt in Scharen hierher, um zu verhindern, daß der Mörder seiner gerechten Rache entgeht.«

»Richter«, schrie seinerseits Cicero, »Ihr hört es! Diese Männer, die Clodius durch Raub und Diebstahl nährte, werden aufgefordert, morgen hierherzukommen, um Euch Euer Urteil vorzuschreiben. Möge Euch diese Drohung, die sie schamlos gegen Euch aussprechen, eine Warnung sein, um einem Bürger, der für das Heil der ehrenwerten Bürger immer Banditen jeden Schlages trotzte und den Drohungen, die sie in unterschiedlicher Weise ausstießen, vollkommene Gerechtigkeit widerfahren zu lassen.«

Die Versammlung löste sich inmitten eines schrecklichen Tumultes auf.

36

Die Nacht wurde verständlicherweise von beiden Parteien genutzt.

Crassus, der sich am Tage nicht gezeigt hatte, wurde sehr rege, sobald die Dunkelheit einbrach.

Um seine Beliebtheit zu vergrößern, hatte er sich zugunsten des Clodius ausgesprochen. Er ging persönlich zu den höchsten Richtern. Die anderen ließ er zu sich kommen. Er verteilte mit vollen Händen Geld, bürgte für die Anhänger des Clodius, wiederholte schließlich die Anklagen und ging sogar noch über alles hinaus, was ehemals in der Anklage gegen den Toten vorgebracht worden war.

Am nächsten Tag, dem Tag, an dem das Urteil, wie es Minutius am Vortag gefordert hatte, gesprochen werden sollte, waren alle Tavernen in Rom geschlossen.

Da man nicht nur Beschimpfungen befürchtete, sondern

auch Tätlichkeiten gegen das Tribunal, stellte Pompejus überall rund um das Forum und auf den Stufen des Tempels Truppen auf. Überall glänzten Harnische, Schwerter und Lanzen in der Sonne.

Alle Anwesenden waren von einem Gürtel aus Eisen und Feuer umzingelt.

In der zweiten Tagesstunde, das heißt erst um sieben Uhr morgens, nahmen die Richter ihre Plätze ein, und der Herold forderte Ruhe.

Es folgte der Aufruf der Richter, und dann forderte der Untersuchungsbeamte seinerseits Stille.

Als es so ruhig geworden war, wie man es von einer so großen Menge verlangen konnte, ergriffen die Ankläger das Wort.

Das waren Appius Clodius, sein jüngerer Bruder Marcus Antonius und Valerius Nepos.

Sie sprachen die vollen zwei Stunden, die das Gesetz ihnen zugestand. Die römischen Tribunale hatten diese weise Vorsichtsmaßnahme ergriffen, welche die unseren nicht beachten, nämlich die Zeit zu begrenzen, die den Anwälten für ihr Plädoyer zustand.

Milo hatte dafür Sorge getragen, daß Cicero in seiner Sänfte getragen wurde.

Wir haben gesagt, daß Cicero nicht besonders mutig war.

Am Vortag war er von der Menge beschimpft worden. Man hatte ihn Bandit und Mörder genannt und war sogar soweit gegangen, ihm zu sagen, daß er es gewesen sei, der den Mord angeordnet habe.

»*Me latronem et sicarium avjecti homines et perditi describerunt*«, sagte er in seinem Plädoyer für Milo.

Milos Vorsichtsmaßnahme zeigte ihre Nützlichkeit, sobald es darum ging, die Straßen zu überqueren. Doch als Cicero im Forum ankam und die Soldaten sah, die Pompejus umringten, und Pompejus selbst, der inmitten einer ausgesuchten Garde mit seinem Befehlsstab in der Hand und seinen Liktoren an der Seite auf den Stufen des Saturntempels stand, da wurde Cicero allmählich unruhig.

Nachdem die Ankläger gesprochen hatten, war er an der Reihe.

Cicero erhob sich, wischte sich über die Stirn, seufzte tief, ließ seinen traurigen, flehenden Blick über die Richter und die Menge wandern, schlug die Augen nieder, schaute auf seine Hände, knackte mit den Fingern und begann schließlich mit bebender Stimme sein Plädoyer, als fiele er einer starken Gefühlsregung zum Opfer.

Doch nachdem er die ersten Worte gesprochen hatte, unterbrachen ihn laut schreiend Clodius' Anhänger.

Pompejus, der geschworen hatte, bis zum Ende unparteiisch zu bleiben, befahl, die Störenfriede mit Schwertschlägen aus dem Forum zu verjagen, und da diese Vertreibung nicht ohne Fluchen und Kampf vor sich ging, wurden mehrere verletzt und zwei getötet. Dadurch wurde wieder etwas Ruhe hergestellt.

Cicero setzte seine Rede fort. Doch dieser Vorfall hatte ihn schwer getroffen. Trotz des Applauses seiner Freunde und der Familie des Milo, trotz der Rufe: »Gut! Sehr gut! Ausgezeichnet! Fabelhaft! Wunderbar!«, die an sein Ohr drangen, blieb er schwach, stockend, erstarrt, seiner unwürdig.

Nach Cicero kamen die *Lobredner*.

Die Lobredner waren Verwandte, Freunde, Beschützer und sogar Klienten des Angeklagten. Jeder trug der Reihe nach einige Lobreden vor, zitierte einige gute Charakterzüge des Angeklagten, bestätigte dessen Großzügigkeit, Mut und Moral.

Der Anwalt hatte zwei Stunden Zeit zu reden und die Lobredner eine Stunde; das waren insgesamt drei Stunden.

Sobald der letzte Lobredner die übliche Formel gesprochen hatte: *Dixi*, und sobald ein Herold mit lauter Stimme geantwortet hatte: *Dixerunt*, ging man zu den Ablehnungen über.

Das normale Gesetz schrieb vor, daß die Ablehnungen vor den Plädoyers und den Zeugenanhörungen vorgebracht wurden, aber die Lex Pompeja, die bei diesem Verfahren Anwendung fand, besagte, daß die Ablehnungen nach den Plädoyers und der Zeugenanhörung vorzutragen seien.

Das war ein Vorteil für den Angeklagten und für die Ankläger. Sie kannten ihre Richter und hatten während der Debatte die wechselnde Mimik auf deren Gesichtern verfolgen können.

Der Ankläger und der Angeklagte wiesen je fünf Senatoren zurück, fünf Ritter, fünf Tribune des Staatsschatzes, insgesamt dreißig Richter, so daß die Anzahl der Richter auf einundfünfzig sank.

Diese Ablehnungen gingen selbstverständlich nicht ohne Schreie und Proteste über die Bühne.

Dann wurden im Tribunal kleine, vier Finger breite, mit Wachs bestrichene Tafeln verteilt, damit jeder Richter seine Entscheidung dort aufschreiben konnte.

Diejenigen, die für die Freisprechung waren, schrieben ein A, absolvo; diejenigen, die für die Verurteilung waren, schrieben ein C, condemno; diejenigen, die neutral bleiben wollten, schrieben ein N und ein L, *non liquet*: Es ist nicht eindeutig.

Dieser Satz: *Es ist nicht eindeutig!* bedeutete, daß weder die Unschuld noch die Schuld so sicher erwiesen zu sein schien, daß der Richter glaubte, ein Urteil abgeben zu können.

Die Richter warfen ihre Tafeln in die Urne, wobei sie ihre Togen hochzogen und dadurch ihre Arme entblößten. Sie hielten die Täfelchen so fest, daß die beschriebene Seite zur Innenseite der Hand zeigte.

Ein einziger Richter gab sein Urteil ab, indem er die beschriebene Seite zum Publikum hielt und laut sagte:

»*Absolvo*.«

Das war Cato.

Während der Abstimmung waren die Freunde und Lobredner des Milo ins Halbrund der Richter gedrungen, standen ihnen auf den Füßen und beugten ihre Knie in dem Moment, da sie ihr Urteil niederschrieben.

Da setzte ein starker Regen ein. Als Beweis tiefster Demut nahmen einige den Schlamm von der Erde auf und schmierten ihn auf die Gesichter, was die Richter stark zu beeindrucken schien.

Das sage nicht ich, sondern Valerius Maximus.

Os suum caeno replevit, quod conspectum totam questionem a severitate ad clementiam et mansuetudinem transtulit.

Es folgte die Auszählung.

Sie ergab dreizehn Stimmen für den Freispruch und achtunddreißig für die Verurteilung.

Der Untersuchungsrichter Domitius erhob sich nun mit feierlicher Miene, legte seine Toga als Zeichen der Trauer ab und erklärte dann inmitten der tiefsten Stille:

»Es scheint, daß Milo es verdient, ins Exil zu gehen, und daß seine Güter verkauft werden. Es gefällt uns daher, ihm Wasser und Feuer zu verbieten.«

Bei diesem Satz erhoben sich laute Freudenschreie und wütendes Händeklatschen im Forum.

Das waren die Anhänger des Clodius, die ihren Triumph bezeugten.

Der Untersuchungsrichter hob die Sitzung auf und sagte zu seinen Beisitzern:

»Ihr könnt Euch zurückziehen.«

Crassus war einer der letzten und verlangte, die Tafeln zu sehen. Sie mußten öffentlich ausgelegt werden, damit jeder Bürger sich versichern konnte, daß das Wahlergebnis richtig war. Übrigens waren diese Tafeln nicht signiert und stellten niemanden bloß.

Aber Crassus hatte eine Idee gehabt. Er hatte unter den Richtern, die er gekauft hatte, Tafeln verteilt, die mit rotem Wachs bestrichen waren, während das andere Wachs seine normale Farbe besaß. Er konnte also diejenigen der Richter erkennen, die Wort gehalten, und die anderen, die ihm sein Geld gestohlen hatten.

Und Milo verließ noch am selben Abend Rom, um nach Marseille (Massilia) zu gehen.

Dort erhielt er Ciceros Rede, die sauber von seinen Sekretären aufgeschrieben worden war.

Er las sie, während er am Tisch saß und Meerbarben aß.

Nachdem er sie gelesen hatte, seufzte er und antwortete dem berühmten Redner nur mit den Worten:

»Wenn Cicero so gesprochen hätte, wie er geschrieben hat, würde Annius Milo jetzt nicht Meerbarben in Marseille essen.«

37

Wir haben schon gesagt, daß Gabinius' Millionen Crassus den Schlaf raubten.

Gabinius war in der Tat nach Rom zurückgekehrt. Er hatte Judäa ausgeplündert und Ägypten, und jetzt wollte er gerne nach Ktesiphon und Seleukia gehen, um diese beiden auszurauben, aber die Ritter, die wütend waren, daß er alles nahm und ihnen nichts ließ, schrieben Cicero.

Cicero, der stets bereit war, jemanden anzuklagen, klagte Gabinius an.

Diesmal hatte er etwas vorschnell gehandelt.

Gabinius war Pompejus' Mann, und es war möglich, daß er nicht für sich allein gestohlen hatte.

Pompejus ging zu Cicero, überzeugte ihn, daß er sich geirrt habe, daß Gabinius der ehrenwerteste Mann der Welt sei und daß er anstatt Gabinius anzuklagen, ihn vor Gericht vertreten und verteidigen solle.

Cicero sah ein, daß er auf dem Holzweg war und änderte rasch seine Meinung.

Aber er versuchte nicht, sich selbst vorzumachen, daß er anständig gehandelt habe, und er versuchte noch nicht einmal, es seinen Freunden einzureden.

Sehen Sie sich seine Briefe an. Er jammert über seinen Beruf und versucht manchmal, darüber zu lachen; er hofft, sich daran zu gewöhnen.

»Puh«, sagt er, »ich werde mich bemühen; mein Magen wird mit der Zeit unempfindlich werden (*stomachus concalluit*).«

Es war dieser herrliche Teil der Welt, der Gabinius entgangen war; es waren Ktesiphon und Seleukia, die Crassus begehrte. Nur verhinderte dieser Wunsch, daß er die Gefahr sah, die ihm drohte.

Er wußte nur vom Hörensagen und durch das, was Pompejus davon gesehen hatte, wie schrecklich die skythische Reiterei war, die sich ungefähr wie bei den modernen Mameluken aus Sklavenkäufen rekrutierte und die im oberen Teil Asiens nördlich des Reiches der Seleukiden lagerte und Mesopotamien, Babylonien, Medien, Atropatene, Susa, Persis, Hyrkanien – und was weiß ich noch alles – an dieses Land angeschlossen hatte.

Diese im wesentlichen feudale Monarchie war 255 Jahre v. Chr. von Arsakes gegründet worden und hatte zu der Zeit, über die wir nun sprechen, Orodes II. zum König.

Man wußte jedoch, daß die Parther schreckliche Gegner und Männer sowie Pferde geharnischt waren. Sie benutzten als Waffen Pfeile, die nicht furchterregender sein konnten, mörderisch im Angriff und vielleicht noch mörderischer auf der Flucht, wenn sie diese über ihre linke Schulter zurückschossen.

Als Crassus aufbrach, schrieb er an Cäsar, um seinen Sohn zurückzuverlangen, der unter dessen Befehl diente.

Cäsar antwortete Crassus, daß er ihm nicht nur seinen Sohn zurückschicke, sondern ihm sogar tausend Elitereiter sowie ein Korps von Galliern zur Seite stelle, und sich dafür verbürge, daß die Gallier die besten Soldaten der Welt seien, und dies gleich nach den Römern und manchmal sogar noch vor ihnen.

So war Cäsar: Er führte einen schrecklichen Krieg und schickte fünf oder sechs Millionen im Jahr nach Rom, um dort seine Beliebtheit zu erhalten, und lieh Pompejus zwei Legionen und Crassus dreitausend Mann.

Als Crassus aufbrach, herrschte Aufruhr.

Cato hatte den parthischen Krieg laut mißbilligt.

»Aus welchem Grunde«, sagte er, »will Rom Streit mit diesen Menschen suchen, die ihnen nichts Unrechtes getan haben und mit denen es Verträge gibt?«

Ateius, der Volkstribun, war der gleichen Meinung wie Cato.

Er hatte erklärt, daß er Crassus keineswegs gehen lassen werde.

Crassus bekam Angst, als er die Aufregung in Rom sah. Er ging zu Pompejus.

Er bat ihn, ihn zu begleiten, bis er die Stadt verlassen hatte, und ihn durch seine Beliebtheit zu schützen.

Vielleicht hätte Pompejus, der Mann, der genauso wie Lucullus mehr als alle anderen römischen Generäle mit den Parthern zu tun gehabt hatte, vielleicht hätte Pompejus Crassus von seinem Plan abbringen können, aber Pompejus sah, daß Cäsar noch fünf Jahre in Gallien bleiben würde. Und wie lange würde Crassus in Mesopotamien bleiben? Nur die Götter wußten das. Er, Pompejus, würde von den drei Männern des Triumvirats allein in Rom verweilen.

Pompejus hatte also Interesse daran, daß Crassus Rom verließ, genauso wie auch Cäsar die Stadt verlassen hatte.

Wäre er erst einmal allein, würde er in aller Ruhe darauf warten, daß das Königtum oder wenigstens die Diktatur ihm gehörte.

Er holte also Crassus in seinem Haus ab.

Die Straßen, die zur Porta Capena führten, durch die Crassus die Stadt verlassen wollte, waren verstopft.

Viele von denen, die sie verstopfen, schickten sich an, Crassus den Weg zu versperren und ihn anzuherrschen.

Aber Pompejus marschierte Crassus voraus.

Er ging auf die Unzufriedenen zu, sprach mit seinem ernsten Gesicht und seiner sanften Stimme zu ihnen, forderte sie auf, sich ruhig zu verhalten und bat sie in seinem Namen, sich zurückzuziehen.

Als sie diesen Mann sahen, der so großen Ruhm erworben und den ein so großes Unglück getroffen hatte, entfernten sich selbst die erregtesten Menschen, und die feindseligsten verstummten.

Für Pompejus und Crassus wurde ein Durchgang geöffnet.

Aber inmitten dieses Durchgangs stand der Tribun Ateius.

Ateius und Favonius waren als Stoiker, sagen wir besser als Zyniker, wenn nicht gar vom Genie her Catos Rivalen. Sie wurden die Affen genannt.

Ateius stand also mitten auf dem Weg.

Er trat zwei Schritte auf Crassus zu und forderte ihn auf, den Marsch abzubrechen, und protestierte gegen den Krieg.

Als Crassus, von Pompejus ermutigt, seinen Weg fortsetzte, gab Ateius einem Gerichtsdiener den Befehl, ihn aufzuhalten.

Der Gerichtsdiener legte die Hand auf Crassus' Schulter und hielt ihn im Namen des Volkes an.

Aber die anderen Tribune liefen herbei, mißbilligten diese Maßnahme des Ateius und erlaubten Crassus, seinen Weg fortzusetzen.

Nun eilte Ateius voraus, lief zum Stadttor, stellte hier einen mit glühenden Kohlen gefüllten Dreifuß auf, verströmte Düfte, brachte Trankopfer dar und weihte Crassus den Göttern der Hölle.

Diese Tat verfehlte nicht ihre Wirkung in Rom.

Es wurde gesagt, daß ein auf diese Weise geopferter Mann in den nächsten drei auf das Opfer folgenden Jahren niemals dem Tod entgehen könne.

Und fast immer nahm er den unbesonnenen Herausforderer, der die schrecklichen Gottheiten der Hölle zu Hilfe gerufen hatte, mit sich ins Grab.

Ateius war überdies so erregt, daß er in seinen Fluch nicht nur Crassus, sondern sich selbst, das Heer und die Stadt Rom, die heilige Stadt, mit einschloß.

Crassus ging, begleitet von den Flüchen des Tribuns, durch den Rauch der höllischen Düfte und kam in Brundisium an.

Die winterlichen Stürme tobten noch auf dem Meer, aber er hatte es so eilig, dem Tod entgegenzueilen, daß er nicht wartete.

Man könnte meinen, daß der eiserne Arm des Schicksals ihn drängte.

Er ließ Segel setzen, aber bei der Überfahrt gingen mehrere Schiffe unter.

Er sammelte seine Flotte, ging in Galatien von Bord und setzte seinen Marsch auf dem Landweg fort.

Nach zwei oder drei Vormärschen traf er den König Dejotarus, der eine neue Stadt bauen ließ.

Wir werden später sehen, daß Cicero diesen König verteidigt.

Dejotarus war schon alt.

Crassus ging auf ihn zu und sagte scherzhaft zu ihm, indem er auf sein Alter anspielte:

»O König! Wie kommt es, daß du in der zwölften Stunde des Tages anfängst zu bauen?«

Der König von Galatien schaute Crassus an, der über sechzig Jahre alt war und wie siebzig aussah, da er vollkommen kahlköpfig war, und antwortete:

»Aber mir scheint, daß du selbst, mächtiger General, keineswegs schon am Morgen aufgebrochen bist, um den Krieg gegen die Parther zu führen.«

Gegen einen Barbaren, der so schlagfertig war, konnte man nichts ausrichten. Crassus setzte seinen Weg fort.

Er erreichte den Euphrat, schlug ohne Probleme eine Brücke über den Fluß und überquerte ihn.

Dann besetzte er mehrere Städte in Mesopotamien, die sich freiwillig ergaben.

Eine von ihnen jedoch, die unter dem Befehl eines gewissen Apollonius stand, verteidigte sich und tötete hundert von Crassus' Männern.

Das war das erste Hindernis, dem Crassus auf seinem Weg begegnete.

Crassus ärgerte sich schwarz, marschierte mit seinem Heer gegen diese verdammte Stadt, nahm sie im Sturm, plünderte sie, verkaufte die Einwohner und ließ sich zum Imperator ausrufen.

Nachdem er dann in den verschiedenen Städten, die er erobert hatte, sieben- oder achttausend Garnisionssoldaten und unter ihnen tausend Reiter zurückgelassen hatte, kehrte er zurück, um sein Winterquartier in Syrien aufzuschlagen und dort auf seinen Sohn zu warten, der – wie wir uns erinnern – mit einer von Cäsar gesandten Verstärkung aus Gallien kommen sollte.

Das war der erste Vorwurf, den die Jominis[48] jener Zeit Crassus machten. Er hätte ihrer Meinung nach immer voranschreiten und Babylon und Seleukia besetzen müssen, diese den Parthern feindlich gesinnten Städte, anstatt dem Feind, indem er sich zurückzog, die Zeit zu lassen, seine Verteidigungsvorbereitungen zu treffen.

Aber Crassus hatte seine Pläne: Ihm ging es nicht um einen schönen Feldzug, sondern um ein gutes Geschäft.

38

Das Geschäft war am Anfang in der Tat gut, und ein Bankier hätte in unseren Tagen nicht besser rechnen können.

Crassus ließ sich in Syrien nieder, aber anstatt dort seine

Soldaten in der Kampfkunst zu üben oder sie sich der Körperertüchtigung widmen zu lassen, errichtete er ein Geschäftshaus, in dem er die Einnahmen der Städte berechnete. Außerdem zählte und wog er mit Gewichten und Waagen die Schätze der Göttin Hierapolis von Karien, einer Göttin, die heute ganz unbekannt ist und die schon damals ziemlich unbekannt war, denn die einen sagten, sie sei eine Venus, andere eine Juno, die kaum einer Venus ähnelte, und schließlich wieder andere behaupteten, sie sei die Göttin der Natur. Dann wäre sie mit der Göttin Ma vergleichbar, das heißt mit der guten Göttin, deren Geschichte wir im Zusammenhang mit der Liebelei zwischen Clodius und Cäsars Frau schon erzählt haben.

Auf jeden Fall war sie eine sehr reiche Göttin. Sie war so reich, daß sich Crassus einen ganzen Winter lang von ihr unterhalten ließ.

Gleichzeitig schrieb er an die Volksstämme und Fürstentümer und legte fest, wie viele Soldaten sie bereitstellen mußten.

Nachdem er sie mit einer Steuerabgabe in Form von Soldaten in Angst und Schrecken versetzt hatte, hörte er sich die Klagen der Einwohner an, ließ sich rühren und änderte diese Form der Steuerabgabe in eine Geldabgabe um.

Das alles machte Crassus reicher, verbreitete aber in Syrien und den benachbarten Provinzen den schlechten Ruf, den er in Rom genoß.

In dem Moment traf sein Sohn ein.

Der junge Mann war stolz auf einen wertvollen Preis, den er in Gallien errungen hatte und der ihm von Cäsar, einem wahren Imperator, verliehen worden war. Er brachte die versprochenen dreitausend Soldaten mit.

Vor allem die gallische Kohorte war großartig.

Vermutlich hatte Crassus der Göttin Hierapolis ein Gelübde abgelegt, denn kaum war der junge Crassus angekommen, nahm ihn der Vater mit, um ihrem Tempel einen Besuch abzustatten.

Aber als sie den Tempel verließen, erwartete Vater und Sohn ein schlechtes Omen.

Als sie die Türschwelle überschritten, rutschte der junge Mann aus und fiel hin, und der Alte, der ihm folgte, rutschte ebenfalls aus und stürzte auf ihn.

Die gleiche Sache war Cäsar widerfahren, als er den Fuß auf afrikanischen Boden setzte, aber Cäsar zog sich mit dem hübschen Wort aus der Affäre, das wir kennen und das sicher die Götter entwaffnete: »Oh, afrikanische Erde, jetzt gehörst du mir.«

Crassus war soeben damit beschäftigt, mit seinen Truppen das Winterquartier zu räumen, als die Botschafter des Arsakes von Parthien zu ihm kamen.

Seit der Gründung der Monarchie durch Arsakes I. gab man den Namen *Arsakes* den Königen der Parther, was die römischen Historiker sehr verwirrte, die den Titel, mit dem man sie bezeichnete, für den Namen der Könige hielten.

Daher übersetzten sie den Titel *brenn*, der dem Oberhaupt der Gallier verliehen worden war, mit dem Namen *Brennus*, und *Irmensaul*, die Irmin- oder Hermannsäule, mit *Irmensul*.

Der im Moment herrschende Arsakes hieß Orodes II.

Die Botschafter hatten den Auftrag, Crassus diese wenigen Worte zu überbringen:

»Wenn dein Heer von den Römern gesandt worden ist, wird der Krieg ohne Rast, schrecklich und unbarmherzig geführt werden; wenn du den Krieg aber – wie behauptet wird – gegen den Willen deines Vaterlandes führst, um deine Gier zu befriedigen, wird der König sich gemäßigt zeigen. Er wird Mitleid mit Crassus haben und den Soldaten aus den Städten, in denen sie sich aufhalten, freien Abzug gewähren, jedoch nicht als Garnison, sondern als Gefangene.«

Crassus, der sich als Sieger wähnte und zu dem man wie zu einem Besiegten sprach, war sehr erstaunt.

Dann fing er an zu lachen:

»Gut«, sagte er, »berichtet Eurem König, daß er meine Antwort in Seleukia bekommen wird.«

»In Seleukia?« wiederholte der älteste der Botschafter, der Vagises hieß.

Dann zeigte er Crassus seine Handfläche:

»Ehe du in Seleukia sein wirst, werden hier Haare gewachsen sein.«

Und ohne daß noch ein Wort hinzugefügt wurde, gingen die Botschafter fort, um König Orodes mitzuteilen, daß man sich auf den Krieg vorbereiten müsse.

Kaum waren die Botschafter drei Tagesmärsche von Crassus' Lager entfernt, kamen einige Römer, die aus ihrer Garnison geflohen waren und wie durch ein Wunder ihren General gefunden hatten.

Die Nachricht, die sie brachten, stimmte mit den Drohungen genau überein, die der neue Imperator noch im Ohr hatte.

Sie hatten mit eigenen Augen gesehen, wie der Feind, mit dem sie es zu tun hatten, die Städte angegriffen hatte, in denen sie in Garnison lagen.

Diese Feinde waren in ihren Augen keine Menschen, sondern Teufel.

Zwei Sätze faßten ihre Eindrücke zusammen:

»Es ist unmöglich, ihnen zu entkommen, wenn sie ihren Feind verfolgen. Es ist unmöglich, sie zu erreichen, wenn sie fliehen.«

Das Heer dieser Reiter, die wie ihre Pferde eisengepanzert waren, zerstörte alle Hindernisse und wich vor keinem Zusammenstoß zurück.

Diese Nachrichten waren unheilvoll, besonders weil sie von Männern überbracht wurden, die sagten: »Wir haben es gesehen.«

Wir sagen es noch einmal, daß die Römer die Parther bisher nur flüchtig gesehen und geglaubt hatten, daß sie diesen Armeniern und diesen Kappadokiern ähnelten, die flohen, sobald sie die Soldaten des Lucullus sahen, und die Lucullus verfolgt hatte, bis er es überdrüssig war.

Sie rechneten daher mit einem sehr ermüdenden Feldzug, aber nicht mit einer großen Gefahr.

Und siehe da, es lösten sich all die falschen Vorstellungen in Luft auf, die man sich von diesen neuen Feinden gemacht hatte.

Crassus versammelte seinen Rat.

Viele Offiziere, besonders die namhaftesten des Heeres, hielten es für besser, an diesem Punkt innezuhalten, und an ihrer Spitze stand der Quästor Cassius.

Die Seher waren der gleichen Meinung. Sie sagten, daß die Opfer gegensätzliche und verhängnisvolle Vorzeichen ergeben hätten.

Aber Crassus wollte nichts davon hören, oder vielmehr hörte er nur auf einige Unvorsichtige und einige Schmeichler, die ihm sagten, er solle weitermarschieren.

Unterdessen kam der König der Armenier, Artavasdes, in Crassus' Lager. Er hatte sechstausend Reiter bei sich, aber das war, wie er versicherte, nur seine Garde und seine Eskorte. Er versprach zehntausend weitere Reiter und dreißigtausend Fußsoldaten, die auf Kosten des Landes ernährt werden würden.

Er riet Crassus nur, seine Marschroute zu ändern und über Armenien ins Königreich des Orodes einzufallen, wo er im Überfluß Lebensmittel für die Männer und Futter für die Pferde finden werde und in Sicherheit marschieren könne, da die Reiterei, das heißt die Hauptstreitkräfte der Parther, auf diesem gebirgigen Gebiet nicht operieren könne.

Doch Crassus zeigte sich diesem guten Rat gegenüber sehr abweisend.

Er verkündete, daß er seinen Weg durch Mesopotamien in die Städte fortsetze, in denen er seine römischen Garnisonen habe.

Artavasdes verabschiedete sich daher und zog sich zurück.

Das waren dreißig- oder vierzigtausend Mann, auf die

Crassus grundlos verzichtete. Und was für Männer! Männer des Landes, welche die Örtlichkeiten, die Art, hier zu leben und hier Krieg zu führen, kannten.

Als Crassus am Euphrat in Zeugma anlangte, dieser Stadt, die ihren Namen der Brücke verdankte, die Alexander hier hatte bauen lassen, brach ein fürchterliches Unwetter los. Schreckliche Donnerschläge dröhnten über den Köpfen der Soldaten, während unaufhörlich Blitze durch die Wolken zuckten, die ihnen die Gesichter verbrannten.

Ein Sturzregen prasselte auf die Flöße nieder, so daß diese gegeneinanderschlugen und ein Teil von ihnen zerschellte.

Zweimal schlug der Blitz genau dort ein, wo Crassus lagern wollte.

Eines seiner Pferde, das wunderschön geharnischt war, wurde von großer Angst ergriffen und trug den Reiter, der auf seinem Rücken saß, davon, stürzte sich mit ihm in den Fluß und versank in einem Strudel.

Die Soldaten hatten Halt gemacht, um zu warten, bis sich der Sturm gelegt hatte.

Nachdem dies geschehen war, befahl Crassus weiterzumarschieren.

Sie hoben die Adler auf, die auf der Erde lagen, aber der erste Adler, der den anderen gewissermaßen als Führer diente, drehte sich von selbst um, als wolle er das Signal zum Rückzug geben.

Crassus wiederholte den Befehl, weiterzumarschieren und die Brücke zu überqueren. Nachdem sie die Brücke überquert hatten, ließ er Lebensmittel an die Soldaten verteilen.

Die Lebensmittel, die ausgeteilt wurden, waren Linsen und Salz, Dinge, welche die Römer noch immer als Symbole der Trauer ansehen und die bei ihren Bestattungen gereicht werden.

Als Crassus nun sah, daß eine gewisse Unruhe in den Reihen der Soldaten entstand, versammelte er sie, um eine Rede an sie zu halten, und in dieser Rede sagte er:

»Die Brücke muß zerstört werden, damit keiner von uns sie noch einmal überquert.«

Nach diesen Worten, die ihm irgendwie entschlüpft waren, verbreitete sich nacktes Entsetzen.

Es gelang ihm jedoch, die entsetzten Soldaten zu beruhigen, indem er seine Worte zurücknahm und seine Gedanken erklärte, sah es aber als eine Schande an, daß ein General seinen Soldaten eine Erklärung schuldig war, und ließ unmittelbar danach das Opfer darbringen.

Als wollten die Vorhersagen ihn bis zum Schluß warnen, als käme die entsetzte Fortuna persönlich, um ihn anzuflehen, seine Pläne aufzugeben, ließ er die Eingeweide in dem Moment, da der Seher ihm diese gab, aus seinen Händen zu Boden fallen.

»Das ist das Alter«, sagte er, »aber seid unbesorgt, Soldaten, die Waffen werden mir keineswegs aus den Händen fallen wie diese Eingeweide.«

Nachdem das Opfer dargebracht worden war, nahm das traurige, niedergeschlagene Heer seinen Marsch entlang des Flusses wieder auf.

Es gab keinen Römer, bei dem diese Folge von Vorhersagen nicht einen tiefen Eindruck hinterlassen hatte.

Nur die Gallier lachten und sangen weiter, und die Römer fragten sie:

»Ihr fürchtet euch wohl vor gar nichts?«

»Doch«, antworteten sie, »wir haben Angst, daß der Himmel uns auf die Köpfe stürzt.«

Das war in der Tat die einzige Sorge unserer Vorfahren.

39

Sie folgten dem Ufer des Flusses.

Crassus hatte sieben Legionen von Fußsoldaten, etwas weniger als viertausend Reiter und fast genauso viele leichte Fußsoldaten, die Plänkler.

Die leichten Fußtruppen bestanden aus Gladiatoren, die geübt waren, Löwen zu bekämpfen.

Sie würden es mit einem viel gefährlicheren Gegner zu tun bekommen: den Parthern.

Inzwischen kehrten die Späher von ihrem Erkundungsmarsch zurück.

Sie erklärten, daß die Ebene, so weit das Auge reiche, nackt und verlassen sei, die Erde aber mit Spuren von Pferden übersät wäre, die umgekehrt seien.

Diese Nachricht bestätigte Crassus' Hoffnungen. Niemals würden die Parther wagen, auf die Römer zu warten, sagte er sich.

Aber Cassius schaltete sich zum zwanzigsten Male ein und sagte noch einmal zu Crassus, daß er ihn anflehe, nicht weiterzumarschieren. Wenn er auf keinen Fall den Rückzug antreten und vor einem Feind, der fliehe, nicht fliehen wolle, könne er sein Heer in einer der Städte sammeln, die er besetzt hielt, und in dieser Stadt auf zuverlässige Auskünfte über den Feind warten.

Wenn Crassus diesen Entschluß unbedingt ablehnen wolle, weil er ihm nicht ratsam erschien, gebe es noch die Möglichkeit, dem Lauf des Flusses zu folgen und sich nach Seleukia zu begeben. Auf diese Weise würde er zusammen mit seinen Transportschiffen marschieren. An jedem Lagerplatz lieferten der Fluß Wasser und die Schiffe Lebensmittel, und es würde an nichts fehlen, nicht zu vergessen, daß der Fluß, indem er die Römer von einer Seite schützte, verhinderte, daß sie je umzingelt werden könnten.

Sollten die Parther sie also zum Kampf herausfordern, hätten sie die gleichen Vorteile und den Feind vor sich.

Die inständigen Bitten des Tribuns hatten Crassus dazu veranlaßt, diesen Plan zu überdenken, und vielleicht hätte er sich danach gerichtet, als er in der Ferne einen Reiter erblickte. Dieser Reiter ritt so schnell über die Ebene, als hätte sein Pferd Flügel.

Er ritt geradewegs auf die Römer zu.

Es war ein Oberhaupt des arabischen Stammes, der nach Plutarch Ariamnes hieß, nach Appian Acharus und nach Dion Cassius Augasus.

Mehrere Soldaten, die unter Pompejus gedient hatten, erkannten den Mann und bestätigten, daß er Pompejus große Dienste erwiesen habe.

Er stellte sich als alter Freund der Römer vor, der von den Parthern aufgrund dieser Freundschaft verfolgt werde, und nun komme er, um Crassus einen Dienst zu erweisen, der allein alle Pompejus erwiesenen Dienste aufwiege.

Es ging darum, ihm als Führer durch die Wüste zu dienen.

Er machte sich anheischig, ihm zu helfen, die Parther zu überraschen.

Unglücklicherweise glaubte Crassus ihm.

Der Barbar hatte sich auch, so barbarisch wie er war, unglaublich geschickt angestellt.

Er hatte zunächst eine Lobrede auf Pompejus gehalten, der – wie er sagte – sein Wohltäter sei, und als habe Crassus' großartiges Heer ihn in Verzückung versetzt, hatte er in seiner Lobrede über dieses Heer und seinen General nicht mehr innegehalten.

Vor einem solchen Heer würden die Heere des Orodes nicht eine Stunde bestehen können.

Es ging darum, auf die Parther zu treffen, die sich versteckten, und ohne seine Hilfe wäre es unmöglich, auf sie zu stoßen.

Sie hatten sich ins Landesinnere zurückgezogen, und

solange sie dem Fluß folgten, drehten sie den Römern den Rücken zu oder zumindest fast.

Wozu war es übrigens gut, dem Flußlauf zu folgen? War das Land nicht mit Wasserläufen durchzogen?

Seiner Meinung nach hatten sie also keine Sekunde mehr zu verlieren. Die Parther, die von Crassus und seinem Heer gehört hatten, rechneten keineswegs mit ihm.

Sie waren zu dieser Stunde damit beschäftigt, ihre Schätze zu sammeln, und zwar ihre wertvollsten Güter und Männer; dann würden sie wie eine Schar aufgescheuchter Vögel ihren Flug in Richtung Hyrcanie und Scythie fortsetzen.

Das alles war eine arabische List.

Orodes hatte sein Heer in zwei Truppen geteilt.

Mit einer Truppe würde er Armenien verwüsten, um sich an diesem Artavasdes zu rächen, der Crassus seine Hilfe angeboten hatte. Mit der anderen Truppe würde ein einfacher General oder ein *surena* – auch in diesem Fall sahen die Römer den Titel als Namen an –, mit der anderen Truppe würde ein einfacher General warten, bis Ariamnes ihm Crassus und seine Römer auslieferte.

Es stimmt, daß dieser *surena* keineswegs ein gewöhnlicher Mann war.

Aufgrund seiner Geburt, seines Reichtums und seines Mutes war er nach dem König der bedeutendste Mann.

Mit seiner List und seiner Geschicklichkeit, den zwei großen Tugenden der Nomadenvölker des Jemens, Assyriens und Mesopotamiens, siegte er über die Listigsten und Geschicktesten seiner Zeit.

Und was seine Größe und seine Schönheit anbetraf, so hatte er nicht seinesgleichen.

Beim Marsch führte er wie ein zweiter Cäsar immer einhundert mit Gepäck beladene Kamele mit sich und anders als Cäsar zweihundert mit seinen Konkubinen beladene Wagen.

Tausend schwere Reiter und fünf- oder sechstausend leichte bildeten für gewöhnlich seine Eskorte, die mit seinen

Dienern und Sklaven niemals weniger als zehntausend Mann stark war.

Er war von so hoher Geburt, daß er es war, der bei ihrer Thronbesteigung die Aufgabe hatte, den parthischen Königen die Bänder umzulegen.

Der jetzige König war verjagt worden. Der Surena hatte ihn mit seiner persönlichen Garde im Exil abgeholt und ihn wieder auf den Thron gesetzt.

Die Stadt Seleukia hielt am Aufstand fest.

Der Surena nahm sie im Sturm, indem er als erster auf die Stadtmauern stieg.

Er war noch keine dreißig Jahre alt und – wie wir schon gesagt haben – von vollendeter Schönheit. Seine Schönheit wurde noch betont, indem er seine Augen bemalte, sich schminkte und wie eine Frau parfümierte.

Das war der Mann, mit dem Crassus es zu tun haben würde.

Crassus, der sich für den geschicktesten und listigsten Mann der Welt hielt, und der nicht wußte, daß der geschickteste und listigste Europäer neben einem Araber nur ein Stiefkind war. Crassus machte den entscheidenden Fehler, sich seinem Führer anzuvertrauen.

Dieser führte sie noch einige Zeit am Fluß entlang und leitete sie dann über einen gut begehbaren Weg allmählich ins Landesinnere. Sie hielten an Bächen und Zisternen, die zuerst noch in Fülle Wasser lieferten. Langsam aber sicher entfernten sie sich vom Fluß, und der Weg wurde gebirgig und schwierig. Die Männer beklagten sich bei ihrem Führer: Es sei nur eine kurze Wegstrecke zu überwinden. Die Römer waren zu erfahren und zu sehr an die Kriegführung gewöhnt, um nicht zu wissen, daß es in allen Ländern mühselige, ermüdende Märsche zurückzulegen galt.

Schließlich erreichten sie eine riesige Ebene ohne Bäume, ohne Wasser und ohne Grün. Am Horizont nichts als Sand.

Sie mußten nur noch diese Ebene überqueren, um auf die

Parther zu stoßen. Sie brachen sofort auf und marschierten über glühenden Sand, der ihre Füße und Augen verbrannte. Je weiter sie gingen, desto wogender und tiefer war der Sand. Die Soldaten versanken bis zu den Knien darin, und mit ihren schweren Rüstungen fürchteten sie in jedem Augenblick, ganz zu versinken.

Sie erinnerten sich an das Heer des Kambyses, das vom ägyptischen Sand verschlungen worden war, und sie fürchteten allmählich ein ähnliches Schicksal zu erleiden. Nur die Gallier, die fast ohne Verteidigungswaffen kämpften und halbnackt Kälte und Hitze ertrugen, bewahrten ihre Fröhlichkeit. Die römischen Soldaten aber stießen ein lautes Jammern aus, als sie die Sanddünen sahen, die einem wogenden Meer glichen und sich bis zum Horizont erstreckten, ohne eine einzige Pflanze, ohne einen einzigen Hügel, ohne einen einzigen Bach.

Das Heer starb vor Durst.

Hier waren sie angekommen, als Kuriere des Armeniers Artavasdes zu ihnen stießen. Dieser ließ Crassus ausrichten, daß er sich ihm nicht anschließen könne, da ihn der Krieg gegen Orodes aufhalte, daß er Crassus aber auffordere, das zu tun, was er nicht tun konnte, das heißt, nach Armenien zurückzuweichen. Wenn Crassus diese Truppenbewegung verweigere, bat er ihn, sein Lager nur an Plätzen aufzuschlagen, die für die Reiterei nicht zugänglich waren. Er sagte ihm, daß es klug sei, nur den gebirgigen Gebieten zu folgen, wo seine Fußtruppen alle Vorteile auf ihrer Seite hätten.

Aber Crassus, der auf sich selbst wütend war, antwortete mit lebhafter Stimme, daß er wohl anderes zu tun habe, als sich um die Armenier zu kümmern. Auch warnte er den König, daß er zuerst die Parther vernichten und sich hinterher den Armeniern zuwenden werde.

Die Botschafter ritten fort und überbrachten die Drohungen, aber sie waren sicher, daß Crassus niemals in der Lage sein würde, sie zu verwirklichen.

40

Crassus setzte seinen Marsch fort.

Er schien von Blindheit geschlagen zu sein; selbst die Legaten teilten sein Vertrauen.

Nur der Tribun Cassius ahnte einen Verrat. Er flehte Crassus immer wieder an, stehenzubleiben und umzukehren, und als er sah, daß dieser hartnäckig immer weiter in die Sandwüste vordrang, ging er zu Ariamnes und herrschte ihn an.

»Oh, du verräterischer, niederträchtiger Mensch«, sagte er zu ihm. »Welch böser Geist hat dich zu uns geführt, welche magischen Zaubertränke, welche verfluchten Gebräue hast du denn dem Prokonsul eingeflößt, daß er derartig den Verstand verloren hat und uns durch diese Einsamkeit marschieren läßt? Es ist, als folgten wir einem Anführer nomadischer Räuber und keinem römischen Imperator!«

Und der Verräter fiel Cassius zu Füßen, schwor ihm, daß er auf dem rechten Weg sei, flehte ihn an, noch einige Zeit Geduld zu haben, und versicherte ihm, daß sich schon am nächsten Tag das Bild des Landes verändern werde.

Sie faßten wieder Mut, marschierten weiter, und die Müdigkeit und der Durst der Soldaten wurden immer schlimmer, so daß einige tot umfielen, als hätte sie der Blitz getroffen, und die anderen wurden verrückt.

Nachdem sich dann der Araber aus Cassius' Händen befreit hatte, lief er an den Reihen der römischen Soldaten entlang und verspottete sie. Und als diese jammerten und um Wasser oder wenigstens um Schatten baten, sagte er zu ihnen:

»He, ihr, glaubt ihr denn, ihr marschiert noch immer über die Ebenen von Kampanien, daß ihr euch Quellen und Wiesen wünscht? Warum denn nicht gleich Bäder und Gasthäuser? Ihr vergeßt wohl, wo ihr seid, und daß ihr die Grenzen der Araber und Assyrer überquert?«

Als die Soldaten hörten, wie dieser Mann in seinem

schlechten Latein und mit seinem kehligen Akzent zu ihnen sprach, als sie dieses Kind der Wüste sahen, diesen Mann, welcher der Sonne, der Müdigkeit und dem Durst gegenüber unempfindlich war, der mit seinem Pferd durch die Sandwogen tänzelte, und als sie sahen, wie sich auf den Schuppen seiner Rüstung das grelle Sonnenlicht spiegelte, kam es ihnen so vor, als sei er irgendein Teufel aus der Hölle, der sie in ihr Verderben führte, ohne daß sie die Kraft hatten, dem zu entgehen, selbst wenn sie gewollt hätten.

Eines schönen Morgens dann, als sie aufbrechen wollten, suchten und riefen sie ihn vergebens.

Er war verschwunden.

Crassus trat an diesem Tag nicht in Purpur gekleidet, wie es die römischen Generäle zu tun pflegten, sondern in einem schwarzen Gewand vor sein Zelt.

In der Dunkelheit hatte er sich geirrt und das falsche Gewand angelegt.

Sobald er seinen Irrtum bemerkte, kehrte er ins Zelt zurück, aber viele hatten ihn schon gesehen, und das Gerücht dieser düsteren Erscheinung verbreitete sich im Heer wie ein unheilvolles Omen. Sie verlangten laut schreiend nach Ariamnes.

Dieser Mann, den sie verflucht hatten, als er da war, fehlte nun allen, da er sich davongemacht hatte.

Er schien der einzige zu sein, der die Römer, nachdem er sie in diese Gefahr gebracht hatte, daraus hätte befreien können.

Um seine Soldaten zu beruhigen, erklärte Crassus, daß der Aufbruch des Ariamnes ihm bekannt und dieser in Absprache mit ihm fortgegangen sei, um die Parther in einen Hinterhalt zu locken.

Er gab den Befehl zum Abmarsch. Doch als sie sich in Bewegung setzen und die Feldzeichen aus der Erde ziehen wollten, hatten sie alle Mühe der Welt, obwohl die Feldzeichen in lockerem Sand steckten.

Crassus lief herbei, lachte über die Furcht der Soldaten, riß selbst die Stangen aus dem Boden, drängte zum Abmarsch und zwang die Fußtruppen, der Reiterei im Laufschritt zu folgen, um die Vorhut einzuholen, die schon im Morgengrauen aufgebrochen war.

Aber plötzlich sahen sie die Vorhut oder vielmehr das, was von dieser übriggeblieben war, in einem erschreckenden Durcheinander zurückkehren.

Sie war vom Feind angegriffen worden und hatte drei Viertel ihrer Männer verloren.

Die Fliehenden sagten, daß der Feind sie voller Selbstvertrauen verfolge.

Im ganzen Heer breiteten sich Angst und Schrecken aus.

Diesem Feind, den sie so oft herbeigerufen hatten, würden sie nun nach all diesen Ereignissen mit Entsetzen begegnen.

Crassus war außer sich und stellte sein Heer in aller Eile zur Schlacht auf. Er gab Cassius' Ratschlägen nach und befahl seinen Fußtruppen, sich auseinanderzuziehen, damit ihre Schlachtreihe sich so weit wie möglich über die Ebene erstreckte.

Dann verteilte er die Reiterei an den Flügeln.

In dieser Formation war es fast unmöglich, daß das Heer eingeschlossen wurde.

Doch als gewährte ihm sein böser Geist keine einzige Rettungschance, änderte er seinen Plan, zog seine Kohorten wieder zusammen und bildete ein festes Karree, dessen Seiten jeweils aus zwölf Kohorten bestanden.

Zwischen jeder Kohorte befand sich eine Reitertruppe, so daß diese Reiter ausbrechen und die Masse der Fußsoldaten ebenfalls vorwärtsmarschieren konnte. Das Karree wurde demnach zu allen Seiten hin verteidigt.

Einer der beiden Flügel wurde Cassius anvertraut, der andere dem jungen Crassus.

Der Imperator übernahm das Kommando des Zentrums.

So setzten sie sich in Bewegung. Ein unglaubliches Glück führte sie nach einer Stunde ans Ufer eines Baches, den die Römer seitdem *baliscus* nennen.

Dieser Bach führte nur wenig Wasser, aber dennoch genug, um den Durst der Soldaten zu löschen, die von der Hitze und ihrer Müdigkeit überwältigt wurden und die nun wieder etwas zu Kräften kamen.

Die Legaten, die dieses große Glück nutzen wollten, das in der Wüste, die sie durchquerten, so selten war, ließen Crassus fragen, ob er es nicht für angebracht hielte, hier anzuhalten und die Zelte aufzuschlagen.

Aber Crassus, der aufgrund der Ermahnungen seines Sohnes erregt war, der es eilig hatte zu kämpfen, gestattete nur einen Aufenthalt von einer Stunde und befahl, im Stehen zu essen, ohne die Reihen zu verlassen.

Und noch bevor das Essen beendet war, befahl er den Soldaten, sich wieder in Marsch zu setzen, und das nicht etwa im Schritt und mit kurzen Pausen, wie man es macht, wenn man vorwärtsschreitet, um zu kämpfen, sondern schnell und ohne Unterbrechung, bis sie dem Feind gegenüberstanden.

Sie erblickten schließlich diesen Feind, den sie so lange gesucht hatten und den sie nach so großen Anstrengungen nun endlich erreichten.

Aber auf den ersten Blick bot er gar nicht so ein überwältigendes Bild und war nicht so stark, wie sie geglaubt hatten.

Der Surena hatte hinter der ersten Linie gedrängte Truppen aufgestellt, deren glänzende Waffen mit Stoffen und Häuten verhüllt waren.

Crassus marschierte geradewegs auf den Feind zu, und als er zwei Pfeillängen von ihm entfernt war, ließ er das Signal zum Angriff geben.

Man könnte meinen, dieses Signal sei nicht nur den Römern, sondern auch den Parthern gegeben worden.

Im gleichen Augenblick breiteten sich auf der Ebene schreckliches Gebrüll und fürchterliches Rauschen aus.

Dieses Rauschen ähnelte dem Donner, und die Römer, die an das Horn und die Trompete gewöhnt waren, fragten sich, was für ein Instrument wohl dieses Geräusch erzeuge. Sie glaubten, inmitten dieses Donnerschlages von Zeit zu Zeit wilde Tiere brüllen zu hören.

Dieser entsetzliche Lärm wurde mit Hilfe eherner Gefäße erzeugt, auf die der Feind mit lederüberzogenen Hohlhämmern einschlug.

»Denn diese Barbaren«, sagt Plutarch, »haben gut beobachtet, daß der Gehörsinn derjenige ist, der am einfachsten Unruhe ins Leben bringt, der am schnellsten die Leidenschaften entfacht und den Menschen am stärksten aus der Fassung bringt.«

Als die Römer diesen Lärm vernahmen, blieben sie bestürzt stehen. Gleichzeitig rissen die Parther die Schleier weg, die ihre Waffen verhüllten, und schwärmten auf die Ebene aus, die einem wogenden Flammenmeer glich.

An ihrer Spitze stand der Surena in einer goldenen Rüstung. Er ließ sein Pferd tänzeln, das so stark glänzte, als hätte es sich vom Sonnenwagen gelöst.

Die Römer begriffen, daß die Stunde für einen erbitterten, tödlichen Kampf geschlagen hatte, und dennoch ahnten sie nicht im geringsten, mit was für einem Feind sie es zu tun hatten.

Die Parther stießen laute Schreie aus, als sie vorrückten, um sich mit ihren Piken auf die Römer zu stürzen. Sie waren so zahlreich, daß die Römer vergebens versuchten, ihre Anzahl zu bestimmen.

Sie rückten bis auf hundert Schritte an die Soldaten des Crassus heran. Aber als sie die dichtgedrängten Reihen ihrer Feinde sahen und erkannten, daß die Soldaten dank ihrer aneinandergepreßten Schilde eine undurchdringliche Mauer bildeten, lösten sie ihre Reihen, wichen zurück und zerstreuten sich.

Die Römer verstanden diesen Rückzug nicht. Es war offensichtlich, daß sie keineswegs von ihren Feinden befreit waren und daß diese irgendwelche Operationen vorbereiteten, die ihnen bald offenbart werden sollten.

In der Tat sahen sie sogleich, wie sich eine Viertelmeile von ihnen entfernt rund um ihr Karree eine riesige Staubwolke erhob, die sich immer mehr näherte und in deren Mitte Blitze zuckten, während die schrecklichen Hämmer noch immer auf die Bronzegefäße schlugen und die Donnergeräusche erzeugten.

Crassus begriff, daß der Feind sie in einem eisernen Gürtel ersticken wollte.

Nun drängte er die leichten Fußtruppen nach vorn und befahl ihnen, den Ring dieser Kette zu zerstören.

Man sah, wie sie losstürmten, angriffen und dann ungeordnet zurückkehrten ... Bei einigen, die wieder auftauchten, waren Arme, Schenkel und sogar die Körper von fünf Fuß langen Pfeilen durchbohrt.

Die Soldaten erkannten mit Grauen, daß diese Pfeile die Schilde und die Rüstungen durchbohrt hatten.

Ungefähr dreihundert Schritt vor den Römern blieben die Parther stehen.

Plötzlich sauste eine geballte Ladung Pfeile durch die Luft, und der Tag schien in Dunkelheit zu versinken. Es folgte ein Schmerzensschrei, der fünfhundert Kehlen zugleich entsprang.

Der Tod schlug zu und drang mit entsetzlichen Hieben in die Reihen der Römer ein.

41

Einige Augenblicke lang – jene Augenblicke, die eine Ewigkeit dauern – schossen die Parther weiter von allen Seiten mit ihren Pfeilen, wobei sie noch nicht einmal richtig zielen mußten, da die Römer durch ihre Schlachtordnung, die Crassus befohlen hatte, eine dichtgedrängte Masse bildeten.

Jeder dieser schrecklichen Pfeile stieß daher auf ein lebendes, zitterndes, menschliches Ziel.

Die Pfeilschüsse trafen mit unglaublicher Gewalt.

Die Bögen waren so stark, so groß und so biegsam, daß die Feinde ihre Pfeile mit grausamer Treffsicherheit abschießen konnten.

Die Römer befanden sich in einer ausweglosen Lage.

Wenn sie dort verharrten, würden sie wie Zielscheiben durchlöchert werden. Eine Flucht nach vorn bedeutete, daß der Punkt des Kreises, den sie angriffen, zurückweichen würde, während die Parther, die flohen, um ihrem Angriff zu entkommen, sie auf ihrer Flucht mit Pfeilen beschössen, und diejenigen der Parther, die an Ort und Stelle blieben, sie an den beiden ungedeckten Seiten mit Pfeilen durchlöchern würden.

Ein ganzes Heer saß in der Falle.

Dennoch blieb den Römern eine Hoffnung: Hätten die Parther ihre Köcher erst verbraucht, würden sie sich zurückziehen.

Aber diese Hoffnung mußten sie bald begraben.

Mit Pfeilen beladene Kamele liefen durch die Reihen, und die leeren Köcher wurden aufgefüllt.

Nun begriff Crassus, in welch einen tiefen Abgrund er gestürzt war.

Er schickte einen Meldereiter zu seinem Sohn.

Unter Publius' Befehl stand eine starke Reiterei, und außerdem waren diese Gallier, die halbnackt kämpften, fast so leichtfüßig wie Pferde.

Sie mußten den Feind um jeden Preis zum Nahkampf zwingen.

Der junge Mann, der wie ein von Jägern umzingelter Löwe brüllte, hatte nur auf diesen Moment gewartet.

Er nahm tausenddreihundert Reiter, zu denen auch die tausend zählten, die Cäsar ihm mitgegeben hatte, sowie acht Kohorten, die halb aus Römern und halb aus Galliern bestanden, und stürzte sich auf die Parther, die ganz in der Nähe ihren Tanz aufführten.

Diese wichen sofort zurück; entweder wollten sie den Zusammenstoß vermeiden, oder sie folgten den Befehlen des Surena.

»Sie fliehen!« schrie Publius Crassus.

»Sie fliehen!« schrien die Soldaten.

Die Reiter und die Fußsoldaten verfolgten den Feind.

An der Spitze dieser Soldaten, die sich scheinbar wütend dem Tod ergaben, standen Censorinus und Megabacchus, ein Römer und ein Barbar, worauf zumindest die Namen hinweisen. »Der eine war außerordentlich mutig und stark«, sagt Plutarch, »und der andere war aufgrund seiner Senatswürde und seiner Redekunst ein bedeutender Mann.« Beide waren Freunde von Publius und in seinem Alter.

So wie es sich der junge Befehlshaber vorgestellt hatte, blieb die Reiterei nicht zurück.

Das würde eine hübsche Jagd quer durch die Wüste werden, dieser Ritt der römischen Reiter und der schönen Gallier mit den langen, blonden Haaren und den halbnackten Oberkörpern. Und die Gallier stürmten lachend geradewegs auf die Gefahr zu, und wenn sie der Gefahr gegenüberstanden, kämpften und fielen sie, ohne je einen Schritt zurückzuweichen!

So fielen am anderen Ende der Welt unter dem Beschuß von Cäsars Soldaten soeben sechzigtausend Nervier.

Aber diesmal waren es die Römer, die ums Leben kommen sollten, und die Barbaren, die siegten.

Als die Parther diejenigen sahen, die ihnen folgten und die keine Verbindung mehr zum Haupttheer hatten, blieben sie stehen.

Die Römer hielten auch an und glaubten, daß der Feind, der ihre geringe Zahl an Soldaten sah, dem Nahkampf nicht länger ausweichen würden.

Aber so war es keineswegs.

Die Parther hatten sich eine Art zu kämpfen zu eigen gemacht, von der sie nicht ablassen wollten.

Die schwere parthische Reiterei wich in der Tat nicht von der Stelle, aber was konnten die Römer und Gallier mit ihren drei Fuß langen Wurfspießen und ihren kurzen Schwertern gegen die in Rohleder und Eisen gehüllten Männer schon ausrichten?

Außerdem hatte die leichte Reiterei sie vollkommen umzingelt.

Rings um Crassus' Soldaten wirbelte der heiße Wüstensand durch die Luft. Diese glühenden Wolken blendeten die Römer und raubten ihnen den Atem.

Und dann schossen aus der Mitte dieser Wolke unaufhörlich die furchtbaren Pfeile hervor, das heißt der Tod, aber kein sanfter, schneller Tod, sondern ein langsamer, grauenhafter Tod.

Die Römer wurden beschossen und konnten die Ziele nicht erkennen, die sie beschießen mußten. Es war ein tödlicher, wenn auch unsichtbarer Blitz.

Sie drehten sich in diesem teuflischen Kreis, fielen, standen wieder auf und boten aufgrund dieses Instinktes, der den Menschen immer wieder antreibt, den anderen zu suchen, wieder dieses lebende Ziel, diese zitternde Zielscheibe, die das Hauptheer eine Meile von ihnen entfernt noch immer lieferte.

Die Verletzten rollten über den brennenden Sand und brachen die Pfeile ab, die ihren Körper durchbohrt hatten. Andere versuchten, sich die Pfeile selbst herauszureißen oder sie von ihren Kameraden herausreißen zu lassen, und ihr ganzer Körper zitterte ob dieser unerträglichen Schmerzen, die ihnen ihre zerrissene Haut bereitete, welche von den mit Widerhaken versehenen Pfeilen durchbohrt worden war. Es war ein Gebrüll wie in einer Arena, das Gebrüll von Tieren und nicht das Klagen und Jammern von Menschen.

Publius gab inmitten dieses grausamen Kampfes, dieses entsetzlichen Tumultes den Befehl zum Angriff, aber die Soldaten zeigten ihm ihre Arme, die an ihre Schilde genagelt waren, ihre Schilde, die an ihre Körper genagelt waren, und ihre Füße, die am Boden festgenagelt waren, so daß es ihnen unmöglich war, zu fliehen, anzugreifen und einigen sogar zu Boden zu fallen.

Dann griffen sie mit den wenigen Männern, die noch nicht verwundet waren, verzweifelt an.

Sie stießen auf die schwere parthische Reiterei.

Aber die Waffen der Römer waren zu schwach und prallten an den geharnischten Pferden und Reitern ab.

Die Gallier, auf die Publius seine Hoffnung gesetzt hatte, machten ihrem Ruf alle Ehre.

Die Parther zielten mit ihren Spießen auf diese Männer mit den bloßen Häuptern, den nackten Armen und nackten Oberkörpern; diese klammerten sich an die Parther, rissen sie von ihren Pferden, und da sie die Parther nicht verletzen konnten, erwürgten sie diese mit ihren Händen. Andere krochen unter die Bäuche der Pferde, fanden eine ungeschützte Stelle, stießen ihr kurzes Schwert dort hinein, stocherten in den Eingeweiden des Tieres herum, bis es umfiel oder wenigstens seinen Reiter abwarf, und das Tier, das vor Schmerz zusammenbrach, zerquetschte unter seinem Gewicht Gallier und Parther, die sich im Sterben haßerfüllt umklammerten, wie es die Liebenden aus Liebe tun.

Inmitten dieses Kampfes starben die Soldaten vor Durst. Dieser verheerende Durst machte vor allem den Galliern mehr als ihre Verwundungen zu schaffen, denn die Gallier waren an breite, wunderschöne Flüsse und klare Bäche gewöhnt.

Nach einer Stunde dieses furchtbaren Gemetzels blieben von dem ganzen Heerkorps nur noch zwei- oder dreihundert Mann übrig.

Sie wollten den Rückzug antreten.

Der verstümmelte Rest des Korps schaute sich um.

Publius, der an drei Stellen verletzt war, saß noch aufrecht auf seinem von Pfeilen durchbohrten Pferd.

Sie versammelten sich um ihn.

Ein Sandhügel erhob sich einige Schritte von diesem parthischen Schlachtfeld entfernt.

Der Kriegsstrategie folgend, zogen sich die Überlebenden auf diesen Hügel zurück.

Sie banden die Pferde in der Mitte fest.

Die Männer drängten sich um die Pferde und ordneten ihre Schilde wie eine Mauer an.

Sie glaubten, die Angriffe der Barbaren so leichter abwehren zu können.

Sie irrten sich. Das Gegenteil war der Fall.

Auf einer flachen Ebene schützt die erste Reihe die zweite und die zweite die dritte.

Dort auf dem Hügel hingegen stand aufgrund des unebenen Gebietes die zweite Reihe über der ersten und die dritte über der zweiten, so daß das halbe Korps diejenigen, die hinten standen, ungedeckt ließ und alle gleichermaßen der Gefahr ausgesetzt waren.

Sie erkannten den Fehler, den sie begangen hatten, aber es war zu spät, ihn wieder gutzumachen.

Die Soldaten schauten Publius an, als suchten sie in seinen Augen einen letzten Hoffnungsschimmer.

»Sterben wir!« sagte dieser.

Die Soldaten erwiderten schicksalergeben:

»Sterben wir!«

Sie warteten auf die Pfeilschüsse, gegen die sie sich nicht mehr verteidigen konnten.

Es gab hier inmitten dieser Männer, die von Ateius den höllischen Göttern geweiht worden waren, zwei Griechen, zwei Männer aus Carrhae, die Hieronymus und Nicomachus hießen. Sie rieten Publius, sich einen Weg zu bahnen, indem sie diese Mauer zerstörten, die sie einschloß, und über Wege, die sie kannten, nach Ichnai, einer Stadt am Euphrat, zu fliehen.

Wenn sie diese Stadt erreicht hätten, die auf der Seite der Römer stand, wären sie gerettet.

Publius schaute sich um.

Er sah das mit Toten und Sterbenden übersäte Schlachtfeld, und von denen, die sich mit ihm auf den Hügel zurückgezogen hatten, waren die meisten verletzt und nicht in der Lage, ihm zu folgen.

»Nein«, sagte er zu den beiden Griechen, »ich bleibe.«

»Aber wenn du bleibst«, erwiderten sie, »ist der Tod unvermeidbar.«

»Kein Tod kann so grausam sein«, antwortete der junge Mann, »daß Publius diejenigen, die mit ihm sterben, im Stich läßt. Doch ihr«, fügte er hinzu, »seid Griechen und keine Römer. Flieht.«

Und er reichte ihnen die linke Hand, da seine rechte Hand von Pfeilen durchbohrt war, und verabschiedete sie.

Die beiden Griechen galoppierten davon und verschwanden in der von den Parthern aufgewirbelten Staubwolke.

Einer konnte sich retten. Er kam in Ichnai an, erzählte, was passiert war, unter welchen Umständen er Publius verlassen hatte und wiederholte die letzten Worte, die der edle junge Mann an ihn gerichtet hatte.

Nachdem sie aufgebrochen waren, drehte sich Publius zu jenen um, die noch bei ihm waren.

»Nun«, sagte er, »da uns nichts anderes mehr bleibt, als zu sterben, so sterbe jeder, wie er es versteht.«

Und da er sich aufgrund seiner Verwundung an der Hand nicht selbst töten konnte, zeigte er seinem Waffenträger den schwachen Punkt seiner Rüstung, und dieser stach ihm sein Schwert in die linke Körperseite.

Publius seufzte und starb.

Censorinus starb auf die gleiche Weise.

Megabacchus tötete sich selbst.

Diejenigen, die noch übrigblieben, wurden fast alle erschlagen. Nur einige wurden gefangengenommen, welche die Einzelheiten dieser schrecklichen Katastrophe berichteten.

Die Parther, die von ihren Gefangenen erfahren hatten, welchen Rang der junge Publius Crassus innehatte, schlugen ihm den Kopf ab, steckten ihn auf eine Pike und marschierten auf das römische Hauptheer zu.

42

Der von Publius unternommene Angriff auf die Parther hatte dem Heer übrigens eine kleine Verschnaufpause beschert.

Crassus, der sah, daß er nicht mehr in dem Maße bedrängt wurde, hatte seine Truppen gesammelt, ihre Schlachtaufstellung beibehalten und sich so zu einer Hügelgruppe zurückgezogen, welche die Bemühungen der parthischen Reiterei etwas behindern konnte.

Er wandte seinen hoffnungsvollen Blick beständig zu dem Punkt, an dem sein Sohn verschwunden war, und wartete voller Hoffnung, ihn dort wiederzusehen.

Publius seinerseits hatte verschiedene Meldereiter zu seinem Vater geschickt und ihn um Hilfe gebeten. Doch die ersten Gesandten waren im Pfeilhagel der Parther gefallen.

Als er sich in höchster Not befand, hatte Publius einen erneuten Versuch unternommen.

Dem Boten war es gelungen, nachdem er tausendmal fast getötet worden wäre, die feindlichen Reihen zu durchbrechen, und in dem Moment, da Crassus den ersten jener Hügel erreichte, auf die er sich zurückziehen wollte, kam er bei Crassus an, der stehenblieb, als er den Reiter sah, welcher sich ihm eilig näherte, um auf ihn zu warten.

»Crassus«, schrie dieser ihm zu, »dein Sohn und die Seinen sind verloren, wenn du ihnen nicht sofort Hilfe schickst.«

Und als habe der Reiter nur noch die Kraft gehabt, um diese

Worte zu überbringen, fiel er vom Pferd, sobald er sie ausgesprochen hatte.

Crassus blieb einen Moment unentschlossen. Dann siegte seine Vaterliebe, und er befahl dem Heer, seinem Sohn zu Hilfe zu eilen.

Aber er hatte noch keine hundert Schritt in die bezeichnete Richtung getan, da ertönten von allen Seiten erneut Schreie, die von diesem entsetzlichen Dröhnen der Trommeln begleitet wurden.

Die Römer blieben stehen und bereiteten sich auf einen neuerlichen Kampf vor.

Dann tauchten die Parther auf.

Sie schwärmten wieder in der Weise aus, daß sie die Römer kreisförmig umzingelten, während eine dichtere Gruppe jedoch genau auf sie zumarschierte.

Dieser Gruppe ging ein Mann voraus, der eine Lanze trug, auf deren Spitze ein Kopf aufgespießt war, und dieser Mann schrie:

»Welche Verwandten, welche Familie gehören zu dem, dessen Kopf ihr hier seht? Es wird gesagt, daß sein Vater Crassus heiße, aber wir glauben es nicht. Es ist unmöglich, daß ein junger Mann, der ein so edles Herz und einen so wertvollen Charakter hatte wie der, dem der Kopf gehört, der Sohn eines so feigen und herzlosen Vaters sein soll.«

Die Römer sahen den Kopf und erkannten den des Publius.

Aber niemand außer Crassus antwortete. Er stieß einen Schmerzensschrei aus und verbarg sein Gesicht hinter seinem Schild.

Die Römer hatten in diesen Tagen viele grauenvolle Dinge gesehen, aber nichts von all dem brach ihnen das Herz so sehr wie dieser Anblick.

Die stärksten Männer zitterten; Männer, die sonst hartgesotten waren, brachen innerlich zusammen, und so faßte inmitten all dieser geschwächten Soldaten der unglückliche Vater als erster wieder Mut.

Er schaute sich entschlossen um.

Als er sah, daß der Schmerz all diesen Männern noch mehr zusetzte als ihre Angst, schrie er:

»Römer, dieser Schmerz geht nur mich etwas an. Das Glück und die Ehre Roms ruhen auf euren Schultern. Drum hebt den Kopf! Solange ihr lebt, bleibt Rom unversehrt und ungeschlagen. Wenn ihr Mitleid mit einem Vater habt, der ein Kind verliert, dessen Mut bekannt war, so verwandelt euer Mitleid in Zorn, und wendet euren Zorn gegen den Feind! Laßt euch durch das, was passiert, nicht niederdrücken. Diejenigen, die große Dinge vorhaben, müssen großes Unglück erdulden. Lucullus hat Tigranes, Scipio und Antiochus nicht ohne Blutvergießen besiegt. Unsere Vorfahren haben in Sizilien tausend Schiffe und in Italien eine große Anzahl an Prätoren und Generälen verloren. Waren sie am Ende nicht immer die Herren über die, die zuerst siegten? ... Glaubt mir, daß die Römer nicht durch die Gunst der Fortuna, sondern durch unerschütterliche Entschlossenheit und ihren Mut, großen Gefahren zu trotzen, auf dieser Stufe der Macht angelangt sind, auf der sie heute stehen. Nun, Soldaten«, fügte er hinzu, »laßt den Schlachtruf ertönen und beweist diesen Barbaren, daß wir noch immer Römer und die Herren der Welt sind.«

Und er stieß als erster den Schlachtruf aus.

Aber auf diesen Schrei folgte nur ein schwaches, vereinzeltes, unregelmäßiges, schmachtendes Echo.

Die Parther hingegen antworteten mit einem einzigen Schrei, und dieser war dröhnend, laut und kraftvoll.

Dann begann der Kampf.

Die parthische Reiterei breitete sich an den Flügeln aus, nahm das Heer in ihre Mitte und beschoß erneut den Feind, auf den ein schrecklicher Pfeilhagel niederprasselte, den die Römer schon so teuer bezahlt hatten, während die erste Reihe der Parther, die mit Spießen bewaffnet war, die Römer immer dichter zusammendrängte.

Aber die mit Spießen bewaffneten Männer waren für die Römer wenigstens erreichbar.

Um den Todeskampf zu verkürzen, warfen sich einige römische Soldaten auf die Parther und starben auf diese Weise einen grausamen, aber schnellen Tod.

Das lange Eisen der Spieße durchbohrte den Körper des Mannes und drang bis in den Körper des Pferdes ein.

Mitunter schlugen die Schützen so kräftig zu, daß sie zwei Männer auf einmal durchbohrten.

Dieser Kampf dauerte bis in die Nacht.

Es waren an die dreißigtausend Römer, und es brauchte einfach seine Zeit, sie alle zu töten.

Die Parther zogen sich lachend zurück.

»Crassus, Crassus, wir gestehen dir diese Nacht zu, um deinen Sohn zu beweinen und hoffen, daß dir die Nacht Rat bringt und du einwilligst, freiwillig zu Orodes geführt, anstatt mit Gewalt zu ihm geschleppt zu werden.«

Danach schlugen sie ihre Zelte neben den römischen Zelten auf, als wollten sie ihre Gefangenen bewachen und ihnen jede Hoffnung auf eine Flucht rauben.

Die Parther machten in der Nacht Musik und feierten.

Die Nacht der Römer war düster. Alle schwiegen. Sie kümmerten sich weder darum, die Toten zu begraben noch die Verwundeten zu verbinden.

Sie wußten genau, daß die Verwundungen unheilbar waren.

Keiner kümmerte sich also um den anderen; jeder weinte für sich allein.

Und in der Tat schien es unmöglich, dem Tod zu entgehen, ob man nun auf den Tag und das Schicksal wartete oder versuchte, über die unendliche Ebene zu fliehen. Was würde denn aus den Verwundeten werden, wenn sie fliehen würden? Nähmen sie die Verwundeten mit, wäre eine Flucht unmöglich, ließen sie diese zurück, wäre sie noch unmöglicher, weil ihre Schreie und ihre Flüche, die sie ausstießen, wenn sie sähen, daß man sie im Stich ließe, dem Feind diese Flucht verriete.

Crassus war der Urheber dieses Übels. Dennoch wollte ihn jeder sehen und hören. Sie hofften, daß von der höchsten Macht, welche die höchste Intelligenz sein sollte, noch ein Hoffnungsschimmer ausstrahlte.

Doch Crassus hatte sich in eine Ecke seines Zeltes zurückgezogen, das Gesicht auf die Erde gelegt und den Kopf verschleiert. Er war die Verkörperung der Hoffnungslosigkeit.

Weil in der Republik zwei Männer, Pompejus und Cäsar, über ihm standen, hatte er geglaubt, ihm fehle alles, und er hatte Tausende von Männern diesem Ehrgeiz geopfert, und dieser Ehrgeiz hatte nun aus ihm, anstatt ihn zum ruhmreichsten Bürger zu machen, den unglücklichsten gemacht.

Die beiden Legaten Octavius und Cassius taten, was immer sie konnten, um Crassus wieder Mut zu machen, aber als sie sahen, daß es vergebene Mühe war, beschlossen sie, ohne ihn zu handeln.

Sie versammelten die Zenturionen und die Befehlshaber der Truppe, hörten die Meinung eines jeden, und die Meinung der Mehrheit war, daß man sofort und ohne Lärm das Lager verlassen und den Rückzug antreten müsse.

Wenn man den richtigen Weg fand, waren es alles in allem nur fünf Marschstunden bis zur Stadt Carrhae.

Ein Befehlshaber der Reiterei namens Ignatius erhielt einen Auftrag, jedoch nicht etwa die Vorhut zu befehligen, sondern das Land mit dreihundert Reitern zu erkunden. Er kannte den Weg und erklärte, daß er die Soldaten, wenn sie ihm folgen wollten, nicht in die falsche Richtung leiten werde.

Er und seine Männer stiegen auf ihre Pferde und verließen das Lager.

Aber nun passierte das, was sie vorausgesehen hatten: Die Verwundeten bemerkten, daß man sie im Stich ließ. Sie schrien auf, und im gleichen Moment entstand Unruhe in den Reihen derer, die unversehrt waren.

Diejenigen, die vorausgeritten waren, glaubten, daß die

Parther ins römische Lager eingedrungen seien, als sie die Schreie hörten, und sie nun verfolgten.

Ignatius und seine dreihundert Männer fielen in Galopp.

Gegen Mitternacht kamen sie tatsächlich in Carrhae an.

Aber ihre Furcht war so groß, daß sie sich hinter den Mauern der Stadt nicht sicher wähnten.

Sie ritten nur an den Mauern entlang und riefen den Schildwachen zu:

»Sagt Coponius, Eurem Kommandanten, daß sich Crassus und die Parther eine große Schlacht liefern.«

Und ohne weitere Einzelheiten hinzuzufügen, ritten sie weiter, erreichten die Brücke und überquerten sie, so daß der Fluß sie nun vom Feind trennte.

Coponius wurde berichtet, was geschehen war, und die Schildwachen wiederholten die Worte, die der Geist der Nacht scheinbar im Vorübergehen der Wache zugerufen hatte.

Er verstand also, daß diese Mitteilung ihm von Fliehenden überbracht worden war.

Er befahl den Truppen daher, zu den Waffen zu greifen, ließ die Tore öffnen, drang ungefähr eine Meile tief ins Land vor, da er glaubte, im Falle einer Niederlage hier auf die Reste von Crassus' Heer zu stoßen.

43

Die Parther hatten den Rückzug der Römer bemerkt; dennoch hatten sie diese nicht verfolgt.

Bei den Barbaren ist ganz allgemein diese Achtung vor der Nacht oder diese Furcht vor der Dunkelheit zu beobachten. Die Kosaken trauten sich während des Rückzugs in Rußland lange nicht, gegen unsere nächtlichen Märsche Widerstand zu leisten. Erst am Morgen nahmen sie unsere Spuren im Schnee wieder auf und verfolgten sie, bis sie uns eingeholt hatten.

Das war auch bei Crassus der Fall.

Sobald es hell wurde, drangen die Parther ins Lager ein und massakrierten an die viertausend Verwundete, die man nicht hatte mitnehmen können.

Überdies nahm die Reiterei eine große Anzahl der Fliehenden gefangen, die sich in der Dunkelheit verirrt hatten und verstreut durch die Ebene streiften.

Der Legat Vargonetius hatte sich auf diese Weise mit vier Kohorten verirrt.

Als es hell wurde und sie sahen, daß der Feind sie umzingelte, zog sich die kleine Truppe auf einen Hügel zurück.

Dort wurden diese vier Kohorten niedergemetzelt, ohne daß sie einen Schritt vor oder zurück machten, um anzugreifen oder zu fliehen.

Nur zwanzig Männer schlossen sich zusammen und stürzten sich in einem Anfall von Verzweiflung mit blankgezogenen Schwertern auf die Barbaren.

Diese ließen sie entweder vor Erstaunen oder Bewunderung gehen.

Ohne daß sich diese zwanzig Männer beeilten oder sich die Gruppe auflöste, setzten sie ihren Ritt nach Carrhae fort und kamen in der Stadt an, ohne weiter bedrängt worden zu sein.

Crassus und das Hauptheer waren den Spuren des Ignatius gefolgt und gegen vier Uhr morgens auf die Truppen gestoßen, die Coponius den Römern entgegengeschickt hatte.

Coponius empfing also in seiner Stadt den General und die Reste seines Heeres.

Der Surena kannte den Weg nicht, den Crassus genommen hatte. Er glaubte aufgrund eines falschen Hinweises, daß sich nur einige Fliehende in die Stadt zurückgezogen hätten und daß Crassus mit dem Hauptheer entkommen sei.

Sollte er die Einwohner von Carrhae sowie diejenigen, die sich hinter den Stadtmauern versteckt hatten, unbehelligt lassen, oder sollte er Crassus' Verfolgung aufnehmen?

Bevor er eine Entscheidung traf, mußte er sich davon überzeugen, daß Crassus nicht in der Stadt war. Daher sandte er eine Art Unterhändler nach Carrhae, der beide Sprachen sprach, sowohl das Lateinische als auch das Parthische.

Dieser Mann näherte sich der Stadtmauer.

Er sollte Crassus rufen, und falls Crassus nicht in Carrhae war, Cassius.

Auf das »Wer da?« der Schildwache antwortete er also, daß Surena ihn gesandt und er von ihm eine Botschaft für den römischen General habe.

Crassus wurde benachrichtigt.

Er wurde ersucht, den Mann nicht zu treffen. Auch sagten sie ihm, er solle sich vor der List der Parther, den hinterhältigsten aller Barbaren, in acht nehmen, aber Crassus hörte nicht auf sie.

Da er nicht mehr wußte, was werden sollte, sah er in dieser Kontaktaufnahme eine Möglichkeit zur Rettung für sein Heer.

Crassus begab sich trotz aller Warnungen zur Stadtmauer.

Cassius folgte ihm.

Der Gesandte des Surena sagte ihm, daß sein Herr mit Crassus ein Gespräch unter vier Augen führen wolle.

Während dieser wenigen Worte, die zwischen ihnen in dieser Sache gewechselt wurden, kamen die parthischen Reiter an, die Crassus und Cassius erkannten. Sie überzeugten sich von der Identität des römischen Generals und seines Legaten.

Als sie davon überzeugt waren, daß es Crassus und Cassius waren, mit denen sie es zu tun hatten, sagten sie es dem Unterhändler.

Dieser fuhr also mit seinen Erklärungen fort und sagte, daß der Surena beabsichtige zu verhandeln und den Römern ihr Leben unter der Bedingung zu lassen, daß sie Verbündete des Königs Orodes werden, mit ihm einen Bündnisvertrag unterzeichneten und Mesopotamien verließen.

»Der Surena«, fügte der Unterhändler hinzu, »glaubt, daß diese Lösung für die Römer sowie für die Parther vorteilhafter ist, als es bis zum Äußersten zu treiben.«

Während dieser ganzen Zeit war es Cassius, der angesprochen wurde und der geantwortet hatte.

Als sie an diesem Punkt des Gesprächs angekommen waren, drehte Cassius sich zum General um, um dessen Befehl entgegenzunehmen.

Crassus gab ein Zeichen, daß er zustimme.

Cassius willigte also ein und fragte, wo und wann die Unterredung stattfinden solle.

Der Unterhändler erwiderte, daß sie die Antwort auf diese beiden Fragen im Laufe des Tages erhalten würden.

Daraufhin ritt er zum Surena zurück und teilte ihm mit, daß Crassus und Cassius nicht entkommen, sondern in Carrhae seien.

Die Römer hatten Carrhae gewaltsam besetzt, und die Einwohner der Stadt waren daher den Feinden der Römer ergeben.

Die Parther konnten also hoffen, daß ihnen keiner der Römer, der sich in der Stadt aufhielt, entkommen würde.

So bemühte sich der Surena nicht länger, sich zu verstellen.

Schon am nächsten Tag, als es hell wurde, stand er mit seinen Parthern vor Carrhae, und seine Krieger überhäuften die Römer mit Beschimpfungen.

»Wenn ihr eine Kapitulation erreichen wollt«, schrien sie, »wenn ihr an eurem Leben hängt, wie ihr es bewiesen habt, indem ihr vor uns geflohen seid, so werden wir nur auf diese Kapitulation eingehen und euch euer Leben lassen, wenn ihr uns Crassus und Cassius gefesselt ausliefert.«

Die Römer hörten diese beleidigenden Worte mit Bestürzung. Sie spürten, daß sie den Einwohnern der Stadt nicht trauen konnten und sich unter jedem Pflasterstein Verrat versteckte.

Crassus wollte ihnen etwas Hoffnung machen. Er sprach von Artavasdes und der Hilfe der Armenier, die sie in den guten Zeiten so mißachtet hatten und seit den Niederlagen so glühend herbeisehnten.

Aber die Römer schüttelten mit gutem Recht den Kopf und sagten, daß sie nur noch auf sich selbst zählen könnten und ihre einzige Rettung im Rückzug liege.

Daher forderten sie Crassus auf, die Nacht zu nutzen, um die Stadt zu verlassen und eine so weite Strecke zurückzulegen, wie es in der Dunkelheit möglich war.

Crassus war gern bereit, sich den Wünschen der Soldaten zu fügen. Nur mußte dieser Plan geheimbleiben, um zu gelingen. Jeder war davon überzeugt, daß kein einziger Einwohner in Carrhae schweigen würde, wenn er von dem Plan erführe. Zehn Minuten später würde auch der Surena es wissen.

Sie brauchten jedoch einen Führer.

Crassus wollte diesen selbst aussuchen. Er hatte ja eine so glückliche Hand!

Seine Wahl fiel auf einen gewissen Andromachus, der nichts anderes als ein Spion der Parther war.

Crassus war wahrhaftig den höllischen Göttern geweiht!

Die Parther erfuhren selbst die kleinste Kleinigkeit über Crassus' Flucht.

Es gab für sie also keinen Grund zur Aufregung!

Die Römer verließen Carrhae, ohne daß der geringste Lärm aus dem Lager der Parther drang, und daher fürchteten sie, daß ihr Rückzug bekannt war. Der Surena, der wußte, daß Andromachus seinem Feind als Führer diente, wog sich tatsächlich in Sicherheit, diesen zu finden.

In der Tat führte Andromachus die Römer über Wege, die sich scheinbar von der Stadt entfernten, sie jedoch in der Umgebung festhielten.

Schließlich brachte er das Heer vom Weg ab, führte es in Sumpfgebiete und Schlammlöcher, so daß aufgrund dieser Wege und Umwege, beim Anblick der Gegend und dem instinktiven Gefühl, der Gefahr näher als je zuvor zu sein, viele erklärten, daß Andromachus ein Verräter sei und sie sich weigerten, ihm weiter zu folgen.

Cassius sagte ebenfalls deutlich seine Meinung und

beschuldigte Andromachus, den er getötet hätte, wenn Crassus diesen nicht in Schutz genommen hätte.

Doch nun überließ Cassius Crassus seiner Verblendung, trennte sich mit ungefähr fünfhundert Reitern von ihm und kehrte nach Carrhae zurück.

Dort nahm er arabische Führer, und als diese ihm sagten, daß sie ihm rieten, mit dem Aufbruch zu warten, bis der Mond den Skorpion verlassen habe, sagte er:

»Ich fürchte mich nicht vor dem Skorpion, aber vor dem Schützen. Abmarsch! Abmarsch!«

Und er ritt in Richtung Assyrien davon.

Auch ein anderer Teil des Heeres trennte sich von Crassus.

Diese Gruppe wurde von zuverlässigen Männern angeführt und gelangte an eine Gebirgskette, die sich in einiger Entfernung vom Tigris erstreckt und die Sinnaces heißt.

Es waren ungefähr tausend, die unter dem Befehl eines Legaten standen, der ihnen ob seines Mutes bekannt war. Sie vertrauten ihm daher voll und ganz. Dieser Legat hieß Octavius.

Und Crassus selbst wurde noch immer von seinem bösen Geist geleitet. Zuerst hieß dieser böse Geist Ariamnes, und jetzt hieß er Andromachus.

Als es hell wurde, fand sich Crassus inmitten eines Sumpfgebietes und großer Schlammlöcher wieder.

Allmählich wurde ihm klar, daß hier Verrat im Spiel war.

Er setzte Andromachus sein Schwert an die Kehle und befahl ihm, sie aus diesem Sumpfgebiet herauszuführen.

Gezwungenermaßen mußte dieser sich fügen.

Nach großen Strapazen führte er das Heer auf einen richtigen Weg zurück.

Crassus hatte noch vier oder fünf Kohorten bei sich, etwa hundert Reiter und fünf Liktoren.

Kaum hatten sich die Männer, die ihm dank der günstigeren Marschbedingungen geblieben waren, um ihn versammelt, tauchte der Feind auf.

Crassus erreichte einen Bergkamm, und von dort aus sah er eine halbe Meile entfernt einen anderen Berg, auf dem sich Männer gesammelt hatten, deren Waffen in der aufgehenden Sonne glitzerten.

Das war Octavius mit seinen Soldaten.

Ein letzter Hoffnungsschimmer!

Sie konnten sich also gegenseitig unterstützen.

Die Parther marschierten auf Crassus zu, als ob sie gewußt hätten, daß sich der Feldherr dort aufhalte, und setzten zum Angriff an.

44

Wir wissen ja, wie die Angriffe der Parther aussahen.

Nur wurden sie diesmal beim Angriff ebenfalls angegriffen.

Als Octavius, mit dem sie sich zunächst scheinbar nicht beschäftigen wollten, sah, daß sein Feldherr eingekesselt war, appellierte er an seine Männer, um Crassus mit denjenigen, die guten Willens waren, zu Hilfe zu eilen.

Zunächst ritten fünfhundert Mann und anschließend die viertausendfünfhundert anderen wie eine Eisenlawine von den Bergen hinunter, durchbrachen die Reihen der Parther und schlossen sich Crassus an.

Da sie nun mit ihren Kameraden vereint waren, nahmen sie Crassus alle in ihre Mitte, schlossen ihn im Kreis der Soldaten ein, schützten ihn mit ihren Schilden und schrien dem Feind stolz zu: »Nun könnt ihr schießen, soviel ihr wollt. Kein einziger Pfeil wird unseren Feldherrn treffen, ehe nicht alle, die ihn beschützen, tot sind.«

Nun trat diese dichtgedrängte, mobile, aufgrund der Schilde fast undurchdringliche Masse den Rückzug zu den Sinnacesbergen an.

Der Surena sah beunruhigt, daß Crassus fast nur noch von Männern mit Schilden und dem größten Teil der leicht bewaffneten Soldaten umgeben war, die nicht diese tödlichen Verteidigungswaffen bei sich trugen. Die Schilde, die zwar die schrecklichen Pfeilschüsse nicht unwirksam machten, schwächten dennoch deren Wirkung ab. Die Römer boten in dieser Aufstellung das Bild einer riesigen, eisengepanzerten Schildkröte, die sich zwar langsam, aber dennoch stetig auf das gebirgige Gebiet zubewegte. Der Surena erkannte, daß er, sobald der Feind in diese Gebirgskette eingedrungen war, die Reiterei, die seine Hauptstreitkraft war, nicht mehr einsetzen konnte. Auch sah er, daß die Begeisterung seiner Parther nachließ, und es gab keinen Zweifel, daß die Römer, wenn die Nacht hereinbrach und es ihnen gelänge, die Ebene zu verlassen, gerettet wären.

Also griff der Barbar wieder auf eine List zurück, mit der er immer genauso erfolgreich war wie mit Gewalt.

Die Parther ließen absichtlich einige Gefangene entkommen und täuschten vor, diese zu verfolgen und zu beschießen.

Die Parther hatten auf Anordnung ihres Befehlshabers in Gegenwart dieser Gefangenen gesagt, daß die Römer sich irrten, wenn sie glaubten, daß der König Orodes gegen sie einen Vernichtungskrieg führen wolle. Für diesen sei ganz im Gegenteil nichts rühmlicher als die Freundschaft und das Bündnis mit den Römern, wenn er ihrer Freundschaft und dem Bündnis Glauben schenken könne, und wenn Crassus und die Römer sich ergäben, würde man diese gewiß menschlich behandeln.

Die Gefangenen konnten daher fliehen, und nachdem sie den Verfolgern und den Pfeilschüssen entkommen waren, trafen sie ihre Kameraden, denen sie mitteilten, was sie gehört hatten.

Sie wurden zu Crassus geführt, dem sie das von dem Surena erfundene Märchen erzählten.

Dieser hatte ihre Flucht verfolgt und gesehen, wie sie zum

römischen Heer stießen. Als er die Unruhe bemerkte, die seit ihrer Ankunft entstanden war, setzte er den Angriff aus.

Dann legte er seinen Bogen aus der Hand, ging von seinen wichtigsten Offizieren begleitet langsamen Schrittes zu Crassus, gab ihm die Hand und lud ihn zu einem Gespräch ein.

Die Soldaten, die diese friedfertigen Bekundungen sahen, verharrten schweigend und hörten den feindlichen General sagen:

»Römer! Ihr seid gegen den Willen des Königs tief in sein Land eingedrungen und habt ihn in seinen Ländern gesucht, doch der König hat euch seine Stärke und Macht bewiesen, und indem er euch nun unversehrt gehen läßt, will er euch seine Gnade und Güte beweisen.«

Da diese Worte in Einklang mit dem standen, was die Gefangenen berichtet hatten, nahmen die Römer sie mit ungeheurer Freude auf.

Aber Crassus schüttelte den Kopf. Er traute diesen Worten nicht. Alle Verhandlungen hatten sich bisher immer nur als Fallen und Lügen erwiesen, und er erkannte bei den Parthern keinen Grund für einen so unglaublichen und unerwarteten Sinneswandel.

Er beriet sich mit seinen Legaten, und sie stimmten zu, alle Verhandlungsangebote zurückzuweisen, so verlockend und freundlich diese auch auf den ersten Blick erscheinen mochten, und vor allem den Rückzug in die Berge fortzusetzen, ohne eine Minute zu verlieren. Da wurden ihre Beratungen von Schreien der Soldaten unterbrochen.

Auch sie hatten sich beraten und beschlossen, daß ihr Feldherr zum Surena gehen müsse. Da auch der Surena zu ihm gekommen sei, müsse er auf die Vorschläge eingehen, die ihm gemacht worden seien.

Crassus wollte sich ihrem Wunsch widersetzen, aber das war kein Wunsch mehr, sondern ein Befehl.

Schreie und Flüche brachen aus diesem verbitterten Haufen hervor.

Crassus war ein Verräter, und Crassus war ein Feigling. Er lieferte sie Feinden aus, mit denen er selbst nicht wagte zu sprechen, obwohl diese Feinde ohne Waffen zu ihm gekommen waren.

Der römische Feldherr beharrte, bat sie, nur einen einzigen Tag zu warten und versprach, daß sie schon am nächsten Tag in den Bergen in Sicherheit seien.

Aber diese verzweifelten Männer waren am Ende ihrer Kräfte und ihrer Geduld angelangt. Sie wollten auf nichts mehr hören. Sie schlugen ihre Waffen gegeneinander, um seine Stimme zu übertönen, stießen erst Beleidigungen, dann Drohungen aus, und diese Männer, die gesagt hatten, daß man ihres Feldherrn nur habhaft werden könne, wenn sie alle getötet worden seien, schrien, daß sie Crassus, wenn dieser nicht zum Surena ginge, ergreifen und ausliefern würden.

Dieser Hoffnungsschimmer hatte sie blind und verrückt gemacht.

Schließlich sagte Crassus, daß er bereit sei, das zu tun, was das Heer verlangte. Aber ehe er zu den Parthern ging, wandte er sich mit lauter Stimme an die Soldaten:

»Octavius«, sagte er, »Petronius und alle Offiziere, die ihr hier anwesend seid, ihr seid Zeugen dieser Gewalt, die mir angetan wird, aber wenn ihr dieser Gefahr entkommt, dann vergeßt, wie mich meine eigenen Soldaten behandelt haben, und sagt der ganzen Welt, daß Crassus aufgrund der Hinterlist seiner Feinde und nicht durch den Verrat seiner Landsleute umgekommen ist.«

Und nach diesen Worten stieg er allein den Berg hinunter.

Octavius und Petronius schämten sich jedoch zuzusehen, wie sich ihr Feldherr allein auslieferte, und folgten ihm.

Crassus' Liktoren, die der Meinung waren, daß es ihre Pflicht sei, ihren Herrn nicht im Stich zu lassen, stellten sich ebenfalls an seine Seite.

Aber Crassus schickte sie fort.

»Wenn es darum geht zu verhandeln«, sagte er, »reicht es

aus, wenn ich verhandle; wenn es darum geht zu sterben, dann reicht es aus, wenn ich sterbe.«

Crassus wollte auch Ovtavius und Petronius wie die Liktoren zurückweisen, aber diese weigerten sich hartnäckig, ihn zu verlassen, sowie fünf oder sechs weitere ergebene Römer, die das Schicksal ihres Generals, wie es auch immer sein mochte, teilen wollten.

Alle drei gingen also auf die Gruppe der Feinde zu, die auf sie wartete. Fünf oder sechs Schritte hinter ihnen marschierte ihre kleine Eskorte.

Die ersten, die Crassus entgegenkamen und das Wort an ihn richteten, waren zwei Mischlinge aus Griechenland, als sei seit Sinon an jedem Verrat ein Grieche beteiligt.

Als diese Crassus sahen, sprangen sie von ihren Pferden, grüßten ihn ergeben, sprachen ihn auf Griechisch an und äußerten ihre Bereitschaft, einige Männer vorauszuschicken, um sicherzugehen, daß der Surena ohne Waffen komme.

»Würde ich Wert auf mein Leben legen«, antwortete Crassus in derselben Sprache, »wäre ich nicht gekommen, um mich in eure Hände zu begeben.«

Er wartete dennoch einen Moment und entsandte zwei Brüder namens Roscius, um zu fragen, wie viele Personen an der Unterredung teilnehmen sollten und worüber verhandelt werde.

Der Surena hielt die beiden Brüder in seinem Lager fest und legte dann mit seinen Offizieren sofort die Strecke zurück, die ihn noch von Crassus trennte:

»Oh«, sagte er, »wir sind beritten, und der römische General ist zu Fuß. Ein Pferd! Schnell ein Pferd!«

»Das ist unnötig!« erwiderte Crassus. »Da zwischen uns beiden verhandelt wird, können wir gleich hier über die Klauseln des Vertrags sprechen.«

Aber der Surena sagte:

»Es besteht ohne Zweifel von diesem Moment an ein Vertrag. Es ist jedoch noch nichts unterzeichnet«, fügte er mit einem bösen Lächeln hinzu, »und ihr Römer vergeßt schnell alle Verträge, die nicht euer Siegel tragen.«

Dann reichte er Crassus die Hand.

Dieser reichte dem Surena seinerseits die Hand und gab denjenigen, die ihm folgten, den Befehl, ihm sein Pferd zu bringen.

»Warum verlangst du nach deinem Pferd?« fragte der Surena. »Glaubst du, daß es uns an Pferden mangelt? ... Sieh, hier ist eines, das der König dir schenkt.«

Und er zeigte auf ein wunderschönes Pferd, das prachtvoll geharnischt und mit goldenen Zügeln verziert war.

Und noch ehe Crassus versuchen konnte, sich zu wehren, hatten Surenas Parther ihn schon hochgehoben und in den Sattel gesetzt. Nun schritten sie an seiner Seite und schlugen auf das Pferd ein, um dessen Schritt zu beschleunigen.

Offensichtlich wollten sie Crassus entführen. Jetzt offenbarte sich der Verrat.

45

Es war Cassius, der des Verrats zuerst gewahr wurde und der versuchte, sich zu widersetzen.

Er warf schnell einen Blick auf diejenigen, die Crassus umzingelten, und versuchte vergebens, in einem der Gesichter etwas zu lesen, was ihn hätte beruhigen können.

Diejenigen, die lächelten, lächelten auf eine unheimliche Weise. Sie lächelten wie Menschen, die ihre Rache erfüllt sahen. Und der Surena mit seinen bemalten Augen, den geschminkten Wangen und seinem Haar, das in der Mitte der Stirn wie bei einer Frau gescheitelt war, zeigte das strahlendste Lächeln von allen.

Octavius, der weiterhin zu Fuß ging, ergriff die Zügel von Crassus' Pferd und hielt es an.

»Der General wird nicht weiterreiten.«

Aber der Surena schlug mit der Holzstange seines Bogens auf Crassus' Pferd ein, das sich aufbäumte und versuchte, sich aus Octavius' Griff zu befreien.

Die anderen Römer, die Crassus begleiteten, verstanden jetzt Octavius' Zeichen. Sie drängten die Handlanger des Surena zurück, stellten sich vor Crassus' Pferd und sagten:

»Wir werden unseren General begleiten.«

Ohne daß die Feindseligkeiten offiziell eröffnet worden waren, entstanden nun Aufregung, Unruhe und Gedränge.

Inmitten dieses Tumultes zog Octavius sein Schwert, und als er sah, daß ein Parther Crassus' Pferd am Zügel ergriff und es zu sich zog, stach er sein Schwert in die Brust des Mannes, der zu Boden fiel.

Im gleichen Moment, als der Parther zu Boden stürzte, fiel auch Petronius, der ein Pferd von den Parthern angenommen hatte, von seinem Tier. Er hatte einen Schlag auf seine Rüstung erhalten, war aber nicht verwundet.

Octavius beugte sich hinunter, um seinem Kameraden beim Aufstehen zu helfen, doch als er sich hinunterbeugte, erhielt er von hinten einen Schlag, der ihn tötete.

Petronius wurde ebenfalls getötet, ehe er sich erheben konnte.

In diesem Moment stürzte auch Crassus zu Boden.

Hatte er einen Schlag erhalten, oder fiel er aufgrund eines Unfalls?

Wir wissen es nicht.

Doch kaum lag er auf der Erde, als ein Parther namens Promaxatres sich auf ihn stürzte und ihm zuerst den Kopf und dann die Hand abschlug – die rechte Hand.

Diese ganze Katastrophe hatte sich übrigens blitzschnell zugetragen, so als sei der Blitz kurz durch die Wolken gedrungen.

Die Soldaten, die auf dem Berg zurückgeblieben waren, konnten aufgrund der Entfernung keine Einzelheiten erkennen. Von den Römern, die Crassus begleitet hatten, wurde ein Teil wie Crassus, Octavius und Petronius getötet.

Und die anderen, das heißt nur drei oder vier Mann, schafften es, indem sie das Handgemenge nutzten, in die Berge zu fliehen, und wie wir uns lebhaft vorstellen können, dachten sie nicht daran, sich umzudrehen.

Der Surena ließ den Leichnam des Crassus dort liegen, schaute sich neugierig seinen Kopf und die Hand an, an der der Römer seinen Ring trug, und gab beides einem Befehlshaber namens Silakes.

Dann ging er auf die Römer zu, und als er nahe genug war, daß sie ihn hören konnten, rief er:

»Römer, der Krieg ist vorbei! Der König hatte es nur auf euren Feldherrn abgesehen, denn nicht ihr wart es, die den Krieg wolltet, sondern euer General. Ihr könnt also unbesorgt zu uns kommen. Diejenigen, die kommen, werden verschont.«

Ein Teil des Heeres glaubte noch immer an die Worte dieses Mannes und ergab sich.

Der andere Teil blieb, wo er war, und als die Nacht hereinbrach, zerstreuten sich die Soldaten, die keinen Befehlshaber mehr hatten, in den Bergen.

Nur die Männer, die sich zerstreuten, hatten eine Chance.

Von diesen gelang es tausendfünfhundert oder zweitausend, die Grenzen zu erreichen, während man von denen, die sich ergeben hatten, keinen einzigen je wiedersah. Die Parther schnitten allen die Kehle durch.

»Es wurde berichtet«, sagt Plutarch, »daß es im ganzen zwanzigtausend Tote und zehntausend Gefangene gab.«

Da die Gefangenen jedoch niemals zurückkehrten, kann man sie zu der Zahl der Toten hinzurechnen.

Nun kommen wir zum Epilog dieser schrecklichen Tragödie, bei der wir uns vielleicht ein wenig zu lange aufgehalten haben, da wir uns ihrer dramatischen und besonders philosophischen Seite nicht entziehen konnten.

Während sich diese Dinge in Mesopotamien ereigneten,

hatte Orodes einige Meilen von Carrhae entfernt seinen Frieden mit dem Armenier Artavasdes geschlossen.

Eine der Friedensbedingungen war die Heirat der Schwester des Artavasdes mit Pacorus, Orodes' Sohn.

In der Hauptstadt von Armenien wurde also ein Fest gefeiert, während in Mesopotamien Gallier und Römer niedergemetzelt wurden.

Dieses Fest, das anläßlich der Hochzeit der jungen Leute gegeben wurde, bestand hauptsächlich daraus, alte griechische Theaterstücke auf der Bühne zu zeigen, denn Orodes sprach, so barbarisch wie er war, die lateinische Sprache ein wenig und die griechische sehr gut, während Artavasdes, der Dramatiker und zugleich König war, als König Geschichte und als Dramatiker Tragödien schrieb.

Eines Abends, kurz nachdem die Tische für das Festessen aufgestellt worden waren und ein Schauspieler namens Jason aus Tralleis, einer Stadt in Karien, zur großen Freude der Zuschauer die tragische Rolle der Agaue aus den *Bacchantinnen* von Euripides sang, klopfte es an der Tür des Palastes.

Artavasdes befahl, man möge sich erkundigen, wer da an die Tür klopfte.

Ein Offizier trat hinaus, kehrte kurz darauf wieder zurück und sagte, daß es ein Befehlshaber der Parther namens Silakes sei, der dem König Orodes gute Nachrichten aus Mesopotamien bringe.

Silakes war dem König Orodes als Vertrauter des Surena bekannt. Silakes gehörte überdies zu den Mächtigen des Reiches.

König Artavasdes nickte zustimmend mit dem Kopf, woraufhin König Orodes befahl, Silakes hereinzuführen.

Silakes warf sich zunächst Orodes zu Füßen, und als er sich wieder erhob, ließ er den Zipfel seines Mantels los, woraufhin der Kopf und die Hand des Crassus vor Orodes' Füße rollten.

Ohne daß Silakes eine Erklärung abgab, war Orodes sofort im Bilde. Und das Klatschen und die Freudenschreie der Parther, die sich hier zum Festschmaus versammelt hatten, hallten im Saal wider.

Der König bat Silakes, neben ihm Platz zu nehmen.

Der Schauspieler Jason, der – wie wir schon gesagt haben – die Rolle der Agaue sang und bei der Szene angelangt war, in der Cadmus und Agaue auf der Bühne stehen und Agaue Pentheus' Kopf in ihren Händen hält, den sie in ihrem Wahnsinn als Löwenkopf ansieht, gab Pentheus' Kopf einem Mitspieler des Chors, und als er den des Crassus nahm, schrie er auf, als führe er in seiner Rolle der Agaue fort, zeigte aber Crassus' Kopf statt den des Pentheus:

»Ich bringe aus den Bergen einen neuen Schmuck für meinen Bacchusstab, eine wunderschöne Jagdtrophäe. Ich habe diesen Löwen, wie du siehst, in meine Netze bekommen.«

Diese schlagfertigen Worte wurden mit wilder Begeisterung aufgenommen.

Als er seinen Dialog mit dem Chor fortsetzte, fragte der Chor:

»Wer hat ihm den tödlichen Schlag versetzt?«

Da sprang Promaxatres an Jasons Seite und riß ihm den Kopf aus den Händen.

»Ich! Ich!« sagte er und antwortete mit den Versen des Euripides: »Ich bin es, dem die Ehre gebührt.«

Wir erinnern uns in der Tat daran, daß er es war, der Crassus getötet und ihm anschließend den Kopf und die Hand abgeschlagen hatte.

Dieser unerwartete Zwischenfall krönte das Fest, dieses seltsame Fest, bei dem Zivilisation und Barbarei, die künstlerische Tragödie und die reale Tragödie miteinander verschmolzen.

Orodes ließ den beiden Akteuren ein Talent geben; ein Talent bekam Jason und ein Talent Promaxatres.

So endete dieses große, verrückte Unternehmen des Crassus, und so zerbrach durch seinen Tod das erste Triumvirat.

Wenn Sie wissen wollen, wie es mit den anderen Schauspielern dieses Stückes weiterging, so wollen wir es in zwei Worten sagen.

Der Surena wurde auf Befehl des Orodes getötet. Durch diese Niederlage des Crassus war er in gewisser Weise größer als der König geworden. Orodes fällte ihn wie eine Eiche, die zuviel Schatten spendet.

Pacorus, sein Sohn, der soeben die Schwester des Artavasdes geheiratet und gesehen hatte, daß der Kopf und die Hand des Crassus eine Rolle bei seiner Hochzeitsfeier spielten, wurde in einer großen Schlacht, die er den Römern lieferte, besiegt und getötet.

Orodes erkrankte an Wassersucht. Diese Krankheit war tödlich, aber sein zweiter Sohn, Phraates war der Meinung, daß er nicht schnell genug starb, und vergiftete ihn.

»Es trug sich so zu«, sagt Plutarch, »daß dieses Gift das unbekannte Heilmittel gegen die Krankheit war, an der Orodes litt, *daß diese Krankheit es aufnahm und absorbierte und sich Krankheit und Gift gegenseitig vernichteten.*«

»Daher«, fügt Plutarch hinzu, »fühlte sich Orodes erleichtert.«

Aber nun ging Phraates den einfacheren Weg: Er erdrosselte seinen Vater.

46

Kommen wir nun auf Cato und Pompejus zurück. Dann werfen wir einen Blick nach Gallien, und wir werden sehen, was Cäsar treibt.

Cato ist noch immer der exzentrische Mann mit dem Privileg, sich alles erlauben zu können, aber trotz alledem schafft er es nicht, zum Konsul gewählt zu werden.

Wir haben gesagt, daß Cato sich hatte aufstellen lassen und scheiterte.

Damit haben wir die Sache wirklich nicht ausreichend

erklärt. Wenn es sich um einen Mann von der Bedeutung eines Cato handelt, müssen wir noch erklären, wie er scheiterte.

Wir erinnern uns daran, was Cato Pompejus in bezug auf Cäsar vorhergesagt hatte.

Und wir müssen zugeben, daß sich Catos Prophezeiungen in bezug auf Cäsar genau erfüllten.

Cäsar war der einzige, dessen Macht inmitten dieser unheilvollen Zeiten wuchs.

Er hatte es einem unglaublichen Glück zu verdanken, daß er rechtzeitig diesen Kleinkriegen im Forum entgangen war, die Pompejus seit sechs Jahren schwächten, und er war ihnen entgangen, um einen echten, einen wichtigen Krieg zu führen.

Der Krieg hat etwas Ernsthaftes und Loyales an sich, das den Mann zu seiner ganzen Größe erhebt, die er erreichen kann.

Wer war Cäsar im Forum?

Ein Tribun, der weniger bekannt war als Clodius, der nicht so energisch war wie Catilina und der nicht so eindeutig handelte wie die Gracchen.

In der Heerführung rivalisierte Cäsar allmählich mit Pompejus, und indem er mit Pompejus rivalisierte, wuchs er über alle anderen hinaus.

Dieser Zauber des Ruhms, dessen Glanz besonders hell erstrahlt, verband sich mit der großen Geschicklichkeit und der unaufhörlich heimlich betriebenen Korruption, welche die beiden großen Fähigkeiten Cäsars waren.

Cato sah weniger die Siege, die Cäsar in Gallien errang, als vielmehr den beängstigenden Weg, den er in Rom beschritt.

Es gab für Cato nur eine Möglichkeit, diese Entwicklung aufzuhalten, welche die Abschaffung der Republik zum Ziel hatte, nämlich sich zum Konsul wählen zu lassen. Als Konsul in Rom würde er auf Cäsar, den Imperator von Gallien, einwirken.

Er bewarb sich um das Amt.

Aber er ließ vom Senat verfügen, daß die Kandidaten selbst

beim Volk um Unterstützung nachsuchen mußten und sich niemand in ihrem Namen um ihre Wahl bemühen durfte.

Das waren ziemlich schlechte Bedingungen, um ans Ziel zu gelangen.

Cato selbst war ein schlechter Bittsteller.

»Andererseits«, sagt Plutarch naiv, »war das Volk unzufrieden, auf den Lohn verzichten zu müssen.«

Cato, der sich nach Art des Coriolan des Shakespeare um das Amt bewarb, scheiterte bei seiner Kandidatur.

Wenn man eine solche Niederlage erlitt, war es üblich, daß sich derjenige, der sie erlitten hatte, einige Tage einschloß und diese Tage mit seiner Familie und seinen Freunden in Traurigkeit und Trauer verbrachte.

Aber Cato machte es keineswegs so.

Da er die Korruption für sein Scheitern verantwortlich machte und behauptete, mehr wert zu sein als seine Zeit, sah er in diesem Scheitern nur erneut eine Ehre, die ihm von seinen Mitbürgern erwiesen wurde.

So ließ er sich noch am gleichen Tag mit Öl einreiben und ging aufs Marsfeld, um Paume zu spielen. Nach dem Essen ging er wie gewöhnlich ohne Tunika und ohne Schuhe zum Forum hinunter und spazierte dort mit seinen Vertrauten umher, bis es dunkel wurde.

Das Volk folgte Cato und applaudierte ihm, wählte ihn aber nicht zum Konsul.

Dieses Verhalten brachte Cato den Tadel des Cicero ein, des Mannes der goldenen Mitte.

»Du wolltest Konsul werden, oder du wolltest es nicht werden«, sagte Cicero.

»Ich wollte es werden«, antwortete Cato, »für das Wohl der Republik und nicht, um meinen eigenen Stolz zu befriedigen.«

»Wenn es für das Wohl der Republik ist«, sagte Cicero, »ist das ein Grund mehr, der Republik deine Starrheit zu opfern.«

Cato schüttelte den Kopf. Er gehörte zu jenen, die glaubten, immer recht zu haben.

Wir sagten schon, daß Cato einen begeisterten Anhänger hatte, der Favorinus hieß. Dieser Mann war für Cato das, was Apollodoros für Sokrates war. In Rom nannte man ihn den Affen des Cato.

Dieser Favorinus bewarb sich um das Amt des Ädils.

Er scheiterte.

Cato hatte ihn unterstützt.

Cato brachte kein Glück, aber Cato war dickköpfig.

Er ließ sich die Tafeln mit den abgegebenen Stimmen bringen und zeigte, daß alle Stimmen von gleicher Hand geschrieben worden waren, appellierte an die Tribune und ließ die Wahl für ungültig erklären.

Im folgenden Jahr wurde Favorinus zum Ädil gewählt.

Wir sagten schon, daß jeder neue Ädil die Angewohnheit hatte, Spiele zu veranstalten.

Favorinus überlegte, welche Spiele er veranstalten könnte, um mit Curio, seinem Kollegen, zu konkurrieren.

Curio war ruiniert, aber wenn man in Rom ruiniert war, schuldete man vielleicht acht oder zehn Millionen – eine Kleinigkeit! Favorinus mußte sich ruinieren, und dabei unterhalb dieses ruinierten Mannes bleiben.

Hatte man sein Vermögen erst einmal verloren, so hatte man den Vorteil, nicht mehr befürchten zu müssen, es zu verlieren.

Zu einem bestimmten Zeitpunkt wird Cäsar Curio brauchen und ihm fünfzig Millionen Sesterzen (zehn Millionen Francs) geben.

Haben wir in unseren Tagen nicht auch Männer gesehen, die niemals ruiniert waren?

Cato schritt ein, als Favorinus aufgab, weil er nicht wußte, was er in einer Zeit noch Neues bieten konnte, da Pompejus Tierkämpfe mit dreihundertfünfzehn Löwen mit Mähnen und zwanzig Elefanten veranstaltete.

Cato kümmerte sich um die Spiele.

In Rom verbreitete sich sofort das Gerücht, daß Cato sich um Favorinus' Spiele kümmerte.

Das war schon eine seltsame Sache, Cato als *Impresario* zu sehen.

Cato führte die Spiele wieder auf das Niveau antiker Schlichtheit zurück.

Anstatt goldener Kränze verteilte er an die Musiker wie in Olympia Kränze aus Olivenzweigen.

Und anstatt herrlicher Geschenke, die gewöhnlich verteilt wurden, verteilte er an die Römer Weinkrüge, Schweinefleisch, Feigen, Gurken und Reisigbündel, und an die Griechen Porree, Lattich, Rüben und Birnen.

Die Griechen, die geistreiche Menschen waren, bissen lächelnd in ihre Rüben und ließen sich ihren Porree schmecken.

Die Römer, die einen guten Magen hatten, aßen ihr Schweinefleisch sowie ihre Feigen und sagten:

»Ein lustiger Vogel, dieser Cato.«

Und aufgrund dieser unerklärlichen Reaktionen, wie sie das Volk zuweilen zeigt, brachte es Favorinus' Spiele in Mode.

Die Menschen drängelten sich, um von ihm die Rüben- oder Reisigbündel zu bekommen.

Curio und seine Spiele waren ein totales *Fiasko*.

Es stimmt, daß Cato persönlich die Olivenkränze auf die Köpfe der Sänger legte und den Porree sowie die Gurken verteilte.

Jeder wollte den Gemüsehändler Cato sehen.

Favorinus stand mitten in der Menge und applaudierte Cato gemeinsam mit den Menschenmassen.

In diese Zeit fiel der Streit zwischen Milo und Clodius, über den wir berichtet haben und in dessen Folge Pompejus vorübergehend zum einzigen Konsul ernannt wurde.

Cato hatte sich dieser Wahl zunächst widersetzt. Wie wir wissen, widersetzte sich Cato grundsätzlich immer, aber zwei Dinge, die sich ereignet hatten, würden nach Catos Meinung, ohne miteinander in Zusammenhang zu stehen, dennoch einen fatalen Einfluß auf die Freiheit haben.

Wie wir schon gesagt haben, war Julia, Pompejus' Frau, gestorben; Crassus war von den Parthern besiegt und getötet worden.

Durch Julias Tod zerbrach die Verbindung zwischen Schwiegervater und Schwiegersohn: Julia war das Bindeglied zwischen Cäsar und Pompejus.

Durch Crassus' Tod zerbrach das Triumvirat.

Die Furcht, die Crassus Cäsar und Pompejus in besonderem Maße einflößte, führte dazu, daß sie genau beobachteten, ob der andere die Vereinbarungen des unterzeichneten Vertrages einhielt. Aber als der Tod ihnen diesen Gegner genommen hatte, der – wenn nicht durch sein Genie, so doch durch sein Vermögen – gegen denjenigen der beiden hätte kämpfen können, dem der Sieg vorbehalten war, sah man nicht mehr, mit wem man es tatsächlich zu tun hatte, das heißt mit zwei Kämpfern, die bereit waren, sich um den Besitz der Welt zu streiten.

Cato mochte Pompejus nicht, aber vor allem haßte er Cäsar.

Cato vergaß nicht, daß Cäsar den *Anticato* veröffentlicht hatte und ihm in diesem *Anticato* zwei Dinge vorwarf: erstens, daß er die Asche seines Bruders durchgesiebt hatte, um das Gold herauszufiltern; zweitens, daß er seine junge Frau Hortensius überlassen hatte, weil er hoffte, sie später, wenn sie alt und reich war, wieder zurücknehmen zu können – was Cato auch tat.

In der Zwischenzeit geriet er in Verzweiflung. Was wollten denn diese beiden Männer, Cäsar und Pompejus, die der Meinung waren, daß die Welt zu klein für beide war?

Die Götter hatten das Universum in drei Teile geteilt: für Jupiter den Himmel, für Neptun das Meer und für Pluto die Hölle, und da sie Götter waren, herrschte Ruhe, nachdem sie sich das Universum geteilt hatten. Cäsar und Pompejus waren nur zwei, die sich das römische Imperium teilen wollten, und selbst das römische Imperium genügte ihnen nicht.

Worüber Cato besonders erschrak, das war diese eigenartige Macht, die Cäsar in Rom erlangte, obwohl er nicht in der Stadt weilte.

Während das Echo aus dem Osten die Nachrichten von Crassus' Niederlage brachte, trug das Echo aus dem Westen die Nachrichten von Cäsars Siegen ins Land.

Eines Tages kam die Nachricht, daß Cäsar gegen die Germanen marschiert war, mit denen die Römer in Frieden lebten, und dreihunderttausend Männer getötet hatte.

Das war die gleiche Vertragsübertretung wie die, die Crassus gegen die Parther begangen hatte, nur daß Crassus dreißigtausend Mann auf dem Schlachtfeld gelassen und sein Leben verloren hatte, wohingegen Cäsar eine neue Gelegenheit gefunden hatte, noch mehr Ruhm und Beliebtheit zu erlangen.

Als das Volk von diesem Sieg hörte, stieß es laute Freudenschreie aus und verlangte, daß den Göttern öffentlich Ehre erwiesen werde.

Aber Cato sprach sich gegen Cäsar aus, der die Ungerechtigkeit begangen hatte, ein Volk anzugreifen, mit dem sie in Frieden lebten, und er verlangte, daß Cäsar den Germanen ausgeliefert werde, damit diese mit ihm machen konnten, was sie wollten.

»Opfern wir den Göttern«, sagte er, »um ihnen dafür zu danken, daß sie das Heer nicht für diese wahnsinnigen, kühnen Taten ihres Generals bestrafen. Wir müssen jedoch diesen General bestrafen, damit wir die Rache der Götter nicht auf uns lenken und Rom nicht unter der Last einer Freveltat zusammenbricht.«

Es versteht sich von selbst, daß Catos Vorschlag mit Schimpf und Schande zurückgewiesen wurde.

Cäsar erfuhr im tiefsten Gallien von Catos guten Absichten

in bezug auf seine Person, und in einem Brief an den Senat überhäufte er seinerseits Cato mit Beleidigungen und Anschuldigungen.

Innerhalb dieser Anschuldigungen nahmen die beiden Register aus Zypern, von denen eines versenkt und das andere verbrannt worden war, einen großen Platz ein. Und in bezug auf Catos Haß auf Pompejus fragte Cäsar, ob dieser Haß nicht in Pompejus' Ablehnung von Catos Tochter begründet sei.

Auf diese beiden Anschuldigungen antwortete Cato, daß es doch keine Rolle spiele, ob diese beiden Aufzeichnungen verloren oder aufbewahrt worden seien. Er habe von der Republik weder ein Pferd noch einen Soldaten oder ein Schiff erhalten und aus Zypern mehr Gold und Geld mitgebracht, als Pompejus je durch all seine Kriege und Triumphe errungen habe, wobei dieser noch obendrein die ganze Welt erschüttert habe. Und was Pompejus' Ablehnung betreffe, Cato als Schwiegervater zu haben, so habe ganz im Gegenteil er, Cato, abgelehnt, Pompejus als Schwiegersohn zu bekommen, und das keineswegs, weil er Pompejus für unwürdig halte, sich mit ihm zu verbinden, sondern weil er der Meinung sei, daß Pompejus' Prinzipien zu wenig mit den seinen in Einklang stünden.

Pompejus, der allein zum Konsul ernannt worden war, stellte – wie wir gesehen haben – die Ordnung wieder her und ließ Milo verurteilen, ohne sich darüber Sorgen zu machen, daß Milo sein Mann war, und ohne den Dienst zu ermessen, den Milo ihm mit der Ermordung Clodius' erwiesen hatte.

Nachdem Milo ins Exil verbannt worden war, hielt die Ruhe wie Cicero einen triumphalen Einzug in die Stadt.

Cicero nennt Pompejus' Konsulat *göttlich*.

Wohin würde all das Rom führen?

Zum Königtum oder wenigstens zur Diktatur.

In der Tat war das Wort *König* den Römern dermaßen verhaßt, daß es eine große Dummheit gewesen wäre, es auszusprechen.

Unter dem Deckmantel der Diktatur war die Sache weniger erschreckend. Es gab wohl die Erinnerung an Sullas Diktatur, aber Sullas Diktatur war eine aristokratische Diktatur gewesen, und der ganze Adel und besonders das ganze Patriziat von Rom waren der Meinung, daß eine solche Diktatur immer noch besser sei als die Tribunate der Gracchen und des Clodius.

Daraus folgte, daß Pompejus sich stark genug wähnte, um einen Versuch zu wagen.

In Rom wurde heimlich das Gerücht verbreitet, daß Pompejus als Konsul noch nicht all das Gute für das Reich tun könne, das er zu tun wünsche, und daß er besonders nicht alles Übel verhindern könne, das er befürchte.

Und nachdem die Leute ihr Bedauern geäußert hatten, schüttelten sie traurig den Kopf, als sei man gezwungen, zum äußersten Mittel zu greifen, und sie sagten:

»Es ist traurig, es zugeben zu müssen, aber wir brauchen einen Diktator.«

So daß man nur noch diese leise ausgesprochenen Worte hörte:

»Wir brauchen einen Diktator! Ein Diktator ist notwendig!«

Dann fügten sie hinzu:

»Und ehrlich gesagt kann nur Pompejus Diktator werden.«

Wie auch den anderen kamen diese Worte Cato zu Ohren, und er kehrte wütend heim.

Schließlich nahm es ein Mann auf sich, diesen angeblichen Wunsch des Volkes, dieses Bedürfnis Roms in Worte zu fassen: Das war der Tribun Lucilius.

Er schlug öffentlich vor, Pompejus zum Diktator zu ernennen.

Aber Cato war da. Cato stieg nach ihm auf die Tribüne und ging so hart mit ihm ins Gericht, daß Lucilius fast sein Tribunat verloren hätte.

Als sie diese Niederlage sahen, traten mehrere Freunde des Pompejus in seinem Namen vor und erklärten, daß Pompejus niemals die Diktatur habe annehmen wollen, selbst wenn man sie ihm angeboten hätte.

»Aber«, sagte Cato, »sprecht ihr denn in Pompejus' Namen oder nur in eurem eigenen?«

»Wir sprechen in Pompejus' Namen«, antworteten die Botschafter.

»Gut«, erwiderte Cato, »es gibt eine ganz einfache Möglichkeit für Pompejus, seine Aufrichtigkeit zu beweisen. Die ganze Macht liegt in seinen Händen. Er soll Rom in die Legalität zurückführen, indem er die Wahl von zwei Konsuln unterstützt.«

Catos Vorschlag wurde Pompejus überbracht.

Am nächsten Tag ging Pompejus zum Forum hinunter und sprach zum Volk:

»Mitbürger«, sagte er, »ich habe alle Ämter viel früher erhalten, als ich gehofft hatte, und ich habe sie immer viel früher niedergelegt, als erwartet wurde. Was wünscht Cato? Ich werde seinem Wunsch Folge leisten.«

Cato verlangte, daß mit Pompejus' Unterstützung zwei Konsuln gewählt wurden, und das möglichst, ohne daß es zu Unruhen kam.

Pompejus legte den Zeitpunkt der Komitien fest. Diese sollten einen Monat später stattfinden, und er verkündete, daß alle Bürger die Freiheit hätten, sich zu bewerben, vorausgesetzt, daß sie die für das Amt des Konsuls notwendigen Bedingungen erfüllten, und er versicherte, daß sie gewählt würden, ohne daß es zu Unruhen kommen werde.

Viele meldeten sich.

Domitius und Messala wurden gewählt. Domitius war genau der, gegen den Pompejus schon so oft illegale Schritte unternommen und den er in seinem Haus festgehalten hatte, während er sich mit Crassus zum Konsul hatte wählen lassen.

Dann zog sich Pompejus von der Macht zurück und wandte sich wieder seinem Privatleben zu, oder zumindest tat er so.

Woher stammte diese Leichtigkeit, wieder zu einem einfachen Privatmann zu werden?

Julia war schon fast zwei Jahre tot, und Pompejus war verliebt!

In wen war Pompejus verliebt?

Wir werden es Ihnen sagen.

In eine reizende Frau, die in Rom sehr beliebt war, nämlich die Tochter des Metellus Scipio, die Witwe des Publius Crassus.

Diese Frau hieß Cornelia.

Cornelia war in der Tat eine ausgesprochen vornehme Person, sehr der Literatur zugetan und eine ausgezeichnete Musikerin. Sie spielte Lyra, was sie nicht daran hinderte, Geometrie studiert zu haben und in ihren Mußestunden Philosophen zu lesen.

Sie war das, was wir Franzosen heute eine gebildete Frau und was die Engländer einen Blaustrumpf nennen.

Über diese Heirat schüttelten alle seriösen Leute in Rom den Kopf.

Pompejus war nicht weniger als dreiundfünfzig Jahre alt! Was hatte er mit einer Frau von neunzehn Jahren zu schaffen, die das Alter gehabt hätte, gerade den jüngsten seiner beiden Söhne zu heiraten?

Andererseits waren die Republikaner der Meinung, daß Pompejus darüber die heikele Situation der Republik vergaß.

Unter den neuen Konsuln breitete sich erneut Unruhe aus. Was machte Pompejus, während man im Forum wie in den besten Tagen des Clodius und des Milo aneinandergeriet?

Er schmückte sich mit Blumenkränzen, brachte Opfer dar und feierte seine Hochzeit.

Aber warum hatte Cato Pompejus' Konsulat vereitelt? Es gefiel Cicero doch so gut! Alles lief bestens in Rom, solange Pompejus allein Konsul war!

Als die Amtszeit von Messala und Domitius zu Ende ging – und ich wage es noch nicht einmal zu sagen, daß sie ihr Amt bis zum Ende ausübten –, kehrte der Gedanke in die Köpfe aller *ehrenwerten Leute* in Rom zurück, daß sie Pompejus als Diktator haben wollten.

Bedenken Sie, daß Cato aufgrund seines Widerstands zu den *unredlichen Leuten* zählte.

Man schlug Pompejus erneut die Diktatur vor. Doch nun stieg Bibulus auf die Tribüne.

Erinnern Sie sich an Bibulus? Er war Catos Schwiegersohn.

Bibulus stieg auf die Tribüne. Man war darauf gefaßt, daß er Pompejus scharf angreifen würde.

Keineswegs: Bibulus schlug vor, Pompejus erneut zum alleinigen Konsul zu wählen.

Auf diese Weise verlieh er ihm zwar eine große Macht, die aber zumindest durch Gesetze begrenzt wurde.

»Auf diese Weise«, sagte Bibulus, »wird die Republik das Chaos, in dem sie sich befindet, hinter sich lassen, und wir werden Sklaven des besten Bürgers sein.«

Diese Meinung wirkte aus Bibulus' Munde befremdlich.

Und als man sah, daß Cato sich erhob, glaubten alle, daß er wie gewöhnlich gegen alle Welt und gegen seinen Schwiegersohn wettern würde.

Aber das geschah nicht.

Zum großen Erstaunen der Menge hörte man, wie aus Catos Mund diese Worte sprudelten, die er in tiefster Stille vortrug:

»Niemals hätte ich diese Meinung, die ihr soeben gehört habt, offen geäußert. Da es jedoch ein anderer getan hat, glaube ich, daß ihr ihm folgen solltet. Ich ziehe der Anarchie eine Magistratur vor, egal wie diese auch immer aussehen mag, und ich kenne niemanden, der geeigneter wäre als Pompejus, das Reich inmitten schwerster Unruhen zu führen.«

Der Senat, der nur auf Catos Meinung gewartet hatte, um sich zu äußern, schloß sich dieser sofort an, nachdem er sie gehört hatte.

Es wurde also erlassen, daß Pompejus zum alleinigen Konsul ernannt werde und daß er sich, falls er einen Kollegen brauche, diesen Kollegen selbst aussuchen könne. Doch dürfe das nicht vor Ablauf von zwei Monaten geschehen.

Pompejus, der hocherfreut war, Unterstützung bei einem Mann gefunden zu haben, den er als Gegner angesehen hatte, lud Cato ein, ihn in seinen Gärten im Vorort von Rom zu besuchen.

Cato ging hin.

Pompejus kam ihm entgegen, umarmte ihn, dankte ihm für die Unterstützung, bat ihn, ihm mit seinen Ratschlägen zu helfen und so zu tun, als teile er die Macht mit ihm.

Aber Cato, der wie immer hochmütig war, antwortete auf all diese Höflichkeiten des Pompejus nur:

»Mein früheres Verhalten wurde nicht durch ein Gefühl des Hasses bestimmt; mein jetziges Verhalten liegt nicht in der Gunst begründet. Damals wie heute habe ich mich nur vom Interesse des Staates leiten lassen. Jedesmal, wenn du mich von nun an bezüglich deiner Privatangelegenheiten um Rat fragen wirst, werde ich dir gerne Ratschläge erteilen, aber was die öffentlichen Angelegenheiten betrifft, so werde ich – ob du mich nun fragst oder nicht – immer meine Meinung sagen, und zwar ganz laut.«

Cicero war das genaue Gegenteil von Cato. Dieser schien es für ehrenwert zu halten, mit aller Welt schlecht zu stehen, und jener stand mit Cäsar so gut wie mit Pompejus.

Im Monat November des Jahres 700, das heißt 53 v. Chr., schrieb Cicero an Atticus:

»Meine Verbindung mit Cäsar tröstet mich etwas, und ich empfinde sie wie einen Rettungsanker. Er überhäuft meinen Bruder Quintus – ich wollte sagen deinen Bruder, große Götter! – in dem Maße mit Ehren, Anerkennung und Wohlwollen, daß es Quintus nicht besser erginge, wenn er mich als Imperator hätte. Kannst du glauben, daß Cäsar ihm – wie er mir schreibt – die Wahl eines Winterquartiers für seine Legionen überlassen hat? *Und du liebst ihn nicht! Und wen liebst du denn von all diesen Leuten?* Habe ich dir übrigens mitgeteilt, *daß ich Legat in Pompejus' Heer bin* und Rom an den Iden des Januar verlasse?«

O ehrenwerter Cicero!
Und wenn man bedenkt, daß er, wenn Fulvia nicht gewesen wäre, genausogut mit Antonius gestanden hätte wie mit Pompejus und Cäsar!

48

Wir sehen, daß all dies sehr engstirnig und kaum ehrenwert war.

Wir werden nun einen Moment bei Cäsar verweilen. Nicht daß wir beabsichtigen, die Geschichte seines Feldzuges in Gallien zu erzählen. Das hat er selbst getan, und wahrscheinlich werden wir nirgends etwas finden, was besser ist – ob Wahrheit oder Lüge – als das, was er selbst erzählt.

Während der neun Jahre, die verstrichen sind, während dieser Jahre, in denen er Rom nicht wiedergesehen hat und während derer der einst neununddreißigjährige Mann das Alter von achtundvierzig Jahren erreicht hat – denn, wie Sie sehen, haben wir es nicht mehr mit einem jungen Mann zu tun –, in diesen neun Jahren vollbringt er wahre Wunder!

Er erstürmt achthundert Städte; er unterwirft dreihundert verschiedene Nationen; er kämpft gegen drei Millionen Feinde, davon tötet er eine Million, nimmt eine Million gefangen und schlägt eine Million in die Flucht.

Und das alles mit fünfzigtausend Soldaten.
Aber was für Soldaten!
Cäsars Heer ist von Cäsar mit seinen eigenen Händen

geformt worden. Er kennt jeden Mann mit Namen. Er weiß, was er wert ist, wie er ihn beim Angriff und bei der Verteidigung einsetzen kann. Dieses Heer gleicht den Teilstücken einer Schlange, deren Kopf Cäsar ist, nur daß er entweder sein ganzes Heer in Bewegung setzt oder nur einzelne Abschnitte.

Er ist für dieses Heer alles auf einmal: ein General, ein Vater, ein Meister, ein Kamerad.

Er bestraft zwei Dinge: den Verrat und den Aufstand. Er bestraft noch nicht einmal die Angst. Auch die Mutigsten haben ihre Momente der Schwäche.

Eine Legion ist zurückgewichen, geflohen; sie wird an einem anderen Tag mutig sein.

Er erlaubt seinen Soldaten alles, aber erst nach dem Sieg: Waffen, Gold und Geld, Erholung, Luxus, Vergnügen.

»Cäsars Soldaten können sogar parfümiert siegen«, sagt er.

Er geht so weit, jedem Soldaten einen Sklaven zu schenken, den er sich aus den Reihen der Gefangenen selbst aussuchen darf.

Wenn sie einmal losmarschiert sind, wird kein anderer außer ihm wissen, wann sie ankommen, wann sie aufbrechen, wann sie kämpfen, und oft wird er selbst es nicht wissen und sich nur nach den Umständen richten. Jedes Ereignis, so schwerwiegend oder unbedeutend es auch sein mag, inspiriert ihn. Es gibt keinen Grund anzuhalten, und er hält an; es gibt keinen Grund aufzubrechen, und er bricht auf.

Seine Soldaten müssen wissen, daß er immer seiner Intuition folgt und über seine Beweggründe niemandem Rechenschaft ablegt.

Noch viel häufiger bricht er plötzlich auf, verschwindet, taucht wieder auf und deutet auf den Weg, dem sie folgen müssen. Wo ist er? Seine Soldaten müssen ihn suchen, wenn sie ihn finden wollen.

Diese Soldaten, die unter einem anderen Feldherrn ganz gewöhnliche Männer waren oder sein würden, sind bei ihm Helden.

Sie lieben ihn, weil sie sich von ihm geliebt fühlen. Er nennt sie nicht *Soldaten*, er nennt sie nicht *Bürger*, er nennt sie KAMERADEN.

Teilt dieser weichliche, dieser schwächliche Mann, dieser Epileptiker nicht all ihre Gefahren? Ist er nicht überall zur gleichen Zeit? Legt er nicht pro Tag hundert Meilen zu Pferde, im Wagen und sogar zu Fuß zurück? Durchschwimmt er nicht Flüsse? Marschiert er nicht in der Sonne und im Regen mit bloßem Haupt in den Reihen seiner Soldaten? Schläft er nicht wie der geringste seiner Männer im Freien, auf der nackten Erde oder auf einem Wagen? Hat er nicht immer bei Tag und bei Nacht einen Sekretär an seiner Seite, der bereit ist, nach seinem Diktat zu schreiben, und hinter sich einen Soldaten, der sein Schwert trägt?

Als er Rom verläßt, ist er da nicht so schnell, daß er innerhalb von acht Tagen am Ufer der Rhone steht, so daß die Kuriere, die drei Tage vor ihm aufgebrochen sind, um seinem Heer seine Ankunft mitzuteilen, erst vier oder fünf Tage nach ihm ankommen? Gibt es im ganzen Heer einen Reiter, der fähig ist, es im Kampf mit ihm aufzunehmen? Braucht er seine Hände, um sein Pferd zu führen, dieses wunderbare Pferd, das er selbst gezüchtet hat und das einen gespaltenen, in fünf Teile geteilten Huf hat, der aussieht wie ein Männerfuß? Nein, seine Knie reichen aus, und er lenkt es, wie er will, kreuzt seine Arme oder legt die Hände hinter den Rücken.

Eine seiner Legionen wird massakriert. Er beweint sie und läßt seinen Bart wachsen, bis sie gerächt sein wird.

Wenn junge, adelige Offiziere, die nur nach Gallien gekommen sind, um reich zu werden, sich vor neuen Kriegen fürchten, versammelt er sie.

»Ich brauche euch nicht«, sagt er. »Meine zehnte Legion genügt mir! (Cäsars zehnte Legion ist seine alte Garde.) Ich brauche nur meine zehnte Legion, um die Barbaren anzugreifen. Wir haben es hier nicht mit Feinden zu tun, die schrecklicher sind als die Kimbern, und ich glaube, daß ich Marius ebenbürtig bin.«

Und die zehnte Legion entsendet ihm ihre Offiziere, um ihm ihre Dankbarkeit zu beweisen, und die anderen Legionen stellen die Fähigkeiten ihrer Offiziere in Abrede.

Es gibt noch mehr Legionen, denn Cäsar hat eine dreizehnte gebildet. Aus den Reihen der besiegten Gallier hat er zehntausend Mann rekrutiert. Sie, lieber Leser, haben von ihnen tausend oder tausendzweihundert mit Crassus am Werk gesehen. Diese bilden seine leichte Truppe; das sind seine Fußsoldaten von Vincennes – immer fröhlich, niemals müde! Das ist die Legion der Lerchen, die singend marschiert wie der Vogel, dessen Namen sie trägt, und die Flügel zu haben scheint wie er.

Wenn wir nun vom Mut und der Opferbereitschaft aller zum Mut und zur Opferbereitschaft des einzelnen kommen, werden wir Männer sehen wie in den besten Tagen der griechischen und latinischen Republik, Männer wie Kynaigeiros und Scaevola.[49]

In einer Seeschlacht in der Nähe von Marseille wirft sich ein Soldat namens Acilius auf ein feindliches Schiff, aber als er den Fuß auf die Brücke setzt, wird ihm die rechte Hand mit einem Schwerthieb abgetrennt. Nun schlägt er mit seiner linken Hand, die mit seinem Schild bewaffnet ist, dem Feind mit einer solchen Wucht ins Gesicht, daß alle, die ihm im Weg stehen zurückweichen, und er zum Herrn des Schiffes wird.

In Britannien, auf der heiligen Insel, auf der Insel der Druiden, die Cäsar erobern will und an der er anlegt – vor deren Küsten sich Ebbe und Flut abwechseln, was die römische Wissenschaft verwirrt –, in Britannien sind die Führer einer Kohorte in ein tiefes, überschwemmtes Sumpfgebiet geraten, wo sie überraschend vom Feind angegriffen werden. Ein Soldat stürzt sich vor Cäsars Augen mitten in die Barbaren, vollbringt wahre Wunder, zwingt den Feind, die Flucht zu ergreifen, verfolgt ihn und rettet seine Offiziere. Schließlich durchquert er das Sumpfgebiet als letzter, quält sich teils schwimmend, teils gehend durch das schlammige Wasser und fällt in ein Schlammloch, aus dem er sich nur befreien kann, indem er seinen Schild zurückläßt, und als Cäsar, den ein solcher Mut erfreut, mit offenen Armen auf ihn zueilt, neigt er den Kopf und fällt mit tränennassen Augen Cäsar zu Füßen und bittet um Vergebung, weil er seinen Schild nicht hat retten können.

Einer dieser Männer, Cassius Scaeva, der ein Auge durch einen Pfeilschuß verloren hat, dessen Schulter und Schenkel von zwei Wurfspießen durchbohrt worden sind, der hundertdreißig Schläge auf seinen Schild erhalten hat, ruft später in Dyrrachium den Feind, als wolle er sich ergeben, und von den beiden Feinden, die sich nähern, schlägt er einem die Schulter mit einem Schwerthieb ab, verletzt den anderen im Gesicht und kann sich anschließend von seinen Kameraden unterstützt retten.

Ein anderer dieser Männer, Granius Petronius, steigt später in Afrika auf ein Schiff, dessen sich Scipio bemächtigt hat, sagt zu Scipio, der die ganze Mannschaft massakriert und ihm allein das Leben lassen will, weil er Quästor ist: »Cäsars Soldaten sind es gewohnt, den anderen ihr Leben zu schenken und nicht, ihr Leben geschenkt zu bekommen«, und schneidet sich die Kehle durch.

Mit derartigen Soldaten fürchtet Cäsar nichts. Er erfährt, daß die Belgier, die stärksten der Gallier, sich auflehnen und mehr als hunderttausend Mann aufgestellt haben. Er marschiert mit allem, was er aufbieten kann, auf sie zu: zwanzig- oder fünfundzwanzigtausend Spanier, Römer, Gallier, Germanen. In Cäsars Heer ist Cäsar alles. Er trifft in dem Moment auf sie, als sie das Land der römischen Verbündeten verwüsten. Er besiegt sie, metzelt sie nieder und tötet eine so große Zahl von ihnen, daß die Soldaten, welche die Überlebenden verfolgen, Teiche und Flüsse überqueren, ohne daß sie Brücken brauchen. Sie überqueren sie auf den Leichen.

Die Nervier überraschen Cäsar mit sechzigtausend Mann, fallen in dem Moment über ihn her, als er sich verschanzt und nicht auf einen Kampf vorbereitet ist. Seine Reiterei ist beim ersten Zusammenstoß auseinandergebrochen; die Barbaren umzingeln die Zwölfte sowie die siebte Legion und massakrieren alle Offiziere.

Cäsar reißt einem Soldaten den Schild weg, bahnt sich einen Durchgang durch die Reihen der Soldaten, die vor ihm kämpfen, wirft sich mitten in die Nervier, und ist im gleichen Moment von allen Seiten umzingelt.

Es ist seine zehnte Legion, die ihn rettet und die sich oben von dem Berg, von wo aus sie die Gefahr sieht, in der sich ihr Feldherr befindet, wie eine Lawine hinunterstürzt, alles niedermetzelt, was ihr im Weg steht, Cäsar befreit, und sich nicht nur damit zufriedengibt, ihn befreit zu haben, sondern dem ganzen Heer Zeit verschafft, um seinerseits anzugreifen.

Nun kommt es zum großen Kampf.

Dreißigtausend Römer kämpfen gegen sechzigtausend Feinde. Jeder vollbringt wahre Wunder. Aber die Nervier weichen nicht einen Schritt zurück. Jeder Soldat Cäsars tötet zwei Feinde. Die sechzigtausend Nervier bleiben auf dem Schlachtfeld. Von vierhundert Senatoren werden dreihundertsiebenundneunzig getötet. Nur drei überleben.

Die Überreste eines Volkes haben sich mit ihrem König in Alesia, einer Stadt auf dem Berg Auxois, verschanzt. Diese Stadt, die hoch oben auf einem Berg liegt, gilt als uneinnehmbar. Ihre Stadtmauer ist dreißig Ellen hoch.

Nichtsdestotrotz belagert Cäsar die Stadt.

Der König beauftragt seine ganze Reiterei, in Gallien zu verkünden, daß er nur noch für dreißig Tage Lebensmittel habe. Sie sollen außerdem jeden Mann rekrutieren, der eine Waffe führen kann.

Die Reiter bringen dreihunderttausend Mann. Cäsar sitzt mit seinen sechzigtausend Soldaten zwischen sechzigtausend Belagerten und dreihunderttausend Mann, die wiederum ihn belagern.

Aber er hat dies vorausgesehen. Auch er hat sich verschanzt, verschanzt gegen die Soldaten der Stadt und gegen die Soldaten auf der Ebene.

Er hat sein Lager mit großartigen Befestigungen umgeben, mit drei zwanzig Fuß breiten und fünfzehn Fuß tiefen Gräben, mit einer zwölf Fuß hohen Mauer und mit acht Reihen kleiner Gräben, die mit Bretterzäunen gesäumt sind. Das ganze Befestigungswerk hat eine Ausdehnung von zwei Meilen rund um sein Lager und wurde in weniger als fünf Wochen fertiggestellt.

Das war der letzte Aufstand in Gallien. Hier, in Alesia, wird die letzte Kraftanstrengung der Gallier zerschlagen.

Eines Tages verläßt Cäsar sein Lager, läßt nur so viele Männer zurück, um die Belagerer in Schach zu halten, und fällt über die dreihunderttausend Mann her, die ihn umzingeln.

»Die beeindruckenden Streitkräfte des Feindes«, sagt Plutarch, »werden mit dem Schwert der Römer zersprengt und lösen sich wie ein Geist oder ein Traum auf.«

Die Römer, die das Lager bewachen, erfahren vom Sieg nur durch die Schreie und das Jammern der Frauen von Alesia, die oben auf den Mauern stehen und sehen, wie das römische Heer mit gold- und silbergeschmückten Schilden, mit blutverschmierten Rüstungen, Geschirr und Zelten der Gallier zurückkehrt.

Schließlich sind die Belagerten, die Hungers sterben, gezwungen, sich zu ergeben, nachdem sie zunächst erwogen hatten, die Frauen und Kinder zu töten, um sie zu essen.

Cäsar erwartet ihre Abgesandten.

Vercingetorix, die Seele dieses Krieges, schmückt sich mit seinen schönsten Waffen, verläßt die Stadt auf einem wunderschön geharnischten Pferd, läßt es um Cäsar herumtänzeln, springt auf die Erde, wirft sein Schwert, seine Wurfspieße, seinen Helm, seinen Bogen und seine Pfeile dem Sieger zu Füßen, und ohne ein Wort zu sagen, setzt er sich auf die Stufen von Cäsars Podium.

»Für meinen Triumphzug«, sagt Cäsar zu seinen Soldaten und zeigt mit dem Finger auf ihn.

Cäsar hat also nicht nur viel getan, sondern er hat mehr getan als irgend jemand vor ihm, mehr als Fabius, mehr als Metellus, mehr als Scipio, mehr als Marius, mehr als Lucullus, sogar mehr als Pompejus. Den einen übertrumpft er aufgrund des schwierigen Gebietes, auf dem er den Krieg führte, den anderen in bezug auf die Weite der Länder, die er unterwarf, diesen durch die Anzahl und die Kraft der Feinde, die er besiegte, jenen durch die Grausamkeit und die Hinterlist der Nationen, die er unterwarf. Schließlich ist er allen überlegen durch die Anzahl der Kämpfe, die er ausgefochten hat, und durch die schrecklich hohe Anzahl an Feinden, die durch seine Hand vernichtet wurden.

Und was ereignete sich in Rom?

Rom war dermaßen erschrocken über Cäsars Siege, daß der Senat vorschlug, für Cäsar einen Nachfolger einzusetzen, sobald in Gallien Ruhe und Ordnung wiederhergestellt seien. Cato verkündete laut und schwor, daß er Cäsar vor Gericht laden werde, sobald dieser sein Heer entlassen habe.

Diese Maßnahmen sollten ihn zwingen, eben genau das zu tun: sein Heer zu entlassen.

Wir wollen rasch sagen, was die verschiedenen Personen in Rom taten, deren Leben wir in allen Einzelheiten verfolgt haben und die im Bürgerkrieg eine aktive Rolle spielen werden.

Bringen wir Licht in die Interessen eines jeden. Nach den intensiven Studien unseres werten Lamartine über Cäsar ist das die einzige Arbeit, die uns noch zu tun bleibt.

Schauen wir zunächst, was Cicero in dem Moment tat, da sich das Verhältnis zwischen Cäsar und Pompejus trübte

Cicero hatte im Rat der Auguren die Nachfolge des jungen Publius Crassus angetreten. Nachdem bei der Aufteilung der Provinzen Kilikien mit einem Heer von zwölftausend Fußsoldaten und zweitausendsechshundert Reitern an ihn gefallen war, brach er zu *seiner Provinz* auf – so wurde gesagt.

Er hatte den Auftrag, Kappadokien zu unterwerfen und den Staat wieder der Macht des Königs Ariobarzanes zu unterstellen.

Cicero erfüllte seinen Auftrag, ohne zu den Waffen zu greifen.

Er setzte auch diesmal wieder seine berühmte Maxime in die Praxis um: *Cedant arma togae* (Die Waffen weichen der Toga).

Das war keine einfache Sache. Die Niederlagen der Römer im Kampf gegen die Parther ermutigten die Kilikier zum Aufstand. Es war durchaus möglich, daß die Kilikier die Römer besiegen würden.

Was aber alle Welt überraschte und die Historiker mit Verwunderung feststellen, das ist die Tatsache, daß Cicero keinerlei Geschenk von den Königen annehmen wollte und die Provinz von der Verpflichtung entband, für den Statthalter Festessen auszurichten.

Jeden Tag lud er die einflußreichsten Kilikier an seinen Tisch und bezahlte diese offiziellen Essen von den Bezügen, die ihm von der Republik zugestanden wurden.

Vor seinem Haus stand kein Türhüter. Wer ihn sehen wollte, konnte ihn sehen und wurde sogar hereingelassen, ohne seinen Namen nennen zu müssen.

Niemand fand ihn je im Bett vor, obwohl die ersten Besucher schon am frühen Morgen kamen. Er stand im Morgengrauen auf.

Während der ganzen Dauer seines Prokonsulats ließ er nicht einen einzigen Mann mit der Gerte auspeitschen. Niemals zerriß er in einem Moment der Wut das Gewand desjenigen, der ihn zu dieser Wut getrieben hatte; niemals fluchte er; niemals fügte er den Geldstrafen, die er auferlegte, Schmähungen hinzu.

Es geht noch weiter. Als er bemerkte, daß die Beamten öffentliche Gelder veruntreuten, ließ er diese zu sich kommen und forderte sie auf, das zu Unrecht Erworbene wieder zurückzugeben, ohne die Namen derjenigen zu nennen, welche die höchsten Summen zurückzahlen mußten, da er diese Männer, die sich vielleicht nicht so schuldig fühlten, wie sie tatsächlich waren, da sie ja taten, was alle Welt tat, nicht dem Haß ihrer Mitbürger ausliefern wollte.

Banditen hatten sich ihr Domizil auf dem Amanusberg errichtet und erpreßten, plünderten und töteten Reisende. Cicero lieferte ihnen einen harten Kampf, verjagte sie und wurde von seinen Soldaten zum Imperator ausgerufen.

Sie wußten es nicht, nicht wahr, werte Leser, daß Cicero zum General ausgerufen worden war? Das ist jedoch eine von Plutarch überlieferte Tatsache. Es stimmt, daß Cicero als wahrer Mann des Geistes begriff, daß sein Ansehen als Redner einen Schatten auf seinen Titel des Imperators warf, und er mißbrauchte keineswegs seinen Lorbeerkranz.

Aber dennoch trat von Zeit zu Zeit der selbstgefällige Mann in den Vordergrund.

»Werter Kollege«, schrieb ihm der Redner Caelius, »schickt mir Panther für meine Spiele.«

»Unmöglich«, antwortete ihm Cicero, »es gibt keine Panther mehr in Kilikien. Sie sind alle nach Karien geflüchtet, weil sie verärgert waren, daß man inmitten des allgemeinen Friedens noch immer Krieg gegen sie führte.«

Als er sein Prokonsulat bald darauf verließ, da aufgrund des *allgemeinen Friedens* nichts mehr zu tun blieb, ging er nach Rhodos, wo er einige Zeit bei seinen alten Freunden und Bekannten verweilte, und schließlich kehrte er wieder nach Rom zurück. Er fand die Stadt erregt und hektisch vor, also in einem Zustand, in dem sich Städte kurz vor einem Bürgerkrieg befinden.

Bei seiner Ankunft wollte der Senat ihm den Triumphzug zuerkennen, aber wir erinnern uns daran, wie sehr Cicero daran lag, mit aller Welt in gutem Einvernehmen zu leben.

Er antwortete dem Senat, daß es ihm eine größere Freude wäre, Cäsars Triumphzug zu folgen, sobald es zwischen diesem und Pompejus zu einer Einigung gekommen sei, als selbst zu triumphieren.

Und Pompejus sah zu, wie Cäsar immer mächtiger wurde, aber die gigantischen Ausmaße, die diese Macht erreichten, schienen ihn nicht zu beunruhigen.

Er sah in seinem Rivalen nur den aufrührerischen Tribun von Rom, den Komplizen des Catilina, den Anstifter des Clodius: Er sah Cäsar nicht.

Als Pompejus wieder das höchste Amt innehatte, wurden ihm berechtigterweise eine große Anzahl von Mißständen vorgeworfen, was oft bei allmächtigen Herrschern der Fall ist.

Er hatte Gesetze erlassen, um diejenigen anklagen zu können, die Stimmen kauften oder Urteilssprüche erpreßten.

Diese Gesetze waren gut und brachten den Schuldigen verdiente Strafen ein.

Scipio, sein Schwiegervater, wurde ebenfalls angeklagt.

Pompejus ließ die dreihundertsechzig Richter zu sich kommen und bat sie, dem Angeklagten gegenüber Wohlwollen zu zeigen.

Daher zog der Ankläger, der sah, daß Scipio von den dreihundertsechzig Richtern nach Hause geführt wurde, die Klage zurück.

Kraft eines Gesetzes wurde es untersagt, die Angeklagten während der Prozesse zu rühmen.

Plancus, Pompejus' Freund, wurde angeklagt, und Pompejus kam persönlich, um ihn zu rühmen.

Cato gehörte zu den Richtern. Die allgemeine Korruption beeinflußte ihn nicht. Er hielt sich mit beiden Händen die Ohren zu.

»Was tust du?« fragten ihn seine Kollegen.

»Es gefällt mir nicht«, antwortete Cato, »zu hören, wie ein Angeklagter gegen die Bestimmungen der Gesetze gelobt wird, vor allem, wenn er von demjenigen gelobt wird, der die Gesetze erlassen hat.«

Daraus folgte, daß Cato von Plancus zurückgewiesen wurde, aber trotz der Zurückweisung Catos wurde Plancus verurteilt.

Pompejus war aufgrund dieser Verurteilung äußerst schlechter Stimmung, was sich ein paar Tage später zeigte. Hipsaeus, ein Angehöriger des Konsulats, der wie Plancus und Scipio angeklagt worden war, wartete auf Pompejus, als dieser das Bad verließ, um sich zu Tisch zu setzen, und kniete vor Pompejus nieder.

»Laßt mich in Ruhe«, sagte Pompejus in barschem Ton, »denn Ihr erreicht nichts mit Euren Bitten, außer daß mein Essen kalt wird.«

Pompejus erkrankte unterdessen schwer auf einer Reise nach Neapel. Er wurde jedoch wieder gesund, und auf den Rat des Griechen Praxagoras hin brachten die Neapolitaner für seine Genesung Dankopfer dar.

Dem Beispiel folgten die Nachbarstädte Neapels, und dann breitete sich dieser Eifer in dem Maße in ganz Italien aus, daß alle Städte – ob klein oder groß – einige Tage lang diese Genesungsfeste feierten.

Als Pompejus nach Rom zurückkehrte, empfing ihn die Bevölkerung mit einem Festzug; die Abgeordneten gingen ihm mit blumenbekränzten Häuptern entgegen; es wurden öffentliche Festessen gegeben, und als er die Stadt betrat, schritt er über einen Teppich aus Lorbeeren und Blumen.

Daraus folgte, daß sich Pompejus, der ob dieses Triumphzuges trunken vor Glück war, verächtlich nach Westen wandte, wo sich ein Gewitter zusammenbraute.

Er zweifelte noch weniger an der Zukunft, da man seine Herrschaft um vier Jahre verlängert und ihn bevollmächtigt hatte, der Staatskasse jedes Jahr tausend Talente zu entnehmen, um seinen Truppen den Sold zu zahlen und sie zu unterhalten.

Aber auch Cäsar war der Meinung, daß die Zeit für ihn gekommen sei und daß man ihm all die Dinge, die man für Pompejus tat, nicht verweigern könne.

Da er selbst abwesend war, reichten seine Freunde für ihn ein entsprechendes Gesuch ein.

Sie verlangten, daß er für die geführten Kriege und die Ausdehnung des Reiches, dessen Grenzen er im Westen bis ans Meer und im Norden bis Britannien und bis an den Rhein ausgedehnt habe, mit einem zweiten Konsulat belohnt werde. Außerdem wolle er sein Prokonsulat fortsetzen, damit kein Nachfolger ihm den Ruhm und die Früchte seiner erfolgreichen Arbeit entreiße, denn als alleiniger Herrscher über die Länder, die er unterworfen habe, könne er in Frieden die Ehren genießen, die er durch seine Heldentaten verdient habe.

Seine Bitte löste eine heftige Debatte aus.

Pompejus schien über den zweiten Teil der Bitte von Cäsars Freunden erstaunt zu sein.

»Ich habe Briefe«, erklärte er, »von meinem werten Cäsar, in denen er mich bittet, ihm einen Nachfolger zu beschaffen, damit er von den Strapazen dieses Krieges befreit werde. Und was das Konsulat betrifft«, fügte er hinzu, »so erscheint es mir gerechtfertigt, daß man ihm erlaubt, darum zu bitten, selbst wenn er abwesend ist.«

Doch Cato war da, Cato der große Widersacher, der große Gleichmacher, sagen wir ruhig, der große Neider.

Cato widersetzte sich dem Antrag aufs Heftigste und forderte, daß Cäsar in den Stand eines einfachen Privatmannes zurückversetzt werde, nachdem er die Waffen niedergelegt habe, und persönlich komme, um seine Mitbürger um die Belohnung für seine Dienste zu bitten.

Pompejus erwiderte nichts darauf. Er hielt es für besser, sich nicht zu äußern.

Cato sagte zu Cäsar: »Komm und liefere dich ohne Waffen Pompejus aus, das heißt deinem ärgsten Feind.«

Der Senat schloß sich Catos Meinung an, die durch Pompejus' Schweigen unterstützt wurde, und verweigerte Cäsar die Verlängerung seines Prokonsulats.

Einer von Cäsars Offizieren stand an der Tür des Senats und hörte die Ablehnung.

»So sei es«, sagte er und schlug auf das Heft seines Schwertes, »aber mit seiner Hilfe wird er es bekommen.«

50

Cäsar ergriff indessen Vorsichtsmaßnahmen.

»Ähnlich einem Athleten«, sagt Plutarch, »rieb er sich für die Schlacht mit Öl ein.«

Seine Art, sich mit Öl einzureiben, bedeutete, die anderen mit Gold zu überhäufen.

Er hatte riesige Geldsummen nach Rom bringen lassen.

Er hatte mehr als zwanzigtausend seiner Soldaten Geld und Urlaub gegeben.

Außerdem hatte Pompejus um zwei Legionen für den parthischen Krieg gebeten, die Cäsar ihm schickte; er gab jedem Soldaten hundertfünfzig Drachmen.

Dann gewann er den Volkstribun Curio für seine Partei, dessen enorme Schulden er bezahlt hatte (vierzehn oder fünfzehn Millionen), und Marcus Antonius, der für Curio gebürgt hatte, war nun von der Bürgschaft für die Schulden seines Freundes entlastet.

Aber das genügte Cäsar keineswegs.

Er ließ Marcus Antonius fragen, ob er nicht etwas für ihn tun könne.

Marcus Antonius antwortete, daß er ein wenig in Verlegenheit sei, das Angebot annehme und sich gerne einige Millionen von ihm borgen würde.

Cäsar schickte ihm acht.

Wir erwähnen hier zum erstenmal den Namen eines Mannes, der eine große Rolle spielen und dem eine große Bedeutung bei den kommenden Ereignissen zukommen wird.

Halten wir wie gewöhnlich in bezug auf einen großen Namen kurz inne und sagen, wer dieser Marcus Antonius war.

Das Geburtsdatum von Antonius kennen wir nicht genau.

Die einen sagen, daß er 83, und die anderen sagen, daß er 85 v. Chr. geboren wurde.

Entscheiden wir uns für die goldene Mitte.

Antonius war zu der Zeit, um die es jetzt geht, das heißt 52 v. Chr., dreißig oder zweiunddreißig Jahre alt.

Wir werden sagen, wer er in diesem Alter war und was er machte.

Einer der Vorfahren des Marcus Antonius war der Redner Antonius, den Marius als Anhänger des Sulla hatte töten lassen, und sein Vater war der Antonius, welcher die ersten Schritte zur Eroberung der Insel Kreta (Kandia) unternommen hatte und daher den Beinamen *Kreter* mit Quintus Metellus teilte, der die Insel vollends eroberte. Wir wollen nebenbei sagen, daß dieser Quintus Metellus der Vater der Cecilia Metella war, deren wunderschönes Grab sich auf der linken Seite der Via Appia erhebt und das noch heute als Kunstwerk alle Touristen auf ihren Pilgerfahrten anzieht.

Antonius der Kreter galt als liberaler Mann mit offener Hand und offenem Herzen, der übrigens nicht gerade reich war, wie alle, die ihr Herz nicht mit dem gleichen Schloß verschließen wie ihre Kasse.

Eines Tages kam ein Freund und bat ihn, ihm etwas Geld zu leihen. Obwohl es eine recht geringe Summe war, hatte Antonius sie nicht.

Daher gab er einem seiner Sklaven den Befehl, ihm Wasser in einem silbernen Rasierbecken zu bringen, damit er sich rasieren könne.

Der Sklave brachte das wassergefüllte Rasierbecken.

Antonius schickte seinen Sklaven weg und sagte, er werde sich seinen Bart heute allein schneiden.

Nachdem der Sklave gegangen war, stopfte er das Rasierbecken unter den Mantel seines Freundes.

»Verpfände oder verkaufe das Rasierbecken«, sagte er, »so wird niemand sagen, daß ich einem Freund einen Gefallen abgeschlagen habe, um den er mich gebeten hat.«

Einige Tage später hörte Antonius großen Lärm aus der Küche dringen. Das war seine Frau Julia, die zu Cäsars Familie gehörte und die das silberne Rasierbecken suchte, und da sie es nicht fand, wollte sie die Sklaven foltern lassen.

Antonius ließ seine Frau zu sich kommen, gestand ihr die Tat und bat sie, ihm zu verzeihen und vor allem die armen Sklaven in Ruhe zu lassen.

Marcus Antonius, der Sohn, hatte diese Julia zur Mutter, die von seinem Vater gebeten wurde, ihm zu verzeihen. Marcus Antonius gehörte also mütterlicherseits zur Familie der Julier, zur *gens* Julia – wie man sagte – und war daher mit Cäsar verwandt.

Marcus Antonius wurde nach dem Tod seines Vaters von seiner Mutter erzogen, einer ausgesprochen vornehmen Frau.

Die Erziehung war nicht die beste, oder es siegte vielmehr – wie wir noch sehen werden – das Temperament über die Erziehung.

Antonius' Mutter heiratete in zweiter Ehe Cornelius Lentulus, genau diesen Lentulus, den Cicero als Komplizen Catilinas im Gefängnis hatte erdrosseln lassen. Wir werden später den großen Haß des Antonius auf Cicero verstehen, diesen blutigen, tiefen, tödlichen Haß, der uns von den Historikern nicht erklärt wird. Diese stellen uns die Männer schlimmer dar, als sie sind, oder präsentieren sie uns aus einem anderen Blickwinkel.

Antonius war also der Stiefsohn des Lentulus, der von Cicero oder auf seinen Befehl hin erdrosselt worden war. Vergessen Sie nicht, daß er später Fulvia, die Witwe des Clodius heiraten wird.

Cicero ist jedoch auch an Clodius' Tod nicht ganz unschuldig.

Antonius wirft Cicero sogar vor, sich geweigert zu haben, seiner Mutter den Leichnam ihres Mannes zu übergeben, und behauptet, daß seine Mutter, eine Matrone der Julier, sich Ciceros Frau, das heißt einer kleinen Bürgerin, zu Füßen werfen mußte, um das zu erreichen.

Ist diese Sache denn überhaupt wahr? Auch wenn er nicht betrunken war, schämte sich Antonius keineswegs zu lügen.

Antonius war von vollendeter Schönheit. Die Historiker zeigen uns diesen brutalen Nachkommen des Herkules auch nicht von dieser Seite. Ja, er war sogar so schön, daß Curio, der zügelloseste Mann von ganz Rom, der gleiche, für den Cäsar – wie wir uns erinnern – die Schulden bezahlte, ihm eine dieser Freundschaften gelobte, die nie von der üblen Nachrede der Zeitgenossen verschont bleiben.

Und was seine Schulden betrifft, so wandelte Antonius auf Cäsars Spuren. Mit achtzehn Jahren schuldete er eineinhalb Millionen, für die Curio damals bürgte. Wir sprechen hier von Curio dem Sohn. Curio der Vater hatte Antonius wie einen Taugenichts aus seinem Hause verjagt, weil er glaubte, daß er seinen Sohn ins Verderben stürze, oder zumindest dabei half, daß sein Sohn sich selbst ins Verderben stürze.

Der zweite Freund von Antonius, derjenige, der seinem Herzen nach Curio am nächsten stand, war Clodius.

Wir sehen, daß sich Antonius seine Freunde gut aussuchte.

Aber in dem Moment, als Clodius' Lage immer heikler wurde, verließ Antonius, der befürchtete, in die Sache hineingezogen zu werden, Italien und setzte die Segel nach Griechenland.

Zu jener Zeit gab es in Griechenland zwei Schulen für Redekunst: die griechische Redekunst und die asiatische Redekunst. Die asiatische Redekunst lehrte die romantische Seite der Rhetorik. Der junge Mann wurde Romantiker. Dieser prachtvolle, bunte, bilderreiche Stil paßte ausgezeichnet zu seinem prahlerischen Leben, das schon im voraus zu allen Unregelmäßigkeiten verdammt war, die der Ehrgeiz nach sich zieht.

Ungefähr in jener Zeit kam der berühmte Gabinius, der Mann mit den Millionen, der durch Pompejus' Einfluß als Prokonsul nach Syrien gesandt worden war, nach Griechenland und schlug Antonius vor, ihm zu folgen.

Aber Antonius antwortete, daß er nicht mitkomme, bevor ihm nicht ein Kommando übertragen worden sei.

Gabinius gab ihm also den Befehl über die Reiterei und nahm ihn mit.

Als erstes wurde er gegen Aristobulus in den Kampf geschickt, griff diesen sofort an, jagte Aristobulus von Festung zu Festung, und als er schließlich auf ihn stieß und ihm eine Schlacht lieferte, zerschlug er dessen Heer, obwohl seine eigene Armee nur halb so stark war wie die des Feindes.

Diese Erfolge brachten ihm das volle Vertrauen von Gabinius ein.

Als Ptolemäus Auletes (Sie erinnern sich doch noch an den königlichen Flötenspieler, nicht wahr?) kurze Zeit später Pompejus um seinen Beistand bat, um seine Rechte wiederzuerlangen, verwies ihn Pompejus an Gabinius, seinen *Geschäftsmann*.

Ptolemäus bot Gabinius zehntausend Talente (fünf Millionen). Das war eine anständige Summe, die Gabinius auch außerordentlich in Versuchung führte.

Da die meisten der Offiziere jedoch glaubten, daß die Sache neben den finanziellen Vorteilen große Gefahren berge, zögerte Gabinius. Aber Antonius, der wahrscheinlich von Ptolemäus ein kleines Bestechungsgeld von ein oder zwei Millionen erhalten hatte, drängte Gabinius so hartnäckig, daß dieser sich entschied, den Auftrag unter der Bedingung anzunehmen, daß Antonius die Vorhut anführte.

Das war genau das, um was dieser junge Mann – Antonius war damals achtundzwanzig Jahre alt –, ein Legat auf der Suche nach Abenteuern, laut schreiend bat.

Daher nahm er ohne zu zögern an.

51

Die Soldaten hatten große Angst vor dem Weg, den sie bis Pelusium zurücklegen mußten. Das war die erste ägyptische Stadt, die man erreichte, wenn man aus Syrien kam.

Sie mußten die ganze Wüste durchqueren, diese Wüste, die sich heute von Jaffa bis El-Arisch erstreckt. Außerdem gab es schreckliche Sümpfe, die durch eine Art Schlammsee gebildet worden waren, den man den Sirbonissee nannte. Die Ägypter, die Freunde des Geheimnisvollen, nannten diese Sümpfe die Kellerlöcher des Typhon. Die Römer, die realistischer waren, behaupteten, daß sie Abflüsse des Roten Meeres seien, die an dieser Stelle, nachdem sie unter der Erde den engsten Teil der Landenge durchquert haben, wieder auftauchen und ins Mittelmeer strömen. Diese Sümpfe existieren noch heute und erstrecken sich von Rosette bis Raz-Burloz.

Antonius übernahm die Vorhut, eroberte Pelusium erforschte das Gebiet und bahnte dem Heer den Weg.

Ptolemäus betrat also nach ihm Pelusium.

Da es die erste Stadt seiner Staaten war, die er zurückeroberte, wollte er ein Exempel statuieren und befahl, die Einwohner niederzumetzeln, aber so wie viele mutige und verschwenderische Männer hatte auch Antonius ein gutes Herz und verabscheute den Mord. Er nahm nicht nur die Einwohner, sondern auch die Garnison unter seinen Schutz, und es fand keine einzige Hinrichtung statt.

Ptolemäus marschierte in Alexandria ein, wo Antonius weitere Beweise für seine Menschlichkeit lieferte, wodurch er das Wohlwollen der Einwohner errang.

Einer der Beweise, der ihm die größte Ehre einbrachte, ist der folgende:

Er war der Gast und Freund des Archelaos gewesen. Wie es nun einmal in Bürgerkriegen vorkommt, war Archelaos sein

Feind geworden, und eines Tages war es zwischen den beiden ehemaligen Freunden zum Handgemenge gekommen.

Archelaos wurde besiegt und getötet.

Als Antonius von seinem Tod erfuhr, ließ er zwischen den Leichen nach ihm suchen, fand seinen Leichnam und richtete ihm eine herrliche Bestattung aus.

Dieses Mitleid brachte ihm nicht nur die Sympathie der Einwohner von Alexandria, sondern auch der Römer ein, die unter seinem Befehl kämpften, so daß er sich einer gewissen Beliebtheit erfreute, als er nach Rom zurückkehrte.

Das war genau zu dem Zeitpunkt, als sich Rom in zwei Parteien gespalten hatte: die der Adeligen, an deren Spitze Pompejus stand, und die des Volkes, die Cäsar ein Zeichen gab, aus Gallien zurückzukehren.

Wir haben gesagt, daß Antonius der Freund von Curio war und daß Curio sehr großen Einfluß auf das Volk hatte. Dieser Einfluß vergrößerte sich noch, als Cäsar Curio zwölf Millionen und Antonius acht Millionen schickte.

Ein Teil dieser Summe wurde benutzt, um Antonius zum Volkstribun wählen zu lassen. Um ihn wählen zu lassen, bedienten sie sich ohne Zweifel der gleichen List wie bei Clodius, und schließlich wurde er gewählt.

Plutarch berichtet übrigens, wie die Sache verlief:

»Diejenigen, die Ämter anstrebten«, erzählt er, »stellten mitten auf dem Platz Geldtische auf, korrumpierten unverfroren die Massen mit Geld, und die Bürger kämpften dann für denjenigen, der sie bezahlt hatte, und zwar nicht nur mit ihrer Stimme, sondern auch mit Bogen und Schleuder. Oft mußte man sich von der Tribüne entfernen. Diese war blutüberströmt und von Leichen gesäumt, und die Stadt befand sich im Zustand der Anarchie.«

Einige Zeit, nachdem Antonius zum Volkstribun gewählt worden war, wurde er ins Augurenkollegium aufgenommen.

Indem Cäsar ihn kaufte, kaufte er also gleichzeitig das Volk und die Götter.

Wir haben gesagt, wie Cäsar mit dem Senat stand, als Antonius nach seiner Rückkehr aus Ägypten mit Cäsar verhandelte.

Wir haben gesehen, wie der Senat Cäsar die Verlängerung seines Prokonsulats verweigerte und wie ein Offizier Cäsars auf sein Schwert schlug und sagte:

»Mit seiner Hilfe wird er es bekommen.«

Es fehlt noch ein sehr wichtiger Mann für Cäsar: Das ist Paulus, der die herrliche Basilika hatte bauen lassen, welche die der Fulvia ersetzt hatte.

Paulus war durch die Ausgaben für diesen Bau in Verlegenheit geraten.

Cäsar schickte ihm sieben Millionen, um ihm zu helfen.

Paulus ließ Cäsar mitteilen, daß er auf ihn zählen könne.

Es wurde über die Frage des Konsulats entschieden.

Der Senat entschied, daß Cäsar das Konsulat nicht anstreben könne, ohne nach Rom zurückzukehren.

Nun machte Curio im Namen Cäsars einen Vorschlag.

Er verkündete, daß Cäsar bereit sei, allein und ohne Waffen nach Rom zu kommen, jedoch unter der Bedingung, daß Pompejus seine Truppen entlasse und allein und ohne Waffen in Rom bliebe. Wenn Pompejus sein Heer behielte, verlange Cäsar, mit dem seinen nach Rom kommen zu dürfen.

Aber Curio legte besonderen Nachdruck auf die Entlassung von Pompejus' Truppen und sagte, daß Cäsar, der sich nicht wichtiger nahm als der geringste Bürger, glaube, es sei besser für die Republik, wenn er und Pompejus sich wie zwei einfache Privatleute gegenüberstehen würden als wie zwei Heeresgeneräle. Beide sollten von ihrer Seite auf die Ehrenbezeugungen warten, die ihre Mitbürger ihnen erweisen würden.

Der Konsul Marcellus antwortete Curio, und in seiner Antwort behandelte er Cäsar wie einen Banditen. Er fügte hinzu, daß man Cäsar, wenn dieser die Waffen nicht niederlegen wolle, als öffentlichen Feind betrachten müsse.

Aber Curio wurde von Antonius, Paulus, dem zweiten Konsul, und Piso unterstützt.

Er verlangte vom Senat eine offene Wahl, das heißt, daß sich diejenigen der Senatoren, die wollten, daß Cäsar allein die Waffen niederlegte und daß Pompejus den Befehl über seine Truppen behielt, alle auf dieselbe Seite des Saales stellten.

Das hat große Ähnlichkeit mit unsrer Wahl, bei der durch Aufstehen oder Sitzenbleiben entschieden wird.

Die größte Anzahl der Senatoren – fast alle – gingen zu der von Curio bezeichneten Seite.

Curio verlangte die Gegenprobe. Diejenigen, die der Meinung waren, daß Pompejus und Cäsar beide die Waffen niederlegen müßten und keiner der beiden sein Heer behalten dürfe, sollten zur anderen Seite gehen.

Nur 22 Senatoren blieben Pompejus treu.

Während dieser beiden Wahlen war Antonius zum Forum hinuntergegangen, hatte dem Volk berichtet, was im Senat geschehen war, und die Begeisterung des Volkes für Cäsar angefacht.

Das hatte zur Folge, daß Curio, der zum Forum kam und den Sieg verkündete, den er soeben errungen hatte, ein Triumph an der Tür erwartete.

Man warf ihm wie einem siegreichen Athleten Kränze zu und führte ihn laut schreiend heim.

Nun war es an Antonius zu handeln, der diesen Moment der Begeisterung für Cäsar nutzte. Auf sein Drängen hin beschloß das Volk, daß das Heer, das vor den Toren versammelt war, nach Syrien geschickt werden solle, um das Heer des Bibulus zu stärken, das im Krieg gegen die Parther stand.

Nachdem diese beiden Erlasse verabschiedet worden waren, stieg Antonius zum Senat hoch und bat die Senatoren, einen Brief zu verlesen, den er von Cäsar erhalten hatte.

Aber der Senat hatte auf Marcellus' Drängen hin seine Meinung geändert.

Antonius wurde von Marcellus daran gehindert, Cäsars Brief zu verlesen.

Antonius las ihn dennoch vor, aber inmitten allgemeinen Lärms, so daß man nichts verstehen konnte.

Dann ging er zum Forum hinunter und verlas ihn vor dem Volk. Während dieser Zeit ließ Scipio, der Schwiegervater des Pompejus, verfügen, daß Cäsar, falls er bis zu einem bestimmten Tag nicht die Waffen niedergelegt habe, wie ein Staatsfeind angesehen und wie ein solcher behandelt werde.

Das genügte Lentulus nicht, der schrie:

»Gegen einen Banditen wie Cäsar sind keineswegs Erlasse nötig, sondern Waffen.«

Dann benutzte er eine Metapher:

»Ich sehe schon«, sagte er, »wie zehn Legionen die Alpen hinuntersteigen und sich Rom nähern. Bürger, zieht eure Trauerkleidung an!«

Und der Senat beschloß, daß Rom Trauer tragen sollte. Der gute Senat!

Und Rom trug Trauer. Das arme Rom!

52

Indessen waren Briefe von Cäsar angekommen.

Er machte neue Vorschläge. Denn man muß Cäsar die Gerechtigkeit widerfahren lassen, daß er in dieser Angelegenheit zwischen ihm und Pompejus sehr vorsichtig vorging. Er bot an, alles aufzugeben, wenn man ihm den Befehl in Gallia Cisalpina und in Illyricum mit zwei Legionen überlasse, bis er ein zweites Konsulat erreicht habe.

Pompejus lehnte es ab, daß er die Legionen behielt. Die beiden fraglichen Legionen bestanden aus fast zwanzigtausend Mann.

Cicero kehrte aus Kilikien zurück. Er wünschte sich vor allem Frieden.

Er bat Pompejus, gegenüber Cäsar nicht so hart zu sein, da ihn zuviel Härte zum Äußersten treiben würde.

Aber Pompejus antwortete, daß es sein Wunsch sei, Cäsar zum Äußersten zu treiben, da man auf diese Weise schneller mit ihm fertig werde.

Cicero hielt ihm die Erlasse des Volkes entgegen, das nach Syrien entsandte Heer und das Verbot der Bürger, für Pompejus zu kämpfen.

»Mit wem werdet Ihr Cäsar bekämpfen?« fragte er.

»Ach«, antwortete Pompejus, »ich brauche nur mit dem Fuß auf den Boden zu stampfen, und schon habe ich genug Soldaten!«

Cicero brachte Pompejus dazu, sich dem zu fügen, was Cäsars Freunde verlangten, woraufhin dieser erneut Zugeständnisse machte. Anstatt zwei Legionen zu behalten, begnügte sich Cäsar mit sechstausend Mann.

»Schlagt das schnell dem Senat vor«, sagte Cicero zu Antonius. »Pompejus stimmt zu.«

Antonius lief zum Senat und brachte den Vorschlag ein.

Aber der Konsul Lentulus erteilte ihm eine klare Absage und jagte Antonius und Curio aus dem Senat.

Antonius ging, von den Flüchen der Senatoren begleitet, fort. Da er jedoch der Meinung war, daß der Moment für Cäsar gekommen sei, alles auf eine Karte zu setzen, ging er nach Hause, verkleidete sich als Sklave und bewegte Curio und Quintus Cassius dazu, es ihm gleichzutun. Dann nahmen alle drei einen Mietwagen und verließen Rom, um Cäsar aufzusuchen und ihm zu berichten, was geschehen war.

Cäsar war in Ravenna und hatte nur seine dreizehnte Legion bei sich, als die Tribune ankamen.

Mit einem solchen Glück hatte er nicht gerechnet. Er hatte schon die Macht und fast das Recht auf seiner Seite. Curio, Antonius und Quintus Cassius brachten ihm das Gesetz.

Als er die Soldaten von weitem sah, schrie Antonius:

»Soldaten, wir sind Volkstribune, die aus Rom verjagt wurden. In Rom herrscht keine Ordnung mehr. Die Tribune haben nicht mehr die Freiheit zu sprechen. Man hat uns verjagt, weil wir für das Gesetz sind, und jetzt sind wir hier.«

Cäsar lief herbei. Er konnte ein solches Glück nicht fassen. Er empfing Curio, Antonius und Cassius mit offenen Armen und übertrug ihnen sofort Kommandos.

Er hatte nur auf diese Gelegenheit gewartet, um sich für den Kelch der Schmähungen und der Undankbarkeit zu rächen, den er seit sechs Monaten trinken mußte.

Fügen wir all dem, was wir gesagt haben, hinzu, daß Marcellus und Lentulus die Einwohner von Neokome des Bürgerrechts enthoben hatten, das Cäsar erst kürzlich einigen gallischen Städten verliehen hatte. Überdies hatten sie während Marcellus' Konsulat einen der Senatoren schlagen lassen. Und als dieser bat, man möge ihm wenigstens den Grund für eine solchen Schmach nennen, antwortete Marcellus, daß er keinen anderen Grund als seinen Willen angeben wolle und daß diejenigen, die mit ihm und Rom unzufrieden seien, sich bei Cäsar beklagen könnten.

Das Faß lief über. Das war Bonaparte in Ägypten, der jeden Tag vom Direktorium beschimpft wurde.

Bei diesem Vergleich fehlt nichts, noch nicht einmal Pompejus.

Der französische Pompejus hieß Moreau.[50]

Cäsar durfte jedoch keine Zeit verlieren. Er hatte nur fünftausend Fußsoldaten und dreihundert Pferde bei sich.

Aber er hofft auf die Soldaten, die man gegen ihn in den Kampf schicken wird und die unter ihm gedient haben. Er hofft auf all die Veteranen, die von ihm beurlaubt wurden, damit sie in Rom wählen können, auf die beiden Legionen, die er Pompejus übergeben hat und von denen jeder Mann, als er ging, hundertfünfzig Drachmen von ihm erhalten hat; schließlich verläßt er sich mehr als alles andere auf sein Glück.

Er wird zuerst Ariminum erobern, eine bedeutende Stadt in Gallia Cisalpina. Dabei wird er jedoch so wenig Aufsehen wie möglich erregen und so wenig Blut wie möglich vergießen. Darum muß er die Stadt durch einen Überraschungsangriff erobern.

So befiehlt Cäsar seinen Kommandeuren und seinen Soldaten, nur ihre Schwerter zu benutzen. Dann übergibt er den Heeresbefehl an Hortensius, verbringt den Tag damit, sich Gladiatorenkämpfe anzusehen und nimmt kurz vor Einbruch der Dunkelheit ein Bad. Nachdem er sein Bad beendet hat, betritt er das Speisezimmer. Er bleibt einige Zeit bei den Gästen, die er zum Essen geladen hat. Nach einer Stunde verläßt er den Tisch, fordert seine Gäste auf, es sich schmecken zu lassen, verspricht ihnen, bald zurückzukehren, geht hinaus, steigt in einen Mietwagen und schlägt einen anderen Weg ein als den, den er nehmen soll. Doch die Fackeln, die den Weg beleuchten, erlöschen. Er verirrt sich, irrt die ganze Nacht umher, findet erst im Morgengrauen einen Führer, trifft nun seine Soldaten sowie seine Befehlshaber am vereinbarten Treffpunkt, begibt sich nach Ariminum und steht vor dem Rubikon, einem kleinen Fluß, einem schmalen Wasserlauf, der heute ebenso berühmt ist wie die großen Flüsse, die Gallia Cisalpina vom eigentlichen Italien trennen.

Manutius behauptet, dort diese Inschrift gelesen zu haben:
»Niemand möge über diesen Fluß Fahnen, Waffen oder Soldaten führen.«

Und in der Tat war Cäsar, der diesseits des Ufers Imperator war, jenseits des Ufers nur noch ein Rebell.

Er hielt ob der Vielzahl und der Bedeutung der Gedanken, die seinen Geist bestürmten, kurz inne.

Regungslos verharrte er an Ort und Stelle und verbrachte eine ganze Weile damit, die verschiedenen Möglichkeiten, die sich ihm boten, zu überdenken, legte die unterschiedlichen

Entscheidungen, die zur Wahl standen, in die Waagschale seiner Erfahrungen und seiner Weisheit, rief seine Freunde, unter anderem Asinius Pollio, führte sich und ihnen alles Übel vor Augen, das auf die Überquerung des Flusses folgen würde, und wie ein Mann, der das Recht hat, im voraus Rechenschaft über seine Entscheidungen abzulegen, befragte er mit lauter Stimme die Nachwelt über das Urteil, das sie über ihn fällen würde.

Spielte Cäsar Theater oder handelte er in gutem Glauben?

Eine Art von Wunder, das er sicher selbst vorbereitet hatte, setzte seinen Zweifeln ein Ende.

Nachdem er an seine Freunde appelliert hatte, appellierte er an seine Soldaten und sagte zu ihnen:

»Kameraden, noch ist es Zeit. Wir können noch umkehren, aber wenn wir diesen Fluß überquert haben, werden die Waffen sprechen.«

In diesem Moment kam ein ungewöhnlich großer Mann ans Ufer des Flusses und spielte Flöte.

Erstaunt näherten sich die Soldaten dem Riesen.

Unter den Soldaten befand sich ein Hornist.

Der geheimnisvolle Mann warf seine Flöte weg, nahm das Horn, führte es an seinen Mund, durchquerte den Fluß, während er aus voller Kehle blies, und erreichte so das andere Ufer.

»Gehen wir dorthin«, sagte Cäsar, »wohin uns die Stimme der Götter und die Ungerechtigkeit der Menschen ruft. *Alea jacta est!*« (Wortwörtlich: *Der Würfel ist gefallen!*)

Plutarch läßt ihn diesen Satz auf Griechisch sagen, was wortwörtlich heißt: *Auf daß der Würfel gefallen ist!*

Schließlich hatte er nach Appian gesagt:

»Der Moment der Entscheidung ist gekommen. Diesseits des Rubikon zu bleiben wäre mein Unglück, ihn zu überqueren das Unglück der Welt.«

Cäsar hat nicht ein Wort von all dem gesagt und erwähnt noch nicht einmal den Rubikon.

Wie auch immer, und in welcher Art dieser sprichwörtlich gewordene Satz auch gesagt worden sein mag, oder selbst wenn er überhaupt nicht gesprochen wurde, so stellt Titus Livius doch eine unwiderlegbare Tatsache fest:

»Cäsar marschierte mit fünftausend Mann und dreihundert Pferden gegen den Rest der Welt.«

53

Am nächsten Tag war Cäsar noch vor Tagesanbruch der Herr über Ariminum (Rimini).

Diese Nachricht schien von den Ufern des Rubikon auf den Flügeln eines Adlers nach Rom und ganz Italien zu fliegen.

Cäsars Überschreitung des Rubikon und sein Marsch auf Rom bedeuteten den Bürgerkrieg.

Was aber hatte der Bürgerkrieg für die Römer für eine Bedeutung?

In allen Familien herrschte große Trauer; in alle Häuser trat der Tod; das Blut floß über alle Straßen; das war Marius; das war Sulla.

Wer konnte eine Sache ahnen, die *unahnbar* war? Ich glaube, daß wir hier das Wort gebildet haben, das wir brauchen, denn wer konnte ehrlich gesagt einen gnädigen Sieger ahnen? Das war unbekannt, das war unglaublich, so etwas hatte es noch nie gegeben.

Die anderen Kriege hatten eine schreckliche Reklame für diesen hier gemacht.

Aber diesmal war es nicht wie in den anderen Kriegen, als die Menschen sich aus Furcht zu Hause einschlossen. Nein, der Schreck trieb die Menschen aus ihren Häusern. In ganz Italien sah man, wie Männer und Frauen bestürzt umherliefen. Selbst die Städte schienen sich aus ihren Fundamenten gelöst zu haben, um die Flucht anzutreten und sich an einen anderen Ort zu begeben. Alles strömte nach Rom; Rom war von Menschenmassen überschwemmt, die sich aus den umliegenden Orten hier in Sicherheit brachten, und jeder wurde von einer so gewaltigen Erregung erfaßt, daß der Tumult auf den Straßen, daß diese wogenden Massen, die an den Kreuzungen und auf den Plätzen in Aufruhr gerieten, immer größer wurden und immer mehr in Erregung gerieten, bis es keine Vernunft und keine Autorität mehr gab, die sie noch hätte zügeln können.

Alle Männer und alle Frauen, die immer mehr in Bestürzung gerieten, liefen schreiend herbei:

»Cäsar kommt!«

Es ging von Mund zu Mund:

»Cäsar! Cäsar! Cäsar!«

Was suchten all diese Leute, diese Städte, diese Völker in Rom?

Pompejus' Unterstützung.

Pompejus war der einzige, der Cäsar Widerstand leisten konnte.

Wie erinnerte man sich an Cäsar?

Man erinnerte sich an ihn als eines verschwendungssüchtigen, aufrührerischen Tribuns, der die Ackergesetze vorgeschlagen und durchgesetzt hatte.

Wer war Pompejus?

Der Repräsentant der Ordnung, des Eigentums und der guten Sitten.

Aber Pompejus hatte den Kopf verloren.

Da man den Fehler jemandem zuschieben mußte, schob der Senat ihn auf Pompejus.

»Er ist es«, sagte Cato, »der Cäsar zu dieser Größe verholfen hat, die sich nun gegen ihn und die Republik wendet.«

»Warum«, fragte Cicero, »hat Pompejus Cäsars durchaus vernünftigen Angebote abgelehnt?«

Favorinus hielt den Prokonsul im Forum auf.

»Wo sind Pompejus' Soldaten?« fragte er ihn.

»Ich weiß es nicht«, antwortete dieser verzweifelt.

»Stampf doch mit dem Fuß auf den Boden! Wenn du mit dem Fuß auf den Boden stampfst, wirst du die Legionen hervorzaubern.«

Pompejus hatte jedoch mindestens viermal so viele Soldaten wie Cäsar.

Aber woher sollte er ahnen, daß Cäsar nur mit fünftausend Mann kam?

Die merkwürdigsten Gerüchte über die Anzahl von Cäsars Soldaten und die Schnelligkeit von Cäsars Marsch verbreiteten sich in Rom.

Pompejus spürte, daß sich das Volk Cäsar zuwandte. In gewisser Weise wurde ihm der Boden unter den Füßen weggerissen.

Das Volk ist das Fundament jeder Regierung. Revolutionen sind Erschütterungen dieses Fundaments.

Als der Senat sah, daß Pompejus den Kopf verlor, schrie er: »*Rette sich, wer kann!*« Er erließ ein Gesetz, das jeden als Verräter bezeichnete, der nicht mit ihm floh.

Cato schwor, sich seinen Bart und die Haare nicht mehr zu schneiden und sich keinen Kranz mehr auf den Kopf zu setzen, bis Cäsar nicht bestraft worden und die Republik außer Gefahr war.

Er tat etwas, was ihm viel schwerer gefallen sein muß. Er nahm, damit sich jemand um seine kleinen Kinder kümmerte, seine Frau Marcia wieder zurück, »die«, wie Plutarch sagt, »Witwe war und beträchtliche Güter besaß, da der verstorbene Hortensius sie als seine Erbin eingesetzt hatte. Und das«, fügt der griechische Biograph hinzu, »wirft ihm Cäsar vor.« Er klagt ihn an, das Geld geliebt und eigennützig aus der Heirat Gewinn geschlagen zu haben. »Warum trat Cato schließlich seine Frau an einen anderen ab«, fragt er, »als er eine Frau brauchte? Und warum nahm er sie denn zurück, als er keine brauchte? Hatte er sie Hortensius nicht nur wie einen Köder geliehen, indem er sie ihm als junge Frau gab, um sie als reiche wieder zurückzunehmen?«

Mit diesem Teufel von Cäsar war nichts zu gewinnen, wenn man sein Feind war.

War es Pompejus, kämpfte er gegen ihn.

War es Cato, verspottete er ihn.

Die Konsuln verließen ihrerseits Rom, ohne daß sie – so eilig hatten sie es zu fliehen – die Opfer vollführten, die sie normalerweise den Göttern darbrachten, wenn sie die Stadt verließen.

Die Senatoren folgten ihnen oder gingen ihnen voraus, und jeder nahm das mit, was ihm von seinen wertvollsten Dingen gerade in die Hände fiel.

Cicero machte es wie die anderen. Er nahm seinen Sohn mit und ließ seine Frau und seine Tochter zurück.

»Wenn ihr ausgeplündert werdet«, schrie er ihnen zu, als er ging, »begebt euch in Dolabellas Schutz.«

Dann schrieb er ihnen:

Formiae, Januar.

»Bedenkt in Ruhe, meine guten Seelen, die Entscheidungen, die ihr treffen müßt. Trefft keine leichtfertigen Entscheidungen. Es ist genauso eure wie meine Angelegenheit. Bleibt ihr in Rom? Trefft ihr mich an einem sicheren Ort?

Und das denke ich darüber: Wenn ihr Dolabella auf eurer Seite habt, habt ihr in Rom nichts zu fürchten, und selbst wenn es zu Ausschreitungen kommt und geplündert wird, so könnte eure Anwesenheit dort für uns eine große Hilfe sein.

Aber wartet, ich denke daran, daß alle ehrenwerten Leute Rom verlassen haben, und sie haben ihre Frauen mitgenommen. Seht, es gibt in dem Land, in dem ich bin, so viele Städte, die uns ergeben sind, so viel Land für uns, daß ihr mich oft besuchen und mich immer, wenn ihr wollt, verlassen könnt, und dennoch werdet ihr euch stets auf neutralem Gebiet befinden. Ehrlich gesagt, könnte ich euch nicht sagen, welche der beiden Parteien die bessere ist. Seht, was die Frauen tun, die von gleichem Stand sind wie ihr. Achtet vor allem darauf, nicht so lange zu warten, bis es zu spät ist, um Rom verlassen zu können. Über all das müßt ihr in Ruhe nachdenken und mit euren Freunden sprechen. Sagt Philotimos, daß er das Haus zur Verteidigung herrichten und darauf achten soll, daß sich immer genug Menschen dort aufhalten. Sorgt dafür, daß ihr zuverlässige Kuriere habt, damit ihr mir jeden Tag Nachrichten schicken könnt. Und wenn ihr schließlich Wert auf meine Gesundheit legt, achtet auf die eure.«

Sie sehen, daß Pompejus flieht. Sie sehen, daß die Konsuln fliehen. Sie sehen, daß der Senat flieht. Cato flieht, Cicero flieht, alle Welt flieht.

Es ist allgemeine Panik ausgebrochen.

»Diese verlassene Stadt bot einen entsetzlichen Anblick«, sagt Plutarch, »diese Stadt, die in einem schrecklichen Unwetter wie ein Schiff ohne Kapitän durch diese Wogen des Schreckens und Entsetzens einem unbestimmten Ziel entgegenfuhr.«

Es ging bis zu Labienus, diesem Legaten Cäsars, diesem Mann, für den Cäsar sein Leben aufs Spiel gesetzt hatte, der Cäsars Heer verließ und mit den Römern floh, Cato traf, Cicero traf und Pompejus traf.

Wer sich die Straßen Italiens aus der Vogelperspektive ansah, hätte geglaubt, daß diese in Angst und Schrecken versetzte Bevölkerung vor der Pest floh.

Eine einzelne Tatsache vermittelt eine gute Vorstellung von dem Entsetzen, das in Rom herrschte.

Der Konsul Lentulus, der gekommen war, um Geld aus dem verborgenen Staatsschatz zu holen, der im Saturntempel hinterlegt war, hörte, als er gerade die Tür öffnete, die Menschen schreien, daß Cäsars Fußsoldaten zu sehen seien. Er floh so schnell, daß er vergaß, die Tür zu schließen, die er soeben geöffnet hatte, so daß Cäsar auf die Beschuldigung erwiderte, den Saturntempel aufgebrochen zu haben, um dort dreitausend Goldlivres herauszuholen – letzteres entsprach übrigens der Wahrheit:

»Bei Jupiter, ich brauchte sie nicht aufzubrechen, denn der Konsul Lentulus hatte so große Angst vor mir, daß er sie nicht wieder verschlossen hat.«

54

Aber es war keineswegs Cäsars Absicht, Italien in diesem Maße in Angst und Schrecken zu versetzen. Dieses Bild eines Banditen, dieser Ruf des Brandstifters und des Plünderers paßten überhaupt nicht zu ihm. Er mußte überdies die ehrenwerten Leute an sich binden. Dieses Ziel konnte er nur mit Hilfe von Güte erreichen.

Er schickte Labienus zunächst sein Geld und sein Gepäck.

Und als wollte er ihm seine Gleichgültigkeit beweisen, hatte er sich ihm nicht nur angeschlossen anstatt ihn zu bekämpfen, sondern ihm auch noch seinen Befehlshaber, Lucius Pupius, ausgeliefert, und Labienus schickte Lucius Pupius zurück, ohne ihm ein Leid anzutun.

Und weil Cäsar wußte, welch eine schreckliche Angst umging und Cicero sich veranlaßt sah wegzulaufen, schrieb er schließlich an Oppius und an Balbus mit dem Auftrag, Cicero zu schreiben:

Cäsar an Oppius und an Balbus.

»Ich schwöre Euch, daß ich mit lebhafter Freude in Euren Briefen die Zustimmung für das finde, was in Corfinium geschehen ist. Ich werde Euren Ratschlägen folgen. Das fällt mir um so leichter, da sie mit meinen Absichten übereinstimmen. Ja, ich werde so gnädig wie möglich sein und alles tun, um Pompejus zurückzuholen. Versuchen wir mit diesen Mitteln, die Herzen zu erobern und einen dauerhaften Sieg zu erringen. Diejenigen, die mir vorausgingen, konnten den Haß nur durch Grausamkeit vertreiben, doch sie verdankten dieser Grausamkeit keinen dauerhaften Sieg – natürlich mit Ausnahme von Sulla. Aber ich werde ihm nicht nacheifern. Suchen wir neue Wege, um zu siegen, und verlassen wir uns auf die Barmherzigkeit und die Großzügigkeit. Was müssen wir nun tun, um dieses Ziel zu erreichen? Ich habe schon einige Ideen, und ich hoffe, daß weitere hinzukommen werden. Ich bitte Euch, auch darüber nachzudenken.

Übrigens ist Gnaeus Magius, der Präfekt des Pompejus, von meinen Truppen überrascht worden. Ich habe ihm gegenüber so gehandelt, wie ich es für richtig hielt, das heißt, daß ich ihm sofort seine Freiheit geschenkt habe. Schon zwei andere Präfekten fielen in meine Hände. Sie sind von mir zurückgeschickt worden. Wenn sie mir ihre Dankbarkeit beweisen wollen, so drängen sie Pompejus eher dazu, mein Freund zu sein als der Freund meiner Feinde, der Freund derjenigen, deren Intrigen der Grund dafür sind, daß die Republik sich in diesem Zustand befindet.«

Und was tat Cäsar in Corfinium, was ihm die Zustimmung des Oppius und des Balbus einbrachte?

Cäsar belagerte Corfinium. Wie es schon vorgekommen ist, und wie es noch öfter vorkommen wird, lieferten die Einwohner die Stadt aus. Aber als sie Cäsar diese auslieferten, lieferten sie ihm auch Pompejus' Männer aus: Lentulus, nicht dieser Lentulus, der so schnell floh, daß er vergaß, die Tür des Tempels zu schließen, nein, dieser hier ist Lentulus Spincer, ein Freund des Cicero (Cicero wird noch in einem Brief an Cäsar über ihn sprechen), außerdem Domitius Ahenobarbus, ein Vorfahr des Nero, Vitellius Rufus, Quintilius Varus, Lucius Rubius und viele andere.

All diese Männer rechneten mit dem Tod. Sie waren so sehr darauf gefaßt, daß Domitius Gift verlangte und es schluckte. Glücklicherweise glaubte derjenige, an den er sich wandte, an Cäsars Gnade, und gab Domitius nur ein harmloses Getränk. Vergessen wir diesen Domitius nicht: Wenn man sein Verhalten auch entschuldigen kann, so bleibt er doch einer der großen Feinde Cäsars.

Da sie vermuteten, daß Cäsar den Traditionen des Bürgerkriegs treu blieb, glaubten sie, nicht entkommen zu können.

Marius und Sulla ließen eine große Anzahl erdrosseln, die es sicher weniger als sie verdient hatten.

Was tat Cäsar?

Er hielt eine kleine Rede, in der er zwei oder drei Freunden vorwarf, die Waffen gegen ihn gerichtet zu haben. Nachdem er sie vor den Schmähungen der Soldaten bewahrt hatte, schickte er sie wohlbehalten davon.

Er ging sogar noch weiter und gab Domitius einhunderttausend Goldphilippen zurück, die er bei den Magistraten hinterlegt hatte, obwohl er genau wußte, daß dieses Geld Domitius nicht gehörte, sondern daß es öffentliche Gelder waren, die man ihm gegeben hatte, um die Soldaten zu bezahlen, die gegen Cäsar marschieren sollten.

Das hatte Cäsar in Corfinium gemacht, und daher lobten ihn Oppius und Balbus, die er damit beauftragte, Cicero zu ihm zurückzuführen.

Und in der Tat schrieb Balbus an Cicero, gab ihm Cäsars Brief und beruhigte ihn. Und Cicero schrieb, daß er Cäsar kenne, daß Cäsar die Barmherzigkeit in Person sei, und daß er ihn niemals für fähig gehalten habe, Blut zu vergießen.

Nun schrieb Cäsar an Cicero:

Cäsar, Imperator, an Cicero, Imperator, Salve!
»Du hast dich keineswegs geirrt, und du kennst mich ausgezeichnet. Nichts liegt mir ferner als die Grausamkeit. Ich gebe zu, glücklich und stolz zu sein, daß du diese Meinung

über mich hast. Es heißt, daß die Männer, die ich wohlbehalten zurückgeschickt habe, ihre Freiheit nutzen wollen, die ich ihnen geschenkt habe, um die Waffen gegen mich zu erheben. So sei es! Sollen sie es nur tun. Ich werde mir treu bleiben; sollen sie sich treu bleiben. Aber bitte tu eines: Ich möchte dich so schnell wie möglich in Rom wissen, damit ich wie gewohnt auf deine Ratschläge zurückgreifen und in jeder Hinsicht von dir profitieren kann. Nichts ist mir lieber als dein treuer Dolabella. Sei dessen sicher. Ich verdanke ihm die Gunst, dich in meiner Nähe zu haben. Seine Menschlichkeit, sein gesunder Menschenverstand und seine Zuneigung zu mir bürgen dafür.«

Es gab große Vorurteile gegen Cäsar.

Die Partei, gegen die er marschierte, nannte sich die Partei der ehrenwerten Leute. Cäsar beschloß, ehrenwerter als die ehrenwerten Leute zu sein.

Die Aristokratie, die er bekämpfte, folgte dem alten Gesetz, dem Gesetz der Eumeniden, wie Aischylos sagt, dem Gesetz der Rache. Cäsar verkündete ein neues Gesetz, das Gesetz der Minerva, das Gesetz der Menschlichkeit.

War es ein Instinkt dieser Seele, »welcher«, sagt Sueton, »der Haß unbekannt war und die sich, wenn sie sich rächte, auf eine sehr gnädige Weise rächte?« War es Berechnung? Auf jeden Fall war es eine erhabene Berechnung, denn Cäsar wußte, daß er nach den Morden des Sulla und dem Gemetzel des Marius einen Überraschungssieg erringen mußte, indem er sich barmherzig zeigte.

Wir haben gesagt, wie die Menschen und sogar ganze Städte flohen. Aber das waren die Einwohner der Städte, die ziemlich weit entfernt lagen, so daß sie Zeit gehabt hatten zu fliehen. Cäsar legte eine solche Schnelligkeit an den Tag, daß die nächstgelegenen Städte ihn schon sahen, als die Nachricht von seinem Kommen eintraf.

Für diese gab es also keine Möglichkeit zu fliehen. Sie mußten bleiben und auf die Plünderung, die Feuersbrunst und den Tod warten.

Cäsar marschierte durch diese Städte und plünderte nicht, brannte nichts nieder und tötete niemanden.

Das war so neu, daß die Leute, denen er keinerlei Leid angetan hatte, ganz verwundert waren. Das war doch dieser Neffe des Marius, dieser Komplize des Catilina, dieser Anstifter des Clodius. Keine Plünderungen! Keine Feuersbrünste! Keine Folter! Wohingegen Pompejus, der Mann der Ordnung, der Moral und des Gesetzes jeden zu seinem Feind erklärte, der ihm nicht folgte, und allen mit Ächtung, der Rute und dem Galgen drohte.

Das waren keineswegs seine Feinde, die das berichteten, sonst wäre ich der erste, der sagen würde: Glauben Sie nicht an das Übel, das man dem Besiegten anlastet – besonders in Bürgerkriegen. Nein, das war Cicero.

Lesen sie das Folgende. Hier ist eine Kostprobe über das, was er uns über Pompejus' Pläne sagt:

»Ihr könnt Euch nicht vorstellen (er schreibt an Atticus), Ihr könnt Euch nicht vorstellen, in welchem Maße unserem werten Gnaeus daran liegt, ein zweiter Sulla zu sein. Ich spreche aus Erfahrung. Er hat seine Absichten übrigens niemals verheimlicht.

›Na und?‹ werdet Ihr sagen, ›Ihr wißt es doch, und Ihr bleibt, wo Ihr seid?‹

Gute Götter! Ihr solltet wohl wissen, daß ich nicht aus Sympathie, sondern aus Dankbarkeit bleibe.

›Ihr findet die Sache also nicht gut?‹ werdet Ihr fragen.

Ganz im Gegenteil, ich finde sie ausgezeichnet! Aber erinnert Ihr Euch daran, daß man sie mit scheußlichen Mitteln unterstützt?

Ihre Absicht ist zuallererst, Rom und Italien auszuhungern und dann alles zu verwüsten und niederzubrennen, und ich versichere Euch, sie werden keine Skrupel haben, den Reichen alles wegzunehmen.«

Da Cicero es sagt, wußte er es schon, und andere wußten es auch; die ganze Welt wußte es; dieser Haufen ruinierter Adeliger schrie es ganz laut heraus.

Warum sollte man übrigens daran zweifeln? War Pompejus nicht Sullas' Schüler?

Sobald die Bankiers, die Wucherer und die Geldmenschen glaubten, daß man ihnen ihre hübschen, kleinen Villen und ihre wertvollen Ecus ließ, vertrugen sie sich mit dem Anführer der Bettler.

Die Menschen flohen nicht mehr; die Türen wurden wieder geöffnet; zunächst sah man, wie Cäsar vorüberging, dann ging man ihm entgegen, und dann beeilte man sich, ihn zu treffen.

Erinnern Sie sich an Napoleons Rückkehr von der Insel Elba. Dieser Marsch Cäsars ähnelt ihr gewaltig.

Cicero schrieb auch dies an Atticus:

»Kein Millimeter Land in ganz Italien, dessen Herrscher er nicht ist. Von Pompejus kein Wort, aber falls er in diesem Moment nicht auf dem Meer ist, wird ihm jede Überfahrt versperrt sein.

Und von Cäsars Seite, o unglaubliche Geschwindigkeit! Während von unserer Seite ...

Aber es widerstrebt mir, denjenigen anzuklagen, dessen Gefahren meine Verzweiflung und meine Folter sind.«

Wenn Cicero – nachdem was wir gelesen haben – Pompejus nicht anklagt, was sagen dann diejenigen, die ihn anklagen?

Was ist inmitten all dieser Ereignisse aus Pompejus geworden? Was wird aus dem Mann, der alle Friedensbedingungen abgelehnt hat? Was wird aus dem selbstgefälligen Imperator, der – wie er sagte – nur mit dem Fuß auf den Boden stampfen muß, um Legionen hervorzuzaubern?

Niemand weiß etwas darüber, was aus Pompejus wird. Pompejus ist verschwunden, und er wird gesucht. Zehn Millionen Sesterzen für den, der den verlorengegangenen Pompejus findet.

Es gibt einen Mann, der wissen müßte, wo Pompejus ist.

Das ist Cicero.

Nun, Cicero, wo ist Pompejus? Ihr schreibt in dieser Sache im Februar des Jahres 49 v. Chr. an Atticus. Was sagt Ihr dazu?

»Es fehlte nur noch, daß Domitius von unserem Freund im Stich gelassen wird, so daß er gänzlich seine Ehre verliert. Man glaubt allgemein, daß er ihm zu Hilfe eilen wird. Ich zweifele daran.

›Was!‹ sagt Ihr, ›er läßt Domitius im Stich, einen Mann von dieser Bedeutung, dem dreißig Kohorten zur Verfügung stehen?‹

Ja. Er wird ihn im Stich lassen, mein werter Atticus, oder ich müßte mich gewaltig irren. Seine Angst ist unglaublich groß. Er denkt nur noch an Flucht!

Und das ist der Mann, in dessen Hände ich Eurer Meinung nach mein Schicksal legen soll. Ich weiß, daß das Euer Gedanke ist. Nun gut, ich weiß, von wem ich mich fernhalten muß. Unglücklicherweise weiß ich nicht, wem ich folgen soll.

Ihr behauptet, ich hätte ein denkwürdiges Wort gesprochen, als ich gesagt habe, daß es mir lieber sei, mit Pompejus besiegt zu werden als mit den anderen zu siegen.

Ja, aber mit dem Pompejus von damals, mit dem Pompejus,

wie er mir wenigstens erschien, nicht mit dem Pompejus, der flieht, ohne zu wissen, warum und wie, der das, was wir besaßen, ausgeliefert hat, der sein Vaterland verlassen hat und bereit ist, Italien zu verlassen. Habe ich es gesagt? Egal. Es ist schon geschehen. Ich bin besiegt.

Übrigens werde ich mich niemals daran gewöhnen, Dinge zu sehen, die ich nie für möglich gehalten habe, noch einem Mann zu folgen, der mich den Meinen entrissen und mich selbst entwurzelt hat.

Lebt wohl! Ich werde Euch genau berichten, was folgt.«

Wollen Sie wissen, was folgt? Lesen Sie:

Man hat Pompejus gefunden.

»Welch eine Schmach! Welch ein Unglück! Denn meiner Meinung nach liegt das Unglück nur in der Schmach. Er hat sich darin gefallen, Cäsar groß zu machen, und plötzlich fängt er an, ihn zu fürchten, und will um keinen Preis Frieden.

Aber man muß gleich dazu sagen, daß er rein gar nichts für den Krieg tut. Er hält sich außerhalb Roms auf. Er verliert Picenum aus eigener Schuld; er läßt sich in Apulien in die Enge treiben. Er wird nach Griechenland gehen; und kein Wort des Abschieds, an wen auch immer; kein Wort über seine so schwerwiegende und merkwürdige Entscheidung.

Aber nun schreibt ihm Domitius.

Er schreibt einen Brief an die Konsuln. Es sieht so aus, als erwache das Gefühl der Ehre wieder in ihm.

Ihr glaubt, daß der Held, der wieder zu sich gekommen ist, rufen wird:

›Ich weiß, was die Pflicht und die Ehre fordern. Was interessiert mich die Gefahr. Das Gesetz steht auf meiner Seite.‹

Lebewohl, du schöne Ehre! Der Held ist unterwegs. Er rettet sich und läuft nach Brundisium. Es wird behauptet, daß Domitius sich ihm und allen, die bei ihm sind, unterworfen habe.

O welch eine traurige Sache! Ich beende meinen Brief. Die Pein hindert mich daran, ihn fortzusetzen. Ich warte auf Eure Nachrichten.«

Wie sie sehen, ist Pompejus gefunden worden. Er flieht nach Brundisium.
Ja, in Brundisium ist er gut aufgehoben. Das ist der äußerste Zipfel Italiens. Und von dort schreibt er Cicero.

Gnaeus der Große, Prokonsul, an Cicero, Imperator!
»Ich habe Euren Brief erhalten. Wenn Ihr bei guter Gesundheit seid, beglückwünsche ich Euch. Ich habe in Euren Worten Eure alte Opferbereitschaft für die Republik erkannt. Die Konsuln haben das Heer wieder gesammelt, das ich in Apulien hatte. Ich beschwöre Euch, aufgrund Eures bewundernswerten Patriotismus, den Ihr immer bewiesen habt, zu uns zu kommen, damit wir gemeinsam beraten können, welches die besten Maßnahmen sind, die wir in dieser betrüblichen Situation ergreifen können, in der sich unsere Republik befindet.

Nehmt die Via Appia und kommt so schnell wie möglich nach Brundisium.«

Und er nennt sich weiterhin Gnaeus der Große!
Ich habe es Ihnen ja gesagt, werte Leser, daß Pompejus zu hoch eingeschätzt wurde.
Es versteht sich von selbst, daß Cicero nicht der einzige ist, der denkt und der sagt, daß Pompejus ein Dummkopf und ein Feigling sei.
Pompejus ein Feigling! Welche eine seltsame Wortverbindung! Aber was wollen Sie! Ich habe mich dazu verpflichtet, Ihnen die großen Männer im Schlafrock vorzustellen, und es ist bei den großen Männern wie mit dem Hasenpfeffer: Um Ihnen einen großen Mann zu zeigen, brauche ich auch einen großen Mann.
Diesmal ist es Caelius, der an Cicero schreibt:

»Sag mal ehrlich, hast du je einen dümmeren Mann als deinen Gnaeus Pompejus gesehen? Soviel Lärm und so eine gewaltige Erschütterung zu verursachen, um dann nur Dummheiten zu machen!

Und welch eine Tatkraft zeigt hingegen unser Cäsar, mein Lieber, und vor allem welch eine Zurückhaltung im Sieg! Hast du je etwas derartiges gelesen oder gehört? Was sagst du dazu? Daß man das gleiche auch von unseren Soldaten sagen kann, von unseren Soldaten, die in unzugänglichen, vereisten Gebieten während eines schrecklichen Winters einen Feldzug durchführen, als machten sie einen Spaziergang! Bei Jupiter! Das sind doch keine Soldaten!

Wie Ihr über mich spotten würdet, wenn Ihr wüßtest, was mich bei all diesem Ruhm im Innersten beunruhigt, von dem mir nichts zusteht. Das kann ich Euch nur persönlich sagen. Alles, was ich weiß, ist, daß es Cäsars Absicht ist, mich nach Rom zu rufen, sobald er Pompejus aus Italien vertrieben hat. Übrigens glaube ich, daß dies zu dieser Stunde geschehen ist, wenn es Pompejus nicht lieber ist, sich in Brundisium belagern zu lassen.

Gruß an Euren Sohn Cicero!«

Cäsar schreibt seinerseits wieder an Cicero. Von wo? Der Brief weist keine Ortsbezeichnung auf. Weiß Cäsar selbst, wo er ist? Er schreitet so schnell voran wie Pompejus flieht.

»Die Zeit eilt. Wir sind auf dem Vormarsch. Ich möchte jedoch Furnius nicht gehen lassen, ohne Euch ein Wort der Dankbarkeit zu schreiben. Um was ich Euch inständig bitte, um was ich Euch aus tiefstem Herzen bitte, ist, daß Ihr Euch nach Rom begebt. Ich werde bald dasein, hoffe ich. Möge das Schicksal es so einrichten, daß ich Euch sehen werde, um von Eurem Ansehen, Eurem Wissen, Eurer Position und allem, was Ihr schließlich tun könnt, zu profitieren!

Ich beende den Brief, wie ich ihn begonnen habe. Die Zeit

eilt. Verzeiht mir, wenn ich Euch nur diese Zeilen schreibe. Furnius wird Euch Einzelheiten mitteilen.«

Alle verlangen also nach Cicero. Pompejus will ihn dazu bewegen, daß er nach Brundisium kommt; Cäsar ruft ihn nach Rom. Auf wen wird er hören? Oh, wenn er es wagte, würde er Pompejus fallenlassen und zu Cäsar eilen!

»Oh, wenn ich nicht verpflichtet wäre«, sagt er, »aber ich habe Pompejus gegenüber so große Verpflichtungen, daß ich selbst den Schatten der Undankbarkeit nicht ertragen könnte.«

Er antwortet Cäsar:

Cicero, Imperator, an Cäsar, Imperator, Salve!
»Ich habe den Brief gelesen, mit dem du unseren Furnius beauftragt hast und in dem du mich verpflichtest, nach Rom zu kommen.

Du sprichst davon, von meinem Wissen und meiner Position profitieren zu wollen.

Aber du fügst hinzu: von meinem Ansehen und von allem, was ich tun kann.

Das hier ist eine andere Sache, und ich frage mich, welchen Wert du deinen Worten beimißt.

Natürlich denke ich, daß deine tiefe Weisheit dir nur Gefühle des Friedens, der Schonung und der Eintracht für deine Mitbürger eingeben kann.

Wenn das so ist, Cäsar, dann hast du recht, an mich zu denken, und ich bin der Mann, den du aufgrund meiner Position und meines Charakters brauchst.

Wenn mich also mein Gefühl nicht täuscht, wenn du Pompejus gegenüber ein gewisses Wohlwollen hegst, wenn es irgendwie dein Wunsch sein sollte, daß er zu dir und zur Republik zurückkehrt, wirst du nirgends einen besseren Vermittler finden als mich, der ihm wie auch dem Senat – wenn es mir immer möglich war – zu jeder Zeit nur gute Ratschläge gegeben hat. Als der Krieg ausgerufen wurde, habe ich keine aktive Rolle übernommen, mich aber keineswegs auf eine einfache Kundgebung meiner Meinung in diesem Punkt beschränkt, sondern mich bemüht, die anderen dahin zu führen, diese mit mir zu teilen.

Ich muß dir gestehen, Cäsar, daß ich heute nicht gleichgültig der Herabwürdigung des Pompejus zusehen kann, da ich ihn und dich seit einigen Jahren zu meinen Idolen erhoben und ihm und dir eine tiefe Freundschaft geschworen habe.

Ich knie flehentlich vor dir nieder und bitte dich, Cäsar, wende dich einen Moment von den Sorgen ab, die dich beschäftigen, und berücksichtige, daß es mir erlaubt sein muß, mich in Erinnerung an die größten Dienste, die mir je erwiesen wurden, loyal, dankbar und letztendlich treu zu zeigen. Schone also den einzigen Mann, der als Vermittler zwischen dir und ihm, zwischen euch beiden und unseren Mitbürgern dienen könnte.

Ich habe dir schon gedankt, daß du das Leben des Lentulus geschont und für ihn das getan hast, was er für mich getan hat. Aber seitdem er mir diesen Brief im Überschwang seiner Dankbarkeit geschrieben hat, scheint es mir, als teilte ich mit ihm diese Wohltat.

Wenn meine Dankbarkeit in bezug auf Lentulus so groß ist, so flehe ich dich an, dafür so sorgen, daß ich dir die gleiche Dankbarkeit in bezug auf Pompejus zollen kann.«

Sie sehen das Gute, das Ciceros Charakter birgt. Aber all das führt zu nichts.

»Komme als Vermittler«, sagt Cäsar.

»Hätte ich Handlungsfreiheit?« fragt Cicero.

»Ich behaupte nicht, dir deine Rolle aufzuzwingen«, antwortet Cäsar.

»Laß es dir gesagt sein«, beharrt Cicero, »daß ich den Senat bedrängen werde, dich daran zu hindern, nach Spanien zu gehen und den Krieg nach Griechenland zu tragen, sollte ich nach Rom kommen. Überdies solltest du wissen, daß ich mich unaufhörlich über dich beklagen und mich zugunsten von Pompejus aussprechen werde.«

»Dann komme nicht«, erwidert Cäsar.

Und in der Tat bleibt Cicero in Formiae – bis zum nächsten Befehl wenigstens.

Doch hier in Formiae ist Cicero sehr beunruhigt, da er ein Schreiben von Balbus erhält.

Kommen Ihnen all diese kleinen morgendlichen Billetts nicht wie eine antike Fronde vor, die ernster ist als die des 17. Jahrhunderts? Anstatt von Monsieur de La Rochefoucauld und vom Kardinal de Retz stammen diese von Pompejus und von Cäsar.

Cicero erhält also diese kurze Mitteilung:

Balbus an Cicero, Imperator, Salve!
»Ich habe von Cäsar einen kurzen Brief erhalten, von dem ich dir eine Kopie schicke. Aufgrund seiner Kürze wirst du erkennen, ob seine Zeit knapp ist, da er in bezug auf Dinge von einer solchen Bedeutung so kurz angebunden ist.

Wenn etwas Neues passiert, werde ich dir sofort schreiben.«

Cäsar an Oppius und an Cornelius Balbus.
»Ich bin im März am 7. der Iden im Morgengrauen in Brundisium angekommen und habe meine Vorbereitungen getroffen. Pompejus ist in Brundisium. Er hat mir Magius geschickt, um über Frieden zu verhandeln. Ihr werdet sehen, was ich ihm geantwortet habe. Ich wollte keine Zeit verlieren und Euch benachrichtigen. Sobald ich Hoffnung auf eine Einigung habe, werde ich es Euch wissen lassen.«

»Mein lieber Cicero, verstehst du nun meine Ängste. Es ist das zweite Mal, daß man mir Hoffnung auf Frieden macht und ich zittere, weil ich diese Hoffnung schwinden sehe. Unglücklicherweise bin ich abwesend, und ich kann nur Wünsche äußern, und ich äußere sehr ernste. Wenn ich da wäre, könnte ich vielleicht etwas tun. Und nun muß ich das Kreuz des Wartens ertragen.«

Darum geht es also in den Billetts. Kommen wir wieder zur Sache. Cäsar marschiert mit seiner gewohnten Schnelligkeit. Nachdem er Corfinium eingenommen hat, unser heutiges San Perino, das einige Historiker fälschlicherweise mit Korfu (Kerkyra) verwechseln, nachdem er sich von Domitius' und Lentulus Spincers Anwesenheit überzeugt hat, die er in besonderem Maße für gefährdet hält, folgt er dem Ufer der Adria.

Cäsar, der den Krieg in Gallien geführt hat, stehen nur die Schiffe zur Verfügung, mit denen er nach Britannien übergesetzt hat. Er hatte jedoch nicht die Zeit, sie durch die Meerenge von Cadiz zu führen, um sie im Adriatischen Meer zur Hand zu haben.

Cäsar folgt also dem Ufer des Meeres und erreicht Brundisium.

Magius, der Intendant des Hauses des Pompejus, geht ihm entgegen. Cäsar trifft ihn unterwegs und schickt ihn zu seinem Herrn zurück.

Magius hat den Auftrag, Pompejus zu sagen:

»Cäsar kommt: Er sagt, daß es im Interesse der Republik liege, daß Ihr ein Gespräch führt, jedoch allein und ohne Zeugen. Aus der Ferne und über Mittelsmänner geführt, wird sich nichts regeln lassen.«

Cäsar spielt auf dieses von ihm verlangte Gespräch an, als er an Balbus schreibt: »Er hat mir Magius geschickt, um über Frieden zu verhandeln.«

Cäsar hatte sechs Legionen bei sich, von denen zwei unterwegs neu gebildet wurden, sechs Legionen, das heißt ungefähr vierzigtausend Mann. Man sieht, daß seine fünftausend Fußsoldaten und seine dreihundert Reiter sich lawinenartig vermehrt haben.

Auch Napoleon bricht mit fünfhundert Mann von der Insel Elba auf, einem Zehntel der Soldaten, die Cäsar folgen. Auch er wurde in seiner Zeit von Männern wie Lentulus als Bandit beschimpft. Auch er kommt schließlich mit einem Heer in den Tuilerien an.

Nun beginnt die Belagerung, eine dieser gewaltigen Belagerungen Cäsars, die der Belagerung von La Rochelle im Jahre 1628 durch den Kardinal Richelieu ähnelt.

Hören Sie sich das genau an:

Cäsar beschließt, den Hafen von Brundisium zu schließen. Er beginnt am schmalsten Zugang zum Hafen mit dem Bau eines Deiches. Aber die Wassertiefe hindert ihn daran, sein Werk fortzusetzen, und daher baut er dreißig Quadratfuß große Flöße. Mit diesen Flößen, die er an dem schon begonnenen Bauwerk befestigt, schließt er den Hafen. Damit die Flöße nicht vom Aufprall der Wogen erschüttert werden, befestigt er sie an den vier Ecken mit Ankern. Um sie zu verteidigen, setzt er hinter die erste eine zweite Reihe, die der ersten genau gleicht. Er bedeckt sie mit Erde und Faschinen, um dort bequemer hin und her gehen zu können. Die Flöße werden mit Brustwehren und Flechtwerk an den Seiten und an der Vorderseite ausgerüstet. Schließlich baut er dort zweistöckige Türme, um sie vor dem Aufprall der Schiffe und dem Feuer zu sichern.

Dem setzt Pompejus große Frachtschiffe entgegen, derer er sich im Hafen bemächtigt hat, und baut auf diesen Schiffen dreistöckige Türme, die er mit Kriegsmaschinen und allen Arten von Wurfspießen ausrüstet. Dann prallt er mit den Schiffen gegen die Flöße, um diese zu versenken.

Nun kämpfen die Riesen im Nahkampf gegeneinander, und jeden Tag beginnt der Kampf von neuem.

Cäsar will jedoch bis zum Schluß die Vorgehensweise bestimmen.

Er schickt Pompejus einen seiner Legaten, Caninus Rebilus. Rebilus hat von Cäsar den Auftrag, um eine Unterredung mit Pompejus zu bitten. Pompejus sollen bei der Unterredung alle Ehren erwiesen werden. Cäsar gibt sein Wort.

Pompejus sagt, daß er in Abwesenheit der Konsuln nichts unternehmen könne.

In der Tat sind die Konsuln in Dyrrachium.

Das ist eine Ausflucht. Cäsar versteht das ganz richtig.

Er setzt seine Belagerung fort.

Nach neun Tagen kehren die Schiffe, welche die Konsuln und einen Teil des Heeres nach Dyrrachium transportiert haben, ohne Heer und ohne Konsuln nach Brundisium zurück.

Sie wollen Pompejus und seine zwanzig Kohorten abholen.

Pompejus bereitet sich auf die Flucht vor.

Er verbarrikadiert die Stadttore, die Plätze und die Kreuzungen. Er versperrt die Straßen mit gewaltigen Gräben und bestückt diese Gräben mit Pfählen. Anschließend bedeckt er diese Konstruktion mit Flechtwerk, auf das er Erde und Sand streut. Das sind richtige Fallgruben, in die Cäsars Soldaten hineinstürzen sollen.

Nachdem er rund um die Stadtmauer Schützen aufgestellt hat, schifft er eines Nachts schließlich, geräuschlos, seine Soldaten ein, läßt die Boote zurück, um auch die Schützen an Bord zu nehmen, setzt um Mitternacht die Segel, erzwingt die Durchfahrt, segelt davon und läßt nur zwei Schiffe mit Soldaten zurück, die auf den Deich auflaufen.

Aber kaum sind Pompejus und seine Männer aufgebrochen, kaum sind die Schützen, welche die Stadtmauer bewacht haben, eingeschifft, als die Einwohner von Brundisium oben aus ihren Häusern laut schreiend nach Cäsar rufen und seine Soldaten herbeiwinken.

Cäsar ist sofort im Bilde und eilt zu den Stadttoren, welche die Einwohner von innen einschlagen, während die Soldaten sie von außen aufbrechen. Er will schon durch die Straßen laufen, um Pompejus' Verfolgung aufzunehmen, als die Einwohner ihn vor den Fallgruben warnen, die Pompejus in den Straßen errichtet hat.

Gezwungenermaßen macht Cäsar einen großen Umweg, geht um die ganze Stadt herum, erreicht die versperrten Deiche und sieht in der Ferne all die Schiffe, die über das Meer fliehen.

Das war der sechzigste Tag nach der Überquerung des Rubikon.

Nun bleibt er einen Moment nachdenklich stehen.

Wird er versuchen, Pompejus zu verfolgen?

Das ist unmöglich. Cäsar hat keine Schiffe. Übrigens liegt Pompejus' Stärke nicht auf diesem Gebiet. Pompejus' Stärke liegt in Spanien, wo seine besten Truppen sind. Spanien, das ist Pompejus' Zitadelle.

Cäsar sagt nun eines dieser Worte, die geniale Männer zu sagen pflegen und die eine ganze Situation zusammenfassen:

»Also werden wir gegen ein Heer ohne General kämpfen und zurückkehren, um einen General ohne Heer zu bekämpfen.«

Einige Tage nach Cäsars Einmarsch in Brundisium erhält Cicero diesen Brief:

Maetius und Trebatius an Cicero, Imperator, Salve!

»Nachdem wir Capua verließen, erfuhren wir unterwegs, daß Pompejus sich Mitte März mit seinen Truppen eingeschifft hat.

Cäsar marschierte am nächsten Tag in die Stadt ein. Er hielt eine Rede ans Volk und brach im gleichen Augenblick nach Rom auf. Möglicherweise kommt er dort noch vor den Kalenden an. Er will sich nur kurze Zeit dort aufhalten. Von Rom wird er nach Spanien marschieren. Wir glauben, daß es gut ist, wenn wir Euch über Cäsars Ankunft unterrichten, und darum schicken wir Euch Eure Sklaven zurück.

Wir erfahren in diesem Augenblick, daß Cäsar Ende März in Benevent und kurz darauf in Sinuessa lagern wird.

Wir halten die Sache für sicher.«

Cäsar folgt tatsächlich dem angegebenen Weg und marschiert in Rom ein.

In Rom ist alles ruhig. Es ist so ruhig, sagt Cicero, daß die ehrenwerten Leute wieder angefangen haben, *Wucher zu betreiben.*

In der Tat ein großer Beweis für die Ruhe!

Wie Napoleon Frankreich durchquert, als er von Cannes nach Paris marschiert, ohne einen Schuß abzugeben, so durchquert Cäsar ganz Italien von Rennes bis Brundisium und von Brundisium bis Rom, ohne einen Tropfen Blut zu vergießen.

Vergleichen Sie nun diesen Einmarsch in Rom mit dem Einmarsch des Marius und des Sulla!

Zu dieser Stunde beginnt für Cäsar eine neue Ära, die Ära, die soeben unglücklicherweise Pompejus hinter sich gebracht hat, die Ära, in der die Männer das wahre Ausmaß ihrer Größe beweisen: die Ära der Diktatur!

56

Als Cäsar in Rom ankommt, ist seine erste Sorge, dem Senat den Befehl zu erteilen, sich zu versammeln.

Der Senat versammelt sich.

Cäsar erscheint hier nicht wie Ludwig XIV., der das Parlament seinerzeit mit einer Peitsche in der Hand betrat, sondern ruhig und ohne Anzeichen von Demut oder Stolz zu zeigen.

Er läßt seine Truppen in der Umgebung Quartier beziehen und betritt Rom fast allein.

Cäsar legt nicht die Allüren eines Diktators an den Tag. Auch hat er nicht die Haltung eines Bittstellers. Er sieht aus wie ein Mann, der glaubt, das Recht auf seiner Seite zu haben.

Aus moralischer Sicht ist das Cäsars 18. Brumaire.

Er legt den Senatoren seine Argumente dar: Er hat niemals

nach irgendeinem Amt getrachtet, dessen Tür einem römischen Bürger nicht offensteht, stets die vom Gesetz vorgeschriebene Zeit gewartet, um ein neues Konsulat anzustreben, und das Volk hat trotz der Opposition seiner Feinde und des Gezeters des Cato entschieden, daß er sich bewerben kann, auch wenn er abwesend ist.

Er spricht von seiner Mäßigung und seiner Geduld. Er bittet, man möge sich daran erinnern, daß er angeboten habe, seine Truppen zu entlassen, wenn es Pompejus ebenso gemacht hätte. Er beweist die Ungerechtigkeit seiner Feinde, die ihm Gesetze aufzwingen wollen, die sie für sich selbst nicht anerkennen. Er beschuldigt sie, daß es ihnen lieber sei, Italien in Schutt und Asche zu legen, als die geringste Einschränkung ihrer Macht zu erdulden. Er wirft ihnen vor, daß er zwei seiner Legionen zurückschicken mußte. Er erinnert an die Gewalt gegen die Tribune Marcus Antonius und Quintus Cassius, die sich gezwungen sahen, Rom in Sklavengewändern zu verlassen, um sich unter seinen Schutz zu stellen. Er erinnert an seine Hartnäckigkeit gegenüber Pompejus, um eine Unterredung mit ihm herbeizuführen und alles freundschaftlich und ohne Blutvergießen zu regeln. Er bittet den Senat in Anbetracht all dieser Punkte, mit ihm gemeinsam über die Angelegenheiten der Republik zu wachen, fügt jedoch hinzu, daß er, falls der Senat ihm seine Hilfe verweigere, die Sorge um die Republik allein übernehmen werde, und daß er glaube, daß es für ihn viel leichter sei, auf den Senat zu verzichten, als für den Senat, auf ihn zu verzichten. Alles in allem läßt er trotz all dieser gemäßigten Worte keinen Zweifel daran, daß er allein der Herrscher ist.

Trotzdem schlägt er vor, eine Abordnung an Pompejus zu entsenden, die diesem ein neues Arrangement anbieten soll.

Cäsars Rede findet große Zustimmung und wird sogar mit lautem Beifall begrüßt.

Aber als es darum geht, die Abgesandten zu benennen, will sich niemand finden lassen.

Pompejus hat im Senat laut verkündet:

»Ich mache keinen Unterschied zwischen denen, die in Rom bleiben und denen, die Cäsars Partei folgen.«

Cäsar bleibt in seiner Äußerung gemäßigter. Er verkündet, daß er jeden als seinen Freund ansehe, der keinen Krieg gegen ihn führe.

Drei Tage vergehen mit Verhandlungen, ohne daß etwas erreicht wird.

Am dritten Tag nimmt Cäsar von seinem Vorschlag Abstand. Vielleicht ist er erleichtert, daß er all diese Angsthasen zu keiner Entscheidung verleiten konnte.

Cäsars Milde, die in ähnlichen Situationen ungewöhnlich, unbekannt und unglaublich scheint und für die man ein politisches Motiv sucht – denn der einzig wahre Grund, daß diese Milde ein Charakterzug Cäsars ist, wird übersehen –, verleiht seinen Feinden während dieser Zeit Mut.

Daraus folgt, daß sich in dem Moment, als er nach Spanien aufbricht und der Staatskasse das Geld entnehmen will, das er für seinen Feldzug braucht, der Tribun Metellus widersetzt.

»Und warum?« fragt Cäsar.

»Weil es das Gesetz verbietet«, antwortet Metellus.

Cäsar zuckt die Schultern.

»Tribun«, sagt er zu ihm, »du solltest wissen, daß die Zeit der Waffen, nicht die der Gesetze ist. Wenn du es nicht ertragen kannst, was ich tun werde, so geh mir aus dem Weg. Der Krieg erlaubt diese Freiheit des Wortes nicht. Wenn ich die Waffen niedergelegt haben werde und eine Übereinkunft erreicht sein wird, kannst du plaudern, wie es dir beliebt. Ich sage dir das gütigerweise, Tribun, verstehst du? Denn ich bin kraft des Gesetzes des Stärkeren hier, und du und all jene, die hier sind, gehören mir. Ich kann mit euch machen, was ich will, weil ihr alles in allem letztendlich meine Gefangenen seid.«

Und als Metellus seine Stimme erheben will, sagt Cäsar zu ihm:

»Sei auf der Hut, denn es wäre für mich weniger schwierig, dich töten zu lassen als dir zu sagen, daß ich es tun werde.«

Metellus will nichts mehr hören. Er zieht sich zurück.

Cäsar betritt den Saturntempel, findet den geöffneten Tresor – wir erinnern uns, daß der Konsul Lentulus so schnell floh, daß er nicht mehr die Zeit hatte, ihn zu schließen –, und entnimmt ihm problemlos das Geld, das er braucht, um den Krieg zu führen: Sueton spricht von dreitausend Goldlivres.

Kurz bevor er nach Spanien aufbricht, um dort Afranius, Petreius und Varro zu bekämpfen, die drei Legaten des Pompejus, wirft er noch einen letzten Blick um sich.

Und das sieht er:

Cotta hält Sardinien, Cato Sizilien und Tubero Afrika.

Er gibt Valerius den Befehl, Sardinien mit einer Legion in seine Gewalt zu bringen. Curio erhält den Befehl, mit zwei Legionen nach Sizilien zu gehen, und wenn er Sizilien erobert hat, soll er in Afrika auf ihn warten.

Pompejus ist in Dyrrachium.

Wir wollen schnell sagen, daß Dyrrachium Durazzo ist.

Dort sammelt er ein Heer und eine Flotte. Später werden wir noch genau auf die Stärke dieser Flotte und dieses Heeres eingehen.

Valerius bricht nach Sardinien auf.

Noch ehe er sich eingeschifft hat, haben die Sarden Cotta verjagt.

Dieser flüchtet nach Afrika.

Und Cato ist in Syrakus.

Dort erfährt er, daß Asinius Pollio, einer von Cäsars Legaten, soeben in Messina angekommen ist.

Asinius Pollio kommandiert die Vorhut des Curio.

Cato, der bisher noch nichts Genaues über die Ereignisse in Brundisium weiß, schickt einen Abgesandten zu ihm, um Aufklärung über die Situation zu verlangen.

Asinius Pollio teilt ihm mit, daß Pompejus in Dyrrachium sei und ratlos abwarte.

»Wie dunkel und undurchdringlich die Wege der göttlichen Vorsehung doch sind«, ruft Cato. »Als Pompejus ohne Vernunft und Gerechtigkeit handelte, war er immer unbesiegbar, und heute, da er sein Vaterland retten will und für die Freiheit kämpft, läßt ihn der Erfolg im Stich.«

Dann geht er in sich:

»Ich habe genug Soldaten«, sagt er, »um Asinius aus Sizilien zu vertreiben, aber auf ihn wartet ein Heer, das größer ist als das Heer, das er schon hat. Ich will die Insel nicht ruinieren, indem ich den Krieg im Schoße Siziliens austrage.«

Man möge uns den pompösen Stil verzeihen. Immer wenn wir Plutarch zitieren, zitieren wir einen Griechen, und zwar einen Griechen aus spätrömischer Zeit, als das Reich langsam dem Verfall entgegenging.

Kommen wir auf Cato zurück.

Er rät den Bewohnern von Syrakus, sich der Partei des Stärkeren zuzuwenden, und schifft sich ein, um in Dyrrachium zu Pompejus zu stoßen.

Und Cicero ist noch immer in Italien. Es kostet ihn unglaubliche Mühe, sich zu entscheiden. Er kehrt nicht nach Rom zurück, um sich Cäsar anzuschließen; er geht nicht nach Dyrrachium, um sich Pompejus anzuschließen.

Er ist in Cumae und will sich soeben einschiffen. Er schifft sich jedoch nicht ein – weil der Wind ungünstig sei, sagt er.

Am gleichen Tag, wahrscheinlich am 1. Mai, erhält er die folgenden beiden Briefe. Einer ist von Antonius. Wir kennen ja bereits die Gründe, warum Antonius und Cicero sich so verhaßt sind. Der andere Brief stammt von Cäsar.

Hier ist der erste:

Antonius, Volkstribun und Proprätor, an Cicero, Imperator, Salve!

»Wenn ich dich nicht liebte, und das vielmehr, als du glauben willst, würde ich mich nicht um die Gerüchte kümmern, die hier in Umlauf sind und die ich für vollkommen falsch halte. Aber je mehr ich dir verbunden bin, desto mehr habe ich das Recht, mich um ein Gerücht zu kümmern, wenn es auch jeder Grundlage entbehrt.

Du wirst das Meer überqueren, du, dem dein Dolabella und deine Tullia so teuer sind, du, der du uns so teuer bist, daß uns – und das schwöre ich dir bei Herkules – deine Ehre und dein Ansehen ebenso angehen wie dich selbst.

Es liegt mir daran, dich davon zu überzeugen, daß es außer Cäsar niemanden gibt, für den ich mehr Zuneigung empfinde als für dich, und daß es meines Wissens niemanden gibt, auf dessen Opferbereitschaft Cäsar mehr zählt als auf die deine.

Ich flehe dich daher an, mein werter Cicero, keine Schritte zu unternehmen, durch die du dich bindest. Hüte dich vor dem, der schon so undankbar gegen dich war, und um diesem Undankbaren zu folgen, fliehe nicht wie ein Feind vor dem Mann, der dich, obwohl er dich keineswegs liebt, noch immer mächtig und geehrt sehen will, weil er so große Stücke auf dich hält.

Ich schicke dir diesen Brief über meinen treuen Freund Calpurnius, damit du weißt, in welchem Maße mir alles am Herzen liegt, was mit deinem Heil und deiner Ehre zu tun hat.«

Wir haben schon gesagt, daß Cicero am gleichen Tag einen zweiten Brief von Cäsar erhielt, und diesen bringt ihm Philotimos.

Cäsar, Imperator, an Cicero, Imperator, Salve! 17. April
»Es gibt nichts zu fürchten, nicht wahr? Und du bist keineswegs der Mann, der etwas Unbesonnenes tut. Beunruhigt durch einige Gerüchte, halte ich es dennoch für angebracht, dir zu schreiben. Ich bitte dich im Namen unserer Freundschaft, dich nicht einer verlorenen Sache zu verschreiben. Du warst nicht für diese Sache, als es gut um diese stand. Wenn du dich weigerst, dich auf die Seite des Glücks zu stellen,

hieße das nicht nur, unsere Freundschaft zu verraten, sondern sogar dir selbst Unrecht zuzufügen. Ist uns denn nicht alles gelungen? Und war im Falle unserer Freundschaft nicht alles gegen sie? Du solltest nicht einer Sache folgen, welche die gleiche ist wie die, an deren Beratungen du nicht teilnehmen wolltest. Es sieht so aus, als ob ich, ohne es zu ahnen, etwas Verwerfliches getan habe, denn nichts, was du gegen mich unternehmen könntest, wäre schlimmer, als etwas für meinen Feind zu tun. Hüte dich also, Italien zu verlassen! Ich appelliere an deine Freundschaft. Ich glaube, ich habe das Recht dazu. Ist Neutralität überdies nicht unter den gegebenen Umständen die Haltung, die für einen ehrenwerten, friedfertigen Mann, für einen guten Bürger angemessen erscheint? Einige Männer, die auch so denken, sind aus Furcht und Zweifel in bezug auf meine Person aus der Bahn geworfen worden, aber du, der du mein ganzes Leben kennst, der sich alle Dinge, die ich getan habe, vor Augen führen kann, der meine Freundschaft kennt, sag, was kannst du Besseres tun, als dich aus der Sache herauszuhalten? Auf nach Rom!«

Mit all diesen inständigen Bitten gelangte er jedoch nicht ans Ziel. Cicero bricht Anfang Juni in Cumae auf, und am 11. schreibt er vom Hafen in Gaeta an seine Frau Terentia, daß ein starkes Erbrechen von Galle die Unpäßlichkeit beendet habe, die ihn an Land festgenagelt hatte, und er bitte sie als fromme und gläubige Frau, die sie sei, Apoll und Äskulap ein Opfer darzubringen.

Welch eine Angst hat der arme Cicero, sich auf diese Sache einzulassen, wenn er sich genausowenig zwischen Apoll und Äskulap wie zwischen Cäsar und Pompejus entscheiden kann!

Die ersten Nachrichten, die es von ihm nach diesem Brief gibt, kommen im Februar des Jahres 47 v. Chr. aus Epirus. Ciceros sechzigstes Lebensjahr beginnt.

Folgen wir Cäsar nach Spanien. Seien Sie unbesorgt, denn ein oder zwei Kapitel werden uns für den ganzen Krieg genügen. Es stimmt, daß der Feldzug nicht lange dauerte. Er dauerte genau sechs Wochen, glaube ich.

Cäsar überquerte zuerst die Alpen.

Der gleiche Domitius Ahenobarbus, der sich in Corfinium vergiften wollte und dem Cäsar das Leben und die Freiheit schenkte, eilte sofort zu Pompejus, wie es Cäsar in seinem Brief an Cicero vorhergesehen hatte. Dann beschaffte er sich sieben Brigantinen, brachte Männer aus seiner Provinz an Bord und nahm mit ihnen Kurs auf Marseille.

Pompejus schickte seinerseits, ehe er Rom verließ, einige junge Männer aus Marseille zu ihren Familien zurück, die unter seinem Patronat in Rom ihre Studien beendet hatten, und beauftragte sie damit, ihren Eltern zu sagen, daß er sie bitte, sich an die Verpflichtungen zu erinnern, die sie ihm gegenüber hätten, und keineswegs die neuen Gunstbeweise den alten vorzuziehen.

Diese zwei Dinge führten dazu, daß die Stadt Marseille Cäsar feindlich gesinnt war. Marseille ließ daher einige kräftige Burschen aus den Bergen in die Stadt kommen, füllte ihre Kornspeicher mit Getreide vom Lande und aus den benachbarten Festungen, errichtete Werkstätten, um Waffen zu schmieden, überholte die Schiffe, besserte die Breschen und Stadtmauern aus und schloß schließlich ihre Tore vor Cäsar.

Cäsar hatte nicht die Zeit, die Stadt zu belagern.

Er rief die fünfzehn einflußreichsten Einwohner der Stadt zu sich, beschwor sie, nicht die ersten zu sein, die ihm den Krieg erklärten, und ermahnte sie, dem Beispiel Italiens zu folgen, das sich nicht nur unterworfen, sondern sich sogar an seine Seite gestellt habe. Er wartete auf ihre Antwort.

Sie kamen zurück und sagten, Marseille habe erfahren, daß

Italien in zwei große Parteien zersplittert sei, und zwar die von Cäsar und die von Pompejus, und daß Marseille, eine griechische Stadt, bitte, neutral bleiben zu dürfen.

Da sie ihre Neutralität jedoch nicht beweisen, indem sie Domitius und seine Männer in ihren Stadtmauern empfangen, errichtet Cäsar seine Türme und Sturmdächer und läßt in Arles zwölf Galeeren bauen, die innerhalb von dreißig Tagen fertiggestellt und ausgerüstet sind; und nachdem diese an Ort und Stelle sind, übergibt er Tribonius den Befehl über die Belagerung und Decimus Brutus den über die Flotte. Dieser ist nicht mit Marcus Brutus, seinem Cousin, zu verwechseln: Alle beide werden Cäsar ermorden, aber das ist noch lange kein Grund, um einen Mörder mit dem anderen zu verwechseln. Anschließend erhält Fabius den Befehl, sich mit drei Legionen, die in Narbonne überwintert haben, auf den Weg zu machen, um den Übergang über die Pyrenäen, der von Afranius versperrt wird, zu erkämpfen. Die anderen Legionen erhalten den Befehl, sich ihm anzuschließen und mit ihm der Vorhut zu folgen.

Die drei Legaten des Pompejus halten Spanien, das so unter ihnen aufgeteilt ist:

Afranius herrscht über Hispania Citerior, Petreius über die Estremadura und Portugal und Varro über das übrige Gebiet vom Wald von Cafione bis an den Guadiana.

Als sich Cäsar nähert, verbünden sich Petreius und Afranius. Sie lagern in der Nähe von Lerida.

Sie haben fünf Legionen, achtzig Kohorten von Fußsoldaten und fünftausend Reiter.

Fabius, Cäsars Legat, hat seinerseits sechs Legionen und dreitausend Reiter.

Außerdem beschafft Cäsar in Gallien, während er auf den Feind zumarschiert, dreitausend Reiter und viele Kämpfer aus der Gascogne sowie dem Baskenland, sehr gute Soldaten, besonders für die Art von Krieg, die er führen wird.

Es geht das Gerücht um, daß Pompejus über Afrika komme

und unverzüglich mit einem Heer in Spanien sein werde. Das ist sehr wahrscheinlich. Das Gegenteil erscheint sogar unmöglich.

Entweder fehlt es Cäsar an Bargeld, wie man heute sagen würde, oder er will die Befehlshaber seines Heeres an sein eigenes Geschick binden, auf jeden Fall versammelt er seine Offiziere, leiht sich von ihnen alles Geld, das sie nicht unbedingt für ihre persönlichen Ausgaben brauchen, und bezahlt mit diesem Geld seine Soldaten.

Cäsar dringt über Perpignan, Mont-Louis und Puycerda in Spanien ein. Wir bedienen uns hier der modernen Namen, damit es verständlicher ist und man uns, wenn unsere Leser Lust dazu haben, auf jeder Landkarte folgen kann.

Er trifft Fabius am Segre (Sicoris). Der Segre entspringt in den Bergen, die das Andorratal umschließen, fließt nach Südwesten und mündet in Balaguer in den Rio Noguera – wodurch sich hier auch der Name des Segre verliert –, fließt weiter nach Lerida und mündet dann in Mequinenza in den Ebro.

Fabius schlägt zwei Brücken über den Segre, die eine Meile voneinander entfernt liegen. Diese Brücken dienen den Furagierern als Übergang; das Land, das man durchquert, um hierherzugelangen, ist vollkommen zerstört.

Eine der Brücken stürzt unter der Last eines Konvois ein.

Das geschieht genau zwei Tage vor Cäsars Ankunft.

Afranius und Petreius, die den Flußlauf halten, erfahren von dem Einsturz, als sie sehen, daß der Fluß Trümmer mitführt. Sie greifen Cäsars Soldaten sofort an.

Plancus, der den Konvoi befehligt und durch den Einsturz der Brücke von Fabius' Lager abgeschnitten ist, zieht sich auf eine Anhöhe zurück und verteidigt sich nach zwei Seiten.

Während des Kampfes sieht man in der Ferne die Standarten von zwei Legionen blitzen.

Das ist Fabius, der Plancus zu Hilfe eilt.

Er hat die zweite Brücke überquert.

Afranius zieht sich zurück.

Wie wir schon gesagt haben, kommt Cäsar zwei Tage später mit einer Eskorte von neunhundert Reitern an.

Die Brücke ist in der Nacht vor seiner Ankunft wieder errichtet worden und wird unter seinen Augen fertiggestellt.

Nun ist er da, und der Feind bekommt das zu spüren, weil er ihn sofort angreift.

Zweitausend Jahre später ist das Napoleons Taktik. Man glaubt ihn noch meilenweit entfernt. Er kommt in der Nacht und greift am nächsten Tag an.

Er kennt die Örtlichkeiten, läßt sechs Kohorten zum Schutz der Brücke und des Lagers zurück und marschiert auf drei Linien zu Afranius.

Afranius verweigert den Kampf und sammelt seine Soldaten auf einem Hügel.

Cäsar lagert am Fuße des Hügels.

Er verbringt den Tag unter Waffen, und der Rest des Heeres gräbt hinter der Schlachtlinie einen Graben, was selbst Afranius nicht vermutet.

Als es dunkel wird, zieht Cäsar sich hinter diese Verschanzung zurück. Am nächsten Tag wählt er drei Legionen aus, die drei weitere Gräben ausheben sollen. Die Legionen machen sich ans Werk. Am Abend sind die drei Gräben fertiggestellt.

Afranius marschiert den Berg hinunter und will ihre Arbeit behindern, aber als er sieht, daß Cäsars Befestigungen schon so gut wie fertig sind, wagt er es nicht, den Berg zu verlassen.

Als es Tag wird, sind die Gräben mit Palisaden versehen.

Cäsar hat ein befestigtes Lager, wohin er das Gepäck und die Truppen aus dem anderen Lager kommen läßt.

Am nächsten Tag kommt es zwischen Cäsar und Afranius zum Kampf. Am Ende des Tages rühmt sich jeder des Sieges, was immer dann vorkommt, wenn niemand besiegt wurde.

Zwei Tage später ereignet sich ein schlimmerer Zwischenfall. Der Schnee schmilzt in den Pyrenäen. Der Segre geht über die Ufer, und die Fluten reißen die beiden Brücken mit, die Cäsar gehalten hat.

So etwas ist auch Napoleon auf der Insel Lobau einige Tage vor der Schlacht von Wagram widerfahren.

Nun hat Cäsar weder Lebensmittel noch eine Möglichkeit, sich welche zu beschaffen.

Der letzte Weizenvorrat geht soeben zur Neige. Sämtliche Viehherden wurden aus der Gegend weggetrieben. Der Weizen wird für vierzig Deniers pro Scheffel verkauft.

Hinzu kommen die leichten spanischen Truppen, die daran gewöhnt sind, den Fluß auf Schläuchen zu überqueren und die Cäsars Heer Tag und Nacht attackieren.

Es ist nicht daran zu denken, die Brücken wieder zu errichten. Die Fluten sind zu gewaltig und die Strömung zu stark.

Cäsar sitzt in der Falle. Keiner seiner Soldaten wird entkommen. Man braucht sie noch nicht einmal zu töten. Sie werden Hungers sterben. Die Nachricht verbreitet sich bis nach Rom und von Rom bis nach Illyricum und Griechenland.

Vor Afranius' Haus und der Villa Sarca bilden sich Schlangen. Afranius ist der Retter der Welt! Es werden Botschafter zu Pompejus entsandt, und viele Senatoren, die bis jetzt noch gezögert haben, treffen endlich eine Entscheidung und ergreifen Partei für ihn.

Man hat die Rechnung allerdings ohne Cäsars Genie und ohne seinen Tatendrang gemacht.

Cäsar befiehlt seinen Soldaten, kleine Boote nach dem Vorbild derer zu bauen, die sie in Britannien gesehen haben.

Cäsars Soldaten sind für alles gut. Jetzt betätigen sie sich als Zimmerleute.

Die Böden und die Hauptteile der Boote bestehen aus sehr leichtem Holz, der Rest aus mit Leder überzogenen Weidenruten. Diese werden auf zusammengekoppelte Wagen geladen und dann eines schönen Nachts aus dem Lager gezogen.

Zwei- oder dreihundert Soldaten verlassen auf diese Weise das Lager, bemächtigen sich einer Anhöhe, die fünf oder sechs Meilen entfernt liegt, und errichten dort eine Befestigung.

Und während sie den Zugang zum Fluß verteidigen, setzt eine Legion über den Fluß.

Nachdem die Legion den Fluß überquert hat, baut sie eine Brücke. Da von beiden Seiten daran gearbeitet wird und der Feind nicht mehr da ist, um die Arbeiter mit Pfeilen zu attackieren, ist diese innerhalb von zwei Tagen fertiggestellt.

Nach der Legion überquert die Reiterei den Segre, galoppiert auf den Feind zu und überrascht ihn bei der Furage.

Nun kommt ein Konvoi mit Lebensmitteln, Gepäck und einer Eskorte von sechstausend Soldaten unterschiedlichster Herkunft: Schützen aus Rouergue, gallische Reiterei sowie Kinder der Senatoren und Ritter.

Von beiden Seiten strömt der Überfluß ins Lager.

Wer hat also gesagt, Cäsar sei verloren? Man hat es dort unten in Rom zu eilig gehabt, und mehr als einer, der bereits einen Schritt auf Pompejus zu gemacht hat, kehrt um und macht zwei Schritte auf Cäsar zu.

58

Unterdessen erreichte Cäsar die Nachricht von einer gewonnenen Seeschlacht.

Wir erinnern uns an die zwölf Galeeren, die Cäsar in Arles hatte bauen lassen. Sie blockierten unter dem Befehl von Decimus Brutus den Hafen von Marseille.

Aber auch Domitius hatte siebzehn Galeeren, wovon elf geschlossen waren, und überdies etwa fünfzehn Boote, die zum Auslaufen bereitstanden.

Die Boote wurden mit Schützen und kräftigen Männern aus den Bergen bemannt.

Ein Teil der Garnison ging an Bord der Galeeren. Der Wind war günstig, und daher griffen sie sofort Cäsars zwölf Galeeren an, die nahe der Insel vor Anker lagen, wo heute die Quarantänestation ist.

Glücklicherweise waren Cäsars zwölf Galeeren mit Elitesoldaten und kampferprobten Offizieren bemannt, die sich freiwillig angeboten hatten, die Belagerung durchzuführen.

Der Kampf war lang und erbittert. Die Kämpfer aus den Bergen vollbrachten wahre Wunder.

In allen Ländern der Welt sind Kämpfer aus den Bergen, diese urwüchsigen Männer, ausgezeichnete Soldaten, die es gewohnt sind, den gebirgigen Rücken der Erde hinauf- und hinunterzusteigen. Denken Sie an die Schweizer, Tiroler, Dalmatier, Albaner, die Männer aus dem Kaukasus, der Auvergne und den Pyrenäen.

Selbst Domitius' Sklaven, denen ihr Herr die Freiheit versprochen hatte, kämpften wie Helden.

Der große Nachteil von Cäsars Flotte war, daß sie aus jungem Holz gebaut und daher schwer und mühsam zu manövrieren war. Hinzu kam noch, daß nicht Matrosen, sondern Soldaten an Bord waren, die noch nicht einmal die einfachsten Wörter der Seemannssprache beherrschten.

Die feindlichen Schiffe hingegen waren flink wie Seevögel. Sie wurden von geschickten Kapitänen gesteuert und von den besten Matrosen der Welt manövriert. Sie vermieden den Zusammenstoß mit Cäsars schweren Galeeren, umkreisten sie, fuhren längsseits an ihnen vorbei und zerbrachen ihnen bei diesem Manöver die Ruder.

Es stimmt, daß sie mitunter auch mit einer Galeere zusammenstießen.

Dann wurde von beiden Seiten der Kampf eröffnet.

Die phokäischen Bergbewohner und die Sklaven des Domitius standen Cäsars Soldaten in ihrem Mut in nichts nach.

War die feindliche Galeere jedoch erst einmal in einen Kampf verwickelt, dann war sie so gut wie verloren. Das war nur eine Frage der Zeit.

Cäsars Soldaten sprangen hinüber, kämpften Mann gegen

Mann und zwangen die feindliche Besatzung, sich ins Meer zu stürzen.

Schließlich wurde das gegnerische Heer regelrecht niedergemetzelt. Neun Galeeren wurden von Cäsars Soldaten entweder erobert oder versenkt, und die anderen jagten sie in den Hafen.

Diesmal gab es keinen Zweifel mehr daran, wer den Sieg errungen hatte. Es waren unbestritten Cäsars Männer.

Während dieser Zeit hatten sich die Einwohner von Huesca und Calahorra versammelt und beschlossen, Abgeordnete zu Cäsar zu entsenden, um sich als Bündnispartner anzubieten.

Dieses Beispiel machte Schule.

Als sie sahen, was die Nachbarstädte taten, machten es die Einwohner von Tortosa, Tarragona (Tarraco) und Barcelona ebenso.

Cäsar empfing sie verständlicherweise überaus herzlich.

Er bat sie um Viehfutter und Weizen, was sie ihm auch bereitwillig auf Lasttieren schickten.

Er erhielt sogar noch mehr: Eine Kohorte, die in Tortosa rekrutiert worden war, unter dem Befehl des Afranius diente und von dem Bündnis ihrer Landesgenossen mit Cäsar erfahren hatte, verließ das Lager von Pompejus' Legaten, um in das des Feindes überzuwechseln.

Fünf große Städte wurden auf diese Weise Verbündete Cäsars und waren bereit, allen seinen Bedürfnissen zu entsprechen. Dies geschah genau in dem Moment, als man erfuhr, daß Pompejus Dyrrachium keineswegs verlassen hatte und die Stadt auch nicht verlassen würde.

Nun war es leicht, das Zögern und die Verwunderung des Feindes zu verstehen.

Cäsar, dem eine Brücke als zu schmaler Übergang für die Manöver erschien, die er im Sinn hatte, beschloß, eine Furt anzulegen. Wir haben schon gesagt, daß Cäsars Bauarbeiten gigantische Werke waren. Er ließ dreißig Fuß breite Gräben ausheben, in die das Wasser aus dem Fluß abfloß, so daß der

Wasserspiegel – egal, wie hoch das Wasser auch war – um einige Fuß sank.

Als Afranius und Petreius sahen, daß sie es nicht nur mit Cäsars ganzem Heer, sondern auch mit den fünf Städten seiner Verbündeten zu tun haben würden, beschlossen sie, sich hinter den Ebro zurückzuziehen.

Während die beiden Legaten des Pompejus diesen Rückzug antraten, war das Wasser schon so weit gesunken, daß die Reiterei den Fluß überqueren konnte, nicht jedoch die Fußsoldaten.

Cäsar, der sah, daß der Feind sich zurückzog, gab seiner Reiterei den Befehl, dem Feind zu folgen.

Doch an eine Verfolgung des Feindes durch die Fußsoldaten war nicht zu denken. Es mußten fünf Meilen zurückgelegt werden, um bis zur Brücke zu gelangen, und fünf Meilen, um die gleiche Strecke auf der anderen Seite wieder zurückzulegen. In dieser Zeit wäre der Feind längst über alle Berge.

Aber Cäsars Fußsoldaten begannen zu murren.

Sie sahen von den Hügeln, die den Fluß säumten, den Rückzug des Feindes sowie die Scharmützel der feindlichen Nachhut mit Cäsars Reiterei und schrien ihren Offizieren zu:

»Sagt Cäsar, daß er uns den Fluß an der gleichen Stelle überqueren lassen soll, wo ihn die Reiterei überquert hat. Wenn die Reiterei ihn dort überqueren konnte, können wir es sicher auch.«

Cäsar, der sich nichts sehnlicher wünschte, als etwas mit Vertrauen auf sein Glück zu riskieren, ließ die Schwächsten mit einer Legion im Lager zurück, stellte eine Linie von Reitern oberhalb und unterhalb der Furt auf und stürzte sich als erster in die eisigen Fluten.

Das ganze Heer stand bis zum Hals im Wasser, als es den Fluß überquerte, aber nicht ein einziger Mann ging verloren.

Alle, die von der Strömung weggetrieben worden waren, wurden von der Reiterei gerettet, die eine Kette bildete.

Nachdem Cäsars Truppen das andere Ufer erreicht hatten,

bildeten sie drei Kolonnen und machten sich an die Verfolgung von Pompejus' Heer.

Nun begann ein wahrer Wettlauf mit der Zeit. Wer würde den Bergpaß zuerst erreichen? Es war der einzige Übergang, um von der Provinz Lerida in die Provinz Saragossa zu gelangen.

Cäsar machte einen Umweg über Felder, Schluchten, Hügel und Berge und kletterte über Felsen. Die Soldaten waren gezwungen, hintereinander über die Felsen zu klettern; sie mußten auf allen vieren kriechen, ihre Waffen ablegen und diese anschließend wieder an sich nehmen.

Als Afranius schließlich an den Paß gelangte, fand er ihn besetzt vor.

Nun begann ein schrecklicher Kampf.

Cäsars Soldaten wußten, daß sie ihren Feinden überlegen waren. Um die Sache mit einem Schlage zu beenden, wollten sie den Feind vernichten.

Aber Cäsar hatte Mitleid mit so vielen mutigen Männern, die sterben würden, weil sie ein Gelübde abgelegt und dieses gehalten hatten. Er begnügte sich damit, sie zu umzingeln, rund um sein Heer Umwallungen aufzuwerfen und sie auszuhungern.

Er hätte sie vernichten können, doch er ließ sie am Leben. Er brauchte Freunde und keine Opfer.

Die feindlichen Soldaten erkannten seine Absicht.

Zwischen Cäsars und Pompejus' Soldaten wurde das Gespräch eröffnet. Die unteren Offiziere mischten sich ein. Pompejus' Offiziere gaben zu, daß sie Cäsar ihr Leben verdankten und daß sie, wenn Cäsar es gewollt hätte, schon lange nicht mehr leben würden. Sie fragten, ob sie sich auf sein Wort verlassen könnten, und aufgrund der Zusicherung, die ihnen gegeben wurde, sandten sie ihre Zenturionen zu Cäsar.

Nun glaubten sie, der Friede sei geschlossen. Cäsars und Pompejus' Soldaten gingen aufeinander zu, drückten sich die Hand und umarmten sich. Pompejus' Soldaten nahmen Cäsars Soldaten mit in ihre Zelte, und Cäsars Soldaten machten es ebenso mit Pompejus' Männern.

Als Afranius und Petreius plötzlich erfuhren, was vor sich ging, nahmen sie eine spanische Garde, auf die sie sich verlassen konnten, fielen über die römischen Soldaten her, die in ihrem Lager waren, und schnitten allen Männern die Kehlen durch. Es blieben nur die verschont, die ihre Kameraden versteckten und denen sie in der Nacht zur Flucht verhalfen.

Cäsar erfuhr von diesem Gemetzel, ergriff nun seinerseits die Soldaten des Pompejus und schickte sie, ohne ihnen ein Leid zuzufügen oder die geringste Drohung gegen sie auszusprechen, zu Afranius zurück.

Auf diese Weise würde er Verfechter des Friedens im feindlichen Lager haben. Indessen konnten weder Afranius noch Petreius weiter vorrücken. Sie beschlossen, sich wieder in Marsch zu setzen und nach Lerida zurückzukehren.

Aber Cäsar folgte ihnen, bedrängte sie mit seiner Reiterei und hungerte sie mit Hilfe seiner leichten Fußtruppen aus.

Sie töteten ihre Lasttiere, für die sie kein Futter mehr hatten, aßen sie und setzten sich wieder in Bewegung.

Cäsar drängte sie durch einen geschickten Marsch in eine schlechte Lage.

Sie mußten kämpfen.

Die Legaten zogen eine Belagerung einer Schlacht vor. Sie befestigten sich.

Cäsar umzingelte sie nun mit einem seiner gigantischen Gräben. Seine Legionen hatte Übung darin, den Boden mit diesen Gräben zu durchfurchen.

Afranius und Petreius konnten sich ausrechnen, wie viele Tage ihnen noch blieben, ehe sie Hungers sterben würden, wenn sie ihre Pferde aßen, so wie sie schon ihre Lasttiere gegessen hatten.

Schließlich baten sie um Verhandlungen, gaben zu, besiegt zu sein, und beschworen Cäsar, seinen Sieg nicht auszunutzen.

Cäsar begnadigte alle, zwang sie allerdings, die Provinz zu verlassen und die Truppen zu entlassen.

Es wurde über den Zeitpunkt der Entlassung gesprochen.

Aber nun mischten sich die Soldaten in die Verhandlungen ein.

»Sofort! Sofort!« schrien sie von allen Seiten.

Um das Abkommen zu erleichtern, zahlte Cäsar den ausstehenden Sold, den Pompejus seinen Soldaten noch schuldete.

Dann erlaubte er allen Männern, Soldaten und Offizieren, aus Cäsars Lager alles herauszuholen, was sie an wertvollen Dingen im Feldzug verloren hatten. Cäsar entschädigte seine Soldaten.

Jetzt gab es keine Diskussion mehr. Die Stimme der Soldaten übertönte die der Befehlshaber. Sie vertrauten Cäsar, weil Cäsar großzügiger war, als man es von ihm verlangte.

Diejenigen, die bei Cäsar bleiben wollten, blieben bei Cäsar, und diejenigen, die gehen wollten, gingen.

Varro, der sah, daß er gegen ein Heer, das dreimal so stark war wie das seine, allein dastand, dachte daran, Verhandlungen mit Cäsar zu eröffnen.

Überdies erhob sich die Provinz, die er kommandierte, gegen ihn. Die Städte, in die er einmarschieren wollte, verschlossen ihm die Tore. Eine seiner Legionen verließ ihn.

Er schrieb, daß er bereit sei, sich zu unterwerfen.

Cäsar marschierte ihm bis Corduba entgegen und erhielt aus seinen Händen eine Aufstellung über alle Schiffe, Waffen und das Geld, das die Provinz besaß. Er ließ sich Geld geben und entschädigte die Bürger für die Verluste, die sie erlitten hatten, und für die Abgaben, die sie hatten zahlen müssen. Alle Welt wurde entschädigt bis hin zu Herkules, dessen Tempelschatz geraubt worden war. Und dort in Cadiz sah Cäsar genau die Statue wieder, zu deren Füßen er fünfzehn Jahre zuvor geweint hatte, weil er in dem Alter, in dem Alexander schon der Eroberer der Welt war, noch nichts vollbracht hatte.

Nachdem der Spanienkrieg beendet war, schiffte sich Cäsar in Cadiz auf Varros Schiffen ein, erreichte auf dem Seeweg Tarragona, fand dort eine große Zahl von Abgeordneten der spanischen Städte vor, gestand ihnen alles zu, was sie verlangten, und einigen sogar mehr. Und auf dem Landwege marschierte er bis Narbonne und von Narbonne bis Marseille.

Dort erfuhr er, daß man ihn in Rom in seiner Abwesenheit auf Vorschlag des Lepidus zum Diktator ernannt hatte.

59

Diesem Lepidus werden wir noch begegnen. Es ist derjenige, der später mit Antonius und Octavian das zweite Triumvirat bilden wird.

In Marseille waren jedoch die Pest und die Hungersnot ausgebrochen. Man aß nur noch verdorbene Gerste und alte Hirse in der Stadt. Einer der Türme war eingestürzt und ein großer Teil der Stadtmauer, der stark beschädigt war, drohte ebenfalls einzustürzen. Domitius begriff, daß es an der Zeit war, Marseille zu verlassen, weil Marseille ihn sonst im Stich lassen würde.

Er rüstete drei Schiffe aus, brach bei schlechtem Wetter auf, opferte zwei seiner Schiffe, und mit dem dritten durchbrach er die Flotte des Decimus Brutus.

Marseille war Cäsars Männern nun schonungslos ausgeliefert.

Die Einwohner der Stadt wußten aufgrund des letzten Spanienkrieges, wie man mit Cäsar umgehen mußte.

Cäsar ließ sich Waffen, Schiffe, Kriegsmaschinen und das gesparte Geld ausliefern und vergab der Stadt in Erinnerung an ihre Mutterstadt Phokäa.

Dann brach er nach Rom auf.

Es wurde Zeit, daß er dort ankam. Cäsars Legaten hatten mit denen des Napoleon gemein, daß sie überall besiegt wurden, wo Cäsar nicht war.

Curio war von Sizilien nach Afrika gezogen, hatte zwei Legionen in Sizilien zurückgelassen und fünfhundert Pferde und zwei Legionen mitgenommen.

Quintilius Varus, der für Pompejus Afrika hielt, hatte mit dem Numiden Juba ein Bündnis geschlossen. Dieser haßte Curio aus zwei Gründen: Erstens war sein Vater seinerzeit mit dem Vater des Pompejus in enger Freundschaft verbunden gewesen, und zweitens hatte Curio während seines Tribunats sein Königreich konfisziert.

Curio besiegte zunächst Varus und Domitius, der zu diesem gestoßen war.

Aber da sich die Numider unter Juba den beiden Anhängern des Pompejus angeschlossen hatten, wurde Curio umzingelt und besiegt.

Inmitten der Schlacht drang Domitius, der Cäsars Freund war, bis zu ihm vor, forderte ihn auf, mit den wenigen Männern, die ihm geblieben waren, zu fliehen, und versprach ihm, daß er ihm Platz schaffen und seinen Rückzug decken werde.

Curio antwortete jedoch:

»Wie soll ich noch Cäsar gegenübertreten, nachdem ich geflohen bin?«

Und als er sich mit seinen Soldaten in das wildeste Schlachtgetümmel warf, wurde er getötet.

Curio, der seine Schulden so schlecht zurückzahlte, löste – wie wir sehen – peinlich genau die Verpflichtung ein, die er gegenüber Cäsar eingegangen war.

Antonius, der in Rom geblieben war, hatte nicht zur Beliebtheit seines Herrn beigetragen.

Er hatte die Zeit mit Orgien und Liebesabenteuern verbracht. Plutarch sagt: »Er war aufgrund seiner Faulheit für seine Mitbürger unerträglich; die Ungerechtigkeiten, die sie empfanden, interessierten ihn überhaupt nicht; er zeigte denjenigen gegenüber, die sich bei ihm beklagten, rücksichtsloses Verhalten und stellte unverheiratete Frauen bloß.«

Als Cäsar also nach Rom zurückkehrte, wurden ihm bittere Klagen über seinen Legaten zugetragen, aber er war der Meinung, daß man seinen Freunden in Kriegszeiten wohl einige kleine Freiheiten zugestehen könne. Deshalb hörte er sich die Klagen an, unternahm aber nichts gegen Antonius und entzog ihm auch nicht seine Befehlsgewalt.

Als er auf seinem Weg Piacenza (Placentia) durchquerte, vollzog er eine Exekution, die ihm sehr zu Herzen ging. Eine seiner Legionen hatte sich aufgelehnt und fünf Minen verlangt, die Cäsar ihr in Brundisium versprochen hatte. Die Rebellen glaubten, daß Cäsar noch in Marseille oder sogar in Spanien sei, und bedrohten ihre Prätoren, als Cäsar plötzlich in ihrer Mitte stand.

»Soldaten«, sagte er, »ihr beklagt euch über die Länge des Krieges. Wenn er sich in die Länge zieht, ist das meiner Meinung nach nicht meine Schuld, sondern es ist die Schuld der Feinde, die vor uns fliehen. Als ihr in Gallien wart, konntet ihr euch unter meinem Kommando bereichern. Eines Tages stellte sich die Frage, diesen Krieg zu führen oder diesen Krieg nicht zu führen. Ihr habt euch alle einstimmig dafür ausgesprochen, und nun, da ich den Krieg begonnen habe, wollt ihr mich im Stich lassen. Wenn es so ist, werde ich statt wie in der Vergangenheit sanft- und freimütig nun grausam sein. Ihr wollt keinen Cäsar, also bekommt ihr Petreius. Die neunte Legion, die der Grund für diese Revolte ist, wird dezimiert.«

Kaum hatten die Soldaten diese harten Worte aus Cäsars Munde vernommen, begannen sie an zu zittern und zu flehen. Und die Prätoren fielen auf die Knie und streckten Cäsar flehentlich ihre gefalteten Hände entgegen.

Dieser hörte einen Moment zu und dachte nach.

»Gut«, sagte er, »wählt einhundertzwanzig Männer unter euch aus, denn ich kenne die Schuldigen nicht, und ihr kennt sie.«

Sie ließen einhundertzwanzig Männer vortreten.

Cäsar forderte sie auf, sich in einer Reihe aufzustellen; dann befahl er dem Prätor:

»Zählt zweimal bis zehn, und jeder zehnte Mann muß vortreten.«

Zwölf Männer traten vor.

»Laßt diese zwölf Männer hinrichten«, sagte Cäsar.

Einer von ihnen erhob seine Stimme.

»Ich will gerne sterben«, sagte er, »aber ich bin nicht schuldig.«

»Du bist nicht schuldig?« fragte Cäsar.

»Fragt meine Kameraden.«

»Stimmt es, daß er nicht schuldig ist?« fragte Cäsar.

»Es stimmt«, antworteten diese im Chor.

»Und warum befindest du dich unter den Schuldigen?«

»Ein Feind hat mich zu Unrecht denunziert.«

»Wer ist dieser Feind?«

Der Verurteilte benannte ihn.

»Stimmt das?« fragte Cäsar.

»Das stimmt!« antworteten die elf anderen Verurteilten.

»Gut, tritt zurück«, sagte Cäsar, »und derjenige, der dich zu Unrecht denunziert hat, soll an deiner Stelle sterben.«

So geschah es auch.

Nachsichtig gegenüber seinen Feinden, die er für sich gewinnen wollte, glaubte Cäsar, streng gegenüber seinen eigenen Soldaten sein zu müssen, die er nicht verlieren durfte.

Die zwölf Aufständischen wurden getötet.

Als er nach Rom zurückkehrte, erhielt er vom Senat die Bestätigung seiner Ernennung zum Diktator.

Seine erste Sorge war, die Verbannten zurückzurufen.

Alle, die noch zu Sullas Zeiten verbannt worden waren, kehrten nach Rom zurück. Den Kindern derer, die im Exil gestorben waren, wurde der väterliche Besitz zurückgegeben.

Dann stand Cäsar dem großen Ungeheuer der Bürgerkriege gegenüber: der Tilgung der Schulden.

Die Schuldner verlangten laut schreiend die *tabulae novae*, das heißt den Bankrott. Diese Bitte war der Grund, daß es kein Geld und keine Kredite mehr auf dem Forum gab. Das Bargeld, das nicht in die Verbannung geschickt wurde, hatte sich selbst ins Exil geschickt, und das ist ein Geächteter, der nicht so schnell zurückkehrt.

Cäsar legte im Schnellverfahren einen schlecht bemessenen Zinssatz fest, wie man heute sagt: einen kleinen Bankrott von fünfundzwanzig Prozent. Das heißt, daß die Schuldner ermächtigt wurden, ihre Vermögen zu dem Preis abzutreten, die diese vor dem Bürgerkrieg hatten, und auf das Kapital die gezahlten Zinsen anzurechnen.

Und was die Diktatur anbetraf, so führte Cäsar diese nur elf Tage. Er ließ sich mit Servilius Isauricus zum Konsul ernennen, der ihm seiner Meinung nach einen guten Rat gegeben hatte, und wandte seinen Blick gen Osten.

60

Der Rat, den Cäsar von Isauricus erhalten hatte, lautete, geradewegs auf Pompejus zuzumarschieren.

Piso hingegen gab seinem Schwiegersohn den entgegengesetzten Rat. Er wollte, daß Cäsar seinem Feind Botschafter schickte und noch einmal versuchte, eine Einigung herbeizuführen.

In der Tat war das ein kluger Rat für einen Mann, der nicht wie Cäsar seinem Genie vertraute.

Die Zeit, die Cäsar verloren hatte, um Spanien zu besiegen, Marseille zu unterwerfen, die Aufstände niederzuwerfen, in Rom im Vorübergehen die Ruhe wieder herzustellen und die Interessen der Schuldner und Gläubiger zu regeln, hatte Pompejus genutzt, um ein gewaltiges Heer aufzustellen.

Cato war zu ihm gestoßen; Cicero war zu ihm gestoßen.

Sogar Marcus Brutus, dessen Vater er brutal ermordet hatte – wir haben über dieses Ereignis in Zusammenhang mit dem Bürgerkrieg des Sulla berichtet –, opferte seinen Groll dem Vaterland und schloß sich ihm an.

Pompejus *das Vaterland* zu nennen, war jedoch eine seltsame Verblendung intelligenter Menschen, was beweist, daß es immer zwei Vaterländer in einem Staat geben wird: das Vaterland des Volkes und das Vaterland der Aristokratie.

Nun wollen wir in wenigen Worten sagen, über welche Streitkräfte Pompejus verfügte.

Pompejus hatte ein ganzes Jahr Zeit gehabt, um sich auf den Krieg vorzubereiten.

Er besaß eine riesige Flotte, die er von den Zykladen, aus Korfu, Athen, Pontus, Bithynien, Syrien, Kilikien, Phönizien und Ägypten bezogen hatte: fünfhundert Kriegsschiffe, ohne Brigantinen und leichte Schiffe mitzuzählen.

Weiterhin verfügte Pompejus über neun römische Legionen: fünf, die aus Italien mit ihm nach Dyrrachium gezogen waren; eine alte aus Sizilien, die der Zwilling genannt wurde, weil sie aus zwei Legionen gebildet worden war; eine andere aus Kandia (Kreta) und Makedonien, die aus Veteranen bestand, die sich in Griechenland niedergelassen hatten; die beiden letzten waren schließlich von Lentulus in Asien ausgehoben worden, und um die Lücken zu schließen, hatte man in Thessalien und in Böotien, in Achaja und in Epirus rekrutiert.

Es wurden zwei weitere Legionen erwartet, die Scipio aus Syrien mitbringen sollte. Neben diesen beiden gab es noch dreitausend Schützen aus Kandia und zwei Wurfschützenkohorten von je sechshundert Mann.

Er hatte vierzehntausend Reiter: siebentausend gehörten zur Elite der römischen Ritter; siebentausend waren von den Verbündeten mitgebracht worden; fünfhundert kamen aus Kappadokien und wurden von Ariobarzanes kommandiert; fünfhundert kamen aus Thrakien und Sadala, über die der

Sohn des Königs Kotys den Befehl führte; sechshundert stammten aus Galatien, und hier führte der alte Dejotarus den Befehl, den Crassus getroffen hatte, als dieser eine Stadt baute, und dreihundert andere wurden von Castor und dem Sohn des Donilas befehligt; zweihundert kamen aus Makedonien, den Befehl führte Rhaskyporis; fünfhundert Gallier und Germanen, die Gabinius als Garde des Königs Ptolemäus Auletes zurückgelassen hatte und die der junge Pompejus mitbrachte; achthundert, die dieser von seinem Geld oder aus den Besitzungen seines Vaters und eigenen Besitzungen ausgehoben hatte; zweihundert kamen aus Comagenä, die meisten berittene Schützen, die Antiochus geschickt hatte; der Rest schließlich bestand aus Freiwilligen oder Angeworbenen verschiedener Länder, hauptsächlich aus Thrakien, Thessalien und Makedonien.

Gott sei's gedankt, daß es an Geld nicht fehlte. Sie hatten die Kassen der römischen Steuerpächter und die Schätze der Satrapen aus dem Orient.

Der Orient war das Lehnsgut des Siegers über Mithridates. Könige und Völker waren Pompejus' Klienten.

Griechenland bot für ihn noch einmal alle Kräfte auf. Es fürchtete Cäsar und sein Heer von Barbaren: Vor allem die Gallier, deren Vorfahren den Tempel in Delphi belagert hatten.

Und Lebensmittel gab es im Überfluß. Asien, Ägypten, Thessalien, Kandia und Kyrene waren ihre Kornkammern.

Sie hielten das ganze Meer mit einer riesigen Flotte, die in sechs Geschwader unterteilt war.

Der junge Pompejus kommandierte das Geschwader aus Ägypten, Lelius und Triasius das aus Asien, Cassius das aus Syrien, Marcellus und Pomponius das aus Rhodos, Libo und Octavian die aus Illyrien und Achaia.

Bibulus, der dumme, aber mutige Bibulus, Catos Schwiegersohn, hatte den Oberbefehl.

Es stimmt, daß dieses Heer, das aus so unterschiedlichen Gruppen bestand, nur mit großer Disziplin zusammengehalten werden konnte, aber wie wir schon gesagt haben, hatte Pompejus, um diese zu erreichen, ein ganzes Jahr Zeit gehabt.

Während dieses Jahres hatte er seine Truppen ohne Unterlaß gedrillt. Er selbst war immer aktiv, so als sei er erst fünfundzwanzig Jahre alt, wohingegen er tatsächlich achtundfünfzig war, und er ertüchtigte seinen Körper ebenso wie seine Soldaten. Es war für sie eine große Ermutigung, wenn sie sahen, daß ihr General in seinem Alter noch zu Fuß und voll bewaffnet exerzierte, dann in den Sattel stieg und – während sein Pferd ihn im Galopp davontrug – sein Schwert zog und wieder in die Scheide steckte, und seinen Wurfspieß nicht nur geschickt, sondern mit solcher Kraft und über eine solch große Entfernung schleuderte, daß die jungen Leute vergebens versuchten, ihm nachzueifern.

Und bedenken Sie, daß sich all das in Gegenwart von vier oder fünf Königen aus dem Orient und den renommiertesten Männern des Westens abspielte. Cato, Cicero, Marcus Brutus und der alte Tedius Sextius waren da, der sechzigjährig und hinkend, wie er war, Rom verlassen hatte, um die Jugend – wie er sagte – in Pompejus' Lager wiederzufinden.

Pompejus hoffte natürlich auch, daß Rom auf seiner Seite stand.

Aber seine größte Hoffnung war, nicht vor Beginn des Frühjahrs angegriffen zu werden. Es war November.

Er dachte daran, sein Winterquartier zu beziehen und seine Soldaten dorthin zu schicken.

Er versammelte Senatoren und Ritter:

»Ehrenwerte Bürger«, sagte er, »die Geschichte lehrt uns, daß die Athener einst ihre Stadt verließen, um dem Feind besser Widerstand leisten zu können und um ihre Freiheit zu verteidigen, weil Themistokles glaubte, daß die Stadtmauern und die Häuser für ein Volk nicht das ausmachten, was wir die *Stadt* nennen. Und kurz darauf, nachdem Xerxes besiegt und der Name Salamis unsterblich geworden war, kehrten die Athener in der Tat nach Athen zurück und bauten ihre Stadt schöner und prächtiger als je zuvor wieder auf. Wir Römer taten das gleiche, als die Gallier in Italien eindrangen. Unsere Väter verließen die Stadt, zogen sich nach Ardea zurück, und sie und Camillus dachten wie Themistokles, daß das *Vaterland* dort sei, wo sie waren. In Erinnerung an diese beiden großen Ereignisse, die uns als Vorbild dienen sollten, haben wir unsererseits Italien verlassen, um dorthinzugehen, wo wir sind. Aber im Namen unseres Vaterlandes werden auch wir Cäsar aus Rom verjagen. Und selbstverständlich müssen wir ihn verjagen, denn was glaubt ihr, was er machen wird, wenn er siegt? Glaubt ihr, daß derjenige, der die Waffen gegen das Vaterland erhebt, uns vor irgendeiner Grausamkeit oder Gewalt verschont? Wird der Mann, dessen Raffgier, dessen Geiz und dessen Liebe zum Geld in Gallien verwünscht wurden, Skrupel haben, in die Börsen seiner Mitbürger zu greifen, dieser Mann, der auch schon in die Staatskasse gegriffen hat? Teilt mir in dieser großen Krise des Vaterlandes meinen Platz zu! Ich werde in der Position kämpfen, die ihr mir zuweist. Ich kämpfe als Soldat oder als Feldherr. Alles, um was ich die Götter bitte, ist: Falls man mir eine gewisse Kriegserfahrung, ein wenig Mut und eine gewisse Kenntnis militärischer Strategien zuerkennt, daß man sich bitte daran erinnern möge, daß ich niemals besiegt wurde – alles, um was ich die Götter bitte, ist, in irgendeiner Weise die Rache des Vaterlandes zu unterstützen.«

Nach diesen Worten verstummte Pompejus, und alle riefen ihn im Chor zum Imperator aus und forderten ihn auf, ihr oberster Feldherr zu sein.

Pompejus dankte ihnen und sagte, daß Cäsar aller Wahrscheinlichkeit nach aufgrund des schlechten Wetters und der stürmischen See aufgehalten und den Winter über nicht nach Illyrien kommen werde, sondern bestimmt in Rom bliebe, um seine Diktatur zu sichern.

Daher befahl er seinen Marineoffizieren, die Durchfahrten gut zu bewachen, und schickte seine Soldaten nach Makedonien und Thessalien ins Winterquartier.

Doch genau zu diesem Zeitpunkt, als Pompejus diese Rede vor seinem Heer und seinen Anhängern hielt, kam Cäsar, nachdem er sich nur elf Tage in Rom aufgehalten hatte, fast allein und ohne Material sowie Lebensmittel in Brundisium an, versammelte etwa zwanzigtausend Soldaten und sagte zu ihnen:

»Kameraden, ihr seid mit mir gekommen, um große Dinge zu vollbringen, nicht wahr? Für diejenigen, die fest entschlossen sind, gibt es keinen Winter und kein Unwetter. Sie darf nichts aufhalten: weder der Mangel an Lebensmitteln noch an Kriegsmaschinen oder das Zaudern unserer Kameraden. Nichts darf uns also daran hindern, unseren Krieg fortzusetzen. Unerläßlich für den Erfolg ist einzig und allein unsere Schnelligkeit. Ich bin daher der Meinung, daß wir unsere Burschen, unsere Diener und unser Gepäck hier zurücklassen und auf den ersten Schiffen, die wir finden, an Bord gehen sollten, vorausgesetzt, daß es genug sind, um uns alle, die wir hier sind, aufzunehmen, und daß wir ganz im Gegenteil den Winter nutzen sollten, der unseren Feind in Sicherheit wiegt, um in dem Moment über ihn herzufallen, da er am wenigsten damit rechnet. Unsere geringe Zahl an Soldaten wird durch unseren Mut wieder wettgemacht. Bleibt noch das Problem der Lebensmittel. In Pompejus' Lager gibt es sie im Überfluß. Wenn wir Pompejus aus seinem Lager verjagen, wird es uns an nichts mangeln. Die Welt wird uns gehören! Erinnert euch an eines: Wir sind Bürger und haben es mit Sklaven zu tun. Wer auch immer Cäsars Schicksal nicht teilen will, der ist frei, Cäsar zu verlassen.«

Auf seine Rede folgte nur ein einziger Schrei:

»Auf in den Kampf!«

Acht Tage später bestieg Cäsar ohne Lebensmittel und ohne Kriegsmaschinen mit nur fünfundzwanzig- oder dreißigtausend Mann, ohne auf die Truppen zu warten, die er nach Brundisium beordert hatte, etwa fünfzig Schiffe und versprach, diese zurückzuschicken, um etwa zwanzigtausend Mann, die zurückgeblieben waren, zu holen, passierte die gewaltige

Flotte des Bibulus und ging an einem verlassenen Ort in der Nähe von Apollonia an einem felsigen Ufer an Land, da alle Häfen von Pompejanern bewacht wurden.

Er kam mit fünfundzwanzigtausend Mann, um einhundertfünfzigtausend zu belagern!

Seine Legionen, die an den Ufern des Segre aufgebrochen waren, hatten indessen Gallia Narbonensis und Gallia Transalpina durchquert, Rom wie eine gewöhnliche Marschetappe hinter sich gebracht, dann die Via Appia erreicht. Nun marschierten sie nach Brundisium und murmelten:

»Wohin will uns dieser Mann noch führen? Wie lange müssen wir ihm noch folgen? Wann wird er unserer Mühsal ein Ende bereiten? Glaubt er denn, unsere Füße seien aus Stahl und unsere Körper aus Eisen, daß er uns von einem Ende der Welt zum anderen jagt, von Osten nach Westen, von Nord nach Süd, vom Morgenland ins Abendland? Auch Eisen und Stahl nutzen sich ab durch die Schläge, die sie austeilen und erhalten. Auch Rüstungen und Schwerter brauchen Ruhe, damit die Rüstungen Widerstand leisten können und die Schwerter nicht abstumpfen. Wenn Cäsar unsere Verwundungen sieht, müßte er wissen, daß er sterbliche Männer befehligt und wir die Strapazen nicht über das menschliche Maß hinaus ertragen können. Selbst ein Gott würde es eines Tages überdrüssig sein, das zu tun, was wir getan haben. Wenn man die Schnelligkeit seines Marsches sieht, könnte man meinen, daß er vor dem Feind flieht, statt ihn zu verfolgen. Genug, Cäsar, genug!«

Und die Unglücklichen setzten sich verzweifelt an den Straßenrand und schüttelten ob der Ermahnungen ihrer Befehlshaber den Kopf.

Haben Sie nicht das Gefühl, die Klagen der Veteranen zu hören, die Napoleon vom Nil zur Donau und vom Manzanares zur Wolga hetzte?

Aber als Cäsars Veteranen in Brundisium ankamen und sahen, daß Cäsar ohne sie aufgebrochen war, drehten sie sich zu ihren Befehlshabern um und weinten vor Wut:

»Es ist unsere Schuld«, sagten sie, »daß wir nicht mit ihm losmarschiert sind. Wir hätten uns auf den Straßen beeilen müssen, anstatt uns wie Feiglinge und Faulpelze auszuruhen. Oh, wir sind erbärmliche Soldaten. Wir haben unseren General verraten.«

Und als man ihnen sagte, daß die fünfzig Schiffe, die Cäsar und ihre Kameraden nach Griechenland brachten, zurückkehren würden, um sie zu holen, da setzten sie sich auf die Felsen, um die weißen Segel so früh wie möglich am Horizont erkennen zu können.

61

Was Cäsar dieses große Selbstvertrauen verlieh, war zunächst sein Genie, aber auch ein Omen.

Als böse Vorzeichen seinen Tod vorhergesagt hatten, hatte Cäsar geschworen, nicht mehr auf sie zu hören, aber er glaubte dennoch an Vorhersagen. Wie alle großen Männer war er abergläubisch. Bei gewissen Genies ist Aberglaube keine Schwäche, sondern Stolz.

Als Cäsar Rom verließ, brachte er der Fortuna ein Opfer dar. Der Stier, der geopfert werden sollte, entwich den Wächtern und floh aus der Stadt, ehe er noch einen einzigen Schlag erhalten hatte. Dann kam er an einen Teich und schwamm hinüber.

»Was soll das bedeuten?« fragte Cäsar die Seher.

»Das bedeutet«, erklärten sie ihm, »daß du verloren bist, wenn du in Rom bleibst und nicht auf der Stelle das Meer überquerst, diesen großen Teich, der dich von Pompejus trennt, wohingegen auf der anderen Seite des Meeres Sieg und Glück auf dich warten.«

Cäsar brach auf und beauftragte Antonius, ihm den Rest seines Heeres zu bringen.

Schon am Tag nach seinem Aufbruch, als die ganze Stadt über nichts anderes mehr sprach, teilten sich die Kinder Roms in zwei Lager, die Cäsarianer und die Pompejaner, und inszenierten mit Steinwürfen einen kleinen Krieg.

Eine große Schlacht war die Folge dieses kleinen Krieges, und wir weisen darauf hin, daß die Pompejaner die Unterlegenen waren.

Cäsar war indessen in Apollonia angelangt. Die pompejanische Garnison hatte noch nicht einmal versucht, die Stadt zu verteidigen.

Es gibt verschiedene Städte namens Apollonia, oder vielmehr gab es damals verschiedene Städte mit diesem Namen. Die erste lag in Makedonien südwestlich von Thessalonike; die zweite lag in Thrakien am Zugang zum Golf, der durch den Pontus-Euxinus gebildet wird: das ist heute Sozopol; die dritte lag in der Kyrenaika am Ufer des Meeres nördlich von Kyrene und diente der Stadt als Hafen, das ist heute Marsa Susah; die vierte Stadt befand sich auf der Insel Kreta, der Heimat des Philosophen Diogenes, die auch Eleuthera genannt wurde; die fünfte in Palästina in der Nähe von Cäsarea; die sechste Stadt schließlich in Illyrien in der Nähe der Mündung des Aoos.

Und in dieser letztgenannten Stadt war Cäsar.

Hier wartete er auf den Rest des Heeres, der nicht kam.

Männer wie Cäsar warten nicht gerne. Er entsandte zuerst Botschafter nach Brundisium mit dem Befehl, seinen Soldaten zu sagen, daß sie sich auf der Stelle einschiffen und keine Rücksicht auf die Schiffe nehmen sollten.

»Ich brauche keine Schiffe, sondern ich brauche Männer«, sagte er.

Als er jedoch nach einiger Zeit sah, daß seine Soldaten nicht kamen, beschloß er, sie persönlich zu holen.

Nun wagte er einen dieser verrückten Streiche, die ihm in Gallien so oft gelungen waren.

Er schickte drei seiner Sklaven ans Ufer des Aoos, das nur zwei Meilen entfernt lag, und gab ihnen den Auftrag, dem erstbesten Schiffer zu sagen, daß Cäsar einen Botschafter nach Italien entsenden wolle und er diesem Botschafter auf dem ersten Schiff, das nach Brundisium fuhr, einen Platz geben müsse. Wenn es kein einziges Schiff gäbe, das zum Auslaufen bereitstünde, sollten die Sklaven eines mieten und den Schiffer ermächtigen, außer Cäsars Gesandtem so viele Passagiere mitzunehmen, wie er wollte: Je mehr Passagiere es waren, desto besser konnte Cäsars Gesandter sein Inkognito wahren.

Nach einer Stunde kehrten die Sklaven zurück und teilten Cäsar mit, daß alles noch für den Abend vorbereitet sei.

Cäsar lud seine Freunde zum Essen ein, wie er es in Ravenna getan hatte, bevor er nach Rom aufgebrochen war, verließ sie wie in Ravenna inmitten des Mahls und sagte, daß sie keine Rücksicht auf ihn nehmen sollten und er bald zurückkehren werde.

Er ging jedoch in sein Zelt, legte das Gewand eines Sklaven an, begab sich allein ans Ufer des Flusses, erkannte das Schiff an den Zeichen, welche die Sklaven ihm genannt hatten, und sagte zu dem Schiffer:

»Hier bin ich. Ich bin Cäsars Botschafter.«

Der Kapitän nahm ihn an Bord, wo schon sieben oder acht Passagiere warteten.

Cäsar drängte den Kapitän mit allen Mitteln zum Ablegen. Es war wichtig, die Dunkelheit zu nutzen, um unerkannt Pompejus' Flotte zu passieren.

Solange sie den Fluß hinunterfuhren, ging dank der Ruderer und der Strömung alles glatt, aber je weiter sie sich der Mündung näherten, bildeten immer höhere Wogen eine Art Flut, die zwischen den beiden Ufern aufgewirbelt wurde und das Boot daran hinderte weiterzufahren oder zumindest nur mit größten Mühen das Weiterkommen ermöglichte.

Schließlich kam der Moment, da alle Anstrengungen vergebens waren.

Eine starke Meereswoge zerbrach die Ruderpinne, und der entsetzte Schiffer gab den Ruderern den Befehl, wieder den Fluß hinaufzufahren.

Da erhob sich Cäsar, schlug seinen Mantel auf und sagte das berühmte historische Wort:

»Fürchte nichts, denn dein Schiff trägt Cäsar und sein Glück.«

Eine solche Enthüllung verlieh dem Schiffer und den Ruderern Mut. Mit vereinten Kräften gelang es, diese Art Damm, welche die Mündung des Flusses versperrte, zu passieren.

Aber als sie das Meer erreicht hatten, wurde es unmöglich, das Boot zu steuern, und der Wind und die Wogen warfen es auf den Strand zurück.

Indessen war es Tag geworden, und sie liefen Gefahr, vom Feind entdeckt zu werden.

»O Fortuna! Fortuna!« flüsterte Cäsar. »Wirst du mich verlassen?«

Dann gab er den Befehl, das Boot wieder in den Fluß zu bringen, und mit Hilfe des Windes, der das Boot in die Mitte des Flusses trieb, und der Ruder, welche die Strömung bezwangen, hatte er in weniger als einer halben Stunde die wenigen Meilen zurückgelegt, die ihn von seinem Lager trennten.

Seine Rückkehr war ein Fest. Sie wußten, daß er fortgegangen war, und glaubten, er sei verloren. Die einen rühmten seinen Mut; die anderen tadelten seine Kühnheit.

Die Soldaten strömten in Scharen herbei. Einer von ihnen wurde von den anderen beordert, im Namen seiner Kameraden das Wort an ihn zu richten.

»Cäsar«, sagte er, »was haben dir diejenigen, die du deine Freunde nennst, getan, daß du die Hoffnung verlierst, mit ihnen zu siegen, und aufgrund deiner für uns ehrverletzenden Besorgnis jene suchst, die abwesend sind? Wir sind weniger zahlreich als der Feind, das stimmt, aber hast du uns gezählt, als es darum ging, die Gallier zu besiegen? Cäsar, dein Heer bittet dich erneut um das Vertrauen, das es nicht verdient hat, zu verlieren.«

Was Antonius daran hinderte, aus Brundisium aufzubrechen, war Bibulus' Wachsamkeit.

Bibulus verstarb jedoch, und die Herrschaft über das Meer wurde an Libo übergeben.

Als Antonius von Bibulus' Tod erfuhr, beschloß er, die dadurch entstandene Unruhe innerhalb der Seeflotte zu nutzen. Und während Gabinius auf dem Landweg einen Bogen schlug, griff er beherzt die Schiffe an, die den Hafen von Brundisium blockierten. Seine Schiffe trugen zwanzigtausend Fußsoldaten und achthundert Pferde.

Die Linie, die das Meer hielt und den Hafen blockierte, wurde mit einem Schlag aufgebrochen. Antonius und seine Schiffe passierten, aber Libos ganze Flotte zog sich zusammen und nahm die Verfolgung auf. Glücklicherweise drängte der Südwind den Feind tief in den Golf zurück. Es stimmt, daß der gleiche Wind Antonius' Schiffe zu den Felsen trieb, an denen sie nur noch zerschellen konnten. Sie waren schon so nah, daß Antonius und seine Männer glaubten, verloren zu sein, als sich plötzlich der Wind drehte und jetzt nicht mehr aus Süden, sondern aus Nordosten wehte. Antonius richtete schnell die Segel aus, und während er die Küste entlangfuhr, sah er überall die Trümmer von Pompejus' Flotte.

Er nutzte die Gelegenheit, machte eine große Anzahl Gefangener, nahm den Hafen von Lissus in Besitz, der neben dem von Dyrrachium lag, und als er Cäsars Lager erreichte, konnte er ihm nicht nur gute Nachrichten, sondern auch eine große Verstärkung bringen, was sehr zu seinem guten Ansehen beitrug. Eine Art Wunder hatte Cäsar gerettet.

Pompejus, der beschlossen hatte, ihn mit all seinen Streitkräften zu vernichten, marschierte mit dieser Absicht nach Apollonia. Doch als der Apsos seinen Weg kreuzte, befahl er zwei Männern, in den Fluß zu springen und die Furt zu erkunden.

Einer von Cäsars Soldaten, der die beiden Männer im Wasser sah, sprang seinerseits hinein, griff sie an und tötete alle beide.

Pompejus beschloß, eine Brücke zu bauen.

Die Brücke wurde errichtet. Cäsar ließ ihn gewähren. Zum gegebenen Zeitpunkt würde er diejenigen, welche die Brücke passiert hatten, angreifen.

Diese Mühe brauchte er sich jedoch nicht zu machen. Zwei- oder dreihundert Männer hatten das andere Ufer noch nicht erreicht, als die Brücke einstürzte. Alle, die auf der Brücke standen, fielen ins Wasser und ertranken. Diejenigen, welche die Brücke bereits überschritten hatten, wurden ausnahmslos von Cäsars Soldaten getötet.

Pompejus betrachtete diese beiden Ereignisse als böses Omen und zog sich rasch zurück.

62

Als Antonius und seine zwanzigtausend Mann ankamen, beschloß Cäsar, zum Angriff überzugehen.

Pompejus hatte sich nach Asparagium in die Nähe von Dyrrachium zurückgezogen.

Cäsar folgte Pompejus, eroberte unterwegs eine Stadt, in der Pompejus eine Garnison hatte, und am dritten Tag stand er seinem Feind gegenüber und lieferte ihm eine Schlacht ...

Nun sind wir beim letzten, ja beim allerletzten Kampf angekommen. Man möge uns also erlauben, angesichts dieser Ereignisse eine Minute zu verweilen, Ereignisse, auf welche die ganze Welt mit angehaltenem Atem den Blick richtete.

Vereinfacht dargestellt, stellten sich die folgenden Fragen:

Wird die Aristokratie mit Sullas Schüler siegen? Wird das Volk mit Marius' Neffen siegen? Wird Italien sich mit Pompejus nicht mehr vor Proskriptionen retten können? Wird die Welt Cäsars Güte ertragen?

Wir wollen uns hier nicht in Theorien und Anspielungen ergehen, sondern Fakten aufzeigen.

Es ist zu verstehen, daß die Welt gespannt wartete.

Die Augen der ganzen Welt waren auf dieses kleine Gebiet mit Namen Epirus gerichtet. Gallien, Spanien, Afrika, Ägypten, Syrien, Asien, Griechenland, die ganze Welt schaute also – wie wir gesagt haben – dorthin und hielt den Atem an. Das Morgenland und das Abendland, der Norden und der Süden fragten sich: »Was wird aus uns werden?«

Das Abendland, das heißt die Kraft der Zukunft, war für Cäsar; das Morgenland, das heißt die Herrschaft der Vergangenheit war für Pompejus; der Norden existierte noch nicht; der Süden existierte nicht mehr.

Am dritten Tag stand Cäsar also Pompejus gegenüber und lieferte ihm eine Schlacht.

Pompejus, dessen Kampfgeist aufgrund der beiden Vorhersagen, über die wir gesprochen haben, etwas geschwächt war, blieb in seinem Lager.

Cäsar wartete den halben Tag, und als er sah, daß Pompejus die Schlacht verweigerte, befahl er seinen Truppen, ins Lager zurückzukehren.

Er hatte einen neuen Plan entworfen.

Über Wege, die so schmal und schwierig zu begehen waren wie die, denen er in Spanien gefolgt war, marschierte er in Richtung Dyrrachium. Seine Absicht war, Pompejus von diesem Ort abzuschneiden, das heißt, ihm den Zugang zu seinen Lebensmitteln und seinem Nachschub zu versperren.

Pompejus, der sah, daß Cäsar einen großen Umweg machte, glaubte, wie es auch Afranius und Petreius am Ufer des Segre vermutet hatten, daß der Mangel an Lebensmitteln Cäsar zum Rückzug zwang. Er schickte Späher auf ihre Spur und wartete.

Die Späher kehrten in der Nacht zurück und verkündeten,

daß Cäsar keineswegs den Rückzug angetreten habe, sondern einen gewaltigen Bogen schlage und sich so zwischen Pompejus und Dyrrachium stelle.

Pompejus gab den Befehl, das Lager sofort zu räumen, und auf dem kürzesten Weg marschierte er zur Stadt.

Cäsar, der dieses Manöver wohl geahnt hatte, marschierte zu Fuß an der Spitze seiner Soldaten, ermutigte sie, bezwang als erster alle Hindernisse, erlaubte nur kurze Pausen, drängte zum Aufbruch und erklärte die Bedeutung einer schnellen Truppenbewegung.

Im Morgengrauen des nächsten Tages erblickten sie gleichzeitig die Mauern von Dyrrachium wie Pompejus' Soldaten, nur daß sie diesen eine Stunde voraus waren. Genau das Gleiche war Afranius und Petreius in Spanien passiert.

Als Pompejus sah, daß Cäsar ihm zuvorgekommen war, errichtete er sein Lager auf einem Felsen, der das Meer überragte und von einer Art Hafen geschützt wurde, in dem er seine Schiffe sammelte. Mit ihrer Hilfe konnte er Lebensmittel aus Asien und von anderen Punkten des Orients beziehen, die ihm unterworfen waren.

Cäsar hingegen war abgeschnitten und auf die örtlichen Ressourcen angewiesen. Er konnte keine Lebensmittel aus dem Osten kommen lassen, da ihm dieser nicht gehörte. Er konnte sie nicht aus dem Westen kommen lassen, von dem ihn die fünfhundert Schiffe des Pompejus trennten. Er schickte Botschafter, um Lebensmittel in Epirus zu kaufen, besteuerte alle Nachbarstädte in Naturalien und ließ Weizen holen, den es in Lissus gab, in der Stadt der Parther, und in allen Dörfern und Gütern der Umgebung.

Aber er befand sich in einem Bergland, das für den Ackerbau nicht besonders gut geeignet war. Überall mangelte es an Weizen. Pompejus, der wie ein Adler oben auf seinem Felsen auf der Lauer lag und dessen Reiterei der des Cäsar überlegen war, sah von weitem die Konvois ankommen, jagte seine leichte Reiterei auf sie und plünderte sie aus.

Cäsar beschloß, gleichzeitig Dyrrachium und Pompejus, die Stadt und das Heer zu belagern.

Das war ein gigantischer Plan, dessen Erfüllung für jeden anderen Feldherrn und für alle anderen Soldaten als für die Cäsars nur ein Wunschtraum gewesen wäre.

Was würde die Welt davon halten, wenn ihm das gelänge?

Pompejus verweigert den Kampf, und Cäsar belagert Pompejus! Innerhalb von acht Tagen baute er zwölf Forts auf der Kuppe der Berge, auf deren Gipfeln Pompejus saß. Er verband seine Forts durch Gräben und Verbindungslinien. Diese Konstruktion glich den gewaltigen Umwallungen, die er in Gallien gebaut hatte.

Da Pompejus weder den Berg verlassen noch sich von Dyrrachium entfernen wollte und da er Cäsars Arbeiten nur verhindern konnte, indem er ihm eine Schlacht lieferte, und da er nicht bereit war, das zu tun, konnte er nur versuchen, ein möglichst großes Gebiet zu besetzen, um so Cäsars Truppen zu verdrängen und auseinanderzuziehen. Das war einfach für ihn, da er doppelt so viele Soldaten hatte wie sein Gegner.

Pompejus baute also seinerseits vierundzwanzig Forts, die einen Umkreis von fast vier Meilen einschlossen.

Innerhalb dieser vier Meilen ließ er seine Pferde wie in einem Park weiden, während ihm seine Flotte Weizen, Fleisch und Wein im Überfluß brachte.

Cäsar zog eine Linie von sechs Meilen und baute sechsunddreißig Forts!

Wie wir uns gut vorstellen können, sah Pompejus nicht seelenruhig zu, wie Cäsar diese Arbeiten vollendete.

Als Cäsar weitere Anhöhen besetzen wollte, jagte Pompejus sofort seine Schleuderer und Schützen auf ihn, aber Cäsars Soldaten, von denen die meisten Gallier, Spanier oder Germanen waren, zeigten sich einfallsreich wie die modernen Franzosen. Die Arbeiter hatten sich Helme aus Filz, Leder und Pikeeleinen gemacht, welche die Schläge abschwächten.

Cäsars Soldaten boten einen seltsamen Anblick. Dem Heer

fehlte es an allem; es war nur vierzigtausend Mann stark und belagerte ein Heer, das aus mehr als achtzigtausend Mann bestand und alles im Überfluß besaß.

Wenn sie auch wie die Männer im Norden und Westen einen widerstandsfähigen Magen hatten, so brauchten sie dennoch Nahrung, doch da Cäsar sie ermutigte, beklagten sie sich nicht und aßen Gerste, Gemüse und sogar Kräuter statt Brot. Und als der Zeitpunkt kam, da Gerste und Gemüse fehlten, entdeckten diejenigen, die mit Valerius auf Sardinien gewesen waren, eine Wurzel, die in Milch getunkt, eine Art Brot darstellte, und obwohl sie nicht genug von diesem Brot hatten, warfen sich Cäsars Soldaten über die Verschanzungen des Feindes, damit Pompejus' Soldaten sahen, von welcher Nahrung sie leben konnten.

Dann schrien sie von einem Fort zum anderen:

»Ah, nun haben wir dich endlich, Pompejus, und nun, da wir dich haben, werden wir lieber Baumrinde essen, als dich loszulassen!«

Pompejus versteckte das Wurzelbrot, das Cäsars Soldaten hinüberwarfen, damit diese prächtige Jugend Roms, die ihm gefolgt war, nicht sah, mit welchen Barbaren sie es zu tun hatte und welche wilden Tiere sie eines Tages bekämpfen mußte.

Cato und Cicero waren in Dyrrachium. Sie beobachteten all das von der Stadt aus.

Cicero, der stets zum Spott aufgelegt war, ließ keinen Tag verstreichen, ohne Pompejus mit einem seiner bösen Worte zu verletzen. Man kann bei Plutarch die Liste dieser Späße nachlesen, die für uns ziemlich unverständlich sind.

Und Cato, hinter dessen Zynismus sich ein gutes Herz verbarg und dessen Seele für den Bürgerkrieg zu zart war, verspürte überhaupt keine Lust, wie Cicero über solches Unglück zu spotten. Er hatte angeordnet, daß keine Stadt geplündert werden durfte, auch wenn sie im Sturm erobert worden war, und daß kein römischer Soldat nach dem Kampf getötet werde.

Und mit dieser Hoffnung wartete er.

Der arme Cato! Warum besaß er nicht so viel Geist wie Cicero? Es wäre ihm weniger schwer ums Herz gewesen.

63

Schauen wir nun, was in Rom passierte.

Cäsar hatte nicht alle Welt zufriedengestellt, indem er verhindert hatte, daß die Schuldner vollkommen Bankrott machten. Sie verstehen sicher, daß das ganze Heer – ich habe vergessen, Ihnen das zu erzählen – in dem Moment, als Cäsar seine Hand ausstreckte, an der er einen Ring trug, und seine fünf gespreizten Finger zeigte, glaubte, daß er jedem Mann mit dieser Geste fünftausend Sesterzen und den Ritterring versprach. Sie verstehen sicher, daß dieses Heer auch seine schlechten Tage hatte. Sie haben gesehen, daß sich eine Legion in Piacenza (Placentia) und eine andere auf der Via Appia auflehnte.

Doch das einzige Geschenk, welches das Heer erhalten hatte, waren zweitausend Sesterzen, fünfhundert Francs pro Kopf.

Aber nachdem das Heer dem Feind einmal gegenüberstand, beklagte es sich nicht mehr. Es aß seine Wurzeln, bereitete sich darauf vor, seine Baumrinden zu essen und ließ sich zum Schweigen bringen.

Diejenigen, die sich beklagten, waren die Anhänger des Catilina und des Clodius; das waren die zahlungsunfähigen Schuldner, die in Cäsars Lager Schutz gesucht hatten, um vor dem Clichy jener Zeit zu flüchten und die *tabulae novae* zu suchen.

Wollen Sie eine Vorstellung davon gewinnen, wovor Rom Angst hatte? Und denken Sie daran, daß ich hier zitiere, damit man nicht glaubt, ich mache Anspielungen. Leider ähneln sich alle Revolutionen, ob sie nun fünfzig Jahre vor Christus stattfinden oder tausendachthundert Jahre danach. Die gleichen Interessen bringen die gleichen Männer hervor, und ob sie nun Rullus oder Babeuf heißen, so ist es doch immer die gleiche Theorie. Wollen Sie wissen, wovor Rom in Erwartung von Cäsars Sieg Angst hatte? Lesen Sie den Schriftsteller aus Amiternum, den Mann, der überrascht wurde, als er mit Fausta, der Frau des Milo, in ein *kriminelles* Gespräch verwickelt war, wie unsere Nachbarn, die Engländer, sagen, und der sich aus Verdruß der demokratischen Partei des Clodius anschloß. Als es nach dem Tod seines Befehlshabers zu Unruhen kam, war er einer der größten Unruhestifter; der Zensor schloß ihn aus Gründen der Unsittlichkeit vom Senat aus; er war der Korrespondent und Vertrauensmann Cäsars in Rom, suchte ihn nach Antonius, Curio und Cassius in seinem Lager auf, wurde nach dem Tod des Juba später zum Prokonsul von Numidien ernannt, plünderte die Provinz, wie es jeder gute Prokonsul machen mußte, und kehrte mit so viel Reichtümern zurück, daß er in seiner schönen Villa auf dem Quirinalhügel mit den riesigen Gärten zum Moralisten und Historiker wurde. Lesen Sie Sallust!

Seine Werke sind: 1. Seine große *Historie* in fünf Büchern, in denen alles, was sich in Rom seit dem Tod Sullas bis zur Verschwörung des Catilina ereignet hat, enthalten ist: Sie ist verlorengegangen, und wir kennen nur Fragmente; 2. *Die Verschwörung des Catilina*; 3. *Die Verschwörung des Jugurtha*; 4. *Zwei politische Briefe an Cäsar*: Der eine wurde am Tag vor seiner Ankunft in Rom geschrieben, als er aus Afrika zurückkehrte, und der andere nach der Schlacht von Pharsalos.

Lesen Sie, was er Cäsar schreibt:

»Männer, deren Ehre durch Zügellosigkeit und Verbrechen befleckt ist und die glauben, du seist bereit, ihnen die Republik auszuliefern, sind in Scharen in dein Lager geströmt, bedrohen die wehrlosen Bürger mit Plünderungen, nicht nur mit Plünderungen, sondern auch mit Mord, und mit jedem Mord, den man von lasterhaften Seelen erwarten kann. Nachdem sie jedoch erkannt haben, daß du sie nicht davon entbindest, ihre Schulden zurückzuzahlen, und du ihnen die Bürger nicht wie Feinde auslieferst, haben sie alles verlassen. Nur eine kleine Anzahl von ihnen glaubte, in deinem Lager eher in Sicherheit zu sein als in Rom, weil sie so große Angst vor ihren Gläubigern hatte! Aber es ist unglaublich, wie viele Männer und welche Männer deine Sache aufgegeben, sich für Pompejus entschieden und sein Lager als unantastbares Asyl gewählt haben.«

Einer dieser Männer, über die Sallust spricht, ist der Prätor Caelius, dessen Namen wir, glaube ich, schon erwähnt haben.

Dieser rechnete fest mit den *tabulae novae*.

Kurz gesagt, es war solch ein Mann von Geist – Männer von Geist haben mitunter hohe Schulden –, der immer hartnäckig Streit suchte und zu einem seiner äußerst unterwürfigen Klienten, mit dem er speiste und der immer seiner Meinung war, sagte:

»Sag doch wenigstens einmal nein, damit man merkt, daß wir hier zu zweit sind!«

Als Cäsar sich nach Griechenland eingeschifft hatte, wurde Caelius nun gewahr, daß Cäsars Partei die Partei der Wucherer war.

Im April des Jahres 49 v. Chr. schreibt er an Cicero:

»Im Namen aller, die Euch teuer sind, im Namen Eurer Kinder, beschwöre ich Euch, mein lieber Cicero, stürzt Euch nicht ins Verderben und bringt Euch nicht aufgrund eines übereilten Entschlusses in eine unangenehme Lage. Nichts von dem, was ich Euch gesagt habe, war einfach so daher gesagt, und ich habe Euch nicht leichtfertig geraten. Ich rufe die Götter und die Menschen als Zeugen an! Ich beschwöre Euch im Namen unserer Freundschaft!

Wenn Ihr nur ein wenig Zuneigung für uns empfindet, für

unseren Sohn, für unsere Familie, wenn Ihr unsere letzte Hoffnung nicht zerstören wollt, wenn meine Stimme und die Eures ausgezeichneten Schwiegersohnes auf Euch einigen Einfluß haben, wenn Ihr keine Unruhe in unser aller Leben bringen wollt, so entscheidet Euch um der Götter willen nicht dafür, zu hassen und eine Partei zurückzuweisen, deren Sieg uns retten soll. Oder wenn Ihr der gegnerischen Partei folgt, so legt kein Gelübde gegen Eure eigene Person ab. Denkt daran, daß Ihr schon zu lange gezögert habt, Euch zu äußern, um nicht verdächtig zu erscheinen. Dem Mann zu trotzen, der nun als Sieger dasteht, den Ihr geschont habt, als sein Glück schwankend war, und Euch in ihrer Flucht jenen anzuschließen, die Ihr nicht in ihrem Leben unterstützt habt, würde bedeuten, unsinnig zu handeln. Hütet Euch davor, nicht in ausreichendem Maße auf der Seite der guten Partei zu stehen, indem Ihr zu sehr der Partei der Guten angehören wollt. Wartet wenigstens die Ereignisse in Spanien ab. Ich sage Euch, daß Spanien uns gehört, sobald Cäsar einen Fuß ins Land gesetzt hat. Und wenn sie Spanien verlieren, was bleibt ihnen dann, bitte?«

Caelius geht also nach Spanien, kämpft für Cäsar, kehrt mit Cäsar nach Rom zurück und hofft auf die *tabulae novae*, die Cäsar hier aufstellen wird. Nichts da! Caelius wird in seiner Erwartung enttäuscht. Anstatt den vollkommenen Bankrott zu gewähren, erlaubt Cäsar nur, einen armseligen kleinen Bankrott von fünfundzwanzig Prozent.

Das hatte Caelius nicht erwartet.

So schreibt er ein Jahr später, im März des Jahres 48 v. Chr., an Cicero:

»Oh, mein lieber Cicero, wäre ich doch mit Euch nach Formiae gegangen, anstatt mit Cäsar nach Spanien zu gehen; wäre ich doch mit Euch zu Pompejus gegangen!

Es hat den Göttern gefallen, daß Curio wie Appius Claudius zu dieser Partei gehörte, Curio, dessen Freundschaft mich in diese abscheuliche Sache verwickelt hat. Ja, ich spüre, daß Zuneigung einerseits und meine Ressentiments andererseits dazu beitrugen, daß ich den Kopf verlor. Es ist keineswegs so, daß ich an unserer Sache zweifle, aber besser sterben, als mit diesen Leuten zu tun zu haben. Ohne die Furcht vor Euren Repressalien wären wir schon lange nicht mehr hier.

In Rom ist außer *einigen Wucherern* alles pompejanisch, die Menschen wie die Ordnung. Ich habe bis hin zum Pöbel, der uns so ergeben war, und sogar die, die sich das Volk nennen, alle für Euch gewonnen. Ich werde Euch zu Eurem eigenen Verdruß siegen lassen. Ich will ein zweiter Cato sein. Schlaft Ihr, daß Ihr nicht merkt, welche Blöße wir uns geben und wie schwach wir sind? Nichts erregt im Moment mein Interesse, aber ich bin wie gewöhnlich rachsüchtig, wenn man mich unwürdig behandelt.

Was macht Ihr dort unten? Wollt Ihr eine Schlacht liefern? Seid auf der Hut, denn das ist die Stärke Eurer Gegner. Ich kenne Eure Truppen nicht, aber Cäsars Truppen können kämpfen und fürchten weder Kälte noch Hunger. Lebt wohl!«

Ich habe Ihnen ja gesagt, daß Caelius ein Mann von Geist war. Nachdem er vorhergesehen hat, daß Cäsar Spanien einnehmen wird, sieht er voraus, daß Cäsar Pompejus besiegen wird, was ihn jedoch, da er so rachsüchtig ist, nicht daran hindert, Cäsar den Krieg zu erklären.

Plötzlich erfährt man in Cäsars Lager, daß der Freund Caelius seine Kriege in Rom führt.

Zuerst läßt er seinen Sitz neben den des anderen Prätors, Gajus Trebonius, aufstellen, der damit beauftragt ist, den Bürgern Gerechtigkeit widerfahren zu lassen; dann kündigt er an, daß er die Klagen der Schuldner entgegennehmen wird, die sich den Urteilen der Schiedsmänner und Cäsars Beschlüssen widersetzen.

Niemand meldet sich, um Berufung einzulegen.

Nun schlägt Caelius einen Erlaß vor, kraft dessen es den

Schuldnern erlaubt sein soll, sich durch sechs Zahlungen ohne Zinsen von ihren Schulden zu befreien.

Aber der Konsul Servilius Isauricus, den Cäsar in Rom zurückgelassen hat, widersetzt sich diesem Schritt.

Was macht Caelius? Er vernichtet seinen ersten Erlaß und verkündet zwei andere in der Hoffnung, das Volk aufzuwiegeln.

Nein: Das Volk rührt sich nicht.

Doch Caelius braucht seinen Aufstand. Sehen Sie, was er sich ausdenkt. Solange der Krieg andauert, sind die Mieter nicht verpflichtet, ihre Miete zu bezahlen.

Oh, sofort brechen die Mieter in Hochrufe aus. Sie versammeln sich im Forum. Es entsteht Aufregung.

Während dieses Tumults wird Trebonius von seinem Tribunal gerissen, und als er auf die Stufen fällt, schlägt er sich den Schädel auf.

Der Konsul schreitet ein. Er schreibt seinen Bericht, und Caelius wird aus dem Senat verjagt.

Caelius will eine Rede an das Volk halten und steigt auf die Tribüne. Die Liktoren zwingen ihn herunterzusteigen.

Caelius schreit ganz laut, daß er zu Cäsar gehen und sich bei ihm beschweren wird. Und heimlich schickt er schnell einen Kurier zu Milo, damit dieser mit den Unzufriedenen, die er vereinen kann, einen Vorstoß nach Italien unternimmt. Sie erinnern sich an Milo, der in Marseille im Exil Meerbarben ißt?

Milo hebt hundert Mann aus und marschiert in Italien ein.

Caelius stößt mit einigen Gladiatoren zu ihm, die ihm von seinen Spielen geblieben sind, und nun machen die beiden die Gegend unsicher und verkünden, daß sie in Pompejus' Namen handeln und mit Briefen ausgestattet seien, die ihnen Bibulus gebracht habe. Sie wissen ja, daß Bibulus tot war, was die beiden jedoch noch nicht wußten.

Alle beide rufen die Aufhebung der Schulden aus. Niemand rührt sich.

Milo befreit einige Sklaven und belagert mit ihnen eine Stadt in Kalabrien.

Hier wird er durch einen Stein getötet, den der Prätor Quintus Pedius, der sich mit einer Legion in der Stadt verschanzt hat, über die Mauer auf ihn wirft.

Und Caelius belagert Thurium. Während er dort die spanischen und gallischen Reiter, denen er Geld anbietet, ersucht, Cäsars Partei zu verlassen, um in die des Pompejus überzutreten, stößt ihm einer dieser Reiter, dem er sicher nicht wortgewandt genug ist oder dem er zu weitschweifig erscheint, sein Schwert durch den Leib.

So enden Milo und Caelius und ihr Krawall mit ihnen.

64

Cäsar und seine vierzigtausend Mann belagerten also Pompejus und seine hunderttausend Soldaten.

Pompejus beschloß, einen zweifachen Ausfall zu machen: einen aus seinem Lager und einen aus Dyrrachium.

Das Ziel dieser beiden Ausfälle war, einen Berg außerhalb der Schußlinie von Cäsars Soldaten in Besitz zu nehmen und hier einen Teil seiner Soldaten einzuquartieren.

Pompejus griff Cäsars Soldaten an drei Punkten an, während die Garnison in Dyrrachium es ebenso machte.

Sie kämpften also gleichzeitig an sechs Punkten.

Pompejus wurde überall zurückgetrieben.

Er verlor zweitausend Mann und eine große Anzahl an Freiwilligen und Befehlshabern. Unter ihnen befand sich auch Valerius Flaccus, der Sohn von Lucius Valerius, der Prätor in Asien war.

Cäsar verlor insgesamt zwanzig Soldaten und eroberte sechs Feldzeichen.

Vier Zenturionen, die ein Fort verteidigten, über das Pompejus' Soldaten verbissen herfielen, verloren ein Auge, und sie erzählten – wodurch man eine Vorstellung von der Gewalt des Angriffs gewinnt –, daß allein im Fort dreißigtausend Pfeile gefunden wurden. Allein der Schild des Zenturios Scaeva war von zweihundertdreißig Pfeilen durchbohrt. Wir haben schon gesagt, wie dieser beherzte Mann mit dem ausgestochenen Auge zwei Soldaten von Pompejus tötete, indem er vorgab, sich ergeben zu wollen. In dem Schild eines gewissen Minutius steckten zweihundertzwanzig Pfeile, und sein Körper war an sechs Stellen durchbohrt.

Cäsar gab dem ersten vierundzwanzigtausend Sesterzen als Belohnung und beförderte ihn vom achten in den ersten Rang.

Er honorierte und belohnte den zweiten auf eine andere Weise, aber auf eine Weise, die ihn voll und ganz zufriedenstellte, denn er erholte sich wieder von seinen neun Verwundungen.

Die anderen erhielten doppelten Lohn und doppelte Essensrationen.

Indessen traf Scipio in Asien ein.

Cäsar, der keine Gelegenheit verstreichen ließ, um eine Einigung herbeizuführen, schickte Appius Claudius zu ihm, der Scipios Freund war.

Wir erinnern uns daran, daß Scipio der Schwiegervater von Pompejus war und einen großen Einfluß auf seinen Schwiegersohn hatte.

Unglücklicherweise hielt sich bei Scipio der berühmte Favorinus auf, der *Affe* des Cato, der bei seinen Spielen Karotten, Rüben und Gurken ausgeteilt hatte. Er hinderte Scipio daran, Claudius zuzuhören.

Doch Pompejus' Lage verschlechterte sich. Es mangelte an Wasser für die Männer und Futter für die Pferde. Cäsar hatte alle Quellen umgeleitet. Die Männer bekamen nur eine halbe Ration Wasser und die Pferde und Lasttiere zerstampfte Schilfblätter und Schilfwurzeln. Und dann nahm man ihnen noch die Lasttiere weg, um dieses Futter, wenn es auch noch so schlecht war, für die Pferde zu verwenden.

Die Maultiere und Esel starben. Im Lager breitete sich der ekelerregende Gestank der Kadaver aus.

Man ließ Futter über den Seeweg kommen. Aber man konnte sich nur Gerste statt Hafer beschaffen, und die Pferde, die fast alle aus Griechenland und Pontus stammten, waren an dieses Futter nicht gewöhnt.

Schließlich schämte sich Pompejus und beschloß, einen Ausfall zu versuchen.

Der Zufall kam ihm zu Hilfe.

In Cäsars Lager befanden sich zwei Ritter der Allobroger, Söhne eines Befehlshabers namens Albuciles. Alle beide waren mutig, leisteten im Gallienkrieg gute Dienste und erhielten als Belohnung die höchsten Dienstgrade. Überdies wurden sie durch Cäsars Protektion vor dem vom Gesetz vorgeschriebenen Alter zum Senat zugelassen.

Cäsar schätzte diese beiden sehr und schenkte ihnen vom Feind erobertes Land. Aber all das genügte ihnen nicht. Sie kommandierten Reiter aus ihrem Land, behielten den Lohn ihrer Männer zurück und sagten ihnen, daß Cäsar ihnen das Geld nicht gegeben habe.

Die Männer beklagten sich bei Cäsar.

Cäsar verhörte sie und erfuhr, daß die beiden Gallier ihre Männer nicht mit dem Geld bezahlten, das er ihnen aushändigte, daß sie einen viel zu hohen Bestand an Soldaten angaben und seit einem Jahr auf dem Papier zweihundert Männer und zweihundert Pferde führten, die niemals existiert hatten.

Cäsar war der Ansicht, daß der Moment schlecht gewählt sei, um großes Aufsehen zu erregen. Doch er rief sie zu sich und tadelte sie unter vier Augen, redete ihnen wegen der Geldunterschlagung ins Gewissen, sagte ihnen, daß man auf Cäsars Großzügigkeit stolz sein könne, und sie ganz besonders, da sie schon einen Beweis für diese Großzügigkeit erhalten hätten.

Diese Vorwürfe verletzten sie. Sie kehrten in ihre Zelte zurück, berieten sich und beschlossen, die Partei zu wechseln und zu Pompejus überzulaufen.

Um von diesem freundlicher empfangen zu werden, beschlossen sie überdies, Volusius, den General der Reiterei, zu töten.

Aber sei es, daß die Gelegenheit zur Ausführung des Plans fehlte oder daß er ihnen zu schwierig erschien, auf jeden Fall begnügten sie sich damit, sich von ihren Freunden so viel Geld wie möglich zu leihen, – angeblich um den Soldaten Geld zu geben, das sie unterschlagen hatten. Sie kauften davon Pferde, die Pompejus aufgrund der Sterblichkeit, die in seinem Lager ausgebrochen war, fehlten, und liefen mit all den Männern, die einwilligten, ihnen zu folgen, zum Feind über. Es waren ungefähr hundert.

Pompejus, der derartige Desertationen nicht gewohnt war, empfing sie daher überschwenglich und führte sie durchs ganze Lager.

Am Abend, als er sie in sein Zelt rief, erfuhr er von ihnen die Stärken und Schwächen des feindlichen Lagers und notierte sich die Entfernungen, in denen die Wachposten voneinander standen.

Gut unterrichtet, wie er nun war, verschob Pompejus den Überraschungsangriff auf den nächsten Tag.

Als es dunkel wurde, schiffte er eine große Anzahl Schützen und leichter Fußsoldaten ein, welche die Gräben mit Faschinen verstopfen sollten. Dann zog er sechzig Kohorten aus dem Lager ab und führte sie am Meer entlang an die Stelle von Cäsars Lager, die am weitesten von seinem Quartier entfernt, aber nahe am Ufer lag.

Der Punkt, den Pompejus angreifen wollte, wurde von dem Quästor Lentulus Marcellinus und der neunten Legion verteidigt.

Lentulus Marcellinus war krank. Fulvius Postumus war ihm als Unterstützung zugewiesen worden und sollte ihn auch im Notfall ersetzen.

Cäsars Lager wies an dieser Seite zwei Verschanzungen auf: Eine Verschanzung mit einem Graben von fünfzehn Fuß Tiefe und einem Wall von zehn Fuß Höhe lag dem Feind gegenüber. Die andere Verschanzung, die sich in hundert Schritt Entfernung befand, war nicht nur kleiner, sondern auch an einer Stelle noch unvollendet.

Pompejus kannte alle Einzelheiten.

Also sammelte er seine ganzen Streitkräfte an diesem Punkt.

Sobald der Morgen graute, wurde die neunte Legion angegriffen.

Als Marcellinus von dem Angriff erfuhr, schickte er Verstärkung, doch die Verstärkung war zu schwach, und es war schon zu spät.

Auch die Mutigsten geraten einmal in Panik. Um jedoch nicht ihre Ehre zu verlieren, schoben die Römer ihre Angst den Göttern in die Schuhe.

Alle flohen.

Der Hauptstandartenträger wurde getötet, aber ehe er starb, übergab er seine Standarte einem Reiter.

»Nimm«, sagte er, »und versichere Cäsar, daß ich sie erst im Sterben und nur einem Römer übergeben habe.«

Glücklicherweise eilte Antonius mit zwei Kohorten herbei.

Aber es hatte schon ein großes Massaker stattgefunden.

Cäsar, der aufgrund des Rauchs über dem Fort – des vereinbarten Signals im Falle eines Überraschungsangriffs – gewarnt wurde, eilte ebenfalls herbei.

Übrigens gelang es weder Antonius noch Cäsar, die Fliehenden zu sammeln.

Cäsar wäre dabei fast ums Leben gekommen.

Er wollte einen großen, kräftigen Soldaten aufhalten und ihn zwingen, dem Feind gegenüberzutreten. Der Soldat hob sein Schwert, um Cäsar zu erschlagen.

Glücklicherweise sah Cäsars Waffenträger die Bedrohung und schlug sein Schwert mit einem kräftigen Hieb auf die Schulter des Mannes.

Cäsar glaubte, alles sei verloren, und es wäre auch in der Tat alles verloren gewesen, wenn Pompejus nicht an seinem Glück gezweifelt und Cäsars Soldaten nicht die Zeit gehabt hätten, ihre Kräfte zu vereinen.

Pompejus' Soldaten zogen sich geordnet zurück, aber um die Gräben zu überqueren, brauchten sie keine Brücke. Diese Gräben waren voller Leichen.

Von Cäsars Soldaten waren zweitausend getötet und vier- oder fünfhundert gefangengenommen worden. Am Abend sagte er zu seinen Freunden:

»Heute hätten die Pompejaner den Sieg errungen, wenn Pompejus es verstanden hätte zu siegen!«

65

Cäsar verbrachte eine ähnlich unruhige Nacht, wie sie Napoleon wohl nach dem Einsturz der Brücke von Lobau verbracht haben muß. Alle beide hatten auf ihr Glück vertrauend fast den gleichen Fehler gemacht.

Cäsar warf sich vor, Pompejus den Krieg an einer ausgetrockneten Küste erklärt zu haben, wo seine Soldaten Hungers starben, während es keine Möglichkeit gab, Pompejus' Soldaten auszuhungern, die sich mit Hilfe ihrer Flotte ernähren konnten.

Er hätte den Krieg nach Thessalien oder Makedonien verlegen können, in fruchtbare Gebiete, wo die germanischen und gallischen Mägen reichlich Nahrung gefunden hätten, um sich zu sättigen. Er hatte es nicht getan.

Vielleicht war es jedoch noch nicht zu spät. Scipio war mit zwei Legionen nach Makedonien aufgebrochen. Würde Cäsar so tun, als ob er ihm folgte, ließe Pompejus, der mehr denn je in seine Frau Cornelia verliebt war, nicht zu, daß Cäsar seinen Schwiegervater und seine beiden Legionen niedermetzelte.

Wenn Pompejus aber gegen Cäsars Erwartung das Meer überquerte und nach Italien zurückkehrte, würde Cäsar durch Illyrien marschieren und ihn in Rom bekämpfen.

Er begann also damit, für die Behandlung der Verletzten und Kranken zu sorgen. Dann ließ er die Verletzten, die Kranken und das Gepäck unter dem Geleit einer Legion in der Nacht aus dem Lager schaffen und befahl ihnen, erst zu halten, wenn sie Apollonia erreicht hatten.

Das Hauptheer sollte sich erst gegen drei Uhr morgens in Marsch setzen.

Aber als das Heer über den Abmarsch unterrichtet wurde und erfuhr, daß Cäsar diese Entscheidung getroffen hatte, weil sie schlecht gekämpft hatten, herrschte Trauer unter den Soldaten. Die neunte Legion, die, von Angst ergriffen, so schnell zurückgewichen war, trat vollständig vor Cäsars Zelt und bat ihn, sie zu bestrafen.

Cäsar verhängte einige leichte Strafen und tröstete seine Soldaten.

»Ihr werdet beim nächsten Mal mutiger sein«, sagte er, »aber ich muß euch Zeit lassen, damit ihr euch von eurem Schreck erholen könnt.«

Die Soldaten bestanden darauf, sich noch im gleichen Augenblick zu rächen.

Cäsar lehnte das strikt ab und gab ihnen erneut den Befehl, sich um drei Uhr morgens in Marsch zu setzen.

Sie marschierten auf das ehemalige Lager in Apollonia zu.

Der Befehl wurde so ausgeführt, wie er gegeben worden war.

Cäsar verließ mit zwei Legionen und Trompetern an der Spitze als letzter das Lager.

»Still und leise abzumarschieren, das bedeutet nicht mehr, den Rückzug anzutreten, sondern zu fliehen.«

Bei Tagesanbruch jagte Pompejus seine Reiterei auf Cäsars Nachhut.

In Pompejus' Lager herrschte Freude.

Auch wenn Cäsar die Trompete blasen ließ, so war er nicht auf dem Rückzug, sondern auf der Flucht. Er war besiegt.

Fünfhundert waren gefangengenommen worden: Ungeachtet des Gesetzes, das Cato erlassen hatte und das besagte, daß kein einziger römischer Soldat außerhalb des Schlachtfeldes getötet werden durfte, erreichte Labienus, der geschworen hatte, die Waffen erst niederzulegen, wenn er seinen ehemaligen General besiegt haben würde, über sie zu verfügen. Als glaubte Pompejus, daß er sie begnadigen würde, lieferte er sie ihm aus.

»Nun, meine alten Kameraden«, sagte Labienus zu ihnen, »seitdem wir uns getrennt haben, habt ihr euch also angewöhnt zu fliehen?«

Und er ließ sie vom ersten bis zum letzten alle töten.

Wie es Cäsar vorhergesehen hatte, machte sich Pompejus an seine Verfolgung.

Mehrere Legaten hatten Pompejus vorgeschlagen, wieder nach Italien zu gehen, sich wieder Spaniens zu bemächtigen und dadurch erneut in den Besitz der schönsten Provinzen des Reiches zu gelangen, doch Scipio im Stich zu lassen, den Osten den Barbaren auszuliefern und die römischen Ritter zu ruinieren, indem er Cäsar Syrien, Griechenland und Asien überließ – ausgeschlossen!

War Cäsar denn nicht auf der Flucht? War es nicht besser, zu ihm vorzustoßen und den Krieg durch eine Entscheidungsschlacht zu beenden?

Pompejus schrieb den Königen, den Generälen und den Städten, als sei er schon der Sieger. Seine Frau Cornelia befand sich mit ihrem Sohn in Mytilene. Er schickte ihr Kuriere, die den Auftrag hatten, ihr Briefe zu übergeben, in denen er Cornelia mitteilte, daß der Krieg beendet oder doch so gut wie beendet sei.

Mit dem Vertrauen von Pompejus' Freunden war es seltsam bestellt. Sie stritten sich schon um Cäsars Nachlaß. Vor allem das Amt des Pontifex maximus, das er unbesetzt gelassen hatte, weckte ihren Ehrgeiz. Wer würde an seiner Stelle Pontifex maximus werden? Lentulus Spinter und Domitius Ahenobarbus hatten wohl Rechte darauf, aber Scipio war der Schwiegervater von Pompejus.

Um keine Zeit zu verlieren, schickten einige schon ihre Freunde oder Unterhändler nach Rom, um für sie in der Nähe des Forums Häuser zu beschaffen, von deren Schwelle aus sie sich sozusagen um die Ämter würden bewerben können, die sie anstrebten.

In Pompejus' Lager wurde das getan, was achtzehn Jahrhunderte später in Koblenz stattfinden sollte.

Domitius hatte in seiner Tasche eine Liste mit Verdächtigen und einen Plan für ein Revolutionstribunal.

»Stellt eure Proskriptionstische auf«, sagte Cicero, »das wäre dann wenigstens schon getan.«

»Unsere Proskriptionstische«, antworteten die anderen Emigranten, »um was zu machen? Es war gut für Sulla, Tische aufzustellen. Wir proskribieren nicht pro Kopf, sondern wir proskribieren massenweise.«

Aber Pompejus hatte es mit einer Entscheidungsschlacht nicht so eilig.

Er wußte, mit wem er es zu tun hatte. Seit langer Zeit kannte er diese unbesiegbaren Kämpfer, die daran gewöhnt waren, gemeinsam zu siegen. Sie waren nur älter geworden, und mit der Zeit könnte es gelingen, sie aufgrund der Strapazen zu zermürben und mit List und Tücke zu besiegen. Warum sollte er seine Truppen im Kampf gegen diese Veteranen aufs Spiel setzen?

Aber Pompejus war nicht Herr über das, was er wollte.

Es gab so viele einflußreiche Männer, so viele Männer von Rang und Namen in diesem Heer des Pompejus, daß alle außer Pompejus das Sagen hatten.

Nur Cato war seiner Meinung. Er wollte Zeit gewinnen und alles durch Ermüdung und Verhandlungen erreichen. Er hatte unaufhörlich die zweitausend Leichen von Dyrrachium und die fünfhundert von Labienus getöteten Gefangenen vor Augen.

An jenem Tag hatte er sich weinend in die Stadt zurückgezogen und seinen Kopf als Zeichen der Trauer mit seiner Robe bedeckt.

Cicero spottete mehr denn je, und oft hatte Pompejus sich schon gewünscht, daß dieser erbarmungslose Spötter in Cäsars Lager überwechselte.

Es stimmt, daß die anderen Cicero unterstützten, so gut sie konnten. Als sie sahen, daß Pompejus Cäsar Schritt für Schritt von Epirus nach Illyrien folgte, warfen sie ihm vor, daß er seine Position als Diktator auf ewig behalten wolle.

»Es gefällt ihm«, sagten die Unzufriedenen, »daß er beim Aufstehen einen Hof von Königen und Senatoren um sich hat.«

Domitius Ahenobarbus nannte ihn immer nur Agamemnon, das heißt den König der Könige.

»Meine Freunde«, sagte Favonius, »wir werden in diesem Jahr keine Feigen aus Tusculum essen.«

Afranius, der Spanien verloren hatte und beschuldigt wurde, es verkauft zu haben, nannte Pompejus den großen Schwarzhändler der Provinzen.

»Schaffen wir uns zuerst Cäsar vom Hals«, sagten die Ritter, »und anschließend werden wir uns Pompejus vom Hals schaffen.«

Dieser hatte so große Angst davor, daß sich Cato, wenn er Cäsar besiegt hätte, auflehnen würde, um ihn aufzufordern, seinen Oberbefehl niederzulegen, daß er ihm keine wichtigen Aufträge übertrug, und als er Cäsars Verfolgung aufnahm, ließ er ihn in Dyrrachium zurück.

Catos Aufgabe bestand darin, das Gepäck zu bewachen.

Aber schließlich wurde der Wettstreit der gegen Pompejus gerichteten Spötteleien und Verwünschungen so stark, daß er beschloß, Cäsar anzugreifen, sobald dieser anhielt.

Cäsar hielt auf den Ebenen von Pharsalos an.

Hier sollte sich das Schicksal der Welt entscheiden.

Die ersten Tage des Rückzugs waren für Cäsar Tage eines schrecklichen Kampfes gewesen.

Die Gerüchte über seine Niederlage hatten sich verbreitet, und überall stieß er auf Mißachtung. Ihm wurden Lebensmittel und Futter verweigert, und das dauerte solange, bis er die Stadt Gomphoi in Thessalien eingenommen hatte.

Von nun an hatte er alles im Überfluß, so daß seine Soldaten, die seit fünf Monaten fast Hungers starben, dank der zahlreichen Amphoren, die sie in den Kellern der Stadt fanden, Saufgelage zelebrierten, die drei Tage dauerten.

Und wie wir schon gesagt haben, hielt Cäsar schließlich in Pharsalos an.

Pompejus errichtete sein Lager auf einer Anhöhe gegenüber von Cäsars Lager.

Doch da erfaßten ihn wieder Zweifel.

Er hatte einen Traum gehabt, und wir wissen um den Einfluß, den Träume und Vorhersagen auf die Ereignisse der antiken Welt hatten.

Nachdem er den Rat verlassen hatte, in dem soeben die Schlacht für den nächsten Tag festgelegt worden war und in dem Labienus, der Kommandant der Reiterei, den feierlichen Schwur erneuert hatte, seine Waffen erst nach Cäsars endgültigem Fall niederzulegen, ging er in sein Zelt zurück, legte sich nieder und schlief ein.

Dann hatte er einen Traum.

Er saß in Rom im Theater, und das Volk begrüßte ihn mit großem Applaus. Als er das Theater verließ, schmückte er die Kapelle der siegreichen Venus mit reicher Beute.

Dieser Traum, der auf den ersten Blick nur Günstiges zu enthalten schien, konnte dennoch einen doppelten Sinn bergen.

Cäsar war der Sohn der Venus. War diese Beute, mit der Pompejus die Kapelle der Venus schmückte, nicht sein eigener Nachlaß?

Die ganze Nacht wurde das Lager von panischem Schrecken heimgesucht. Zwei- oder dreimal liefen die Nachtwachen zu den Waffen, da sie glaubten, angegriffen zu werden.

Kurz vor Tagesanbruch, als die Wachen abgelöst wurden, sah man über Cäsars Lager, in dem die größte Ruhe und vollkommenes Schweigen herrschten, wie sich ein helles Licht ausbreitete, das sich schließlich über Pompejus' Lager ergoß.

Drei Tage zuvor hatte Cäsar für die Läuterung seines Heeres ein Opfer dargebracht.

Nach der Opferung des ersten Tieres, erklärte ihm der Seher, daß es in drei Tagen zum Kampf mit dem Feind kommen werde.

»Siehst du außer dieser Ankündigung«, fragte Cäsar, »in den Eingeweiden ein günstiges Zeichen?«

»Du wirst diese Frage besser als ich beantworten«, sagte der Seher zu ihm. »Die Götter weisen auf eine große Veränderung und eine Revolution der bestehenden Ordnung hin. Das Gegenteil von dem, was zu dieser Stunde gilt, wird eintreten. Bist du glücklich, wirst du unglücklich sein. Bist du unglücklich, wirst du glücklich sein. Bist du der Sieger, wirst du besiegt werden; bist du besiegt, wirst du siegen.«

Nicht nur in den beiden Lagern und rings um die beiden Lager vollzogen sich Wunder.

Im Tempel der Viktoria in Tralleis stand eine Statue von Cäsar. Der von der Beschaffenheit her sehr feste Boden ringsherum war überdies mit einem sehr harten Stein bedeckt. Trotz des festen Bodens sproß aus den Lücken zwischen den Steinen neben dem Sockel der Statue eine Palme hervor.

In Padua saß Gajus Cornelius, ein sehr berühmter Mann in der Kunst des Sehens und ein enger Freund von Titus Livius, dem Historiker, auf seinem Augurensitz und folgte dem Flug der Vögel.

Im gleichen Moment war er über die Schlacht im Bilde und teilte denjenigen mit, die bei ihm waren, daß der Kampf begann.

Als er sich dann erneut seinen Beobachtungen hingab, stand er begeistert auf und schrie:

»Cäsar, du wirst siegen!«

Und da man an seiner Vorhersage zweifelte, legte er seine Krone nieder und verkündete, daß er sie erst wieder auf den Kopf setzen werde, wenn die Ereignisse seine Vorhersage bestätigt hätten.

Trotz alledem schickte sich Cäsar an, sein Lager abzubrechen und seinen Rückzug zur Stadt Skotussa fortzusetzen.

Die Unterlegenheit seiner Streitkräfte bereitete ihm Angst. Er hatte nur tausend Reiter, Pompejus aber hatte achttausend; er hatte nur zwanzigtausend Fußsoldaten, und Pompejus hatte fünfundvierzigtausend.

Man berichtete Cäsar, daß es im feindlichen Lager eine gewisse Unruhe gebe und Pompejus scheinbar entschlossen sei, den Kampf zu eröffnen.

Cäsar versammelte seine Soldaten. Er erklärte ihnen, daß Cornificius, der nur zwei Tageslängen entfernt sei, ihm zwei Legionen bringen werde, und daß Caelenus in der Nähe von Megara und Athen fünfzehn Kohorten habe, die sich in Marsch gesetzt hätten, um zu ihnen zu stoßen. Er fragte sie, ob sie auf diese Verstärkung warten oder allein den Kampf liefern wollten.

Nun beschworen ihn alle Soldaten einstimmig, nicht zu warten, und falls der Feind zögere, ganz im Gegenteil auf gewisse Kriegslisten zurückzugreifen, um ihn zum Kampf zu zwingen.

Cäsars Soldaten zeigten übrigens diesen Mut, weil Cäsar sie seit ihrem Abmarsch aus Dyrrachium beständig exerziert hatte und sie stets in den Begegnungen mit dem feindlichen Heer im Vorteil gewesen waren.

Da Cäsar – wie wir gesagt haben – nur tausend Reiter hatte,

die den sieben- oder achttausend Reitern des Pompejus gegenüberstanden, wählte er aus seinen leichten Fußtruppen die jüngsten und wendigsten Soldaten aus und ließ sie hinter den Reitern aufsitzen. Sobald es darum ging, den Angriff abzuwehren, sollten die Fußsoldaten auf die Erde springen. Auf diese Weise würden es Pompejus' Soldaten plötzlich anstatt mit tausend mit zweitausend Mann zu tun haben.

Bei einem der Scharmützel war einer dieser Allobrogerbrüder, die in Pompejus' Lager übergelaufen und der Grund für die Niederlage in Dyrrachium gewesen waren, getötet worden.

Aber wir haben gesagt, daß Pompejus bis jetzt eine Entscheidungsschlacht vermieden hatte.

Am Morgen der Schlacht von Pharsalos war er jedoch entschlossen anzugreifen.

Als Domitius einige Tage zuvor mitten in den Beratungen sagte, daß jeder Senator, der Pompejus nicht gefolgt sei, den Tod oder zumindest das Exil verdiene, und er den ernannten Richtern schon im voraus drei Tafeln übergab, eine für den Tod, eine für das Exil und eine dritte für Geldstrafen, hatte Pompejus, der aufgefordert wurde, die Schlacht zu liefern, noch um einige Tage Aufschub gebeten.

»Hast du denn Angst?« fragte Favonius ihn. »Dann trete den Befehl an einen anderen ab und bewache anstelle von Cato das Gepäck.«

Pompejus antwortete:

»Die Angst hält mich so wenig auf, daß ich Cäsars Heer nur mit meiner Reiterei durchbrechen und vernichten werde.«

Mehrere, die inmitten der allgemeinen Aufregung noch alle Sinne beieinander hatten, fragten Pompejus, wie er vorzugehen gedenke.

»Ja«, antwortete dieser, »ich weiß genau, daß es auf den ersten Blick unglaublich erscheinen mag, aber mein Plan ist ganz einfach. Mit meiner Reiterei werde ich seinen rechten Flügel einschließen und vernichten. Anschließend werde ich das Heer von hinten angreifen, und ihr werdet sehen, daß wir fast ohne Kampf einen glänzenden Sieg erringen werden.«

Um zu bestätigen, was Pompejus sagte und um das Vertrauen der Soldaten zu stärken, fügte Labienus hinzu:

»Glaubt nicht, daß ihr es mit den Siegern von Gallien und Germanien zu tun haben werdet. Es sind nur noch wenige Soldaten von diesen großen Schlachten des Nordens und Westens übrig. Ein Teil ist auf den Schlachtfeldern zurückgeblieben, und ein anderer Teil wurde von Krankheiten in Italien oder Epirus dahingerafft. Ganze Kohorten sind damit beschäftigt, Städte zu bewachen. Diejenigen, die wir vor uns sehen, kommen von den Ufern des Po und aus Gallia Cisalpina. An dem Tag, an dem es Pompejus gefällt, uns kämpfen zu lassen, kämpft mutig.«

Dieser Tag war gekommen.

In dem Moment, als Cäsar seine Zelte abbrechen ließ und seine Soldaten schon die Diener und Lasttiere vor sich hertrieben, kamen Cäsars Späher zu ihm und sagten, daß unter den Pompejanern große Aufregung herrsche, und daß alles darauf hindeute, daß sie sich auf einen Kampf vorbereiteten. Andere kamen gleich darauf und schrien, daß Pompejus' erste Reihen Kampfaufstellung nähmen.

Nun stieg Cäsar auf einen Hügel, damit er möglichst von allen gesehen und gehört werden konnte.

»Freunde«, sagte er, »der Tag ist endlich gekommen, an dem Pompejus uns den Kampf liefern wird und an dem wir nicht mehr gegen Hunger und Mangel kämpfen werden, sondern gegen Männer! Ihr habt diesen Tag ungeduldig herbeigesehnt. Ihr habt mir versprochen zu siegen. Haltet euer Wort. Auf in die Schlacht!«

Dann befahl er, vor seinem Zelt die rote Fahne, das Signal für die Schlacht, aufzustellen.

Kaum hatten die Römer die Fahne gesehen, liefen sie zu den Waffen, und da der Schlachtplan schon im voraus erstellt worden war und jeder Befehlshaber seine Order erhalten hatte, führten die Zenturionen und Dekurionen die Soldaten zu den bezeichneten Posten. Gefolgt von ihren Männern, »nahm jeder von ihnen«, sagt Plutarch, »seinen Platz so geordnet und ruhig ein, als hätte man nur den Chor für eine Tragödie aufgestellt.«

67

Und diese Plätze besetzten sie:

Pompejus befehligte den linken Flügel*. Er hatte die beiden Legionen, die Cäsar ihm aus Gallien geschickt hatte, bei sich.

Antonius stand ihm gegenüber und befehligte daher den rechten Flügel der Römer.

Scipio, der Schwiegervater von Pompejus, befehligte das Zentrum mit den Legionen aus Syrien, und Calvinus Lucius stand ihm gegenüber.

Afranius schließlich befehligte den rechten Flügel von Pompejus' Truppen. Unter seinem Befehl standen die Legionen aus Kilikien und die aus Spanien mitgebrachten Kohorten, die Pompejus als seine besten Truppen betrachtete. Er hatte Sulla vor sich.

Eine Seite dieses rechten Flügels von Pompejus' Truppen wurde durch einen schwer zugänglichen Bach gedeckt, und darum hatte Pompejus in seinem linken Flügel seine Schleuderer, seine Schützen und seine ganze Reiterei gesammelt.

Und vielleicht war es ihm nicht unlieb, daß er seine ganzen aktiven Streitkräfte an dem Punkt gesammelt hatte, an dem er sich selbst befand.

---

* Plutarch spricht vom rechten Flügel, aber Cäsar selbst vom linken Flügel, und in diesem Zusammenhang scheint mir Cäsar glaubwürdiger zu sein.

Cäsar stellte sich Pompejus gegenüber und nahm ganz nach seiner Gewohnheit seinen Platz bei seiner zehnten Legion ein.

Als Cäsar sah, daß sich vor ihm diese Menge an Wurf- und Pfeilschützen sowie Reitern sammelte, begriff er, daß es der Plan seines Feindes war, den Angriff an seiner Seite zu beginnen und zu versuchen, ihn einzuschließen.

Daher ließ er aus dem Reservekorps sechs Kohorten kommen, die er hinter die zweite Legion stellte. Er gab ihnen den Befehl, sich nicht zu rühren und sich so gut wie möglich vor dem Feind zu verstecken, bis seine Reiterei angreifen würde. In diesem Moment würden sich diese sechs Kohorten in die erste Reihe stürzen, und anstatt ihre Wurfspieße von weitem zu werfen, wie es die Mutigsten für gewöhnlich taten, weil sie es eilig hatten, zum Zweikampf zu kommen, würde jeder Mann das Eisen seiner Lanze dem Feind genau aufs Gesicht halten. Er würde ihnen mit einer Standarte ein Zeichen geben, wenn sie dieses Manöver ausführen sollten.

Cäsar war davon überzeugt, daß diese ganze elegante Jugend, diese schönen Tänzer in der Blüte ihrer Jahre den Anblick des Eisens nicht würden ertragen können.

Es waren dreitausend Stoßlanzenträger.

Pompejus saß im Sattel und betrachtete vom Gipfel eines Hügels herab die Aufstellung der beiden Heere.

Er sah, daß Cäsars Heer seelenruhig auf das Signal wartete, wohingegen der größte Teil seiner Männer nicht reglos, sondern im größten Durcheinander in ihren Reihen stand, und da ihnen die Übung fehlte, fürchtete er, daß seine Truppen ihre Schlachtaufstellung schon vor Beginn der Aktion durchbrechen könnten.

Daher schickte er berittene Kuriere in die ersten Reihen, um den Befehl zu überbringen, daß diese genau in ihrer zugewiesenen Position bleiben, sich eng aneinanderdrängen und so auf den Feind warten sollten.

»Diesen Rat«, sagt Cäsar, »hatte Pompejus von einem Triarius erhalten, und ich halte ihn keineswegs für gut, denn im Manne lodern Flammen und eine naturgegebene Hitzigkeit, die sich in der Bewegung entzündet, und es ist besser, das Feuer anzufachen als es erlöschen zu lassen.«

Obwohl er der Schwächere war, entschloß er sich daher, diesen Vorteil zu nutzen, den Pompejus ihm verschaffte, und als erster anzugreifen.

Nachdem er seine Parole, *Venus die Siegreiche*, und Pompejus die seine, *Herkules der Unbesiegbare*, gerufen hatten, warf er einen letzten Blick auf seine Linie.

In diesem Moment hörte er einen Soldaten, der freiwillig in seinem Heer diente und im letzten Jahr gar Offizier in der zehnten Legion gewesen war, schreien:

»Folgt mir, Kameraden, denn der Moment ist gekommen, alles zu halten, was wir Cäsar versprochen haben.«

»Nun, Crastinus«, fragte ihn Cäsar – Cäsar kannte wie zweitausend Jahre später Napoleon jeden Soldaten seines Heeres mit Namen – »nun, Crastinus«, fragte ihn Cäsar, »was denkst du über den heutigen Tag?«

»Nur Gutes und Glorreiches für dich, Imperator«, antwortete Crastinus. »Auf jeden Fall wirst du mich entweder tot oder siegreich sehen.«

Dann drehte er sich zu seinen Kameraden um.

»Kommt, Kameraden!« sagte er. »Auf in den Kampf!«

Und er stürmte als erster mit einhundertzwanzig Mann auf den Feind los.

Und während diese einhundertzwanzig Mann losstürmten, um die zweiundfünfzigtausend Mann des Pompejus anzugreifen, legte sich auf diese beiden Heere einen Augenblick lang jene düstere Stille, die entscheidenden Schlachten vorausgeht und in der es scheint, als höre man nichts anderes als das Flügelschlagen des Todes.

Inmitten dieser Stille kamen Crastinus und seine Männer zwanzig Schritt vor den Pompejanern an und schleuderten ihre Wurfspieße.

Das war wie ein Signal. Von beiden Seiten hallten Trompeten und Hörner wider.

Die ganze Linie von Cäsars Fußsoldaten stürmte sofort vor, um die einhundertzwanzig Beherzten zu unterstützen, die ihnen den Weg wiesen und im Laufen laut schreiend ihre Wurfspieße auf den Feind warfen.

Nachdem sie die Wurfspieße geschleudert hatten, zogen die Cäsarianer ihre Schwerter und attackierten den Feind, der tapfer und reglos standhielt.

Als habe Pompejus nur auf die Gewißheit gewartet, daß sein Heer beherzt diesen ersten Zusammenstoß aushielt, um die notwendige Sicherheit zu erlangen, gab Pompejus seiner Reiterei nun den Befehl, Cäsars rechten Flügel anzugreifen und einzuschließen.

Cäsar sah diese Masse von Pferden auf sich zukommen, deren Galopp die Erde erzittern ließ, und als er diese Masse näherkommen sah, sagte er nur diese vier Worte:

»Freunde, auf die Gesichter!«

Jeder Soldat hörte es und nickte, um anzuzeigen, daß er verstanden habe.

Wie es Cäsar vorausgesehen hatte, trieb diese stürmische Wolke aus Männern und Pferden seine tausend Reiter vor sich her.

Zwischen Pompejus' Reitern befanden sich die Pfeilschützen.

Nachdem Cäsars Reiterei zurückgeworfen und die ersten Reihen seiner zehnten Legion zerschlagen worden waren, galoppierten die Schwadronen der achttausend pompejanischen Reiter los, um Cäsar zu umzingeln.

Das war der Moment, auf den er gewartet hatte. Er ließ die Standarte heben, um seinen dreitausend Reservesoldaten das Signal zu geben.

Die Reservesoldaten, die ihre Wurfspieße noch nicht geworfen hatten, rückten vor, bedienten sich dieser Waffe, wie sich die modernen Soldaten ihres Bajonetts bedienen, hielten sie ihren Feinden genau ins Gesicht und wiederholten Cäsars Worte:

»Kameraden, auf die Gesichter!«

Ohne sich um die Pferde zu kümmern und übrigens auch, ohne zu versuchen, die Männer zu verletzen, setzten sie die Spitzen ihrer Lanzen auf die Gesichter der jungen Ritter.

Diese hielten einen Moment stand, wobei dies wohl eher ihrer Verwunderung als ihrem Mut zuzuschreiben war. Da es ihnen jedoch lieber war, ihre Ehre zu verlieren als verunstaltet zu werden, ließen sie sogleich ihre Waffen fallen, rissen die Zügel ihrer Pferde herum, verbargen ihre Gesichter in den Händen und flohen.

Ohne sich umzudrehen, ritten sie bis zu den Bergen und überließen ihre Pfeilschützen dem Gemetzel. Ausnahmslos alle wurden getötet.

Cäsar versuchte noch nicht einmal, die Fliehenden zu verfolgen, und schickte seine zehnte Legion mit dem Befehl in die Schlacht, den Feind von vorn anzugreifen, während er mit seiner Reiterei und seinen dreitausend Stoßlanzenträgern den Feind von der Seite her angriff.

Diese Truppenbewegung wurde ruhig und geordnet durchgeführt. Es stimmt, daß Cäsar, der es gewohnt war, sein Leben in die Schanze zu schlagen, an der Spitze seiner Truppen stand.

Die pompejanische Reiterei, die den Befehl hatte, den Feind sofort anzugreifen, sobald die Ritter Cäsars rechten Flügel zerschlagen hatten, wurde jetzt selbst angegriffen. Die Pompejaner hielten einen Moment stand, lösten ihre Reihen aber gleich darauf auf und folgten dem Beispiel der Ritter.

Alle Verbündeten, die Pompejus zu Hilfe geeilt waren, all die Ritter, all die Galater, all die Männer aus Kappadokien, die aus Makedonien, all die Kandioten, all die Schützen aus Pontus, aus Syrien, aus Phönizien, alle Rekruten aus Thessalien, Bötien, Achaia und Epirus schrien noch im gleichen Augenblick mit einer Stimme, aber in zehn verschiedenen Sprachen:

»Wir sind besiegt!«

Und sie drehten sich um und flohen.

Es stimmt, daß auch Pompejus schon geflohen war.

Was? Pompejus? Pompejus der Große?

Mein Gott, ja!

Lesen Sie Plutarch! Ich will mich in dieser Sache noch nicht einmal auf Cäsar berufen.

Bedenken Sie, daß Pompejus nicht einmal so lange wartete, wie wir gesagt haben. Als er sah, daß seine Ritter auf der Flucht waren, trieb er sein Pferd zum Galopp an und kehrte ins Lager zurück.

Auch das können Sie bei Plutarch nachlesen.

»Nachdem diese die Flucht ergriffen hatten und Pompejus den Staub sah, den ihre Pferde aufwirbelten, wußte er, was seinen Rittern widerfahren war.

Man kann nur ahnen, welche Gedanken ihm durch den Kopf schossen. Ähnlich einem Verrückten, ähnlich einem Mann, den Schwindel befiel, vergaß er plötzlich, daß er der große Pompejus war, und ohne ein einziges Wort zu sagen und einen letzten Befehl zu geben, zog er sich langsam zurück. All das erinnert stark an Ajax, und auch Pompejus können wir Homers Verse wie Ajax zuschreiben:

Jupiter, der Vater der Götter, saß auf einem Thron, säte in Ajax die Furcht, und dieser blieb erstaunt stehen. Er warf seinen Schild zurück, der mit sieben Rinderhäuten bedeckt war, floh aus der Menge und schaute hierhin und dorthin.

Wie Pompejus!«

Als er im Lager ankam, schrie er den Reserveoffizieren ganz laut zu, damit ihn seine Soldaten hören konnten:

»Paßt auf die Verteidigung der Tore auf. Ich werde die Verschanzungen abreiten, um überall den gleichen Befehl zu geben.«

Dann zog er sich in sein Zelt zurück, gab die Hoffnung auf den Sieg der Schlacht auf und wartete schicksalergeben auf das, was da kommen mochte.

68

Was da kam, war leicht vorhersehbar.

Diese Flucht all der Barbaren und diese Schreie: »Wir sind besiegt!«, die in zehn verschiedenen Sprachen ausgestoßen wurden, hallten im ganzen Heer wider und sorgten für große Unruhe.

Dann begann das Massaker.

Aber Cäsar, der sah, daß die Schlacht gewonnen war und der Tag ihm gehörte, sammelte alles, was er an Trompetern und Herolden hatte, verteilte sie auf dem ganzen Schlachtfeld und gab ihnen den Befehl, zu blasen und zu schreien:

»Gnade den Römern! Tötet nur die Fremden!«

Als die Römer diese kurze, aber eindrucksvolle Kundgebung vernahmen, blieben sie stehen und streckten den Soldaten ihre Arme entgegen, die mit erhobenen Schwertern auf sie zukamen.

Diese warfen ihre Schwerter weg und stürzten sich in die Arme ihrer alten Kameraden.

Man hätte meinen können, Cäsars barmherzige Seele sei in all diese Soldaten eingedrungen.

Einige Pompejaner waren jedoch ihren Befehlshabern gefolgt, die versuchten, sie zu sammeln.

Zwei- oder dreitausend Mann waren überdies zur Bewachung des Lagers zurückgeblieben.

Viele Fliehende hatten im Lager Zuflucht gesucht. Dort

hätte erneut ein Heer aufgestellt werden können, das Cäsars Armee am nächsten Tag in nichts nachgestanden hätte.

Cäsar sammelte seine auf dem Schlachtfeld verstreuten Soldaten und sicherte den Besiegten erneut seine Gnade zu. Obwohl es schon bald dunkel wurde, die Männer seit dem Mittag kämpften und sie die Hitze des Tages zermürbt hatte, appellierte er ein letztes Mal an ihren Mut und führte sie zum Sturm auf die Verschanzungen.

»Was ist das für ein Lärm?« fragte Pompejus, der in seinem Zelt saß.

»Cäsar! Cäsar!« schrien die Männer ganz entsetzt im Vorübergehen, als sie zu den Verschanzungen liefen.

»Was! Bis in mein Lager!« rief Pompejus.

Und er erhob sich, warf seine Abzeichen weg, die ihn als General auswiesen, stieg auf das erstbeste Pferd, verließ das Lager durch die Porta Decumana und galoppierte schnurstracks nach Larissa.

Die Soldaten verteidigten sich besser, als es ihr Feldherr getan hatte.

Es stimmt, daß die beste Hilfstruppe, die Soldaten aus Thrakien, sich an diesem Ort befand.

Als sie jedoch die Fliehenden vorbeikommen sahen, die ihre Waffen und sogar ihre Fahnen von sich warfen, dachten auch sie wie die anderen nur noch an Flucht.

Gegen sechs Uhr war das Lager bezwungen.

Die Fliehenden suchten Zuflucht in den Bergen.

Die Sieger betraten das Lager und fanden mit Gold- und Silbergeschirr gedeckte Tische vor. Alles war mit Blättern und Blumen bestreut und das Zelt des Lentulus ganz mit Efeu behangen.

Das war sehr verlockend für die Männer, die schon den halben Tag kämpften, aber als Cäsar sie daran erinnerte, daß es das beste sei, den Feind auf der Stelle zu besiegen, da schrien sie:

»Vorwärts!«

Cäsar ließ ein Drittel seiner Männer zur Bewachung von Pompejus' Lager zurück, ein weiteres Drittel zur Bewachung seines eigenen Lagers und jagte das letzte Drittel über einen Weg, der kürzer war als der, den der Feind genommen hatte, so daß sie ihm nach einem Ritt von einer Stunde den Rückzug abschnitten.

Die Fliehenden waren gezwungen, auf einer Anhöhe anzuhalten, zu deren Füßen ein Bach floß.

Cäsar bemächtigte sich sofort des Wasserlaufs, und um den Feind daran zu hindern, daß er seinen Durst löschen konnte, beschäftigte er viertausend Männer damit, zwischen dem Berg, auf den sich der Feind zurückgezogen hatte, und dem Bach einen Graben auszuheben.

Die Pompejaner starben vor Durst. Sie waren darauf gefaßt, jeden Moment von hinten angegriffen zu werden, und als sie sahen, daß ihnen der Rückzug abgeschnitten war, sandten sie Unterhändler zu Cäsar.

Sie wollten sich ergeben.

Cäsar sagte, daß er am nächsten Morgen ihre Unterwerfung entgegennehmen werde, und daß bis dahin jeder, der Durst habe, diesen löschen könne.

Die Pompejaner stiegen in Gruppen die Anhöhe hinunter.

Als die Pompejaner und Cäsarianer aufeinandertrafen, erkannten sie sich als alte Freunde wieder, gaben sich die Hand und fielen sich in die Arme. Es war kaum zu glauben, daß sie sich noch vor drei Stunden gegenseitig die Kehle durchschneiden wollten.

Die Wiedersehensfreude der Pompejaner und Cäsarianer währte die ganze Nacht.

Diejenigen, die etwas zu essen hatten, gaben denen, die nichts hatten. Sie entfachten Feuer, so daß man hätte glauben können, all diese Männer seien zu einem Fest zusammengekommen.

Am nächsten Morgen stand Cäsar in ihrer Mitte.

Viele der Senatoren hatten die Nacht genutzt, um zu fliehen.

Er winkte und lächelte denen zu, die geblieben waren.

»Erhebt euch«, sagte er zu ihnen, »Cäsar kennt am Tag nach dem Sieg keine Feinde.«

Alle drängten sich um ihn, drückten seine Hände, die er ihnen entgegenstreckte, und küßten den Saum des Schlachtmantels, den er über seine Schulter geworfen hatte.

Cäsarianer und Pompejaner vermischten sich und kehrten ins Lager zurück.

Cäsar besichtigte das Schlachtfeld.

Er hatte kaum zweihundert Mann verloren.

Nun fragte er, was aus diesem Crastinus geworden sei, der ihm versprochen hatte, daß er ihn nur tot oder siegreich wiedersehen werde, und der den Feind so beherzt angriffen hatte.

Und das erfuhr er:

Wie schon gesagt wurde, war Crastinus, als er ihn verließ, mit seiner Kohorte, die ihm beherzt folgte, geradewegs auf den Feind losgestürmt. Er hatte die ersten, die ihm im Weg standen, niedergemetzelt, war in die dichtesten feindlichen Reihen eingedrungen und hatte verbissen gekämpft. Doch als er wieder gerufen hatte: »In den Kampf – für *Venus die Siegreiche!*«, hatte ihm ein Pompejaner sein Schwert mit einem so heftigen Schlag in den Mund gestoßen, daß die Spitze des Schwertes durch seinen Kopf nach außen gedrungen war. Crastinus war auf der Stelle tot gewesen.

»Wir fanden«, sagt Cäsar selbst, »auf dem Schlachtfeld fünfzehntausend tote oder sterbende Feinde.« Und unter diesen war auch sein verbissener Feind Lucius Domitius.

Sie machten vierundzwanzig- oder fünfundzwanzigtausend Gefangene. Das heißt, daß Cäsar vierundzwanzig- oder fünfundzwanzigtausend Männern verzieh, von denen ein Teil in sein Heer eingegliedert wurde.

Acht Adler und achtzig Fahnen fielen ihm in die Hände.

Den Sieger befiel dennoch eine große Unruhe.

Vor der Schlacht und noch während der Schlacht hatte er den Offizieren und Soldaten befohlen, Brutus nicht zu töten, sondern ihn zu verschonen und zu ihm zu bringen, wenn er sich freiwillig ergab; wenn er sich gegen diejenigen, die versuchten, ihn gefangenzunehmen, verteidigte, sollten sie ihn fliehen lassen.

Wir erinnern uns daran, daß Brutus der Sohn von Servilia und Cäsar lange Zeit der Geliebte dieser Servilia war.

Nach der Schlacht fragte er nach Brutus.

Sie hatten ihn kämpfen sehen, aber keiner wußte, was aus ihm geworden war.

Cäsar gab den Befehl, nach ihm zu suchen, und schritt persönlich das Schlachtfeld ab.

Nach der Schlacht hatte sich Brutus in der Tat in eine Art Sumpfgebiet voll stehenden Wassers und Schilf zurückgezogen und hatte in der Nacht Larissa erreicht.

Als er dort von den Sorgen hörte, die sich Cäsar um sein Leben machte, schrieb er ihm ein paar Zeilen, um ihn zu beruhigen.

Cäsar schickte ihm sofort einen Boten und bat ihn, zu ihm zu kommen.

Brutus kam.

Cäsar reichte ihm den Arm und drückte ihn weinend an sein Herz. Er begnügte sich nicht damit, ihm zu verzeihen, sondern erwies ihm größere Ehren als jedem seiner Freunde.

Am Abend der Schlacht übergab Cäsar seinen Soldaten drei Belohnungen, welche sie denjenigen überreichen sollten, die am besten gekämpft hatten.

Die Soldaten gestanden ihm die erste Auszeichnung zu, da er in ihren Augen am besten gekämpft hatte. Die zweite Belohnung wurde dem Legaten der zehnten Legion zugewiesen, und die dritte ging schließlich an Crastinus, obwohl er tot war.

Die verschiedenen Gegenstände, aus denen die militärische Belohnung bestand, wurden in Crastinus' Grab gelegt, das Cäsar für ihn neben dem Massengrab errichten ließ.

In Pompejus' Zelt fand man dessen gesamte Korrespondenz.

Cäsar verbrannte sie, ohne einen einzigen Brief zu lesen.

»Was tust du?« fragte Antonius.

»Ich verbrenne diese Briefe«, antwortete Cäsar, »damit ich keinerlei Beweggründe für einen Racheakt finden kann.«

Doch als die Athener ihn um Gnade baten, sagte er:

»Wie oft soll euch noch die Ehre eurer Vorfahren als Entschuldigung für eure Schuld dienen?«

Als er auf das mit Toten übersäte Schlachtfeld blickte, sagte er übrigens diese Worte, um den Göttern und vielleicht sich selbst Rechenschaft über sein Handeln abzulegen:

»Leider«, sagte er, »haben sie es so gewollt. Hätte Cäsar sein Heer trotz der vielen Siege entlassen, so hätte Cato ihn angeklagt, und Cäsar wäre verurteilt worden.«

Und nun stellt sich die Frage: Ist es besser, der verbannte Themistokles oder der siegreiche Cäsar zu sein?

69

Folgen wir dem Besiegten auf seiner Flucht. Wir werden anschließend zum Sieger zurückkehren.

Nachdem Pompejus, der nur wenige Personen bei sich hatte, aus dem Lager geflohen war, stieg er aus dem Sattel, und als er sah, daß er nicht verfolgt wurde, marschierte er langsam weiter und überließ sich ganz den finsteren Gedanken, die ihn in einer solchen Situation quälen mußten. Stellen Sie sich Napoleon nach der Schlacht von Waterloo vor. Doch im Falle Napoleons bestand eine Notwendigkeit: Er war gezwungen worden zu kämpfen. Pompejus aber hatte jede Einigung zurückgewiesen.

Noch am Vortag hätte er sich die Welt mit Cäsar teilen und nach seiner Wahl den Osten oder den Westen nehmen können. Und wenn er unbedingt einen Krieg hätte führen wollen, hätte er bei den Parthern Crassus' Niederlage rächen oder in Indien dem Weg Alexanders folgen können. Aber Pompejus kämpfte als Römer gegen die Römer; Pompejus kämpfte gegen Cäsar!

Gestern war Pompejus noch der Herrscher über die halbe Welt. Heute sind ihm selbst die gegenwärtige Stunde und sein eigenes Leben nicht mehr sicher.

Wo sollte er Zuflucht suchen? Er würde später darüber nachdenken. Zuerst mußte er fliehen.

Er durchquerte Larissa, die Stadt des Achilles, ohne anzuhalten. Dann betrat er das Tempetal, das Vergil, der inmitten des Bürgerkrieges aufwuchs, welcher für ihn eine so schreckliche Erinnerung war, zwanzig Jahre später besingen würde.

Vom Durst getrieben, beugte er sich zur Erde, trank das Wasser aus dem Peneiosfluß, erhob sich wieder, durchquerte das wunderschöne Tal und begab sich ans Ufer des Meeres.

Dort verbrachte er die Nacht in einer armseligen Fischerhütte. Am nächsten Morgen ging er mit einigen Begleitern an Bord eines Schiffes. Zu seinen Sklaven, die er fortschickte, sagte er, sie sollten zu Cäsar gehen, und er versicherte ihnen, daß sie nichts zu befürchten hätten.

Als er am Ufer entlangfuhr, sah er ein großes Handelsschiff, das gerade die Anker lichten wollte. Er befahl den Ruderern, Kurs auf dieses Schiff zu nehmen.

Der Kapitän war ein Römer, der Pompejus niemals persönlich kennengelernt hatte und ihn nur vom Sehen kannte. Er hieß Peticius.

Diesem Mann, der sich um das Beladen seines Schiffes kümmerte, wurde plötzlich mitgeteilt, daß sich ein Boot mit kräftigen Ruderschlägen dem Schiff nähere, und daß dieses Boot Männer an Bord habe, die sich wie wild gebärdeten und ihre Hände wie Flehende ausstreckten.

»Oh«, rief er, »das ist Pompejus!«

Und er lief auf die Brücke.

»Ja«, sagte er zu den Matrosen, »ja, das ist er. Empfangt ihn und erweist ihm die gebührenden Ehren, obwohl ihm dieses Unglück widerfahren ist.«

Die Matrosen winkten oben von der Treppe des Schiffes demjenigen zu, der vermutlich den Befehl über das Boot hatte, und bedeuteten ihm, daß er an Bord kommen könne.

Pompejus ging an Bord.

Lentulus und Favonius begleiteten ihn.

Erstaunt über den Empfang, den man ihm bereitete, bedankte sich Pompejus bei Peticius und sagte dann:

»Es scheint mir, daß du mich erkannt hast, ehe ich dir meinen Namen sagen konnte. Hast du mich einmal gesehen, und weißt du, daß ich auf der Flucht bin?«

»Ja«, antwortete Peticius, »ich habe dich in Rom gesehen, aber ehe du kamst, wußte ich, daß du kommen würdest.«

»Und woher?« fragte Pompejus.

»Ich habe dich heute nacht im Traum gesehen, doch nicht wie in Rom als Feldherr oder Triumphator, sondern gedemütigt und niedergeschlagen, und du hast mich um Gastfreundschaft auf meinem Schiff gebeten. Als ich einen Mann in einem Boot sah, der um Hilfe bat und wie ein Flehender winkte, habe ich daher gerufen: ›Das ist Pompejus‹.«

Pompejus erwiderte nichts darauf und seufzte nur. Er verneigte sich vor der Macht der Götter, die diesen Traum geschickt hatten, der sich bewahrheitet hatte.

Während sie auf das Essen warteten, bat Pompejus um warmes Wasser, um sich die Füße waschen zu können, und um Öl, um sie anschließend einzureiben.

Ein Matrose brachte ihm, wonach er verlangte.

Er schaute sich um und lächelte traurig. Kein einziger Diener war ihm geblieben. Er mußte sich allein die Stiefel ausziehen.

Favonius, dieser ungeschliffene Mann, der zu Pompejus gesagt hatte: »Stampf doch mit dem Fuß auf den Boden!«, Favonius, der gesagt hatte: »In diesem Jahr werden wir keine Feigen mehr aus Tusculum essen!«, Favonius kniete sich sofort mit Tränen in den Augen nieder, und trotz Pompejus' Widerstandes zog er ihm die Stiefel aus, wusch ihm die Füße und rieb sie mit Öl ein.

Von diesem Moment an kümmerte er sich unaufhörlich um ihn und erwies ihm alle Dienste, die ihm nicht nur der treueste Diener, sondern auch der unterwürfigste Sklave erwiesen hätte.

Zwei Stunden, nachdem der Kapitän des Schiffes Pompejus an Bord genommen hatte, sah er am Ufer einen Mann, der verzweifelt seine Arme durch die Luft schwenkte.

Zu diesem Mann wurde ein Boot geschickt, das ihn aufnahm und zum Schiff brachte: Das war der König Dejotarus.

Am nächsten Tag im Morgengrauen wurden die Anker gelichtet, und das Schiff legte ab.

Pompejus fuhr an Amphipolis vorüber.

Auf seinen Wunsch hin steuerten sie Mytilene an. Er wollte dort Cornelia und ihren Sohn an Bord nehmen.

Vor der Insel wurden die Anker geworfen und ein Kurier zu Cornelia geschickt.

Leider brachte dieser Kurier nicht die Nachrichten, die Cornelia erwartete, nachdem ihr in diesem ersten Brief aus Dyrrachium Cäsars Niederlage und Flucht angekündigt worden waren.

Der Kurier fand sie in freudiger Stimmung vor.

»Nachrichten von Pompejus«, rief sie. »Oh, welch ein Glück! Sicher richtet er mir aus, daß der Krieg beendet ist.«

»Ja«, sagte der Kurier kopfschüttelnd, »er ist beendet, aber nicht so, wie Ihr es erwartet.«

»Was ist denn geschehen?« fragte Cornelia.

»Wenn Ihr Euren Gatten ein letztes Mal begrüßen wollt, hohe Frau«, fuhr der Kurier fort, »müßt ihr mir folgen und darauf gefaßt sein, ihn in einem erbarmungswürdigen Zustand wiederzusehen und überdies auf einem Schiff, das ihm noch nicht einmal gehört.«

»Sag mir alles!« rief Cornelia. »Siehst du denn nicht, daß deine Worte mich töten?«

Nun berichtete der Kurier über die Schlacht von Pharsalos, die Niederlage sowie Pompejus' Flucht und den Empfang, der ihrem Gatten auf dem Schiff bereitet worden war, auf dem er sie erwartete.

Als Cornelia die letzten Worte dieses Berichtes vernahm, warf sie sich auf die Erde und rollte sich eine ganze Weile verstört und stumm hin und her; schließlich kam sie wieder zu sich und spürte, daß es in einem solchen Augenblick anderes zu tun gab, als zu jammern und zu weinen. Sie lief durch die Stadt ans Ufer.

Schon von weitem sah Pompejus seine Frau herbeieilen.

Er ging ihr entgegen und nahm sie vollkommen kraftlos in die Arme.

»O teure Gattin«, rief er, »ich sehe dich wieder! Es ist meinem Unglück und nicht dem deinen zu verdanken, daß dich derjenige verlassen auf einem einzigen Boot wiedersieht, der vor der Hochzeit mit Cornelia das Meer mit fünfhundert Schiffen überquerte. Warum kommst du zu mir, deinem bösen Geist? Warum überläßt du mich nicht meinem Schicksal, mich, der dich mit einem so großen Unglück quält? ... Oh, wie glücklich wäre ich gewesen zu sterben, ehe ich erfuhr, daß Publius, der Gatte meiner geliebten Frau, bei den Parthern ums Leben kam, und wie weise wäre ich gewesen, wenn mir schon nicht das Glück widerfuhr, durch die Hand der Götter zu sterben, durch meine eigene Hand zu sterben, um die Ehre von Pompejus dem Großen nicht zu beflecken.«

Pompejus drückte sie zärtlicher denn je an seine Brust.

»Cornelia«, sagte er zu ihr, »du hast bis heute nur die Gunst des Schicksals gekannt. Das Glück ist mir wie eine treue Mätresse lange hold gewesen, und ich habe mich nicht zu beklagen. Da ich als Mensch geboren wurde, bin ich der Unbeständigkeit des Schicksals unterworfen. Verzweifeln wir nicht daran, teure Gattin, von der Gegenwart in die Vergangenheit zurückzukehren, denn wir sind auch von der Vergangenheit in die Gegenwart hinaufgestiegen.«

Nun rief Cornelia ihre Diener und ließ sich ihre wertvollsten Schätze bringen.

Die Einwohner von Mytilene, die wußten, daß Pompejus im Hafen war, kamen, um ihn zu begrüßen, und baten ihn, in ihre Stadt zu kommen, doch er lehnte ab und sagte:

»Unterwerft euch vertrauensvoll Cäsar. Cäsar ist gut und barmherzig.«

Dann diskutierte er eine Weile mit dem Philosophen Kratippos über die Existenz der göttlichen Vorsehung.

Er zweifelte daran; es war mehr als ein Zweifel: Er bestritt sie.

Unserer Meinung nach erscheinen uns hingegen Pompejus' Niederlage und Cäsars Sieg als sichtbare Zeichen für die Einmischung der göttlichen Vorsehung in menschliche Geschicke.

70

Pompejus hatte sich noch nicht weit genug von Pharsalos entfernt. Er verließ Mytilene und setzte seinen Weg fort. An den Häfen hielt er nur, um Wasser und Lebensmittel an Bord zu nehmen.

Die erste Stadt, in der er anhielt, war Attalia in Pamphylien. Hier stießen fünf oder sechs Galeeren zu ihm. Sie kamen aus Kilikien und erlaubten ihm, eine neue Truppe aufzustellen. In kurzer Zeit hatte er sogar wieder sechzig Senatoren um sich. Dieser kleinen Gruppe schlossen sich die Fliehenden an.

Gleichzeitig erfuhr Pompejus, daß seine Flotte keine Niederlage erlitten hatte und daß Cato, nachdem er eine große Anzahl an Soldaten um sich versammelt hatte, nach Afrika gegangen war.

Da beklagte er sich bei seinen Freunden und machte sich selbst die größten Vorwürfe, daß er die Schlacht nur mit seinen Landstreitkräften bestritten und seine Flotte, seine wichtigste

Streitkraft, nicht berücksichtigt oder sie im Falle einer Niederlage auf dem Land nicht wenigstens als Zufluchtsort vorgesehen hatte. Allein diese Flotte hätte ihm sofort eine stärkere Streitkraft zur Verfügung gestellt als die, welche er verloren hatte.

Da ihm nun nur noch die Reste seines Heeres zur Verfügung standen, versuchte Pompejus, wenigstens die Zahl der Soldaten zu erhöhen. Er schickte seine Freunde in einige Städte, um dort um Hilfe zu bitten, und begab sich selbst in andere Städte, um Männer zu rekrutieren und seine Schiffe auszurüsten. Dann wartete er darauf, daß die Städte ihre Versprechen einlösten, die sie ihm gegeben hatten. Doch er kannte die Schnelligkeit von Cäsars Truppenbewegungen und wußte, daß dieser einen Sieg für gewöhnlich sofort nutzte. Auch fürchtete er, daß er ihn in jedem Moment erreichen könnte, und da er noch nicht einmal die Mittel hatte, ihm Widerstand zu leisten, überlegte er, welcher Ort auf der Welt ihm wohl Asyl gewähren würde.

Seine Freunde hatten sich versammelt und berieten diese Frage.

Pompejus wählte unter all den fremden Königreichen das der Parther aus. Das war seiner Meinung nach die am besten geeignete Macht, um ihn zu beschützen, ihn zu verteidigen und sogar um ihm Truppen zur Verfügung zu stellen, um seine verlorene Position zurückzuerobern. Die anderen aber gaben zu bedenken, daß Cornelia aufgrund ihrer außergewöhnlichen Schönheit bei diesen Barbaren, die den jungen Crassus, ihren ersten Gatten, getötet hatten, auf keinen Fall in Sicherheit sei.

Dieser Einwand stimmte Pompejus um, und er folgte aus diesem Grund dem Euphrat.

Mußte sich sein Schicksal denn nicht erfüllen!

Ein Freund von Pompejus schlug vor, bei Juba, dem König der Numider, Zuflucht zu suchen und Cato zu treffen, der – wie wir gesagt haben – schon mit beträchtlichen Streitkräften in Afrika stand.

Aber Theophanes von Lesbos beharrte darauf, um die Hilfe Ägyptens und des Ptolemäus nachzusuchen. Ägypten war nur drei Tagesreisen mit dem Schiff entfernt, und der junge Ptolemäus, dessen Vater Pompejus wieder auf den Thron gesetzt hatte und der selbst Pompejus' Mündel war, hatte Pompejus gegenüber zu große Verpflichtungen, um nicht der ergebenste seiner Diener zu sein.

Pompejus' böser Geist setzte diesen letzten Vorschlag durch.

Also brach Pompejus mit seiner Frau auf einer Galeere von Seleukia nach Kypros (Zypern) auf. Seine Gefolgschaft bestieg See- oder Handelsschiffe.

Die Überfahrt stand unter einem *guten Stern*. Der Atem des Todes trieb die Schiffe an!

Durch erste Informationen erfuhr Pompejus, daß sich Ptolemäus in Pelusium aufhielt und gegen seine Schwester Kleopatra Krieg führte.

Pompejus ließ einen seiner Freunde vorausfahren und gab ihm den Auftrag, den König über seine Ankunft zu unterrichten und ihn in Pompejus' Namen um Asyl in Ägypten zu bitten.

Der knapp fünfzehn Jahre alte Ptolemäus war seit zwei Jahren der Gemahl seiner Schwester Kleopatra, die neunzehn Jahre alt war. Kleopatra wollte aufgrund ihres Rechtes der Älteren ihre Autorität beweisen. Aber die Vertrauten des Ptolemäus zettelten einen Aufstand gegen sie an und entfernten sie aus dem Land.

Das also war die Lage in dem Moment, als Pompejus' Botschafter ankam.

Zu den Vertrauten des Ptolemäus, die Kleopatra verjagt hatten, gehörten ein Eunuch, ein Rhetor und ein Kammerdiener.

Der Eunuch hieß Potheinos, der Rhetor Theodotos von Chios und der Kammerdiener Achillas.

Dieser ehrwürdige Rat wurde versammelt, um über Pompejus' Bitte zu beraten.

Die Beratung und die Entscheidung waren der Versammlung würdig.

Potheinos war der Meinung, daß man Pompejus die Gastfreundschaft verweigern solle. Achillas stimmte dafür, ihn aufzunehmen, aber Theodotos von Chios, der eine Möglichkeit sah, mit seinen rhetorischen Künsten zu glänzen, zeigte dieses Dilemma auf:

»Beide Möglichkeiten bieten keine Sicherheit. Pompejus zu empfangen bedeutet, sich Cäsar zum Feind zu machen und Pompejus zum Herrn. Wenn wir Pompejus zurückweisen, so bedeutete das – sollte Pompejus je wieder die Oberhand gewinnen –, von dieser Seite einen tödlichen Haß auf uns zu ziehen.«

Nach Meinung des Rhetors war die beste Lösung vorzugeben, ihn zu empfangen und ihn dann ganz einfach zu töten.

»Durch diesen Tod«, fuhr der ehrenwerte Rhetor fort, »steht Cäsar in unserer Schuld, und außerdem«, fügte er lächelnd hinzu, »*beißen Tote nicht*.«

Dieser Meinung schlossen sich alle an, und Achillas wurde mit der Ausführung beauftragt.

Er nahm zwei Römer namens Septimius und Salvius mit, von denen einer seinerzeit Befehlshaber einer Kohorte und der andere Zenturio unter Pompejus gewesen war. Ihnen wurden drei oder vier Sklaven zur Seite gestellt, und dann steuerten sie Pompejus' Galeere an.

Alle, die auf dieser Galeere mitfuhren, versammelten sich an Deck und warteten auf Ptolemäus' Antwort auf die von Pompejus' Botschafter überbrachte Bitte.

Sie erwarteten, daß sich die königliche Galeere dem berühmten Fliehenden näherte und hielten suchend nach ihr Ausschau. Als sie dann jedoch anstatt dieser Galeere ein elendes Boot mit sieben oder acht Mann entdeckten, erschien diese verächtliche Geste jedermann verdächtig, und alle rieten Pompejus, sich davonzumachen, solange noch Zeit dazu war.

Aber Pompejus war am Ende seiner Kräfte angelangt wie auch am Ende seines Glücks.

»Warten wir ab«, sagte er, »es wäre lächerlich, vor acht Mann zu fliehen.«

Nun näherte sich das Boot und Septimius, der seinen alten Feldherrn erkannte, erhob sich und grüßte ihn mit dem Titel des Imperators.

Gleichzeitig lud ihn Achillas, der Griechisch sprach, im Namen des Königs Ptolemäus ein, von der Galeere aufs Boot umzusteigen, da die Küste schlammig und das Meer von Sandbänken durchzogen war und es daher nicht die nötige Tiefe für sein Schiff aufwies.

Pompejus zögerte. Aber indessen sah man, daß sich Ptolemäus' Schiffe rüsteten und sich die Soldaten am Ufer verteilten. Sollte Pompejus auf diese Weise Ehre erwiesen werden? Es sah fast so aus. In der Situation, in der sich Pompejus nun befand, Argwohn zu zeigen, hieße überdies, den Mördern eine Entschuldigung für ihr Verbrechen zu liefern.

Nun umarmte Pompejus Cornelia, die schon im voraus seinen Tod beweinte, und befahl zwei Zenturionen seiner Gefolgschaft, Philippus, einem seiner Freigelassenen, und einem seiner Sklaven namens Scaenus, zuerst das Boot zu besteigen. Und als Achillas ihm die Hand reichte, drehte er sich zu seiner Frau und seinem Sohn um und verabschiedete sich mit diesen beiden Zeilen des Sophokles von ihnen:

Wer auch immer zu einem Tyrannen geht, ist sein Sklave, selbst wenn er frei war, als er zu ihm ging!

71

Das waren die letzten Worte, die Pompejus mit denen, die ihm teuer waren, wechselte.

Als er von der Galeere auf das Boot stieg, herrschte einen

Moment feierliche Stille. Dann löste sich das Boot von der Galeere und wurde zum Ufer gerudert.

Die Galeere lag reglos im Wasser. Alle Freunde des Pompejus hatten sich um seine Frau und seinen Sohn versammelt und schauten ihm nach.

Die Strecke von der Galeere bis zum Ufer war lang. In dem kleinen Boot, das sich in der Unendlichkeit des Meeres verlor, bewahrten alle Schweigen.

Dieses Schweigen lastete auf Pompejus' Herz wie das Schweigen des Todes.

Er versuchte, es zu brechen und schaute alle Männer nacheinander an, um zu sehen, ob nur einer unter ihnen das Wort an ihn richten würde.

Alle verharrten stumm und unbeweglich wie Statuen.

Schließlich blieb sein Blick an Septimius haften, der ihn – wie wir gesagt haben – bei seiner Ankunft mit dem Titel des Imperators begrüßt hatte.

»Mein Freund«, sagte er zu ihm, »täusche ich mich, oder ist mir meine Erinnerung treu? Mir ist, als ob du damals den Krieg mit mir geführt hättest.«

Septimius nickte, sagte aber kein einziges Wort. Pompejus' Anspielung auf die Vergangenheit schien ihn in keinster Weise zu berühren.

Die Worte des Fliehenden verhallten ohne Echo in den Herzen der Eunuchen und Sklaven.

Pompejus seufzte, nahm die Tafeln, auf denen er schon im voraus auf Griechisch die Rede geschrieben hatte, die er Ptolemäus halten wollte, las sie noch einmal durch und korrigierte sie.

Doch als sich das Boot dem Ufer näherte, sah man, daß sich die Offiziere des Königs an der Stelle am Ufer versammelten, wo es vermutlich anlegen würde.

Diese Versammlung der Offiziere beruhigte Cornelia und Pompejus' Freunde ein wenig, die an Ort und Stelle blieben, um zu sehen, was passieren würde.

Doch dieser Hoffnungsschimmer war nicht von langer Dauer.

Das Boot legte an.

Als sich Pompejus erhob, um an Land zu gehen, stützte er sich auf die Schulter des Philippus, seines Freigelassenen.

Aber noch in diesem Moment zog Septimius blitzschnell sein Schwert und stach es ihm in den Leib.

Als Salvius und Achillas den von Septimius ausgeführten Schwerthieb sahen, zogen auch sie ihre Schwerter.

Pompejus, der trotz der schrecklichen Verwundung, die ihm zugefügt worden war, noch stand, als ob ein Riese seiner Größe nicht durch einen einzigen Schwerthieb zu Boden fallen könnte, warf seiner Frau und seinem Sohn noch einen letzten Blick zu, nahm sein Gewand in beide Hände, bedeckte sich das Gesicht damit, und ohne ein einziges Wort zu sagen, ohne eine Bewegung zu machen, die seiner unwürdig gewesen wäre, seufzte er nur und ließ all diese Schwerthiebe, ohne sich zu beklagen und ohne zu versuchen, ihnen auszuweichen, über sich ergehen.

Er war am Tag zuvor neunundfünfzig Jahre alt geworden. Er starb also am Tag nach seinem Geburtstag.

Als jene, die sich auf der Galeere befanden, den Mord sahen, stießen sie entsetzte Schreie aus, die bis ans Ufer hallten.

Das Kind weinte, ohne zu wissen warum. Cornelia fuchtelte vor Verzweiflung mit ihren Armen herum. Doch obwohl sie darauf beharrte, daß man ihr wenigstens den Leichnam ihres Gatten aushändigte, wurden die Anker der Schiffe gelichtet, alle Segel gesetzt, und dank eines starken Landwindes flogen die Schiffe wie ein Schwarm Seevögel davon.

Die Ägypter, die zuerst beschlossen hatten, sie zu verfolgen, waren bald gezwungen, ihren Plan aufzugeben, da die fliehenden Schiffe einen zu großen Vorsprung hatten.

Die Mörder schlugen Pompejus' Leichnam den Kopf ab,

um ihn dem König zu bringen und ihm zu beweisen, daß sein Befehl ausgeführt worden war.

Den Leichnam warfen sie nackt ans Ufer und überließen ihn in diesem unwürdigen Zustand den Blicken der Neugierigen, die versuchten, anhand der Größe des kopflosen Leichnams die Größe des Menschen zu bemessen.

Nur Philippus, der Freigelassene des Pompejus, bat darum, beim Leichnam seines Herrn bleiben zu dürfen. Er sprang ans Ufer und setzte sich neben Pompejus' Leiche.

Die Mörder gingen mit dem Kopf davon.

Nun wusch Philippus liebevoll den Leichnam im Meerwasser, bedeckte ihn mit seiner eigenen Tunika und sammelte am Ufer die Trümmer eines Fischerbootes. Es waren alte, fast verfaulte Trümmer, »die aber dennoch genügten«, sagt Plutarch, »um einen Scheiterhaufen für einen kopflosen Leichnam zu errichten.«

Während er diese Trümmer sammelte und den Scheiterhaufen errichtete, näherte sich ein alter Mann.

Es war ein schon alter Römer, der in seiner Jugend unter dem Befehl des Pompejus, der damals noch jung gewesen war, seine ersten Schlachten ausgefochten hatte.

Er hatte die schreckliche Neuigkeit schon erfahren und blieb vor dem Freigelassenen stehen.

»Wer bist du«, fragte er ihn, »daß du dich anschickst, den großen Pompejus zu bestatten?«

»Ach«, antwortete Philippus, »ich bin ein einfacher, aber treuer Diener. Ich bin ein Freigelassener des Pompejus.«

»Gut«, sagte der Veteran, »aber du wirst nicht allein die Ehre haben, ihn ins Grab zu legen. Da ich dich hier getroffen habe, mußt du erlauben, daß ich diese fromme Aufgabe mit dir teile. Und die Götter sind meine Zeugen, daß ich mich über meinen Aufenthalt auf dieser seltsamen Erde nicht zu beklagen habe, da mir nach so viel Unglück die Ehre zukommt, den Leichnam des größten Mannes des römischen Volkes zu berühren und zu begraben.«

Das war das Begräbnis von Pompejus dem Großen.

Am nächsten Tag fuhr ein anderes Schiff, das aus Kypros kam, an der ägyptischen Küste entlang. Ein Mann, der eine Rüstung und einen Soldatenmantel trug, stand an Deck. Er hatte die Arme gekreuzt und schaute nachdenklich aufs Ufer.

Er sah das Feuer des Scheiterhaufens, das allmählich erlosch, und neben diesen sterbenden Flammen sah er den Freigelassenen Philippus, der sein Gesicht in den Händen verbarg.

»Wer ist derjenige«, flüsterte er mit einem Gefühl tiefer Traurigkeit, »der hierhergekommen ist, um sein Schicksal zu vollenden und sich hier von seiner Arbeit auszuruhen?«

Und da ihm niemand antworten konnte, stieß er einen Augenblick später einen tiefen Seufzer aus:

»Oh«, sagte er, »vielleicht bist du es, der berühmte Pompejus!«

Bald darauf ging er an Land, wurde ergriffen und starb im Gefängnis.

Doch das interessierte kaum jemanden. Sein Name verlor sich im Namen und sein Unglück im Unglück von Pompejus dem Großen.

Cäsar machte sich an Pompejus' Verfolgung, nachdem er zu Ehren des in Pharsalos errungenen Sieges ganz Thessalien die Freiheit geschenkt hatte.

Als er in Asien ankam, gestand er den Knidiern zu Ehren von Theopompos, dem Autor einer Abhandlung über die Mythologie, die gleiche Gunst zu und entlastete alle Einwohner Asiens von einem Drittel der Steuern.

Je weiter er fuhr, desto mehr erfuhr er von den Wundern, die seinem Sieg vorausgegangen waren oder diesen begleitet hatten.

In Elis drehte sich das Bild der Viktoria, das im Tempel der Minerva stand und die Göttin anschaute, am Tag der Schlacht wie von selbst zur Tür des Tempels um. In Antiochia waren dreimal der Klang einer Trompete und Schreie der Soldaten zu hören, so daß die Bewohner zu den Waffen griffen und auf die

Befestigungen stiegen. In Pergamon erklangen die Trommeln, die im Heiligtum standen, ohne von Menschenhand berührt worden zu sein. Und in Tralleis schließlich zeigte man ihm die Palme, die im Tempel der Viktoria gewachsen war.

Er war in Knidos, als er erfuhr, daß Pompejus auf Zypern an Land gegangen war. Nun wußte er, daß der Besiegte in Ägypten Zuflucht suchen würde.

Er nahm Kurs auf Alexandria. Unter seinem Befehl standen etwa fünfzehn Galeeren, achthundert Pferde und zwei Legionen: eine, die er aus dem Heer des Calenus aus Achaia hatte kommen lassen, und die andere, die ihm gefolgt war.

Diese beiden Legionen bestanden insgesamt nur aus dreitausendzweihundert Soldaten. Der Rest seines Heeres war zurückgeblieben. Auch wenn Cäsars Heer eine so geringe Zahl an Soldaten aufwies, wähnte er sich nach seinem Sieg in Pharsalos überall in Sicherheit.

Nur von diesen Streitkräften begleitet, fuhr er in den Hafen von Alexandria ein.

Kaum hatte er den Fuß aufs Ufer gesetzt, sah er, daß sich ihm eine Abordnung näherte. Der Wortführer begrüßte ihn ehrerbietig, und als er seinen Mantel aufschlug, rollte Pompejus' Kopf Cäsar zu Füßen.

Bei diesem Anblick wandte sich Cäsar entsetzt ab. Er konnte die Tränen nicht zurückhalten.

Sie schenkten ihm Pompejus' Siegel. Er nahm es ehrfürchtig entgegen.

Der Abdruck dieses Siegels zeigte einen Löwen, der ein Schwert hielt.

Alle Freunde von Pompejus, die sich nach seinem Tod auf dem Lande verstreut hatten und vom ägyptischen König gefangengenommen worden waren, überhäufte er mit Geschenken und gewann sie für sich.

Überdies schrieb er nach Rom, daß es sein schönster und wahrhaftigster Sieg sei, jeden Tag einige seiner Mitbürger zu retten, welche die Waffen gegen ihn erhoben hatten.

72

Als Cäsar in Ägypten ankam, war seine erste Sorge – und vielleicht war es sogar seine Pflicht und Schuldigkeit –, Pompejus' Asche einzusammeln und die Urne mit der Asche an Cornelia zu senden.

Cornelia stellte sie in dieses schöne Haus in Albano, über das wir schon verschiedentlich gesprochen haben.

Cäsar stampfte an der Stelle, an der Pompejus gefallen war, mit dem Fuß auf die Erde und sagte:

»Hier werde ich einen Tempel der Empörung bauen.«

Und später wurde dieser Tempel in der Tat gebaut. Appian sah ihn und erzählt, daß die Juden, gegen die der Kaiser Trajan in Ägypten Krieg führte, ihn niederrissen, weil er sie störte.

Indessen war Cäsar in großer Verlegenheit. Er hatte zwar verschiedene Schiffe nach Alexandria beordert, doch die Nordwinde hielten ihn zurück, und er hatte große Lust aufzubrechen und die drei Mörder von Pompejus: Pothin, Achillas und den Sophisten Theodotos zu töten.

Sagen wir es ganz offen, daß Cäsar außerdem gehört hatte, daß Kleopatras Schönheit sehr gerühmt wurde, und Cäsar war auf diese wunderschöne Frau sehr neugierig.

Kleopatra war damals neunzehn Jahre alt. Zwei Jahre zuvor war genau dieser Ptolemäus Auletes gestorben, der Flötenspieler, den wir nach Rom haben kommen sehen, um hier um Pompejus' Schutz zu bitten.

Er hatte ein Testament in doppelter Ausführung hinterlassen. Eine Abschrift war nach Rom zu Pompejus geschickt worden, und das Original befand sich in den Archiven von Alexandria. Der alte König sah in diesem Testament seinen Sohn Ptolemäus und seine älteste Tochter Kleopatra als Thronfolger vor. Diese beiden waren Bruder und Schwester und überdies miteinander verheiratet. Ptolemäus war damals erst fünfzehn Jahre alt.

Der Erblasser bat Pompejus, im Namen des römischen Volkes darüber zu wachen, daß sein Testament vollstreckt wurde.

Vor einem Jahr war Pompejus' Macht in Cäsars Hände übergegangen.

Wie wir gesehen haben, war Pompejus außerdem von genau diesem Ptolemäus ermordet worden, den er in der Durchsetzung seiner Rechte unterstützen sollte.

Kleopatra und Ptolemäus hatten noch einen Bruder von elf Jahren und eine Schwester namens Arsinoe von sechzehn Jahren.

Cäsar marschierte in Alexandria ein und forderte Kleopatra und Ptolemäus auf, die beide über ein Heer verfügten, ihre Truppen zu entlassen und ihm ihren Streitfall vorzutragen.

Der verstorbene König stand bei Cäsar mit einer Summe von siebzehn Millionen fünfhunderttausend Drachmen in der Schuld. Um seine guten Absichten gegenüber den beiden jungen Thronfolgern zu beweisen, erließ Cäsar ihnen sieben Millionen. Er erklärte jedoch, daß er die verbliebenen zehn Millionen fünfhunderttausend Drachmen benötige und fordere, daß ihm diese gezahlt werden.

Cäsar wußte noch nicht, ob Ptolemäus und Kleopatra seiner Aufforderung folgen würden, als ihm ein Mann angekündigt wurde, der bat, ihm einen Teppich schenken zu dürfen. Der Mann versicherte, daß Cäsar so einen wunderschönen Teppich noch nie gesehen habe.

Cäsar befahl, den Mann einzulassen, der ihn sprechen wolle.

Dieser trat in der Tat ein. Auf seinen Schultern trug er einen Teppich, den er Cäsar zu Füßen legte.

Dieser Teppich war mit einem Gurt zusammengebunden.

Der Mann löste den Gurt, und als der Teppich daraufhin auseinanderrollte, sah Cäsar, daß dem Teppich eine Frau entstieg.

Das war Kleopatra.

Da sie ihre Wirkung auf Männer kannte, die sie insbesondere schon bei dem jungen Sextus Pompejus erprobt hatte, war sie sofort, als sie von Cäsars Vorladung gehört hatte, mit Apollodoros von Sizilien, den sie als ihren besten Freund betrachtete, an Bord eines Schiffes gegangen. Um neun Uhr abends stand sie vor dem Palast.

Da sie davon überzeugt war, den Palast nicht unerkannt betreten zu können, bat sie Apollodoros, sie in einen Teppich zu rollen und sie so zu Cäsar zu bringen.

Diese weibliche List entzückte den Sieger von Pharsalos.

Kleopatra war nicht wirklich schön. Sie war mehr als das: Sie war reizend. Sie war klein, aber wunderschön gebaut. Natürlich konnte sie auch nicht sehr groß gewesen sein, da es möglich gewesen war, sie in einen Teppich einzurollen. Kleopatra war liebreizend, hübsch und geistreich. Sie sprach Latein, Griechisch, Ägyptisch sowie die syrische und asiatische Sprache. Sie hatte sich das prunkvolle Äußere der Orientalen zu eigen gemacht, wodurch sie diejenigen, die sie mit Goldketten und Diamanten sahen, fesselte. Sie war letztendlich die Verkörperung der Sirene aus den Sagen.

Es ist anzunehmen, daß sie Cäsar nicht schmachten ließ, denn als Ptolemäus am nächsten Tag kam, »bemerkte er«, sagt Dion Cassius, »an verschiedenen Vertraulichkeiten Cäsars gegenüber seiner Schwester, daß seine Sache verloren war.«

Doch der junge Fuchs wandte eine List an. Er gab vor, nichts zu bemerken, verschwand aber im ersten günstigen Moment, verließ den Palast, lief durch die Straßen von Alexandria und rief, daß er verraten worden sei.

Als das Volk die Schreie des jungen Königs hörte, griff es zu den Waffen.

Pothin sandte einen Botschafter zu Achillas, der das Heer in Pelusium befehligte, und forderte ihn auf, nach Alexandria zu marschieren.

Das ägyptische Heer bestand aus fünfundzwanzigtausend Mann, die keine Ägypter waren. Ein solches Heer wäre für

Cäsar ein Scherz gewesen. Aber es war aus Gabinius' ehemaligen Truppen zusammengestellt worden, das heißt aus römischen Veteranen, die sich an das zügellose Leben in Alexandria gewöhnt, hier geheiratet, die Bräuche des Orients angenommen, die Werte der Römer jedoch bewahrt hatten; Piraten aus Kilikien, die Pompejus' Kampf gegen die Piraten entkommen waren, und schließlich Flüchtlinge und Verbannte.

Als Cäsar diese Todeswünsche hörte, die gegen ihn ausgestoßen wurden, und er seine dreitausendzweihundert Soldaten zählte, begriff er, daß die Situation ernst war. Er sandte zwei ehemalige Minister des verstorbenen Königs zu Achillas und zwei ehemalige Botschafter nach Rom.

Sie hießen Serapion und Dioskorides.

Achillas ließ sie, noch ehe sie den Mund aufmachen konnten, ermorden.

Das war – wie wir sehen – eine regelrechte Kriegserklärung an Cäsar.

Cäsar nahm sie an.

Er mußte es mit Achillas und seinen fünfundzwanzigtausend Männern aufnehmen. Doch auf seiner Seite stand dieser mächtige Verbündete, den man die Liebe nennt.

Außerdem waren ihm per Zufall der junge König Ptolemäus und der Eunuch Pothin in die Hände gefallen.

Cäsar zog zunächst seine Truppen zusammen und suchte dann mit Kleopatra Zuflucht im sogenannten königlichen Palast.

Neben dem Palast befand sich ein Theater, das Cäsar zu seiner Zitadelle machte.

Je weiter Cäsar sich zurückzog, desto weiter rückten Achillas' Truppen in die Stadt vor. Aber es gab einen Punkt, an dem Cäsars Truppen nicht mehr zurückwichen.

Die Schlacht begann.

Achillas wollte sich den Zugang zum Palast erzwingen. Er versuchte mehrmals, ihn zu stürmen, wurde aber immer wieder zurückgedrängt.

Nun wollte er Cäsars Galeeren in seine Gewalt bringen.

Cäsar hatte fünfzig Galeeren. Das waren perfekt ausgerüstete, mit drei oder fünf Ruderreihen versehene Schiffe aus Pompejus' Flotte.

Zweiundzwanzig weitere bewachten überdies den Hafen.

Indem die Ägypter diese Schiffe eroberten, machten sie Cäsar zu ihrem Gefangenen, schnitten ihm den Zugang zum Hafen sowie zum Meer ab und entzogen ihm die Möglichkeit, sich Lebensmittel zu beschaffen.

Jeder kämpfte also, so gut er konnte. Achillas' Soldaten kämpften wie Männer, die um die Bedeutung der Position wußten, die sie erobern wollten, und Cäsars Soldaten wie Männer, die wußten, daß ihr Leben von ihrem mutigen Kampf abhing.

Achillas wurde überall zurückgedrängt.

Als Cäsar sah, daß er mit seiner kleinen Streitmacht, die ihm zur Verfügung stand, die Galeeren nicht verteidigen konnte, verbrannte er ausnahmslos alle, sogar die im Arsenal.

Gleichzeitig setzte er Truppen am Leuchtturm ab.

Dieser Leuchtturm war unglaublich hoch, und die Insel Pharos, auf der er stand, verdankte dem Leuchtturm ihren Namen.

Die Insel war mit der Stadt durch eine neunhundert Schritt lange Mole verbunden, die von ehemaligen Königen erbaut worden war und an deren beiden Enden sich jeweils eine Brücke befand. Pharos war eine Art Vorort, der so groß war wie eine Stadt. Dieser Vorort wurde von Banditen und Piraten bewohnt, die jedes Schiff angriffen, das vom Kurs abgekommen war.

Da der Hafen außergewöhnlich schmal war, konnte man diesen nur erreichen, wenn es den Bewohnern des Leuchtturmes beliebte, und aus diesem Grunde kam dem Leuchtturm eine ungeheure Bedeutung zu.

Cäsar vollendete nach drei Tagen eines dieser großartigen Befestigungswerke, die er meisterhaft zu bauen verstand.

Er verband die ganzen Umschanzungen des Teiles der Stadt, den er besetzt hielt, durch Mauern miteinander.

Vom Theater hielt Cäsar Verbindung zum Hafen und zum Arsenal.

Die Ägypter schlossen Cäsar ihrerseits ein, indem sie alle Straßen und Kreuzungen mit vierzig Fuß hohen Mauern, die aus riesigen Quadersteinen bestanden, versperrten. Außerdem errichteten sie auf der Erde zweistöckige Türme, die zum Teil im Boden verankert waren und zum Teil auf Rädern standen, so daß sie überall, wo sie gebraucht wurden, hingeschoben werden konnten.

Indessen spielte Cäsar die Rolle des Vermittlers.

Der junge Ptolemäus, ein durchtriebener, boshafter Bursche, versöhnte sich auf Cäsars inständiges Bitten hin angeblich mit seiner Schwester und willigte ein, den Thron mit ihr zu teilen.

Cäsar gab inmitten dieses Kampfes gegen Alexandria ein großes Festessen, um die Versöhnung zu feiern.

Während des Essens flüsterte ihm einer seiner Sklaven, der ihm als Barbier diente und der schüchternste und mißtrauischste Mann der Welt war, etwas ins Ohr.

Fünf Minuten später ging Cäsar hinaus.

Der Barbier erwartete ihn im Korridor.

Der Barbier hatte, als er durch den Palast gelaufen war und überall herumgeschnüffelt und gelauscht hatte, ein Tuscheln vernommen.

Er hatte sich den Stimmen genähert und auf diese Weise ein Mordkomplott zwischen Pothin und den Gesandten des Achillas aufgedeckt.

Cäsar hatte volles Vertrauen zu demjenigen, der ihm diesen Komplott verriet.

»Es ist gut«, sagte er, »ich warte schon seit langem auf eine Gelegenheit, den Mord an Pompejus zu rächen. Nun ist die Gelegenheit da, und ich werde sie nutzen. Man möge Pothin töten.«

Er sah, wie die Männer, die den Auftrag hatten, diesen Befehl auszuführen, hinausgingen, und kehrte lächelnd in den Festsaal zurück, wo er wieder seinen Platz neben Kleopatra einnahm.

Einen Moment später trat ein Zenturio ein und sagte leise zu ihm:

»Der Auftrag wurde ausgeführt.«

Cäsar nickte zufrieden, und der Zenturio zog sich zurück.

Am gleichen Abend erfuhr Ptolemäus vom Tod seines Vertrauten, aber anstatt dieses scheinbar zu bedauern, beglückwünschte er Cäsar, der Gefahr entgangen zu sein, mit der ihn der Verrat seiner Diener bedroht hatte.

Dieser Tod verbreitete übrigens ein derartiges Entsetzen in den Reihen derer, die Lust gehabt hätten, sich gegen Cäsar zu verschwören, daß Kleopatras jüngere Schwester Arsinoe in der folgenden Nacht mit ihrem Erzieher Ganymedes zu Achillas floh.

Sie hegte eine Hoffnung. Da ihre Schwester Kleopatra Cäsars Geliebte und ihr Bruder Ptolemäus sein Gefangener war, würde sie sich zur Königin ausrufen lassen.

Und in der Tat empfingen sie die Truppen mit großem Beifall.

Doch schon bald kam es zu Zwietracht zwischen ihr und Achillas.

Arsinoe, die das bemerkte, ließ Achillas von Ganymedes ermorden. Dieser übernahm daraufhin den Befehl von Achillas' Truppen, verteilte im Namen seiner Herrin große Geldsummen im Heer und machte sich an die gefährliche Aufgabe, den Kampf gegen Cäsar fortzuführen.

Das war Pompejus' zweiter Mörder, der seinen Mord sühnte.

Sagen wir schnell, was aus den anderen widerwärtigen Personen wurde.

Theodotos, der Sophist, dem es gelang, sich Cäsars Gerechtigkeit zu entziehen, floh durch ganz Ägypten und irrte lange Zeit elendig und verhaßt umher. Aber nach Cäsars Tod entdeckte Marcus Brutus, der sich zum Herrscher über Asien gemacht hatte, den Zufluchtsort, an dem sich Theodotos versteckt hatte, und als es ihm gelang, seiner habhaft zu werden, ließ er ihn ans Kreuz nageln.

Wir werden später sehen, daß Cäsars Mörder fast so unglücklich endeten wie die des Pompejus.

Hätte Pompejus, der die Vorsehung in Mytilene abstritt, den Tod von Pothin, Achillas und Theodotos sehen können, hätte er nicht mehr daran gezweifelt.

73

Nun kommen wir zum Ausgang dieser antiken Fronde, die um der schönen Augen einer Frau willen unternommen wurde.

Obwohl unser heutiges Alexandria nicht ganz genau an dem Ort liegt, an dem das damalige Alexandria lag, bezog die Stadt Alexandria damals wie heute über Aquädukte das Wasser aus dem Nil, und dieses Wasser wurde in Brunnen und Zisternen verteilt, damit sich der Schlick setzen konnte. Das arme Volk, das keine Brunnen und Zisternen hatte, trank das trübe, ungeklärte Wasser und lief so Gefahr, Schaden an seiner Gesundheit zu nehmen.

Der Feind, der den Zugang zum Fluß in seiner Gewalt hatte, schickte sich nun an, die Zuleitungen, durch die das Nilwasser in die von den Römern besetzten Quartiere floß, zu verstopfen, was dem Feind nach einer gewaltigen Anstrengung auch gelang.

Doch Cäsar, der mit Wasser versorgt war, da die Brunnen voll waren und die Zisternen überliefen, beunruhigte es nicht sonderlich, daß die Aquädukte versperrt waren.

Da der Feind den Grund für seine Sorglosigkeit schnell

erriet, verfiel er auf die Idee, das Meerwasser mit Hilfe von Räderwerk und Maschinen hochzupumpen. Dieses Salzwasser würde, wenn es in die Brunnen und Zisternen strömte, das Süßwasser verderben, und Cäsar und seine Garnison würden vor Durst sterben.

Durch den Druck der Maschinen, welche die Ägypter, diese bemerkenswerten Architekten, erfunden hatten, stieg das Wasser in der Tat und strömte in die ersten Wasserspeicher.

Die Soldaten, die soeben Wasser aus dem Brunnen schöpften und dort Brackwasser vorfanden, konnten dies zunächst gar nicht glauben. Da die anderen, ferner gelegenen Brunnen noch Trinkwasser lieferten, waren sie um so erstaunter.

Kurz darauf war schließlich das Wasser in allen Brunnen und allen Zisternen verdorben.

Diese schreckliche Nachricht wurde Cäsar überbracht.

»Und«, fragte er mit ruhigem Gesicht und ruhiger Stimme, »was sagen die Soldaten zu diesem Vorfall?«

»Sie sind verzweifelt, Imperator«, antworteten diejenigen, die die Nachricht überbrachten und schon mit dem Schlimmsten rechneten.

»Und sicher tadeln sie mich?« fragte Cäsar.

Der Botschafter zögerte.

»Antworte mir ganz offen«, fuhr der Imperator fort.

»Alle sind der Meinung, daß du versuchen solltest, Ägypten auf den Schiffen, die dir noch geblieben sind, zu verlassen, und außerdem fürchten sie, daß es unmöglich sein wird, an Bord der Schiffe zu gelangen.«

»Nun gut«, sagte Cäsar, »wir werden uns zurückziehen, aber als Sieger.«

»Und das Wasser?« fragte der Zenturio.

»Nimm zehn Männer«, sagte Cäsar, »und grabe fünfhundert Schritt vom Ufer entfernt ein Loch, bis du auf Wasser stößt. Entweder ist diese Küste nicht so wie die anderer Länder, oder du wirst eine Quelle finden, ehe du fünfzehn Fuß tief gegraben hast.«

Der Zenturio folgte dem Befehl und stieß auf Wasser.

Cäsar zeigt uns hiermit tausend Jahre nach Moses noch einmal das Wunder des sprudelnden Wassers. Alle beide hatten das Geheimnis der artesischen Brunnen erraten.

Indessen ging Cäsars siebenunddreißigste Legion, die sich aus Pompejus' ehemaligen Truppen gebildet hatte, etwas oberhalb von Alexandria an Land.

Sie konnte aufgrund des Gegenwindes nicht in den Hafen einlaufen.

Die Legion ankerte daher am Strand. Da sie aber kein Wasser hatte und nicht wußte, wo sie welches schöpfen konnte, fragte sie Cäsar.

Cäsar stieg mit drei- oder vierhundert Mann auf die noch verbliebenen Galeeren, verließ den Hafen und fuhr selbst zu seiner Flotte, die zwei oder drei Meilen vor Alexandria ankerte.

Als er auf Chersonesos ankam, befahl er einigen seiner Soldaten an Land zu gehen, um nach Wasser zu graben. Aber die feindliche Reiterei hatte zwei oder drei Männer ergriffen, die sich von der Truppe entfernt hatten, um zu plündern, und sie erfuhr von diesen Männern, daß auch Cäsar auf die Galeeren gegangen war.

Dies wurde kurz darauf Ganymedes zugetragen.

Er ließ augenblicklich zwei- oder dreitausend Soldaten auf etwa zwanzig Schiffen verladen, um Cäsar anzugreifen.

Cäsar war keineswegs daran gelegen, diesen Kampf anzunehmen, und zwar aus zwei Gründen: Erstens brach in zwei Stunden die Nacht herein, was einen Vorteil für den Feind bedeutete, der die Küste besser kannte als er; und zweitens kämpften Soldaten, die wie die seinen vor allem darum fochten, um von Cäsar bemerkt zu werden, notwendigerweise in der Dunkelheit schlechter als bei Tage.

Sobald er die feindlichen Schiffe nahen sah, lief er daher die Küste an.

Doch eine Galeere aus Rhodos konnte dem Manöver nicht

folgen, weil sie von vier feindlichen Galeeren umzingelt war, die von mehreren Booten unterstützt wurden.

Da sich Cäsar in Sicherheit befand, hätte er es der Galeere überlassen können, sich selbst aus der Affäre zu ziehen. Aber wir wissen, daß er nicht der Mann war, der sich auf diese Weise schonte. Er steuerte mit seinem Schiff geradewegs auf die vom Feind attackierte Galeere zu.

Nach einem einstündigen Kampf, in dem Cäsar sein Leben wie ein einfacher Matrose in die Schanze schlug, eroberte er eine Galeere mit vier Ruderreihen, versenkte eine zweite und setzte eine weitere außer Gefecht. Die restlichen feindlichen Galeeren traten überstürzt die Flucht an.

Cäsar nutzte ihr Entsetzen und schleppte die Frachtschiffe mit seinen Galeeren ab. Da die Galeeren Ruderboote waren, kam er gegen den Wind an und lief mit den Frachtschiffen in den Hafen ein.

Derartige Kämpfe wiederholten sich Tag für Tag mit unterschiedlichem Ausgang.

Mal besiegte Cäsar die Ägypter, und mal wurde er von ihnen besiegt.

Eines Tages geriet seine Galeere in arge Bedrängnis. Da jeder Feind auf seine Purpurrobe zielte, wurde er so heftig mit Pfeilen beschossen, daß er gezwungen war, seine Robe auszuziehen und ins Meer zu springen. Er mußte eine Strecke von mehr als dreihundert Schritt zurücklegen, und das nicht etwa schwimmend, denn er konnte sich nur mit einer Hand über Wasser halten, da er in der anderen wichtige Papiere hielt, die er vor dem Wasser schützen mußte.

Seine Purpurrobe, die Trophäe des Tages, fiel den Ägyptern in die Hände.

All das geschah vor Kleopatras Augen. Wie die Ritter des Mittelalters, die um der Augen ihrer Schönen willen ihre Lanzen brachen, hatte Cäsar eine Art Wettkampf in dem verrückten, tückischen Alexandria eröffnet, dieser Stadt, die so leichtlebig wie Athen und so abergläubisch wie Memphis war.

Indessen empfing Cäsar eine Abordnung des Feindes.

Die Ägypter teilten ihm mit, daß sie die Macht der Arsinoe, die nur ein Kind sei, und des Ganymedes, der nur ein Freigelassener sei, nicht mehr erdulden wollten. Sie schlugen Cäsar daher vor, ihnen Ptolemäus auszuliefern, um sich mit ihm über ihre Interessen beraten zu können. Sie versicherten, daß ihm infolge dieser Beratungen sicher ein Friedensangebot von ihrer Seite vorgeschlagen werde.

Cäsar kannte die hinterlistigen Ägypter nur zu gut, doch einmal mußte der Krieg ja beendet werden. Er spürte, daß ihm der Rest des Universums entglitt, während er sich damit aufhielt, in dieser Ecke der Welt Scharmützel zu schlagen.

Er ließ Ptolemäus zu sich kommen, nahm ihn bei der Hand, bewies ihm, welches Vertrauen er in ihn setzte, indem er ihn zu den Aufständischen zurückschickte, und forderte ihn auf, seine Männer zu bitten, wieder die Macht übernehmen zu dürfen. Doch der junge Prinz fing an zu weinen. Er flehte Cäsar an, ihn nicht seiner Gegenwart zu berauben, und versicherte ihm, daß seine Gegenwart ihm teurer sei als seine Staaten.

Cäsar, der weder falsch noch grausam war, ließ sich von Ptolemäus' Tränen rühren, umarmte ihn wie sein eigenes Kind und ließ ihn zu den feindlichen Vorposten führen.

Aber kaum war er dort angekommen, da versiegten die Tränen, um der Drohung Platz zu machen. Cäsar wußte nun, daß er einen Feind mehr hatte.

Wie wir gesehen haben, zählte Cäsar sie glücklicherweise nicht.

Eine Weile blieb die Situation unverändert. Doch plötzlich erhielt Cäsar die Nachricht, daß Pelusium, wo sich der größte Teil des ägyptischen Heeres aufhielt, in die Hände eines seiner Legaten gefallen war.

In der Tat war Mithridates aus Pergamon, den Cäsar aufgrund seiner Tapferkeit und seiner Erfahrung in der Kriegsführung sehr schätzte, mit einer starken Streitkraft über Syrien und Kilikien auf dem Landweg herbeigeeilt.

Von Cäsar schon zu Beginn dieses Krieges herbeigerufen, der bereits sieben Monate dauerte, hatte er an die Zuneigung der alliierten Völker appelliert und kam mit etwa zwanzigtausend Mann.

Da er wußte, daß Pelusium eine ebenso bedeutende Rolle auf dem Festland zukam wie Alexandria als Hafenstadt, setzte er Pelusium einem derart starken Angriff aus, daß er die Stadt im dritten oder vierten Sturm eroberte.

Er ließ eine Garnison in der eroberten Stadt zurück, marschierte zu Cäsar und unterwarf das ganze Land, das er durchquerte.

Als er das Nildelta erreichte, stand er einem Teil von Ptolemäus' Heer gegenüber.

Das war nur die Hälfte der vom jungen König entsandten Truppen.

Um den Ruhm eines Sieges nicht teilen zu müssen, wollte dieser Teil des Heeres jedoch, der über den Nil gekommen und dem Flußlauf gefolgt war, allein angreifen. Daher warteten die Soldaten nicht, wie es der König befohlen hatte, auf die andere Hälfte, die dem Ufer folgte.

Mithridates verschanzte sich, wie es die Römer zu tun pflegten.

Die Ägypter glaubten, daß er Angst habe, und stürmten von allen Seiten das Lager.

Als Mithridates nun sah, daß er auf unbesonnene Weise angegriffen wurde, verließ er durch alle Tore gleichzeitig das Lager, umzingelte den Feind und zerschlug die feindlichen Truppen. Wenn der Feind die Örtlichkeiten nicht gekannt hätte und ihre Schiffe nicht in der Nähe gewesen wären, hätten alle auf dem Schlachtfeld ihr Leben gelassen.

Cäsar und Ptolemäus wurden gleichzeitig über den Kampf unterrichtet und marschierten gleichzeitig mit allen Streitkräften los, über die sie verfügten. Cäsar ging es darum, endgültig den Sieg zu erringen, und Ptolemäus wollte seine Niederlage wettmachen.

Ptolemäus kam als erster an, weil er sich auf dem Nil eingeschifft hatte, wo seine Flotte bereitstand.

Cäsar hätte diesen Weg auch nehmen können, doch er hatte Angst, dadurch möglicherweise gezwungen zu sein, auf Schiffen und im Fahrwasser eines Flusses kämpfen zu müssen. Diese Art der Kriegführung hätte ihn der unvorhergesehenen Truppenbewegungen beraubt, die seine Stärke waren.

Obwohl Cäsar nach Ptolemäus ankam, war seine Verspätung so geringfügig, daß der Ägypter König Mithridates noch nicht hatte angreifen können.

Als der ägyptische König Cäsar nahen sah, verschanzte er sich nun seinerseits.

Der Ort, an dem sich Ptolemäus verschanzte, war sehr günstig gelegen.

Eine Seite seines Lagers lag im Schutz des Nils, eine Seite im Schutz eines Sumpfgebiets, und eine weitere war von einem Abgrund umgeben.

Daher bot das Lager nur einen einzigen schmalen und schwierigen Zugang, und zwar den, der auf die Ebene führte.

Cäsar marschierte auf das Lager zu.

Aber als er auf halber Strecke am Ufer eines Flußarmes anlangte, sah er, daß dieser Flußlauf von den besten ägyptischen Reitern und einem Teil der leichten Fußtruppen des Ptolemäus verteidigt wurde.

Dort fand ein kurzes Scharmützel statt, doch kam es aufgrund der beiden steilen Uferböschungen zu keinem ernsthaften Kampf. Cäsars Soldaten wurden ungeduldig und verlangten die Äxte.

Die Äxte wurden ihnen gebracht.

Nun fällten sie die Bäume, die den Fluß säumten, schoben sie ins Wasser und bauten auf diese Weise eine Brücke. Nachdem sie die Bäume gefällt hatten, passierten sie den Fluß inmitten der Zweige, wobei sie bis zum Bauch im Wasser versanken.

Indessen ritt die germanische Reiterei den Fluß hinauf, und als sie eine Furt fand, überquerte sie ihn.

Der Feind, der nun von vorn und von hinten angegriffen wurde, ergriff die Flucht.

Cäsar, der nur anderthalb Meilen vom ägyptischen Lager entfernt war, gab den Befehl, geradewegs auf das Lager zuzumarschieren.

Es war seine Absicht, die Unsicherheit des Feindes zu nutzen und ihn noch im gleichen Moment anzugreifen. Aber als er die starke feindliche Streitkraft sah, die Höhe der Verschanzung, die vorteilhafte Lage des Feindes und die von Soldaten gesäumte Befestigung, verschob er den Angriff auf den nächsten Tag. Er wollte seine von der Schlacht und dem langen Marsch ermüdeten Truppen nicht im Kampf gegen die ausgeruhten Truppen aufs Spiel setzen.

Nachdem er also das Terrain mit diesem Blick, dem nichts entging, erforscht hatte, entschloß er sich, am nächsten Tag im Morgengrauen ein Fort anzugreifen, das durch eine starke Verschanzung mit dem Lager verbunden war.

Schon bei Tagesanbruch stand sein gesamtes Heer unter Waffen, und dieses nicht etwa, weil er vorhatte, das Fort mit all seinen Soldaten anzugreifen, sondern weil er wollte, daß die gesamte Streitkraft bereit war, das Lager auf sein Signal hin an einem bestimmten Punkt zu attackieren.

Als hätte Cäsar jedem einzelnen den Schlachtplan erklärt,

marschierten die Soldaten mit einer solchen Entschlossenheit auf das Fort zu, daß sie es im Sturm eroberten.

Nach der Eroberung des Forts rückten alle Soldaten auf die feindlichen Verschanzungen vor, wo die richtige Schlacht begann.

Wir haben schon gesagt, daß Cäsar das Lager im Grunde nur von der Ebene aus angreifen konnte, und an dieser Seite hatte der Feind natürlich seine besten Soldaten zusammengezogen.

Doch Cäsar hatte bei einem Erkundungsritt einen schmalen Durchgang entdeckt, der sich zwischen dem Nil und dem Lager hindurchschlängelte.

Cäsar verwarf diese Möglichkeit eines Angriffs jedoch, da seine Soldaten auf diese Weise dem Beschuß der gesamten feindlichen Flotte ausgeliefert gewesen wären.

Als er sah, daß der Frontalangriff nicht zum Erfolg führte, rief er einen seiner erfahrensten Legaten namens Carfulenus zu sich, erklärte ihm die Situation und fragte ihn, ob er einen Angriff vom Nil mit etwa tausend Mann durchführen wolle.

Dieser antwortete, daß er bereit sei.

Cäsar befahl, den Angriff auf das feindliche Lager von der Ebene aus zu verstärken, während Carfulenus und seine tausend Mann sich zum Nilufer schlängelten.

Die Soldaten, welche die Order hatten, diese Seite des Lagers zu halten, und die glaubten, daß die Flotte sie beschütze, stiegen ans Ufer hinab, weil sie entweder neugierig waren und sich den Kampf ansehen oder sich tapfer an diesem beteiligen wollten, als sie plötzlich hinter sich lautes Kampfgeschrei hörten.

Das war Carfulenus. Da ihn nur die von der Flotte auf ihn abgeschossenen Pfeile behinderten, marschierte er weiter, erreichte die Verschanzungen, die er verlassen vorfand, überwand sie, drang ins Lager ein und griff den Feind von hinten an.

Als die Römer an der Stelle, an der sie kämpften, die Siegesschreie des Carfulenus und seiner Kameraden hörten, verstärkten sie ihre Anstrengungen.

Die Kräfte der Ägypter ließen aufgrund dieses unerwarteten Angriffs nach.

Cäsar sah, daß der entscheidende Moment gekommen war.

Er stellte sich an die Spitze von zwanzig Kohorten, die noch nicht gekämpft hatten, und griff wie ein einfacher Legat an.

Der Feind konnte diesem letzten Angriff nicht standhalten. Er verließ seine Befestigung und versuchte zu fliehen.

Doch was die Stärke des Feindes war, solange ihm der Sieg gehörte, stürzte den besiegten Feind ins Verderben.

Die ersten, die versuchten, durch die Sümpfe zu fliehen, versanken im Schlamm.

An der Seite, an welcher der Abgrund lag, gab es keine Fluchtmöglichkeit.

Es blieb ihnen nur der Nil.

Alle Soldaten und selbst der König strömten daher zum Nilufer.

Der König erreichte ein Schiff und befahl, sofort abzulegen; aber die Menge, die ihn begleitete, bedrängte ihn dermaßen, und diejenigen, die sich ins Meer gestürzt hatten, suchten in so großer Anzahl Zuflucht auf dem Schiff, daß Wasser ins Schiff drang, als es die Flußmitte erreicht hatte, und es in die Tiefe gerissen wurde.

Ptolemäus und seine wichtigsten Offiziere ertranken.

Der Krieg in Ägypten war beendet.

Eintausendachthundert Jahre später schlug ein anderer Eroberer am Ufer des gleichen Flusses eine ähnliche Schlacht.

Dieser andere Eroberer hieß Napoleon, und diese andere Schlacht war die bei den Pyramiden, nach der Kairo in Napoleons Hände fiel, genauso wie Alexandria nach dieser Schlacht in Cäsars Hände fiel.

Und in der Tat marschierte Cäsar sofort nach Alexandria.

Aber diesmal hielt er sich nicht damit auf, umständlich über den Hafen in die Stadt zu gelangen. Er beschloß, durch die Stadt zu marschieren.

Das Gerücht über seinen Sieg eilte ihm voraus, öffnete die Tore und zerstörte die Befestigungen.

Unglücklicherweise war ihm der junge König Ptolemäus durch den Tod entkommen. Doch er brachte die Gefangene Arsinoe mit.

Was Cäsar vorhergesehen hatte, trat ein.

Kaum konnte man ihn von der Stadt aus sehen, da eilten ihm die Einwohner unterwürfig entgegen. Sie brachten ihm ihre kostbaren Reliquien dar, mit denen sie gewöhnlich die verärgerten Könige beschwichtigten.

Cäsar verzieh ihnen – wie gewöhnlich.

Er durchquerte die Stadt Alexandria, die Stadt mit den breiten, schnurgeraden Straßen, inmitten eines Spaliers von knienden Männern und Frauen.

Als er die von den Einwohnern errichteten Befestigungen erreichte, fand er sie mit der Hacke in der Hand vor. Sie schickten sich an, ihm eine Bresche zu schlagen.

Vor den Augen der Seinen kehrte Cäsar als wahrer Sieger zurück. Kleopatra erwartete ihn und grüßte ihn vom höchsten Turm.

Im Lager wurden zugleich sein endgültiger Sieg und seine schnelle Rückkehr gefeiert.

Cäsar war trotz seiner vierundfünfzig Jahre noch immer derselbe, der Cäsar der Gallier, der Cäsar von Pharsalos und sogar noch der Cäsar der Liebesabenteuer.

Diese Soldaten, die soviel über Kleopatra geredet hatten, klatschten laut, als sie sahen, daß die junge, schöne Königin den Hals ihres Imperators umschlang und einen goldenen Lorbeerkranz auf seinen Kopf legte.

Nun wurden im Palast Feste gegeben und im Theater Spiele veranstaltet.

Cäsar weihte Antonius' zukünftiges Königreich ein.

Natürlich wollte er das neu eroberte Land, das er Rom

unterworfen hatte, kennenlernen und die Pyramiden besichtigen, diese Monumente, die schon vor zweitausend Jahren ein Wunder waren.

Er fuhr auf der Galeere des Königs Ptolemäus, die am Tage mit Blumengirlanden und des Nachts mit Fackeln geschmückt war, den Nil hinauf.

Vierhundert Galeeren folgten ihm.

Das war Cäsars wahrer Triumph.

Während dieses Triumphzuges ließ er den Tempel der Empörung genau an der Stelle errichten, an der Pompejus getötet worden war.

Doch nicht die ganze Welt war fest verankert, und während dieses Festzuges bebte ein Teil der Welt schon unter Enkelados' Schritten.

Pompejus' Legaten sammelten sich in Afrika um seinen Schwiegervater Scipio.

Die beiden Söhne von Pompejus riefen Spanien zu den Waffen, um das Andenken ihres Vaters in Ehren zu halten.

Pharnakes raubte dem König Dejotarus, den Cäsar besiegt und wie einen Sieger beschenkt hatte, das kleine Armenien.

Ariobarzanes beklagte sich bei Calvinus, daß der Sohn des Mithridates Kappadokien besetzt hatte.

All diese Nachrichten erreichten Cäsar, und als ob er seinen Feinden die Zeit lassen wollte, sich zu sammeln, um sie mit einem einzigen Schlag zu vernichten, lächelte er bei jeder Nachricht, nickte und sagte zu Kleopatra:

»Gut, fahren wir weiter!«

Und Kleopatra lächelte stolz zurück, weil sie die Löwenkette in Händen hielt.

Schließlich kehrten sie nach Alexandria zurück. Die zauberhafte Reise war zu Ende.

Nun mußte er der Welt die Stirn bieten.

Cäsar sammelte seine Truppen.

Das waren die Streitkräfte, über die er zu verfügen glaubte:

Bei ihm waren an die zwanzigtausend Mann; eine Legion hatte ihm Calvinus geschickt, die jedoch, da sie den Landweg nahm, nicht rechtzeitig ankam; eine Legion hatte Calvinus behalten, und diese würde zu Cäsar stoßen, wenn er gegen Pharnakes kämpfen würde; zwei weitere, die nach römischer Art bewaffnet und ausgerüstet waren, würde er bei Dejoratus finden; schließlich gab es eine letzte, die Gajus Pletorus im Königreich Pontus ausgehoben hatte.

Aber eines Morgens kam die Nachricht, daß Domitius von Pharnakes besiegt worden war und von all seinen Streitkräften nur die siebenunddreißigste Legion noch so gut wie vollständig zur Verfügung stand.

Nach diesem Sieg fürchtete Pharnakes nichts mehr.

Er eroberte Pontus, wählte alle jungen, hübschen Kinder und Jugendlichen aus und machte sie zu Eunuchen.

Schließlich rief er der Welt ganz laut ins Gesicht, daß die Götter Gerechtigkeit hätten walten lassen und er das Königreich seines Vaters zurückerobert habe.

Cäsar war gezwungen, Ägypten zu verlassen.

Er verheiratete Kleopatra mit ihrem jüngeren Bruder, der elf Jahre alt war.

Dann ließ er die Hälfte seiner Truppen bei dem frisch vermählten Paar zurück, um die Ruhe im Land aufrechtzuerhalten, nahm den Weg nach Syrien und verabredete sich mit Kleopatra in vier Monaten in Rom.

Auf dem ganzen Weg stießen Gesandte der Provinzen zu Cäsar, die ihm alle mehr oder weniger schlechte Nachrichten brachten.

In Illyrien war Gabinius besiegt worden. Er hatte zweitausend Soldaten, achtunddreißig Zenturionen und vier Tribune verloren. In Spanien hatte eine Legion revoltiert, und Cassius Longinus wäre fast einem Mordanschlag zum Opfer gefallen. Marcellus war an den Ufern des Guadalquivir besiegt worden. Und schließlich hatten die Tribune in Rom für große Unruhe gesorgt.

Cäsar mußte Pharnakes vernichten, nach Rom zurückkehren, Afrika unterwerfen und Spanien erneut erobern.

Cäsar ließ Sextus Cäsar, seinen Verwandten, in Syrien zurück, schiffte sich auf der Flotte ein, die er aus Ägypten mitgebracht hatte und fuhr nach Tarsos, wohin er ganz Kilikien gerufen hatte, regelte die Angelegenheiten des Landes und die der Nachbarstaaten, durchquerte auf schnellstem Wege Kappadokien, hielt sich achtundvierzig Stunden in Mazaka auf, setzte Nikomedes von Bithynien als Pontifex des Tempels der Bellona in Komana ein, erhielt die Unterwerfung des alten Königs Dejotarus, nahm aus seinem Königreich eine Legion mit, kam im Königreich Pontus an, verband mit der alten Legion, die er aus Ägypten mitgebracht hatte, die Reste der Legion des Domitius, die Pharnakes besiegt hatte, traf diesen in der Nähe der Stadt Zela, vernichtete ihn mit einem einzigen Schlag, wandte sich nach Rom und sagte:

»Glücklicher Pompejus, das also sind die Feinde, deren Niederlagen dir den Namen *Pompejus der Große* eingebracht haben.«

Diese drei Worte, die seinen ganzen Feldzug gegen Pharnakes zusammenfaßten, waren ihm auf dem Weg zum Kapitol vorausgeeilt:

»*Veni, vidi, vici!* «

Als er in Rom ankam, erfuhr er, daß Kleopatra einen Jungen geboren hatte, dem das Volk den Namen *Cäsarion* gegeben hatte ...

Vor der Rückkehr des Siegers über Pompejus hatten sich Antonius und Dolabella einen Moment lang fast in jener Sache verständigt, an der beiden so gelegen war, und zwar der Aufhebung der Schulden. Aber Antonius hegte einen Verdacht gegen Dolabella. Er verdächtigte ihn, der Liebhaber seiner Frau zu sein.

Er verstieß zunächst seine Frau. Und als Dolabella, um sein Gesetz durchzubringen, das Forum in seine Gewalt gebracht und der Senat einen Erlaß herausgegeben hatte, der anordnete, gegen Dolabella die Waffen zu erheben, griff er von Wut und Haß erfüllt auf dem Forum denjenigen an, den er als seinen Rivalen betrachtete, tötete viele seiner Leute und verlor selbst einige der seinen.

Durch diese Angelegenheit sank die Beliebtheit des Nachkommen des Herkules ein wenig.

Andererseits schuf sich Antonius Feinde im Adel, indem er sich mit dem Volk verbündete.

Pompejus' Haus war versteigert und verkauft worden.

Wie man sieht, hatten sie keine Zeit verloren. Antonius hatte Pompejus' Haus gekauft. Antonius kaufte immer alles.

Doch Antonius war gar nicht davon angetan, daß er das Haus auch bezahlen sollte, da er der Meinung war, es sich in Pharsalos verdient zu haben. Er verkündete, daß er Cäsar nicht nach Afrika folgen werde, wenn seine Dienste auf diese Weise entlohnt würden.

Was ihn besonders wütend machte, war die Tatsache, daß er schließlich enteignet wurde, weil er Pompejus' Haus nicht bezahlte, und man es Corneficius zusprach.

Nach Corneficius' Vorstellungen war es jedoch nicht groß und schön genug. Er ließ es abreißen und baute an derselben Stelle ein neues Haus.

Im Grunde waren diese Überfülle, diese Bacchanalien und Trinkgelage der Römer nicht würdig.

Cäsar kam.

Bei seinem Anblick kehrte überall wieder Ordnung ein. Dolabella packte seine Pläne für die Aufhebung der Schulden wieder ein. Antonius hörte mit seinen Dummheiten auf. Corneficius vollendete schnell den Bau seines Hauses.

Cäsar begnadigte Dolabella aus Rücksicht auf seinen Schwiegervater Cicero.

Und Antonius, der hoffte, mit ihm zum Konsul ernannt zu werden, mußte diese Hoffnung begraben.

Cäsar wurde zum drittenmal zum Konsul ernannt und stellte sich Lepidus zur Seite.

Dieser Lepidus, ein zunächst unauffälliger Mann, wurde allmählich immer mächtiger, so daß er im zweiten Triumvirat der Kollege von Antonius und Octavian wurde.

Es passierte noch mehr: Cäsar ließ Antonius zu sich kommen und hielt ihm über seine öffentliche Unruhestiftung eine derartige Predigt, daß dieser beschloß zu heiraten, um seine Reue zu zeigen.

Cäsar zuckte die Schultern.

»Antonius«, sagte er, »neigt zu Extremen.«

Antonius heiratete. Wir haben es wohl schon erwähnt, daß er Fulvia, Clodius' Witwe, heiratete.

Wir haben sie im Schein der Fackeln, die einen Teil Roms niederbrannten, gesehen, als sie die Römer zu den Waffen rief, nachdem ihr Mann ermordet worden war.

»Fulvia«, sagt Plutarch, »war eine Frau, die für häusliche Arbeiten nicht geschaffen war und deren Ehrgeiz es nur wenig schmeichelte, einen einfachen Privatmann zu beherrschen. Sie strebte vielmehr danach, einen Mann zu dominieren, der andere befehligte, und einem Heeresgeneral Befehle zu erteilen. Kleopatra war Fulvia für den Unterricht in Sachen Gehorsamkeit, den Antonius bei ihr erhielt, zu Dank verpflichtet, da Fulvia ihn sanft und fügsam in die Hände der anderen Frauen übergab.«

Nachdem Cäsar Dolabella verziehen, Corneficius gerügt und Antonius getadelt und verheiratet hatte, wandte er sich den Soldaten zu.

Eine Legion hatte sich aufgelehnt und während des Aufruhrs zwei Prätoren getötet: Cossomius und Galba.

Cäsar hatte die Rebellen nach Kampanien geschickt und ihnen befohlen, sich bereit zu halten, um nach Afrika abzumarschieren.

Als der Moment gekommen war, erteilte er ihnen den Befehl, sich einzuschiffen. Aber da er mit den Soldzahlungen im Rückstand war, meuterten die Soldaten, statt zu gehorchen, und marschierten nach Rom.

Anstatt ihnen andere Soldaten entgegenzuschicken, die ihrem Beispiel hätten folgen und sich mit ihnen hätten verbünden können, wartete Cäsar auf sie. Als sie die Vororte Roms erreichten, marschierte er ihnen entgegen.

Cäsar hatte die Angewohnheit, seine Männer *meine Freunde, meine Kameraden oder Soldaten* zu nennen.

»Bürger! ...«, sagte er.

Als die Soldaten dieses Wort *Bürger* hörten, das ihnen zeigte, daß sie nicht mehr Cäsars Freunde oder Kameraden waren und noch nicht einmal als Soldaten bezeichnet wurden, waren sie sehr betrübt.

»Bürger«, sagte Cäsar, »eure Forderung ist berechtigt. Ihr habt fünf Jahre gedient, in denen ihr Strapazen und Verwundungen erlitten habt. Ich entbinde euch von eurem Eid. Diejenigen, die ihre Zeit beendet haben, werden bis auf die letzte Sesterze entlohnt.«

Alle Männer, die gemeutert und gedroht hatten, gingen nun vom Drohen zum Bitten über, fielen auf die Knie, falteten die Hände und flehten Cäsar an, ihnen zu erlauben, bei ihm zu bleiben.

Cäsar war unerbittlich. Er teilte ihnen Land zu, das jedoch an unterschiedlichen Orten lag*, zahlte ihnen einen Teil des Geldes, das er ihnen schuldete, und verpflichtete sich, den Rest mit den Zinsen zu begleichen.

»Dieser Satz von Sueton«, sagt Le Harpe, »ist sehr schwer zu verstehen. Wie konnte er so vielen Soldaten Land zuteilen, ohne die Besitzer zu enteignen, selbst wenn man davon ausging, daß ein Teil Italiens niemandem gehörte?«

La Harpe wußte nichts von der Zuteilung des eroberten Landes, über die wir in bezug auf die von Cäsar vorgeschlagenen Ackergesetze schon ausführlich gesprochen haben. Das

---

* La Harpe, einer der Übersetzer von Sueton, verstand diese *Zuteilung des Landes* nicht, die bei allen Historikern jener Zeit und besonders bei Sueton erwähnt wird.

unter den Soldaten aufgeteilte Land gehörte zum *ager publicus*, dem öffentlichen Land.⁵¹

Die Soldaten beharrten jedoch darauf, ihm zu folgen. Cäsar hatte zwar beschlossen, diese Soldaten zurückzulassen, doch als er sie wartend an der Küste fand und hörte, daß sie notfalls nach Spanien gehen würden, um ihm nach Afrika folgen zu können, da vergab er ihnen schließlich.

Doch Cäsar hatte eingesehen, daß die Forderungen der Soldaten berechtigt waren.

Er schuldete ihnen den Sold von fast zwei Jahren.

Alle Eroberer hatten diese Rechnung mit ihren Legionen zu begleichen.

Wir erinnern uns an die Truppenschau der Veteranen des Kaiserreiches, die der Herzog von Berry vornahm.

Zu den begründeten Beschwerden, welche die Soldaten dem Kaiser seiner Meinung nach vorzuwerfen hatten, gehörten die unregelmäßigen Soldzahlungen.

»Schließlich«, sagte der Fürst am Ende seiner Rede, »schuldet er euch den Sold von fast zwei Jahren.«

»Und wenn es uns gefällt, ihm Kredit zu gewähren?« antwortete ein alter Haudegen der Napoleonischen Garde. »Was habt Ihr dazu zu sagen?«

Aber Napoleon war nicht mehr da.

Dieselben Männer, denen es gefiel, ihm Kredit zu gewähren, als er sich als Verbannter auf der Insel Elba oder als Gefangener auf Sankt Helena befand, dieselben Männer schimpften mitunter wie Cäsars Soldaten zu Zeiten seiner Allmacht, wenn sie auf den Sold warten mußten.

Cäsar entschloß sich also zu zahlen.

Er gab seinen Veteranen außer zwei großen Sesterzen (vierhundert Francs) noch vierundzwanzigtausend Sesterzen pro Kopf (viertausend Francs) und das Land, von dem wir gesprochen haben.

Dann kam das Volk an die Reihe. Er verteilte an jeden zehn Scheffel Weizen und zehn Pfund Öl.

Und da er dieses Versprechen schon vor einem Jahr gemacht hatte, fügte er hundert Sesterzen als Zinsen hinzu.

Außerdem senkte er die Miete der Häuser in Rom auf einen Betrag von zweitausend Sesterzen und im übrigen Italien auf einen Betrag von fünfhundert Sesterzen.

Schließlich fügte er all diesen Gaben noch ein öffentliches Festessen und eine Fleischverteilung hinzu.

75

Es ist verwunderlich, daß Cäsar, der so viel in Afrika zu tun hatte, in Rom blieb. Er mußte Ligarius verurteilen und Kleopatra empfangen.

Quintus Ligarius hatte die Waffen gegen Cäsar erhoben, und in diesem Fall handelte Cäsar entgegen seiner üblichen Barmherzigkeit, denn er wollte ihn verurteilen.

Dazu bedurfte es eines Anklägers.

Ein Ankläger ist schneller zu finden als ein Verteidiger.

Tuberon klagte ihn an.

Ligarius bat Cicero, seine Verteidigung zu übernehmen. Cicero nahm an.

In diesem Zusammenhang wollen wir schnell sagen, unter welchen Umständen Cicero nach Rom zurückkehrte und was sich zwischen ihm und Cäsar abspielte.

Cicero, der in Brundisium weilte, zögerte noch immer und fragte jedermann um Rat. Als er erfuhr, daß Cäsar in Tarentum an Land gegangen war und über den Landweg nach Brundisium kam, ging er ihm entgegen. Er war sicher, Cäsars Herz zu erweichen, aber dennoch beschämt, daß er in Gegenwart von so vielen Menschen in der Rolle des besiegten Feindes auftreten mußte. Doch sobald Cäsar ihn auf dem Weg sah, stieg er vom Pferd, umarmte ihn, marschierte mehrere Meilen mit ihm gemeinsam und unterhielt sich nur mit ihm.

Cicero nahm jedoch trotz Cäsars freundlichen Verhaltens ihm gegenüber die Verteidigung des Ligarius an.

Als Cäsar mitgeteilt wurde, daß Cicero den Angeklagten verteidigen würde, sagte er:

»Oh, ich bin hocherfreut.«

Dann drehte er sich zu seinen Freunden um:

»Und ihr auch, nicht wahr? Es ist mir eine große Freude, Cicero zu hören, dessen Plädoyers ich schon so lange nicht mehr gehört habe.«

»Aber Ligarius?« fragten die Anwesenden.

»Ligarius«, antwortete Cäsar, »ist ein böser Mann, der verurteilt wird, selbst wenn Apoll ihn verteidigte.«

Der Tag kam, Cicero ergriff das Wort, und seine Rede war so vortrefflich, daß Cäsar nicht umhinkonnte, bei bestimmten Passagen zu applaudieren und bei anderen zu erblassen. Und als der Redner auf die Schlacht von Pharsalos zu sprechen kam, wurde Cäsar das Opfer einer solch starken Gefühlserregung, daß er die Papiere fallen ließ, die er in der Hand hielt.

»Schließlich«, sagt Plutarch, »sprach Cäsar, besiegt durch Ciceros Redekunst, Ligarius frei.«

Was wir nun sagen, mag seltsam klingen, doch wir glauben, daß Plutarch sich in bezug auf die angebliche Freisprechung von Ligarius irrt.

Ligarius wurde nicht zum Tode verurteilt – das stimmt –, aber Ciceros großartige Redekunst konnte nicht verhindern, daß er ins Exil verbannt wurde.

Wir finden den Beweis dieser Behauptung in dem Brief von Cicero an Ligarius vom September des Jahres 46 v. Chr.

»Meine Freundschaft schuldet Eurem Unglück Trost und Rat. Ich habe Euch bis heute nicht geschrieben, weil ich vergebens nach Worten gesucht habe, um Euer Leid zu lindern, und nach Möglichkeiten, es zu heilen. Es gibt mehr als einen

Grund für meine Hoffnung, daß Ihr zu uns zurückkehren werdet, und ich kann nicht umhin, Euch meine Hoffnungen und meine Wünsche mitzuteilen. Cäsar wird sich gegen Euch nicht unnachsichtig zeigen. Ich errate und sehe es, daß die Art seiner Beschwerden, die Zeit, die öffentliche Meinung, und – wie mir scheint – sogar sein eigener Charakter dazu beitragen, daß er sich von Tag zu Tag gemäßigter zeigt. Was die anderen und auch Euch persönlich betrifft, bin ich davon überzeugt, und seine engsten Freunde bestätigen es. Seitdem ich die ersten Nachrichten aus Afrika erhalten habe, gebe ich nicht auf, ihn gemeinsam mit Euren Brüdern zu bedrängen. Ihr Mut, ihre Tugend, ihre beispiellose Zuneigung und ihr unermüdlicher Tatendrang haben so viel ausgerichtet, daß Cäsar meiner Meinung nach nicht mehr in der Lage ist, uns irgend etwas zu verweigern.«

Der Rest des Briefes besteht nur aus Umschreibungen für Cäsars maßvolles Verhalten und Milde.

Obwohl es Cicero nicht schaffte, einen vollständigen Freispruch für Ligarius zu erreichen, so hatte er ihn doch brillant verteidigt. (Seine Redekunst stand diesmal unter einem besseren Stern als im Falle Milos.)

Nachdem Ligarius' Fall entschieden war, wandte Cäsar seinen Blick nach Brundisium. Kleopatra, die Horaz später so große Angst einjagen wird, ging hier mit ihrem elfjährigen Ehemann an Land.

Cäsar empfing sie beide in seinem Palast, und während Arsinoe, auf die der Triumphzug wartete, sorgsam bewacht wurde, veranstaltete er für Kleopatra herrliche Feste und nahm sie in den Kreis der Freunde des römischen Volkes auf. Zur Erinnerung an die Schlacht von Pharsalos hatte Cäsar der siegreichen Venus einen Tempel gebaut, und er ließ eine goldene Statue der Kleopatra gießen, die er gegenüber der Göttin im Tempel aufstellte.

Die Kleopatra erwiesenen Ehren mißfielen dem römischen

Volk sehr, aber Cäsar wußte genau, daß er sich alles erlauben konnte; auch er verfiel dem Größenwahn.

Schließlich kehrte Kleopatra nach Ägypten zurück, sonst wäre Cäsar, der sich in den schlangenförmigen Windungen des Nils verfangen hatte – wie er es ausdrückte –, niemals aufgebrochen.

Afrika hielt fest zu Pompejus.

Kommen wir nun auf Cato zurück. Seit dem Tag, da er weinend nach Dyrrachium zurückkehrte, nachdem er die niedergemetzelten Gefangenen gesehen hatte, haben wir ihn ein wenig vernachlässigt.

Wir haben nur gesagt, daß Pompejus, der Angst vor ihm hatte, ihn in Dyrrachium zurückließ, damit er das Gepäck bewachte.

Nach der Niederlage von Pharsalos stellte Cato zwei Pläne auf, und zwar für den Fall, daß Pompejus getötet worden war, und für den Fall, daß Pompejus lebte.

Sollte Pompejus getötet worden sein, würde Cato seine Soldaten, die er bei sich hatte, nach Italien zurückführen und anschließend selbst fliehen, um so weit wie möglich von der Tyrannei entfernt zu leben. Was Cato die Tyrannei nannte, war nicht im eigentlichen Sinne eine Tyrannei, sondern so bezeichnete er Cäsars Herrschaft, selbst wenn dieser Nachsicht übte.

Sollte Pompejus noch leben, würde er zu ihm stoßen, egal wo sich Pompejus auch immer aufhielte.

Da er noch nicht wußte, was in Ägypten geschehen war, jedoch erfahren hatte, daß Pompejus an Asiens Küsten gesehen worden war, begab er sich nach Kerkyra, wo die Flotte vor Anker lag. Hier traf er Cicero, dem er den Befehl abtreten wollte.

Cicero war Konsul, und Cato war nur Prätor. Cato kannte nur das Gesetz.

Cicero lehnte ab. Er war bereits entschlossen, mit dem Sieger Frieden zu schließen.

Da er aufgrund des Weges, dem Pompejus folgte, vermutete, daß sich dieser nach Ägypten oder Afrika zurückzog, und er es eilig hatte, zu ihm zu stoßen, schiffte sich Cato mit all seinen Soldaten ein. Doch bevor er die Segel setzte, ließ er jedem die Wahl, sich frei zu entscheiden, nach Italien zurückzukehren oder ihm zu folgen.

Als er die afrikanische Küste entlangfuhr, traf er auf den jungen Sextus Pompejus, genau den, der Kleopatras Liebhaber gewesen war und der sich später einen Namen machen sollte, indem er die von seinem Vater zerschlagene Piraterie neu begründete.

Dieser unterrichtete ihn über Pompejus' unglückliches Ende.

Doch nicht einer von denen, die ihn begleiteten und die wußten, daß Pompejus tot war, wollte einem anderen Befehlshaber folgen als Cato.

Cato schämte sich, so viele mutige Männer allein und ohne Schutz ihrem Schicksal in einem fremden Land zu überlassen. Er nahm also den Truppenbefehl an und ging nach Kyrene.

Kurze Zeit zuvor hatten die Einwohner von Kyrene ihre Tore vor Labienus verschlossen, doch was sie Labienus verweigerten, gestanden sie Cato zu.

Cato wurde in Kyrene empfangen.

Dort wartete er auf Nachrichten.

Diese ließen nicht auf sich warten.

Cato erfuhr schon bald, daß Scipio, Pompejus' Schwiegervater, nach Afrika gegangen und ihm vom numidischen König Juba in Cirta ein herrlicher Empfang bereitet worden war.

Attius Varus, dem Pompejus die Herrschaft über Afrika übergeben hatte, war mit seinem Heer zuvor dort angekommen.

Cato beschloß, zu ihnen zu stoßen, und da es mitten im Winter war, entschied er sich für den Landweg. Er verschaffte sich eine große Anzahl an Eseln, belud sie mit Wasser und brach mit zahlreichen Wagen und ungeheuer viel Gepäck auf.

Er nahm mehrere Schlangenbeschwörer mit, welche die

Bisse der giftigsten Reptilien heilten, indem sie das Gift mit dem Mund aus der Wunde sogen.

Der Marsch dauerte sieben Tage.

Während dieser sieben Tage marschierte Cato beständig an der Spitze der Soldaten. Er lief immer zu Fuß und aß im Sitzen, da er nach der Schlacht von Pharsalos den Schwur getan hatte, sich nur noch zum Schlafen niederzulegen.

Cato verbrachte den Winter in Afrika. In diesem Winter kämpfte er in Alexandria gegen die Ägypter des Ptolemäus.

Was wäre aus Cäsar geworden, wenn Cato, Varus und Scipio ihre dreißigtausend Soldaten gesammelt und sich Ptolemäus angeschlossen hätten?

Aber nein: Varus und Scipio stritten sich am Hofe des Königs Juba, und dieser böse, kleine König der Numider nutzte diesen Unfrieden und verschaffte sich den Genuß, daß sich ihm zwei der großen Männer Roms zu Füßen warfen.

Cato kam im ehemaligen Cirta an, dem heutigen Constantine, und bat Juba um eine Unterredung.

Juba gestand die Unterredung zu, aber um Cato zu empfangen, bereitete er drei Sitze vor: einen für Scipio, einen für Cato und einen für sich in der Mitte.

Aber Cato war nicht der Mann, der derartige Unverschämtheiten eines kleinen numidischen Königs durchgehen ließ. Er nahm den Sitz, der ihm angeboten worden war, und stellte ihn neben den von Scipio, und so kam es, daß Scipio und nicht Juba die wichtigste Person der Konferenz war.

Scipio war jedoch Catos Feind, denn dieser hatte gegen ihn eine mit Beleidigungen gespickte Schmähschrift veröffentlicht.

Cato tat noch mehr: Er versöhnte Scipio und Varus miteinander und führte ihnen vor Augen, was ihre Streitigkeiten für die Partei, die sie verteidigten, bedeutete.

Nachdem diese Streitigkeiten beigelegt waren, übertrugen alle einstimmig den Truppenbefehl an Cato. Aber Cato war ein zu gesetzestreuer Mensch, um das anzunehmen. Cato war nur Proprätor, und Scipio war Prokonsul gewesen. Überdies flößte Scipios Name, der in Afrika sehr bekannt war, den Soldaten größtes Vertrauen ein, und ein Orakel versicherte – so wurde gesagt –, daß ein Scipio in Afrika immer siegreich sein würde.

Scipio übernahm also den Heeresbefehl.

Unglücklicherweise widersetzte sich Cato schon seinem ersten Befehl.

Die Städte Utika und Cirta waren sich feindlich gesinnt, und Utika ergriff überdies offen für Cäsar Partei.

Um seinen Haß zu befriedigen, aber vor allem, um Juba zu gefallen, hatte Scipio beschlossen, alle Einwohner von Utika erdrosseln zu lassen, ohne auf Geschlecht oder Alter Rücksicht zu nehmen, und die Stadt bis auf die Grundmauern niederzureißen.

Cato erhob sich inmitten der Beratungen laut schreiend gegen diese Gewalt. Er erklärte, die Schirmherrschaft dieser verdammten Stadt übernehmen zu wollen, und verlangte, zum Statthalter von Utika ernannt zu werden, um sicherzugehen, daß die Stadt niemals in Cäsars Hände fallen werde, solange er lebte.

Überdies verfügte Utika über große Ressourcen. Demjenigen, der sie belagerte, würde es an nichts fehlen. Cato fügte den alten Befestigungen neue hinzu, setzte die Mauern instand, erhöhte die Türme und umgab den ganzen Platz mit einem tiefen Graben, der ringsherum mit Forts bestückt wurde. Nachdem er die ganze Jugend von Utika, deren freundliche Gesinnung gegenüber Cäsar bekannt war, entwaffnet hatte, brachte er sie in diesen Forts unter, hielt den Rest der Einwohner in der Stadt fest und häufte riesige Vorräte an, um diesen ehemals feindlich gesinnten Ort, der nun unterworfen und fügsam war, zur Vorratskammer des Heeres zu machen.

Da Cato Cäsar in jedem Moment erwartete, gab er den Rat, den er Pompejus gegeben hatte, nun Scipio: Er sollte auf keinen Fall einem mutigen, erfahrenen Feind in offener Schlacht entgegentreten, sondern den Krieg in die Länge ziehen und hoffen, daß die Zeit für ihn arbeitet.

Scipio mißachtete den Rat, und als er hinausging, flüsterte er seinen Freunden ins Ohr:

»Cato ist wirklich ein Feigling.«

Dann schrieb er ihm:

»O argwöhnischer Cato, genügt es dir nicht, dich in einer gut befestigten Stadt einzuschließen? Mußt du die anderen überdies daran hindern, eine günstige Gelegenheit zu ergreifen, um das zu tun, was sie beschlossen haben?«

Cato las den Brief, regte sich keineswegs auf und antwortete:

»Ich bin bereit, mit den Truppen, die ich nach Afrika gebracht habe, nach Italien zurückzukehren. Ich habe zehntausend Mann hergebracht, um euch von Cäsar zu befreien, indem ich gegen ihn kämpfe.«

Aber Scipio zuckte über Catos Angebot nur die Schultern.

Cato erkannte nun den Fehler, den er gemacht hatte, als er den Truppenbefehl an Scipio abgetreten hatte.

»Ich sehe schon«, sagte Cato zu seinen Vertrauten, »daß Scipio den Krieg schlecht führen wird, aber sollte er durch einen unverhofften Zufall siegen, erkläre ich im voraus, daß ich nicht in Rom bleiben werde, um dort Zeuge von Scipios schrecklicher Rache zu sein.«

Während dieser Zeit hatte sich Cäsar von seiner Geliebten Kleopatra verabschiedet und war nach Sizilien aufgebrochen, wo ihn ein ungünstiger Wind eine Weile aufhielt. Aber um seinen guten Willen zu beweisen, augenblicklich nach Afrika segeln zu wollen, schlug er sein Zelt am Ufer des Meeres auf. Da er nur eine geringe Anzahl an Schiffen hatte, fuhr er, als sich der Wind drehte, mit nur dreitausend Fußsoldaten und einigen Pferden los, setzte sie an Land, ohne gesehen worden zu sein, und setzte beunruhigt wieder die Segel, um sich zu vergewissern, was aus dem Rest seines Heeres geworden war.

Nach zwei Tagen stieß er auf die anderen Soldaten und führte sie ins Lager.

Als er den Fuß auf die Erde Afrikas setzte, stolperte er und fiel hin, doch er krallte seine Hände in den Sand, stand sofort wieder auf, ballte seine Fäuste und rief:

»O Erde Afrikas, jetzt gehörst du mir!«

So konnte Cäsar dank seiner Geistesgegenwart das böse Omen zunichte machen.

Blieb noch das Orakel: »Ein Scipio wird immer Sieger in Afrika sein.«

Cäsar wurde an dieses Orakel erinnert.

»Gut«, sagte er, »aber das Orakel hat nicht gesagt, daß ein Scipio hier niemals besiegt werden wird.«

Er wählte aus seinem Lager einen finsteren, wenig geachteten Mann aus, der jedoch der Familie der Scipionen entstammte und Scipio Sallutius hieß. Er ernannte ihn zum Imperator und setzte ihn in der Vorhut seines Heeres ein, behielt sich aber die höchste Befehlsgewalt vor.

So war die Situation in Afrika, als Cäsar dort anlegte.

Auf sein Glück vertrauend, war Cäsar wie immer, ohne zu zögern, in die Schlacht gezogen.

Als er an der afrikanischen Küste anlegte, sah er, daß er nur wenig Nahrungsmittel für die Soldaten und kein Futter für die Pferde hatte.

Aber er war in Dyrrachium in einer viel schwierigeren Lage gewesen.

Die Männer bekamen nur noch die halbe Essensration; an der Küste wurden Fischer eingesetzt, die Fische angeln sollten; die Pferde wurden mit Moos und Meeresalgen gefüttert, die in

Süßwasser gewässert wurden und denen etwas Quecke beigemischt wurde.

Während seines kurzen Aufenthaltes auf Sizilien hatte Cäsar von Scipios starken Streitkräften erfahren.

Scipio hatte in der Tat einhundertzwanzig Elefanten und zehn Legionen, ohne die vier mitzuzählen, die Juba aufgestellt hatte; außerdem verfügte er über eine ungeheuere Anzahl an Pfeilschützen und eine ausgezeichnete Flotte.

Zwei Tage, nachdem Cäsar in der Nähe von Hadrumetum angelegt hatte, wo Considius zwei Legionen kommandierte, sah er plötzlich, daß sich Piso mit der ganzen Reiterei der Garnison und dreitausend Numidern von der Küste und vom Landesinneren her näherte.

Cäsar hatte dreitausend Soldaten und einhundertfünfzig Pferde. Der Rest seines Heeres war noch nicht angekommen. Als er seine Unterlegenheit sah, verschanzte er sich vor der Stadt und verbot jedem, sich zu entfernen oder zu plündern.

Die Befestigungen der Stadt wurden von feindlichen Truppen besetzt, die sich offensichtlich anschickten, einen Ausfall zu versuchen.

Cäsar ritt nun mit einigen Soldaten die ganze Garnison ab, um sich ein Bild von der Festung machen zu können, und kehrte ins Lager zurück.

Die Männer zweifelten allmählich an ihm und seinem Genie und fingen langsam an zu murren.

Warum hatte Cäsar seinen Offizieren nicht wie gewöhnlich versiegelte Befehle übergeben? Warum hatte er an der unendlichen Küste Afrikas keinen Sammelpunkt bestimmt und ließ seine Flotte stattdessen auf gut Glück auf den Meeren umherirren?

Aber diese Vorwürfe wies Cäsar mit wenigen Worten zurück.

Wie hätte er einen Treffpunkt an einer Küste festlegen können, an der ihm kein einziger Punkt gehörte? Warum hätte er seine Legaten einer Gefahr aussetzen sollen, die überall besiegt wurden, wo er nicht war, und die der Feind in seiner

Abwesenheit vielleicht sogar vernichten würde, falls ihre Schiffe zufällig schneller fuhren als die seiner Befehlshaber?

War es nicht besser zu warten, bis er selbst den Punkt bestimmt hatte, wo er an Land ging, und die Truppen dann dort zu sammeln?

Und außerdem war die Lage keineswegs so aussichtslos, wie behauptet wurde. Eine Möglichkeit wäre, mit Considius zu verhandeln. Plancus, einer von Cäsars Legaten und ein alter Freund von Considius, wurde dazu ermächtigt.

Infolgedessen schrieb Plancus an Considius, um ihn und Cäsar zusammenführen. Er schickte einen Gefangenen mit dem Brief zu ihm.

»Woher kommst du?« fragte Considius.

»Aus Cäsars Lager«, antwortete der Gefangene.

»Und warum kommst du?«

»Um dir diesen Brief zu bringen?«

»Tötet den Mann und schickt den Brief an Cäsar zurück, ohne das Siegel zu brechen«, befahl Considius.

Die beiden Befehle wurden ausgeführt.

Cäsar war gezwungen, den Rückzug anzutreten.

Er verließ sein Lager, aber sobald seine Entscheidung bekannt wurde, machten die feindlichen Soldaten einen Ausfall, und die numidische Reiterei heftete sich an seine Fersen.

Cäsar hielt mit seinen schwer bewaffneten Fußtruppen an und gab fünfundzwanzig oder dreißig gallischen Reitern, die er zufällig bei sich führte, den Befehl, Jubas zweitausend Numider anzugreifen.

Die Gallier ritten im Galopp davon, und wie durch ein Wunder gelang es ihnen, das feindliche Ungeheuer in die Flucht zu schlagen.

Cäsar marschierte weiter. Er setzte nun in der Nachhut seine alten Kohorten ein, denen er gezeigt hatte, mit welchen Feinden sie es zu tun hatten, und außerdem seine Reiterei, denen die dreißig Gallier ein Beispiel gegeben hatten, so daß sie nicht mehr so stark vom Feind bedrängt wurden.

Während dieser Scharmützel hatten alle ihren Blick auf Cäsar gerichtet, und da er wie gewöhnlich Ruhe ausstrahlte und fast lächelte, sagte jeder:

»Der General ist ruhig; alles läuft gut.«

Und jeder erfüllte seine Aufgabe.

In der Tat verbesserte sich die Lage.

Die Städte und Festungen, die auf ihrem Weg lagen, schickten Cäsar Lebensmittel und erklärten ihm, daß sie auf seiner Seite stünden.

In dieser Situation hielt er in der Nähe von Ruspina an und brach von dort am nächsten Tag auf, um nach Leptis zu marschieren, einer freien Stadt, die sich selbst regierte.

Leptis unterbreitete ihm die gleichen Angebote.

Cäsar ließ die Stadttore von seinen Soldaten bewachen, und diese strengen Wachen hatten den Befehl, seine Soldaten daran zu hindern, die Stadt zu betreten. Er befürchtete Unruhe und wollte vermeiden, daß sich die Stadt aufgrund dieser Unruhe von ihm abwandte.

Er schlug sein Lager vor den Stadttoren auf.

Cäsar hatte es seinem Glück zu verdanken, daß er schon am nächsten Tag einen Teil seiner Frachtschiffe und einige Galeeren erblickte, die sich Leptis näherten. Sie brachten die Nachricht, daß der Rest der Flotte, die in bezug auf den Anlegeplatz unsicher war und erfahren hatte, daß Utika Cäsar gut gesinnt sei, Kurs auf Utika genommen habe.

Noch im gleichen Augenblick lichteten auf Cäsars Befehl hin zehn Galeeren die Anker.

Die einen sollten auf Sardinien Soldaten und Ausrüstung beschaffen, und die anderen erhielten den Auftrag, mit einem Lebensmitteltransport von Sizilien zurückzukehren. Die restlichen Galeeren sollten die Flotte sammeln und nach Leptis bringen.

Cäsar marschierte von Leptis nach Ruspina, wo er Lebensmittel- und Holzvorräte anhäufte. Obwohl Cäsar nur über schwache Streitkräfte verfügte, ließ er in diesen Städten Garnisonen zurück, damit seine Flotte im Falle einer Niederlage hier Zuflucht suchen konnte.

In Anbetracht der Feinde, mit denen er es zu tun hatte, mußte er für jede Eventualität gewappnet sein.

Eines Tages waren seine Soldaten unbeschäftigt und gaben sich dem Vergnügen hin, einem Afrikaner zuzusehen, der tanzte und Flöte spielte. Sie hatten ihre Pferde bei den Stallburschen gelassen, und da das Schauspiel sie in ihren Bann zog, bildeten sie einen Kreis um den Mimen. Und als sie mit der gleichen Ruhe und Begeisterung klatschten und »Bravo!« riefen, als wären sie in einem Zirkus in Rom, wurden sie plötzlich von der numidischen Reiterei umzingelt, die sich auf sie stürzte, und als die Numider die Fliehenden verfolgten, ritten sie zusammen mit Cäsars Soldaten ins Lager. Wären Cäsar und Pollio ihnen nicht persönlich mit diesen so schwer einzuschüchternden Galliern zu Hilfe geeilt, wäre der Krieg an diesem Tag zu Ende gewesen.

An einem anderen Tag erfaßte die Soldaten bei einem ähnlichen Aufeinandertreffen eine Panik wie in Dyrrachium. Ein Standartenträger ergriff mit seinem Adler die Flucht. Cäsar rannte zu ihm, packte ihn am Kragen, zwang ihn umzukehren und sagte:

»Du irrst dich. Dort ist der Feind!«

Cäsar beunruhigte es, daß er in den beiden Städten, Ruspina und Leptis, Garnisonen zurückgelassen hatte. Und als er sich persönlich auf die Suche nach seiner Flotte machte, sah er plötzlich eine große Anzahl an Segeln und erkannte sogleich, daß es seine Freunde waren.

Das war die Flotte, die zusammen mit den Galeeren, die ihr hinterhergeschickt worden waren, zu Cäsar stieß.

Nun mußte Cäsar die Lebensmittelzufuhr erhöhen.

Er marschierte mit dreißig Kohorten ins Landesinnere, um auf Beutezug zu gehen. Aber er hatte noch keine dreiviertel Meile zurückgelegt, als seine Kundschafter den Feind ankündigten und ihn zum Rückzug zwangen.

Fast gleichzeitig sahen sie eine große Staubwolke.

Cäsar sammelte sofort vierhundert Pferde und einige Pfeilschützen, befahl seinen Legionen, ihm im Schritt zu folgen, und schickte einen Erkundungstrupp dorthin, wo er den Großteil des Feindes vermutete.

Das war Labienus.

Cäsars ehemaliger Legat stellte seine Männer in einer so engen Linie auf, daß man von weitem hätte meinen können, daß es sich um ein großes Aufgebot an Fußtruppen handelte, obwohl es nur Reiterei und Pfeilschützen mit Reserveschwadronen an den Flügeln waren.

Cäsar postierte seine dreißig Kohorten daher auf einer Linie, besetzte mit seinen Schützen die Front sowie die Seiten seiner Reiterei und befahl allen Truppen, sich auf keinen Fall einkesseln zu lassen.

Aber plötzlich sah Cäsar, der reglos verharrte und wartete, mit wem er es zu tun hatte. Denn die feindliche Reiterei breitete sich allmählich aus und schloß seine Flügel ein, während sie im Zentrum gemeinsam mit den leichten Fußtruppen einen Angriff startete.

Die Cäsarianer hielten dem Zusammenstoß nicht nur stand, sondern griffen selbst an, und während es zwischen den Fußtruppen und den Cäsarianern zum Gefecht kam, jagten sie die numidischen Reiter in die Flucht, die wie Vögel davonflogen, sich fünfhundert Schritt entfernt neu formierten, dann im Galopp zurückkehrten, ihre Pfeile abschossen und erneut davonflogen.

Das war eine neue Art zu kämpfen, die für Cäsars Soldaten fast einen tragischen Ausgang genommen hätte. Denn als sie sahen, daß die numidischen Reiter den Rückzug antraten, glaubten sie, diese seien auf der Flucht, und machten sich an ihre Verfolgung.

Cäsar setzte sein Pferd in Galopp und ritt die ganze Linie ab, da er auf den ersten Blick gesehen hatte, was geschah. Die Soldaten, welche die feindliche Reiterei verfolgten, setzten ihre Seite ungeschützt den Fußtruppen aus, die sie mit Pfeilen beschossen.

Laut schreiend verkündete er, daß keiner die Schlachtreihe mehr als vier Fuß verlassen dürfe.

Aber trotz aller Vorsichtsmaßnahmen wurde die Lage immer bedrohlicher, da die gesamte feindliche Reiterei, die auf ihre Stärke vertraute, Cäsars dreißig Kohorten vollständig umzingelte, so daß diese gezwungen waren, sich nach allen Seiten zu verteidigen.

In diesem Moment löste sich Labienus, Cäsars unerbittlicher Feind, der die Gefangenen in Dyrrachium niedergemetzelt und am Tag vor der Schlacht von Pharsalos geschworen hatte, nicht eher zu ruhen, bis Cäsar besiegt war, mit bloßem Haupt aus den numidischen Reihen und wandte sich an die Cäsarianer:

»Oh, oh!« rief er ihnen zu. »Ihr seid ganz schön mutig dafür, daß ihr unerfahrene Soldaten seid!«

Nun trat ein Römer seinerseits aus den Reihen hervor und sagte wie in der *Ilias*:

»Ich bin kein unerfahrener Soldat. Ich bin ein Veteran der zehnten Legion!«

»Wo sind denn deine Standarten?« fuhr Labienus fort. »Ich sehe sie nicht.«

»Warte!« antwortete der Soldat. »Wenn du die Standarten nicht siehst, dann kennst du, hoffe ich, diesen Wurfspieß.«

Und sogleich hob er mit einer Hand den Helm, warf mit der anderen den Wurfspieß und schrie:

»Sieh, das kommt von der zehnten Legion.«

Der Wurfspieß flog pfeifend durch die Luft und schlug in der Brust des Pferdes ein.

Pferd und Reiter fielen zu Boden, und einen Moment lang glaubten alle, Labienus sei getötet worden.

Während dieser Zeit zog Cäsar sein Heer auf einer ungeheuer langen Front auseinander und stellte an jedem Ende eine Truppe auf, die sich dem Feind zuwandte. Dann griff er an der Spitze seiner Reiterei die Mitte der pompejanischen Reihen an, die er mit einem Schlag durchbrach.

Ohne sich damit aufzuhalten, die Pompejaner zu verfolgen, zog Cäsar sich zurück, weil er Angst hatte, in einen Hinterhalt zu geraten, und ritt geordnet auf sein Lager zu.

Doch ehe er dort ankam, eilten Piso und Petreius mit tausendeinhundert numidischen Reitern und einer großen Anzahl leichter Fußsoldaten dem Feind zu Hilfe.

Gemeinsam mit dieser Verstärkung machten sich die Pompejaner an Cäsars Verfolgung.

Cäsar befahl den Truppen anzuhalten, ließ den Feind näherkommen, rief all seine Truppen gleichzeitig zum Angriff und drängte die Pompejaner hinter die Hügel zurück, wonach er sich langsam in sein Lager zurückzog, während Labienus sich in das seine begab.

Am nächsten Tag ging die Schlacht weiter.

Labienus hatte außer den tausendeinhundert Reitern, die ihm Piso und Petreius am Tag zuvor gebracht hatten, achthundert gallische und germanische Reiter, achttausend Numider und zweiunddreißigtausend leicht bewaffnete Fußsoldaten bei sich.

Er glaubte, daß Cäsar nicht wagen würde, die Schlacht anzunehmen, wenn er ihn auf offenem Gelände dazu herausforderte, doch Cäsar ritt auf die Ebene hinaus und griff Petreius zuerst an.

Der Kampf dauerte von elf Uhr morgens bis zum Sonnenuntergang.

Cäsar blieb auf dem Schlachtfeld der Überlegene, was in Anbetracht der Unterlegenheit seiner Truppen einem großen Sieg gleichkam.

Labienus hatte eine hohe Zahl an Verletzten zu beklagen, die er in Wagen nach Hadrumetum bringen ließ.

Petreius, den im Kampfgetümmel ein Wurfspieß getroffen hatte, war gezwungen, sich zurückzuziehen, und konnte am Kampf nicht mehr teilnehmen.

Letztendlich gehörte der Ruhm an diesem Tage Cäsar.

Aber er wußte, daß es an ein Wunder grenzte, die Schlacht gegen Streitkräfte, die viermal so stark waren wie seine, für sich zu entscheiden, solange er seine Truppen nicht alle gesammelt hatte. Daher ließ er von seinem Lager und der Stadt Ruspina zwei Verschanzungen bis an die Küste errichten, um in beide Richtungen kommunizieren zu können und um seine Unterstützung, auf die er wartete, nicht in Gefahr zu bringen. Dann ließ er die Waffen und Kriegsmaschinen von den Schiffen abladen und bewaffnete die Soldaten, die an Bord der Flotte aus Rhodos und Gallien gekommen waren.

Er hatte die Absicht, diese Soldaten nach dem Vorbild des Feindes in die Reiterei einzugliedern, und hoffte auf diese Weise, einen um so größeren Erfolg zu erzielen, da die Flotte aus Rhodos ausgezeichnete Schützen aus Syrien mitbrachte.

Cäsar mußte schnell handeln. Er hatte die zuverlässige Nachricht erhalten, daß Scipio in drei Tagen eintreffen würde, und zwar mit acht Legionen, viertausend Reitern und einhundertzwanzig Elefanten.

Aber für Cäsar bedeuteten drei Tage so viel wie drei Monate für einen anderen.

Innerhalb von vierundzwanzig Stunden errichtete er Werkstätten, in denen Pfeile und Wurfspieße geschmiedet wurden.

Da abzusehen war, daß der Vorrat an Eisen bald aufgebraucht sein würde, schickte Cäsar Schiffe nach Syrien, um dort Eisen, Flechtwerk und Holz zu beschaffen, das zur Anfertigung von Mauerbrechern dienen sollte, denn kein Holz, das an den afrikanischen Küsten wuchs, war dazu geeignet.

Eines schönen Tages waren alle Weizenvorräte in der ganzen Gegend erschöpft. Alle Bauern waren von den Pompejanern angeworben worden; das ganze Korn, das es in den Städten gab, hatten sie abgezogen; in keiner Festung gab es mehr Weizen.

Cäsar versuchte, die Einwohner durch Freundlichkeit für

sich zu gewinnen, und schon bald waren sie so gefällig, daß jeder mit ihm teilte, was er vergraben und für sich versteckt hatte.

Wenn Cäsar wollte, war für Cäsar nichts unmöglich.

77

Scipio brach in Utika auf.

Dort hatte er Cato zurückgelassen, dem die Stadt es verdankte, nicht dem Erdboden gleichgemacht worden zu sein.

Aber Cato, der zwar menschlich und barmherzig war, hatte seinen unerbittlichen Haß gegen Cäsar bewahrt.

Der junge Pompejus, der einen Moment von Zweifeln heimgesucht wurde, welche die mutigsten Herzen mitunter quälen, war bei ihm. Er blieb reglos und unentschlossen, und Cato stachelte ihn unaufhörlich zur Rache an.

»In dem Alter, in dem du jetzt bist«, sagte er, »sammelte dein Vater, den sein Mut und seine Liebe zum Ruhm anfeuerten und der sah, daß die Republik unterdrückt und die ehrenwerten Leute getötet oder geächtet wurden, die Reste des Heeres, das unter seinem Vater gedient hatte, und befreite Rom und Italien, die sozusagen unter ihren Ruinen begraben waren. Dann eroberte er mit beispielloser Schnelligkeit Afrika und Sizilien und erlangte einen unsterblichen Ruf, da er – kaum dem Jugendalter entwachsen – als einfacher Ritter triumphierte. Du hast den Ruhm von ihm geerbt und solltest auch der Erbe seines Mutes sein, und darum sag mir, ob du nicht nach Spanien gehen wirst, um dich mit den Freunden deines Vaters zu vereinen und der Republik die Hilfe zu bringen, die sie von dir in ihrer Verzweiflung erbittet?«

Gerührt ob dieser Vorhaltungen, nahm der junge Pompejus schließlich zu dem Zeitpunkt, als Scipio gegen Cäsar marschierte, dreißig Schiffe, unter denen sich auch einige Kriegsschiffe befanden, und segelte mit zweitausend Mann, unter ihnen ebenso Freie wie Sklaven, von Utika nach Mauretanien. Unglücklicherweise schlug sein erster Versuch fehl. Er näherte sich der Stadt Assuras, die eine Garnison hatte, und forderte die Stadt auf, sich zu ergeben. Aber anstatt auf seine Aufforderung zu reagieren, wie es Gnaeus erwartete, brach die Garnison aus, fiel über seine Männer her und schlug sie in die Flucht. Ihm blieb gerade noch genug Zeit, auf seine Schiffe zu steigen, und als er in Richtung der Balearen davonfuhr, verließ er Afrika, um nie mehr zurückzukehren.

In dieser Zeit war Scipio in Hadrumetum angekommen, um hier zu lagern, und nach einer Ruhepause von einigen Tagen, die er seinen Männern gewährte, erreichte er in einem Nachtmarsch das Lager von Labienus.

Nachdem sich die Truppen zusammengeschlossen hatten, konnte er dank seiner starken Reiterei Streifzüge bis zu Cäsars Lager durchführen. Dort legte er sich in den Hinterhalt und fiel unerwartet über diejenigen her, die Wasser oder Futter holten.

Cäsar befand sich also bald in der größten Bedrängnis.

Die Konvois aus Sizilien und Sardinien trafen nicht ein; die Schiffe wagten aufgrund der Winterstürme nicht, das Ufer anzulaufen, so daß es Cäsar, dem höchstens eine oder eineinhalb Meilen freies Land zur Verfügung standen, gleichzeitig an Brot für seine Männer und an Futter für seine Pferde mangelte.

Juba erfuhr von seinen Kundschaftern, in welcher Not sich Cäsar befand, und da er der Meinung war, man solle ihm nicht die Zeit lassen, sich zu erholen, brach er mit allen Streitkräften, die ihm zur Verfügung standen, auf, um zu Scipio zu stoßen.

Aber Publius Sitius, der zu Cäsar hielt, und der König Bogudes, den die Römer Bocchus nannten und der von seiner Frau Eunoe, die in Cäsar verliebt war, gedrängt wurde, nutzten Jubas Abwesenheit. Publius Sitius und der König Bogud marschierten in die Staaten des Königs der Numider ein, eroberten mit einem Schlag Cirta, eine der Hauptstädte des Königreiches, und nach Cirta eroberten sie zwei weitere Plätze in Gätulien, deren Bewohner sie niedermetzelten.

Juba erfuhr dies in dem Moment, als er nur noch wenige Marschstunden von Scipios Lager entfernt war. Er kehrte sofort um und forderte mit Ausnahme von dreißig Elefanten alle Streitkräfte zurück, die er Scipio überlassen hatte.

Gleichzeitig verbreitete sich das Gerücht, welches durch Cäsars Untätigkeit bestätigt wurde, daß nicht Cäsar, sondern einer seiner Legaten in Ruspina sei.

Cäsar hatte keineswegs die Absicht, den Feind glauben zu machen, daß er den Krieg in Afrika durch seine Legaten führen ließ, weil er so sehr an sich zweifelte. Daher schickte er in alle Richtungen Botschafter mit dem Auftrag, Cäsars persönliches Kommando seines Heeres zu bestätigen.

Sobald sicher war, daß sich Cäsar wirklich in Ruspina aufhielt, strömten die Eilboten in Scharen zu ihm, und auch mehrere Personen von Rang und Namen suchten ihn in seinem Lager auf.

Alle beklagten sich über die ungeheuere Grausamkeit des Feindes. Diese Klagen rührten sowohl Cäsars Barmherzigkeit als auch seinen Stolz. Sofort forderte er den Prätor Allienus und Rabeius Postumus auf, ihm ohne Verzögerung und Ausflüchte den Rest der Truppen zu schicken, die er in Sizilien hatte. Er schrieb ihnen, daß er nicht zusehen könne, wie Afrika vor seinen Augen niedergemetzelt werde. Darum bat er nachdrücklich, sie mögen keine Sekunde verlieren, da die Verstärkung anderenfalls das ganze Land zerstört vorfinden werde.

Indessen saß er unaufhörlich an einem hochgelegenen Platz am Ufer, richtete den Blick auf Sizilien und wartete auf diese Verstärkung, deren Eintreffen seine Untätigkeit beenden sollte.

Da er die Schiffe nicht am Horizont erblickte, kehrte er von Zeit zu Zeit ins Lager zurück, befestigte es mit neuen Gräben, baute neue Zitadellen und errichtete bis zur Küste Forts. Diese Arbeiten sollten nicht nur der Verteidigung des Heeres dienen, sondern die Soldaten auch beschäftigen.

Scipio dressierte seinerseits seine Elefanten, teilte seine Wurfschützen in zwei Gruppen auf, von denen eine ihre riesigen Alliierten mit Steinen bewarf, während die andere sie nach vorn drängte, wenn sie, erschreckt durch diesen Granitregen, die Flucht ergreifen wollten; aber es war sehr mühselig, sagt der umstrittene Autor des *Afrikanischen Krieges*, da der am besten dressierte Elefant seinen Freunden im Kampf genauso schaden kann wie seinen Feinden.

Um sich zu zerstreuen, gönnte sich Scipio zu dieser Zeit das Vergnügen einiger Morde, während er auf die Proskriptionen aus Rom wartete.

Virgilius Petronius, sein Legat, der in Thapsos befehligte, bewaffnete, als er Cäsars Schiffe aufs Geratewohl umherirren sah, mit denen der Sturm spielte und die nicht wußten, wo sie waren, Schiffe und Schaluppen, besetzte sie mit Schützen und machte sich an die Verfolgung der umherirrenden Schiffe.

Mehr als einmal wurden seine Schiffe und Schaluppen von den Fluten zurückgeworfen, aber eines Tages eroberte er ein großes Schiff, auf dem sich zwei junge Spanier, Tribune der fünften Legion befanden, deren Vater von Cäsar zum Senator ernannt worden war, und ein Zenturio der gleichen Legion namens Salienus.

Die Gefangenen wurden zu Scipio geführt, der sofort befahl, sie erst nach drei Tagen zu töten, damit sie längere Qualen ertragen mußten.

Im Moment der Exekution bat der ältere der beiden jungen Männer nur darum, als erster getötet zu werden, damit er nicht den Schmerz erleide zuzusehen, wie seinem jüngeren Bruder vor seinen Augen die Kehle durchgeschnitten werde.

Da er sich an die Soldaten und nicht an Scipio wandte, wurde ihm sein Wunsch erfüllt.

In Cäsars Lager waren diese Grausamkeiten bekannt, und

Cäsars Herz blutete. Geschützt durch seine Verschanzungen, die übrigens seine besondere Stärke waren, mußte er nicht befürchten, von Scipio in seinem Lager angegriffen zu werden, doch angesichts seiner geringen Truppenstärke konnte er nicht hoffen, den Feind mit einem Schlag zu vernichten, und daher wagte er es nicht, sich auf eine Entscheidungsschlacht einzulassen.

Scipio verließ jedoch jeden Tag sein Lager und bot ihm die Schlacht an, indem er seine Truppen gegenüber von Cäsars Lager in Schlachtordnung aufstellte, dort fünf oder sechs Stunden blieb und sich, wenn es dunkel wurde, zurückzog.

Da Scipio davon überzeugt war, daß sich Cäsar vor ihm fürchtete, näherte er sich nach acht oder zehn Tagen dieser Truppenübungen den Verschanzungen bis auf hundert Schritt. Seine Elefanten führten das Heer an, denen die Truppen folgten, die sich auf eine riesige Schlachtlinie verteilten.

Aber Cäsar ließ sich weder von Scipios Machtbekundung noch von den Drohungen aus der Ruhe bringen, die mit dieser einhergingen. Er rief seine Männer auf, die Futter, Wasservorräte oder Holz holten, geordnet und ruhig ins Lager zurückzukehren, und gewöhnte sie daran, den Feind von den Verschanzungen zu beobachten und auf dessen Drohungen mit Schmährufen zu antworten.

Cäsar, der ganz genau wußte, daß Scipio es nicht wagen würde, ihn in seinem Lager anzugreifen, bemühte sich noch nicht einmal, auf die Befestigung zu steigen, und gab alle Befehle von seinem Zelt aus. Doch jeden Tag setzte er sich auf diesen Hügel, der das Ufer überragte, und wünschte seufzend die Ankunft der Verstärkung herbei, auf die er schon so lange wartete.

Es geschieht zwei- oder dreimal im Leben eines Mannes wie des Cäsar, dem mal das Glück hold ist und mal das Unglück trifft, daß das Schicksal in einer Lage, die nicht besser oder schlechter sein kann, eine Wende zum Schlechten herbeiführt, wenn die Situation gut ist, und eine Wende zum Guten, wenn die Situation schlecht ist.

Cäsars Lage war in diesem Moment so schlecht, daß sie nicht mehr schlechter werden konnte. Notwendigerweise mußte eine Besserung eintreten.

Die ersten Anzeichen dafür, daß das Glück zu ihm zurückkehrte, waren die Desertationen der Gätuler und Numider, die sich in Scipios Lager aufhielten. Diese Barbaren taten, was zivilisierte Männer sicher nicht getan hätten: Sie erinnerten sich daran, daß sie Marius gegenüber Verpflichtungen hatten und Cäsar sein Neffe war.

Daraus folgte, daß Gätuler und Numider nach und nach Scipios Lager verließen, um in Cäsars Lager überzuwechseln.

Aber Cäsar, der die Deserteure nicht ernähren konnte, schickte sie alle mit Briefen an ihre Stadtoberhäupter nach Hause, in denen er diese aufforderte, zu den Waffen zu greifen, ihre Freiheit zurückzuerobern und vor allem seine Feinde nicht mehr zu unterstützen.

Überdies kamen die Abgeordneten einiger Städte aus dem Landesinneren zu ihm, die Cäsar ihren Gehorsam geschworen hatten. Sie baten ihn um Garnisonen, um sich verteidigen zu können, und versprachen ihm im Gegenzug Weizenlieferungen. Aber Cäsar hatte nicht genug Truppen, um Soldaten aus seinem Lager abzuziehen, und Scipio bewachte die Zufahrtswege so gut, daß er sicher alle Konvois, die über den Landweg gekommen wären, geplündert hätte.

In dieser Zeit legte Sallust (so wie man in Rom Anwalt und General war, konnte man hier auch – wie Sie sehen – General und Historiker sein) an der Küste der Insel Cercina an. Er verjagte Gajus Decius, der dort Konvois für die Pompejaner bewachte, und nachdem er von den Insulanern freundlich empfangen worden war, lud er große Mengen an Weizen auf die Handelsschiffe, die im Hafen vor Anker lagen, und schlug im gleichen Moment den Weg zu Cäsars Lager ein.

Und als wollte das Glück seine Schuld begleichen, schickte der Prätor Allienus die dreizehnte und vierzehnte Legion mit achthundert gallischen Reitern sowie tausend Wurf- und Pfeilschützen aus Lilybäum an Cäsar, die alle vier Tage nach ihrer Abfahrt wohlbehalten in Ruspina ankamen.

Es war eine große Freude für Cäsar, diese Segel zu erblicken, auf die er so ungeduldig gewartet hatte.

Er überwachte persönlich die Ausschiffung der Truppen, und sobald die Männer sich von den Strapazen der Reise erholt hatten, verteilte er sie auf die Forts und Befestigungen.

Das Eintreffen der Lebensmittel und die Verstärkungen verbreiteten Freude in Cäsars Lager.

Doch im Lager des Scipio herrschte große Verwunderung. Da Cäsars Tatendrang bekannt war, glaubte Scipio, Cäsar verschanze sich derart in seinem Lager, weil er über so geringe Streitkräfte verfüge.

Er beschloß, zwei Spione in Cäsars Lager zu schicken, die unter dem Vorwand, zu den Cäsarianern überwechseln zu wollen, einige Tage in Cäsars Lager bleiben und anschließend in Scipios Lager zurückkehren sollten, um von dem, was sie gesehen hatten, genau Bericht zu erstatten.

Die Wahl des pompejanischen Generals fiel auf zwei Gätuler, denen er große Versprechen machte und die als angebliche Überläufer in Cäsars Lager überwechselten.

Aber kaum hatten sie sich eingefunden und als Überläufer zu erkennen gegeben, baten sie, zu Cäsar geführt zu werden. Sie nannten ihm den Grund für ihr Kommen und erzählten ihm, daß Scipio sie geschickt habe, um sich zu vergewissern, ob an den Toren oder in der Nähe des Lagers Fallen für die Elefanten aufgestellt worden seien. Sie fügten hinzu, daß fast alle ihre Landsleute in Erinnerung an Marius' Wohltaten und ein Teil der Vierten sowie sechsten Legion vor Verlangen starben, zu seiner Seite überzuwechseln, sie jedoch die Wachen nicht täuschen konnten, die Scipio an den Toren des Lagers aufgestellt habe.

Cäsar empfing sie herzlich, machte ihnen Geschenke und schickte sie ins Quartier der Überläufer.

Schon am nächsten Tag wurden ihre Worte durch die Ankunft von einem Dutzend Soldaten der Vierten und sechsten Legion bestätigt.

Zwei Tage später kamen die Einwohner von Tysdra, um Cäsar mitzuteilen, daß mehrere Bauern und italienische Händler fast dreihunderttausend Scheffel Weizen in ihre Stadt gebracht hätten. Die Botschafter baten um eine Garnison, welche die Lebensmittel bewachen sollte.

Cäsar empfing auch einen Kurier von Sitius, der ihm ausrichtete, daß er in Numidien einmarschiert sei und dort ein auf einem Berg gelegenes Fort erobert habe, in dem Juba seine ganze Ausrüstung versteckt halte.

Und so kündigte das Glück, das einen Moment launenhaft, aber letztendlich treu war, seine Rückkehr zu Cäsar an.

Cäsar bereitete sich auf den Kampf vor. Obwohl er außer der Reiterei und den Wurfschützen die Verstärkung durch zwei ehemalige Legionen erhalten hatte, wähnte er sich für einen Kampf noch nicht stark genug. Er schickte sechs Frachtschiffe auf den Weg, um den Rest seiner Soldaten in Lilybäum zu holen.

Sie kamen wohlbehalten an.

Noch am Abend des 25. Januar, als sie anlegten, verließ Cäsar gegen Mitternacht sein Lager. Den Offizieren befahl er lediglich, sich bereitzuhalten, sobald die erste Nachtwache Posten bezog.

Zuerst ritt er nach Ruspina, wo er eine Garnison zurückgelassen hatte. Von dort ritt er die Küste hinunter, betrat eine ungefähr vier Meilen breite Ebene, die von einer langen, stufenförmig ansteigenden Bergkette gesäumt war und an deren Ende Scipios Lager lag. Es handelte sich um eine Berggruppe, auf deren höchsten Gipfeln man damals Türme errichtete, um das Land zu erkunden.

Cäsar bemächtigte sich nach und nach all dieser Gipfel, und in weniger als einer halben Stunde stand auf jedem von ihnen ein mit Soldaten besetzter Turm.

Als er vor dem letzten Hügel ankam, blieb er stehen: Er wurde von einer Truppe Numider gehalten.

Cäsar ging nicht weiter. Er errichtete von dem Ort, an dem er angekommen war, bis zu dem Ort, an dem er aufgebrochen war, Verschanzungen.

Bei Tagesanbruch waren diese Verschanzungen fast fertiggestellt.

Als Scipio und Labienus Cäsar sahen, brachten sie ihre ganze Reiterei aus dem Lager, stellten sie in Schlachtordnung auf, ließen sie einige tausend Schritt vortreten und stellten dann ungefähr vierhundert Schritte vom Lager entfernt ihre Fußtruppen in der zweiten Linie auf.

Cäsar fuhr nichtsdestoweniger mit der Errichtung seiner Verschanzungen fort, aber als er sah, daß der Feind sich näherte, um seine Arbeiter einzuschüchtern, kommandierte er eine Abteilung spanischer Reiter ab, die er durch eine Einheit leichter Fußtruppen unterstützte, und befahl ihnen, den Berg einzunehmen, auf dem die Wachposten der Numider standen.

Reiterei und Fußtruppen, die es seit langem danach dürstete zu kämpfen, eroberten die Verschanzungen im Sturm, so daß sie sich schon beim ersten Angriff den Zugang erkämpft hatten und sich nicht mehr vertreiben ließen. Sie brachten den Berg in ihre Gewalt, nachdem sie einen Teil derer, die ihn verteidigten, getötet oder verletzt hatten.

Labienus wollte diese Niederlage wettmachen. Er nahm zweitausend Mann der Reservetruppen sowie seinen ganzen rechten Flügel und eilte ihnen zu Hilfe. Aber Cäsar, der sah, daß Labienus sich unvorsichtigerweise vom Kampfplatz entfernte, kommandierte seinen ganzen linken Flügel ab, um ihn abzuschneiden. Er verdeckte seine Bewegung mit Hilfe einer von vier Türmen flankierten Festung, die Labienus daran hinderte zu sehen, was geschah, so daß er das Manöver erst bemerkte, als Cäsars Soldaten über ihn herfielen.

Als die Numider die Römer sahen, ergriffen sie die Flucht und überließen die Germanen und Gallier dem Blutbad, die alle niedergemetzelt wurden, nachdem sie sich so verteidigt hatten, wie sich Germanen und Gallier zu verteidigen pflegen.

Zur gleichen Zeit bemerkten Scipios Fußtruppen diese Unruhe, die vor ihrem Lager in einen Kampf verwickelt waren. Sie räumten das Feld und drängten durch alle Tore ins Lager zurück.

Cäsar, der den Feind von der Ebene und dem Berg vertrieben hatte, gab das Signal zum Rückzug und ließ seine Reiterei ins Lager zurückkehren. Auf dem Schlachtfeld lagen nur noch die nackten, weißen Leichen der Gallier und Germanen, die schon ihrer Waffen und Kleider beraubt worden waren.

Am nächsten Tag forderte Cäsar Scipio seinerseits zur Schlacht heraus, aber Scipio blieb in seiner Festung.

Doch als er sah, daß Cäsar, der sich allmählich der Bergkette näherte, unbemerkt die Stadt Usila erreichte, von der er nur noch eine viertel Meile entfernt war und die ihm Wasser sowie Lebensmittel lieferte, war er gezwungen, seine Truppen aus dem Lager zu bringen.

Er stellte sie in vier Linien zur Schlacht auf. In der ersten Linie standen die Reiterei sowie die mit Waffen und Türmen beladenen Elefanten.

Als sich die erste Linie in dieser Aufstellung näherte, glaubte Cäsar, daß Scipio entschlossen sei zu kämpfen, und er hielt vor dem Platz an.

Aber Scipio hielt dahinter an.

Jeder verharrte ohne sich zu bewegen bis zum Abend in dieser Schlachtordnung und kehrte dann wieder in sein Lager zurück.

Am nächsten Tag weitete Cäsar seine Verschanzungen aus, um sich dem Feind zu nähern.

Während sich diese Dinge zu Lande zutrugen, erlitt Cäsar auf dem Meer eine Niederlage, wenn dieses Ereignis, über das wir berichten werden, überhaupt eine Niederlage war.

Eines der Frachtschiffe, das zum letzten Konvoi aus Sizilien gehörte, war von den anderen getrennt worden und wurde in der Nähe von Thapsos von Virgilius' Booten und Schaluppen erobert. Gleichzeitig wurde eine Galeere der gleichen Flotte von Varus' und Octavius' Seestreitkräften aufgebracht.

Auf dem ersten Schiff fuhren Quintus Considius und Lucius Tacida, zwei römische Ritter; auf dem zweiten befand sich ein Zenturio der vierzehnten Legion mit einigen Soldaten.

Soldaten und Zenturio wurden zu Scipio geführt.

»Da ihr durch einen Glücksfall in unsere Hände gefallen seid«, sagte er, »und ihr gewiß gezwungenermaßen unter Cäsars Befehl dient, zögert nicht länger und sagt offen, daß ihr der Partei der Republik und aller ehrenwerten Leute folgen wollt. Ich versichere euch, daß ich euch nicht nur euer Leben und eure Freiheit schenken, sondern euch auch großzügig belohnen werde.«

Scipio sprach diese Worte im Glauben daran, daß die Gefangenen diese Gnade hocherfreut annehmen würden.

Aber der Zenturio ergriff das Wort, ohne Scipio als Imperator anzusprechen:

»Ich danke dir«, sagte er, »als dein Gefangener, daß du mir das Leben und die Freiheit schenkst. Ich würde das Angebot dieser beiden so wertvollen Dinge gerne annehmen, wenn ich es tun könnte, ohne ein Verbrechen zu begehen.«

»Ohne Verbrechen?« erwiderte Scipio.

»Gewiß«, sagte der Zenturio, »wäre es denn kein Verbrechen, gegen Cäsar in die Schlacht zu ziehen, nachdem ich mehr als zwanzig Jahre für ihn gekämpft habe, und das Schwert gegen meine mutigen Kameraden zu erheben, für die ich schon so oft mein Leben aufs Spiel gesetzt habe? ... Ich bitte dich daher, mich nicht zu zwingen, Scipio. Wenn du deine Kraft erproben willst, erlaube mir, zehn Männer von deinen Gefangenen auswählen zu dürfen. Mit meinen zehn Kameraden biete ich an, eine deiner Kohorten deiner Wahl zu bekämpfen. Dann kannst du aufgrund des Ausgangs unseres Kampfes über den Ausgang des Krieges urteilen.«

Diese Herausforderung empörte Scipio, und er befahl, daß der Zenturio und alle Gefangenen, die älter als fünfunddreißig Jahre waren, getötet wurden. Der Befehl wurde sofort ausgeführt.

Was die anderen betrifft, das heißt Tacida, Considius und jene, die zur gleichen Zeit wie der Zenturio gefangengenommen worden waren, so erlaubte Scipio nicht, daß sie zu ihm gebracht wurden, und er ließ sie in verschiedene Teile seines Heeres eingliedern.

Cäsar erfuhr von diesen Vorfällen und geriet darüber so sehr in Verzweiflung, daß er die Kapitäne seiner Galeeren, die zur Sicherheit des Konvois vor Thapsos kreuzten, absetzte.

Um diese Zeit lernte Cäsar den Samum** kennen.

Eines Nachts, als die zweite Nachtwache Posten bezog und das Siebengestirn untergegangen war, kündigte sich ein schreckliches Gewitter an. Der Wind führte Sandwolken und Steine mit sich, so daß im Lager ein wahrer Steinregen niederging. Das war für Scipios Männer nicht schlimm, welche die Zeit gehabt hatten, Hütten zu bauen, in denen sie Schutz

---

** trockenheißer Wüstensturm.

suchen konnten. Aber für Cäsars Soldaten war es eine schreckliche Qual. Diese verließen fast jede Nacht ihr Lager und hatten nicht die Muße gehabt, sich Unterkünfte zu bauen. Die Unglücklichen rannten wie die Verrückten umher und schützten sich mit ihren Schilden gegen den Sturm, aber sie wurden vom Boden gerissen, niedergeschmettert und von Wirbeln davongetragen.

Das war eine schreckliche Nacht, die fast einer Niederlage gleichkam. Alle Nahrungsmittel waren verdorben, alle Feuer erloschen, und die Luft war so stark elektrisch aufgeladen, daß die Spitzen der Wurfspieße der fünften Legion in Flammen zu stehen schienen. Dieser wundersame Anblick versetzte die Soldaten in Angst und Schrecken.

Zwei oder drei Monate vergingen, ohne daß Cäsar den Feind zu einer Entscheidungsschlacht drängen konnte. Da Cäsar drei Monate Zeit gehabt hatte, fast alle seine Truppen zu sammeln, und er diese drei Monate genutzt hatte, um sie im Kampf gegen die Elefanten auszubilden, die er eigens aus diesem Grunde aus Italien hatte kommen lassen, und da Pferde und Reiter es geschafft hatten, gegen diese Tiere mutig standzuhalten, verließ er eines Nachts das Lager und unternahm einen dieser Märsche, die nur er selbst ausführen konnte. Am 4. April stand er vor Thapsos und schickte sich an, die Stadt zu belagern.

In Thapsos herrschte Virgilius. Das war einer der besten Legaten des Pompejus. Er hatte eine gute Garnison unter seinem Kommando, aber wenn Cäsar ihn mit seinen ganzen Truppen angreifen würde, könnte er diesen Schlag ganz sicher nicht abwehren.

Scipio hatte also zwei Möglichkeiten: Entweder ließ er einen seiner besten Legaten im Stich, oder er riskierte eine Entscheidungsschlacht.

Er riskierte die Schlacht.

Scipio marschierte der Stadt zu Hilfe und lagerte in zwei getrennten Lagern.

Damit hatte er einschließlich von Jubas Lagern drei Rückzugsorte.

Cäsar arbeitete an der Umwallung der Stadt. Er erfuhr, was geschah, sah den Feind, schätzte seine Lage ein, ließ die Arbeit ruhen, befahl den Arbeitern, zu den Waffen zu greifen, ließ den Prokonsul Aquenas mit zwei Legionen zur Bewachung des Lagers zurück und marschierte auf den Feind zu.

Nach einer Stunde stehen sich die beiden Heere gegenüber.

Ein Teil des feindlichen Heeres steht in der Schlacht, während der andere Teil daran arbeitet, sich zu verschanzen. Diese Männer stehen mit den Elefanten an den Flügeln vor den Gräben.

Cäsar stellt sein Heer in drei Reihen auf, postiert die Zweite und zehnte Legion an den rechten Flügeln, die Achte und Neunte an den linken Flügeln, die fünf anderen in der Mitte und deckt die Seiten seines Heeres mit seinen Schützen, den Schleuderern und fünf Kohorten, die dazu bestimmt sind, den Angriff der Elefanten aufzuhalten. Er läuft zu Fuß durch die Reihen, erinnert seine alten Soldaten an die errungenen Siege, fordert die anderen auf, deren Mut nachzueifern und bleibt plötzlich unentschlossen und zitternd stehen.

Cäsar spürt, daß dieses schreckliche Übel naht, zu dem er neigt: ein epileptischer Anfall.

Genau in diesem Moment ist er von seinen Legaten umgeben, die ihn beschwören, nicht die Gelegenheit zu verpassen, und die ihn um die Parole bitten.

Cäsar läßt mit seiner abgehackten Stimme und seinen erblassenden Lippen die Worte *das große Glück* fallen, die noch im gleichen Augenblick auf der ganzen Schlachtfront wiederholt werden.

Als er spürt, daß all seine Anstrengungen, gegen das Leid anzukämpfen, vergebens sind und der Anfall seinen Weg gehen muß, verbietet er, daß sein Heer den Kampf eröffnet.

Aber es ist zu spät. Plötzlich hört er, daß zum Angriff geblasen wird. Es ist ein Hornist des linken Flügels, der von den Soldaten gezwungen wurde, das Signal zum Kampf zu geben.

Cäsar sieht wie durch einen Nebelschleier, wie sich sein Heer in Bewegung setzt. Ihm ist, als würde ihm der Boden unter den Füßen weggerissen. Der Himmel scheint ihm bald schwarz und bald blutrot zu sein. Er wickelt sich in seinen Mantel ein, damit man nicht sieht, daß aus seinem Mund Schaum austritt, und als er zu Boden fällt, flüstert er:

»Das große Glück!«

Und in der Tat sollte alles von Cäsars großem Glück abhängen, denn diesmal war sein Genie nicht daran beteiligt.

Das war ein zweites Pharsalos.

Cäsars Soldaten siegten nicht nur auf dem Schlachtfeld, sondern sie bemächtigten sich auch der feindlichen Lager.

Die Pompejaner flüchteten in das Lager, in dem sie am Vortage angehalten hatten. Die Sieger verfolgten sie dorthin, aber als sie vor den neuen Verschanzungen ankamen, wußten sie nicht genau, was sie machen sollten, als plötzlich Cäsar, von seinem Anfall erlöst, schreiend herbeilief:

»In die Gräben, Kameraden! In die Gräben!«

Das zweite Lager wurde wie das erste erobert.

Von Scipio und Juba im Stich gelassen, die im Galopp flohen, wurden die Soldaten erbarmungslos niedergemetzelt.

Cäsar kannte keine Rache, aber er mußte zulassen, daß seine Soldaten sich für die an ihren Kameraden verübten Morde rächen konnten.

Wie im Fall von Pharsalos sind uns von dieser ganzen Begebenheit, der Schlacht von Thapsos, denkwürdige Einzelheiten überliefert worden.

Ein Veteran der fünften Legion sah einen verletzten Elefanten, der sich rasend vor Schmerz auf einen hilflosen Waffenträger stürzte. Er hielt ihn unter seinen Füßen gefangen, zerquetschte seinen Körper mit dem Knie, stieß dabei laute Schreie aus und schlug mit seinem Rüssel durch die Luft.

Der Veteran näherte sich mutig dem Tier und warf seinen Wurfspieß auf den Elefanten.

Der Elefant, der nun zum zweitenmal verwundet wurde, ließ von dem schon halb zerquetschen Leichnam ab, stürzte sich auf seinen neuen Gegner, umschlang ihn mit seinem Rüssel, schleuderte ihn durch die Luft und warf ihn anschließend auf die Erde. Obwohl dieser Moment nur kurz war, genügte er dem Soldaten, um dem Elefanten mit seinem Säbel einen so harten Schlag auf den Rüssel zu verpassen, daß er den Rüssel abschlug und – noch immer von diesem schrecklichen Rüssel umklammert – zu Boden fiel.

Der Elefant schüttelte den blutenden Stummel seines Rüssels, stieß entsetzliche Schmerzensschreie aus und floh zu den anderen Elefanten.

Am Abend des Tages von Thapsos hatte Cäsar drei Lager erstürmt. Nachdem er Scipios zweites Lager erobert hatte, marschierte er gegen Jubas Lager, tötete zehntausend Mann, verwundete zwölftausend und verjagte den Rest, das heißt ungefähr sechzigtausend Mann.

Die Pompejaner, die nicht zu kämpfen verstanden, mußten sterben.

Metellus floh auf einem Schiff. Die Cäsarianer enterten es.

»Wo ist der General?« fragten sie.

»Er ist in Sicherheit«, antwortete Metellus und stach sich sein Schwert in den Leib.

Juba und Petreius waren im Galopp nach Zama geflohen, eine der Hauptstädte von Numidien. Ehe Juba aufgebrochen war, hatte er auf dem großen Platz einen riesigen Scheiterhaufen errichten lassen.

»Wenn ich besiegt werde«, hatte er gesagt, »werde ich meine Schätze auf diesen Scheiterhaufen werfen; ich werde meine Frauen auf den Scheiterhaufen steigen lassen; ich werde die Stadt niederbrennen, und die Flammen in der Stadt werden meinen Scheiterhaufen entzünden.«

Diese Drohung hatte man in Zama nicht vergessen.

Als die Einwohner von Zama sahen, daß Juba besiegt zurückkehrte, schlossen sie ihre Tore, stiegen auf die Befestigungen und schrien Juba zu, daß sie ihn mit Pfeilen durchlöchern würden, wenn er sich bis auf Schußweite nähere. Juba verlangte die Herausgabe seiner Frauen, doch sie wurde ihm verweigert. Er verlangte die Herausgabe seiner Schätze, und auch diese wurde ihm verweigert.

Da wandte er sich an Petreius:

»Gut«, sagte er, »dann müssen wir nun das tun, was wir uns vorgenommen haben.«

Petreius und Juba hatten sich darauf geeinigt, in diesem Fall gegeneinander zu kämpfen.

Sie zogen beide ihre Schwerter und begannen einen richtigen Gladiatorenkampf – um zu sterben.

Doch beide packte der Lebenswille, und so strengte sich jeder an, seinen Gegner zu töten.

Juba, der stärkere und geschicktere von beiden, stach sein Schwert in Petreius' Leib.

Petreius fiel tot zu Boden.

Juba, der fürchtete, sich mit seinem Schwert zu verfehlen, rief einen Sklaven, bot diesem seinen Hals dar und befahl ihm, ihn zu töten.

Der Sklave gehorchte und schnitt ihm die Kehle durch.

Die Reste der pompejanischen Truppen hatten sich auf einer Anhöhe in Sicherheit gebracht, von wo aus sie Jubas Lager sehen konnten.

Nachdem Jubas Lager erobert worden war, wurden die Fliehenden von den Siegern eingekesselt.

Als diese Unglücklichen nun erkannten, daß sie verloren waren, warfen sie ihre Waffen fort, baten flehentlich um die Gnade ihrer Kameraden und nannten sie Brüder. Die Cäsarianer waren jedoch über die Morde entrüstet, die Scipio an ihren Kameraden verübt hatte, die ihm in die Hände gefallen waren, und erwiderten, daß sie zwar keine Mörder seien, sich die Besiegten aber auf den Tod vorbereiten müßten.

In der Tat wurden alle getötet.

Cäsar hatte nur einhundertfünfzig Soldaten verloren!

Er kämpfte noch eine Weile vor Thapsos' Toren und brachte vierundsechzig Elefanten, die mit Waffen und Türmen ausgerüstet waren, in seine Gewalt. Durch seine Anwesenheit hoffte er, die Unbeugsamkeit von Virgilius und denen, die bei ihm waren, zu bezwingen. Diese wurden in Cäsars Namen aufgefordert, sich zu ergeben. Sie antworteten nicht. Da näherte er sich selbst den Verschanzungen und rief Virgilius beim Namen, aber dieser antwortete auch jetzt nicht.

Cäsar konnte sich nicht erlauben, noch mehr Zeit im Kampf um Thapsos zu verlieren. Er sammelte sein Heer vor den Mauern des Platzes, setzte sich auf ein Podium, lobte seine Soldaten, belohnte die alten Legionen und verlieh allen Ehrenauszeichnungen. Nun sollte Rebilius mit drei Legionen die Belagerung der Stadt Thapsos fortsetzen, Domitius mit zwei weiteren Legionen die Belagerung der Stadt Tysdra, in der Considius herrschte, und Cäsar machte sich auf den Weg nach Utika. Er schickte Messala und seine Reiterei voraus. Scipios Reiterei war genau in diese Richtung geflohen.

Diese erreichte die Stadt Pasada, aber da die Einwohner von Scipios Niederlage erfahren hatten, weigerten sie sich, ihm die Tore zu öffnen.

Nun drangen die Fliehenden gewaltsam in die Stadt ein, entzündeten mitten auf dem Marktplatz einen riesigen Scheiterhaufen, auf dem sie, ohne auf Alter oder Geschlecht Rücksicht zu nehmen, alle Einwohner verbrannten.

Cäsar erreichte kurz darauf die Stadt, kam aber zu spät, um die Ermordung der Einwohner noch verhindern zu können.

Als zwei Tage nach der Schlacht die Nacht hereinbrach, erreichte ein Kurier Utika und teilte Cato mit, daß in Thapsos eine große Schlacht stattgefunden habe, daß alles unwiederbringlich verloren sei, und daß Cäsar, der das Lager des Scipio und das des Juba in seine Gewalt gebracht habe, auf Utika marschiere.

Die Reiterei, die aus Thapsos geflohen war, Pasada niedergebrannt und die Einwohner niedergemetzelt hatte, näherte sich zwei Tage später Utika.

Die Stadtbewohner, die Cato aufgrund ihrer freundlichen Gesinnung Cäsar gegenüber aus der Stadt verbannt hatte, wurden in einer kleinen Verschanzung vor den Stadtmauern, die sie selbst errichtet hatten, gefangengehalten. Cato, der wußte, daß diese Bürger ihm feindlich gesinnt waren, ließ sie – wie wir gesagt haben – von einem Teil der Einwohner bewachen, während der Rest die Stadt bewachte.

Die Fliehenden erkundigten sich und erfuhren, daß die Menschen, die ihnen gegenüberstanden, Anhänger Cäsars waren, die Cato aus der Stadt verbannt hatte.

Sie wollten diese nun genauso hinrichten, wie sie es mit den Einwohnern von Pasada gemacht hatten, aber die Cäsarianer, die mit Stöcken und Steinen bewaffnet waren und die aufgrund der Gerüchte über Cäsars Sieg, die bis zu ihnen gedrungen waren, Mut gefaßt hatten, trieben die Pompejaner zurück, die daraufhin wütend in die Stadt eindrangen und sich anschickten, ihre überschäumende Wut an den Stadtbewohnern auszulassen.

Und in der Tat fielen sie über die schönsten Häuser her, plünderten sie und töteten einen Teil der Bewohner.

Cato lief herbei und beschwor sie im Namen der Menschlichkeit, aber die Menschlichkeit war eine Tugend, die den Pompejanern vollkommen unbekannt war. Er war also gezwungen, sie mit anderen Mitteln zu bezwingen. Mit Hilfe von hundert Sesterzen, die er jedem von ihnen geben ließ, schaffte er es schließlich, sie zu vertreiben. Faustus Sulla schenkte ihnen die gleiche Summe und übernahm die Führung der Pompejaner. Da er nicht wußte, was mit Juba geschehen war, eilte er mit ihnen sofort nach Zama, wo er ihn zu finden glaubte.

Sagen wir schnell, wie sich das Schicksal der anderen Pompejaner erfüllte.

Vergil, der sah, daß ihm der Land- und Seeweg abgeschnitten war und alle von seiner Partei getötet oder geflohen waren, ergab sich, nachdem ihm Rebilius sein Ehrenwort gegeben hatte.

Considius, der mit einer Garnison von Gätulern und Gladiatoren in Tysdra weilte und seinerseits über Scipios Niederlage sowie das Nahen des Domitius im Bilde war, verlor die Hoffnung, die Stadt halten zu können und floh heimlich mit einigen Gätulern, die ihm unterwegs die Kehle durchschnitten, um sich des Geldes zu bemächtigen, das er bei sich trug.

Scipio hatte seinerseits in der Hoffnung, Spanien zu erreichen, Zuflucht auf seinen Galeeren gesucht. Sein Schiff, das lange Zeit hilflos der stürmischen See ausgesetzt war, strandete im Hafen von Hippo Regius (Bône). Als er dort von Sitius' Flotte, die auf der Reede lag, bedrängt wurde, versuchte er zu kämpfen. Aber er war Sitius dermaßen unterlegen, daß alle seine Schiffe geentert wurden und mitsamt Besatzung in den Fluten versanken.

80

Wir haben den Ereignissen vorgegriffen, um unseren Bericht über die wichtigsten pompejanischen Befehlshaber zu Ende zu führen, ehe wir zu Cato kommen. Wir haben auch schon gesagt, daß Cato drei Tage nach der Schlacht von Thapsos von einem Botschafter die Nachricht über Jubas und Scipios Niederlage erhielt. Auch wissen Sie, daß am nächsten Tag dreihundert fliehende Reiter von der Bevölkerung, die Cato aus der Stadt verjagt hatte, mit Stock- und Steinschlägen zurückgedrängt wurden, daß die Pompejaner in die Stadt eindrangen, die reichsten Häuser plünderten und die Stadt erst verließen, nachdem Cato jedem Mann hundert Sesterzen gegeben hatte, die gleiche Summe, die sie auch von Sulla erhielten.

Als man von diesen Vorfällen erfuhr und die Pompejaner sah, herrschte große Aufregung in der Stadt. Alle glaubten, durch die Stadtmauern schlecht geschützt zu sein, und wollten fliehen. Sie rannten wie die Wahnsinnigen durch die Straßen und stießen laute Schreie aus. Aber Cato stellte sich ihnen in den Weg und hielt sie auf. Als er ihnen immer wieder sagte, daß schlechte Nachrichten immer übertrieben werden und das Übel aller Wahrscheinlichkeit nach nicht so groß sei, wie behauptet werde, schaffte er es schließlich, die Ruhe wieder herzustellen.

Cato hatte aus dreihundert notablen Römern, die sich aufgrund von Handels- und Bankgeschäften in Afrika niedergelassen hatten, einen Rat gebildet.

Das war der sogenannte *Rat der Dreihundert*.

Cato forderte die Dreihundert auf, sich mit allen in Utika anwesenden Senatoren und ihren Kindern im Jupitertempel zu versammeln.

Als sich die Versammlung zusammenfand, begab er sich an den bezeichneten Ort, und während noch alle Welt aufgeregt durch die Straßen lief, durchquerte er ruhig und mit entschlossener Miene die Stadt. Er hielt in der Hand eine Aufstellung, die er im Gehen las. Dieses Register war eine Auflistung der für den Krieg zur Verfügung stehenden Mittel, der Kriegsmaschinen, Waffen, Lebensmittel und Soldaten.

Als schließlich alle versammelt waren, richtete Cato zunächst das Wort an die Dreihundert, lobte den Eifer und die Treue, die sie bisher gezeigt hatten, ermahnte sie, nicht alle Hoffnung aufzugeben und sich vor allem nicht zu trennen. Nach Catos Meinung wäre ihre Flucht in unterschiedliche Richtungen der Untergang aller.

»Wenn ihr zusammenbleibt«, sagte er zu ihnen, »wird euch Cäsar mehr Achtung entgegenbringen, und solltet ihr ihn um Gnade bitten, wird er euch bereitwilliger verzeihen. Überlegt jedoch genau, was ihr zu tun habt. Ich gestehe euch völlige Handlungsfreiheit zu. Denkt nach und trefft eine Entscheidung. Ich werde keine der beiden Entscheidungen tadeln, und wenn sich eure Ansichten mit dem Schicksal, das ihr erleidet, wandeln, werde ich dieses den Umständen zuschreiben. Wollt ihr dem Unglück die Stirn bieten, der Gefahr trotzen und die Freiheit verteidigen? Ich werde eure Tugend loben und bewundern und biete euch an, euer Anführer zu sein und mit euch zu kämpfen. Bis ihr das höchste Glück eines Vaterlandes auf die Probe gestellt habt – übrigens ist euer Vaterland weder Hadrumetum noch Utika, sondern Rom, das sich mehr als einmal aus eigener Kraft nach viel schlimmeren Niederlagen wieder erhoben hat –, bleiben euch mehrere Möglichkeiten, euch zu retten oder in Sicherheit zu bringen. Denkt vor allem daran, daß ihr den Krieg gegen einen Mann führt, der nicht nach seinem Willen, sondern unter dem Druck der Umstände handelt, und den seine Geschäfte in alle Richtungen gleichzeitig führen. Spanien, das sich gegen Cäsar auflehnt, hat die Partei des jungen Pompejus ergriffen. Auch Rom hat das Joch noch nicht vollkommen anerkannt, an das es nicht gewöhnt ist. Es sträubt sich gegen die Knechtschaft und ist bereit, sich bei der geringsten Veränderung der Verhältnisse zu erheben. Flieht nicht vor der Gefahr, sondern nehmt euch ein Beispiel an eurem Feind selbst, der, auch wenn er die größten Ungerechtigkeiten begeht, jeden Tag sein Leben in die Schanze schlägt, ohne daß er durch diesen Krieg, dessen Ausgang unsicher ist, ein Leben voll Glückseligkeit lebt wie ihr, wenn ihr siegreich seid, oder den glorreichsten Tod stirbt wie ihr, wenn ihr im Kampf unterliegt. Beratet dies unter euch und bittet die Götter, daß sie als Lohn für die Tugend und den Eifer, den ihr bis jetzt bewiesen habt, die Entscheidungen, die ihr getroffen habt, zu einem guten Ende führen.«

Das waren Catos Worte. Es war nicht so sehr seine Rede, sondern vielmehr sein vorbildliches Verhalten, das den Geist einiger seiner Zuhörer beeinflußte. Der überwiegende Teil der

Männer vergaß jedoch, als es sein nobles Herz, seine Menschlichkeit und seine Unerschrockenheit sah, die gefährliche Situation und betrachtete Cato als unbesiegbaren Anführer.

Daher wurde ihm alle Macht übergeben.

»Besser ist«, sagten sie, »zu sterben, indem wir Cato folgen, als unser Leben zu retten, indem wir eine so vollendete Tugend verraten.«

Einer der Dreihundert schlug vor, den Sklaven die Freiheit zu schenken, und fast die ganze Versammlung schloß sich diesem Vorschlag an, aber Cato widersetzte sich.

»Das ist weder rechtens noch legitim«, sagte er. »Wenn ihre Herren sie freilassen, werde ich jene im waffenfähigen Alter gerne in mein Heer aufnehmen.«

Sofort erhoben sich mehrere der Dreihundert und sagten:

»Wir schenken unseren Sklaven die Freiheit.«

»Gut«, sagte Cato, »wir werden eure Erklärungen entgegennehmen«, was auch geschah.

Indessen erhielt Cato von Juba und Scipio Briefe.

Juba hatte sich in den Bergen in Sicherheit gebracht. Sein tragisch endendes Unternehmen in Zama lag noch vor ihm. Er erkundigte sich nach Catos Absichten.

»Wenn du Utika aufgeben mußt und zu mir stoßen willst«, schrieb er, »so erwarte ich dich. Willst du jedoch die Belagerung dort fortsetzen, werde ich mit meinem Heer zu dir stoßen.«

Und Scipio lag nicht weit von Utika entfernt hinter einem Berg vor Anker. Er wartete dort, um zu erfahren, wie sich Cato entschied.

Cato hielt die Botschafter, welche die Briefe gebracht hatten, zurück, bis er ganz sicher war, welche Entscheidung die Dreihundert treffen würden.

Aber schon bald hatte sich der Rat in zwei Lager gespalten. Die Senatoren aus Rom, die sich – zu welchem Preis auch immer – auf ihre kurulischen Stühle setzen wollten, waren voller Begeisterung und zu jedem Opfer bereit. Sie hatten ihre

Sklaven freigelassen und angeworben, nachdem Cato seine Rede gehalten hatte. Die anderen waren Spekulanten und Kaufleute, welche die Meere bereisten oder Banken unterhielten und deren größter Reichtum die Sklaven waren. Diese vergaßen Catos Rede ganz schnell. Catos Worte waren zwar durch ihre Ohren in ihren Geist gedrungen, hatten diesen aber sofort wieder verlassen.

»Es gibt Körper«, sagt Plutarch, »welche die Wärme sofort verlieren, wenn sie diese empfangen, und die abkühlen, sobald man sie vom Feuer entfernt. So waren auch die Männer, die sich für Catos Rede erhitzt hatten. Solange Cato da war, sie ihn sahen, er sprach und sie ermutigte, lief alles bestens, aber sobald sie ihren eigenen Überlegungen ausgeliefert waren, verjagte die Angst, die ihnen Cäsar einflößte, aus ihrem Herzen allen Respekt, den sie für Cato und seine Tugend empfanden.«

Lesen Sie, was die Männer sagten:

»Wer sind wir letztendlich eigentlich, wenn wir auf uns selbst gestellt sind, und wem verweigern wir den Gehorsam? Konzentriert sich heute nicht in der Person Cäsars die ganze römische Macht? Keiner von uns ist ein Pompejus, ein Scipio oder ein Cato. Wir sind Kaufleute, die kein anderes Ansehen als das ehrenwerter Händler genießen. Wir haben in der Politik nie einen Platz eingenommen, noch werden wir je einen einnehmen. Woher kommt es daher, daß wir in dieser Zeit, in der die Männer dem Terror nachgeben und sich in größerem Maße erniedrigen, als sie sollten, diesen Augenblick wählen, wir unbedeutenden Männer, um zugunsten der Freiheit Roms zu kämpfen und vorzugeben, so irrsinnig wie wir sind, in Utika den Krieg gegen denjenigen zu unterstützen, vor dem Cato und der große Pompejus geflohen sind und dem sie das Weltreich überlassen haben? Was machen wir? Wir lassen unsere Sklaven frei, um gegen Cäsar zu kämpfen, und uns selbst, armselige Sklaven, die wir sind, bleibt nur die Freiheit, wenn es Cäsar gefällt, sie uns zu schenken. Lassen wir doch von einer solchen Dummheit ab! Wir sollten uns für das, was wir sind achten, und solange wir noch Zeit haben, Zuflucht in der Barmherzigkeit des Siegers suchen und ihn bitten, uns in Gnade zu empfangen.«

Und bedenken Sie, daß diese Worte noch zu den zurückhaltenden Äußerungen gehörten. Die anderen sagten gar nichts, warteten jedoch nur auf die Gelegenheit, Hand an die Senatoren legen zu können, um sie Cäsar auszuliefern.

Die ehrenwertesten dieser werten Händler, die es in Friedenszeiten als Schande angesehen hätten, ihren Verpflichtungen nicht nachzukommen, die ehrenwertesten waren die, die nur von einer Gemeinheit träumten.

Cato kannte die Männer, mit denen er es zu tun hatte. Außerdem wollte er Juba und Scipio nicht der Gefahr aussetzen, der die Senatoren und er selbst ausgesetzt waren, denn nichts bewies ihm, daß ihn diese nicht auslieferten, genauso wie sie die anderen auszuliefern gedachten, auch wenn Cäsar Cato begnadigte, wenn er ihm die Stadt übergab. Er schrieb daher beiden, sich von Utika fernzuhalten.

Da beschloß Scipio, nach Spanien zu fahren, und Juba wollte in seine Hauptstadt zurückkehren.

Wir wissen, was mit beiden geschah.

Indessen war außer einigen Reitern, die – wie wir gesehen haben – auf ihrem Weg in Utika plünderten und die nur fortgingen, nachdem sie alle hundert Sesterzen von Cato und die gleiche Summe von Sulla bekommen hatten, ein recht starkes Reiterkorps angekommen, um in der Stadt Utika Unterschlupf zu suchen.

Cato, dem die plündernden Reiter eine Lehre gewesen waren, verschloß die Stadttore vor ihnen. Diese schickten ihm drei Abgeordnete.

Die einen wollten Juba aufsuchen, und die anderen wollten sich mit Cato verbünden. Die drei Botschafter hatten den Auftrag, Cato um Rat zu fragen, was sie tun sollten. Eine dritte Gruppe schließlich fürchtete sich davor, die Stadt zu betreten, da sie wußte, daß die Bewohner von Utika Anhänger Cäsars waren. Sie baten Cato daher, zu ihnen zu kommen.

Cato befand sich in der gleichen Lage wie Dante in Florenz. Als dieser gezwungen war, jemanden nach Venedig zu schicken, sagte er: »Wenn ich bleibe, wer wird dann gehen? Wenn ich gehe, wer wird dann bleiben?«

Schließlich beauftragte er Marcus Rabrius, zu bleiben und über die Dreihundert zu wachen. Er rief die Senatoren, verließ mit ihnen die Stadt und begab sich zur Konferenz.

In seiner Abwesenheit sollte Marcus Rabrius die Erklärungen zur Freilassung der Sklaven entgegennehmen, gegen jedermann Milde walten lassen und niemandem Zwang antun.

Die Offiziere des Reiterkorps erwarteten Cato mit Ungeduld. Sie spürten genau, daß dieser Mann ihre letzte Hoffnung war. Auch Cato setzte seine Hoffnung auf diese Männer.

Da sie sich zwischen Juba und ihm entscheiden mußten, beschwor er sie, sich für ihn zu entscheiden. Bei einer Wahl zwischen Rom und Zama sollten sie Rom wählen. Er beschwor sie vor allem, sich den Senatoren anzuschließen, die zwar keine materielle, aber doch eine politische Macht darstellten. Sie sollten mit ihm nach Utika gehen, einer Stadt mit dicken Stadtmauern, die schwer einzunehmen war und mit Lebensmitteln und Waffen für mehrere Jahre ausgerüstet war, und diese gegen Cäsar verteidigen wie die Stadt Marseille, die standgehalten hatte, obwohl sie sich nicht dieser guten Voraussetzungen erfreut hatte.

Die Senatoren richteten mit Tränen in den Augen die gleichen Bitten an sie, und die Offiziere zogen sich zurück, um mit ihren Soldaten über das, was gesagt worden war, zu beraten.

In der Zwischenzeit setzte sich Cato mit den Senatoren auf eine Anhöhe.

Kaum waren sie dort angekommen, als sie einen Reiter herbeieilen sahen. Das war Marcus Rabrius, der ihnen mitteilte, daß die Dreihundert sich erhoben hätten und Unruhe in der Stadt verbreiteten, indem sie die Einwohner aufwiegelten.

Diese Revolte bedeutete den Untergang für die Senatoren. Nun jammerten auch sie und beschworen Cato. Dieser war inmitten dieses starken Sturms der einzige klare, leuchtende Stern, und jeder Schiffbrüchige schwamm zu ihm.

Cato schickte Marcus Rabrius nach Utika zurück, beauftragte ihn in seinem Namen, den Dreihundert zu sagen, daß er sie bitte, auf seine Rückkehr zu warten, bis sie eine Entscheidung treffen würden.

Marcus Rabrius brach auf.

Indessen kehrten die Offiziere zurück.

»Wir brauchen uns nicht in Jubas Dienst zu stellen und Numider zu werden, selbst wenn wir daran denken, Juba zu folgen. Außerdem fürchten wir Cäsar nicht, solange Cato unser Befehlshaber ist. Aber es ist in unseren Augen gefährlich, uns in einer Stadt mit den Utikern einzuschließen, einem punischen Volk, dessen Treue uns suspekt erscheint. Sie sind im Moment ruhig – die Offiziere wußten nicht, was Rabrius gesagt hatte –, doch sobald Cäsar hierherkommt, werden sie ihn unterstützen, uns anzugreifen, und uns ausliefern. Wenn Cato also wünscht, daß wir uns unter seinem Befehl verpflichten, muß er uns die Stadt Utika übergeben, damit wir mit ihr machen können, was wir wollen. Und wir verheimlichen ihm keineswegs, was wir mit der Stadt vorhaben: Wir werden die Einwohner ausnahmslos verjagen oder töten. Erst dann werden wir uns hinter den Mauern dieser Stadt in Sicherheit wiegen.«

Cato mußte sich selbst eingestehen, daß Männer, die ängstlich auf ihre Sicherheit bedacht waren, derartige Vorschläge machen mußten, doch sie waren barbarisch.

Er antwortete daher wie gewöhnlich in ruhigem Ton, daß er mit den Dreihundert darüber beraten werde, und kehrte in die Stadt zurück. Aber als er wieder in der Stadt war, sah er, daß die Dreihundert ihre Masken abgelegt hatten. Sie hatten sich davon überzeugt, wie die Stimmung unter den Stadtbewohnern war, und erklärten ohne Umschweife, daß sie nicht gegen

Cäsar kämpfen würden. Einige behaupteten sogar hinter vorgehaltener Hand, daß es eine gute Politik sei, die Senatoren zu ergreifen und sie bis zur Ankunft Cäsars gefangenzuhalten. Aber Cato ließ diese Vorschläge gänzlich unbeachtet, tat so, als überhöre er sie, und da er schwerhörig war, hörte er sie vielleicht wirklich nicht.

Indessen wurde ihm mitgeteilt, daß sich die Reiter zurückzögen.

Das bedeutete ein Unglück mehr. Er befürchtete, daß die Dreihundert sich zu Gewalttaten gegen die Senatoren hinreißen ließen, sobald die Reiter die Gegend verlassen hätten. Er erhob sich daher inmitten der Beratungen, stieg in den Sattel und ritt den Reitern hinterher.

Die Reiter schienen froh zu sein, ihn zu sehen. Sie begrüßten ihn hocherfreut und forderten ihn auf, mit ihnen fortzugehen.

Cato schüttelte den Kopf. Er hatte für sich selbst eine andere Entscheidung getroffen. Mit Tränen in den Augen reichte er ihnen die Hand und flehte sie an, den Senatoren zu Hilfe zu eilen. Als sie jedoch trotz seiner Bitten fortritten, klammerte er sich sogar an die Zügel ihrer Pferde, um sie an sich zu ziehen und nach Utika zurückzuführen.

Und in der Tat hatten einige Mitleid mit ihm und gaben nach, so daß er von ihnen das Versprechen erhielt, einen Tag zu bleiben, um den Rückzug der Senatoren zu sichern.

Er brachte sie also in die Stadt zurück und postierte die einen vor den Stadttoren und die anderen in der Zitadelle.

Die Dreihundert hatten Angst. Sie baten Cato, sofort zu ihnen zu kommen, aber die Senatoren bedrängten ihn ihrerseits, baten ihn, sie nicht im Stich zu lassen, und erklärten, daß Cato sich selbst aufgäbe, wenn er sich diesen verräterischen, hinterhältigen Geschöpfen ausliefere, er, ihr Beschützer und ihre Stütze.

»Und in der Tat«, sagt Plutarch, »war Catos Tugendhaftigkeit zu diesem Zeitpunkt allgemein bekannt, und alle, die in

Utika Schutz gesucht hatten, empfanden für ihn die gleiche Liebe und Bewunderung, denn niemals hatte man in seinem Verhalten das geringste Anzeichen von List oder Tücke bemerkt.«

81

Diese große Gleichgültigkeit Catos, diese große Opferbereitschaft für andere hatte ihren Ursprung in seinem seit langem gefaßten Entschluß, sich zu töten. Je mehr er über diesem Leben schwebte, das er verlassen würde, desto stärker spürte er die großen Qualen und Schmerzen derer, die er zurücklassen mußte und die all diesen Unbillen des Lebens ausgesetzt waren.

Ehe er diesen unheilvollen Plan ausführen wollte, beschloß er, für die Sicherheit aller Pompejaner zu sorgen, und wenn er diese Aufgabe erfüllt hatte, würde er sich selbst und seinem besiegten Genie gegenübertreten und sich vom Leben erlösen.

»Seine Ungeduld zu sterben«, sagt Plutarch, »ließ sich kaum verbergen, obwohl er kein einziges Wort darüber sagte.«

Er beruhigte also die Senatoren, und um seine Pflicht, die er sich auferlegt hatte, zu erfüllen, begab er sich wieder zu den Dreihundert. Diese bedankten sich bei ihm für sein Vertrauen und baten ihn, sie in ihrem Vorhaben zu leiten, erklärten ihm jedoch, daß ihre Entscheidung bereits getroffen sei.

Sie hatten beschlossen, Abgesandte zu Cäsar zu schicken.

»Wir sind leider nicht Cato«, sagten sie zu ihm, »und wir alle zusammen haben nicht die Tugendhaftigkeit eines einzigen Cato. Habe also Mitleid mit unserer Schwäche. Wenn wir uns entschlossen haben, Abgesandte an Cäsar zu entsenden, so bedeutet das in erster Linie, daß wir Cäsar um deinetwillen um Gnade bitten wollen. Wenn du dich unseren Bitten nicht anschließt, werden wir unsere eigene Begnadigung ablehnen und um deiner Liebe willen bis zum letzten Atemzug kämpfen.«

Aber sei es, daß Cato kein großes Vertrauen in den punischen Glauben setzte oder daß er nicht so viele Männer mit sich ins Verderben ziehen wollte, auf jeden Fall lobte er den guten Willen sehr, den sie ihm bewiesen, riet ihnen aber gleichzeitig, so schnell wie möglich die Abgesandten zu Cäsar zu entsenden, um ihr Leben zu schützen.

»Bittet ihn jedoch«, fügte er mit einem traurigen, aber entschlossenen Lächeln hinzu, »für meine Person um nichts. Es steht den Besiegten zu, den Sieger um Gnade zu bitten, und es ist an den Schuldigen, um Vergebung zu bitten. Was mich betrifft, so war ich nicht nur mein ganzes Leben lang unbesiegbar, sondern ich bin auch heute noch so siegreich, wie ich will, da ich gegenüber Cäsar den Vorteil genieße, aufrichtig und gerecht zu sein. In Wahrheit ist er es, der bezwungen und besiegt wurde, da seine verbrecherischen Absichten und seine Vorhaben, die sich gegen das Vaterland richten und die er damals abstritt, heute öffentlich bekannt sind.«

Mehr verlangten die Dreihundert nicht, als von ihm bestärkt zu werden, und auf Catos flehentliche Bitte hin beschlossen sie, sich Cäsar zu unterwerfen.

Das war um so dringlicher, da Cäsar schon auf Utika marschierte.

»Gut«, rief Cato, als er es erfuhr, »es sieht zumindest so aus, als behandele Cäsar uns menschlich.«

Dann wandte er sich an die Senatoren:

»Meine Freunde«, sagte er zu ihnen, »wir dürfen keine Zeit mehr verlieren. Wir müssen uns um euren Rückzug kümmern, solange die Reiter noch in der Stadt sind.«

Daher gab er sofort den Befehl, alle Stadttore zu schließen. Nur das Tor, das zum Hafen führte, blieb geöffnet. Dann teilte er den Fliehenden die Schiffe zu, überwachte die Einschiffung, beugte den Unruhen vor, die mit einem überstürzten Rückzug fast untrennbar verbunden sind, und gab denen, die arm waren, kostenlos Nahrungsmittel für die Reise mit.

Indessen erreichte ihn die Nachricht, daß eine andere Truppe aus Scipios Heer in Sichtweite gekommen war. Diese andere Truppe bestand aus zwei Legionen, die von Marcus Octavius befehligt wurden.

Marcus Octavius lagerte ungefähr eine halbe Meile vor Utika. Er ließ Cato fragen, wie er mit ihm den Befehl über die Stadt regeln wolle.

Cato zuckte die Schultern, ohne dem Botschafter eine Antwort zu geben. Dann wandte er sich an diejenigen, die bei ihm waren:

»Muß man sich darüber wundern«, fragte er, »daß unsere Angelegenheiten so hoffnungslos sind, wenn wir bei uns den Ehrgeiz entdecken, den Befehl darüber zu führen, unseren eigenen Untergang zu überleben?«

Indessen wurde Cato mitgeteilt, daß die Reiter aufbrachen, beim Aufbruch jedoch die Bewohner plünderten und ihr Geld und ihren Besitz wie eine Siegesbeute an sich nahmen.

Cato rannte sofort auf die Straße und lief zu den verschiedenen Orten, an denen geplündert wurde. Er erreichte die ersten Plünderer und riß ihnen die Beute, die sie gemacht hatten, aus den Händen.

Die anderen, die ihr eigenes Verhalten beschämte, ließen ihre Beute sofort fallen, woraufhin sich alle verwirrt und mit gesenkten Köpfen zurückzogen.

Nachdem seine Freunde eingeschifft waren und die Reiter die Stadt verlassen hatten, versammelte Cato die Stadtbewohner von Utika, flehte sie an, mit den Dreihundert in Frieden zu leben und auf keinen Fall den gemeinsamen Feind gegen die anderen aufzuhetzen.

Dann kehrte er zum Hafen zurück, verabschiedete seine Freunde, die bereits die offene See erreicht hatten, mit einem letzten Gruß, traf dort seinen Sohn, der vorgegeben hatte, sich mit den anderen einschiffen zu wollen, jedoch im Hafen geblieben war, lobte ihn anstatt ihn zu tadeln und nahm ihn mit nach Haus.

Zu Catos engsten Vertrauten gehörten drei Männer: der Stoiker Apollonides, der Peripatetiker Demetrios und ein junger Mann namens Statilius. Dieser rühmte sich einer Seelenstärke, die jeder Prüfung standhalten würde, und er gab vor, daß er – was auch immer geschehen möge – die gleiche Gefaßtheit wie Cato beweisen werde.

Cato belächelte diese Prahlerei des Philosophenlehrlings und sagte zu den beiden anderen:

»Es ist an uns, meine Freunde, diesen überheblichen jungen Mann zu heilen, damit er seine wahre Seelengröße erkennt.«

Nachdem Cato einen Teil des Tages und die ganze Nacht am Hafen von Utika verbracht hatte, kehrte er nach Hause zurück. Dort traf er Lucius Cäsar, der mit Cäsar verwandt und von den Dreihundert abgeordnet worden war, um sich in ihrem Namen beim Sieger für sie zu verwenden.

Der junge Mann bat Cato, ihm beim Verfassen einer Rede zu helfen, die Cäsar rühren und die Rettung aller sichern sollte.

»Was Eure Rettung betrifft«, sagte er zu ihm, »so überlaßt sie mir. Wenn ich ihn um Euretwillen anflehe, wird es mir eine Ehre sein, seine Hände zu küssen und seine Knie zu umarmen.«

Aber Cato unterbrach ihn.

»Wenn ich wollte«, sagte er, »daß ich mein Leben der Gnade Cäsars zu verdanken habe, würde ich allein zu ihm gehen … Aber ich will gegenüber dem Tyrannen nicht für etwas in der Schuld stehen, über das zu richten ihm nicht zusteht. Denn mit welchem Recht sollte er wie ein Gott jenen das Leben schenken können, die gar nicht von ihm abhängig sind? Schließen wir mich also von der Bitte um Cäsars Gnade für alle aus, und überlegen gemeinsam, was du zugunsten der Dreihundert sagen kannst.«

Er half Lucius Cäsar beim Abfassen seiner Rede und legte ihm danach seine Freunde und seinen Sohn ans Herz.

»Sehe ich Euch denn bei meiner Rückkehr nicht wieder?« fragte der junge Mann.

»Vielleicht werde ich dann gegangen sein«, erwiderte Cato.

Er führte ihn hinaus, verabschiedete sich von ihm und kehrte ins Haus zurück.

Als habe er begonnen, seine letzten Vorkehrungen zu treffen, rief er seinen Sohn, dem er verbot, sich in welcher Weise auch immer in die Angelegenheiten der Regierung zu mischen.

»Die Lage der Dinge«, sagte er, »erlaubt es nicht, irgend etwas zu tun, was Cato würdig wäre. Es ist daher besser, gar nichts zu tun, als etwas, das unseres Namens unwürdig wäre.«

Gegen Abend ging er ins Bad.

Im Bad erinnerte er sich an seinen jungen Philosophen Statilius.

»Mein lieber Apollonides«, rief er, »ich habe übrigens unseren jungen Stoiker nicht mehr gesehen, was mir beweist, daß er deinen Bitten nachgegeben und sich eingeschifft hat. Es war richtig von ihm, sich einzuschiffen, aber es war falsch von ihm, sich einzuschiffen, ohne mir Lebewohl zu sagen.«

»Nein, nein!« antwortete Apollonides. »So ist es ganz und gar nicht. Er ist trotz unserer Unterredung dickköpfiger und unbeugsamer denn je und erklärt, daß er bleiben und alles tun werde, was Cato tut.«

»Das werden wir heute abend sehen«, sagte der Philosoph.

Cato verließ das Bad gegen sechs Uhr am späten Nachmittag, kehrte nach Hause zurück und aß in großer Gesellschaft zu Abend. Er aß im Sitzen und folgte damit dem Gelübde, das er in Pharsalos abgelegt hatte: sich nur noch zum Schlafen niederzulegen.

Seine Freunde und die wichtigsten Magistrate aus Utika waren seine Gäste.

Nach dem Essen wurden noch verschiedene Weine gereicht. Cato mochte diese Unterhaltungen bei einem Gläschen Wein. Das Gespräch war ruhig und gelehrt, wie es bei Gesprächen üblich war, die Cato leitete.

Sie sprachen nacheinander über verschiedene philosophische Fragen, und allmählich kamen sie auf das Problem zu sprechen, das man das Paradox der Stoiker nennt: daß zum Beispiel nur ehrbare Menschen frei und böse Sklaven seien.

Der Peripatetiker Demetrios sprach sich – wie wir gut verstehen können – gegen das Dogma aus. Aber Cato, der sich ereiferte, wies dessen Argumente aufgebracht zurück. Mit barscher, strenger Stimme und einer gewissen Bitterkeit, wodurch seine innere Erregung verraten wurde, hielt er dem Streitgespräch so lange und so hartnäckig stand, daß niemand mehr an Catos Entschluß, sich zu töten, zweifelte.

Kaum hatte Cato seinen hitzigen Monolog beendet – denn im Grunde hatte nur er allein gesprochen, da ihm die anderen aufmerksam, ja fast bewundernd zuhörten –, legte sich bedrückende Stille auf die Gesellschaft. Cato verstand den Grund und bemühte sich sogleich, seine Freunde wieder versöhnlich zu stimmen und ihren Verdacht zu zerstreuen. Dann lenkte er das Gespräch, das er an sich gerissen hatte, auf aktuelle Dinge und beteuerte, mit welcher Unruhe und Angst er an jene dachte, die sich eingeschifft hatten oder die auf dem Landweg durch eine einsame Wüste ohne Wasser marschierten.

Nachdem die Gäste gegangen waren, machte er mit seinen Freunden seinen üblichen Spaziergang – seinen Verdauungsspaziergang, wie er zu sagen pflegte –, gab den diensthabenden Befehlshabern die Order, welche die Umstände erforderten, zog sich schließlich in sein Zimmer zurück, umarmte seinen Sohn und all seine Freunde mit Zuneigungsbekundungen, die inniger waren als für gewöhnlich, was all ihre Befürchtungen in bezug auf das, was sich wahrscheinlich im Laufe der Nacht ereignen würde, verstärkte.

Als er auf seinem Lager lag, nahm er den Dialog von Platon über die Seele – *Phaidon* – zur Hand, und nachdem er einen großen Teil gelesen hatte, warf er einen Blick auf das Kopfende des Bettes.

Er hielt Ausschau nach seinem Schwert, das dort normalerweise hing. Das Schwert war nicht da.

Er rief einen seiner Sklaven und fragte ihn, wer sein Schwert genommen habe.

Der Sklave antwortete nicht, und Cato las weiter.

Nach einer Weile schaute er sich um. Der Sklave war nicht mehr da.

Er rief ihn erneut, ohne Erregung oder Ungeduld zu zeigen.

»Ich habe gefragt, wo meine Schwert ist«, sagte er.

»Ja, Herr«, erwiderte der Sklave, »aber ich weiß nicht, wo es ist.«

»Man möge es suchen und mir bringen«, sagte Cato.

Der Sklave ging hinaus.

Eine ziemlich lange Zeit verstrich, ohne daß ihm sein Schwert gebracht wurde.

Nun rief er zum drittenmal ungeduldig seine Sklaven nacheinander zu sich und sagte mit erregter Stimme:

»Ich will wissen, wo mein Schwert ist, und ich befehle, daß es mir gebracht wird.«

Und da man seinem Wunsch nicht schnell genug nachkam, versetzte er demjenigen, der ihm am nächsten stand, einen so kräftigen Faustschlag, daß der unglückliche Sklave mit blutüberströmten Gesicht das Zimmer verließ.

Gleichzeitig schrie Cato:

»Unglück meinen Sklaven und meinem Sohn, die mich lebend dem Feind ausliefern wollen.«

Als sie seine Schreie hörten, lief sein Sohn mit den Philosophen herbei und klammerte sich schreiend an seinen Hals:

»Mein Vater, im Namen der Götter, mein Vater, im Namen Roms, töte dich nicht!«

Aber Cato schob ihn von sich und setzte sich hin:

»Wann und an welchem Ort«, sagte er mit strengem Blick, »habe ich, ohne es zu bemerken, Beweise dafür geliefert, verrückt zu sein? Warum versucht mich niemand von meinem Irrtum zu befreien, wenn ich eine falsche Entscheidung getroffen habe? Warum wollt ihr mich daran hindern, meiner Entscheidung zu folgen, und raubt mir meine Waffen, wenn ich die richtige getroffen habe? Warum kettest du deinen Vater nicht an, o edler Sohn! Warum läßt du ihm nicht die Hände hinter den Rücken binden, damit Cäsar, wenn er kommt, ihn in einem Zustand vorfindet, in dem er sich nicht wehren kann? Brauche ich denn überhaupt mein Schwert, um mir das Leben zu nehmen? Nein. Es genügt, daß ich den Atem anhalte, bis ich ersticke, oder daß ich mir den Kopf an der Mauer einschlage.«

Als der junge Mann die Worte seines Vaters hörte, konnte er seine Tränen nicht zurückhalten, und da er befürchtete, daß sein Vater ein Verbrechen an ihm begehen könnte, lief er schluchzend aus dem Zimmer.

Die anderen folgten ihm.

Nur Demetrios und Apollonides blieben bei Cato.

Nun schaute Cato sie ein wenig besänftigt an:

»Und ihr«, sagte er, »behauptet ihr auch, daß ihr einen Mann in meinem Alter zwingen wollt, am Leben zu bleiben? Bleibt ihr an meiner Seite, um mich schweigend zu bewachen? Oder seid ihr gekommen, um mir anhand bestimmter Argumente zu beweisen, daß es für Cato ehrenwert sei, sein Leben durch Cäsars Gnade zu behalten, wenn er keine andere Möglichkeit mehr hat, sein Leben zu retten? Dann sagt es mir! Überzeugt mich mit euren schönen Maximen. Ich höre euch zu. Stimmt mich um! Um mehr bitte ich nicht. Versucht, mich von meinen Ansichten, nach denen ich bisher gelebt habe, abzubringen, damit ich mich Cäsar anschließen kann, wenn ich weiser geworden bin. Es ist nicht etwa so, daß ich schon eine Entscheidung getroffen hätte. Nein! Aber ich bin der Meinung, daß es mir zusteht, meinen Entschluß in die Tat umzusetzen, wenn ich ihn einmal gefaßt haben werde. In gewisser Weise werde ich mit euch darüber beraten. Sprecht, ich höre euch zu! Sprecht, ohne etwas zu befürchten, und sagt meinem Sohn, daß er nicht versuchen soll, durch Gewalt herbeizuführen, was er nur durch Überzeugung erreichen kann.«

Demetrios und Apollonides wußten, daß Cato keine der Antworten, die sie ihm geben konnten, überzeugen würde. Sie verließen daher weinend das Zimmer und ließen ihm von einem Kind sein Schwert bringen. Sie hofften, daß der Anblick der blühenden Jugend ihn entwaffnen würde und er von diesem Kind nicht das verlangen würde, was er von einem Mann verlangt hätte, nämlich ihn zu töten.

Das Kind brachte das Schwert, ohne zu wissen, daß es den Tod brachte, und gab Cato die verlangte Waffe.

Cato nahm sie entgegen, zog sie aus der Scheide, strich mit dem Zeigefinger über die Spitze und mit dem Daumen über die Schneide, und da das Schwert spitz genug und die Schneide gut geschliffen war, sagte er:

»Nun liegt alles in meiner Hand.«

Dann schickte er das Kind fort, legte sein Schwert neben sich und las weiter.

Es heißt, er habe den ganzen *Phaidon* noch zweimal gelesen. Dann fiel er in einen tiefen Schlaf, und diejenigen, die an seiner Tür wachten, hörten ihn schnarchen.

Gegen Mitternacht erwachte er und rief zwei seiner Freigelassenen: Kleanthes, seinen Arzt, und Butas, seinen Vertrauensmann für politische Angelegenheiten.

Er schickte Butas zum Hafen, damit sich dieser davon überzeugte, daß alle Schiffe den Hafen verlassen hatten. Er sollte ihm zugleich über die Einschiffung und das Wetter Bericht erstatten.

Nachdem sich Butas entfernt hatte, zeigte Cato dem Arzt seine Hand, die durch den Faustschlag, den er dem Sklaven verpaßt hatte, angeschwollen war, und befahl ihm, die Hand zu verbinden.

Kleanthes gehorchte, und nachdem er den Verband angelegt hatte, rannte er durchs ganze Haus, beruhigte alle, erzählte, was passiert war, und sagte:

»Wenn Cato, wie ihr sagt, sterben wollte, hätte er mir nicht befohlen, seine Hand zu verbinden.«

Indessen kehrte Butas zurück.

Die Hausbewohner warteten am Eingang auf ihn, um ihm die Neuigkeit mitzuteilen, die das ganze Haus mit Freude erfüllte.

Nun glaubte auch er, daß nichts mehr zu befürchten sei, und betrat Catos Zimmer.

»Oh«, sagte dieser, »ich habe dich ungeduldig erwartet.«

»Hier bin ich«, erwiderte Butas.

»Warst du am Hafen? Hast du dich erkundigt?«

»Ja!«

»Und?«

»Alle sind fort außer Crassus, den Geschäfte zurückgehalten haben. Doch auch er wird sich in Kürze einschiffen.«

»Und das Wetter?«

»Starker Wind und stürmische See. Ein richtiges Unwetter.«

»O weh!« sagte Cato, der an diejenigen dachte, die über das Meer fuhren.

Nach einer Weile sagte er zu Butas:

»Kehre zum Hafen zurück. Sieh nach, ob nicht doch einige geblieben sind, und berichte mir, falls sie Hilfe brauchen.«

Butas ging hinaus.

Als die Hähne krähten, das heißt gegen ein Uhr am Morgen, schlief Cato noch einmal kurz ein.

Er wartete auf Butas Rückkehr.

Butas kam und sagte ihm, daß es am Hafen vollkommen ruhig sei.

Nun befahl Cato ihm, sich zurückzuziehen und die Zimmertür zu schließen. Nachdem er diese Worte an Butas gerichtet hatte, legte er sich wieder ins Bett – denn er war aufgestanden, um Butas zu begrüßen –, als wolle er hier den Rest der Nacht verbringen.

Aber kaum hatte Butas die Tür hinter sich geschlossen, da nahm Cato sein Schwert und stieß es sich etwas oberhalb der Rippen in den Leib. Doch die Schwellung seiner Hand und der Schmerz, den er dort spürte, hinderten ihn daran, das Schwert in der Weise gegen sich zu richten, daß der Tod sofort eintrat.

Da der Tod nicht eintreten wollte, mußte Cato nun gegen seine Schmerzen kämpfen. Als er aus dem Bett auf den Boden stürzte, warf er eine Tafel mit geometrischen Figuren um.

Die Sklaven, die den Auftrag hatten, vor seiner Tür zu wachen, hörten den Lärm und stießen einen lauten Schrei aus.

Catos Sohn und seine Freunde stürzten sofort ins Zimmer.

Sie sahen, daß sich Cato blutüberströmt auf dem Boden wälzte. Seine inneren Organe waren schon aus seinem Körper hervorgetreten, dennoch lebte er noch, und seine Augen waren weit aufgerissen.

Sie riefen laut schreiend nach Kleanthes, der sofort kam.

In der Zwischenzeit hatten sie Cato hochgehoben und wieder aufs Bett gelegt.

Kleanthes untersuchte die Wunde. Sie war entsetzlich, aber die inneren Organe waren kaum verletzt worden, so daß er den anderen Hoffnung machte. Er drückte die Organe wieder in den Körper und nähte die Wunde zu.

All das war geschehen, während Cato das Bewußtsein verloren hatte.

Aber Cato kam wieder zu sich, und während er allmählich seine Sinne wiedererlangte, wurde ihm bewußt, was geschehen war. Er wurde wütend, als er spürte, daß er noch immer lebte. Sogleich stieß er gewaltsam den Arzt zurück, öffnete die Wunde, zerriß seine Eingeweide mit den eigenen Händen und verschied.

Die Nachricht seines Todes verbreitete sich mit unglaublicher Geschwindigkeit. Kaum waren die Hausbewohner unterrichtet, da standen die Dreihundert, die mitten in der Nacht geweckt worden waren, schon vor der Tür.

Kurze Zeit später waren alle Bewohner von Utika hier versammelt.

Unglaubliche Schreie und wirres Jammern waren zu vernehmen. Alle riefen Cato einstimmig als Wohltäter und Retter aus. Sie bezeichneten ihn als einzigen freien und unbesiegbaren Mann. Das geschah genau in dem Moment, als sie erfuhren, daß Cäsar nur noch wenige Meilen entfernt war. Aber weder die Lust, dem Sieger zu schmeicheln, noch der Wunsch, mit ihm zu verhandeln, oder ihre Streitigkeiten, die sie entzweiten, konnten den Respekt schmälern, den sie für Cato empfanden. Sie warfen ihre kostbarsten Mäntel auf den Leichnam und richteten Cato ein wunderschönes Begräbnis aus. Da sie nicht die Zeit hatten, ihn zu verbrennen und seine Asche zu sammeln, beerdigten sie ihn an der Küste, genau an dem Ort, an dem noch zu Zeiten Plutarchs eine Statue von Cato mit einem Schwert in der Hand zu sehen war. Erst nachdem sie diese wichtige Aufgabe der Bestattung erfüllt hatten, kümmerten sie sich um ihre Rettung und die Rettung der Stadt.

Cato war achtundvierzig Jahre alt geworden.

Was man über Cäsars baldiges Nahen gehört hatte, erwies sich als richtig. Als dieser von den Männern, die sich ihm ergeben hatten, erfuhr, daß Cato und sein Sohn in der Stadt Utika bleiben wollten und entschlossen zu sein schienen, diese nicht zu verlassen, schloß er daraus, daß diese Männer mit dem tapferen Herzen über gewisse Absichten nachsannen, die ihm unbekannt waren, und da er Cato letztendlich sehr schätzte, befahl er, so schnell wie möglich nach Utika zu marschieren. Doch schon wurde ihm die Nachricht überbracht, daß Cato tot war, und er erfuhr, auf welche Art er gestorben war.

Cäsar hörte sich sichtbar gerührt den Bericht dieses entsetzlichen Todeskampfes an, und nachdem der Berichterstatter geendet hatte, rief Cäsar:

»O Cato! Ich neide dir deinen Tod, da du mir meine Vergebung mißgönnt hast.«

Cato hinterließ einen Sohn und eine Tochter. Wir haben gesehen, daß der Sohn im Drama um den Tod des Vaters eine Rolle spielte, und diese schmerzliche Rolle hätte dem unglücklichen jungen Mann, auf dem ein so großer Name lastete, im Grunde große Sympathie einbringen müssen.

Die Historiker werfen ihm jedoch eine Leidenschaft vor, die

man seinem Vater sicher nicht vorwerfen konnte: seine zu große Liebe zu den Frauen. Sie führen zur Stützung dieses Vorwurfs den langen Aufenthalt des jungen Mannes in Kappadokien bei dem König Marphadates, seinem Freund, an.

Dieser König Marphadates besaß eine sehr schöne Frau, die *Psyche*, also *Seele* hieß. Über Porcius und Marphadates wurde auch gesagt: »Marphadates und Porcius, zwei Freunde, eine *Seele*.« Und außerdem wurde gesagt: »Porcius Cato ist edel und großmütig. Er hat eine königliche *Seele*.«

Sicher war man nur im Gedenken an die Strenge seines Vaters gegen den jungen Mann.

Überdies tilgte sein Tod diesen kleinen Fleck auf seinem Leben, und ich bedauere, diesen nicht in Catos Leben zu finden.

In Philippi kämpfte der junge Cato mit Brutus und Cassius gegen Octavian und Antonius. Als er sah, daß das Heer in die Flucht geschlagen worden war, wollte er sich weder verstecken noch fliehen. Aber da er den Siegern mißtraute, sammelte er die Fliehenden, bot dem Feind die Stirn und ließ sich im Kampf töten, so daß Octavian und Antonius seinem Mut auf diese Weise Gerechtigkeit widerfahren ließen.

Catos Tochter kennen wir schon. Es ist Porcia, die Frau von Brutus, die sich mit einem Messer verwundet, um das Geheimnis von ihrem Mann zu erfahren, der an der Verschwörung teilnimmt, und die sich mit glühenden Kohlen erstickt, als sie von der Niederlage in der Schlacht von Philippi und dem Tod ihres Gatten erfährt.

Und Statilius, der geschworen hatte, Cato in jeder Weise zu folgen, ergriff das Schwert des Toten und wollte sich daraufstürzen, wurde aber von den Philosophen daran gehindert.

Er starb mit Catos Sohn in Philippi.

82

Verweilen wir einen Moment bei Catos Selbstmord, der unsere Geschichtslehrer vor Bewunderung erstarren ließ und den wir unglücklicherweise als das betrachten müssen, was er war, das heißt ein aus Hochmut begangener Irrtum.

Catos Selbstmord war unglücklicherweise noch nicht einmal notwendig, und nützlich konnte er auch nicht sein: Der Selbstmord ist es nie.

Cato tötete sich aus Verdruß und vor allem aus Abscheu. Dieser Fliehende, der bis vor die Stadttore von Utika kam und wissen wollte, wie er sich die Macht mit Cato teilen sollte, dieser Marcus Octavius war der Tropfen Wasser oder besser der letzte Tropfen, der den zu vollen Kelch überlaufen ließ. Stellen Sie sich vor, Napoleon wäre an dem Gift, das er in Fontainebleau genommen hatte, gestorben, und seine herrliche Rückkehr von der Insel Elba und sein Ende auf Sankt Helena wären der Nachwelt vorenthalten geblieben.

Es stimmt, daß in Griechenland, Asien und Afrika alles verloren war. Doch von Spanien aus hätte alles wieder gutgemacht werden können. Spanien war pompejanisch und hatte ehemals den Flüchtling Sertorius aufgenommen und verteidigt. Es hatte auch die beiden Söhne des Pompejus und die Fliehenden aus Thapsos aufgenommen. Und wäre Cato in Munda gewesen, wo Cäsar, nicht um den Sieg zu erringen, sondern um des Lebens willen kämpfte – wie er später sagte –, wer weiß, was aus Cäsar geworden wäre?

Als Cato sich tötete, ritzten in Spanien dreizehn Legionen Pompejus' Namen auf ihre Schilde.

Aber schneiden wir diese berühmte Frage des Selbstmordes bei den Römern an, dem Juba, Petreius, Metellus und schließlich Cato Tor und Tür öffneten. Cato gab ihm den Segen, den der strenge Mann allem verleiht, was er tut.

Hundert Jahre später wird der Selbstmord eine der Wunden Roms sein und den Kaisern die Mühe ersparen, Henker in ihren Dienst zu nehmen.

Später zieht der Selbstmord des Körpers den Selbstmord der Seele nach sich.

Die christliche Religion, die uns glücklicherweise erspart, Catos Selbstmord zu bewundern, gründete für potentielle Selbstmörder eine Zufluchtsstätte: die Klöster. Wenn ein Mann auf der letzten Sprosse des Unglücks angekommen war, wurde er Mönch. Das war eine Art, sich die Venen aufzuschneiden, sich zu ersticken oder sich das Gehirn aus dem Kopf zu schießen, ohne sich zu töten. Wer sagt uns, daß Armand de Rancé, als er Madame de Montbazon tot auffand, sich nicht aufgehängt hätte, hätte es keine Klöster gegeben, oder aus dem Fenster gesprungen wäre, anstatt sich in den Abgründen des Trappistenklosters[52] zu verkriechen?

Plinius, den man den Älteren nennt, obwohl er nicht alt war, als er starb – 23 n. Chr. in Verona geboren, starb er 79 bei dem Vulkanausbruch in Pompeji, also im Alter von sechsundfünfzig Jahren –, Plinius der Ältere ist einer der Männer, deren Gedanken über den Selbstmord, den Sohn des Fatalismus, wir nachlesen sollten.

»Der Mensch«, sagt er, »ist ein elendes, stolzes Tier, für den der Geruch einer schlecht gelöschten Lampe ausreicht, um ihn im Mutterschoß zu vernichten. Wenn man ihn nackt auf die nackte Erde wirft, wird er vom Jammern und Weinen gewaschen; die Tränen sind eines seiner Vorrechte. Lachen kann er erst mit vierzig Tagen. Er spürt das Leben nur durch die Folter, und *sein einziges Verbrechen ist, geboren worden zu sein*. Von allen Tieren besitzt nur er keinen anderen Instinkt als den zu weinen. Nur er kennt den Ehrgeiz, den Aberglauben, die Angst, die Bestattung und die Sorge, was nach ihm kommen wird. Es gibt kein Tier, dessen Leben empfindlicher, dessen Wünsche heftiger, dessen Angst schrecklicher und dessen Wut erbitterter sind. Sein kleinster Schmerz wird nicht durch seine größte Freude ausgeglichen. Sein so kurzes Leben wird noch durch den Schlaf verkürzt, der die Hälfte davon auffrißt; durch die Nacht, die ohne Schlaf eine Qual ist; durch die Kindheit, die er erlebt, ohne zu denken; durch das Alter, das er nur erlebt, um zu leiden; durch die Furcht, die Krankheiten, die Gebrechen. Und diese Kürze des Lebens ist dennoch das größte Geschenk, das die Natur ihm gewährt hat. Der Mensch jedoch will länger leben. Die Leidenschaft der Unsterblichkeit quält ihn. Er glaubt an seine Seele und an ein anderes Leben. Er vergöttert die Manen; er kümmert sich um die Überreste seinesgleichen. Kinderträume! Wenn er sich selbst überleben würde, gäbe es niemals Ruhe für ihn. *Die größte Wohltat des Lebens, der Tod, der schnelle, gebieterische Tod* wäre uns dann genommen oder würde für uns vielmehr grausam werden, weil er uns nur neuen Leiden zuführen würde. Des höchsten Glücks beraubt, nicht geboren zu werden, haben wir nur den einzigen Trost, der uns gegeben werden kann: ins Nichts zurückzukehren. *Nein, der Mensch kehrt an den Ort zurück, von dem er gekommen ist: Er ist nach dem Tod das, was er vor der Geburt war.* «[53]

Kennen Sie etwas Hoffnungsloseres, etwas, das uns mehr zum Selbstmord neigen läßt, als diese schreckliche Moral des Nichts? Wie weit ist der zarte Trost der christlichen Religion davon entfernt, die uns ein Weiterleben nach dem Tode verspricht! Wie weit ist diese Verdammung des Selbstmordes davon entfernt, die Shakespeare in einem Satz zusammenfaßt:

Das einzige Verbrechen ohne Vergebung, weil es ohne Reue ist!

Plinius fügt noch hinzu:
»Der Tod war von allen Göttern derjenige, dessen Kult am meisten betrieben wurde.«

In der Tat wurde dieser Kult allgemeingültig. Die Selbstmörder führten zu allen Zeiten Catos und Brutus' Namen im Munde, und diesen beiden Namen stattet Vergil vierzig Jahre vor ihnen und Dante eintausenzweihundert Jahre später einen Besuch ab wie zwei schwarzen Marmorsäulen, welche die Flügel der Tür versiegeln, die in den bodenlosen Abgrund führen.

Dem Tod des Altertums haftete eine unheilvolle Sinnenfreude an, aufgrund derer die Menschen mit Inbrunst aus einem Leben schieden, in dem das Vergnügen ohne Leidenschaft und ohne Freude war.

Denken Sie an die Kaiser, die alles können. Womit beschäftigen sie sich, abgesehen von einigen Ausnahmen? Unaufhörlich graben sie im Abgrund des lasterhaften Wahnsinns, in den sie sich stürzen werden. Zur gleichen Zeit, als Heliogabal den Selbstmord seines Körpers vorbereitet, indem er eine purpurrote Seidenschnur flechten läßt, um sich zu erwürgen, läßt man einen Hof mit Porphyrit pflastern, um sich dort den Schädel zu brechen, läßt man einen Smaragd aushöhlen, um dort Gift einzuschließen, und er tötet seine Seele, indem er sie in Zügellosigkeit und Blut wälzt.

Wenn wir diesen schrecklichen Schluß von Plinius übernehmen – und die Römer übernahmen ihn –, wenn der Tod das höchste Gut und das Leben der höchste Schmerz ist, warum leben wir dann, wenn man so leicht sterben kann? Nach Plinius ist der Selbstmord der Trost Roms: *Wie unglücklich sind die unsterblichen Götter*, rief er, *die gegen das Unglück nicht diese letzte Zuflucht haben, die der Mensch besitzt!* [54]

Es stimmt, daß sich Lukan seinerseits auf ihn beruft oder daß er sich vielmehr auf Lukan beruft, Lukan, der die Vorsehung leugnet, der sagt, daß alles vom Zufall geleitet wird, und der den Tod als ein so hohes Gut betrachtet, daß er darin die Belohnung des tugendhaften Menschen sieht:

Mors utinam pavidos vitae subducere nolles,
Sed virtus te sola daret! [55]

Den Tod, den er nicht aus dem Grunde verherrlicht, weil er das Leben aus der weltlichen Umklammerung des Körpers befreit, sondern weil er den vernunftbegabten Teil des Menschen einschläfert; nicht, weil er seinen Schatten ins Elysium führt, sondern weil er die Flamme seines Denkens in der gleichgültigen Ruhe der Vergessenheit auslöscht!

Und Seneca, der mit seinem *ex nihilo nihil* nicht weniger verzweifelt war als Plinius und Lukan.

»Aus nichts, nichts«, sagt er, »alles kehrt ins Nichts zurück, von wo alles gekommen ist. Ihr fragt mich, wohin die erschaffenen Dinge kommen. Sie kommen dorthin, wohin die nicht erschaffenen Dinge kommen, *ubi non nata jacent.*«

Oh, so denkt der Poet aus Mantua keineswegs, der zarte Vergil, der wegbereitende Poet! *Glücklich, sagt er, wer die Quelle der Dinge kennenlernen konnte und das Murren des geizigen Acheron mit Füßen trat.*[56]

Als er die Selbstmörder aus der Ferne sieht, sieht er sie so grausam bestraft, *daß sie hoch oben im Himmel noch die grausame Armut erleiden und die harten Arbeiten der Erde ertragen wollen.*

Quam vellent aethere in alto
Nunc et pauperiem et duros perferre lobores! [57]

Und über welche Selbstmörder wollte Vergil sprechen, wenn es nicht Cato und Brutus waren?

Sehen Sie, welch einen gewaltigen Schritt der Atheismus von Vergil bis Lukan zurücklegte, das heißt in einer Zeitspanne von kaum einem halben Jahrhundert. Vergil, der das ewige Licht sieht und daher die Quelle der Dinge kennenlernen will, wird unaufhörlich durch den Krach dieses geizigen Acheron gequält, der unter seinen Füßen fließt und den Selbstmördern solche Qualen auferlegt, daß sie gerne wieder auf die Erde zurückkehren möchten, müßten sie hier auch die Last ihrer Schmerzen erneut ertragen. Und Lukan, der aus dem Selbstmord die höchste Tugend macht und wahrscheinlich in Erinnerung an den Mord Jubas an Petreius in ihrem allerletzten Kampf zwei Wahnsinnige zeigt, die sich vom Zauber eines gegenseitigen Mordes einfangen lassen und die Schwerthiebe mit Freude empfangen und dankbar erwidern.

Et eum cui vulnera prima
Delebat, grato moriens interficit ictu. [58]

Der Selbstmörder Cato inspiriert ihn auch zu seiner schönsten Verszeile:

Causa diis victrix placuit, sed victa Catoni!

»Die siegreiche Sache gefällt den Göttern, aber die besiegte Sache Cato!«[59]

So ist der Selbstmord unter den Kaisern das Allheilmittel gegen alle Leiden und gegen alle Schmerzen geworden. Das ist der Trost des Armen, die Rache des Geächteten, der seiner Gefangenschaft müde ist; das ist die Flucht der Seele aus ihrem Gefängnis; er ist alles bis hin zum Heilmittel gegen die Übersättigung der Reichen.

Der Mann aus dem Volk hat kein Brot mehr. Was tut er? Fragen sie Horaz. Er wickelt seinen Kopf in seinen zerrissenen Mantel und stürzt sich oben von der Fabriciusbrücke in den Tiber.

Der Gladiator stirbt den Tod im Zirkus nicht schnell genug. Was tut er? Fragen Sie Seneca. Er legt den Kopf zwischen die Deichsel des Wagens, den er fährt, und das Rad bricht ihm beim Fahren das Genick.

Auch ist der Freitod manchmal eine Opposition gegen die Regierung. Man neidet, man verherrlicht, man bewundert diejenigen, die mit ihren Körpern Tiberius und Nero betrügen.

Cremonius Cordus, der unter Tiberius angeklagt wird, stirbt den Hungertod, und es herrscht öffentliche Freude, als man sieht, wie die Gebisse der Wölfe aufeinanderschlagen, mit denen sie glaubten, ihn zu zerreißen.

Petronius, der von Nero aufgefordert wird, sich zu töten,

streckt sich im Bad aus und öffnet sich die Venen. Als er dann mit seinen Freunden spricht, erinnert er sich an ein schönes murrhinisches Gefäß, das Nero erben wird, falls er die Sache nicht in Ordnung bringt. Er läßt sich Arme und Beine verbinden, läßt sich das Gefäß bringen, befiehlt, daß man es vor seinen Augen zerschmettere, reißt sich die Verbände ab und stirbt hocherfreut über diesen kleinen Racheakt.

Den Selbstmord finden wir auch bei dem blasierten Mann, der im Tod eine Erleichterung für seine Abscheu sucht: *Fastidiose mori*, sagt Seneca.

Es ist vor allem Seneca, von dem wir uns über dieses Thema belehren lassen sollten. Diese Quelle ist unerschöpflich. Man möchte meinen, daß auch er eines Tages die bittere Sinnenfreude des Selbstmordes erschöpfend behandelt haben würde.

Rom ist lebensmüde. Dieser unheilvolle Gott, der über London schwebt – London hat seit Heinrich VIII. keine Klöster mehr –, dieser unheilvolle Gott, der über London schwebt und auf einem Nebelbett liegt, hat in Rom Altäre.

»Es gibt«, sagt Seneca, »einen seltsamen Wahn des Nichts, eine Phantasie des Todes, eine verrückte Neigung zum Selbstmord. Die Feigen entgehen dem nicht und werden wie die Mutigen von ihm erfaßt: Die einen töten sich aus Unwillen, die anderen, weil sie des Lebens müde sind, und andere sind schlicht und einfach gelangweilt, immer die gleichen Dinge zu tun und heute das Leben von gestern fortzusetzen und morgen das Leben von heute.

Und muß diese monotone Existenz nicht in der Tat ein Ende nehmen?

Aufwachen, einschlafen, frieren, schwitzen, nichts ist zu Ende, der gleiche Kreislauf setzt sich unaufhörlich fort und kehrt immer wieder. Auf den Tag folgt die Nacht, der Sommer bringt den Herbst, der Winter den Frühling; es ist immer das gleiche; alles vergeht, um wiederzukehren; nichts Neues unter der Sonne.«

Schließlich sterben oder vielmehr bringen sich viele nicht

darum um, weil ihr Leben schwer ist, sondern weil sie ihr Leben als überflüssig ansehen: *Quibus non vivere durum, sed superfluum.*

Der Selbstmord ist in dem Maße ein Unglücksfall des Lebens geworden, ein geplanter Unglücksfall, ein ganz normaler Unglücksfall, daß man darüber redet, daß man dem anderen zuredet und ihm anrät, ihn zu verüben.

Einem Menschen schießt die Idee durch den Kopf, sich zu töten. Er ist aber noch nicht fest entschlossen. Er versammelt seine Freunde, befragt sie und richtet sich nach der Mehrheit der Stimmen. Die Mehrheit der Stimmen ist für den Selbstmord.

»Unmöglich«, sagen Sie, »daß man an diesen Punkt der Immoralität gelangen kann.«

Hier ein Beispiel! Dieses Beispiel liefert uns wieder Seneca.

»Tullius Marcellinus, der an einer langwierigen, schmerzhaften, aber nicht unheilbaren Krankheit litt, hatte die Idee, sich zu töten. Daher versammelte er seine Freunde. Die einen, die *feige* und *schüchtern* waren, gaben ihm den Rat, den sie sich selbst gegeben hätten. Die anderen gaben ihm als wahre Schmeichler den Rat, von dem sie glaubten, es sei der von Marcellinus erhoffte Rat.

»Aber«, fährt Seneca fort, »ein Stoiker, unser Freund, ein den anderen überlegener Mann, ein mutiger Mann, sprach ganz anders mit ihm:

›Gerate nicht in Verwirrung, Marcellinus‹, sagte er zu ihm, ›als handele es sich um eine wichtige Frage. Ist unser Leben denn ein so großes Gut? Die Sklaven und Tiere leben auch. Wichtig ist es, weise und mutig zu sterben. Lebst du nicht lange genug? Sind die Nahrung, der Schlaf und die Sinnenfreude nicht immer gleich? Nicht nur *Vernunft*, Mut, *Müdigkeit* und Leid können der Grund dafür sein, sterben zu wollen, sondern auch die Langeweile ...‹«

Was sagen Sie, christliche Leser, zu diesem, den anderen überlegenen Mann, zu diesem mutigen Mann, zu diesem Freund von Tullius Marcellinus?

Lesen Sie, was der Philosoph noch zu sagen hat, denn das ist nicht alles, was er sagt.

Die Sklaven zögern, den Plan ihres Herrn zu unterstützen. Er macht ihnen Mut, drängt sie und stachelt sie auf.

»Gut!« sagt er. »Was befürchtet ihr? Die Sklaven haben nichts zu befürchten, wenn ihr Herr freiwillig aus dem Leben scheidet. Aber ich warne euch, denn es ist das gleiche Verbrechen, seinen Herrn zu töten wie zu verhindern, daß er sich töten kann.«

Sie glauben, Seneca greife hier einen Einzelfall heraus? Keineswegs!

Die Tante des Libo rät ihrem Sohn, sich zu töten. Die Mutter von Messalina rät es ihrer Tochter. Atticus kündigt seiner Familie seinen Tod an. Der Rhetor Albutius Silus hält eine Rede ans Volk und führt die Gründe an, die ihn dazu bewegen, seinem Leben ein Ende zu bereiten. Cocceius Nerva tötet sich gegen den Willen des Tiberius. Thrasea liefert ein Beispiel, das Tacitus bewundert.

»Es ist sicher«, sagt Montesquieu, »daß die Menschen weniger frei und weniger mutig sind, seitdem sie durch die Macht des Selbstmordes nicht mehr wissen, wie sie allen anderen Mächten entkommen können.«

Es stimmt, daß Montesquieu in seinen *Betrachtungen über die Ursachen der Größe und des Niedergangs der Römer* die Gladiatorenkämpfe zu bedauern scheint.

Sehen Sie vor allem diesen Abschnitt:

»Seit der Begründung des Christentums sind die Kämpfe immer seltener geworden. Konstantin verbot sie, und von Honorius wurden sie ganz abgeschafft. Unter Theoderich und Otho von Freisingen tauchten sie wieder auf. Die Römer bewahrten von ihren alten Kämpfen nur das, was den Mut schwächen und als Reiz für die Sinnenfreude dienen konnte.«

All diese Philosophen waren jedoch Schüler der griechischen Schule, und die Griechen verboten den Selbstmord.

»Phytagoras«, sagt Cicero – *de senectute* – »verbietet uns, unseren Posten ohne den Befehl des Generals, das heißt ohne den Befehl Gottes zu verlassen.«

Und wir werden später sehen, daß der arme Cicero, der sein ganzes Leben lang nicht gerade mit seinem Mut geglänzt hat, doch am Ende seinem Mut zum Opfer fiel.

Platon ist im *Phaidon*, den Cato liest, ehe er sich tötet, der Meinung des Phytagoras.

Brutus, Brutus selbst, Brutus, der sich töten wird, beurteilt Catos Tod lange Zeit als seiner unwürdig, als respektlos gegenüber den Göttern.

Und als die Schlacht bei Philippi verloren ist, folgt er doch dem unheilvollen Beispiel, das Cato nach der Schlacht von Thapsos gegeben hat.

Das ganze Blut, das fließt und das Rom drei Jahrhunderte lang überschwemmen wird, all dieses Blut strömt aus Catos Eingeweiden.

Und nun bewundere Cato, wer will!

83

Die alte Republik starb mit Cato: Cäsar vernahm ihren letzten Seufzer.

Er hätte die Pompejaner augenblicklich verfolgen und mit ihnen nach Spanien gehen können, doch er hielt seine Anwesenheit in Rom für wichtig.

Als er nach Rom zurückkehrte, machte er durch eine hervorragende Rede auf sich aufmerksam. Er sprach über seinen Sieg wie ein Mann, der um Vergebung bat. Er sagte, daß die Länder, über die er gesiegt habe, so groß seien, daß das römische Volk von diesen Ländern jedes Jahr zweihundert Medimnus besten Weizen und drei Millionen Pfund Öl beziehen könne.

Cäsars Triumph war ein schreckliches und zugleich wunderschönes Schauspiel.

Aus Gallien brachte er Vercingetorix mit. Wir haben gesehen, daß dieser Cäsar seine Waffen zu Füßen legte und sich auf die Stufen des Tribunals setzte. Aus Ägypten brachte er Arsinoe mit, die junge Schwester der Kleopatra, die wir mit Ganymedes aus dem Palast haben fliehen sehen, und aus Afrika brachte er den Sohn des Königs Juba mit nach Rom.

Für letzteren bedeutete dies eine seltsame Veränderung seiner Situation und seines Rufes. Als Barbar und Numider geboren, verdankte er diesem Unglück, einer der weisesten griechischen Historiker zu werden.

Cäsar triumphierte aufgrund seiner Siege über Gallien, über Pontus, über Ägypten und über Afrika. Von Pharsalos war keine Rede mehr.

Am Abend des Triumphzuges wurde Vercingetorix erdrosselt.

Die Festlichkeiten dauerten vier Tage. Am vierten Tag schminkte sich Cäsar die Wangen, und dies sicher, um seine Blässe zu verbergen. Cäsar trug einen Blumenhut auf dem Kopf und rote Pantoffeln an den Füßen. Am vierten Tag weihte Cäsar den öffentlichen Platz ein, der nach seinem Namen Julia genannt wurde. Dann begleitete das Volk ihn inmitten von vierzig fackelgeschmückten Elefanten, die Scipio gehört hatten, nach Hause.

Auf den Triumphzug folgten die Geschenke.

Cäsar verteilte unter den Bürgern sechs Scheffel Weizen und pro Kopf dreihundert Sesterzen. Jeder Soldat bekam zwanzigtausend Sesterzen. Dann lud er die Bürger und Soldaten alle zu einem gigantischen Festschmaus ein. Es wurden zweiundzwanzigtausend Tische mit je drei Betten aufgestellt. Das waren bei fünfzehn Personen pro Tisch ungefähr dreihunderttausend.

Nachdem sich die Menge ausgiebig an Wein und Fleisch gelabt hatte, konnte sie sich an Schauspielen ergötzen.

Cäsar ließ eigens für Tierkämpfe ein Amphitheater bauen. In einem dieser Tierkämpfe waren zum erstenmal *Cameleoparden*, Giraffen, zu sehen, Tiere, welche den alten Römern wie Fabelwesen erschienen und an deren Existenz die modernen Menschen nicht glaubten, bis Levaillant eine Giraffe von den Ufern des Oranjeflusses nach Europa schickte. Gladiatoren und Gefangene kämpften gegen die wilden Tiere. Fußsoldaten und Reiter kämpften, und Elefantenkämpfe wurden geboten. Auf dem Marsfeld fand eine Seeschlacht statt. Auch die Kinder der Adeligen veranstalteten Kämpfe untereinander. Und in all diesen Kämpfen starben viele Menschen. All diesen Römern, die bei der Schlacht von Pharsalos und Thapsos nicht anwesend sein konnten, sollte eine Vorstellung von diesem unglaublichen Gemetzel vermittelt werden.

Die Ritter gingen in den Zirkus hinunter und kämpften als Gladiatoren. Auch der Sohn eines Prätors verwandelte sich in einen Gladiator. Einen Senator hinderte Cäsar daran zu kämpfen.

»Auch zu Zeiten des Domitian und des Commodus«, sagt Michelet, »sollte es noch etwas zu tun geben.«

Und über allen Straßen, über allen Plätzen, über diesem zur Seeschlacht hergerichteten Marsfeld und über dem Amphitheater hing zum erstenmal das *Velarium*, das dazu diente, die Zuschauer vor den Sonnenstrahlen zu schützen. Cäsar hatte diese Erfindung von den asiatischen Völkern übernommen.

Aber seltsamerweise beklagte sich das Volk über Cäsars Verschwendung, anstatt ihm für diese ungeheuren Mengen an Gold dankbar zu sein, die er mit vollen Händen verteilte, und rief mit lauter Stimme:

»Er hat es auf boshafte Weise erworben und gibt es auf verrückte Weise aus.« Diese Empörung ging bis in die Reihen der Soldaten. Und diese Art Revolte dauerte bis zu dem Moment, da Cäsar, der plötzlich in ihrer Mitte stand, selbst einen dieser Aufrührer ergriff und ihn sofort durch die Waffen gehen ließ.

Cäsar nahm an allen Festen und selbst an den Possen im Theater teil. Es gab in Rom einen alten römischen Ritter namens Laberius, der Stücke schrieb. Cäsar zwang ihn, in einer seiner Possen mitzuspielen. Der arme Alte sprach einige Verse zum Publikum, um diesem sein spätes Auftreten im Theater zu erklären.

»O weh!« sagte er. »Wozu hat mich der Zwang am Ende meines Lebens gedrängt! Nach sechzig Jahren eines ehrenwerten Lebens, nachdem ich als Ritter mein Haus verlassen habe, kehre ich als Mime heim. Oh, ich habe einen Tag zu lang gelebt.«

Cäsars Rückkehr läutet für alle klugen Historiker das Ende des Imperiums ein. Mit dieser Rückkehr Cäsars beginnt die Invasion der Barbaren, die Rom überschwemmen. Von Beginn des Bürgerkrieges an verlieh Cäsar, der diese als Feinde so schwer zu besiegenden Männer schätzte, die offenherzig und treu als Verbündete waren, allen Galliern, die zwischen den Alpen und dem Eridanus zu Hause waren, das Bürgerrecht. Nach den Schlachten von Pharsalos und Thapsos machte er sie als Belohnung für die Dienste, die sie geleistet hatten, zu Senatoren. Er machte sie zu Kollegen Ciceros, zu Zenturionen, Soldaten und sogar zu Freigelassenen.

Daraufhin wurde in Rom diese berühmte Empfehlung in aller Öffentlichkeit weitergegeben:

»Das Volk wird gebeten, den Senatoren nicht den Weg zum Senat zu zeigen.«

Außer den obszönen Versen über Nikomedes und den *kahlköpfigen* Sieger wurden diese Verse gesungen:

»Cäsar führt die Gallier hinter seinem Wagen, aber nur, um sie zum Senat zu führen. Sie haben die keltische Kleidung gegen das mit Purpur besetzte Gewand der Senatoren eingetauscht.«

Cäsar handelte nicht grundlos so. Er wollte sich alle Ehren und alle Macht übergeben lassen, und er wußte, daß ein solcher Senat ihm nichts verweigern würde. Verschiedene Rechte wurden ihm mit Beifall verliehen, wie man heute sagt: die Macht, über die Pompejaner zu richten; das Recht des Friedens und des Krieges; das Recht, die Provinzen (außer den Volksprovinzen) unter den Prätoren zu verteilen, und obendrein das Tribunat und die Diktatur. Er wurde auch als *Vater des Vaterlandes und Befreier der Welt* verkündet. Seine Söhne, außer Caesarion, dessen Abstammung zweifelhaft war – er hatte nie Söhne –, seine Söhne wurden zu *Imperatoren* erklärt. Über einer Bronzestatue, welche die Mutter Erde darstellte, wurde seine Statue mit dieser Inschrift aufgestellt: *dem Halbgott*. Schließlich wurde der kahlköpfige Verführer, der Mann, der die Gallier besiegt hatte, der aber von Nikomedes besiegt worden war, *Reformator der Sitten* genannt. Es war noch kein Jahr her, daß er die schöne Kleopatra mit ihrem elfjährigen Gatten und diesem Kind, das ihm von den Bürgern zugesprochen wurde und das Caesarion hieß, unter dem Dach seines ehelichen Hauses bei seiner Frau Calpurnia untergebracht hatte. Helvetius Cinna, der Volkstribun, bereitete ein Gesetz vor, durch das es Cäsar erlaubt sein sollte, so viele Frauen zu heiraten, wie er wollte, um Erben zu haben!

Das ist noch nicht alles: Es wurden gleichzeitig auf materieller, politischer und geistiger Ebene Änderungen vollzogen. Das unantastbare *Pomerium* wurde nicht kraft eines Erlasses des Senats vergrößert, sondern durch den Willen eines einzigen Mannes. Der Kalender war damals nicht auf die Dauer eines Jahres abgestimmt. Die Monate wurden noch nach dem Mond gezählt. Cäsar beriet über diese Unregelmäßigkeit mit ägyptischen Gelehrten, und fortan hatte das Jahr dreihundertsiebenundsechzig Tage.

Selbst das Klima wurde besiegt. Die Giraffe aus Abessinien und der Elefant aus Indien wurden in einem künstlichen Wald im römischen Zirkus getötet. Schiffe kämpften zu Lande, und wenn Vergil auch schon die Ernte und die Schäfer besungen hatte, wäre man nicht verwundert gewesen, eines Tages die Hirsche in der Luft weiden zu sehen.

»Wer wird es wagen«, rief Michelet, »demjenigen zu widersprechen, dem die Natur und die Menschheit nichts verweigert haben, demjenigen, der niemandem je etwas verweigert hat, weder seine einflußreiche Freundschaft und sein Geld noch seine Ehre! Kommt alle bereitwillig her, um in diesem Tanz des menschlichen Geschlechts, das sich wirbelnd um den geschminkten Kopf des Reiches dreht, eure Meinung zu verkünden, zu kämpfen, zu singen und zu sterben. Das Leben und der Tod sind dasselbe. Der Gladiator kann sich trösten, indem er auf die Zuschauer sieht. Vercingetorix aus Gallien wurde schon am Abend nach dem Triumph erdrosselt. Wie viele andere werden bald sterben, von denen, die hier sind? Sehen Sie nicht neben Cäsar diese anmutige Schlange vom Nil? Ihr zehnjähriger Gatte, den sie auch umbringen lassen wird, ist ihr Vercingetorix. Auf der anderen Seite des Diktators sehen Sie das bleiche Gesicht von Cassius und den schmalen Schädel von Brutus. Sind sie nicht beide sehr blaß in ihren blutrotgesäumten weißen Roben?

Aber inmitten der Feste und Triumphe erinnert sich Cäsar daran, daß Spanien sich auflehnt. Seine Legaten rufen laut nach ihm.«

Einen Moment bitte! Cäsar hat noch eine letzte Sache zu erledigen: die Zählung des Reiches.

Die letzte Zählung hatte dreihundertzwanzigtausend Einwohner ergeben. Cäsars ergab nur einhundertfünfzigtausend. Einhundertsiebzigtausend waren in den Bürgerkriegen und inmitten der Katastrophen umgekommen, von denen Italien und alle Provinzen heimgesucht worden waren.

Nachdem Cäsar diese Zählung durchgeführt hatte, dachte er, daß der Bürgerkrieg, dieser Menschenfresser, lange genug gedauert habe, und er brach auf, um den Krieg in Spanien zu führen, und nach siebenundzwanzig Tagen kam er in Corduba an.

Während dieser siebenundzwanzig Tage schrieb er ein Gedicht mit dem Titel: *Die Reise*.

Schon während seines Aufenthaltes in Rom hatte er die Zeit damit verbracht, auf Ciceros Lobrede auf Cato zu antworten, indem er eine Schmähschrift mit dem Titel *Der Anticato* schrieb.

Wir hatten schon mehrmals Gelegenheit, diese Schmähschrift zu zitieren. Sie ist genau in der Zeit zwischen dem Afrika- und dem Spanienkrieg entstanden.

Auf einer Reise durch die Alpen hatte Cäsar Cicero schon zuvor zwei Bände über die Grammatik und die Orthographie gewidmet.

Cäsar hatte geheime Verbindungen in der Provinz Corduba, die Pompejus' jüngster Sohn Sextus besetzt hielt, während der andere, Gnaeus, die Stadt Ulia belagerte.

Kaum war Cäsar angekommen, da teilten ihm die Menschen, die aus der Stadt kamen, mit, daß es einfach für ihn sei, die Stadt einzunehmen, vorausgesetzt, seine Anwesenheit in Spanien bliebe noch eine Weile geheim.

Cäsar sandte sofort Kuriere zu Quintus Pedius und Fabius Maximus, seinen Legaten in der Provinz, damit sie ihm die in diesem Land ausgehobene Reiterei schickten.

Diese fanden überdies eine Möglichkeit, die Einwohner von Ulia, die auf Cäsars Seite standen, davon zu unterrichten, daß Cäsar angekommen war.

Nachdem die Gesandten der Stadt Corduba zu ihm gekommen waren, kamen nun sofort auch die Gesandten der Stadt Ulia zu ihm. Sie hatten, ohne bemerkt zu werden, das Lager des Gnaeus Pompejus durchquert und flehten Cäsar an, ihnen als treue Alliierte so schnell wie möglich zu Hilfe zu eilen.

Cäsar schickte sechs Kohorten auf den Weg, die aus genauso vielen Pferden wie Fußsoldaten bestanden und unter dem Befehl des Junius Pachecus, einem spanischen Befehlshaber, standen, der erfahren war und das Land gut kannte.

Um Pompejus' Lager zu durchqueren, wählte Pachecus den Moment, als ein so starkes Gewitter losbrach, so daß man auf fünf Schritte Entfernung weder Freund noch Feind erkennen konnte. Er hatte seine Männer zu zweit aufgestellt, damit sie so wenig Platz wie möglich einnahmen, und als er ins Lager einfallen wollte, rief ihm eine Wache zu:

»Wer da?«

»Ruhe!« antwortete Pachecus. »Wir sind eine Abordnung von Freunden und werden versuchen, die Stadt durch einen Überraschungsschlag in unsere Gewalt zu bringen.«

Die Wache ließ Pachecus passieren, ohne mißtrauisch zu werden, und dieser durchquerte das ganze Lager, ohne auf weitere Schwierigkeiten zu stoßen.

Als er vor den Toren der Stadt Ulia ankam, gab er das vereinbarte Signal, und ein Teil der Garnison stieß nun zu seinen Soldaten. Aufgrund dieser Verstärkung konnte er eine starke Nachhut zurücklassen, die später den Rückzug sichern würde. Dann stürmten sie Pompejus' Lager, wo sie eine solche Verwirrung stifteten, daß Gnaeus, der noch nichts von Cäsars Ankunft wußte, einen Moment lang glaubte, alles sei verloren.

Cäsar marschierte seinerseits auf Corduba, um Gnaeus zu zwingen, die Belagerung von Ulia aufzugeben. Bei diesem Manöver saß hinter jedem Reiter ein Fußsoldat.

Die Einwohner, die glaubten, es nur mit berittenen Kämpfern zu tun zu haben, wagten einen Ausbruch, aber als die beiden Truppen in Schußweite waren, sprangen die Fußsoldaten auf die Erde, und urplötzlich hatten sich Cäsars Soldaten verdoppelt.

Nun stürzten sich Reiter und Fußsoldaten auf die Pompejaner und schlossen sie derart ein, daß von einigen Tausend, die das Lager verlassen hatten, nur wenige Hundert wieder zurückkehrten.

Die Überlebenden verkündeten, daß Cäsar angekommen sei und sie von ihm persönlich besiegt worden seien.

Sofort schickte Sextus Pompejus Kuriere zu seinem Bruder, damit dieser die Belagerung der Stadt Ulia aufhob und zu ihm stieß, ehe Cäsar die Zeit hatte, ihn in Corduba zu bezwingen.

Gnaeus stieß mit zornigem Herzen zu seinem Bruder.

In wenigen Tagen würde er Ulia einnehmen.

Nach einigen Scharmützeln schlug Cäsar schließlich auf der Ebene von Munda sein Lager auf und bereitete sich darauf vor, die Stadt zu belagern und gleichzeitig Gnaeus Pompejus zu bekämpfen, falls Gnaeus Pompejus die Schlacht annehmen würde.

Gegen Mitternacht teilten ihm seine Läufer mit, daß dies offenbar der Fall war.

Cäsar ließ die rote Standarte aufstellen.

Das war trotz der vorteilhaften Position der Pompejaner für das ganze Heer eine große Freude.

In der Tat lagerten die Pompejaner auf einem Hügel, und die Stadt Munda befand sich in ihrer Gewalt. Zwischen ihnen und Cäsars Lager erstreckte sich eine Ebene von ungefähr einer Meile. Durch diese Ebene floß ein Bach, der die Position der Pompejaner noch stärkte, denn das Wasser war über die Ufer getreten und in die Erde gesickert, und dadurch hatte sich auf der rechten Seite ein Sumpf gebildet.

Als Cäsar bei Tagesanbruch sah, daß der Feind auf dem Hügel Kampfaufstellung genommen hatte, glaubte er, sein Gegner würde in die Ebene hinuntersteigen, auf der seine Reiterei viel Platz hatte, um sich auszubreiten.

Es war wunderschönes Wetter; das richtige Wetter für eine Schlacht. Das gesamte römische Heer freute sich auf den Kampf, obwohl die Herzen ein wenig bebten, als die Männer daran dachten, daß dieser Tag die allerletzte Entscheidung über das Schicksal der beiden Parteien bringen würde.

Cäsar legte die halbe Strecke zurück.

Er erwartete, daß die Pompejaner das gleiche tun würden, aber diese wollten sich nicht mehr als eine Viertel Meile von der Stadt entfernen, um diese im Notfall als Festung nutzen zu können.

Cäsar marschierte nun schneller und erreichte den Bach.

Sein Feind hätte verhindern können, das er den Bach überquerte. Er tat nichts dergleichen.

Die dreizehn Legionen des pompejanischen Heeres bestanden aus sechstausend leichten Fußsoldaten und genauso vielen Verbündeten. Die Reiterei sicherte beide Flügel. Cäsar hatte nur vierundzwanzig Kohorten von Fußsoldaten, die stark bewaffnet waren, und achttausend Reiter. Es stimmt, daß er seine Hoffnung auf ein Ablenkungsmanöver des Königs Bogudes setzte. Ich glaube, wir haben schon gesagt, daß die Römer ihn Bocchus nannten und seine Gattin Eunoe hieß, deren Liebhaber Cäsar gewesen war.

Als Cäsar am Ende der Ebene angekommen war, verbot er seinen Soldaten weiterzugehen. Diese gehorchten zu ihrem großen Bedauern.

Wie in Pharsalos hieß Cäsars Parole auch hier *Venus die Siegreiche*. Pompejus' Parole hieß *Mitleid* oder vielleicht eher *Frömmigkeit*.

Als die Pompejaner sahen, daß Cäsar anhielt, faßten sie Mut, da sie glaubten, er habe Angst. Sie beschlossen daher, in den Kampf zu marschieren, ohne die vorteilhafte Position aufzugeben.

Cäsar hatte ganz nach seiner Gewohnheit die berühmte zehnte Legion am rechten Flügel und die Dritte sowie Fünfte mit den Hilfstruppen und der Reiterei am linken Flügel postiert.

Als die Pompejaner sich in Bewegung setzten, waren Cäsars Soldaten nicht mehr zu halten. Sie überquerten die Linie, die sie nicht überschreiten sollten, und stürzten sich auf die ersten Reihen, aber dort stießen sie auf einen Widerstand, mit dem sie nicht gerechnet hatten.

Diese Männer führte Cäsar an: die zehnte Legion, mit der er durch die ganze Welt des Altertums marschiert war; die alten Soldaten, die ihm auf seinen Märschen folgten, die aufgrund ihrer Geschwindigkeit mörderischer waren, als es alle Kämpfe je hätten sein können; die Schwalbenlegion aus Gallien, die einen Moment die Hoffnung gehegt hatte, Rom plündern zu können, wie es ihre Vorfahren zu Zeiten des Camillus getan hatten, die man aber aus Rom vertrieben hatte und die Cäsar, der Sieger von Afrika, erneut gegen die spanischen Afrikaner in den Kampf führte. Sie alle hatten mit einer Schlacht wie Pharsalos oder Thapsos gerechnet. Sie alle waren müde, zerschlagen und niedergeschmettert.

Sie alle wichen zurück und fanden an Stelle von Männern eine Mauer aus Granit.

In Cäsars Heer entstand ein fürchterliches Gedränge.

Cäsar sprang aus dem Sattel, gab seinen Legaten ein Zeichen, es ihm gleich zu tun, lief mit bloßem Haupt die Schlachtlinie ab, streckte die Arme gen Himmel und rief seinen Soldaten zu:

»Schaut mir ins Gesicht!«

Doch er spürte, wie er die Herrschaft über diese Schlacht verlor. Er spürte, daß dieses Ungeheuer einer wilden Flucht über ihm schwebte.

Da riß er einem Soldaten den Schild weg:

»Flieht, wenn ihr wollt«, schrie er, »doch ich werde hier sterben.«

Und er marschierte allein, blieb zehn Schritte vor dem Feind stehen und griff ihn an. Zweihundert Pfeile und Wurfspieße wurden auf ihn abgeschossen. Manchen wich er aus, und andere trafen seinen Schild, doch er blieb an der gleichen Stelle stehen, als hätte er dort Wurzeln geschlagen.

Schließlich schämten sich Tribune und Soldaten. Mit einem lauten Schrei und unbezähmbarem Elan eilten sie ihrem Imperator zu Hilfe.

Es wurde auch höchste Zeit!

Glücklicherweise begann der König Bogudes in diesem Moment sein Ablenkungsmanöver, von dem wir schon gesprochen haben.

Labienus, Cäsars ehemaliger Legat und erbitterter Feind, dem er überall begegnete, nahm es auf sich, diesem erneuten Angriff die Stirn zu bieten. Er nahm zwölf- oder fünfzehnhundert Reiter und galoppierte dem König von Mauretanien entgegen, doch diese Truppenbewegung wurde von den Pompejanern falsch gedeutet. Sie glaubten, er fliehe.

Einen Moment zögerte das Heer.

Aber Sextus und Gnaeus stürmten in die erste Reihe und feuerten den Kampf wieder an.

Sie kämpfen bis zum Abend. Der Kampf dauerte neun Stunden. Neun Stunden kämpfen sie im Nahkampf, Mann gegen Mann, Wurfspieß gegen Wurfspieß.

Schließlich waren die Pompejaner bezwungen, »sonst«, sagt der Autor des *Spanischen Krieges*, »wäre kein einziger übriggeblieben.«

Sie traten den Rückzug nach Corduba an und ließen dreißigtausend Tote auf dem Schlachtfeld zurück.

Cäsar hatte ungefähr tausend Mann verloren.

Die dreizehn Adler der dreizehn Legionen sowie alle Fahnen und Liktorenbündel wurden erobert.

Auf dem Schlachtfeld wurden die Leichen von Labienus und Varus gefunden.

»Puh!« rief Cäsar, der nach diesem langen, schrecklichen Kampf tief durchatmete. »Sonst habe ich um den Sieg gekämpft, aber heute habe ich um mein Leben gekämpft.«

84

Die Fliehenden hatten sich nach Corduba zurückgezogen.

Cäsar war dafür, sie zu verfolgen, und wenn möglich, gleichzeitig mit ihnen in die Stadt einzudringen, aber die Soldaten waren dermaßen zerschlagen, daß sie nur noch die Kraft hatten, die Toten zu plündern. Nachdem sie diese Operation beendet hatten, streckten sich die einen auf der Erde aus, die anderen setzen sich hin, und die weniger Müden blieben stehen und stützten sich auf ihre Wurfspieße und Lanzen.

Sie schliefen auf dem Schlachtfeld; ein jeder auf dem Platz, an dem er gerade noch gestanden hatte.

Am nächsten Tag errichteten sie mit den dreißigtausend Leichen, deren Köpfe zur Stadtmauer zeigten, rings um die Stadt eine Umwallung. Jede Leiche war mit einem Wurfspieß an ihren Nachbarn genagelt, und an diesen Wurfspießen hingen die Schilde.

Cäsar ließ ein Drittel seiner Streitkräfte vor Munda zurück und griff mit dem Rest des Heeres Corduba an.

Gnaeus Pompejus war unter der Eskorte eines Großteils der Reiterei geflohen und hatte sich nach Carteia zurückgezogen, wo seine Flotte lag. Sextus Pompejus hatte sich hinter den Stadtmauern von Osuna verschanzt. Wir werden sie alle beide wiedertreffen. Folgen wir Cäsar auf seiner Expedition in Corduba.

Die Fliehenden hatten sich der Brücke bemächtigt. Cäsar dachte noch nicht einmal daran, sie zu bezwingen. Er rollte große, mit Erde gefüllte Körbe in den Fluß und baute auf diese Weise eine provisorische Furt, durch die sein Heer den Fluß überquerte. Dann schlug er vor der Stadt sein Lager auf.

Scapula verteidigte sie. Er hatte sich nach der Niederlage von Munda dorthin zurückgezogen und Freigelassene sowie Sklaven ausgehoben.

Aber als er sah, daß Cäsar ihn verfolgte, dachte er nicht daran zu fliehen. Er ließ einen gewaltigen Scheiterhaufen mitten auf dem Marktplatz errichten, bereitete ein herrliches Festessen vor, setzte sich in seinen schönsten Kleidern an den Tisch, trank Wein und speiste, wie er es bei einem Fest getan hätte und verteilte am Ende des Festessens sein Geschirr und Silber an seine Diener. Dann stieg er auf seinen Scheiterhaufen, und während ein Freigelassener diesen entzündete, ließ er sich von einem Sklaven töten.

Da es Uneinigkeit innerhalb der Truppen gab, welche die Stadt besetzt hielten, öffneten sich in diesem Moment die Tore, und Cäsar sah, daß die Legionen Scapulas, die dieser aus Sklaven und Freigelassenen gebildet hatte, auf ihn zumarschierten.

Sie wollten sich alle ergeben.

Die dreizehnte Legion bemächtigte sich zu diesem Zeitpunkt der Türme und Festungen.

Nun flohen die Pompejaner aus Munda, legten Feuer in der Stadt und hofften, dank des herrschenden Chaos fliehen zu können, aber als Cäsar Flammen und Rauch sah, eilte er der Stadt zu Hilfe, und da sich die dreizehnte Legion – wie wir schon gesagt haben – der Türme und Stadtmauern bemächtigt hatte, öffnete diese ihm die Tore. Die Pompejaner versuchten daraufhin, aus der Stadt zu fliehen. Sie drängten zu den Toren oder sprangen über die Mauer.

Allein in der Stadt wurden zweiundzwanzigtausend Mann getötet, die nicht mitgezählt, die außerhalb der Stadtmauern niedergemetzelt wurden.

Cäsar hielt sich nur solange in Corduba auf, bis die Ordnung wiederhergestellt war, und brach dann unverzüglich nach Hispalis auf, unser heutiges Sevilla. Als die Bewohner der Stadt ihn oben von der Stadtmauer herab erblickten, schickten sie sofort Abgesandte zu ihm, die um Vergebung baten und sich seiner Gnade unterwarfen.

Cäsar antwortete ihnen, daß ihnen jede Vergebung gewährt werde, und weil er Angst hatte, seine Soldaten könnten irgendwelchen bösen Begierden nachgeben, ließ er sie vor der Stadt lagern. Nur Caminius Rebilius betrat die Stadt mit einigen Hundert Männern.

Die pompejanische Garnison war in der Zitadelle von Hispalis geblieben.

Empört darüber, daß die Einwohner Cäsar ihre Tore geöffnet hatten, schickte die Garnison einen der wichtigsten Anführer der pompejanischen Partei, um Cecilius Niger zu benachrichtigen, der aufgrund seiner Grausamkeit auch der Barbar genannt wurde und der ein Korps von Lusitaniern befehligte, daß ihm, wenn er nicht sofort herbeieile, eine großartige Gelegenheit entgehe. Cecilius Niger eilte herbei.

Er kam des Nachts in der Nähe von Hispalis an, wurde in

die Stadt geführt und erdrosselte die ganze Garnison, die Cäsar zum Schutz der Einwohner hier zurückgelassen hatte. Nachdem er die römischen Soldaten niedergemetzelt hatte, ließ er die Tore zumauern und bereitete sich verzweifelt auf die Verteidigung vor.

Cäsar hatte Angst, daß diese Wahnsinnigen die Hälfte der Einwohner ermorden würden, wenn er versuchte, die Stadt im Sturm zu erobern. Er lockerte daher die strenge Belagerung der Stadt etwas, und in der dritten Nacht nach seinem Einzug in Hispalis verließ Cecilius Niger mit den Männern, die er in die Stadt gebracht hatte, und der alten pompejanischen Garnison Hispalis.

Als Cäsar, der zunächst mit gleichgültiger Miene all ihre Truppenbewegungen beobachtete, sah, daß sie die Stadt verlassen hatten, jagte er ihnen seine Reiterei hinterher, die den Feind niedermetzelte.

Am nächsten Morgen marschierte Cäsar in Hispalis ein.

Kommen wir nun auf die beiden Söhne des Pompejus zurück.

Gnaeus kam mit nur einhundertfünfzig Pferden in Carteia an. Er hatte sich derartig beeilt, daß er die Strecke in anderthalb Tagen zurücklegte, obwohl es von Munda bis Carteia vierzig Meilen waren.

Als er dort angekommen war, ließ er sich wie ein einfacher Privatmann in einer Sänfte durch die Stadt tragen, da er befürchtete, von den Einwohnern möglicherweise verraten worden zu sein. Sobald er den Hafen erreicht hatte, lief er so schnell zu den Schiffen, daß er sich mit einem Fuß in einem Tau verfing, als er den anderen auf das von ihm ausgewählte Schiff setzte, und daraufhin zu Boden fiel. Weil er sich nicht die Zeit nehmen wollte, den Knoten zu lösen und das Tau mit seinem Schwert zerschlug, fügte er sich auf diese Weise an der Fußsohle eine tiefe Wunde zu.

Didius, der Cäsars Flotte in Cadiz befehligte und erfahren hatte, was passiert war, verteilte seine Reiterei und seine

Fußtruppen entlang des Ufers, um Gnaeus zu überwältigen, falls er versuchen sollte, irgendwo an Land zu gehen.

Didius hatte die Situation richtig eingeschätzt.

Gnaeus Pompejus hatte aufgrund seiner überstürzten Abfahrt nicht die Zeit gehabt, sich mit Wasser zu versorgen. Er war daher gezwungen, der Küste zu folgen und an verschiedenen Plätzen anzuhalten, um Wasservorräte an Bord zu nehmen.

Didius stieß auf die feindliche Flotte, lieferte ihr eine Schlacht und versenkte oder verbrannte zwei Drittel der Schiffe.

Pompejus setzte sein Schiff auf den Strand und versuchte dann, die Felsen an der Küste zu erreichen, die eine natürliche Festung bildeten und fast unmöglich einzunehmen waren, um sich dort in Sicherheit zu bringen.

Da er an der Schulter und an einem Fuß verwundet war und sich am anderen Fuß eine Verstauchung zugezogen hatte, ließ er sich abermals in einer Sänfte tragen.

Er hatte unbemerkt angelegt, und daher bestanden gute Aussichten zu entkommen. Doch da zeigte sich ein Mann seiner Gefolgschaft, der von Didius' Läufern bemerkt wurde, die sofort die Verfolgung aufnahmen.

Pompejus befahl seinen Männern, schneller zu laufen, und bald erreichte er den Zufluchtsort, den er gesucht hatte. Die Cäsarianer wollten ihn dort bezwingen, aber sie wurden mit Pfeilschüssen zurückgedrängt und bis zum Fuß der Berge verfolgt.

Sie griffen noch einmal an, aber es war vergebens.

Nun beschlossen sie, die Fliehenden zu belagern, und in kurzer Zeit errichteten sie ein Plateau, das so hoch war, daß sie sich auf gleicher Höhe mit dem Feind befanden und von hier aus mit ihm kämpfen konnten.

Derart bedrängt dachten die Pompejaner nun daran zu fliehen. Aber die Flucht war nicht einfach. Pompejus konnte wegen seiner Verwundung und seiner Verstauchung nicht laufen, und außerdem waren ein Ritt oder ein Transport in der

Sänfte aufgrund des unwegsamen Geländes ausgeschlossen. Als er sah, daß seine Soldaten verfolgt, zersprengt und erbarmungslos getötet wurden, versteckte er sich in einer Felslücke, aber einer hatte ihn gesehen und verriet sein Versteck. Er wurde ergriffen und getötet.

Dann schlugen seine Mörder ihm den Kopf ab, und als Cäsar in Hispalis einmarschierte, wurde ihm der Kopf des Sohnes überbracht, genauso wie ihm in Ägypten der des Vaters überbracht worden war.

Das war am 12. April 45 v. Chr.

Doch diese schonungslose Expedition nutze Didius nichts. Da er sich nun gänzlich in Sicherheit wog, zog er seine Schiffe ans Ufer, um sie zu überholen, und während diese Operation vollzogen wurde, ritt er mit einem Reiterkorps auf eine benachbarte Festung zu. Aber die Lusitanier, die zersprengt und von Gnaeus im Stich gelassen worden waren, hatten sich gesammelt, und als sie sahen, daß Didius nur wenige Männer bei sich hatte, legten sie ihm einen Hinterhalt, fielen über die Cäsarianer her und töteten sie.

In dieser Zeit hatte Fabius Maximus, dem Cäsar die Belagerung von Munda übergeben hatte, die Stadt eingenommen, elftausend Gefangene in seine Gewalt gebracht und war nach Osuna marschiert, eine Stadt, die unter anderem aufgrund ihrer Lage außergewöhnlich gut befestigt war.

Überdies hatte Sextus Pompejus, der sich davon überzeugt hatte, daß es in einem Umkreis von anderthalb Meilen kein Wasser gab, alle Bäume fällen lassen, damit sich Cäsar keine Kriegsmaschinen bauen konnte. Aber Sextus wartete nicht solange, bis er wußte, welches Ende die Belagerung von Munda genommen hatte. Er drang in die Berge der Keltiberer ein, und man wird ihn später als König der Piraten des Mittelmeeres wiedersehen.

Nachdem dreißigtausend Mann in Munda, zweiundzwanzigtausend in Corduba, gut sechstausend in Sevilla getötet und elftausend gefangengenommen worden waren, nachdem

Gnaeus getötet worden war und Sextus die Flucht ergriffen hatte, war der Spanienkrieg zu Ende.

Cäsar schlug den Weg nach Rom ein.

Antonius kam ihm bis zur Grenze entgegen, und Cäsar, der für Antonius jene Art Zuneigung empfand, wie sie überlegene für unterlegene Männer empfinden, erwies Antonius bei dieser Gelegenheit eine große Ehre. Er durchquerte ganz Italien Seite an Seite mit Antonius in einem Wagen, während hinter ihm Brutus Albinus und der Sohn seiner Nichte saßen, das heißt sein Großneffe, der junge Octavius.

Das war eine bedrückende Rückkehr.

Da Pompejus tot und sein Geschlecht vernichtet worden war – denn über Sextus' Schicksal wußte man nichts –, war damit nicht nur ein großer Name ausgelöscht, sondern eine große Familie verschwunden. Eine Idee war vernichtet worden. Pompejus konnte die Rechte der Aristokratie und der Freiheit nicht mehr unterstützen. Wer würde nun nach ihm für diese Rechte eintreten?

Die Besiegten schickten sich in das Los einer verzweifelten Knechtschaft! Die Sieger, die dieser seit drei Jahren währende Bürgerkrieg ebenfalls ernüchtert hatte, vollzogen einen ruhmlosen Triumph. Cäsar spürte, daß er mehr gefürchtet als geliebt wurde. All seine Barmherzigkeit hatte den Haß nicht verhindern können. Er war Sieger, aber wie wenig hätte gefehlt, und er wäre besiegt worden? Munda war ihm eine große Lehre. Alle waren müde bis hin zu seinen Soldaten, die er für unermüdlich gehalten hatte.

Obwohl er selbst es leid war zu triumphieren, wollte er triumphieren, und dies sicher auch, um zu sehen, wie Rom reagieren würde. Bisher hatte er immer nur über fremde Feinde triumphiert, über Gallien, Pontus, Ägypten und Juba, doch diesmal triumphierte er, so wie es einer dieser Unmenschen getan hätte, die man Marius oder Sulla nannte, über Pompejus' Söhne, deren Interessen viele Römer teilten und deren Kampf viele Römer guthießen.

Aber Cäsar begann, Rom zu verachten, und er wollte den Stolz Roms brechen.

Er triumphierte also über Pompejus' Söhne, und hinter ihm sangen seine Soldaten, diese Stimme des Volkes, diese Stimme der Götter:

Machst du deine Sache gut, wirst du besiegt werden; machst du sie schlecht, wirst du König sein!

Man verzieh ihm nicht, auf diese Weise über das Unglück des Vaterlandes zu triumphieren und sich seines Erfolges zu rühmen, für welchen den Göttern und Menschen gegenüber allein die Notwendigkeit als Entschuldigung hätte gelten können. Und dieser Triumph war um so überraschender, da Cäsar nie Kuriere oder Briefe an den Senat geschickt hatte, um seine Siege anzukündigen, die er im Bürgerkrieg errungen hatte, und er den Ruhm immer weit von sich gewiesen hatte, dessen er sich zu schämen schien.

Am nächsten Tag klatschten die Menschen Beifall, als er das Theater betrat, aber es wurde noch viel lauter über die Verse des Stückes geklatscht, das gespielt wurde:

O Römer! Wir haben unsere Freiheit verloren!

Was die Römer besonders zornig machte, war das, was sie nach Cäsars Rückkehr aus Ägypten gesehen hatten, nämlich diese Stadterneuerung, wobei es mehr als eine Erneuerung war, denn die Stadt war den Römern fremd geworden: Auf den Fundamenten der alten Stadt Rom, die in Trümmern lag, hatte Cäsar eine neue Stadt gebaut. Empört waren die Römer über diese Verbannten der alten Republik, die nach Cäsar Rom betraten; über diese Barbaren, Gallier, Afrikaner oder Spanier, die mit ihm aufs Kapitol stiegen; über diese Senatoren, die als ehrlos angesehen wurden und die im Senat erschienen; über diese Geächteten, denen ihre Güter zurückgegeben wurden:

über dieses Gallia Transpadana, dem das Bürgerrecht zuerkannt wurde; über diesen Balbus, diesen Mann aus Gades, der das höchste oder fast höchste Ministeramt innehatte; schließlich über zwei Gespenster, die all diesen Menschen folgten und schrien: »Unglück!«, das Gespenst des Cato, der seine Eingeweide zerriß, und das Gespenst des Gnaeus Pompejus, der seinen Kopf in der Hand hielt.

Es stimmt, daß Rom und die Welt Cäsars Gehilfen waren. Es ist mehr als gerecht, daß er auf Kosten Roms seine Schulden gegenüber der Welt beglich.

Es gibt eine Person, die uns eine Vorstellung von der Situation, in der sich ganz Rom befand, vermitteln kann: Das ist Cicero, Cicero, der Archetyp der goldenen, römischen Mitte.

Neben Cäsar, diesem Genie, das seine Zeit in seiner ganzen Größe überragt, wird Cicero niemals der Cicero des Catilina und des Clodius werden. Das verletzt Cicero besonders, denn das verletzt alle ehrgeizigen Menschen wie ihn.

Cicero, der Anwalt und General, gibt selbst zu, daß er als Anwalt nicht viel besser ist als Cäsar, wobei man nicht zu sagen braucht, daß Cäsar als General viel besser ist als er.

Cicero ist der Sohn eines Walkers und Gemüsegärtners. Cäsar stammt väterlicherseits von der Venus ab und mütterlicherseits von Ancus Martius.

Der Plebejer Cicero ist Aristokrat, aber welchen Weg mußte er gehen, um das zu erreichen! Sein ganzes Leben wird vergehen, und ihm gelingt es noch nicht einmal, den halben Weg zur Größe Cäsars emporzusteigen, der wiederum sein ganzes Leben damit verbracht hat, zum Volk hinunterzusteigen.

Er wird dennoch Cäsars Hof vergrößern, aber wer wird er an Cäsars Hof sein, solange Cäsar dort ist? Auch wenn Cäsar zu ihm kommt, seine Hand nimmt und ihn, indem er ihn umarmt, erhebt, so wird Cäsar doch immer gezwungen sein, sich hinunterzubeugen, um Cicero zu umarmen.

Wie weit ist er von diesem Cicero entfernt, der sich in der Menge von Cäsars Schmeichlern verliert, von diesem Cicero, der ruft: »O glückliches Rom, das während meines Konsulats geboren wurde!«

Und was macht Cicero? Er schmollt. Er glaubt, indem er sich von Cäsar entfernt, seine ehemalige Größe zurückzugewinnen. Keineswegs! Indem er sich entfernt, kehrt er in die Dunkelheit zurück. Das ist alles. Cäsar ist das Licht. Man sieht nur jene, auf die er seine Strahlen wirft.

Cicero versucht, sich aufzuheitern. Er speist mit Hirtius und Dolabella, diesem Dolabella, an dem er kein gutes Haar gelassen hat. Er erteilt ihnen Philosophieunterricht, und sie unterrichten ihn im Gegenzug in Gastronomie.

All das findet bei Cytheris statt, der griechischen Kurtisane, der ehemaligen Mätresse des Antonius, der sie, an ihrer Seite sitzend, in einem von Löwen gezogenen Wagen spazierenfuhr.

Aber leider ist Cicero kein Verteidiger, kein Patron mehr und von niemandem mehr der Berater.

In der Zwischenzeit stirbt seine Tochter Tullia, und Cicero trauert zugleich um seine Tochter und um seine Freiheit.

Er errichtet für Tullia einen Tempel und versucht, um von sich reden zu machen, Cäsar dazu zu treiben, ihn zu verfolgen, indem er die Lobrede auf Cato schreibt. Cäsar begnügt sich jedoch damit, den *Anticato* zu veröffentlichen, und Cicero zwei Bände über die Grammatik zu widmen, bevor er aufbricht, um die Schlacht von Munda zu gewinnen.

Indem man mit dem Unglück spielt, fordert man es heraus.

Ciceros Geschichte ist die aller Persönlichkeiten, die wütend sind, daß Cäsar über alle hinausgewachsen ist und er sie alle zwingt, sich zu beugen, ohne einen einzigen von ihnen niederzuschlagen.

Indessen geschieht etwas Seltsames, wodurch der Sieger fast so traurig ist wie die Besiegten.

Pompejus, der selbstgefällig, launisch, ein unzuverlässiger Freund war und eine unentschlossene Politik führte, war letztendlich ein mittelmäßiger Mann mit Klienten, Bewunderern und Fanatikern an seiner Seite. Diese Bewunderer, Klienten und Fanatiker sind Männer, die ihm von ihrem Wert her überlegen sind: Cato, Brutus und Cicero. Vor allem Cicero hegt für Pompejus diese Zuneigung, die man für eine launenhafte, flatterhafte Mätresse hegt. Er will Cäsar bewundern und kann nur Pompejus lieben.

Schauen Sie sich hingegen Cäsar an. Welche Klienten hat er? Einen Haufen Spitzbuben: Antonius, der plündert, säuft und ein zügelloses Leben führt; Curto, der Bankrott ist; Caelius, der verrückt ist; Dolabella, der Mann, der die Schulden aufheben will, der Schwiegersohn Ciceros, dessen Frau aus Kummer gestorben ist. Kreaturen, keine Freunde! Antonius und Dolabella werden ein Komplott gegen ihn schmieden. Er wird nicht mehr wagen, ohne Eskorte vor das Haus des letzteren zu treten. Lesen Sie die Briefe des Atticus. Und all diese Männer schreien, mißbilligen sein Vorgehen und entehren ihn. Cäsars Barmherzigkeit langweilt all diese Abenteurer. Ein wenig vergossenes Blut wäre doch so schön!

Cäsar weiß, daß es in seiner Partei an guten Menschen nur ihn selbst gibt. Nachdem er Demagoge, Revolutionär, Freidenker und Verschwender war, richtet Cäsar nun über die Sitten, reformiert das Brauchtum, erhält das Alte und wird sparsam.

Mit wem umgibt er sich, da ihn seine eigenen Freunde anwidern? Mit Pompejanern. Nachdem er sie besiegt hat, vergibt er ihnen; nachdem er ihnen vergeben hat, ehrt er sie. Er ernennt Cassius zu seinem Legaten; er ernennt Brutus zum Statthalter von Gallia Cisalpina; er macht Sulpicius zum Präfekten von Achaia. Alle Verbannten kehren nach und nach ins Land zurück und nehmen ihre Positionen wieder ein, die sie vor dem Bürgerkrieg innehatten. Wenn sich aufgrund der Rückkehr eines Geächteten gewisse Schwierigkeiten ergeben, eilt Cicero herbei und räumt sie aus dem Weg.

Der Senat errichtet einen Tempel, in dem sich Cäsar und die Göttin die Hand reichen. Der Senat bewilligt ihm den goldenen Stuhl, die goldene Krone, eine Statue neben den Königen zwischen Tarquinius Superbus und dem alten Brutus und ein Grab innerhalb des *Pomeriums*, das heißt, der eigentlichen Stadt Rom, was niemand vor ihm erreicht hat. Er weiß genau, daß ihn all diese Ehren mehr bedrohen als beschützen, aber wer würde es wagen, Cäsar zu töten, wenn die ganze Welt Interesse daran hat, daß Cäsar lebt?

»Einige«, schreibt Sueton, »vermuteten, daß Cäsar sein Leben beenden wollte. So erklärte man sich seine Gleichgültigkeit gegenüber seinem schlechten Gesundheitszustand und gegenüber den Vorahnungen seiner Freunde. Er hatte seine spanische Garde entlassen. Er wollte lieber sterben als immer Angst zu haben.«

Er wird gewarnt, daß Antonius und Dolabella ein Komplott gegen ihn schmieden. Er schüttelt den Kopf.

»Nicht diese blühenden, erleuchteten Gesichter sind zu fürchten«, sagt er, »sondern die mageren, bleichen Gesichter.«

Und er zeigt auf Cassius und Brutus.

Schließlich schließt man sich seiner Meinung an und teilt ihm mit, daß Brutus ein Komplott gegen ihn schmiedet.

»Oh«, sagt Cäsar, der über seine abgemagerten Arme streicht, »Brutus wird wohl diesem schwachen Körper die Zeit lassen, sich selbst zu zersetzen.«

85

Vor mir liegt eine alte Übersetzung von Appius. Sie stammt aus dem Jahre 1560 und ist von »Monseigneur Claude de Seyssel, dem ehemaligen Bischof von Marseille und späteren Erzbischof von Thurin«, wie man damals schrieb.

Ich lese die ersten Zeilen des XVI. Kapitels, und dort steht:

»Nachdem Cäsar die Bürgerkriege beendet hatte und nach Rom zurückgekehrt war, legte er dem ganzen Volk gegenüber ein sehr stolzes, abscheuliches Benehmen an den Tag, und das mehr als alle, die vor ihm an der Macht gewesen waren. Daher erweist man ihm alle menschlichen und göttlichen Ehren.«

Welche Lehre steckt in diesen vier Zeilen, und wie klar sind die Gedanken des Autors in seiner naiven Sprache ausgedrückt!

Aber wurden Cäsar wirklich all diese Ehren aus Furcht zuerkannt? Vom Senat: ja; vom Volk: nein.

Cäsar, der Korinth, Capua und Karthago ins Römische Reich eingegliedert hatte, diese verzweifelten Städte, die ihm im Traum erschienen waren, gründete im Nordosten, im Osten und im Süden Kolonien, dezentralisierte das Römische Reich, breitete es über die ganze Welt aus und nannte das Römische Reich gleichzeitig das Universum. Denn dieses gewaltige Genie dachte nicht nur an Rom und Italien, das, ganz erstaunt, die Welt in Frieden zu sehen, nicht mehr wußte, was es mit seinem Genie anfangen sollte.

Während Cäsar in der Mitte des Marsfeldes einen Tempel, zu Füßen des Tarpejischen Felsens ein Amphitheater und auf dem Palantinhügel eine Bibliothek errichtete, die dazu bestimmt war, alle Schätze der menschlichen Wissenschaft zu bergen, und er Terentius Varo zu seinem Bibliothekar ernannte, den weisesten Mann jener Zeit, wollte er seine Arbeiten, die er schon so oft begonnen und so oft aufgegeben hatte, wieder aufnehmen, und zwar die Landenge von Korinth und von Suez zu durchtrennen, um nicht nur die beiden Meere von Griechenland zu verbinden, sondern auch das Mittelmeer mit dem Indischen Ozean. Anienus wurde mit diesem Vorhaben betraut.

Außerdem sollte dieser Anienus einen Kanal bauen, der von Rom zur Anhöhe von Circe führte und den Tiber bei Terracina ins Meer leitete, um dem Handel eine schnellere und bequemere Route bis zur Hauptstadt des Weltreiches zu eröffnen. Als der Kanal ausgehoben war, verschönerte er die Reede von Ostia, baute an den Ufern starke Deiche, ließ die Felsen entfernen, welche die Reede gefährdeten, baute hier einen Hafen und Arsenale, legte die Pontinischen Sümpfe trocken und verwandelte die durchnäßte, brachliegende Erde in fruchtbares Land, das Weizen für Rom lieferte, das von nun an nicht mehr von Sizilien und Ägypten abhängig war.

Um die neuen Kolonien zu bevölkern, wurden achtzigtausend Einwohner über das Meer verschifft, und damit die Stadt nicht entvölkert wurde, verbot Cäsar per Gesetz, daß ein Bürger über zwanzig und unter vierzig Jahren drei Jahre hintereinander aus Italien abwesend sein dürfe, es sei denn, daß seine Pflicht und ein Schwur ihn daran hinderten. Dann verlieh er allen das Bürgerrecht, die in Rom als Ärzte arbeiteten oder dort die freien Künste lehrten. Sein Ziel war es, weise Menschen in der Stadt festzuhalten und Weise aus fremden Ländern in die Stadt zu holen.

Er führte gegen Verbrechen strengere Strafen ein als die, die bisher verhängt wurden: Die Reichen konnten ungestraft Morde verüben und büßten ihre Schuld nur, indem sie verbannt wurden, ohne etwas von ihren Gütern zu verlieren. Aber Cäsar war nicht damit einverstanden, daß dies so weiterging. Er wollte, daß im Falle eines Elternmordes das ganze Erbe konfisziert wurde, und für jedes andere Verbrechen die Hälfte des Erbes. Er verjagte aus dem Senat die Beamten, die sich einer Geldveruntreuung schuldig gemacht hatten – und wie viele Millionen hatte er in Gallien und Spanien verschwendet? Er erklärte die Ehe eines ehemaligen Prätors für ungültig, der eine Frau einen Tag nach dem Tag geheiratet hatte, an dem sie sich von ihrem Gatten getrennt hatte, und er wurde der Gatte aller Frauen genannt und umgekehrt! Cäsar, der Servilia eine Perle im Wert von einer Million einhunderttausend Francs geschenkt hatte, belegte fremde Waren mit Steuern, verbot den Gebrauch der Sänften sowie das Tragen von Purpur und Perlen. Eine merkwürdige, unerhörte und unglaubliche Sache war schließlich, daß er sich um die kleinsten Kleinigkeiten kümmerte, und das ging sogar so weit, daß er Spione auf den Märkten aufstellte, und diese Spione die Lebensmittel beschlagnahmten, deren Verkauf verboten war, und sie zu ihm brachten. Er ließ die Käufer sogar durch getarnte Wachen verfolgen, die das Fleisch bis hinein in die Wohnhäuser beschlagnahmten.

Er hatte noch einen anderen Plan, und zwar den gleichen, von dem Bonaparte geträumt hatte, wenn er sagte: »Unser Abendland ist nur ein Maulwurfshügel. Nur im Morgenland kann man Großes vollbringen.« Er wollte in dieses geheimnisvolle Asien eindringen, in das Alexander eingedrungen und an dessen Toren Crassus gefallen war. Er wollte die Parther bezwingen, Hyrkanien durchqueren, über das Kaspische Meer und den Kaukasus in Skythien eindringen, alle Nachbarländer von Germanien und Germanien selbst unterwerfen. Wenn er über Gallien nach Italien zurückkehren würde, nachdem er das Römische Reich auf diese Weise ausgedehnt hätte, das dann in seinen Grenzen das Mittelmeer, das Kaspische Meer und das Schwarze Meer einschloß, das im Westen an den Atlantik grenzte, im Süden an die große Wüste, im Osten an den Indischen Ozean und im Norden an die Ostsee, in seiner Mitte alle gesitteten Völker und an den Grenzen seines Reiches alle barbarischen Nationen vereinen würde, dann würde das Römische Reich wahrlich den Namen Weltimperium verdienen.

Dann würde er alle römischen Gesetze in einem einzigen Gesetzbuch sammeln und sie wie auch die lateinische Sprache allen Ländern aufzwingen.

Der Mann, der derartige Pläne an die Stelle der unentschlossenen Politik des Pompejus setzte, an die Stelle des legalen, engstirnigen Stoizismus Catos und an die Stelle des sterilen Redetalentes Ciceros konnte sicher zum Vater des Vaterlandes, für zehn Jahre zum Konsul und zum Diktator auf Lebenszeit ernannt werden.

Übrigens berichtet uns Plutarch auf anschauliche Weise über Cäsars Eifer:

»Cäsar«, sagt er , »fühlte sich zu großen Dingen berufen, und er war weit davon entfernt, sich aufgrund seiner zahlreichen Heldentaten zu wünschen, friedlich die Früchte seiner Arbeit zu genießen, sondern sie spornten ihn ganz im Gegenteil zu immer größeren Plänen an, die in seinen Augen sozusagen den Ruhm, den er errungen hatte, schmälerten. Sie entzündeten in ihm die Liebe zu einem noch größeren Ruhm. Diese Leidenschaft war nur eine Art Neid auf sich selbst, wie er ihn gegenüber keinem Fremden hätte empfinden können, letztendlich nur der Ehrgeiz, seine früheren Heldentaten durch die zu übertrumpfen, die er für die Zukunft plante.«

Aber was in unseren Augen aus Cäsar vor allem eine den anderen überlegene Persönlichkeit machte, war die Tatsache, daß er verstand, indem er den entgegengesetzten Weg ging, dem seine Vorgänger, Sulla und Marius, gefolgt waren, daß man die Parteien nicht in Blut ertränken konnte, und indem er diejenigen leben ließ, die nach Pompejus' Niederlage von den Republikanern überlebt hatten, tötete er die Republik.

Was wäre denn aus der Welt geworden, wenn Cäsar zehn Jahre länger gelebt und Zeit gehabt hätte, all diese Pläne in die Tat umzusetzen? ... Doch wir kommen nun zum Jahr 44 v. Chr., und Cäsar wird den 16. März dieses Jahres nicht mehr erleben.

Wir haben schon gesagt, daß seit der Rückkehr aus Spanien in diese milde, barmherzige Seele eine große Traurigkeit eingedrungen war. Der Mord an Pompejus, dem er Statuen errichtet hatte, und Catos Selbstmord, den er versuchte, nach seinem Tod zu verspotten, diese zwei Ereignisse und Personen schienen zwei Feinde zu sein, die ihn verbissen verfolgten.

Er hatte zwei Fehler gemacht, als er den Triumph annahm: erstens nach einem Bürgerkrieg zu triumphieren und zweitens – was vielleicht ein noch größerer Fehler war – seine Legaten an seiner Stelle triumphieren zu lassen.

La Bruyère sagte: »Wenn man eine Republik verändern will, sind es weniger die Dinge als die Zeit, die man berücksichtigen muß. Sie können dieser Stadt heute diese Gebührenbefreiung, diese Gesetze und diese Privilegien nehmen, und morgen denken Sie noch nicht einmal daran, ihre Schilder zu erneuern.«

Unglücklicherweise hatte Cäsar La Bruyère nicht gelesen.

Es gibt eine äußere Freiheit, an der das Volk oft mehr hängt als an der wirklichen Freiheit. Augustus, der sein ganzes Leben lang den Titel eines Königs ablehnte, wußte das. Cromwell wußte es auch, der nie mehr sein wollte als Lordprotektor.

Strebte Cäsar alles in allem wirklich den Titel eines Königs an? Strebte er, der alle Kränze bekommen hatte, ernsthaft diese halbe Elle Band an, die man das königliche nennt?

Wir glauben es nicht. Unserer Meinung nach war es nicht Cäsar, der König werden wollte, sondern es waren seine Freunde, die wollten, daß er es wurde.

Zumindest hat der Titel Cäsar nicht unbedingt gereizt, da es ein scheußlicher Titel war, der voller Gefahren steckte.

Aber wie es auch immer gewesen sein mag, auf jeden Fall verdichtete sich das Gerücht, daß Cäsar König werden wolle.

86

Cäsar wollte also König werden.

Überdies erhoben sich inzwischen eine Menge anderer Klagen gegen ihn, und es ist seltsam, diese wenigen Zeilen von Sueton zu lesen:

»... Man wirft ihm Taten und Worte vor, die nichts anderes sind als ein Mißbrauch der Macht, wodurch sein Mord gerechtfertigt werden könnte.«

Sehen wir also diese Taten und Worte, die Cäsars Mord *rechtfertigen könnten* aus der Feder dieses gleichgültigen

Erzählers, der Sueton heißt und der, nachdem er seine Stelle als Sekretär des Kaisers Hadrian verloren hatte, weil er sich wenig achtungsvolle Freiheiten gegenüber der Kaiserin Sabine herausgenommen hatte, der anfängt, die Geschichte von zwölf römischen Kaiser zu schreiben, ohne sich je zu wundern oder zu empören.

Sie werden erfahren, was der *göttliche* Julius tat.

»Nicht damit zufrieden, die außergewöhnlichen Ehren anzunehmen wie das verlängerte Konsulat, die lebenslange Diktatur, das Amt des Zensors, den Titel des Kaisers und des Vaters des Vaterlandes, nicht damit zufrieden zu erlauben, daß seine Statue zwischen denen der Könige aufgestellt wurde, geht er so weit, die Grenzen menschlicher Größe zu überschreiten: Er hatte einen goldenen Stuhl im Senat und im Tribunal; seine Statue wurde mit dem gleichen Prunk wie die der Götter in den Zirkus getragen; er hatte Tempel, Altäre, Priester; er verlieh seinen Namen einem Monat (Juli); er erfreute sich gleichzeitig an den Würden, die er sich in reichlichem Maße zukommen ließ, wie an denen, die er empfing.«

War all das den Tod wert?

Doch es gibt noch mehr über ihn zu berichten.

Ein Tribun hatte sich geweigert aufzustehen, als er an ihm vorüberging.

»Tribun«, sagte er zu ihm, »willst du von mir die Republik zurückfordern?«

Und da dieser Tribun Pontius Aquila hieß, gewöhnte sich Cäsar an, immer wenn er einen Befehl erteilte, spöttisch zu sagen:

»Wenn Pontius Aquila es erlaubt ...«

Eines Tages, als er aus Alba zurückkehrte, eilten ihm Freunde entgegen und sprachen ihn mit dem Titel des Königs an, aber Cäsar, der die Unruhe sah, die dieser Titel beim Volk auslöste, tat so, als sei er gekränkt, und sagte:

»Ich bin kein König. Ich bin Cäsar.«

Und sie stellten fest, daß er seinen Weg mit unzufriedener Miene fortsetzte.

Als der Senat ihm an einem anderen Tag außerordentliche Ehren verliehen hatte, begaben sich die Senatoren auf den Platz, um ihn über den Erlaß in Kenntnis zu setzen, aber er empfing sie wie einfache Privatpersonen und antwortete ihnen, *ohne sich zu erheben*, daß man seine Ehren eher schmälern als vergrößern solle.

Und warum erhob er sich nicht vor dem Senat?

Plutarch behauptet, daß es der Spanier Balbus gewesen sei, der ihn mit den Worten aufforderte, sitzen zu bleiben: »Vergißt du, daß du Cäsar bist?«

Dion Cassius liefert uns eine Begründung, die uns plausibler erscheint. Er sagt, daß derjenige, den man eben zum Gott erhoben hatte, Opfer einer Kolik war und befürchtete, wenn er aufstehen würde, einen deutlichen Beweis seiner Menschlichkeit zu liefern.

Cäsar beruft sich auf die Angst, einen epileptischen Anfall zu erleiden.

An einem anderen Tag schließlich, dem Tag der Luperkalien, der früher ein Fest der Schäfer war, an dem aber zu jener Zeit die jungen Leute aus den besten Häusern Roms und die meisten der Magistrate nackt durch die Stadt liefen und mit ihren Lederbändern, die sie bei sich trugen, ausnahmslos alle schlugen, die ihnen entgegenkamen, nahm Cäsar, der auf einem goldenen Stuhl saß, an dem Fest teil.

Von diesem goldenen Stuhl ist oft die Rede, da die goldenen Stühle für religiöse Zeremonien vorbehalten waren.

Cäsar, der auf einem goldenen Stuhl saß, nahm also an dem Fest teil, als Antonius, der in seiner Funktion als Konsul an dem Festlauf teilnahm und sich auf die Arme seiner Freunde stützte, Cäsar den mit einem Lorbeerzweig verzierten Königsschmuck darbot.

Einige Männer, die eigens für diese Aufgabe bestellt worden waren, klatschten in die Hände.

Aber Cäsar wies die Gabe zurück, und alle klatschten.

Antonius bot ihm nun, von den gleichen Kameraden unterstützt, eine zweites Mal den Königsschmuck an, aber Cäsar wehrte ein zweites Mal ab, und diesmal klatschten noch mehr Menschen.

»Bringt den Schmuck zum Kapitol«, sagte Cäsar und stand auf.

Einige Tage später krönten Cäsars Anhänger seine Statuen, weil sie ihn nicht selbst hatten krönen können. Aber zwei Volkstribune, Flavius und Marcellus, rissen mit eigenen Händen den Königsschmuck von den Statuen, und diejenigen, die Cäsar bei seiner Rückkehr aus Alba mit dem Titel des Königs begrüßt hatten, ließen sie festnehmen und ins Gefängnis werfen.

Das Volk folgte klatschend den Magistraten und nannte sie Brutus in Erinnerung an den alten Brutus, welcher der Königsmacht ein Ende gesetzt und dem Volk die Macht der Könige übertragen hatte.

Cäsar wurden diese Worte des Volkes zugetragen.

»Brutus?« wiederholte er. »Sie meinen *brutal* und nichts anderes!«

Und die beiden Tribune wurden von ihm abgesetzt.

Aber das entmutigte seine Freunde nicht. Sie entdeckten in sibyllinischen Büchern, daß nur ein König die Parther besiegen könne. Wenn Cäsar also den Krieg gegen die Parther führen wollte, mußte er König sein, oder er lief Gefahr, wie Crassus dort seinen Kopf zu verlieren.

Überdies ist es von der Diktatur auf Lebenszeit bis zum Königtum nur ein kleiner Schritt.

Und Rom würde den Unterschied kaum bemerken. Nahm nicht alles die Form des orientalischen Königtums an? War Cäsar nicht ein Gott wie die Könige in Asien? Hatte er nicht seinen Priester Antonius? Antonius, der neben der kaiserlichen Sänfte schritt, den Kopf in die Tür steckte und den Herrn demütig um Befehle bat?

Glauben Sie, daß es das Volk war, das dieses aufbrachte? Nein, es war der Adel.

Glauben Sie, daß Cäsar aufgrund all dieser Missetaten getötet wurde? Nein, unserer Meinung nach nein, nein und nochmals nein.

Warum wurde er getötet?

Ich glaube, wir werden es Ihnen erklären.

Cassius, der mißgünstige Cassius, war Cäsar böse, weil er Brutus eine ehrenvollere Prätur übergeben hatte als ihm und weil er ihm während des Bürgerkrieges, als er nach Megara kam, Löwen weggenommen hatte, die Brutus dort hielt. Die Löwen eines Mannes zu töten oder zu stehlen, bedeutete, ihm eine tödliche Beleidigung zuzufügen.

Die drei einzigen Männer, denen Cäsar nicht verzieh, er, der jedermann verzieh, waren der junge Lucius Cäsar und zwei andere Pompejaner, die seine Freigelassenen, seine Sklaven und seine Löwen getötet hatten.

Bei uns will jeder Marquis Pagen haben; in Rom wollte jeder Patrizier seine Löwen haben.

»O weh«, sagt Juvenal, »ein Poet ißt auf jeden Fall weniger.«

Cassius ging zu Brutus. Er brauchte einen vertrauensvollen Mann, dem er die schreckliche Tat vorschlagen konnte, über die er nachsann.

O großer Shakespeare! Wie gut hast du es verstanden, besser als all unsere armseligen Lehrer der römischen Geschichte. Lesen Sie doch noch einmal bei dem großen englischen Poeten diese Szene zwischen Cassius und Brutus nach.

Würde Brutus in aller Ruhe auf Cäsars natürlichen Tod warten, würde er sein natürlicher Nachfolger werden. Vielleicht hätte er ohne die inständigen Bitten des Cassius Rom die Freiheit zurückgegeben, aber Brutus haßte nur die Tyrannei, während Cassius den Tyrannen haßte.

Übrigens zeigt ein einziger Charakterzug, wer Cassius war.

Als Kind ging Cassius in die gleiche Schule wie Faustus, der Sohn des Sulla. Eines Tages fing Faustus vor seinen jungen

Kameraden an, seinen Vater zu rühmen, und die absolute Macht zu beklatschen, derer er sich erfreut hatte.

Cassius, der das von seinem Platz aus hörte, stand auf, ging zu ihm und gab ihm eine Ohrfeige.

Das Kind beklagte sich bei seinen Eltern, die gegen Cassius gerichtliche Schritte einleiten wollten, aber Pompejus schritt ein und rief die Kinder zu sich, um sie zu befragen.

»So«, sagte Pompejus, »erzählt mir, wie sich die Sache zugetragen hat.«

»Nun, Faustus«, sagte Cassius, »wenn du es wagst, wiederhole vor Pompejus die Worte, die dir eine erste Ohrfeige eingebracht haben, damit ich dir eine zweite geben kann.«

Brutus wiederum hatte ein großes Herz, aber einen beschränkten Geist. Er gehörte zur Schule der Stoiker und war ein großer Bewunderer Catos, dessen Tochter er geheiratet hatte. In ihm lag ein seltsamer Zwang zu schmerzhaften Anstrengungen und grausamen Opfern verborgen. Er haßte Pompejus, der auf brutale, barbarische Weise seinen Vater getötet hatte, und wir haben gesehen, daß er in Griechenland zu Pompejus stieß und unter seinem Befehl in Pharsalos kämpfte.

Als er nach Rom zurückkehrte, vertraute Cäsar ihm die wichtigste Provinz des Reiches an: Gallia Cisalpina.

Brutus hatte Gewissensbisse: Er konnte Cäsar nicht hassen.

Cassius hatte versucht, alles ohne Brutus' Hilfe zu planen. Das war ihm nicht gelungen. Er hatte all seine Freunde nacheinander aufgesucht und jedem von ihnen seinen Plan der Verschwörung gegen Cäsar vorgelegt. Alle hatten geantwortet:

»Ich bin dabei, wenn Brutus einwilligt, unser Anführer zu sein.«

Wie wir schon gesagt haben, suchte Cassius Brutus auf.

Diese beiden Männer waren zerstritten. Wie Sie auch schon wissen, hatten beide das gleiche Amt angestrebt, und da jeder seine Rechte geltend machte, hatte Cäsar gesagt:

»Cassius hat recht, aber ich ernenne trotzdem Brutus.«

Cassius war zurückgewichen, und Cassius ging nun wieder auf Brutus zu. Brutus reichte ihm die Hand.

»Brutus«, fragte Cassius, nachdem sie die ersten Höflichkeiten ausgetauscht hatten, »hast du nicht die Absicht, am Tag der Kalenden des März in den Senat zu gehen? Ich habe gehört, daß Cäsars Freunde an diesem Tag das Königtum für ihn vorschlagen wollen.«

Brutus schüttelte den Kopf.

»Nein«, sagte er, »ich gehe nicht hin.«

»Wenn wir aber dorthin gerufen werden?« fuhr Cassius fort.

»Dann«, sagte Brutus, »wäre es meine Pflicht hinzugehen.«

»Und wenn die Freiheit angegriffen wird?«

»Ich schwöre, eher zu sterben als zuzusehen, wie die Freiheit stirbt.«

Cassius zuckte die Schultern.

»Und welcher Römer«, fragte er, »würde deinem Tod zustimmen? Weißt du denn nicht, wer du bist und was du wert bist, Brutus?«

Brutus runzelte die Stirn.

»Hast du denn nicht«, fuhr Cassius fort, »die Tafeln gelesen, die man zu Füßen der Statue des alten Brutus gefunden hat?«

»Doch; es waren zwei, nicht wahr?«

»Auf der einen stand: Es würde den Göttern gefallen, wenn du noch am Leben wärest!, und auf der anderen: Warum hast du aufgehört zu leben?«

»Und ich selbst«, fügte Brutus hinzu, »habe einen Zettel auf meinem Tribunal gefunden, auf dem diese drei Worte standen: Du schläfst, Brutus!, und dann noch einen anderen, auf dem stand: Nein, du bist nicht wirklich Brutus.«

»Nun«, fragte Cassius, »glaubst du, daß es Leinenweber und Schankwirte sind, die derartige Zettel schreiben? Nein, das ist das gesamte Patriziat, der gesamte Adel von Rom. Was man von den anderen Prätoren erwartet, deinen Kollegen, das sind Geldverteilungen, Schauspiele und Gladiatorenkämpfe, aber was man von dir erwartet, das ist die Begleichung der Erbschuld, und diese Schuld ist die Befreiung des Vaterlandes. Sie sind bereit, alles für dich zu erleiden, wenn du dich so verhältst, wie man es von dir erwartet.«

»Gut«, sagte Brutus, »ich werde darüber nachdenken.«

Und nachdem sich Cassius und Brutus getrennt hatten, ging jeder von ihnen zu seinen Freunden.

Wir erinnern uns an Quintus Ligarius, der Pompejus' Partei gefolgt war und den Cicero vor Cäsar verteidigt hatte. Ligarius war vom Diktator freigesprochen worden, aber vielleicht war er sogar aufgrund von Cäsars Barmherzigkeit dessen Todfeind geworden.

Überdies war Ligarius sehr eng mit Brutus verbunden. Dieser ging zu ihm und fand ihn krank im Bett vor.

Brutus war noch ganz erregt, nachdem er sich von Cassius verabschiedet hatte.

»Ach, Ligarius«, sagte er, »daß du gerade jetzt krank bist!«

Aber Ligarius richtete sich auf und stützte sich auf den Ellbogen:

»Brutus«, sagte er und drückte die Hand seines Freundes, »wenn du etwas planst, was deiner würdig ist, so beunruhige dich nicht. Es geht mir gut.«

Nun setzte sich Brutus ans Fußende seines Bettes, und beide legten den Grundstein für die Verschwörung. Es wurde vereinbart, daß sie Cicero nichts sagen würden, da Cicero alt war und mit seinem kaum vorhandenen natürlichen Mut die Vorsicht der Alten verband.

Ligarius bot Brutus an, sich stattdessen mit dem Epikureer Statilius und diesem Favonius zu verbünden, den man *Catos Affen* nannte.

Aber Brutus schüttelte den Kopf.

»Nein«, sagte er, »als ich mich einmal mit ihnen unterhalten und eine vage Andeutung darüber gewagt habe, antwortete Favonius mir, daß ein Bürgerkrieg in seinen Augen viel unheilvoller sei als die ungerechteste Monarchie, und Statilius sagte, daß ein weiser, umsichtiger Mann sich nicht für böse, verrückte Menschen der Gefahr aussetze. Labeo war dort und kann ihre Antwort bezeugen.«

»Und was hat Labeo gesagt?« fragte Ligarius.

»Labeo war meiner Meinung und widerlegte sie alle beide.«

»Labeo weigert sich also nicht, sich uns anzuschließen?«

»Ich glaube nicht.«

»Wer von uns beiden geht zu ihm?« fragte Ligarius.

»Ich werde gehen«, antwortete Brutus, »da ich nicht krank bin. Außerdem werde ich Brutus Albinus aufsuchen.«

»Ja«, erwiderte Ligarius, »das ist ein aktiver, mutiger Mann, der Gladiatoren für Tierkämpfe besitzt und uns daher bei Gelegenheit sehr nützlich werden kann. Aber er ist ein Freund Cäsars ...«

»Sag eher, daß er ein Legat Cäsars ist.«

Genau in diesem Moment betrat Brutus Albinus den Raum. Er wollte sich nach dem Gesundheitszustand des Ligarius erkundigen.

Sie erzählten ihm von der Verschwörung.

Albinus überlegte, schwieg und ging dann hinaus, ohne ein Wort zu sagen.

Die beiden Freunde glaubten, daß sie unbesonnen gehandelt hätten, aber am nächsten Tag kam Albinus zu Brutus.

»Bist du der Anführer der Verschwörung, von der du mir gestern abend bei Ligarius erzählt hast?« fragte er.

»Ja«, antwortete Brutus.

»Gut, dann bin ich dabei, und zwar mit großer Freude.«

Der Plan der Verschwörer machte schnell große Fortschritte.

Die berühmtesten Persönlichkeiten Roms schlossen sich Brutus' Schicksal an – vergessen Sie nicht, daß Brutus' Verschwörung allein eine Sache der Aristokratie war. Brutus, welcher der Gefahr ins Auge sah, der er sich auslieferte und in die er seine Komplizen hineinzog, übte sich darin, in der Öffentlichkeit eine gelassene Haltung zu zeigen und in seinen Worten, seinem Verhalten oder seinem Tun nichts von der Verschwörung durchscheinen zu lassen.

Doch wenn er nach Hause zurückkehrte, fiel die Gelassenheit von ihm ab. Die Schlaflosigkeit trieb ihn aus dem Bett, und wie ein Schatten irrte er durch die Eingangshalle und den Garten. Porcia, seine Frau, die neben ihm schlief, wachte auf, und als sie sah, daß sie allein war, machte sie sich große Sorgen. Oft hörte sie, wie Brutus über den Korridor lief, und mehr als einmal sah sie, daß er hinter den Bäumen im Garten verschwand.

Wir wissen, daß Porcia Catos Tochter war. Mit fünfzehn Jahren war sie mit Bibulus verheiratet worden. Wir haben gesehen, daß dieser Bibulus in den von Cäsar ausgelösten Unruhen im Forum eine Rolle spielte und als Befehlshaber von Pompejus' Flotte verstarb. Da Porcia noch sehr jung war, als sie Witwe wurde und einen Sohn hatte, heiratete sie Brutus. Dieser Sohn, von dem wir hier sprechen, hat ein Buch mit dem Titel die *Memoiren des Brutus* hinterlassen, ein Buch, das heute verlorengegangen ist, das aber zu Zeiten Plutarchs noch existierte.

Porcia, Catos Tochter, die ihren Ehemann Brutus liebte, war eine gelassene Frau, oder wie es die Bibel ausdrückt: eine *starke Frau*. Sie wollte Brutus nicht über sein Geheimnis befragen, bis sie nicht selbst den Beweis ihres Mutes geliefert hatte. Porcia nahm ein Messer, mit dem man sich die Nägel schnitt, eine Art Taschenmesser mit gerader Klinge, und stach es sich in den Schenkel.

Die Wunde hatte eine Vene getroffen, und Porcia verlor nicht nur viel Blut, sondern sie bekam auch sehr starke Schmerzen und hohes Fieber.

Brutus, der Porcia auch sehr liebte und der den Grund für dieses Unwohlsein nicht kannte, war äußerst beunruhigt.

Aber Porcia lächelte und befahl allen, sie mit ihrem Gatten allein zu lassen, und als sie allein waren, zeigte sie ihm die Wunde

»Was ist das?« rief Brutus, der nun noch größere Angst bekam.

»Ich bin Catos Tochter und Brutus' Frau«, antwortete Porcia. »Ich bin nicht in das Haus meines Gatten gezogen, um seine Kameradin im Bett und bei Tisch zu sein wie eine Konkubine, sondern um das Gute und Schlechte mit ihm zu teilen. Du hast mir seit unserer Hochzeit keinen Grund zur Klage gegeben, aber welchen Beweis habe ich dir für meine Dankbarkeit und meine Zuneigung geliefert und welchen Beweis müßte ich dir liefern, da du mich für unfähig hältst, ein Geheimnis zu bewahren? ... Ich weiß, daß man Frauen für schwache Wesen hält, aber, mein lieber Brutus, die gute Erziehung und der Umgang mit tugendhaften Menschen können eine Seele erheben und stärken ... Hätte ich dir all diese Dinge gesagt, ohne dir den Beweis zu liefern, könntest du zweifeln, und darum habe ich getan, was du hier siehst. Zweifle nun!«

»O Götter«, rief Brutus, der die Hände gen Himmel hob, »alles, was ich von dir verlange, das ist, daß du mir einen so guten Erfolg bei meinem Vorhaben wünschst, daß die Nachwelt mich für würdig hält, Porcias Gatte gewesen zu sein.«

Und sofort ließ er ihr jeden Schutz zuteil werden, den ihr Zustand erforderte, und er selbst legte wieder eine solch große Ruhe an den Tag, daß trotz der *Warnungen der Götter*, welche Vorhersagen, Wunder oder Opfertiere erkennen ließen, niemand an die Ernsthaftigkeit der Verschwörung glaubte.

Was waren das für Vorhersagen und in welchem Maße kann man ihnen Glauben schenken? Man muß wohl daran glauben, weil alle Historiker darüber sprechen und Vergil sie nach den Historikern mit seinen schönen Versen bestätigt.

Wir werden also bei Sueton und Plutarch blättern.

Wir erinnern uns, daß Cäsar Capua befreite und Kampanien neu bevölkerte. Die Kolonisten, die er dort ansiedelte und die sich Häuser bauen wollten, gruben in alten Gräbern, und da sie mitunter antike Skulpturen fanden, waren sie sehr neugierig geworden.

An einer Stelle, von der es hieß, Kapys, der Gründer von Capua, sei dort begraben worden, fanden sie einen ehernen Tisch mit einer griechischen Inschrift, die besagte, daß ein Abkömmling der Julier durch die Hand ihm nahestehender Menschen getötet und durch das Unglück Italiens gerächt werde, wenn man die Asche des Kapys finden würde.

»Diese Sache«, sagt Sueton, »kann man nicht einfach als Märchen abtun, denn es ist Cornelius Balbus, ein enger Freund Cäsars, der sie erzählt.«

Diese Warnung wurde vor Cäsar nicht verheimlicht, und als man ihm ganz richtig riet, sich vor Brutus in acht zu nehmen, antwortete er:

»Ach, glaubt ihr denn, Brutus habe es so eilig, daß er nicht auf das Ende dieses elenden Körpers warten kann?«

Ihm wurde auch und fast zur gleichen Zeit mitgeteilt, daß die Pferde, die er nach dem Übergang des Rubikon heiliggesprochen hatte und in Freiheit weiden ließ, alle Nahrung verweigerten und weinten.

Nach dem Bericht des Philosophen Strabon sah man in der Luft Feuermänner gegeneinander marschieren.

In der Hand eines Dieners brannte eine helle Flamme. Man glaubte, seine Hand sei verbrannt, aber als die Flamme erlosch, zeigte die Hand keinerlei Wunde.

Das ist noch nicht alles.

Bei einem von Cäsar dargebrachten Opfer fand man das Herz des Opfers nicht, und das war das schrecklichste Vorzeichen, dem man begegnen konnte, da kein Tier ohne dieses lebenswichtige Organ zu leben vermochte.

Der Seher Spurina warnte Cäsar anläßlich eines anderen Opfers, daß er zu den Iden des März von einer großen Gefahr bedroht sei.

Am Vortag dieser Iden töteten Vögel unterschiedlicher Arten ein Goldhähnchen, das sich mit einem Lorbeerzweig im Schnabel auf den Senatssaal gesetzt hatte.

Am Abend dieses Ereignisses speiste Cäsar bei Lepidus,

wohin man ihm wie gewöhnlich seine Briefe zum Unterzeichnen brachte.

Während er sie unterschrieb, stellten die anderen Gäste diese Frage: »Welcher Tod ist der beste?«

»Der unerwartete Tod«, sagte Cäsar, während er die Briefe unterzeichnete.

Nach dem Mahl kehrte er in seinen Palast zurück und legte sich neben Calpurnia zum Schlafen nieder.

Noch während der ersten Schlafphase öffneten sich plötzlich wie von selbst Türen und Fenster. Vom Lärm und dem hellen Mondschein, der ins Zimmer fiel, geweckt, hörte er Calpurnia, die tief schlief, laut jammern und undeutliche Wörter stammeln.

Er weckte sie und fragte sie, warum sie derartig jammere.

»Oh, lieber Gatte«, sagte sie, »ich träumte, daß ich dich von Schwerthieben getroffen in meinen Armen hielt.«

Am nächsten Morgen wurde ihm mitgeteilt, daß laut seines Befehls während der Nacht in den verschiedenen Tempeln Roms hundert Opfer getötet worden seien und nicht eines ein günstiges Vorzeichen gezeigt habe.

Cäsar war einen Moment nachdenklich. Dann erhob er sich.

»Sei es wie es will«, sagte er, »Cäsar widerfährt niemals das, was ihm widerfahren soll.«

Es war der 15. März, der Tag, den die Römer als Iden bezeichneten.

Der Senat war ausnahmsweise in der Säulenhalle einberufen worden, die neben dem Theater lag. In dieser Säulenhalle, die zu diesem Zweck mit Sitzen ausgestattet worden war, stand die Statue, die Rom für Pompejus errichtet hatte, nachdem dieser das Viertel verschönert und das Theater und die Säulenhalle erbaut hatte.

Es schien so, als hätten Rache und Verhängnis diesen Ort ausgewählt.

Als die Zeit gekommen war, verließ Brutus mit einem unter seiner Toga versteckten Dolch sein Haus, ohne seine Absicht jemand anderem als Porcia anzuvertrauen, und begab sich in den Senat.

Die anderen Verschwörer hatten sich bei Cassius versammelt. Sie berieten darüber, ob man sich nicht Antonius zur gleichen Zeit wie Cäsar vom Hals schaffen müsse. Zunächst war die Rede davon, Antonius in die Verschwörung einzuweihen. Die meisten waren der Meinung, daß man ihn aufnehmen solle, aber Trebonius widersetzte sich dem Plan. Als die Menschen Cäsar nach seiner Rückkehr aus Spanien entgegengingen, war Trebonius immer mit Antonius gereist und hatte mit ihm logiert, und als er damals eine vage Andeutung über einen ähnlichen Plan machte wie den, der nun ausgeführt werden sollte, hatte Antonius nur geschwiegen, obwohl er alles genau verstanden hatte.

Allerdings hatte er Cäsar auch nichts davon gesagt.

Aufgrund dieser Enthüllung des Trebonius war Antonius nicht eingeweiht worden.

Als der Moment jedoch gekommen war, ging es nicht mehr darum, Antonius nicht ins Vertrauen zu ziehen, sondern einige dachten sogar, daß es klug sei, ihn gleichzeitig mit Cäsar zu erschlagen.

Brutus kam unterdessen an und wurde nach seiner Meinung gefragt, aber er verweigerte seine Zustimmung zu diesem weiteren Mord und sagte, daß er ihn als unnötig ansehe und ein so gewagtes Unternehmen, dessen Ziel es sei, Gerechtigkeit und Gesetz aufrechtzuerhalten, über jede Ungerechtigkeit erhaben sein müsse.

Da jedoch einige Antonius' außergewöhnliche Härte fürchteten, wurde vereinbart, daß sich zwei oder drei Verschwörer um ihn kümmerten und ihn aus dem Senat fernhielten, während dort der Mord vollzogen wurde.

Nachdem dieser Punkt geklärt war, verließen sie Cassius' Haus. Die Versammlung hatte angeblich das Ziel, den Sohn des Cassius zu begleiten, der an diesem Tag die Robe eines Mannes erhalten sollte. Die Verschwörer begleiteten den jungen Mann in der Tat bis zum Forum, aber dort traten sie unter die Säulenhalle des Pompejus und warteten auf Cäsar.

Die Verschwörer zeigten Auge in Auge mit der nahenden Gefahr eine bewundernswerte Ruhe. Mehrere von ihnen waren Prätoren und ließen in dieser Funktion Gerechtigkeit walten. Als wäre ihr Geist vollkommen frei gewesen, hörten sie sich die Darlegung der Meinungsverschiedenheiten an, die ihnen vorgebracht wurden, und sprachen so präzise und gut begründete Urteile, als ob nichts Außergewöhnliches drohte.

Einer der Angeklagten, der von Brutus zu einer Geldstrafe verurteilt worden war, berief sich auf Cäsar.

Brutus ließ seinen Blick mit der ihm eigenen Ruhe über die Versammlung schweifen und sagte:

»Cäsar hat mich nie daran gehindert und wird mich niemals daran hindern, nach den Gesetzen zu urteilen.«

Doch die Situation war nicht nur ernst, sondern sie wurde mit jedem Augenblick, der verging, ohne daß Cäsar kam, ernster.

Warum kam Cäsar nicht? Wer hielt ihn zurück? Hatten ihn die Vorhersagen zurückgehalten? Hörte er auf die Stimme dieses Sehers, dieses Spurina, der ihm gesagt hatte, daß er die Iden des März fürchten solle?

Eine andere Sache verstärkte die Unruhe noch. Popilius Laenas, einer der Senatoren, hatte, nachdem er Cassius und Brutus herzlicher als gewöhnlich begrüßt hatte, leise zu ihnen gesagt:

»Ich habe die Götter gebeten, dem Vorhaben, über das ihr nachsinnt, einen glücklichen Ausgang zu bescheren, aber ich rate euch, die Ausführung eures Planes nicht weiter zu verzögern, da die Sache nicht mehr geheim ist.«

Nach diesen Worten verließ er sie, und die Verschwörer blieben mit der Angst zurück, daß ihre Verschwörung aufgedeckt werden könnte.

Diese Angst erreichte ihren Höhepunkt, als im gleichen

Moment einer von Brutus' Sklaven herbeieilte und ihn benachrichtigte, daß seine Frau im Sterben liege.

In der Tat war Porcia, die über den Ausgang der Ereignisse außerordentlich beunruhigt war, nicht mehr zu halten gewesen. Sie ging hinaus, kehrte ins Haus zurück, befragte die Nachbarn, ob sie vielleicht etwas gehört hätten, hielt die Passanten an, um sie nach Brutus zu fragen, und schickte Boten um Boten zum Forum, damit diese ihr Nachrichten brachten.

Als man ihr schließlich sagte, daß Cäsar sicher gewarnt worden sei, da er sein Haus noch nicht verlassen habe, obwohl es elf Uhr am Morgen war, wurde sie ganz blaß und verlor die Besinnung. Die Frauen, die sie in diesem Zustand sahen, schrien vor Kummer auf und riefen um Hilfe.

Die Nachbarn hörten die Schreie und liefen herbei. Da Porcia ganz bleich, regungslos und kalt war, verbreitete sich im Nu in der ganzen Stadt das Gerücht, daß sie im Sterben liege.

Doch dank der Fürsorge, die man ihr zukommen ließ, erlangte sie ihr Bewußtsein wieder, und sie befahl sofort, daß man das Gerücht ihres Todes widerrufe.

Wie wir gesagt haben, hatte dieses Gerücht schon das Forum erreicht und war bis zu Brutus gedrungen.

Brutus hatte nicht mit der Wimper gezuckt. Der Stoiker hatte eine Gelegenheit bekommen, seinen Grundsatz, daß das persönliche Unglück vor dem öffentlichen Interesse zurückstehen müsse, in die Praxis umzusetzen.

Er blieb daher im Senat und wartete gefaßt auf Cäsar.

Inzwischen kehrte Antonius von Cäsar zurück und verkündete, daß dieser nicht komme und den Senat bat, die Sitzung auf einen anderen Tag zu verschieben ...

Da die Verschwörer, als sie diese Nachricht hörten, fürchteten, daß die Verschwörung aufgedeckt werden könne, falls Cäsar die Versammlung nicht an diesem Tag abhielt, beschlossen sie, daß einer von ihnen Cäsar zu Hause abholen und alle Anstrengungen aufbringen müsse, um ihn herzubringen.

Aber wer sollte gehen?

Die Wahl fiel auf Decimus Brutus, der Albinus genannt wurde.

Der Verrat von Seiten dieses Mannes war um so größer, da er neben Marcus Brutus der Mann war, den Cäsar am meisten liebte. Außerdem hatte er ihn als zweiten Erben eingesetzt.

Er fand Cäsar in einem äußerst erregten Zustand vor. Seine Frau sah ihre höllische Angst aufgrund der Berichte der Seher noch bestätigt, und Cäsar hatte daher beschlossen, das Haus an diesem Tag nicht zu verlassen.

Albinus spottete über die Seher und auch über Calpurnia. Dann schlug er einen ernsteren Ton an und wandte sich an Cäsar.

»Cäsar«, sagte er zu ihm, »erinnere dich an eines. Die Senatoren haben sich nur auf deinen Befehl hin versammelt. Sie haben beschlossen, dich zum König über alle Provinzen außerhalb Italiens zu ernennen und dich zu ermächtigen, diesen Titel zu tragen, wenn du fremde Länder und Meere bereist. Wenn nun jemand die Senatoren auffordert, die auf ihren Plätzen auf dich warten, sich heute zu trennen und sich an einem anderen Tag wieder zu versammeln, das heißt an einem Tag, an dem Calpurnia bessere Träume hatte, was glaubst du wohl, werden dann jene sagen, die dich beneiden, und wer wird auf deine Freunde hören, wenn jene sagen werden, daß dies einerseits die größte Knechtschaft und andererseits die größte Tyrannei sei? Wenn du diesen Tag unbedingt als unglücklichen betrachten willst, dann begebe dich in den Senat und verkünde mit lauter Stimme, daß du die Sitzung auf einen anderen Tag verschiebst.«

Nachdem er diese Worte gesprochen hatte, ergriff er Cäsars Hand und zog ihn zur Tür.

Cäsar winkte Calpurnia ein letztes Mal zu und ging hinaus.

Doch kaum stand er auf der Straße, als ein Sklave versuchte, sich ihm zu nähern. Cäsar wurde wie immer von einer Menge Klienten bedrängt, die um seine Gunst baten. Der Sklave wurde zurückgedrängt und konnte Cäsar nicht erreichen. Nun rannte er zu Calpurnia.

»Laßt mich im Namen der Götter bis zu Cäsars Rückkehr hier warten«, sagte der Sklave, »ich habe ihm äußerst wichtige Dinge zu sagen.«

Das war nicht alles.

Ein Rhetor namens Artemidoros von Knidos, der in Rom griechische Literatur lehrte und die wichtigsten Verschwörer häufig sah, hatte von der Verschwörung Wind bekommen. Da er daran zweifelte, persönlich mit Cäsar sprechen zu können, um ihm die Verschwörung zu enthüllen, hatte er die wichtigsten Einzelheiten auf ein Stück Papier geschrieben, das er ihm geben wollte. Doch als er sah, in welchem Maße Cäsar Bittschriften erhielt, gab er das Papier den Offizieren, die bei ihm standen:

»Cäsar«, rief er, während er das Papier durch die Luft schwenkte, »Cäsar!«

Und als Cäsar ihm ein Zeichen gab, zu ihm zu kommen, sagte er:

»Cäsar, lies das Papier allein und schnell. Es stehen wichtige Dinge darauf, die dich persönlich betreffen.«

Cäsar nahm das Papier, nickte und versuchte in der Tat, es zu lesen, aber er konnte es nie bis zu Ende lesen, da ihn die Menschenmenge derart bedrängte, daß er dieses Papier noch in der Hand hielt, als er den Senat betrat.

Wenige Schritte vom Senat entfernt war Cäsar aus seiner Sänfte gestiegen, aber kaum hatte er sie verlassen, traf er auf seinem Weg Popilius Laenas, genau den, der eine halbe Stunde zuvor Brutus und Cassius einen glücklichen Ausgang gewünscht hatte.

Popilius Laenas nahm ihn in Beschlag.

Da alle zurückwichen, wenn ein bedeutender Mann Cäsar scheinbar etwas zu sagen hatte, standen Cäsar und Laenas nun in einem ziemlich großen Kreis, so daß diejenigen, die ihn bildeten, nichts von den Worten hören konnten, die der Senator und der Diktator wechselten.

Doch da Laenas sehr erregt mit Cäsar zu sprechen schien und dieser sehr aufmerksam zuhörte, ergriff die Verschwörer allmählich eine Unruhe, die um so größer war, da sie wußten, daß Laenas von der Verschwörung Kenntnis hatte und ihnen natürlich der Gedanke kam, von ihrem Kollegen möglicherweise denunziert zu werden. Daher schauten sich alle an und warfen sich ermutigende Blicke zu, nicht zu warten, bis man sie ergriff, sondern dieser Herausforderung zuvorzukommen, indem sie sich selbst töteten. Schon ergriffen Cassius und einige andere den unter ihren Kleidern versteckten Dolch, als Brutus, der sich in die vordersten Reihen des Kreises gedrängt hatte, an Laenas' Gesten erkannte, daß es sich zwischen Cäsar und ihm eher um eine sehr dringende Bitte als um eine Beschuldigung handelte. Er sagte jedoch kein Wort zu den Verschwörern, da er wußte, daß in ihrer Nähe eine große Anzahl an Senatoren stand, die nicht in das Geheimnis eingeweiht waren. Aber indem er Cassius zulächelte, beruhigte er ihn, und fast im gleichen Augenblick küßte Laenas Cäsars Hand und verabschiedete sich von ihm. Jeder wußte nun, daß sie nur persönliche Angelegenheiten besprochen hatten.

Cäsar stieg die Stufen zur Säulenhalle empor und erreichte das Halbrund, in dem an diesem Tag die Versammlung stattfand.

Er ging geradewegs auf den Stuhl zu, den man für ihn reserviert hatte.

Wie es vereinbart worden war, zog Trebonius in diesem

Moment Antonius aus dem Saal, um Cäsar dessen Hilfe zu entziehen, wenn es zu einem Kampf kommen sollte, und dort unterhielt er sich lange mit ihm in einer Angelegenheit, von der er wußte, daß sie Antonius interessierte.

Obwohl Cassius zu den Epikureern gehörte, das heißt, daß er nicht an ein anderes Leben glaubte, starrte er in diesem Augenblick seltsamerweise auf die Statue des Pompejus, als riefe er ihn an, dem Unternehmen einen glücklichen Ausgang zu bescheren.

Nun nahte Tullius Cimber. Auch das war im voraus vereinbart worden. Tullius Cimber sollte Cäsar bitten, seinen Bruder, der des Landes verwiesen worden war, zurückzurufen. Er begann mit seiner Rede.

Sofort näherten sich alle Verschwörer Cäsar, als ob sie sich für den Verbannten interessierten und den Bittsteller unterstützen wollten.

Cäsar lehnte die Bitte ab. Das war eine Gelegenheit, ihn noch stärker zu bedrängen, da alle ihre Hände zu Cäsar ausstreckten.

Aber er wies ihre Bitten zurück.

»Warum bedrängt ihr mich wegen dieses Mannes?« sagte er. »Ich habe entschieden, daß er nicht nach Rom zurückkehrt.«

Er setzte sich hin und versuchte, diese Menge, die ihm fast den Atem nahm, zurückzudrängen.

Kaum hatte er sich jedoch hingesetzt, da riß Tullius mit beiden Händen an seiner Robe und entblößte seine Schulter.

»Das ist Gewalt!« schrie Cäsar.

Das war das Signal zum Angriff. Casca, der hinter Cäsar saß, zog seinen Dolch und stieß als erster zu.

Aber da Cäsar erregt aufgestanden war, rutschte der Dolch an seiner Schulter ab und verursachte nur eine kleine Wunde.

Dennoch spürte Cäsar die Klinge

»Oh, elender Casca«, rief er, »was tust du?«

Er ergriff Cascas Dolch mit einer Hand und schlug mit der

565

anderen mit dem Eisen auf ihn ein, das er zum Schreiben auf seinen Tafeln benutzte.

Als Cäsar diese wenigen Worte auf lateinisch schrie, rief Casca auf griechisch:

»Brüder, helft mir!«

Nun entstand große Aufregung. Diejenigen, die nicht zur Verschwörung gehörten, wichen zurück, zitterten am ganzen Leib und wagten nicht, Cäsar zu verteidigen, zu fliehen oder auch nur ein einziges Wort zu sagen. Dieser Moment des Zögerns verstrich blitzschnell. Jeder Verschwörer zog seinen Dolch und bedrängte Cäsar, so daß er zu allen Seiten, zu denen er blickte, nur noch Klingen blitzen sah, die auf ihn einstachen. Doch Cäsar ließ Cascas Dolch nicht los und verteidigte sich inmitten all dieser bewaffneten Hände, von denen jede am Mord beteiligt sein und sozusagen sein Blut kosten wollte, als er plötzlich inmitten dieser Mörder Brutus sah und spürte, daß dieser, den er seinen Sohn nannte, ihm einen Dolchstoß in die Leiste versetzte.

Nun ließ er Cascas Dolch fallen und bedeckte, ohne eine andere Klage als diese Worte: *Tu quoque, mi fili* (Du auch, mein Sohn), und ohne zu versuchen, sich zu verteidigen, seinen Kopf mit der Robe und überließ seinen Körper den Schwertern und Dolchen.

Doch er stand noch, und die Mörder stachen so blindwütig auf ihn ein, daß sie sich selbst verletzten. Brutus' Hand war aufgeschlitzt, und die aller anderen waren blutüberströmt.

Ob es nun Zufall war oder die Verschwörer ihn absichtlich zu dieser Seite stießen, wie es auch gewesen sein mag, auf jeden Fall stürzte Cäsar zu Füßen der Statue des Pompejus zu Boden, deren Sockel sofort in Blut getränkt war.

»Es war so«, sagt Plutarch, »als wohne Pompejus der Bestrafung seines Feindes bei, der ausgestreckt zu seinen Füßen lag und ob der vielen Wunden zitterte.«

Nachdem Cäsar tot war und ausgestreckt zu Füßen der Statue des Pompejus lag, ging Brutus in die Mitte des Senats, um die Tat, die er soeben vollzogen hatte, zu erklären und zu verherrlichen. Aber die Senatoren, die von Entsetzen gepackt waren, stürzten zu allen Ausgängen und verbreiteten Aufruhr und Entsetzen im Volk. Die einen schrien: *Cäsar wird ermordet!*, und die anderen: *Cäsar ist tot!*, je nachdem, ob sie den Senat verlassen hatten, solange Cäsar noch stand oder nachdem er zu Boden gestürzt war.

Nun herrschte auf den Straßen fast eine ebenso große Unruhe wie einen Moment zuvor im Senat. Die einen schlossen ihre Türen; die anderen ließen ihre Geschäfte offen zurück oder ihre Banken allein; alle stürzten zur Säulenhalle des Pompejus.

Antonius und Lepidus ihrerseits, die beiden besten Freunde Cäsars, flohen, da sie um ihr Leben bangten.

Und die Verschwörer, die sich zu einer Gruppe zusammengeschlossen hatten, verließen den Senat mit blankgezogenen, blutüberströmten Dolchen und Schwertern und stiegen zum Kapitol hinauf. Die Verschwörer sahen keineswegs aus wie Menschen auf der Flucht, sondern wie freudestrahlende, vertrauensvolle Männer. Sie riefen das Volk zur Freiheit auf und zogen die Menschen von Rang und Namen, die sie unterwegs trafen, auf ihre Seite.

Im ersten Moment schlossen sich tatsächlich einige, die immer bereit sind, Partei für die Sieger zu ergreifen und den Sieg zu verherrlichen, den Mördern an, um glauben zu machen, sie hätten bei der Verschwörung geholfen, und um ihren Teil der Ehre für sich zu beanspruchen. Dazu gehörten auch Gajus Octavius und Lentulus Spinther. Später wurden beide für ihre blutige Prahlerei bestraft, als wären sie in der Tat Mörder gewesen. Antonius und Octavian ließen sie töten, und das noch nicht einmal als Mörder Cäsars, sondern weil sie damit geprahlt hatten, es zu sein.

Während dieser Zeit blieb der Leichnam in einer Blutlache liegen. Alle kamen, um ihn zu sehen, aber niemand wagte, ihn zu berühren. Schließlich trugen ihn drei Sklaven in einer Sänfte nach Hause.

Calpurnia war schon über das Unglück unterrichtet. Sie nahm den Leichnam an der Eingangstür entgegen.

Der Arzt Antistus wurde gerufen.

Cäsar war aber schon tot. Von den dreiundzwanzig Wunden war jedoch nur eine einzige, die ihm an der Brust zugefügt worden war, tödlich gewesen. Das war der zweite Hieb, wurde gesagt.

Die Verschwörer hatten zuerst beschlossen, den Leichnam Cäsars, nachdem sie ihn getötet hatten, durch die Straßen zu schleifen und anschließend in den Tiber zu werfen. All seine Güter sollten konfisziert und seine Amtshandlungen für null und nichtig erklärt werden. Da die Verschwörer jedoch befürchteten, daß Antonius, der Konsul, und Lepidus, der Befehlshaber der Reiterei, die während des Attentates verschwunden waren, sie an der Spitze der Soldaten und des Volkes verfolgen könnten, führten sie nichts von dem aus, was sie beschlossen hatten.

Am nächsten Tag gingen Brutus, Cassius und die anderen Verschwörer ins Forum und sprachen zum Volk. Aber die Reden begannen und endeten, ohne daß die Zuschauer irgendein Zeichen von Tadel oder Billigung zeigten. Dieses bedrückende Schweigen bewies zwei Dinge, und zwar, daß das Volk Brutus zwar verehrte, Cäsar jedoch bedauerte.

Zu diesem Zeitpunkt versammelte sich der Senat im Tempel der Erdgöttin, wo Antonius, Plancus und Cicero eine Generalamnestie vorschlugen und alle Welt zur Einigkeit aufforderten. Den Verschwörern wurde nicht nur persönliche Sicherheit garantiert, sondern darüber hinaus wurden per Erlaß die Ehrungen festgelegt, die ihnen zugestanden werden sollten.

Nachdem diese Entscheidung getroffen worden war, trennte sich der Senat, und Antonius schickte seinen Sohn zum Kapitol, der den Verschwörern als Geisel dienen sollte. Diese hatten sich zurückgezogen, als wollten sie sich unter den Schutz der Fortuna Roms stellen.

Nachdem alle versammelt waren, wurde erneut Frieden gelobt, und alle umarmten sich. Cassius speiste bei Antonius zu Abend und Brutus bei Lepidus. Auch die anderen Verschwörer wurden eingeladen: diese von Freunden und jene von Bekannten.

Nun glaubte ein jeder, die Angelegenheiten seien weise geregelt und die Fundamente der Republik wieder endgültig gefestigt.

Doch sie hatten die Rechnung ohne das Volk gemacht.

Am nächsten Tag im Morgengrauen versammelte sich der Senat nochmals und dankte Antonius auf ehrenwerteste Weise, daß er einen Bürgerkrieg im Keim erstickt habe. Schließlich wurde Brutus mit Lobreden überhäuft. Dann wurden die Provinzen verteilt: Brutus bekam die Insel Kreta, Cassius Afrika, Trebonius Asien, Cimber Bithynien und Brutus Albinus Gallien Circumpadana.

Es ging jedoch das Gerücht um, daß Cäsar ein Testament hinterlassen habe. Dieses Testament – so wurde gesagt – sei von ihm im letzten September verfaßt worden, und zwar in einem Landstrich namens Lavicanum, und Cäsar habe das Testament nach dem Versiegeln dem Tempel des Vesta anvertraut. Per Testament wurden drei Erben eingesetzt.

Diese drei Erben waren drei Großneffen. Der erste war Octavian. Er allein bekam drei Viertel des Erbes. Der zweite war Lucius Penarius und der dritte Quintus Pedius. Diese beiden letztgenannten erbten je ein Achtel von Cäsars Gütern. Außerdem adoptierte Cäsar Octavian und gab ihm seinen Namen. Er erklärte mehrere seiner Freunde, die fast alle seine Mörder waren, gegebenenfalls zu Vormündern seiner Söhne. Er setzte Decimus Brutus, denjenigen, der ihn zu Hause abgeholt hatte, in die zweite Klasse seiner Erben ein und hinterließ dem römischen Volk seine Gärten am Tiber und jedem Bürger dreihundert Sesterzen.

Das also verbreitete sich im Volk und sorgte hier für eine gewisse Aufregung.

Aber ein anderer Grund für die Unruhen war die baldige Bestattung. Da der Leichnam nicht in den Tiber geworfen worden war, mußte er bestattet werden. Zuerst verfiel man auf die Idee, den Leichnam heimlich zu bestatten, aber man fürchtete, das Volk zu verärgern. Cassius war der Meinung, daß die Bestattung trotz dieser Gefahr nicht öffentlich stattfinden sollte, aber Antonius bat Brutus so inständig, daß Brutus nachgab.

Das war der zweite Fehler, den er beging. Der erste war, Antonius zu verschonen.

Zuerst verlas Antonius Cäsars Testament vor Cäsars Haus. Alle Gerüchte, die zuvor im Forum, auf den Plätzen und an den Kreuzungen Roms kursierten, erwiesen sich als wahr. Als das Volk sah, daß Cäsar ihm die Gärten am Tiber und jedem Bürger dreihundert Sesterzen hinterließ, weinte und schrie es. Die Bürger bezeugten große Zuneigung zu Cäsar und großes Bedauern über seinen Tod.

Diesen Moment wählte Antonius, um den Leichnam aus dem Trauerhaus zum Marsfeld tragen zu lassen.

Man hatte für Cäsar neben dem Grab seiner Tochter Julia einen Scheiterhaufen und nach dem Vorbild des Tempels der Venus Genetrix gegenüber der Rednertribüne eine vergoldete Kapelle errichtet. In dieser Kapelle war ein mit einem Gold- und Purpurstoff bezogenes Bett aus Elfenbein aufgestellt worden, über dem eine Waffentrophäe und das Gewand hingen, das er getragen hatte, als er ermordet worden war. In der Annahme, daß ein ganzer Tag nicht ausreichen würde, damit alle ihre Geschenke zum Scheiterhaufen bringen konnten, wenn ein Trauerzug die Menschen dorthin geleitete, wurde erklärt, daß jeder den Weg gehen könne, der ihm gefiel.

Seit dem Morgen wurde dem Volk darüber hinaus das Schauspiel der Trauerfeier geboten, und in diesem Schauspiel, das Antonius leitete, wurden Stücke gesungen, die das Mitleid und die Empörung anstachelten, unter anderem der Monolog von Ajax aus dem Stück von Pacuvius, in dem dieser Vers vorkam:

Habe ich sie gerettet, damit sie mich ins Verderben stürzen?

Als sich Cäsars Leichenzug in Bewegung setzte, entstand Unruhe.

Wir haben schon so viele stürmische Tage gesehen, an denen sich das Schicksal eines Volkes oder eines Königreiches entschied, und wir wissen, daß man es förmlich spürt, wie diese schicksalhaften Stunden Aufstände oder Revolutionen ankündigen.

An jenem Tag hatte die Stadt Rom nicht ihr gewöhnliches Aussehen. Die Tempel, die auf dem Weg des Trauerzuges lagen, waren mit Trauersymbolen geschmückt und die Statuen mit Trauerzweigen gekrönt. Finstere, drohende Gestalten gingen vorüber. Einige dieser Gestalten standen offensichtlich unter dem Eindruck eines Schreckens, von dem sie sich nur befreien konnten, indem sie ungezügelten Schrittes durch die Straßen liefen.

Zur vereinbarten Zeit wurde der Leichnam hochgehoben. Magistrate, von denen einige noch im Amt und andere schon aus dem Amt geschieden waren, trugen das Paradebett zum Forum.

Dort hielten sie an und legten den Leichnam auf eine abgetrennte Estrade.

Wenn wir hier von Leichnam sprechen, begehen wir einen Fehler. Der Leichnam war in einen Sarg gebettet und durch eine Wachsnachbildung ersetzt worden, die nach Cäsars Bild angefertigt worden war. Vermutlich war kurz nach seinem Tod ein Abdruck seines Körpers angefertigt worden. Diese Wachsnachbildung besaß die bleichen Züge eines Leichnams und zeigte die dreiundzwanzig Wunden, durch die diese barmherzige Seele den Körper verlassen hatte, die sich gegen Casca wehrte, sich aber dem Willen des Schicksals unterwarf, als dieser Wille ihr durch die Hand des Brutus aufgezwungen wurde.

Über der Estrade, die eigens zu diesem Zweck errichtet worden war, hingen Trophäen, die an die verschiedenen Siege

Cäsars erinnerten. Antonius stieg auf die Estrade, verlas noch einmal Cäsars Testament, nach dem Testament die Erlasse des Senats, kraft derer ihm öffentliche und private Ehren gewährt wurden, und schließlich den Eid der Senatoren, ihm bis zum Tod ergeben zu sein.

Und als er merkte, daß die Erregung des Volkes bis zu dem von ihm beabsichtigten Grad gestiegen war, hielt er Cäsars Trauerrede. Diese Trauerrede ist von niemandem aufbewahrt worden.

Nein, wir irren uns: Sie steht bei Shakespeare. Shakespeare hat abgeschrieben, oder sein Genie hat sie neu erschaffen.

Diese Rede, die mit einer bewundernswerten Kunstfertigkeit vorbereitet und mit allen Blüten asiatischer Redekunst geschmückt war, hinterließ einen tiefen Eindruck. Die Menschen weinten und schluchzten, stießen dann Schmerzensschreie aus, auf die Drohungen und Verwünschungen folgten, als Antonius das Gewand nahm, das Cäsar trug, dieses Gewand, das durch die Dolche der Mörder ganz blutüberströmt und zerrissen war, und es durch die Luft schwenkte.

Die Erregung des Volkes nahm immer mehr zu. Die einen wollten den Leichnam im Heiligtum Jupiters verbrennen, die anderen in der Kurie selbst, wo er ermordet worden war. Inmitten dieser Erregung traten zwei mit Schwertern bewaffnete Männer vor, die beide in der linken Hand zwei Wurfspieße und in der rechten eine Fackel trugen, und entzündeten die Estrade.

Das Feuer breitete sich schnell aus, und dies um so schneller, da die Menschen sofort trockenes Holz herbeischafften, und das Volk mit jener Zerstörungswut, von der es in gewissen unheilvollen Stunden ergriffen wird, wie es beispielsweise am Tag von Clodius' Begräbnis der Fall war, die Bänke der Schreiber, die Sitze der Richter, die Türen und Fensterläden der Geschäfte und Banken herausriß und all dieses brennbare Material in das riesige Feuer warf. Das war noch nicht alles. Die Flötenspieler und Histrionen, die anwesend waren, warfen ihre

Festgewänder, die sie eigens für diese Zeremonie angelegt hatten, in die Flammen. Die Veteranen und Legionäre warfen ihre Waffen, mit denen sie sich für die Totenfeier ihres Generals geschmückt hatten, ins Feuer und die Frauen ihr Zierwerk, ihren Schmuck und sogar die Goldkugeln ihrer Kinder.

Genau in diesen Augenblick ereignete sich eines dieser schrecklichen Ereignisse, die dazu bestimmt zu sein scheinen, den Kelch des Rausches und der Wut überlaufen zu lassen, diesen Kelch, der dem Volk gereicht wird, wenn tiefe Gefühle es erschüttern.

Ein Poet namens Helvius Cinna, der an der Verschwörung nicht beteiligt und ein Freund Cäsars war, schritt mit bleichem, aufgelöstem Gesicht nach vorn, bis er die Mitte des Forums erreicht hatte. Er hatte in der vergangenen Nacht einen Traum gehabt: Der Schatten Cäsars mit blassem Gesicht, geschlossenen Augen und dem von Schwerthieben gezeichneten Körper war ihm erschienen. Er kam als Freund, um ihn zum Mahl zu bitten.

Helvius Cinna hatte in seinem Traum zuerst die Einladung abgelehnt. Aber der Schatten hatte seine Hand genommen und ihn mit Gewalt an sich gezogen. Er hatte ihn gezwungen, aus seinem Bett zu steigen und ihm an einen dunklen, kalten Ort zu folgen. Der unglückliche Poet war aufgrund dieses furchtbaren Traums aufgewacht. In einer Zeit, in der jeder Traum eine Vorhersage barg, hatte auch dieser seine Bedeutung und sagte ein nahes Ende voraus. Helvius bekam schrecklich hohes Fieber, das selbst am Tage nicht fiel.

Nichtsdestotrotz schämte er sich am Morgen über seine Schwäche, als man ihm sagte, daß Cäsars Leichnam zum Forum getragen werde, und er begab sich an diesen Ort, an dem er das Volk in der Verfassung antraf, von der wir Ihnen soeben einen Eindruck vermittelt haben.

Als er kam, fragte ein Bürger einen anderen:

»Wer ist dieser blasse Mann, der mit verstörter Miene vorübergeht?«

»Das ist Cinna«, antwortete der andere.

Diejenigen, die den Namen gehört hatten, wiederholten ihn:

»Das ist Cinna.«

Einige Tage zuvor hatte ein Volkstribun namens Cornelius Cinna eine öffentliche Rede gegen Cäsar gehalten, und dieser Cinna wurde beschuldigt, zu den Verschwörern zu gehören.

Das Volk verwechselte Helvius und Cornelius.

Daher wurde Helvius mit einem dumpfen Grollen begrüßt, das dem Gewitter vorausgeht. Er wollte zurückweichen, aber es war schon zu spät. Der Schrecken, der sich auf seinem Gesicht widerspiegelte, dieser Schrecken, der in den Augen des Volkes sein schlechtes Gewissen offenbarte, jedoch nur die Erinnerung an die vergangene Nacht war, trug noch dazu bei, ihn ins Verderben zu stürzen.

Niemand zweifelte mehr an seiner Identität, und der arme Poet konnte noch so laut schreien, daß er Helvius, der Freund und nicht der Mörder Cäsars sei ... Schon legte ein Mann Hand an ihn und riß ihm den Mantel von der Schulter; ein anderer zerriß seine Tunika; ein weiterer verpaßte ihm einen Schlag mit einem Stock: Blut floß. Im Blutrausch geht alles ganz schnell! Im Nu war der unglückliche Cinna nur noch ein Leichnam, und einen Moment später stach das Volk auf diesen Leichnam ein. Plötzlich sah man am Ort der Tat einen Kopf auf einer Pike aus der Menge ragen: Das war der Kopf des Opfers!

In diesem Moment schrie ein Mann:

»Tod den Mördern!«

Ein anderer ergriff ein brennendes Holzstück und schwenkte es durch die Luft.

Alle verstanden das Signal. Das Volk stürzte sich auf den Scheiterhaufen, griff nach brennenden Reisigbündeln, zündete Fackeln an, drohte mit Tod und Feuersbrunst und schlug den Weg zu den Häusern von Brutus und Cassius ein. Glücklicherweise waren diese, da sie rechtzeitig gewarnt worden waren, geflohen und hatten sich in Antium versteckt. Sie hatten Rom kampflos verlassen und waren von ihren Gewissensbissen aus der Stadt getrieben worden.

Sie hatten sicher vor, nach Rom zurückzukehren, wenn sich das Volk, das den Kopf verloren hatte, wieder beruhigt hatte. Doch mit dem Volk verhält es sich wie mit dem Sturm. Wenn Volk und Sturm einmal entfesselt sind, weiß niemand, wann und auf welche Weise wieder Ruhe einkehrt.

Dieser Glaube des Brutus, daß eine baldige Rückkehr nach Rom keine Probleme berge, war um so verständlicher, da er kürzlich zum Prätor ernannt worden war und daher Spiele geben mußte, die vom Volk in allen Situationen immer ungeduldig erwartet wurden.

Aber in dem Moment, als er Antium verlassen wollte, wurde Brutus gewarnt, daß eine große Anzahl von Cäsars Veteranen, die von ihm Häuser, Land und Geld erhalten hatten, nach Rom marschierten und Böses gegen ihn im Schilde führten.

Er hielt es daher für ratsam, in Antium zu bleiben und gleichzeitig die Spiele für das Volk auszurichten, die ihm versprochen worden waren. Es waren herrliche Spiele: Brutus hatte eine gewaltige Menge wilder Tiere gekauft. Er befahl, daß keines verschont werden dürfe. Er ging sogar bis Neapel, um dort Schauspieler zu engagieren. Und da damals in Italien ein berühmter Mime namens Canilius lebte, bat er einen seiner Freunde, sich zu erkundigen, in welcher Stadt sich dieser Canilius aufhielt, und ihn um jeden Preis für die Spiele zu gewinnen.

Das Volk besuchte die Tierhetzen, die Gladiatorenkämpfe und die Theaterspiele, rief Brutus aber nicht zurück, sondern errichtete auf dem Forum eine zwanzig Fuß hohe Säule aus afrikanischem Marmor mit dieser Inschrift: *Dem Vater des Vaterlandes*.

Die Sache der Mörder war verloren. Der tote Cäsar triumphierte genauso über seine Mörder, wie Cäsar zu Lebzeiten über seine Feinde triumphiert hatte. Nicht nur Rom, sondern die ganze Welt weinte um Cäsar. Die Fremden trugen Trauer und umkreisten den Scheiterhaufen. Jeder bezeugte seinen Kummer, wie es in seinem Land Brauch war. Die Juden hatten mehrere Nächte neben der Asche des Toten gewacht. Sicher sahen sie schon in ihm den angekündigten Messias.

Die Verschwörer hatten geglaubt, daß man mit dreiundzwanzig Dolchstichen einen Mann tötet. Sie sahen, daß in der Tat nichts leichter war, als einen Körper zu töten, aber Cäsars Seele überlebte und schwebte über Rom.

Niemals war Cäsar lebendiger als nach dem von Brutus und Cassius verübten Mord. Er hatte seine Hülle zurückgelassen, dieses blutüberströmte, durchlöcherte Gewand, das Antonius durch die Luft geschwenkt und schließlich in den Scheiterhaufen geworfen hatte. Die Flammen hatten die Hülle aufgezehrt, und Cäsars Geist, der Geist, den Brutus ein erstes Mal in Abydos und ein zweites Mal in Philippi sah, erschien geläutert der Welt.

Cato war nur der Mann des Gesetzes.

Cäsar war der Mann der Menschlichkeit.

Und Cäsar – schneiden wir die Frage des Christentums an, das heißt die Frage der Zukunft – war das Instrument der Vorsehung.

Wir haben überdies gesagt, daß es in zweitausend Jahren in einer Zeitspanne von neunhundert Jahren drei Männer gab, die vielleicht nur eine einzige Seele hatten und nichts von ihrer Mission ahnten, Instrumente der Vorsehung zu sein. Diese drei Männer waren Cäsar, Karl der Große und Napoleon. Cäsar, der Heide, war der Wegbereiter des Christentums. Karl der Große, der Barbar, war der Wegbereiter der Zivilisation. Napoleon, der unumschränkte Herrscher, war der Wegbereiter der Freiheit.

Bossuet sprach schon vor uns über Cäsar als Wegbereiter des Christentums. Schlagen Sie die *Histoire universelle* auf.

»Die Gesellschaft so vieler verschiedener Völker«, sagt er, »die einander früher fremd waren und unter der römischen Herrschaft vereint wurden, war eines der großen Mittel, dessen sich die Vorsehung bediente, um das Evangelium vorzubereiten.«

Und in der Tat konnte Cäsar, der mit sechsundfünfzig Jahren starb, nicht die Geburt des Gotteskindes vierundvierzig Jahre nach seinem Tod vorhersehen. Cäsar verließ die Erde genau zu dem Zeitpunkt, als sich die Vorsehung dem Volk offenbarte. Alle Wunden der Welt, die er ganz sanft mit dem Finger berührte, aber nicht heilen konnte, da er nichts von der Medizin verstand, würde eine Hand schließen.

Was beweinte die Welt also mit ihm? Eine Hoffnung.

In der Tat wartete die ganze Welt.

Worauf wartete sie?

Sie hätte schwerlich den Grund ihres Wartens benennen können.

Sie wartete auf einen Befreier.

Cäsar war nicht dieser Befreier gewesen, aber einen Augenblick lang der Grund eines süßen Irrtums, und er wurde als solcher begrüßt. Durch seine Sanftheit, seine Milde und seine Gnade offenbarte er sich der Liebe des Volkes wie der Messias.

Die Völker ahnen es, wenn der Zeitpunkt großer sozialer Revolutionen naht. Die Erde, diese allen gemeinsame Mutter, erbebt bis in die Fundamente hinein. Die Horizonte färben sich weiß und golden wie für einen Sonnenaufgang und wenden sich zu dem schönsten, strahlendsten Punkt, wenn die Menschen ängstlich auf die Erscheinung warten.

Rom wartete auf diesen Menschen oder eher diesen der Welt prophezeiten Gott, diesen Gott, dem Cäsar durch die Erweiterung des römischen Reiches und das Bürgerrecht, das er ganzen Städten und Völkern verlieh, durch diese gewaltigen Kriege, die er auf der Oberfläche des Globus führte, durch diese bewaffnete Bevölkerung, die er von Norden nach Süden und vom Morgenland ins Abendland führte, den Weg ebnete. Der Krieg, der die Völker scheinbar trennt – und das tut er in der Tat, wenn er gottlos geführt wird – führt sie enger zusammen, wenn er eine Vorsehung ist. Alles wird Mittel zum Zweck: der Krieg mit fremden Völkern und der Bürgerkrieg. Sehen Sie, was in den fünfzehn Jahren, in denen Cäsar Kriege führte, geschah: Gallien, Germanien, Griechenland, Asien, Afrika und Spanien gehören zum Römischen Reich. Städte wie Lutetia, Alexandria, Karthago, Athen und Jerusalem entstehen und gehen unter, und all das wird von Rom aus gesteuert. Rom, die ewige Stadt, welche die Hauptstadt der Päpste werden wird, wenn sie nicht mehr die Stadt Cäsars ist.

Wir haben gesagt, daß Rom wie der Rest des Universums auf diesen Mann oder eher auf diesen Gott wartete, der von Daniel vorhergesagt und von Vergil angekündigt wurde, dieser Gott, dem die Welt im voraus einen Altar mit dem Namen des unbekannten Gottes aufstellte: DEO IGNOTO.

Aber wer wird dieser Gott sein? Wer wird ihn zur Welt bringen?

Die alte Tradition der Welt ist überall gleich.

Das menschliche Geschlecht ist durch eine Frau zu Fall gekommen und wird durch den Sohn einer Jungfrau wieder erlöst.

Der Gott Fo, der in Tibet und in Japan mit dem Heil des Universums beauftragt ist, wird seine Wiege im Schoße einer jungen, weißen Jungfrau wählen. In China wird eine Jungfrau, die von einer Blume befruchtet wurde, einen Sohn in die Welt setzen, welcher der König der Welt sein wird. In den Wäldern der Bretagne und Germaniens, wohin sich ihr im Sterben begriffenes Volkstum in Sicherheit brachte, warteten die Druiden auf den von einer Jungfrau geborenen Erlöser.

Schließlich kündigt die Heilige Schrift an, daß eine Jungfrau einen Heiland gebären wird, und daß diese Jungfrau rein sein wird wie der Tau des Morgenrots.

Es wird noch vierundvierzig Jahre dauern, bis dieser Heiland geboren werden wird.

Es bedurfte der römischen Einheit, um die christliche Einheit vorzubereiten.

Nur war die römische eine äußere und materielle Einheit.

Sie schloß nur Sklaven und Barbaren aus, aber diese schloß sie aus.

In der christlichen Einheit darf es keinen Ausschluß geben, da es die Einheit der Herzen und der Vernunft ist. In der christlichen Einheit darf es »keine Heiden, keine Juden, keine Sklaven, keine freien Menschen, keine Skythen und keine Barbaren geben, sondern nur alle und Christus in allen.«

Diese große Einheit war das einzige, was Cäsars Genie entgangen war, aber er scheint dennoch eine Vorahnung davon gehabt zu haben.

Darum haben wir gesagt, daß Cäsar ein Wegbereiter war.

Hundert Jahre später wäre er ein Apostel gewesen.

Und nun verstehen wir genau, daß Cäsar für diejenigen, die ihn bloß als Mensch aus Fleisch und Blut sahen, nur ein Tyrann war. Wir verstehen gut, daß man in der Schule, diesem Land mit den kurzen, engen Horizonten, Cato zu einem Märtyrer und Brutus und Cassius zu Helden macht. Wir verstehen auch, daß die Historiker, die Plutarch, Sueton, Tacitus, Appian und Dion kopiert haben, bei diesen Historikern nur das gesehen haben, was es dort zu finden gab, das heißt vollendete Tatsachen. Diese Männer, die uns vollendete Tatsachen übermittelten, schrieben in der Dunkelheit der Zeit. Sie konnten ihren Zeitgenossen nur sagen, was sie wußten, und den nachfolgenden Generationen nur übermitteln, was sie gesehen hatten.

Aber derjenige von uns, der in diesen Tatsachenberichten dieser großen Zeit, da die Welt entstand, nichts anderes sieht als das, was die Heiden gesehen haben, und der sie nur übersetzt, indem er sie abschreibt, oder sie abschreibt, indem er sie übersetzt, derjenige würde unserer Meinung nach nicht wie sie in der Dunkelheit der Zeit schreiben: Derjenige wäre ein Blinder.

ENDE

ANMERKUNGEN

1 Daß die belgische Familie Mérode behauptet, von den Merowingern abzustammen, und die französische Familie des Geschlechts der Lévis behauptet, von der Jungfrau abzustammen, ist in der Tat eine Eitelkeit, die mit jener der großen römischen Familien vergleichbar ist.
2 Mit beiden Umschreibungen ist Cicero gemeint. Er hatte einen Besitz in Tusculum.
3 *Die Taten des Nicomedes*, Corneilles Tragödie, die hier erwähnt wird, spielt 183 v. Chr. Das Thema des Stückes ist nicht Hannibals Tod, sondern die Reaktionen von Bithynien auf den römischen Imperialismus.
4 Die Etymologie von Bandit nach dem Italienischen ist richtig. Der Bandit ist in der romantischen Epoche in Mode. Nodier (1780-1844) veröffentlicht 1818 *Jean Sbogar*. Byron hat eine Romanfigur namens Conrad in *Der Korsar*, 1815.
5 Auf Initiative des Tribun Plautius verabschiedetes Gesetz, das von Cäsar verteidigt wurde und das die Anhänger des Lepidus amnestierte.
6 Sueton, *Cäsar* LXXXIV, 1: »Sogar in der Rache von Natur aus außergewöhnlich gütig.«
7 Ibid. LXXXIV, 3.: »Er hat ihm keine schwerere Strafe auferlegt als den einfachen Tod«, das heißt, daß er ihn nicht foltern ließ.
8 Ibid. LXXXIV, 2: »Er hatte niemals den Mut, ihm Böses anzutun«, aber es handelt sich um das Verhalten Cäsars gegenüber einem alten Gegner und nicht um eine allgemeingültige Wahrheit.
9 Ibid. XXVI, 4: »Überall, wo hervorragende Gladiatoren vor einem feindseligen Publikum kämpften, mußte man sie auf seinen Befehl hin gewaltsam wegbringen, da er sie für sich behalten wollte.« Dieser Charakterzug beweist nicht Cäsars

Güte, sondern eher seinen Wunsch, die besten Gladiatoren zu behalten.

10 Abd el-Kader (1808-1883), Sultan der Araber, kämpfte von 1832-1847 gegen die französische Besatzung in Algerien. Seine Verletzung der Verträge und seine Überraschungsangriffe auf die französischen Streitkräfte erlauben in der Tat einen Vergleich mit Jugurtha, ohne allerdings bis zu der von Dumas vorgeschlagenen kühnen Gleichstellung zu gehen. Später taucht Abd el-Kader noch einmal auf und wird dann mit Spartacus verglichen.

11 Bonaparte hatte während seines Aufenthaltes in Paris zwischen dem 28. Mai und Oktober 1792 im Hotel Metz in der dritten Etage in der Rue du Mail ein möbliertes Zimmer. Er wartete auf seine Wiedereingliederung in die Armee. In dem *Mémorial* beschreibt Las Cases mit dem Datum vom Samstag, dem 3. August 1816, den Bericht, den der Kaiser, den er vom Haus des Bruders von Bourienne aus gesehen hatte, vom 10. August machte. Es war eher Bourienne als Junot, der damals in Paris war (siehe die *Mémoires* von Bourienne).

12 Am 26. August 1346 war der König von England auf den Anhöhen von Crécy-en-Ponthieu mit einer Armee abgeschnitten, die Philipp VI., dem König von Frankreich, unterlegen war. Nichtsdestoweniger war er dank seiner Schützen der Sieger.

13 Conyers Middleton, englischer Pastor (1683–1750), Autor eines *Briefes über Rom* (1729) und einer *Lebensbeschreibung des Cicero* (1741).

14 Götz von Berlichingen (1480-1562) deutscher Lehnsherr, der sich 1525 an die Spitze der aufständischen Bauern stellte. Er schrieb *Das Leben des Götz von Berlichingen, genannt die eiserne Hand* (veröffentlicht in Nürnberg 1731). Nach Goethe, der ihm 1773 ein Drama widmet, das die Bewegung des Sturm und Drang einleitet und ihn als Verteidiger von Recht und Gerechtigkeit idealisiert, macht Klinger aus ihm den Helden eines Dramas, das auf den

Rationalismus reagiert und verteidigt nach Rousseaus Vorbild die Rechte des Gefühls. Er ist eine der Figuren von Sartre in *Der Teufel und der liebe Gott*.

15 Die Ideen des Gracchus Babeuf (1760–1797), dargestellt in *Le Manifeste des Egaux* (Das Manifest der Gleichen), und die des Proudhon (1809–1865), die in seinem beachtenswerten Werk entwickelt werden, zeigen in der Tat mit dem Programm des Catilina oberflächliche Analogien.

16 Louis Cavaignac (1802–1857), General, der die Niederschlagung des Arbeiteraufstandes von 1848 in Paris anführte und der anschließend an der Spitze der Exekutivgewalt stand.

17 Anspielung auf den Aufstand der Seidenarbeiter in Lyon im November 1831.

18 Dupin, sicher der Ältere (1783–1865), Präsident der Kammer, Berater von Ludwig Philipp, später Napoleon III.

19 Lesen Sie hier Catilina statt Sulla.

20 Dieser Ausdruck, der aus einem Brief an Atticus vom 5. Dezember 61 stammt, beschreibt gut eine zerbrechliche Situation, aber das Wort *conglutinata* hat nicht den negativen Sinn, den Dumas ihm verleiht. Man kann ihn besser mit ›durch meine Sorgfalt gefestigt‹ übersetzen.

21 Eine Umschreibung, um Plutarch zu benennen.

22 Cato war in das Kollegium der Quindecemvirn gewählt und dort mit der Organisation des Kultes beauftragt worden.

23 Macrobius, *Saturnalia*, I, 15, 24, unterscheidet nicht die Kalenden des Juli von den anderen Kalenden.

24 Odilon Barrot (1791–1873) näherte sich als konstitutioneller Monarchist den Ideen der Republik, war von Napoleon III. begeistert und kehrte später in die Opposition zurück.

25 Aus den vorangegangenen Hypothesen, welche die der Antike sind, geht hervor, daß Dumas die *Bona Dea*, eine antike italische Gottheit, und die *Magna Mater* verwechselt, die durch einen schwarzen Stein dargestellt und 204 v. Chr. von Pessinus nach Rom gebracht wurde.

26 Ovid erzählt in den *Fasti* (V, 277–292) die Reise der *Magna Mater* und nicht der *Bona Dea*. Das Schiff kam in Ostia und nicht auf der Insel im Tiber an, wo – nach einem anderen Bericht Ovids (*Metamorphosen*, XV, 622–741) – 293 v. Chr. Äskulap empfangen worden war.

27 Ovid erwähnt in den *Fasti* (IV, 153–156) diesen Tempel auf dem Aventin, welcher der guten Göttin geweiht wurde, und schreibt die Weihung einer Vestalin zu, die zur *Gens Claudia* gehörte. Das ist wahrscheinlich die Erklärung für die Verwechslung der beiden Göttinnen.

28 Dumas gibt hier die Vermutungen wieder, die Anfang des Jahrhunderts über die Mythologie des Hinduismus vorherrschten und die er zum Beispiel in den Werken der Stiftsdame Polier gefunden haben mag.

29 ›Phallagogie‹ bezeichnet eine Prozession, bei der ein Phallus mitgeführt wurde.

30 Juvenal beschreibt die Frauen, welche die Riten der *Bona Dea* zelebrieren, wie Bacchantinnen im Wahnsinn in der *Satire VI* (Vers 314–334), die im Ganzen eine Kritik an Frauen ist, und aus der Boileau einige Passagen in seine zehnte *Satire* übernimmt.

31 Es heißt genau *Quadrantaria*. Plutarch sagt, daß Claudia dieser Spitzname verliehen wurde, weil sie ihre Gunst für ein viertel As verkaufte. Diese Anschuldigung findet sich auch bei Cicero, *Pro Caelio*, XXVI, 62. Quintilian (*Institutio oratoria*, VIII, 6, 53) schreibt ihn Caelius zu (siehe *Pro Caelio* von Cicero).

32 Wir haben hier ein Beispiel von der Art gegeben, in der Dumas ein Dokument benutzt. Ab hier bis zur Mitte des 25. Kapitels zitiert oder glossiert er den Brief des Cicero an Atticus vom 15. März 61.

33 Brief an Atticus, 15. März 61. Der Text beginnt mit einem Zitat von Homer, *Ilias*, XVI, 112–113.

34 Ibid.

35 Ibid.

36 Ibid. Eine falsche Deutung des Wortes *patronus*, das hier mit

Patron übersetzt wurde, wohingegen es ›Anwalt‹ bedeutet und den Satz in der Tat verdunkelt. Curio, der Anwalt des Clodius, hatte in Arpinum die Villa gekauft, die Marius gehört hatte und die private Bäder besaß. Marius und Cicero waren beide aus Arpinum gebürtig.

37 Persönliche Briefe, V, 6, 2.

38 Ab hier übernimmt Dumas die meisten geistreichen Bemerkungen Ciceros, die Plutarch in den Kapiteln XXXII–XXXV in seinem Leben des *Cicero* aufzählt.

39 François de Champagny, (1804–1882), *Histoire de l'Empire romain* (Geschichte des Römischen Reiches), Académie 1869.

40 Die Hoziers, eine Dynastie von Ahnenforschern, die mit Pierre (1592–1660) beginnt, der hundertfünfzig handgeschriebene Bände über die *Généalogie des pales familles de Frances* (Genealogie der bedeutendsten Familien Frankreichs) (Nationalbibliothek) schreibt. Es geht weiter mit seinen Söhnen Charles (1640–1732) und Louis (1634–1708), dessen Sohn Louis-Pierre mit seinem eigenen Sohn Antoine die *Armorial général de la France* (Die allgemeine Wappenkunde Frankreichs) veröffentlicht und endet mit Ambroise (1764–1846), dem letzten Ahnenforscher dieser Familie.

41 Saint-Simon erzählt, daß der Herzog von Vendôme, durch uneheliche Geburt der Enkel von Heinrich IV., Besucher gerne auf seinem Nachtstuhl empfing (*Memoiren*, XIII, 279ff.). Und so empfing er auch Alberoni, den Gesandten des Herzogs von Parma. Dieser Alberoni, der von bescheidener Herkunft war, wählte den Herzog von Vendôme als Gönner, und um ihm zu gefallen, rief er in dem Moment, als er sich von seinem Nachtstuhl erhob: »Welch ein wunderschönes Hinterteil!«, und er küßte das Objekt seiner Bewunderung. So hatte er sein Glück gemacht.

42 »Das habe ich getan, und ihr klagt meine Meinung an. Ich habe gesprochen.«

43 Und diese Einschätzung wird nicht nur von den besten Bürgern, sondern auch vom Pöbel energisch kritisiert.

44 Zafari ist der Deckname, hinter dem sich Don Cäsar in *Ruy Blas* versteckt.

45 Adamastor = der Unbezähmbare, ist der Name eines von Apollinaris Sidonius geschilderten Riesen (*Carmina*, XV, 20). Camoes bringt ihn 1572 in den *Lusiaden* auf die Bühne, (V, Strophe 39–60), in denen er das Kap der Guten Hoffnung verkörpert, das versucht, Vasco de Gama aufzuhalten.

46 Jadin, Louis-Godefroy (1805–1882), Maler, der Jagdbilder, Stilleben und Landschaften hinterlassen hat (Amiens, Compiègne, Dunkerque, Straßburg, Hôtel Carnavalet). Der King-Charles-Spaniel ist ein schwarzer Spaniel – eine Rasse, die von Karl I., Karl II. und Jakob II. von England sehr geschätzt wurde.

47 Dumas übernimmt hier das lateinische Wort *quaesitor*, das den Untersuchungsbeamten in einem Kriminalfall bezeichnet.

48 Antoine de Jomimi (1779–1869), Schweizer General und Historiker. Dumas denkt hier sicher an das historische Werk *Précis de l'art de la guerre* (Handbuch der Kriegsführung), 1836.

49 Kynaigeiros ist der Bruder von Aischylos, der seinen Heldenmut in Marathon beweist, indem er sich lieber nacheinander beide Hände abschlagen läßt, als das persische Boot loszulassen, das er versucht, an der Flucht zu hindern. Mucius Scaevola wird berühmt, indem er sich die rechte Hand verbrennen läßt (woher sein Beiname »Linkshänder« stammt). Er hatte den Sekretär des etruskischen Königs Porsenna getötet, nicht den König selbst.

50 Moreau, Jean (1763–1813), der General, den Sieyès für einen Staatsstreich vorgesehen hat. Er weicht vor Bonaparte zurück, dem er am 18. Brumaire (= 9. November 1799) hilft. Dann widersetzt er sich ihm und wird des Landes verwiesen.

51 Dumas nimmt hier eine Anmerkung von La Harpe auf, dessen Übersetzung von Sueton 1805 erschienen ist, aber die

Antwort, die er den Unsicherheiten von La Harpe entgegensetzt, löst diese nicht auf. Sueton schreibt in der Tat im XXXVIII. Kapitel, 1, seines *Lebens des Cäsar*:

»Er teilte ihnen (den Fußsoldaten seiner Legionen) Land zu, das jedoch nicht an einem Ort lag, weil niemand enteignet werden sollte.«

Es handelt sich nicht um den *ager publicus*, das Staatsland, das Cäsar aufgeteilt hatte, soweit es noch verfügbar war, sondern um private Güter, die er von seinen Beutegeldern in Italien gekauft hatte. Aber die größte Anzahl seiner Veteranen erhielt Land außerhalb Italiens, besonders in den Kolonien, die er gegründet hatte.

52 Armand de Rancé (1626–1700) wurde nach einem zügellosen Leben schwer vom Tod der Herzogin von Montbazon und dann von dem des Gaston von Orleans getroffen. 1660 trat bei ihm ein Sinneswandel ein, und 1664 zog er sich in das Zisterzienserkloster Notre-Dame-de-la-Trappe in die Normandie zurück, wo er eine strenge Reform durchführte, nach der die Trappisten noch heute leben.

53 Plinius der Ältere, *Naturgeschichte*, Vorwort des VII. Buches. Die Übersetzung dieses Auszuges ist sehr frei.

54 Plinius, *Naturgeschichte*, II, V, 27.

55 Lukan, *Pharsalia*, IV, 580–581:
»O Tod, der du dich nicht weigerst, dich dem Leben der Feigen zu entziehen, der du nur ein Geschenk für die Tugend bist!«

56 Vergil, *Georgica*, II, 490–493. Vergil spielt hier auf Lucretius an, der die Menschen vom Aberglauben erlöst. Es geht nicht darum, den Tod abzulehnen.

57 Vergil, *Aeneis*, VI, 436–437.

58 Lukan, *Pharsalia*, IV, 546–547: »Und mit dankbarer Hand tötet er im Sterben denjenigen, dem er seine ersten Wunden verdankt.«

59 Lukan, *Pharsalia*, I, 128.

Mitchell und Markbys zweiter Fall

Meredtih Mitchell kehrt nach turbulenten Zeiten in das idyllische Bamford zurück, um sich dort von ihren Einsätzen im diplomatischen Dienst zu erholen. Ein unerwartet freundliches Willkommen bereiten ihr Chefinspektor Markby, der offensichtlich gerne an Vergangenes anknüpfen möchte, sowie ihre neue Nachbarin Harriet – ein beeindruckend streitbarer Rotschopf. Doch kaum, daß sie sich kennengelernt haben, wird Harriet Opfer eines Unfalls bei der traditionellen Bamforder Weihnachtsjagd. Meredith selbst ist Zeugin eines Sabotageaktes, der für ihre neue Freundin tödlich endet. Unfall oder Mord? Das inzwischen eingespielte Team Markby und Mitchell bekommt einen neuen Fall beschert ...

ISBN 3-404-14321-3

November 1943: Johann Halder, ein Spezialagent der deutschen Abwehr, wird mit der wohl spektakulärsten Mission des Zweiten Weltkrieges betraut: US-Präsident Franklin D. Roosevelt und der britische Premierminister Winston Churchill sollen während ihrer Geheimkonferenz in Kairo ermordet werden. Auf diese Weise könnte die geplante Invasion der Alliierten in der Normandie - eines der wichtigsten Konferenzthemen - verhindert, die Niederlage Deutschlands abgewendet werden. Halder steht an der Spitze eines Spezialkommandos, dem auch die junge und attraktive Ägyptologin Rachel Stern angehört.
Als der amerikanische Geheimdienst von dieser Mission erfährt, wird Harry Weaver mit der Eleminierung des Teams beauftragt. Doch für Weaver, Johann Halder und Rachel Stern steht mehr als der Erfolg ihrer jeweiligen Mission auf dem Spiel: Sie verbindet eine gemeinsame Vergangenheit und ein Freundschaftspakt, der nicht zu halten ist ...

ISBN 3-404-14320-5